东南学术文库
SOUTHEAST UNIVERSITY ACADEMIC LIBRARY

汉赋文化史论

Cultural History of the Han Rhapsody

汪小洋 ◆ 著

东南大学出版社
·南京·

图书在版编目(CIP)数据

汉赋文化史论/汪小洋著. —南京：东南大学出版社，2021.6
 ISBN 978-7-5641-9523-6

 Ⅰ.①汉… Ⅱ.①汪… Ⅲ.①汉赋—文学研究 Ⅳ.①I207.22

中国版本图书馆 CIP 数据核字(2021)第 085889 号

汉 赋 文 化 史 论
Hanfu Wenhua Shilun

著　　者：	汪小洋
出版发行：	东南大学出版社
社　　址：	南京市四牌楼2号　邮编：210096
出 版 人：	江建中
网　　址：	http://www.seupress.com
经　　销：	全国各地新华书店
排　　版：	南京星光测绘科技有限公司
印　　刷：	南京凯德印刷有限公司
开　　本：	700mm×1000mm　1/16
印　　张：	22.5
字　　数：	429千字
版　　次：	2021年6月第1版
印　　次：	2021年6月第1次印刷
书　　号：	ISBN 978-7-5641-9523-6
定　　价：	108.00元(精装)

本社图书若有印装质量问题，请直接与营销部联系。电话：025-83791830

编委会名单

主 任 委 员：郭广银
副主任委员：周佑勇　樊和平
委　　　员：（以姓氏笔画为序）
　　　　　　王廷信　王　珏　龙迪勇　仲伟俊
　　　　　　刘艳红　刘　魁　江建中　李霄翔
　　　　　　汪小洋　邱　斌　陈志斌　陈美华
　　　　　　欧阳本祺　袁久红　徐子方　徐康宁
　　　　　　徐　嘉　董　群
秘　书　长：江建中
编 务 人 员：甘　锋　刘庆楚

身处南雍　心接学衡
——《东南学术文库》序

每到三月梧桐萌芽，东南大学四牌楼校区都会雾起一层新绿。若是有停放在路边的车辆，不消多久就和路面一起着上了颜色。从校园穿行而过，鬓后鬓前也免不了会沾上这些细密嫩屑。掸下细看，是五瓣的青芽。一直走出南门，植物的清香才淡下来。回首望去，质朴白石门内掩映的大礼堂，正衬着初春的朦胧图景。

细数其史，张之洞初建两江师范学堂，始启教习传统。后定名中央，蔚为亚洲之冠，一时英杰荟萃。可惜书生处所，终难避时运。待旧邦新造，工学院声名鹊起，恢复旧称东南，终成就今日学府。但凡游人来宁，此处都是值得一赏的好风景。短短数百米，却是大学魅力的极致诠释。治学处的静谧景，草木楼阁无言，但又似轻缓倾吐方寸之地上的往事。驻足回味，南雍余韵未散，学衡旧音绕梁。大学之道，大师之道矣。高等学府的底蕴，不在对楼堂物件继受，更要仰赖学养文脉传承。昔日柳诒徵、梅光迪、吴宓、胡先骕、韩忠谟、钱端升、梅仲协、史尚宽诸先贤大儒的所思所虑、求真求是的人文社科精气神，时值今日依然是东南大学的宝贵财富。给予后人滋养，勉励吾辈精进。

由于历史原因，东南大学一度以工科见长。但人文之脉未断，问道之志不泯。时值国家大力建设世界一流高校的宝贵契机，东南大学作为国内顶尖学府之一，自然不会缺席。学校现已建成人文学院、马克思主义学院、艺术学院、经济管理学院、法学院、外国语学院、体育系等成建制人文社科院系，共涉及6大学科门类、5个一级博士点学科、19个一级硕士点学科。人文社科专任教师800余人，其中教授近百位，"长江学者"、国家"万人计划"哲学社会科学领军人才、全国文化名家、"马工程"首席专家等人文社科领域内顶尖人才济济一堂。院系建设、人才储备以及研究平台等方面多年来的铢积锱累，为东南大学人文社科的进一步发展奠定了坚实基础。

在深厚人文社科历史积淀传承基础上,立足国际一流科研型综合性大学之定位,东南大学力筹"强精优"、蕴含"东大气质"的一流精品文科,鼎力推动人文社科科研工作,成果喜人。近年来,承担了近三百项国家级、省部级人文社科项目课题研究工作,涌现出一大批高质量的优秀成果,获得省部级以上科研奖励近百项。人文社科科研发展之迅猛,不仅在理工科优势高校中名列前茅,更大有赶超传统人文社科优势院校之势。

东南学人深知治学路艰,人文社科建设需戒骄戒躁,忌好大喜功,宜勤勉耕耘。不积跬步,无以至千里;不积小流,无以成江海。唯有以辞藻文章的点滴推敲,方可成就百世流芳的绝句。适时出版东南大学人文社科研究成果,既是积极服务社会公众之举,也是提升东南大学的知名度和影响力,为东南大学建设国际知名高水平一流大学贡献心力的表现。而通观当今图书出版之态势,全国每年出版新书逾四十万种,零散单册发行极易淹埋于茫茫书海中,因此更需积聚力量、整体策划、持之以恒,通过出版系列学术丛书之形式,集中向社会展示、宣传东南大学和东南大学人文社科的形象和实力。秉持记录、分享、反思、共进的人文社科学科建设理念,我们郑重推出这套《东南学术文库》,将近些年来东南大学人文社科诸君的研究和思考,付之枣梨,以飨读者。知我罪我,留待社会评判!

是为序。

《东南学术文库》编委会

2016 年 1 月

目　录

第一编　汉赋本体的发展

第一章　赋体的源流与流变 ……………………………………………（3）
　　第一节　赋体的形成源流 …………………………………………（3）
　　第二节　汉代的赋体发展 …………………………………………（17）
　　第三节　汉以下的赋体流变 ………………………………………（27）

第二章　西汉初骚体赋流行与大赋开启 ……………………………（31）
　　第一节　陆贾扣其端 ………………………………………………（31）
　　第二节　贾谊振其绪 ………………………………………………（36）
　　第三节　枚乘的骚体赋与汉大赋 …………………………………（43）

第三章　西汉的大赋兴盛 ……………………………………………（51）
　　第一节　司马相如与汉大赋的兴盛 ………………………………（51）
　　第二节　刘安及其宾客的赋家群体 ………………………………（67）
　　第三节　扬雄的创作和对汉大赋的否定 …………………………（75）

第四章　东汉的大赋再兴 ……………………………………………（90）
　　第一节　东汉的代表赋家 …………………………………………（90）

第二节　班固的大赋再兴之功 …………………………………… (95)
第三节　张衡的大赋和抒情小赋 ………………………………… (106)

第五章　东汉后期的大赋式微与抒情赋再兴 ………………………… (117)
第一节　东汉后期赋坛的主要特征 ……………………………… (117)
第二节　东汉后期赋坛的主要赋家 ……………………………… (121)

第二编　汉赋文化的形成

第六章　两汉经学文化与汉赋 ………………………………………… (131)
第一节　两汉经学文化的影响 …………………………………… (131)
第二节　枚皋的"自悔类倡" ……………………………………… (136)
第三节　扬雄的"壮夫不为" ……………………………………… (139)
第四节　蔡邕的"才之小者" ……………………………………… (141)
第五节　今人对经学影响的关注 ………………………………… (143)

第七章　黄老学说与汉赋 ……………………………………………… (154)
第一节　汉赋兴盛于儒学独尊之前 ……………………………… (154)
第二节　黄老学说提供良好环境 ………………………………… (156)
第三节　讽谏的争论与汉赋体制 ………………………………… (157)

第八章　两汉宗教文化与汉赋 ………………………………………… (160)
第一节　汉代神话与大赋创作 …………………………………… (160)
第二节　方士文化与汉赋兴盛 …………………………………… (164)
第三节　楚地文化与方士文化 …………………………………… (168)
第四节　秦汉方士与秦汉文学 …………………………………… (173)

第九章　两汉地理文化与汉赋 ………………………………………… (182)
第一节　赋家分布带来的地理文化认识 ………………………… (182)
第二节　创作风格体现的地理文化影响 ………………………… (187)

第十章 《神乌赋》与两汉俗赋 …… (193)
第一节 《神乌赋》的考古发现 …… (193)
第二节 鸟神话题材的文化积淀 …… (196)
第三节 《神乌赋》的描写特征 …… (199)
第四节 主流社会的鸟题材赋对读 …… (202)
第五节 《神乌赋》的俗赋贡献 …… (204)

第十一章 汉赋发展与文学自觉 …… (206)
第一节 文学自觉标志的梳理 …… (206)
第二节 文学自觉标志的讨论 …… (207)

第三编 汉赋文化的发展

第十二章 历代汉赋作品辑录 …… (223)
第一节 汉代汉赋作品辑录 …… (224)
第二节 魏晋南北朝汉赋作品辑录 …… (228)
第三节 唐宋汉赋作品辑录 …… (229)
第四节 元明汉赋作品辑录 …… (230)
第五节 清代汉赋作品辑录 …… (230)

第十三章 历代汉赋研究辑要 …… (232)
第一节 历代汉赋研究概述 …… (232)
第二节 汉代汉赋研究辑要 …… (235)
第三节 魏晋南北朝汉赋研究辑要 …… (242)
第四节 唐宋汉赋研究辑要 …… (251)
第五节 元明汉赋研究辑要 …… (259)
第六节 清代汉赋研究辑要 …… (269)

第十四章 科举文体文化与文学发展 …… (281)
第一节 汉代察举制度与汉赋发展 …… (281)
第二节 科举文体与唐诗繁荣 …… (287)

第三节　科举文体与宋人以文入诗 ……………………………… (291)

第十五章　朱熹复古与汉赋文化转向 ………………………………… (296)
　　第一节　评文必古的复古热情 …………………………………… (297)
　　第二节　今不胜昔的理论指向 …………………………………… (300)
　　第三节　对苏轼创作的批评态度 ………………………………… (302)
　　第四节　对汉赋文化的复古立场 ………………………………… (305)
　　第五节　对汉赋文化复古转向的影响 …………………………… (309)
　　第六节　朱熹的辞赋创作 ………………………………………… (311)

第十六章　赋文体影响的宗教文字 …………………………………… (314)
　　第一节　赋文体影响的墓葬文字 ………………………………… (314)
　　第二节　赋文体影响的儒教文字 ………………………………… (316)
　　第三节　赋文休影响的道教文字 ………………………………… (318)
　　第四节　赋文体影响的佛教文字 ………………………………… (321)

第十七章　汉赋与汉画的比较及意义 ………………………………… (326)
　　第一节　汉赋与汉画的文本体系梳理 …………………………… (326)
　　第二节　汉赋与汉画的表层比较 ………………………………… (330)
　　第三节　汉赋与汉画的审美走向讨论 …………………………… (335)
　　第四节　汉赋与汉画的语图关系解读 …………………………… (339)

后　　记 ……………………………………………………………………… (347)

第一编
汉赋本体的发展

第一章

赋体的源流与流变

在中国文学发展史上,汉赋是与唐诗、宋词相并列的一代文学,这不仅是因为汉赋在两汉四百年为文学第一大宗,所谓"六义附庸,蔚成大国",而且也是因为汉赋作为一代文学对中国文学发展有着巨大的推动作用。就杰出的艺术家而言,汉赋有司马相如这样可与司马迁相提并论的大作家,清代孙梅即言"长卿之于赋,其犹子长之于史乎"(《四六丛话》);就杰出的艺术成就而言,汉赋也有着颇具规模而文辞优美的大赋作品,刘勰《文心雕龙》说其"铺采摛文,体物写志""丽词雅义,符采相胜",可谓推崇备至。在我国文学发展的早期,汉赋大放异彩,为中国文学史研究提供了一个魅力无穷的广阔领域。

研究汉赋与研究其他文体一样,首先会遇到文体的渊源与流变问题。这是一个基础性的研究课题,前人已经有了非常好的研究成果,这是当代学者的幸运。在已有的学术积淀基础上,我们从赋体的渊源、赋体的发展和赋体的流变三个方面进行探讨,梳理出一些自己的观点。

第一节 赋体的形成源流

中国文学史上,赋是一种流行文体,也是一种主流文体,写作的人多,研究的人也多,在赋体的形成源流问题上,就有许多观点存在。

1. 赋名辨析

由于赋是在文学尚未自觉的土壤中产生,所以后人在赋名辨析的课题上面临着比较复杂的陈述结构,既有具体的文字考证,又有相关的文体起源,还有各文体之间的交叉关系等诸多涉及要素。

(1) "赋"释义

作为一个汉字的解释,许慎《说文解字》曰:

> 赋,敛也,从贝,武声。
>
> 《说文解字·第六篇下》

清人段玉裁为之作注:

> 《周礼·太宰》:"以九赋敛财贿。"敛之曰赋,班之亦曰赋。经传中凡言以物班布与人曰赋。

这是解释"赋"字的本义,与文学无关,与文体也无关。

"赋"字与文学相联系,是在假借为"敷"字后而获得的。朱骏声《说文通训定声》认为:

> 赋,敛也,从贝,武声。按:敛财也……"假借"为敷。《小尔雅·广诂》:"敷,布也。"
>
> 《说文通训定声·豫部第九》

因为假借义的产生,"赋"字开始活跃于以后的文学创作和文学评论中。对于当时文学而言,"赋"衍生出许多与《诗经》相关的内容,其中主要产生了两种含义。

一种含义是作诗的表现手法。《毛诗序》曰:"故诗有六义焉:一曰风,二曰赋,三曰比,四曰兴,五曰雅,六曰颂。"赋手法,即铺陈描写。朱熹《诗集传》说:"赋者,敷陈其事而直言之者也。"

另一种含义是作诗的体裁,即文体。"赋"可以作为文体的名称,如古人常说的"诗赋""辞赋""屈原赋""骚体赋""汉大赋"等。"赋"这种作为后缀而标出的文体,是一种泛指的表达方法,是文学发展早期的现象。

赋与诗的联系意义重大,最明显的标志就是后代出现了大量的相关论述。虽然这些论述的出发点大多从诗教、诗言志等观点出发,但连篇累牍阐述的同时也促进了人们对文学认识的不断加深,许多文学观念也由此而产生,对当时的文学发展和我们认识这一时期文学的发展特征,都具有积极意义。

比如对赋手法的认识,几乎引起历代文人的关注,几乎穷尽了可能有的解释,所得定义也反映出了赋手法的特点。

> 赋之言铺,直铺陈今之政教善恶。
> （郑玄《周礼注疏》）

> 赋者,铺也,铺采摛文,体物写志也。
> （刘勰《文心雕龙·诠赋》）

赋手法特征的明确,亦包含着对"赋体"的明确,这就引出了对赋与诗两种文体区别的注意。《韩诗外传》曰:

> 孔子游于景山之上……孔子曰:"君子登高必赋。"

《汉书·艺文志·诗赋略》亦曰:

> 传曰:"不歌而诵谓之赋。登高能赋,可以为大夫。"

赋的种种解释,已流露出与诗有所不同的文体特征。"不歌而诵"的特征,是与诗比较而言的。刘熙载《艺概·赋概》认为:"赋无非诗,诗不皆赋。"赋只是诗的一体,如所谓"六诗":风、雅、颂、赋、比、兴。刘勰就在《文心雕龙·诠赋》里指出:"赋自诗出,分歧异派。"

赋是诗的一体,所以论赋的渊源也要追溯到诗。班固《两都赋》说:"赋者,古诗之流也。"

楚辞对汉赋的影响是各代学者都予以关注的,特别是刘汉建国者来自楚地,故其带来的特殊影响更受到关注。《汉书·礼乐志》记:"高祖乐楚声。"汉初的几个皇帝都喜爱楚辞,有些还能够创作,最有名的就是高祖刘邦的《大风歌》和《鸿鹄歌》,以及汉武帝的《秋风辞》《天马歌》《李夫人歌》和《瓠子歌》等。刘亚虎认为:"在这样的大环境中,汉代不少辞赋的作者竞相向楚辞吸收养分。刘熙载《艺概·赋概》说:'长卿《大人赋》出于《远游》,《长门赋》出于《山鬼》,王仲宣《登楼赋》出于《哀郢》,曹子建《洛神赋》出于《湘君》《湘夫人》。'并认为枚乘《七发》出自《招魂》。不仅如此,汉赋铺陈、夸张、虚构等主要的艺术表现手法,都深受楚辞的影响。楚辞是孕育于楚地各民族文化土壤并吸收黄河流域华夏文化养分而生长出来的奇葩,尤其是屈原的《九歌》《招魂》《离骚》等,更从楚地各民族的神话、传说、表演形式、信仰风俗等汲取了较多的养料。汉赋一些作品的风格出于楚辞,也就与楚地诸族民间文化发生了联系。"[1]

赵鹏的博士学位论文讨论了楚辞的影响,提出了两个很有启发的角度。一个角度是汉高祖的移民政策影响:"从汉高祖开始的移民政策促使楚辞的传播范围扩大。汉初诸帝为了稳固皇权,频繁大量地迁徙楚地豪强到京城,这一政治策略客观上促进了楚、汉两地文化的融合。受到刘邦、刘彻对豪强的迁徙政策影响,屈赋楚辞自然随着被迁徙的楚地豪强,在汉初得到了迅速而广泛的传播。且由于高祖好楚声,也带动了汉初相当一部分的文学创作模仿楚文学作品。比如《郊祀》等歌,很可能是模仿《楚辞·九歌》演变而来的,这也从侧面印证了《楚辞》对汉初文学的影响。"另一个角度是汉武帝个人爱好的影响:"汉初诸帝中,武帝与楚辞的关系最为密切。武帝对楚辞的好恶与政治判断使楚辞在当时经历了大起大落的兴衰历程:一方面武帝出于政教目的及个人喜好,通过诏令引导,促进了淮南王刘安创作了《离骚传》,以及严助、朱买臣等人创作的楚辞类作品;另一方面武帝为了稳定政权,又很快诛杀了楚辞传人,冷落了楚辞,致使楚辞传播的沉寂。这也说明在中国古代传统的宗法等级制度下,帝王凭借着政权的力量可以对文籍的解释、流传与研究拥有正、负两个方面影响。"[2]

我们认为,楚辞是来自楚地的地方诗词,在楚地本地就有了一个长期的发展,然后借助汉初帝王的爱好又有了新的发展,这些积淀影响到汉赋的发展。从现有材料和研究看,楚地诸族民间招魂词有重叠夸张的特点,这是楚辞最初的文体基础。之后,民间招魂词影响扩大,其中一些内容转化为屈原《招魂》"外陈四方之恶,内崇楚国之美"这样的铺陈,楚辞文体的一些重要特

---

[1] 刘亚虎《楚辞、汉赋与北南文化交流》,《百色学院学报》2012年第1期,第72页。
[2] 赵鹏:《汉初诸帝与文学》,东北师范大学2015届博士学位论文,第40页。

征开始成熟。进入西汉,以屈原著作为代表的楚辞文体转化为汉赋,"铺采摛文,体物写志",汉赋文体的特征开始形成。这样的发展脉络,可以概括说明楚辞对汉赋的贡献。

质言之,"赋"字的文学内涵由假借而产生,在向文学领域发展的过程中,衍生出两个方面内容,即写作手法和写作文体。从文体演变层面看,这一发展过程中受到诗和楚辞等其他文体的影响,赋文体也因此有了自己的初步内涵。

(2)"赋"名释义

"赋"通过假借义,有了"铺陈"的含义,成为六义之一,成为一种有独立性的文体,与文学创作,特别是与《诗经》发生联系,进而成为一个文学的范畴。但直接以赋为名的作品,最早却不是在《诗经》里出现,而是出现在荀子的笔下。

现存西汉末刘向校定的《荀子》(刘氏校定后名之为《孙卿新书》),其第二十六篇名为《赋篇》,保存有《礼》、《智》(亦作《知》)、《云》、《蚕》、《箴》五篇。这五篇作品形式与结构基本一致,均为四言诗,用韵,稍杂以散文的句子,设问答,类似谜语。作者先铺张描写,制造谜面,在最后结语时点出谜底。刘勰《文心雕龙·诠赋篇》曰:"荀结隐语,事数自环。"

关于谜语的特征,《文心雕龙·谐隐篇》曰:

> 而君子嘲隐,化为谜语。谜也者,回互其辞,使昏迷也。或体目文字,或图象品物。纤巧以弄思,浅察以炫辞,义欲婉而正,辞欲隐而显。荀卿《蚕赋》,已兆其体。

《赋篇》的五篇中,《礼》《智》二篇是说理,《云》《蚕》《箴》三篇是咏物。这五篇都在每篇之末标出一字作题目。五篇赋均采用问答体,臣与王问答,说明所举事物。作品前半部分是臣作隐语,概括描述所赋事物之特征,但不露谜底。后半部分是王作回答,择其要而述,最后结语,点出所赋事物的名称,揭出谜底。唐人杨倞为《赋篇》作注:"所赋之事,皆生人所切,而时多不知,故特示之。"

《赋篇》五篇之后,还有一篇《佹诗》,因为这篇作品之末,没有标明题目,而在开篇有"天下不治,请陈佹诗"之句,所以后人以"佹诗"为名。《佹诗》与前五篇作品的形式结构基本一致,可以当作赋看待。

具有谜语特征的《赋篇》,显然与赋文体"铺采摛文,体物写志"有很大不同,但荀子第一次以"赋"冠名文体,其文学意义却是重大的。赋原来只是一种创作手法,在成为一篇作品的名称后才作为一种文体的名称正式出现了。

荀赋除谜语特征外,还有几个写作特点是接近赋的。第一,以叙事写物为主,假象尽辞,借物言志。第二,虚构人物,以问答方式结构全篇。第三,多用想象、夸张、比喻、议论等修辞手法。第四,语言上句式韵散相间,长短不一,已无骚体赋中的"乱词"。第五,重说理,有讽刺笔调。这几个特点,多多少少已与汉大赋相接近。因此,荀赋不仅在名称上,同时也在文体特征上对赋文体的出现具有推动作用。现录荀赋五篇及《佹诗》,以进一步说明:

爰有大物,非丝非帛,文理成章;非日非月,为天下明。生者以寿,死者以葬。城郭以固,三军以强。粹而王,驳而伯,无一焉而亡。臣愚不识,敢请之王。

王曰:此夫文而不采者与?简然易知而致有理者与?君子所敬而小人所不者与?性不得则若禽兽,性得之则甚雅似者与?匹夫隆之则为圣人,诸侯隆之则一四海者与?致明而约,甚顺而体,请归之礼。

(《礼赋》)

皇天隆物,以示下民,或厚或薄,常不齐均。桀纣以乱,汤武以贤。涽涽淑淑,皇皇穆穆,周流四海,曾不崇日,君子以修,跖以穿室。大参乎天,精微而无形,行义以正,事业以成。可以禁暴足穷,百姓待之而后宁泰。臣愚不识,愿问其名。

曰:此夫安宽平而危险隘者邪?修洁之为亲而杂污之为狄者邪?甚深藏而外胜敌者邪?法禹舜而能弇迹者邪?行为动静待之而后适者邪?血气之精也,志意之荣也。百姓待之而后宁也,天下待之而后平也。明达纯粹而无疵也,夫是之谓君子之知。

(《智赋》)

有物于此,居则周静致下,动则綦高以钜。圆者中规,方者中矩。大参天地,德厚尧禹。精微乎毫毛,而充盈乎大宇。忽兮其极之远也,攭兮其相逐而反也,印印兮天下之咸蹇也。德厚而不捐,五采备而成文,往来惛惫,通于大神,出入甚极,莫知其门。天下失之则灭,得之则存。弟子不敏,此之愿陈,君子设辞,请测意之。

　　曰:此夫大而不塞者与?充盈大宇而不窕,入郄穴而不逼者与?行远疾速而不可托讯者与?往来惽惫而不可为固塞者与?暴至杀伤而不亿忌者与?功被天下而不私置者与?托地而游宇,友风而子雨。冬日作寒,夏日作暑。广大精神,请归之云。

(《云赋》)

　　有物于此,儵儵兮其状,屡化如神。功被天下,为万世文。礼乐以成,贵贱以分。养老长幼,待之而后存。名号不美,与暴为邻。功立而身废,事成而家败。弃其耆老,收其后世。人属所利,飞鸟所害。臣愚不识,请占之五泰。

　　五泰占之曰:此夫身女好而头马首者与?屡化而不寿者与?善壮而拙老者与?有父母而无牝牡者与?冬伏而夏游,食桑而吐丝,前乱而后治,夏生而恶暑,喜湿而恶雨。蛹以为母,蛾以为父。三俯三起,事乃大已。夫是之谓蚕理。

(《蚕赋》)

　　有物于此,生于山阜,处于室堂。无知无巧,善治衣裳。不盗不窃,穿窬而行。日夜合离,以成文章。以能合从,又善连衡。下覆百姓,上饰帝王。功业甚博,不见贤良。时用则存,不用则亡。臣愚不识,敢请之王。

　　王曰:此夫始生钜其成功小者耶?长其尾而锐其剽者耶?头铦达而尾赵缭者耶?一往一来,结尾以为事。无羽无翼,反覆甚极。尾生而事起,尾邅而事已。簪以为父,管以为母。既以缝表,又以连里。夫是之谓箴理。

(《箴赋》)

　　天下不治,请陈《佹诗》:天地易位,四时易乡;列星殒坠,旦暮晦盲;幽晦登昭,日月下藏。公正无私,反见纵横。志爱公利,重楼疏堂;无私罪人,憼革贰兵。道德纯备,谗口将将。仁人䌌约,敖暴擅强。天下幽险,恐失世英。螭龙为蝘蜓,鸱枭为凤皇。比干见刳,孔子拘匡。昭昭乎其知之明也,郁郁乎其遇时之不祥也,拂乎其欲礼义之大行也,暗乎天下之晦盲也。皓天不复,忧无疆也。千岁必反,古之常也。弟子勉学,天不忘也。圣人共手,时几将矣。与愚以疑,愿闻反辞!

其小歌曰:念彼远方,何其塞矣!仁人绌约,暴人衍矣;忠臣危殆,谗人服矣。琁玉瑶珠,不知佩也;杂布与锦,不知异也。闾娵、子奢,莫之媒也。嫫母、力父,是之喜也。以盲为明,以聋为聪,以危为安,以吉为凶。呜呼!上天!曷维其同。

(《佹诗》)

(3)赋与辞、颂

在我国文学史上,很长一段时间里赋与辞是不分的,如清人姚鼐《古文辞类纂》有"辞赋类",将辞与赋作大类考虑。作为一般文学常识的阐述,直到今天"辞赋"还可连用,今人有选本《历代辞赋选》等等,都是这种做法。

关于辞的本义,许慎《说文解字·十四篇下》曰:

辞,讼也。从受辛。受辛,犹理辜也。籀文辞,从司。

不过,清代大学者段玉裁认为,将"辞"解释为"讼"是错的,他在《说文解字注》里说:

今本说讹讼,《广韵·七》之所引不误。今本此说讹为讼,讼字下讼讹为说,其误正同。言部曰:"说者,释也。"

《周易·系辞》之《释文》曰:"辞,说也,辞本作词。"此为一说,亦可证明段氏之说。刘师培《论文杂记》指出:"凡古籍'言辞''文辞'诸字,古字莫不作'词',特秦汉以降,误'词'为'辞'耳。"也就是说,词是本字,而辞是借用。

又,《说文解字》曰:"词,意内而言外也,从司,从言。"段玉裁《说文解字注》认为:"词者,意内而言外,从司言,此谓摹绘物状及发声语助之文字也。"摹绘物状,发声抒情,这样的文字自然有了修饰作用,表现出了文学性。《左传·襄公二十五年》就有这种用法:"敬行其礼,道之以文辞。"这里的"文辞"之"辞",应是指经过修饰的语言。

辞为词,又具有修饰的内容,那么具有某地特征的词,冠以地名而命名也就顺理成章。宋代黄伯思《校定楚词序》曰:"屈宋诸骚,皆书楚语,作楚声,纪楚地,名楚物,故可谓之'楚词'。"所以楚地诗歌可以"楚辞"命名。

楚辞,原本也以"辞"称,西汉刘向编选《楚辞》之后方有"楚辞"之名。司马迁《史记·屈原贾生列传》曰:"屈原既死之后,楚有宋玉、唐勒、景差之徒者,皆好辞而以赋见称。"这里的"辞"不是指一般的文辞,而是指文体的"辞"。

在汉代,辞与赋是通用的。班固《汉书·扬雄传》赞曰:"赋莫深于《离骚》,反而广之;辞莫丽于相如,作四赋。皆斟酌其本,相与放依而驰骋云。"《汉书·艺文志·诗赋略》里,首先著录的是"屈原赋二十五篇"。辞赋也可连用,司马迁《史记·司马相如列传》曰:"景帝不好辞赋。"王逸《楚辞章句·卷一》称赞屈原曰:"名儒博达之士,著造词赋,莫不拟则其仪表,祖式其模范,取其要妙,窃其华藻。"

辞与赋在汉代可通用,所以汉代人并没有去作专门的区别工作,在一般表达上,辞与赋可以互文。如《汉书·扬雄传》称:"赋莫深于《离骚》,反而广之,辞莫丽于相如。"所以刘熙载《艺概》说:"则辞亦为赋,赋亦为辞,明甚。"今人所认识的辞与赋的区别,是汉以后的事。

赋颂通名,也是在汉赋研究中遇到的问题。班固《汉书·王褒传》曰:"太子喜褒所为《甘泉》及《洞箫》颂,令后宫贵人及左右皆诵读之。"而世人所熟悉的是王褒《洞箫赋》,两篇实为同文异名。

关于颂,《说文解字》曰:"颂,儿也,从页公声。"段玉裁注:"颂,仪也。"诗、乐、舞三者结合以歌颂圣帝明王之盛德的宗庙舞曲就是颂。颂产生的时间非常早,最早可推至远古时代。《文心雕龙·颂赞》说:"昔帝喾之世,咸墨为颂,以歌《九韶》。自商以下,文理允备。"《诗经》里保存的《周颂》,产生于西周初年,《鲁颂》《商颂》也是春秋初年的作品,时代都非常早。

颂不仅产生时代早于赋,而且颂是音乐、诗歌、舞蹈的综合体,可以舞,可以歌。颂产生时间早,而且功能也十分明确,完全是为帝王服务。《毛诗大序》说:"颂者,美盛德之形容,以其成功告于神明者也。"赋就不一样了,赋只能吟诵,可以抒胸怀,可以"登高而赋",其中内容也不局限于帝王。

但是,赋、颂也有相同的地方。内容上,赋、颂都是以颂美为主题。王褒《洞箫赋》的主题就是颂洞箫的艺术美:"故贪饕者听之而廉隅兮,狼戾者闻之而不恁。刚毅强暴反仁恩兮,啴咺逸豫戒其失。"表达方式上,赋、颂也有相同的地方,都可诵,所以范文澜说:"《孟子·万章篇》:'颂其诗。'颂诗,即诵诗也。故《橘颂》即《橘诵》,亦即《橘赋》。推之汉人所作,尚存此意,王褒《洞箫颂》即《洞箫诵》,亦即《洞箫赋》。马融《广成颂》即《广成诵》,亦即《广成赋》。

盖诵与赋二者音调虽异,而大体可通,故或称颂,或称赋,其实一也。"[1]

但赋颂通名,在汉代并不普遍。汉以后,随着文学的发展,两者的区别也被认识,挚虞在《文章流别论》里就指出:"若马融《广成》《上林》之属,纯为今之赋体,而谓之颂,失之远矣。"刘勰《文心雕龙·颂赞》亦云:"马融之《广成》《上林》,雅而似赋,何弄文而失质乎!"

2. 赋源探讨

关于赋的起源,历代说法不一,各家都有比较充实的文献材料作为依据,可谓是仁者见仁,智者见智,这虽然给后人研究带来一定的难度,但也说明一个现实,即赋确实也没有一元化的源头,在文学远未自觉的年代,强求唯一的源头,是难以办到的。因此,赋的起源多元化,与当时赋的孕育状况相一致,也与文学发展的那个阶段特征相吻合,也正因此,每一家的说法都言之有理,事实上也是如此。梳理各家观点,赋体主要有这样几个起源。

(1) "不歌而诵"说

这一说法是东汉班固最先提出,他在《汉书·艺文志·诗赋略》里说:

《传》曰:"不歌而诵谓之赋,登高能赋,可以为大夫。"言感物造耑,材知深美,可与图事,故可以为列大夫也。古者诸侯卿大夫交接邻国,以微言相感,当揖让之时,必称《诗》以谕其志,盖以别贤不肖而观盛衰焉。故孔子曰"不学《诗》,无以言"也。春秋之后,周道寖坏,聘问歌咏,不行于列国,学《诗》之士,逸在布衣,而贤人失志之赋作矣。大儒孙卿及楚臣屈原,离谗忧国,皆作赋以风,咸有恻隐古诗之义。其后宋玉、唐勒;汉兴,枚乘、司马相如,下及扬子云,竞为侈丽闳衍之词,没其风谕之义。

这一观点被后世许多学者所沿用。皇甫谧《三都赋序》曰:"古人称不歌而颂谓之赋,然则赋也者,所以因物造端,敷弘体理,欲人不能加也。"

(2) "受命于诗人"说

这一说法由西晋左思在《三都赋序》里提出:

盖《诗》有六义焉,其二曰赋。扬雄曰:"诗人之赋丽以则。"班固曰:

---

[1] 范文澜:《文心雕龙注》,人民文学出版社,2006年,第133页。

"赋者,古诗之流也。"先王采焉,以观土风。

同时代的皇甫谧在《三都赋序》里也赞成这一说法:

> 诗人之作,杂有赋体。子夏序《诗》曰:"一曰风,二曰赋。"故知赋者,古诗之流也。至于战国,王道陵迟,风雅寝顿,于是贤人失志,辞赋作焉。

这一说法影响较大,刘勰等人都附和,他们认为赋是由《诗》六义中的赋发展而来,赋是受命于诗人的。"不歌而诵"和"受命于诗人"由于与《诗》相联系,所以在各种说法中最具权威性。又由于都是与《诗》相联系,所以又可合二为一,有学者称之为"诗源说"。班固就曾说:"赋者,古诗之流也。"

(3)"拓宇于楚辞"说

这一说法是由班固最先提出,他在《离骚序》中说:

> 然其文弘博丽雅,为辞赋宗,后世莫不斟酌其英华,则象其从容。

王逸《楚辞章句·卷一》,沿革此观点:

> 故智弥盛者其言博,才益劲者其识远。屈原之词,诚博远矣。自孔丘终没以来,名儒博达之士,著造词赋,莫不拟则其仪表,祖式其模范,取其要妙,窃其华藻。

正式提出"拓宇于楚辞"说的是梁朝刘勰,他在《文心雕龙·诠赋》中提出:

> 《诗》有六义,其二曰赋。赋者,铺也,铺采摛文,体物写志也。昔邵公称:"公卿献诗,师箴赋。"《传》云:"登高能赋,可为大夫。"《诗序》则同义,传说则异体。总其归途,实相枝干。刘向云明不歌而颂,班固称古诗之流也。至如郑庄之赋大隧,士为之赋狐裘,结言短韵,词自己作,虽合赋体,明而未融。及灵均唱骚,始广声貌,然赋也者,受命于诗人,拓宇于楚辞也。于是荀况礼智,宋玉风钓,爰锡名号,与诗画境,六义附庸,蔚成大国。述客主以首引,极声貌以穷文,斯盖别诗之原始,命赋之厥初也。

这一段话提出"拓宇于楚辞",但同时也点到了"登高能赋,可为大夫"和"受命于诗人",从刘勰的表述看,他是赞成赋源来自《诗》与《楚辞》。

(4)"原本诗骚,出入战国诸子"说

这一说法由清代学者章学诚提出,他在《校雠通义·汉志诗赋》里说:

> 古之赋家者流,原本诗骚,出入战国诸子。假设对问,庄列寓言之遗也;恢廓声势,苏张纵横之体也;排比谐隐,韩非《储说》之属也;征材聚事,《吕览》类辑之义也。

章氏此说有其道理,但这一观点是对比较成熟的赋而言的。一个文体在发展成熟中必然要多方吸收,从这个意义上看,"战国诸子"是赋体这一文学大宗滔滔水道中初期加入的一股源泉。

(5)"源于纵横家"说

这一说由清代姚鼐提出,他在《古文辞类纂·辞赋类》里提出:

> 辞赋类者,风雅之变体也,楚人最工为之,盖非独屈子而已。余尝谓《渔父》及《楚人以弋说襄王》《宋玉对王问遗行》,皆设辞无事实,皆辞赋类耳。太史公、刘子政不辨,而以事载之,盖非是。辞赋固当有韵,然古人亦有无韵者,以义在托讽,亦谓之赋耳。

近代刘师培赞成这一说法,他在《论文杂记》里说:"欲考诗赋之流别者,盍溯源于纵横家哉!"[1]姚氏、刘氏的观点,从时间上看有些问题,但从赋文体的发展看,还是有一定道理的。

(6)"《史篇》之变体"说

这是由刘师培提出,他在《论文杂记》里说:

> 盖《骚》出于《诗》,故孟坚以赋为古诗之流。然相如、子云,作赋汉廷,指陈事物,殚见洽闻,非惟风雅之遗音,抑亦《史篇》之变体。[2]

---

[1] 刘师培:《论文杂记》,人民文学出版社,1984年,第129页。
[2] 刘师培:《论文杂记》,人民文学出版社,1984年,第111页。

《史篇》是一部古代字书，相传是周宣王时太史籀所作，原书已佚，具体面貌不得而知。刘师培《论文杂记》认为："然以李斯《仓颉篇》、史游《急就篇》例之，大抵韵语偶文，便于记诵，举民生日用之字，悉列其中，盖《史篇》即古代之字典也。"自甲骨文始，我国早期文字，字稀文简，"韵语偶文，便于记诵"是当时普遍的文体特征，因此刘师培的观点有一定道理，但最终论定，还需有进一步的资料予以证明。

（7）源于隐语说

提出这一观点的是当代美学家朱光潜，他在《诗论》第二章"诗与隐"里说："中国大规模的描写诗是赋。赋就是隐语的化身。战国秦汉间嗜好隐语的风气最盛，赋也最发达。荀卿是赋的始祖，他的《赋篇》本包含《礼》《智》《云》《蚕》《箴》《乱》六篇独立的赋，前五篇都极力铺张所赋事物的状态、本质和功用，到最后才用一句话点明题旨，最后一篇就简直不点明题旨……后来许多辞赋家和诗人、词人都沿用这种技巧，以谜语状事物……赋即源于隐。"[1]

20世纪80年代出版的《先秦文学史》同意这一观点，作者徐北文认为："描写物体的形状和特征，正是隐语的主要写作形式。在隐藏谜底的情况下，尽量刻画渲染谜面，于是就'铺采摛文'了，铺张扬厉了。"

《文心雕龙·谐隐》指出隐语的特点是："谲者，隐也，遁辞以隐意，谲譬以指事也。"这与汉赋排山倒海般的"劝百"有距离，但在赋体发生阶段于手法和结构方面影响赋还是有可能的，荀子《赋篇》表现得就很明显。

（8）起源于楚民歌说

这一观点元代祝尧在《古赋辨体》卷九"外录上"中就已提出，他认为：

> 赋之本义乃有见于他文者。……今故以历代祖述楚语者为本而旁及他有赋之义者，因附益于辨体之后，以为外录，庶几既分非赋之义于赋之中，又取有赋之义于赋之外，严乎其体，通乎其义，其亦赋家之一助云尔。

祝氏主张赋祖骚的观点，在《古赋辨体》中多次提出这样的观点，如"《离骚》为词赋祖"（卷一），"此楚骚所以为百代词赋之祖也欤"（卷二），"楚臣

---

[1] 朱光潜：《诗论》，三联书店，1984年，第36页。

之骚,即后来之赋"(《卷九》)等,但他提出的"楚语"值得玩味。

当代学者游国恩《楚辞概论》也注意到这一说,将赋之源与楚民歌相联系。20世纪30年代陶秋英在其硕士论文《汉赋之史的研究》中说得更明白,认为赋是南方楚民歌的发展:"认清赋与《诗经》是两个系统——《九歌》是民歌,曾经屈原修改——《九歌》是骚赋之祖——民歌与骚赋成立之间,《天问》《橘颂》为渡。"[1]

楚地民歌发展为楚辞,楚辞发展为赋,因此赋祖楚地民歌,这一说法实为"拓宇楚辞"说的深入,可备一说。我们认为,从民间文学搜寻赋源不失为一个思路,随着对出土文物的整理,这方面可能会有突破。如1993年在江苏东海出土的木牍竹简中就有从未发现过的汉代民间俗赋《神乌赋》,同时出土的木牍《君兄缯方缇中物疏》还列出了《列女赋》《弟子职》《楚相内史对》等作品。《神乌赋》与西汉末扬雄《逐贫赋》和《酒赋》风格相近,与东汉末赵壹《穷鸟赋》在手法和句式上相仿,这些都给人以无限遐想。假以时日,俗赋会从民间文学这一方向为汉赋研究和赋体之源研究做出贡献。

(9)"赋出于俳词"说

首先提出这一说的是现代学者冯沅君。20世纪40年代初,冯沅君在《古优解》和《汉赋与古优》二文中,对优语(即俳词)和汉赋进行体制、内容上的比较。冯氏在《古优解》中提出:"汉赋乃是'优语'的支流,经过天才作家发扬光大过的支流。"[2]

任半塘也持此观点,他在《优语集》中指出:"雄以为赋者,将以风之。……又颇似俳优淳于髡、优孟之徒,非法度所存。"随之按语:"赋出于俳词,此条可证。"[3]

我们认为,"赋出于俳词"说也是一个民间文学影响的问题,后来周绍良在《敦煌变文论文录》分析荀子所作(即《赋篇》)时指出:"《赋篇》又相当于《隐书》之类。刘向、班固所谓杂赋,应该是一种接近民间文学的诙谐文体。"[4]

概言之,我们可以这样来认识赋体的形成渊源:就赋名而言,"赋"字是通过假借而有了"敷"义,与《诗》的"六义"相联系,成为一种写作手法的名称;同时,荀卿《赋篇》首创以"赋"作为篇名,从此赋也可以指一种文体。在汉代,

---

[1] 陶秋英:《汉赋之史的研究》,中华书局,1939年,第46页。
[2] 冯沅君:《冯沅君古典文学论文集》,山东人民出版社,1980年,第75页。
[3] 任二北:《优语集》,上海文艺出版社,1981年,第4页。
[4] 周绍良、白化文编:《敦煌变文论文录》,上海古籍出版社,1982年,第376页。

赋与辞和颂通名或连称,这是因为汉人对这几个文体的界定还不很清楚,同时也没有明确的界定,尤其是辞赋不分。就赋源而言,已列九种观点,综合起来看可以概括为三类,即诗源说、骚源说和民间之源说。各说都有依据,也与文学发展进程相吻合。在文学尚未自觉的阶段,混沌是正常的,要求一元之源才是不现实的。

第二节　汉代的赋体发展

赋在中央集权强大的两汉出现了空前的繁荣局面,成为四百年间的主流文体,占据了汉一代文学发展的主导地位,有如唐诗、宋词、元曲一样,取得了一代文学之称。近代王国维说得极为形象:"凡一代有一代之文学,楚之骚,汉之赋,六朝之骈语,唐之诗,宋之词,元之曲,皆所谓一代之文学。而后世莫能继焉者也。"[1]

汉赋的盛况,班固在《两都赋序》中有所描述,虽然他是对西汉赋坛而言,但我们从中可感受到汉赋之盛。班固的这段文字后人也是反复引用,其中有对当时创作情景的追慕,以及对班氏所言的认同:

> 或曰:"赋者,古诗之流也。"昔成、康没而颂声寝,王泽竭而诗不作。大汉初定,日不暇给。至于武、宣之世,乃崇礼官,考文章,内设金马石渠之署,外兴乐府协律之事,以兴废继绝,润色鸿业。是以众庶悦豫,福应尤盛……故言语侍从之臣,若司马相如、虞丘寿王、东方朔、枚皋、王褒、刘向之属,朝夕论思,日月献纳。而公卿大臣御史大夫倪宽、太常孔臧、太中大夫董仲舒、宗正刘德、太子太傅萧望之等,时时间作。或以抒下情而通讽谕,或以宣上德而尽忠孝,雍容揄扬,著于后嗣,抑亦《雅》《颂》之亚也。故孝成之世,论而录之,盖奏御者千有余篇,而后大汉之文章,炳焉与三代同风。

汉赋发展的主要内容,我们将在后面的专论里予以展开,这里首先讨论两个内容,一是汉赋的作家和作品数量,一是汉赋发展的阶段。

---

〔1〕　王国维:《宋元戏曲史》,江苏文艺出版社,2007年,第23页。

1. 汉赋的作家和作品数量

两汉四百年,汉赋有多少作家、有多少作品,因为史科和作品的散佚,已是个很难说出确数的问题。不过,根据目前保存的材料和前人的研究成果,我们还是可以做出一些有益的探讨,从作家和作品数量这个角度了解汉赋的发展面貌。

首先,汉赋作品的分类。

东汉班固在《汉书·艺文志》里首先给赋家分类,他分赋为四家,并统计了每个赋家的作品数量。

第一类是屈原赋。这一类的赋家有:屈原,赋二十五篇;唐勒,赋四篇;宋玉,赋十六篇;赵幽王,赋一篇;庄夫子,赋二十四篇;贾谊,赋七篇;枚乘,赋九篇;司马相如,赋二十九篇;淮南王,赋八十二篇;淮南王群臣,赋四十四篇;太常蓼侯孔臧,赋二十篇;阳丘侯刘郾,赋十九篇;吾丘寿王,赋十五篇;蔡甲,赋一篇;上所自造,赋二篇;倪宽,赋二篇;光禄大夫张子侨,赋三篇;阳成侯刘德,赋九篇;刘向,赋三十三篇;王褒,赋十六篇。

第二类是陆贾赋。这一类的赋家有:陆贾,赋三篇;枚皋,赋百二十篇;朱建,赋二篇;常侍郎庄忽奇,赋十一篇;严助,赋三十五篇;朱买臣,赋三篇;宗正刘辟强,赋八篇;司马迁,赋八篇;郎中臣婴齐,赋十篇;臣说,赋九篇;臣吾,赋十八篇;辽东太守苏季,赋一篇;萧望之,赋四篇;河内太守徐明,赋三篇;给事黄门侍郎李息,赋九篇;淮阳宪王,赋二篇;扬雄,赋十二篇;待诏冯商,赋九篇;博士弟子杜参,赋二篇;车郎张丰,赋三篇;骠骑将军朱宇,赋三篇。

第三类孙卿赋。这一类的赋家有:孙卿,赋十篇;秦时杂赋九篇;李思《孝景皇帝颂》,十五篇;广川惠王越,赋五篇;长沙王群臣,赋三篇;魏内史,赋二篇;东暆令延年,赋七篇;卫士令李忠,赋二篇;张偃,赋二篇;贾充,赋四篇;张仁,赋六篇;秦充,赋二篇;李步昌,赋二篇;侍郎谢多,赋十篇;平阳公主舍人周长孺,赋二篇;雒阳锜华,赋九篇;眭弘,赋一篇;别栩阳,赋五篇;臣昌市,赋六篇;臣义,赋二篇;黄门书者假史王商,赋十三篇;侍中徐博,赋四篇;黄门书者王广、吕嘉,赋五篇;汉中都尉丞华龙,赋二篇;左冯翊史路恭,赋八篇。

第四类为客主赋类。这类作品有十二家,二百三十三篇,但大多散佚,偶有发现,是否属汉代,亦难以考证。

从班固所列的作品看,他的分类不够准确,比如扬雄作赋是学司马相如的:"先是时,蜀有司马相如,作赋甚弘丽温雅,雄心壮之,每作赋,常拟之以为式。"(《汉书·扬雄传》)。《西京杂记·卷三》也有同样的记载："子云学相如为赋而弗逮,故雅服焉。"扬雄与司马相如的风格也十分相近,从目前保存的作品看,同属散体大赋,可班固却将他们分别列入屈原类赋和陆贾类赋。再如淮南王与长沙王都属藩王,所封国在地理上相距亦不远,以当时的风气,文人亦可能在两地走动,两王臣下所作的赋风格应相近,可班固也将他们的赋分别列入屈原类赋和孙卿类赋。班固的分类法用今人的眼光看,还是有需要讨论的地方。但班固以史学家的严谨著书立说,应不是没有依据的,也可能这种分法就是当时学者的看法。

班固之后,晋代傅玄也做了一个规模不大的划分尝试,他将枚乘《七发》作为一类。模仿《七发》进行赋创作,汉人已经意识到,傅玄把这种现象说得更清楚。他在《七谟序》里说："昔枚乘作《七发》,而属文之士,若傅毅、刘广世、崔骃、李尤、桓麟、崔琦、刘梁之徒,承其流而作之者纷焉,《七激》《七兴》《七依》《七疑》《七说》《七蠲》《七举》之篇。"此后不久的梁朝刘勰在《文心雕龙》里,把《七发》放在《杂文》里,他指出："及枚乘摛艳,首制《七发》,腴辞云构,夸丽风骇。"傅玄和刘勰都将《七发》单独分析,这是将《七发》另划一类。

南北朝时关于文学理论评论,影响最大的当属刘宋时的刘勰。刘勰不仅将枚乘《七发》另划一类,而且他亦将骚与赋作了区分,在《文心雕龙》里,《辨骚》与《诠赋》分列两章,分而论之是非常明显的了。随后不久,萧统《文选》亦做了这样的区分,自此骚赋分论。明代胡应麟《诗薮·杂编·卷一》论道："世率称楚骚汉赋,昭明《文选》分骚、赋为二,历代因之,名义既殊,体裁亦别。然屈原诸作,当时皆谓之赋。《汉·艺文志》所列诗赋一种,凡百六家,千三百一十八篇,而无所谓骚者。"

以后各代还有一些继续分类的工作。至当代,汉赋的分类研究已是相当细致和比较科学了。不过,各家的分法因角度不同而不尽一致。比较流行的是从文本体制着眼,分汉赋为三类:一是受楚辞影响较深的骚体赋,一是铺张扬厉的散体大赋,一是清新短小的抒情小赋。这三类赋文本特征鲜明,在两汉的不同时期占据主导地位,体现出了汉赋发展的阶段性,可归纳为汉初的骚体赋、两汉主要时期的散体大赋和汉末的抒情小赋。

当代,因为艺术类型的划分越来越细,相关研究越来越深入,所以今人在汉赋的分类上也比传统分类细密了很多,这方面的深入扩展到了音乐艺术等文化层面。比如,刘崴根据龚克昌等评注的《全汉赋评注》,对汉赋进行了汉代音乐文化研究,其中有分类的描述。他统计该书共收录有汉赋196篇,其中描写乐舞百戏的有35篇。描写百戏的2篇有《平乐观赋》《西京赋》；描写乐舞的17篇为《上林赋》、《蜀都赋》、《长杨赋》、《舞赋》并序、《七依》、《东都赋》、《南都赋》、《东京赋》、《西京赋》、《七辩》、《观舞赋》、《思玄赋》并序、《章华台赋》、《齐都赋》、《七释》、《鲁都赋》、《七蠲》；描写乐器器乐的15篇为《七发》《子虚赋》《洞箫赋》《雅琴赋》《甘泉赋》《琴赋》《长笛赋》《琴赋》《筝赋》《弹琴赋》《七蠲》《筝赋》《簧赋》《笙赋》《簧赋》。因此刘文是从音乐审美层面上梳理汉大赋与抒情小赋的文体特征,认为一般我们把汉赋分为汉大赋和抒情小赋,在音乐文化发展的特征方面,汉大赋以其丽靡之辞,闳侈巨衍,向世人展现了壮大、雄伟的音乐文化,同时也彰显出汉代人博大的胸怀和"大美"的音乐审美取向;抒情小赋体现的则是汉代音乐中以"悲"为美的审美取向,与那种以"大"为美的音乐审美取向相比,表现出不受理性约束内心情感的一种宣泄,体现了时人的一种宇宙观——对生命短暂和人的渺小的一种感叹。汉代人两大音乐审美取向——以"大"为美与以"悲"为美,从不同层面出发,前者恢弘壮丽,彰显时人豪迈情怀与远大的政治抱负,后者细腻感伤,流露出时人不再受理性约束、自然情感的一种宣泄。但这种综合多元的艺术形式和迷离浪漫的音乐风格,奠定了我国传统音乐文化多元化的坚实基础,对我国传统音乐的发展起着重要作用。[1]

其次,汉赋的作家、作品数量。

班固的观点代表了汉代的普遍认识或研究水平,他统计的西汉四类赋家及作品可以作为后人认识的基础材料。班固的统计是:屈原类赋有20家361篇,陆贾类赋有21家274篇,孙卿类赋有25家136篇,客主赋类年代不详,共12家233篇,因此西汉赋类共有78家1 004篇。这是关于汉赋最早的数量统计。刘宋范晔《后汉书》无《艺文志》,也无汉赋的统计数字。明代胡应麟《诗薮》有过较大规模的统计,清代的一些总集也有统计。当代学者叶幼明的《辞赋通论》中作了较详细的统计,并列出作家和篇名,颇为精当,唯其将项羽《垓下歌》、刘邦《大风歌》《鸿鹄歌》和刘友《赵幽王歌》收入汉赋,略感不妥。兹全文录之于下:

力拔山兮气盖世。时不利兮骓不逝。
骓不逝兮可奈何！虞兮虞兮奈若何！

（项羽《垓下歌》）

---

[1] 刘嵬:《从汉赋看汉代音乐文化审美取向》,《艺术研究》,2018年第3期。

大风起兮云飞扬。
威加海内兮归故乡。
安得猛士兮守四方？

(刘邦《大风歌》)

鸿鹄高飞，一举千里。
羽翼已就，横绝四海。
横绝四海，又可奈何！
虽有矰缴，尚安所施？

(刘邦《鸿鹄歌》)

诸吕用事兮刘氏微，迫胁王侯兮强授我妃。
我妃既妒兮诬我以恶，谗女乱国兮上曾不寤。
我无忠臣兮何故弃国？自快中野兮苍天与直。
于嗟不可悔兮宁早自贼，为王饿死兮谁者怜之，吕氏绝理兮托天报仇。

(刘友《赵幽王歌》)

以上除去项羽、刘邦和刘友，汉赋作家实有 66 人，作品 181 篇。正如叶幼明《辞赋通论》所言："汉代辞赋保存至今的大约就是这些，约略只等于原有赋作品的 1/10，其中还有相当部分是残缺不全的。"[1]

费振刚、胡双宝、宗明华辑校的《全汉赋》，是当代学者编写的较为完整的汉赋专集，它反映的是目前保存下来的汉赋作品情况，不过这部专集是严格将辞、赋分开的。作者注意到汉人对辞、赋的区分意识："《楚辞》作为书的专名，始自刘向，他在编辑《楚辞》时似乎意识到了辞与赋的这种区别，所以他在《楚辞》一书中，贾谊只收其《惜誓》一篇，而不收他的赋。《楚辞》一书所收汉代作家的作品，在写法和格调上都与《惜誓》相类似，它们是楚辞，而不是汉赋。根据这个理由，本书不收汉代作家的这类作品。"[2]根据这本《全汉赋》，

---

[1] 叶幼明：《辞赋通论》，湖南教育出版社，1991 年，第 186 页。
[2] 费振刚、胡双宝、宗明华辑校：《全汉赋·前言》，北京大学出版社，1993 年。

目前有赋作品保留下来的作家有 86 人,作品全篇、残篇、残句和存目共 298 篇。但此书也有收录过宽的地方,如将祢衡以下建安赋家及作品 17 人 105 篇尽录集中,似乎不当。建安文学的风格与汉赋是有很大不同的,刘熙载在《艺概·赋概》里就指出:"《楚辞》风骨高,西汉赋气息厚,建安乃欲由西汉而复于《楚辞》者。"这种区别,明代胡应麟也注意到,在统计汉赋作品时他就明确说:"祢衡、王粲以涉三国,故不录。然汉赋终于此,而赋亦尽于此矣。"[1]

概而言之,我们可以看到,汉代赋家的人数和篇数最终结果是静态的,但分类的不同、作品保存的完整性,乃至汉代文学时间下限的界定等因素,都影响到对汉赋作家、作品的统计,而且这些成果又是一个动态认识的过程。因此,目前已有的统计还是来自班固等影响大的传统文献,对于汉赋发展的整体面貌而言,这些数字还是很有说服力的。

2. 汉赋发展阶段的传统认识

汉赋发展的阶段问题,实是汉赋发展的分期问题,与以后各个时代的文学一样,在分期上有很多不同的看法。

在历代汉赋的评论中,较早有分期意识的是梁代刘勰。他是这样分期的:

> 秦世不文,颇有杂赋。汉初词人,顺流而作,陆贾扣其端,贾谊振其绪,枚、马播其风,王、扬骋其势。皋、朔已下,品物毕图。
>
> (《文心雕龙·诠赋》)

前几个词人都代表着汉赋发展的一个阶段,但"皋、朔已下",又换到作品质量的话题上去了。所以刘勰的观点只是开了一个头,没有深入下去。

唐代令狐德棻把这个问题进了一步,他在《周书·王褒庾信列传》中指出:

> 贾生,洛阳才子,继清景而奋其晖。并陶铸性灵,组织风雅,词赋之作,实为其冠。自是著述滋繁,体制匪一。孝武之后,雅尚斯文,扬范振藻者如林,而二马、王、杨为之杰;东京之朝,兹道愈扇,咀徵含商者成市,

---

[1] 见《诗薮·杂编卷一》。

而班、傅、张、蔡为之雄。

令狐氏已能把两汉作全面考虑，并大致分了三个阶段，即贾谊、"孝武之后"和"东京之朝"。这样的划分与后来，以及我们现在的划分已部分吻合。

晋代挚虞《文章流别论》给枚乘以高度评价，指出了他的《七发》在汉赋发展史上的阶段性作用：

《七发》造于枚乘，借吴楚以为客主……既设此辞，以显明去就之路，而后说以声色逸游之乐，其说不入，乃陈圣人辩士讲论之娱，而霍然疾瘳。此因膏粱之常疾以为匡劝，虽有甚泰之辞，而不没其讽谕之义也。其流遂广，其义遂变，率有辞人淫丽之尤矣。

汉大赋的结构、语言、主旨，挚虞都一一在枚乘的作品中点到，特别是对《七发》开启之功的认可。但奇怪的是直到南宋洪迈，才重新注意到《七发》的这一地位，洪迈在其《容斋随笔》中记：

枚乘作《七发》，创意造端，丽旨腴词，上薄《骚》些，盖文章领袖，故为可喜。其后继之者，如傅毅《七激》、张衡《七辩》、崔骃《七依》、马融《七广》、曹植《七启》、王粲《七释》、张协《七命》之类，规仿太切，了无新意。

"丽旨腴词"，点出枚乘《七发》的特征正与汉大赋特征一致，这一点也就说明了枚乘在汉赋发展史上的地位，但洪氏的着眼点只是"七林"体，似有不足。在洪迈前，注意到"七林"体较早的是三国时期的曹植，其《七启序》曰："昔枚乘作《七发》，傅毅作《七激》，张衡作《七辩》，崔骃作《七依》，辞各美丽，余有慕之焉。"晋代傅玄《七谟序》也指出枚乘在"七林"体上的开启作用。但他们都没有从汉赋发展分期的角度将枚乘与汉赋特征的形成联系在一起阐述。

这以后，谈论汉赋阶段特征的文字不仅没有进步，反而有所倒退。如枚乘的《七发》，清代章学诚在《文史通义·诗教》中指出："而或以为创之枚乘，忘其祖矣。邹阳辨谤于梁王，江淹陈辞于建平，苏秦之自解忠信而获罪也，《过秦》《王命》《六代》《辨亡》诸论，抑扬往复，诗人讽谕之旨，孟、荀所以称述先王，儆时君也。"枚氏之功于探源之论中被淡化了。这也许是与当时的考据学风有关,但也应与楚辞的影响越来越大有关。凡言汉赋,必言楚辞。《文史通义·诗教》又说"文人情深于《诗》《骚》,古今一也",一语中的。

综观有关汉赋发展阶段的历代评论,研究不深入也不全面,与探讨渊源、继承关系的评论相比大为逊色,这与我国古代文论的传统有关,特别是与诗教有关,"诗人讽谕之旨"是被翻来覆去强调的话题。

3. 汉赋发展阶段的当代研究

全面而又深入地研究汉赋发展阶段是20世纪以来的事,各家所取的角度不一样,理解不一样,得出的结论也不一样。目前看,大致有以下几种分法:

三分法。姜书阁《汉赋通义》分汉赋为三个发展阶段,即丽则骚赋时期,丽淫大赋时期,抒情小赋时期。

四分法。刘大杰《中国文学发展史》分汉赋发展为四个阶段,即汉初的赋,汉赋的全盛期,汉赋的模拟期,汉赋的转变期。

五分法。台湾张正体《赋学》分汉赋发展为五个时期,即汉赋之孕育时期,汉赋之形成时期,汉赋之鼎盛时期,汉赋之模仿时期,汉赋之转变时期。

六分法。马积高《赋史》分汉赋发展为六个时期,即汉初赋家,武宣之世的兴盛,元成至新莽赋的转变,东汉前期的赋,东汉中期的赋,汉末作家。

还有一些比较模糊的分法,如游国恩等主编的《中国文学史》,对汉赋的分期是"秦及西汉前期的散文和辞赋"和"西汉后期及东汉的散文和辞赋",划分指标比较宽泛,前一时期里有"贾谊和汉初散文""枚乘"和"司马相如及其他作者"三个独立小节;后一时期里有"西汉后期的散文和辞赋""班固的《汉书》及东汉其他历史散文"和"张衡和东汉的历史散文"三个独立小节。赋与散文合而论述,时间也不明确。对于汉赋来看,可以说分期了,但没有具体的划分。

汉赋发展的阶段分期不一,说明汉赋发展有着丰富的内涵,如果没有一批又一批"润色鸿业"的赋作家和他们"朝夕论思,日月献纳"的赋作品,汉赋的分期是不会在划分上出现如此困难情况的。

我们认为,汉赋作为一代文学,还有着一些与其他时期文学不同的特征。首先,汉代文学样式并不多,诗以乐府诗为主,数量不多,五言、七言在东汉中叶后出现,但也只是雏形;文除赋外,散文多集中于历史散文和政论文两个方面,其他文体只能说有了端倪或水平不高。其次,有文学成就的作家几乎都集中于汉赋领域,即使是有极高历史散文成就的司马迁、班固,他们也是著名的赋作家。再次,与上两点相联系,汉代赋家的创作精力显得非常集中,只集中于赋体创作上,很少在其他文体上分散精力,如枚乘,刘勰《文心雕龙·明诗》称他"古诗佳丽,或称枚叔",但枚乘在诗上的成就几乎已被遗忘,他留下来录于徐陵《玉台新咏》的9首杂诗,都被后人疑为伪作。

汉一代文学的时代特征,使汉赋在汉代文学发展中起着完完全全的主导作用。这一点反映在汉赋自身的发展上,我们的认识就可以取得这样的逻辑起点:汉赋的发展阶段划分应紧紧围绕赋体的自身演变而划分,落实到具体就是赋体盛衰的演变,不应将它与散文等其他文体相混淆,也不必受帝王、朝代的拘束。

从这一逻辑起点出发,汉赋的文体演变就可凸现出来。概括地看,汉代赋有三个形态,一是受楚辞影响极大的赋,即文学史上常说的骚体赋;一是摆脱楚辞影响形成自己特征的赋,即文学史上常说的散体大赋,或大赋;一是结构句法都有了巨大变化的抒情小赋。每个形态都由形成而兴盛,由兴盛而衰败,构成一个相对封闭的环节,这个环节即可以被视为一个阶段。因此,汉赋的发展可分为三个阶段。

第一个阶段,骚体赋兴盛和衰败的时期。《文心雕龙·诠赋》曰:"汉初词人,顺流而作,陆贾扣其端,贾谊振其绪,枚、马播其风,王、扬骋其势。"陆贾由秦入汉,"扣其端",开始了汉代的骚体赋创作。贾谊被挚虞《文章流别论》赞誉为"贾谊之作,则屈原俦也",是这一时期骚体赋创作的代表赋家。汉赋的开端,前人所论基本统一,但对之后的枚乘,就出现了分歧。刘勰将他与司马相如并列,以后各代沿用,现当代的有关论述也一般将他划入司马相如同一时期。我们认为枚乘还是应划入汉赋发展的第一阶段,理由是:首先,《七发》创作的时间很早,据当代吴文治《中国文学史大事年表》考证,这篇作品创作于公元前180年,而第二年司马相如才出生,两位汉赋大家相隔的时间非常长,创作环境应当有别。其次,枚乘作《七发》时是藩王的"言语侍从之臣",而司马相如等人是武帝的"言语侍从之臣",一个是藩国之赋,一个是大帝国之赋,区别是显而易见的。就创作群体而言,枚乘不属于"朝夕论思,日月献纳"的时代。刘大杰将枚乘列入汉初赋家,姜书阁也将他列入"丽则骚赋时期"的赋家,与陆贾、贾谊同期,是有道理的。

第二阶段,汉大赋的兴盛与衰败时期。这一阶段的时间跨度很大,赋家、作品也最多,也是最能代表汉赋一代文学面貌的时期。这一时期由司马相如开始,至班固、张衡结束。其间西汉末汉赋大家扬雄提出对赋的否定,汉赋创作受到猛烈冲击,进入一个修正阶段,所以又可在这一时期里再分为两个阶段,即司马相如、扬雄阶段和班固、张衡阶段。这一时期的特点是赋家服从"润色鸿业"的需要,铺采摛文,体物写志,大赋越写越长,所谓"必推类而言,极丽靡之辞,闳侈巨衍,竞于使人不能加也"。(《汉书·扬雄传》)

这一时期成就最高的赋家是司马相如,由于《子虚赋》的创作成就,汉武帝召其入京,汉赋进入中央。《子虚赋》和以后的《上林赋》等作品确立了汉赋的地位,也确立了汉大赋的创作特色。司马相如的影响极大,汉赋另一大家扬雄就感慨地说:"长卿赋不似从人间来,其神化所至邪?"(《答桓谭书》)但是,也是这位大赋家扬雄,创作出《甘泉赋》《河东赋》《羽猎赋》《长杨赋》等著名大赋的扬雄,却在自己创作正盛的时候,因为讽谏功能而否定汉赋,他说"或曰:赋可以讽乎?曰:讽乎!讽则已;不已,吾恐不免于劝也。"(《法言·吾子》)

经过扬雄的否定,东汉赋家在讽谏方面作了修正,但只是增加了说教的成分,使汉赋的文学魅力受到损害。同时,由于模拟成风,赋作品越写越长,班固《两都赋》、张衡《二京赋》都是规模巨大,《二京赋》还成为汉赋中篇幅最长的大赋。班固、张衡的创作,使东汉赋坛再次呈现出了繁荣景象,但是已不能和司马相如时代的繁荣同日而语,性质也不一样了。

正当大赋呈衰败之势时,张衡的《归田赋》为赋坛送来了清新。这篇赋篇幅短小,语言浅近流畅,淡雅中透着活泼,感情真挚朴素,与闳侈巨衍的大赋形成了鲜明的对照。《归田赋》的影响,在赋作中很快产生。汉末有了一批抒情小赋作家和作品,而且他们也集中体现了汉末赋文学的创作成绩,汉大赋由此退出了主导地位。因此,张衡《归田赋》标志着抒情小赋对大赋的取代,也因而成为一篇为大赋奏哀乐的作品。

汉末的赋,成就不大,代表作家有赵壹、蔡邕等,作品数量不少,但小赋较有特色。这一时期文学的主要特征是过渡性。要说明的是,建安是汉献帝的第五个年号,但建安作家的赋作品不能列入这一时期,建安风骨已是另一个时代的风格了。

以上我们描述了汉赋发展的三个时期,可以勾勒出汉赋发展的基本面貌,需要强调的是,我们如此为汉赋划分时期,是想突出赋体本身发展的过程,在相对封闭的环节里讨论赋体在汉代的盛衰变化。实际上,这样的划分,有些观点已与现有的划分相近,如将枚乘列为汉初赋家;有些也是从现有的定论出发,如司马相如代表着汉赋的兴盛,张衡代表着抒情小赋对大赋地位的取代。管中窥豹,以期为一种尝试。

这里,我们还是需要强调汉赋所具有的文化性质,在文学体裁之外还有着其他文化内容,这些都影响着汉赋的阶段特征。刘慧晏认为:"汉赋不仅是一种重要的文体,其中还包含了十分丰富的文化意蕴。将汉赋还原到汉代文化背景下进行考察和分析,我们可以更深入地把握汉赋的精神实质。汉赋和汉代政治和汉代帝王息息相关,并随着汉代政治而勃兴或衰微、随着汉代帝王对汉赋的喜恶而或盛或衰;汉代经学占据汉人思想的主导地位,辞赋之士受经学影响最深,经学中的大一统观念、天人感应观念、君权神授观念在汉赋中得到了积极的传播和浓重的渲染;汉赋有自己独擅的艺术意境,总体上讲究辞采华丽之美,讲究音韵之美,细分之,大赋小赋又有不同的审美趋向;汉代赋家多有论赋,从司马相如到王充,汉代的辞赋观大抵由全面肯定到折中批判再到全面否定。"[1]

从汉代文化的时代语境看,汉代是我国中央集权建立后的第二个朝代,汉帝国的国势强大给汉代文学带来了更加开阔的视野和更加丰富的内容,这些特征不仅影响到赋的创作内容,同时也影响到赋文化的发展结构,且比起其他朝代可能更加突出,或更加敏感。因此,汉赋的评价在汉代就存在许多争议,也因此,汉赋文化的发展阶段还是要参照汉帝国文化的发展阶段,这是我们划分汉赋发展三个时期的一个逻辑起点。

第三节　汉以下的赋体流变

汉赋在汉初形成,受到文人的欢迎,也受到统治者的鼓励。由此,汉赋在汉一代得到极大发展。汉以下,赋仍然是文人所喜爱的文体,并且随着文学进步不断做出新的改进,在体裁上有了许多新的变化。

1. 骈赋(俳赋)

骈赋又称俳赋,是赋文体的一种。清代孙梅认为:"左、陆以下,渐趋整炼;齐梁而降,盖事妍华。古赋一变而为骈赋。"(《四六丛话》)林联桂认为:"骈赋体,骈四俪六之谓也。此格自屈、宋、相如略开其端,后遂有全用比偶

---

[1] 刘慧晏:《汉赋文化特质简论》,《文史哲》,2010年第2期。

者。浸淫至六朝,绚烂极矣。"(《见星庐赋话》)

骈赋在南北朝和初唐达到鼎盛,它受当时也盛行的骈文影响极大,基本特征与骈文基本一样,所谓"同样结构的词句之两两并列""词句求对偶""音韵协调""用典使事,雕饰藻采"(姜书阁语)。但骈文一般不押脚韵,而骈赋要押末句韵。

骈赋之名始于清代,清之前一般使用"俳赋"称法,含意宽泛些。元代祝尧《古赋辨体》认为:"以铺张为靡,而专于辞者,则流为齐、梁、唐初之俳体。"明代徐师曾《文体明辨序说》明确提出"俳赋"之名:"夫俳赋尚辞,而失于情,故读之者无兴起之妙趣,不可以言则矣。"

对骈赋的评价,历代不高。明代吴讷《文章辨体序说》说:

> 三国六朝之赋,一代工于一代。辞愈工,则情愈短而味愈浅;味愈浅则体愈下。建安七子,独王仲宣辞赋有古风。至晋陆士衡辈《文赋》等作,已用俳体。流至潘岳,首尾绝俳。迨沈休文等出,四声八病起,而俳体又入于律矣。徐庾继出,又复隔句对联,以为骈四俪六;簇事对偶,以为博物洽闻;有辞无情,义亡体失:此六朝之赋所以益远于古。

但是,这一时期又是我国文学史上声律说兴起的时代。《南史·陆厥传》记:"时盛为文章,吴兴沈约、陈郡谢朓、琅邪王融,以气类相推毂,汝南周颙善识声韵。约等文皆用宫商,将平上去入四声,以此制韵,有平头、上尾、蜂腰、鹤膝。五字之中,音韵悉异;两句之内,角徵不同,不可增减,世呼为'永明体'。"对声律的自觉追求,促进了我国律诗时代的到来,而诗赋同属韵文,故声律说在骈赋中也被穷力追求,赋家的热情甚至超过诗家。骈赋的篇幅远远超过当时的诗,文体的成熟度也高于诗,这对于诗是极大的促进。从这个意义上看,骈赋还是有可取之处的。

2. 律赋(诗赋)

律赋之名起于何时,目前尚难确定。清代李元度《赋学正鹄》认为:"唐以诗赋取士,始有律赋之目。"将律赋与当时同为考试科目的律诗相联系,有一定道理。不过,目前能见到的以"律赋"之名正式提出的最早记载见于宋代。宋代王铚《四六话·序》曰:"唐天宝十二载,始诏举人策问,外试诗赋各一首,自此八韵律赋始盛。"随后洪迈《容斋随笔》反复提到了这个新名词,律赋成为文坛常用文体。

对于律赋的源流，明代徐师曾《文体明辨序说》认为："至于律赋，其变愈下，始于沈约'四声八病'之拘，中于徐（名陵）、庾（名信）'隔句作对'之陋，终于隋、唐、宋'取士限韵'之制，但以音律谐协对偶精切为工，而情与辞皆置弗论。"徐氏点明"取士限韵"之制是非常正确的，唐代将诗赋列为进士科考试科目后，创作律赋的人数大大增加。《全唐文》所收以赋名篇的唐赋有1622篇，其中律赋950篇，所占比例之大很能说明问题。

关于律赋的特征，日本当代学者铃木虎雄《赋史大要》说："律赋者，实尚音律谐协、对偶精切者也。故单据此点，则与俳赋有同性质。其更与俳赋相区异者，以于押韵为设制限，而采用于官吏登用之试也。"[1]但律赋除"限韵"便于考试之外，还有"制题""结构"等要求。清代孙梅《四六丛话》说得更全面些："徒观其绳墨所设，步骤所同，起谓之破题，承谓之颔接……压尾之章，恒多隔对……必也构局浑成，首尾成率然之势……诚鸿博之新裁，场屋之定式矣。"与其他赋体相比，律赋受到的限制比较多。

律赋在唐代的兴起，给唐代赋坛带来了新鲜内容，但是文学意味有所下降，所以明代李梦阳《空同集·潜虬山人记》首先提出"唐无赋"。清代程廷祚《青溪集·骚赋论》也说："唐以后无赋。其所谓赋者，非赋也。君子于赋，祖楚而宗汉，尽变于东京，沿流于魏晋，六朝以下无讥焉。"

律赋在唐代用于科举，宋代沿革，并发展形成较为固定的制度。宋代进士科规定除对策外，试诗、赋、论各一篇。元代设论、经义和词赋三科取士，但元代试赋专用古体，与律赋殊异。明、清两代进士科不试诗赋，但明代新进士想要进入翰林、内阁，必须先交上平时所作论策、诗赋、序记等文字，限十五篇以上，呈交礼部，送翰林院考订。清代律赋多见于制科，博学鸿词一科专取学问渊通、文藻瑰丽者。光绪中叶后，变法声起，博学鸿词科终于被经济特科所取代，历代试赋之制寿终正寝。

3. 文赋

文赋之称始见于元代祝尧《古赋辨体》，他说："宋之古赋，往往以文为体。"这一说到了明代有了发挥，吴讷《文章辨体序说》认为："宋人作赋，其体

---

[1] [日]铃木虎雄著，殷石臞译：《近代海外汉字名著丛刊·赋史大要（下）》，山西人民出版社，2015年，第163—164页。

有二：曰俳体,曰文体。"徐师曾《文体明辨》则提出"文赋"之名,并将其与古赋、俳赋和律赋并列而为赋体的四大类型之一。他说：

> 三国、两晋以及六朝,再变而为俳,唐人又再变而为律,宋人又再变而为文……故今分为四体：一曰古赋,二曰俳赋,三曰文赋,四曰律赋。

关于文赋的界定,历来认识不一,有"议论有韵之文"之说,由明代徐师曾首先提出；有"疏于藻饰,近乎散文"之说,清代陆棻、孙梅持此说；有"弃格律而散文方法、散文风气"之说,"既不断断于格律,亦不兢兢于排比对偶,第以作散文方法行之"(《诗赋词曲概论》),日本学者铃木虎雄也持此说；有"骈散结合,体裁自由"之说,刘大杰《中国文学发展史》认为文赋"废弃骈律的严格限制,骈散结合,形成一种自由的体裁"；有"风格相似唐宋古文"之说,马积高《赋史》里指出,文赋是"伴随唐代古文运动而产生的一种赋体","它的语言基本上同唐宋古文的风格相似"。曹明纲《赋学概论》综合各家观点,提出的定义颇为周全,现全录于下：

> 文赋是赋体在长期发展过程中,于唐宋时期才形成的一种新类型。它在吸取以往辞赋、骈赋和律赋创作经验和形体特点的基础上,更融入了当时古文创作讲求实效、灵活多变的特色,从而在形体方面形成了韵散配合、骈散兼施、用韵宽泛和结构灵活的新格局。它的篇幅长短皆宜,句式骈散多变,创作不拘一格,题材无往不适,用途宽广无碍,是以前任何一种形式的赋体所不能同时具备的。

由于文赋有以文为赋的特征,故唐宋文人创作较多,许多脍炙人口的文赋作品都出于这一时期,如杜牧的《阿房宫赋》、欧阳修的《秋声赋》和苏轼的《赤壁赋》等。

唐宋文赋后,赋不再有重大的变化发生,而且创作日下,也许这与正统文学的整体创作状况有关,以及由此而引起的综合评价有关。元代祝尧论宋南渡以后的赋创作,可以概括宋以后赋的创作状况。他在《古赋辨体》中说："或恶近律之俳,则遂趋于文；或恶有韵之文,则又杂于俳。二体衮杂,迄无定向。"此言不虚,赋文体的发展基本就是这个走向。

第二章

西汉初骚体赋流行与大赋开启

汉承秦制,这是史学家做出的结论,着眼于中央集权的制度体制,但是在艺术文化领域,汉初流行的是楚风。刘邦起兵于楚地,这一代的风云人物多为楚地人物,他们都喜楚歌。刘汉王朝建立后,借助中央政权的力量,楚风成为全国性的艺术形式,直至汉武帝时楚风仍然为时人所好,所谓"昔汉武爱《骚》,而淮南作《传》"(刘勰《文心雕龙·辨骚》)。楚风盛行之下,骚体赋也在汉初得到兴盛,当时的文人几乎都进行了骚体赋的创作,几个藩国的创作中心也以楚辞为主。骚体赋的兴盛之势直到司马相如之后才被大赋所取代,完成了一个由盛而衰的过程,也为汉大赋的兴盛打下了良好基础。

第一节 陆贾扣其端

陆贾在赋文学史上的地位如何?这是汉赋研究中的一个问题。这个问题的产生,首先是来自班固《汉书·艺文志》为赋所作的分类。

班固分赋为四大类,即屈原赋、陆贾赋、孙卿赋及杂赋。以陆贾命名赋类,给赋研究者出了个大难题,因为以赋家的创作成绩,屈原可以统领"屈原类"的贾谊、枚乘、司马相如、淮南王及群臣等赋家,荀卿可以统领"荀卿类"的李忠、张偃等赋家,杂赋不著赋家姓名,而以陆贾统领枚皋、朱买臣、司马迁、扬雄等赋家就显得极为勉强了。

以赋家创作风格而言,这样的划分又有着许多矛盾的地方,如把扬雄与司马相如分别列于两大类,其实扬雄是向司马相如学习作赋的。扬雄曾自况:"司马相如,作赋甚弘丽温雅,雄心壮之,每作赋,常拟之以为式。"(《汉书·扬雄传》)姜书阁在《汉赋通义》也有这样的解释,他认为"陆贾类"属于骋词派:"列入陆贾赋派的后辈诸家,如朱建在《汉书》即与贾同传,盖亦辩士之流;而枚皋、严助、朱买臣,亦皆工于言语,此可于《汉书·严朱吾丘主父徐严终王贾传》(卷六十四)见之也。司马迁、冯商皆有史才,观《史记》之文,知其赋笔亦当近于纵横;扬雄《羽猎》《长杨》诸赋,多富丽之词也,《汉书·艺文志》隶于陆贾赋派,当亦以其骋词也。"[1]但将司马迁列于骋词派,显然又不完全合理。因为存在这些矛盾,所以目前学术界对班固的划分一般持否定态度。如刘大杰《中国文学发展史》认为:"班固这样分别,他自己必有理由,可惜没有说明。可是由现存各家的作品看来,这种分法非常不可靠。"[2]

我认为,班固作为我国断代史的首创者,其家学深厚、学识渊博、治学严谨,所撰《汉书》受到历代史家的推崇,在我国史学名著中,《汉书》仅次于《史记》,甚至有更高的评价。唐代刘知几《史通》评价:"历观自古,史之所载也,《尚书》记周事,终秦穆;《春秋》述鲁文,止哀公;《纪年》不逮于魏亡;《史记》唯论于汉始。如《汉书》者,穷西都之首末,穷刘氏之废兴,包举一代,撰成一《书》,言皆精炼,事甚该密,故学者寻讨,易为其功。自尔迄今,无改斯道。"[3]这样一位大家为赋分类,应是有道理的。探讨班固分类的理由,也应是研究汉赋的一个内容。

班固《艺文志》是在刘歆《七略》基础上创立的目录学著作。班固自己说:"歆于是总群书而奏其《七略》,故有《辑略》,有《六艺略》,有《诸子略》,有《诗赋略》,有《兵书略》,有《术数略》,有《方技略》,今删其要,以备篇辑。"(《汉书·艺文志》)从这段文字的语气看,班固的修改并不大,只是为便于编辑而作了删节。那么,给赋分类也可能就是刘歆已经分好的,或者说有了比较好的基础。班固同意他的分法,表明这代表着汉代人的一般分类方法。那么汉代人一般是如何分类的呢?

司马迁《报任安书》在阐明自己撰写《史记》的动机和目的时说:"凡百三十篇,亦欲以究天人之际,通古今之变,成一家之言。""通古今之变"是大帝国统一文化所赋予的时代精神,也一定是一种要求。在学术界,汉代的"通古今

---

[1] 姜书阁:《汉赋通义》,齐鲁书社,1989年,第77页。
[2] 刘大杰:《中国文学发展史》,百花文艺出版社,2007年,第75页。
[3] 刘知几:《史通》,上海古籍出版社,2009年,第37页。

之变"往往就是通过溯源来阐述的,如关于屈原精神,王逸《楚辞章句》就是从孔子说起:"昔孔子睿圣明哲,天生不王,俾定经术,删《诗》《书》,正《礼》《乐》,制作《春秋》,以为后王法。门人三千,罔不昭达。临终之日,则大义乖而微言绝。其后周室衰微,战国并争,道德陵迟,谲诈萌生,于是杨、墨、邹、孟、孙、韩之徒,各以所知,著造传记,或以述古,或以明世。而屈原履忠被谮,忧悲愁思,独依诗人之义而作《离骚》,上以讽谏,下以自慰。"又如关于讽谏,班固《汉书·艺文志》就从孙卿、屈原说起:"大儒孙卿及楚臣屈原,离谗忧国,皆作赋以风,咸有恻隐古诗之义。其后宋玉、唐勒;汉兴,枚乘、司马相如,下及扬子云,竞为侈丽闳衍之词,没其风谕之义。"班固在给赋分类时,也是采用了溯源的方法,"屈原类"20家、"陆贾类"21家、"孙卿类"25家,基本上都是按时间先后来排列的。如果仅以时间为标志,那班固的分类还是合理的。

同时我们也注意到,在《汉书·艺文志》的其他门类中,每类都是有文字说明的,如《诗赋略》后的《兵书略》,举四类。《吴孙子兵法》类后说:"权谋者,以正守国,以奇用兵,先计而后战,兼形势,包阴阳,用技巧者也。"《楚兵法》类后说:"形势者,雷动风举,后发而先至,离合背乡,变化无常,以轻疾制敌者也。"《太壹兵法》类后说:"阴阳者,顺时而发,推刑德,随斗击,因五胜,假鬼神而为助者也。"《鲍子兵法》类后说:"技巧者,习手足,便器械,积机关,以立攻守之胜者也。"每一类后所附的说明概括了这一类的特征,且不说这些说明是否正确,但班固在分类时是有这个意识的,唯有《诗赋略》只有时间一个标志。

班固考虑每个门类特征的分类意识,这是合理分类的一个前提,那他在《诗赋略》里也应有一个与其他略相一致的表述。目前缺少这样的表述,可能有两个原因:一是刘歆《七略》本来就是这样分的,班固只是沿袭而已;一是这个表述以另一种形式表现出来。不论哪一种因素,这样的表述都是可能存在的。我们认为可以换一个角度思考,即屈原、荀子和陆贾的区别。

关于屈原,班固主要是从评价《离骚》等作品的角度出发的:

> 屈原以忠信见疑,忧愁幽思而作《离骚》。离,犹遭也;骚,忧也。明己遭忧作辞也。是时周室已灭,七国并争。屈原痛君不明,信用群小,国将危亡,忠诚之情,怀不能已,故作《离骚》。
>
> (《离骚赞序》)

关于荀子,班固主要是从评价其著述的角度出发的:

仲尼称:"材难,不其然与!"自孔子后,缀文之士众矣,唯孟轲、孙况、董仲舒、司马迁、刘向、扬雄。此数公者,皆博物洽闻,通达古今,其言有补于世。传曰:"圣人不出,其间必有命世者焉。"岂近之乎?

(《汉书·楚元王传》)

关于陆贾,班固没有评价他的创作,而是从其作为政治家的角度出发评价的:

陆贾,楚人也。以客从高祖定天下,名有口辩,居左右,常使诸侯。……陆贾位止大夫,致仕诸吕,不受忧责,从容平、勃之间,附会将相以强社稷,身名俱荣,其最优乎!

(《汉书·郦陆朱刘叔孙传》)

班固对这三个人的评价出发点不一样,区别是很明显的,这一认识也应反映在对他们作品的认识上。

这三类中,"荀卿类"最好区别。荀子的作品有隐语的特征。每篇前半部分由作者以臣的身份说出隐语,概括描述所赋的事物,但不露谜底。说完隐语后,这部分以"臣愚不识,敢请之王"作结。后半部分是王作回答,说一番道理后,点出所赋之物的名称,最终揭出谜底。这一类作品大多散佚,也没有知名赋家,我们现在只能以荀子的作品概括其特征。隐语的主旨是阐明道理,描写理性化,抒情则几乎难见,所以刘师培《论文杂记》在评《汉书·艺文志》所列"荀子赋十篇"时,说荀赋偏于说理,是"阐理之赋"。[1]

"屈原类"与"陆贾类"很难区别,就这两类的代表人物而言,屈原作品的风格学术界讨论很多,但到陆贾就遇到困难了。《汉书·艺文志》列其有赋3篇,可都已失佚,目前所见到的是其论著《新语》。关于这部书的写作情况,《汉书》照录《史记》的相关记载:

贾时时前说称《诗》《书》。高帝骂之曰:"乃公居马上得之,安事《诗》《书》!"贾曰:"马上得之,宁可以马上治乎?且汤、武逆取而以顺守之,文

---

[1] 刘师培:《论文杂记》,人民文学出版社,1959年,第53页。

武并用,长久之术也。昔者吴王夫差、智伯极武而亡;秦任刑法不变,卒灭赵氏。乡使秦以并天下,行仁义,法先圣,陛下安得而有之?"高帝不怿,有惭色,谓贾曰:"试为我著秦所以失天下,吾所以得之者,及古成败之国。"贾凡著十二篇。每奏一篇,高帝未尝不称善,左右呼万岁,称其书曰《新语》。

(《汉书·郦陆朱刘叔孙传》)

从这段记载看。陆贾确有纵横家的风格。陆贾是一个由秦入汉,并助刘邦夺天下的文人,他的言辞中常透露出开风气的气势。例如,其《新语·术事》文中论孔子:"故制事者因其则,服药者因其良,书不必起仲尼之门,药不必出扁鹊之方。合之者善可以为法,因世而权行。"这种政治家的气势,反映在赋作品中,与屈原的作品肯定是有区别的了。

通过以上整理,我们可以明确的是,三类赋的开创者屈原、陆贾、荀卿三人,各有特点,他们的作品风格各异,互不包容。在这个认识基础上,再结合汉人溯源的文化背景,划分出这三类赋是有依据的。我们可以做出这样的描述:汉初,在陆贾的时代,创作赋的人多了起来,其中有延续屈原等楚辞风格创作的,有延续荀卿风格创作的,陆贾的创作与这两类有所不同,他的作品有纵横家的遗韵,因而难以将之划入另两类,班固就为他单独立了一类。

班固的分类,从汉赋的多元化渊源角度看是正确的,而且这一划分的提出也表现了抛开只拘泥于《离骚》影响的高明之处。但是,他将汉赋已融多元为一体、形成一代文学面貌之后的作家还硬性地归入初始阶段的类型,这显然要引起混乱。班固的影响之大,也给后代的研究带来许多遗憾,比如近代刘师培,在《论文杂记》里关于汉赋有一段非常精彩的论述:

自吾观之,客主赋(即杂赋——引者注)以下十二家,皆汉代之总集类也;(此为总集之始。)余则皆为分集。而分集之赋,复分三类:有写怀之赋,(即所谓言深思远,以达一己之中情者也。)有骋辞之赋,(即所谓纵笔所如,以才藻擅长者也。)有阐理之赋。(即所谓分析事物,以形容其精微者也。)……写怀之赋,其源出于《诗经》……骋词之赋,其源出于纵横家……阐理之赋,其源出于儒、道两家。[1]

---

[1] 刘师培:《论文杂记》,人民文学出版社,1959年,第50页。

如果刘氏是为汉赋重新分类,或对汉赋作出风格概括,那这段文字是很有说服力的,但刘氏的出发点是为圆班之说,这就显得牵强了。

从汉赋发展的角度看陆贾的赋,我们还可以进一步得到这样的认识:陆贾以赋之体创作,但已显示出与屈原、荀子不同的风格,这对于文学发展而言,体现了新一代文学特征,即汉代文学特征的表现,是汉赋形成自己特征的开始,这个意义重大。虽然陆贾的赋作品不多,且他的许多创作成就已无从考察,但他遗存作品表现出来的新面貌,标志着赋文学进入了一个新阶段。关于陆贾,应该从这个意义上去理解。所以,我们也赞成班固的分类。刘勰《文心雕龙·诠赋》说:"汉初词人,顺流而作,陆贾扣其端,贾谊振其绪,枚、马播其风,王、扬骋其势。"刘勰为陆贾的定位为"扣其端",应当是有依据的。清代章学诚《校雠通义·汉志诗赋》说:"古之赋家者流,原本《诗》《骚》,出入战国诸子。假设对问,《庄》《列》寓言之遗也;恢廓声势,苏张纵横之体也;排比谐隐,韩非《储说》之属也;征材聚事,《吕览》类辑之义也。"[1]章氏注意到战国纵横家对汉赋的影响,陆贾的地位也就由此可以被确立。陆贾是一个由秦入汉的政治家,游说之士的气味还很重,他的赋的风格也脱不开他的辩才风格。同时,也有学者由汉赋"原本《诗》《骚》,出入战国诸子",得出战国诸子是汉赋的起源,也可视为"陆贾类"的一个支持材料。

"陆贾类"中的朱建,与陆贾同时代,在《汉书》里与陆贾同传,《汉书·艺文志·诗赋略》说他有赋二篇,但没有传下来。

第二节 贾谊振其绪

汉初的赋坛,陆贾有"扣其端"的地位,但这一阶段创作成绩最高的还是贾谊。贾谊是汉初的政治人物,也是辞赋的创作者。《汉书·艺文志》归他为"屈原类",有赋七篇。

贾谊是西汉初期的著名政论家,写有脍炙人口的《过秦论》和《论积贮疏》。贾谊对政治很关心,而后人对他的命运很关心。他虽少年得志,可一生仕途多舛,最后在梁怀王太傅任上忧伤而死,年仅三十三岁。贾谊不幸的一生,历代文人都给予无限同情,如唐代诗人李商隐的《贾生》:"宣室求贤访逐

---

[1] 章学诚:《校雠通义·汉志诗赋》,上海古籍出版社,2009年,第53页。

臣,贾生才调更无伦。可怜夜半虚前席,不问苍生问鬼神。"惋惜之余,矛头直指弃才不用的汉文帝。

贾谊怀才不遇的坎坷人生,更多使人联想到距他不远的屈原,两人的不幸遭遇颇为类似,所以后世人将"屈贾"并称。司马迁将他们二人合于一传列于《史记》,陶渊明也有诗《读史述九章·屈贾》。

贾谊的身世与屈原相似,他的赋作品也与屈原的作品有相似之处,班固将其列入"屈原赋"是正确的。

一方面,贾谊的赋与屈原的一样,多"言志",抒发对远大理想的追求和发泄怀才不遇的愤懑。《吊屈原赋》一开始就满腔悲愤地控诉道:"恭承嘉惠兮,俟罪长沙。侧闻屈原兮,自沉汨罗。造讬湘流兮,敬吊先生。遭世罔极兮,乃殒厥身。呜呼哀哉!逢时不祥。"其既是同情屈原的身世,也可以看作是作者的自况,相同的命运使贾谊对世道不公发出严厉的责难。这种对社会现实的揭露与批判,与屈原的作品一脉相承。

另一方面,贾谊的赋在艺术上表现出对屈原等楚辞作家的继承。

首先,抒情性强而不重体物叙事。如著名的《鵩鸟赋》,就是抒发自己遭受挫折不能施展抱负的悲伤之情。《史记·屈原贾生列传》记:"贾生为长沙王太傅,三年,有鸮飞入贾生舍,止于坐隅。楚人命鸮曰服。贾生既以适居长沙,长沙卑湿,自以为寿不得长,伤悼之,乃为赋以自广。"班固《汉书·贾谊传》全文照抄司马迁的文字。《旱云赋》是贾谊另一篇名作,是为汉文帝前元九年夏季的一场大旱而作,有人认为其中也有着作者怀才不遇的寄托。宋代章樵为《旱云赋》作题注:"贾谊负超世之才,文帝将大用之,乃为大臣绛、灌等所阻,卒弃不用,而世不被其泽,故讬旱云以寓其意焉。"[1]《吊屈原赋》是贾谊的代表作,更是明显的作者自况。由此可见,目前能读到的贾谊三篇赋,都是抒情之作。

其次,创作手法沿革楚辞的特征。如学习《离骚》香草美人的比喻,《鵩鸟赋》中以鵩鸟比喻自己:"请问于鵩兮:'予去何之?吉乎告我,凶言其灾。淹速之度兮,语予其期。'鵩乃叹息,举首奋翼;口不能言,请对以臆。"又如《吊屈原赋》里的比喻,把屈原比作鸾凤、骐骥、莫邪、神龙、周鼎,把奸佞小人比作鸱枭、铅刀、蝼蚁,让屈原高洁的人格、非凡的才华与群小的卑微、庸碌形成强烈、鲜明的对比。

---

[1] 见《古文苑》卷三"题注"。

再次,行文沿革骚体的特征。贾谊赋行文语句较短,比较整齐,有明显的骚体痕迹。清代程廷祚《骚赋论》说:"贾生以命世之器,不竟其用,故其见于文也,声多类骚。"以下录《吊屈原赋》一节,可以说明"声多类骚"这一点:

> 鸾凤伏窜兮,鸱枭翱翔。阘茸尊显兮,谗谀得志;贤圣逆曳兮,方正倒植。谓随夷溷兮,谓跖蹻廉;莫邪为钝兮,铅刀为铦。吁嗟默默,生之亡故兮。斡弃周鼎,宝康瓠兮。腾驾罢牛,骖蹇驴兮,骥垂两耳,服盐车兮。章甫荐屦,渐不可久兮。嗟若先生,独离此咎兮。

我们在讨论贾谊赋所具有的楚辞特征时,也更加关心贾谊赋所表现出来的新内容,唯有新,赋才能离楚辞而去,形成汉一代文学。贾谊的创作,表现出了以下新的意味。

其一,贾谊赋对命运坎坷有了不同的认识。

在思想内容上,屈原是有着可"与日月争光"的崇高品格,如王逸在《楚辞章句》里所说:"今若屈原,膺忠贞之质,体清洁之性,直若砥矢,言若丹青,进不隐其谋,退不顾其命,此诚绝世之行,俊彦之英也。"《离骚》等作品的创作,是因为"屈原履忠被谗,忧悲愁思,独依诗人之义,而作《离骚》,上以讽谏,下以自慰。遭时暗乱,不见省纳,不胜愤懑,遂复作《九歌》以下凡二十五篇"。而贾谊就不同了:"其生兮若浮,其死兮若休;澹乎若深渊之静,泛乎若不系之舟。不以生故自宝兮,养空而浮;德人无累兮,知命不忧。细故蒂芥兮,何足以疑!"这种"知命不忧"的思想已与屈原有距离。郭预衡《中国散文史》说:"正是这样的情感,才具有天下统一之后士阶层怀才不遇的时代特征。而且正是这样的情感才是汉人骚体之赋的新的内容。"[1]

我们还可以引屈原《离骚》和贾谊《鵩鸟赋》,他们在对待理想不能实现时的不同态度来说明他们之间的区别:

> 长太息以掩涕兮,哀民生之多艰。余虽好修姱以鞿羁兮,謇朝谇而夕替。既替余以蕙纕兮,又申之以揽茝,亦余心之所善兮,虽九死其犹未悔!
>
> (《离骚》)

---

[1] 郭预衡:《中国散文史》,上海古籍出版社,2000年,第209页。

万物变化兮,固无休息。斡流而迁兮,或推而还;形气转续兮,变化而嬗。沕穆无穷兮,胡可胜言!祸兮福所倚,福兮祸所伏;忧喜聚门兮,吉凶同域。

(《鵩鸟赋》)

　　一个有"哀民生之多艰"的胸怀,同时亦有"虽九死其犹未悔"的信念;另一个未必没有博大胸怀,远大理想,但却做不到九死不悔,而是"吉凶同域"的排遣。这种变化,到了扬雄那里就有了不解:"以为君子得时则大行,不得时则龙蛇,遇不遇命也,何必湛身哉!"(《汉书·扬雄传》)到了班固那里就有了这样的指责:"今若屈原,露才扬己,竞乎危国群小之间,以离谗贼。"(《离骚赞序》)

　　其二,贾谊赋在结构上与楚辞也有了一些变化。

　　楚辞中抒情主体是结构的主线,而贾谊赋中抒情主体之外又结合了荀子赋的结构方式。荀子赋,虚构人物,以问答方式结构全篇,如《礼赋》虚构臣和王两人,来陈述礼的内容和功用,一问一答,将全赋分为两部分。臣对礼的内容和作用发问,王则对其所问作回答。贾谊赋中也有问答的意味。《鵩鸟赋》以"鵩乃叹息,举首奋翼;口不能言,请对以臆"隔开上下文,前半段陈述提问,后半段说理回答。《吊屈原赋》以"讯曰"分赋两部分,"讯曰"似楚辞中的"乱辞",但不作"乱曰",而是自创一语(《史记》作"讯",《汉书》作"谇")。不仅改了词,而且"乱讯"比赋的本文还长一些,这与楚辞又不一样。以下录全文以说明:

　　恭承嘉惠兮,俟罪长沙。侧闻屈原兮,自沉汨罗。造托湘流兮,敬吊先生。遭世罔极兮,乃殒厥身。

　　乌乎哀哉!逢时不祥。鸾凤伏窜兮,鸱枭翱翔。阘茸尊显兮,谗谀得志。贤圣逆曳兮,方正倒植。谓随夷溷兮,谓跖蹻廉。莫邪为钝兮,铅刀为铦。吁嗟默默,生之亡故兮。斡弃周鼎,宝康瓠兮。腾驾罢牛,骖蹇驴兮。骥垂两耳,服盐车兮。章甫荐屦,渐不可久兮。嗟若先生,独离此咎兮!

　　讯曰:"已矣!国其莫吾知兮,独壹郁其谁语?"凤漂漂其高逝兮,夫固自引而远去。袭九渊之神龙兮,沕渊潜以自珍,偭蟂獭以隐处兮,夫岂从虾与蛭螾。所贵圣之神德兮,远浊世而自藏。使麒麟可系而羁兮,岂云异夫犬羊?般纷纷其离此尤兮,亦夫子之故也。历九州而相其君兮,何必怀此都也?凤皇翔于千仞兮,览德辉而下之。见细德之险微兮,遥增击而去之。彼寻常之污渎兮,岂容吞舟之鱼?横江湖之鳣鲸兮,固将制于蝼蚁。

其三,贾谊赋有了叙事体物的趋向。

这一趋向较明显的是《旱云赋》,此赋虽是借景抒情,但叙事体物已占了相当大的比重,这对于汉大赋的最终形成是非常重要的。《旱云赋》首段是分了几个层次来描写云的,其繁复之意非常明显。

其一,白云初起:遥望白云之蓬勃兮,滃澹澹而妄止。运清浊之澒洞兮,正重沓与并起。

其二,阴云迷漫:嵬隆崇以崔巍兮,时仿佛而有似,屈卷轮而中天兮,象虎惊与龙骇。

其三,风云交汇:遂积聚而给沓兮,相纷薄而慷慨。若飞翔之从横兮,扬波怒而澎濞。

其四,云垂雷动:正帷布而雷动兮,相击冲而破碎。或窈窕而四塞兮,诚若雨而不坠。

其五,风起云散:终风解而霰散兮,陵迟而堵溃。或深潜而闭藏兮,争离而并逝。

这些描写,放大了看,与司马相如《子虚赋》里的"于是乎乃使专诸之伦,手格此兽……于是郑女曼姬……于是乃相与獠于蕙圃……于是楚王乃登云阳之台……"相比,何其相似。与枚乘《七发》里的"观涛"等局部描写比较,更是相近。难怪有人要怀疑贾谊这篇赋的真伪,因为这篇赋的局部已与大赋相差无几了,而且是一段非常流畅的行文。

其四,贾谊赋在句式上也有了一些与楚辞不同的变化。

赋与楚辞,不仅一个重叙事一个重抒情,而且从文体上看,一个是散文一个是诗,汉初赋在楚辞余绪下发展,但赋本身的文体特征也开始形成和表现出来。在贾谊赋里,虽有楚辞般的辞华,但也是呈现出散体化的迹象,如韵散相间、长短不一、既整齐又参差不齐等等。以下录《旱云赋》最后一段来说明:

怀怨心而不能已兮,窃托咎于在位。独不闻唐虞之积烈兮,与三代之风气。时俗殊而不还兮,恐功久而坏败。何操行之不得兮,政失中而违节。阴气辟而留滞兮,厥暴至而沈没。嗟乎!惜叶太剧,何辜于天无恩泽!忍兮嗇夫,何寡德矣!既已生之,不与福矣。来何暴也,去何躁也?孳孳望之,其可悼也!憭兮栗兮,以郁怫兮。念思白云,肠如结兮。终怨不雨,甚不仁兮。布而不下,甚不信兮。白云何怨,奈何人兮。

贾谊的赋在汉代影响极大,特别是《吊屈原赋》,汉人不仅在人生价值观的认识上受其影响,如司马迁在《史记·屈原贾生列传》里说:"余读《离骚》《天问》《招魂》《哀郢》,悲其志。适长沙,观屈原所自沉渊,未尝不垂涕,想见其为人。及见贾生吊之,又怪屈原以彼其材,游诸侯,何国不容,而自令若是。"而且,在运用骚体赋来抒发情怀的创作形式上,贾谊也为汉赋作者提供了创作典范。骚体赋用楚声,又以悼屈原之作为主题,使之具有一种独特的悲剧美价值,汉人即使创作出发点不一,但当他们选用骚体赋时,往往就会步入贾谊的思路。

贾谊的创作成绩,确立了他在汉初赋坛的地位,同时也将骚体赋推向兴盛。与贾谊同时期赋家庄夫子,姓庄名忌,《汉书·艺文志》统计他有赋24篇,数量远超过贾谊的7篇,但目前只存一篇《哀时命》。王逸《楚辞章句》的题解是:"客游于梁,梁孝王甚奇重之。忌哀屈原受性忠贞,不遭明君而遇暗世,斐然作辞,叹而述之,故曰《哀时命》也。"下录一段,以窥其貌:

白日晼晚其将入兮,哀余寿之弗将。车既弊而马罢兮,蹇邅徊而不能行。身既不容于浊世兮,不知进退之宜当。冠崔嵬而切云兮,剑淋离而从横。衣摄叶以储与兮,左祛挂于榑桑;右衽拂于不周兮,六合不足以肆行。上同凿枘于伏戏兮,下合矩矱于虞唐。愿尊节而式高兮,志犹卑夫禹汤。虽知困其不改操兮,终不以邪枉害方。世并举而好朋兮,壹斗斛而相量;众比周以肩迫兮,贤者远而隐藏。

据刘永济《屈赋释词》统计,《哀时命》中袭用《离骚》语句(袭全句和袭句意)有9句之多,追步屈原之甚一目了然,表明汉赋自身面貌尚未形成,规摹《离骚》已成风气。[1]这样一方面集中了当时文人的激情才华于骚体赋创

---

〔1〕 刘永济:《屈赋音注详解》,上海古籍出版社,1983年,第53页。

作,将骚体赋推向兴盛;另一方面也是在创作实践中积累经验,告别楚辞,迎接汉大赋时代的到来。

贾谊在将骚体赋推向兴盛和为汉大赋时代到来作准备的同时,对汉代赋文学还有一个很大的影响,那就是模拟之风。如前面所论,由于《吊屈原赋》的艺术魅力,汉一代悼屈之作和模拟楚辞的作品数量极大,仅直接以"骚"为篇名的赋就有扬雄的《反离骚》、班彪的《悼离骚》、梁竦的《悼骚赋》等。同一题材的反复使用,难免有模拟之嫌。在文体上,以往对由枚乘《七发》产生的"七林体"注意较多,实际上贾谊已开先河,他的《吊屈原赋》的以赋为吊,为后来人所承袭。司马相如的《哀秦二世赋》、扬雄的《反离骚》、班彪的《悼离骚》、蔡邕的《吊屈原文》等,都明显受到《吊屈原赋》的影响。刘勰就这样评价班彪、蔡邕的作品与贾谊的沿袭关系:"影附贾氏,难为并驱耳。"(《文心雕龙·哀吊》)

就贾谊赋作品本身而言,一方面,贾谊赋脱胎于楚辞,与楚辞有许多相近,甚至相同的地方,这些都是正常的文学创作;另一方面,由于屈原的人格及其《离骚》的魅力,汉人往往会在怀才不遇、人生坎坷的时候,循着贾谊的思路去怀念屈原,客观上提供了一个模拟的逻辑起点。虽然这样的作品艺术效果并不一定很高,但作者也确能抒发出胸臆,得到其所期待的美的感受,所以主观上作者也习惯于沿袭相同的题材或相同的文体。因此,我们不能简单地斥责这种沿袭楚辞的现象是"文人雕刻之末技,词家模拟之艳辞"(黄汝亨《楚辞章句序》),其中也有文学发展的合理性。

贾谊早在枚乘之前,就创作出了终汉一代都以之为范式的作品。因此,汉人模拟之风的发起者或代表者,贾谊可以入列。

最后,我们应注意的是,贾谊与陆贾相似,他们与这一时期的其他赋家在创作经历上相异。他始终为中央政府服务,而没有像枚乘等人那样有客游梁王为诸侯王服务的经历。感情上,他为长沙王太傅,便作《吊屈原赋》来排遣:"贾生既辞往行,闻长河卑湿,自以寿不得长,又以适去,意不自得。及渡湘水,为赋以吊屈原。"(《史记·屈原贾生列传》)政治主张上,他赞成削藩,加强中央政权:"文帝复封淮南厉王子四人皆为列侯。贾生谏,以为患之兴自此起矣。贾生数上疏,言诸侯或连数郡,非古之制,可稍削之,文帝不听。"(《史记·屈原贾生列传》)贾谊在《吊屈原赋》里,对屈原不能明哲保身的行为提出责难,但在现实中却有与此相矛盾的行为:"居数年,怀王骑,堕马而死,无后。贾生自伤为傅无状,哭泣岁余,亦死。"(《史记·屈原贾生列传》)贾谊因长沙王之死而失去一次为中央效力的机会，最终竟因此而悲伤至死，这样的人生态度，与枚乘等人数次客游藩王的态度是明显不一样的。因此，在贾谊年代，虽赋没有进入中央而是在藩王那里得到发展，但作为这一时期的代表人物贾谊，却是基本上在中央政府的范围内从事创作，其骚体赋那样的激情，在有客游梁国这样经历的赋家中是不容易得到的。就贾谊的骚体赋而言，其是在中央政府环境中取得最初发展和取得最好成绩，只是没有被最高统治者所接受。这一点，与散体赋有别。这不仅有刘勰《文心雕龙·时序》中所说的原因："施及孝惠，迄于文、景，经术颇兴，而辞人勿用。"而且也有骚体赋作为文体本身，需要改造，以适应"润色鸿业"的需要的原因。

第三节　枚乘的骚体赋与汉大赋

枚乘是文帝、景帝时代人，创作活动也在文景之时。武帝即位后，闻枚乘之名而招之。"乃以安车蒲轮征乘，道死"（班固语）。《汉书·艺文志》著录其赋9篇，今天保存下来可信的是《七发》。这是一篇奠基之作，确立了枚乘在汉赋发展史上的地位。

如前所述，骚体赋在汉初已呈兴盛之势，但对大一统帝国而言，偏重于抒发个人情怀，以屈原为范式摹仿的骚体赋，已不能很好地适应汉帝国文化发展的要求。以往认识汉初赋坛发展时，多以文、景两帝本人不好辞赋来解释赋何以没有进入中央，实际上这只是问题的一方面。问题的另一方面是：骚体赋需要进行适应帝国文化的改造。武帝可以因《七发》而"安车蒲轮"征枚乘，但对《吊屈原赋》这样的作品，就很难想象这位爱好辞赋的皇帝是如何喜爱了。

骚体赋的改造工作，枚乘最有成效。关于枚乘身世，《史记》只有两处简单提道：

> 邹阳者，齐人也。游于梁，与故吴人庄忌夫子、淮阴枚生之徒交。
>
> （《鲁仲连邹阳列传》）

> 会景帝不好辞赋，是时梁孝王来朝，从游说之士齐人邹阳、淮阴枚乘、吴庄忌夫子之徒，相如见而说之，因病免，客游梁。梁孝王令与诸生同舍，相如得与诸生游士居数岁，乃著《子虚》之赋。
>
> （《司马相如列传》）

班固《汉书》为枚乘立传,收录了《谏吴王书》和《重谏吴王书》两篇作品,并补充了一段经历上的描述:

> 汉既平七国,乘由是知名。景帝召拜乘为弘农都尉。乘久为大国上宾,与英俊并游,得其所好,不乐郡吏,以病去官。复游梁,梁客皆善属辞赋,乘尤高。孝王薨,乘归淮阴。武帝自为太子闻乘名,及即位,乘年老,乃以安车蒲轮征乘,道死。
>
> (《汉书·贾邹枚路传》)

从这几段史料看,枚乘是当时一个颇具声望的赋作家,同时,他也关心政治、自觉维护汉帝国的统一。这一点非常重要,赋是为汉帝国服务的,维护大帝国的统一,赞美大帝国的一统天下,才能造出大帝国的声势。赋以大为美的特征是这一时代的产物,是适应时代、为时代服务而产生的时代文体。

这几段史料同时也描述了枚乘的创作环境,即客游于吴王、梁王等藩国之间的时期。这与贾谊的创作环境有所不同,而且"梁客皆善属辞赋",在藩王那里出现了辞赋作家群,这是枚乘所拥有的优越条件。这个作家群,除司马相如外,《史记》和《汉书》提到的有邹阳、庄忌夫子。《汉书·艺文志》说:"庄夫子赋二十四篇。"《汉书》没有确录邹阳的赋作品,但葛洪《西京杂记》收有他的两篇作品,即《酒赋》和《几赋》。在这样的环境里,司马相如写出了《子虚赋》,也必然对枚乘的创作产生良好的影响。

于中央之外,在藩国还存在着颇具规模的赋家群,这对汉赋的发展是很有意义的。这不仅是因为作家可以寻找到比较好的创作环境,而且就赋而言,在中央的赋家,如贾谊等人,他们所作的骚体赋已不能满足大帝国文化的需要,这时中央之外的赋家群以自己的作品适应这个需要,并逐步进入中央,取代了骚体赋的地位。

赋家群在藩国的形成,有着汉初特殊的政治背景。高祖刘邦建立刘汉政权后,虽"汉承秦制",但刘邦还是认为,秦始皇全面实行郡县制,没有子弟被封为王侯,中央失去了藩辅,最终导致"孤立之败"。因此,在实行郡县制的同时,又大封子弟为王,称为"诸侯王"。这些王在封国内是国君,权力极大,除太傅和丞相之外,其他各级官吏都由自己决定。有的诸侯王还拥有军队,可以在封国内征收赋税,这样的权力结构使得这些诸侯王拥有很强的实力,如

"七国之乱"之首刘濞,被封吴王,拥有3郡53个县,力量非常强大。因为汉朝中央政权当时奉行"无为"政策,所以一般藩国都依靠自己的国力大规模养士,这其中就有赋家。

赋家在藩国被诸侯王所养,写着"铺采摛文"的赋,但在国家统一的大是大非问题上,他们始终坚持维护中央政权的权威,邹阳、枚乘都曾反复上书,反对分裂。从这意义上看,赋家也是一个拥护中央的爱国主义群体。班固《汉书·贾邹枚路传》记:"邹阳、枚乘游于危国,然卒免刑戮者,以其言正也。"

赋家的爱国主义思想,以往深入研究的不多,这是一个疏忽。汉大赋的特征是"润色鸿业",对于赋家而言,所谓"劝百",是出自内心的,是被汉帝国强盛国势所激发的,其深层次是对大一统帝国的由衷赞美。这一点在枚乘等人身上就表现得非常明显。《重谏吴王书》里,枚乘就以汉帝国的赫赫国威来劝阻吴王。下录一段以说明:

  今汉据全秦之地,兼六国之众,修戎狄之义,而南朝羌筰,此其与秦,地相什而民相百,大王之所明知也……夫举吴兵以訾于汉,譬犹蝇蚋之附群牛,腐肉之齿利剑,锋接必无事矣。

枚乘文中,列举了汉帝国的地域之大,人口之众,再加以极度夸张。这种风格颇具先秦纵横家的意味,但更多的是大汉帝国具有恢宏的气势,正是因为有了这种气势,方才有了汉大赋的铺张扬厉,当然这其中也包含着赋家的爱国主义思想及维护统一大帝国等深层次内容。

在中央之外形成赋家群的历史条件下,形成了与骚体赋有别的另一类赋,它的标志就是枚乘的《七发》。奇怪的是,在历代赋论中,提到枚乘,常常只提及他对"七林"体的开创,如曹植《七启序》曰:"昔枚乘作《七发》,傅毅作《七激》,张衡作《七辨》,崔骃作《七依》,辞各美丽,余有慕之焉。"其实枚乘最大的贡献不是创"七林"体,而是以《七发》结束了骚体赋的时代。

班固《汉书·艺文志》著录枚乘有赋9篇,目前传下来的有5篇,即《七发》《梁王菟园赋》《临灞池远诀赋》《笙赋》和《柳赋》。其中《临灞池远诀赋》和《笙赋》只存目。这五篇赋里,完全可信、没有争议的只有《七发》一篇。但正是《七发》,给汉赋带来了巨大的变化。

首先,与骚体赋相比,其抒情比重大大降低,已变为叙事体物的文体。在骚体赋中,作者的抒情是占第一位的,即使是叙事味很重的贾谊《旱云赋》,我们也可看出作者焦急和同情的心情:"农夫垂拱而无事兮,释其锄耨而下泪。忧疆畔之遇害兮,痛皇天之靡惠。惜稚稼之旱夭兮,离天灾而不遂。"《七发》中,已难寻这样抒情的描写了。在赋的最后一段,作者不是以热烈的抒情推向高潮,而是以冷静的思辨语言作结,"劝百而讽一"已露端倪。从《七发》的收尾看,对"圣人辩士之言"的描述绝无"观涛"等段精彩,但这就是体物大赋所具有的特征。下录《七发》最后一段:

> 客曰:"将为太子奏方术之士,有资略者,若庄周、魏牟、杨朱、墨翟、便蜎、詹何之伦,使之论天下之精微,理万物之是非。孔老览观,孟子持筹而算之,万不失一。此亦天下要言妙道也,太子岂欲闻之乎?"于是太子据几而起曰:"涣乎若一,听圣人辩士之言。"涊然汗出,霍然病已。

其次,《七发》在结构上已作改变,是以主客问答来推进描写。由于主客双方的争胜,或正反两方面的反复阐述,赋的篇幅大大增加,而且由于主客双方的转换,也给作者留下了更大的铺陈空间。从继承角度看,荀子的咏物赋是最明确的主客问答体,枚乘《七发》采用这种形式,是于骚体之外的吸收和发展。

再次,在行文上,《七发》不仅语言丰富,而且文辞华丽,大量使用虚构、夸张、比喻、拟人等多种修辞手法。从笔势的纵横和富于论辩性看,《七发》有明显的战国纵横家的影响。章学诚指出:"孟子问齐王之大欲,历举轻煖肥甘,声音采色,'七林'之所启也;而或以为创之枚乘,忘其祖矣。"(《文史通义·诗教》)章氏之说有一定道理,枚乘是接受先秦诸子的启迪而做出创造和发展的。也正因为这样的创造和发展,散体大赋才能被普遍接受,并进入中央,在文坛占统治地位。

在讨论枚乘创作时,有一点显得非常重要,这就是创作方式的变化。枚乘之前,辞赋家的创作都是有感而发。如对屈原所作《离骚》,王逸认为:"屈原执履忠贞而被谗邪,忧心烦乱,不知所诉,乃作《离骚经》。"对屈原所作《九章》,王逸《九章序》认为:"屈原放于江南之野,思君念国,忧心罔极,故复作《九章》。"有感而发形成一个传统,所以后人将屈原奉为"词赋之宗"(刘勰语)。

但是,枚乘的《七发》就不一样了:楚太子有疾,而吴客往问之曰:"今太子之病,可无药石针刺灸疗而已,可以要言妙道说而去也。不欲闻之乎?"感情色彩大大淡化,作者述说的不是发自内心的激情,或不是首先来自自己的感情,而是经过思辨的冷静。

同时,枚乘的创作环境和过程也有所变化。以往创作是一个人的思考,一个人的抒情,更多的是个人行为,如屈原湘水边作《涉江》,宋玉廓落之际作《九辩》,贾谊"渡湘水,为赋吊屈原"而作《吊屈原赋》。可是枚乘就不一样了,他先后客游吴、梁,"梁客皆善属辞赋,乘尤高"。这是一个群体创作的环境,赋家之间可以相互交流,促进创作,司马相如就因慕梁王身边的"游说之士","因病免,客游梁……得与诸生游士居数岁,乃著子虚之赋"(《史记·司马相如列传》)。《西京杂记》以小说家笔调记下赋家相聚的故事:梁孝王筑忘忧之馆,召集诸游士,让他们各自作赋。枚乘作《柳赋》,路乔如作《鹤赋》,公孙诡作《文鹿赋》,邹阳作《酒赋》,公孙乘作《月赋》,羊胜作《屏风赋》,韩安国作《几赋》不成,邹阳代作,两人各罚酒三升,赐枚乘、路乔如绢各五匹。

奉命而作和群体创作的环境,是汉人作赋的两大背景。司马相如说《子虚》"乃诸侯之事,未足观也,请为天子游猎赋",于是为武帝作《上林赋》,两赋已是两种创作背景。司马相如入京后,追随武帝左右,又作了《长门赋》《大人赋》等作品。《史记·司马相如列传》在说明《大人赋》创作背景时记:"天子既美子虚之事,相如见上好仙道,因曰:'上林之事未足美也,尚有靡者。臣尝为《大人赋》,未就,请具而奏之。'……相如既奏大人之颂,天子大说,飘飘有凌云之气,似游天地之间意。"司马相如揣摩武帝心理而作赋,这样的作品与屈原、贾谊由迁谪生活以及由此引发的思想感情抒发,不仅在价值取向上有极大的距离,而且在创作方式上也缺少了"自我"的内容。班固对此有这样的记载:"故言语侍从之臣,若司马相如、虞丘寿王、东方朔、枚皋、王褒、刘向之属,朝夕论思,日月献纳。而公卿大臣御史大夫倪宽、太常孔臧、太中大夫董仲舒、宗正刘德、太子太傅萧望之等,时时间作。或以抒下情而通讽谕,或以宣上德而尽忠孝,雍容揄扬,著于后嗣,抑亦雅颂之亚也。"(班固《两都赋序》)可见非常明确,武帝时起,赋家的个人创作渗透了"朝夕论思,日月献纳"的成分。这样的创作产生了新的创作方式,所谓的"时时间作"。这是创作方式的变化,这种创作方式是绝对作不出"路漫漫其修远兮,吾将上下而求索"的作品。

创作方式的改变,在汉代产生了巨大影响,《汉书·地理志》记载:"司马相如游宦京师诸侯,以文辞显于世,乡党慕循其迹。后有王褒、严遵、扬雄之徒,文章冠天下,繇文翁倡其教,相如为之师。"宣帝时,步武帝后尘:"是时,宣帝循武帝故事，招选名儒俊材置左右。更生以通达能属文辞，与王褒、张子侨等并进对，献赋颂凡数十篇。"(《汉书·楚元王传》)这里所记的"并进对"，应属同时创作。不仅同时创作，还要比高下，以定赏赐："上令褒与张子侨等并待诏，数从褒等放猎，所幸宫馆，辄为歌颂，第其高下，以差赐帛。"(《汉书·严朱吾丘主父徐严终王贾传》)西汉末的大赋家扬雄，也遇到同样的创作环境，他跟在成帝后面作了许多大赋。《汉书·扬雄传》记《甘泉赋》的创作："正月，从上甘泉，还奏《甘泉赋》以风。"记《河东赋》的创作："雄以为，临川羡鱼不如归而结网，还，上《河东赋》以劝。"记《长杨赋》的创作："雄从至射熊馆，还，上《长杨赋》，聊因笔墨之成文章，故借翰林以为主人，子墨为客卿以风。"这里所记作品都是扬雄的大赋名篇，但由于是随成帝出游而作，其创作过程使这些作品存在缺陷，后来扬雄自己也批判了这种创作方式："又颇似俳优淳于髡、优孟之徒，非法度所存，贤人君子诗赋之正也，于是辍不复为。"(《汉书·扬雄传》)扬雄鄙视俳优的态度不可取，但他将赋家与俳优相联系，却是有一定道理的，即他们都是为帝王服务，在服务中完成艺术创作的全过程。作家的自我意识，即主观能动性主要用于艺术技巧的发挥与落实，而不再是艺术创作的动力了。

在汉代，大一统帝国的思想削弱作家的自我意识是在汉武帝"罢黜百家，独尊儒术"之后开始的。历史上留名的作品，特别需要自我意识和智慧，司马迁还从个人经历角度强调了这一点。《史记·太史公自序》记："昔西伯拘羑里，演《周易》；孔子厄陈蔡，作《春秋》；屈原放逐，著《离骚》；左丘失明，厥有《国语》；孙子膑脚，而论《兵法》；不韦迁蜀，世传《吕览》；韩非囚秦，《说难》《孤愤》；《诗》三百篇，大抵贤圣发愤之所为作也。此人皆意有所郁结，不得通其道也，故述往事，思来者。"但是，汉赋作为一种艺术形式，赋家较早地就主动适应帝国文化需要，削弱自我意识为帝国文化服务。赋家如此创作，对当时汉大一统帝国政治文化的巩固、发展是有积极意义的，早期赋家一致反对分裂就是证明。而这一自我意识削弱的起点，是枚乘的《七发》。正是因为《七发》是改变创作方式后的第一篇成功之作[1]，所以后人才纷纷仿效，"七林"之体得以盛行。从创作方式的改变角度出发，是认识枚乘《七发》历史地位的意义所在。

---

[1] 据吴文治：《中国文学史大事年表》，枚乘《七发》约作于汉高后吕雉八年。《中国文学史大事年表》，黄山书社，1987年，第53页。

创作方式的改变和枚乘的成功，产生了这样一个结果，即汉代文学侍从的产生，这里的文学侍从特指以赋而侍的赋家。以赋而侍的首位文人是战国时期楚国的宋玉。司马迁《史记·屈原贾生列传》记："屈原既死之后，楚有宋玉、唐勒、景差之徒者，皆好辞而以赋见称。然皆祖屈原之从容辞令，终莫敢直谏。"郭沫若《关于宋玉》中曾概括宋玉的生平："宋玉的比较详细的生活情况，虽然已无从查考……他曾经作过楚国的'小臣'，后转而为大夫，总是可以肯定的。"[1]宋玉在作品里是这样描写自己几篇辞赋的创作背景。《风赋》记："楚襄王游于兰台之宫，宋玉、景差侍。"《高唐赋》记："昔者，楚襄王与宋玉游于云梦之台，望高唐之观……王曰：'试为寡人赋之。'玉曰：'唯唯。'"《神女赋》记："楚襄王与宋玉游于云梦之浦，使玉赋高唐之事。"可见，宋玉是楚王身边"以赋见称"的文学侍从，先"小臣""后转而为大夫"，有了一定地位。枚乘与他有所不同，刘汉毕竟已是一个大一统国家，枚乘要"直谏"的是反对分裂，他的赋作有了更深一层的现实意义。当然，枚乘及当时客游的赋家享受着极好的物质待遇和良好的创作环境，似乎也没有很急迫的政治要求。汉王朝平七国之乱后，枚乘因谏吴王有功而被景帝召为弘农都尉，他却因"久为大国上宾"的原因而以病辞官，重回梁国，直到梁孝王死去。司马相如也放着中央的武骑常侍不当，告病辞官，"客游梁……得与诸生游士居数岁"，几年后写出了著名的《子虚赋》。

枚乘等虽为藩王的文学侍从，但并没有妨碍他们的"劝百"视野，因为赋家常居之国都是"富埒天子"。吴王可自行铸钱，煮海水为盐。梁孝王府库里金钱近百万，珠玉宝器还多于京师。"劝百"的主要素材，如都城、苑囿、宫殿、饮食、车马、田猎、歌舞、巡游、典礼等，在藩国都可以看见、听到、经历过。司马迁《史记·梁孝王世家》记"居天下膏腴地"的梁孝王，"筑东苑，方三百余里，广睢阳城七十里。大治宫室，为复道，自宫连属于平台三十余里，得赐王子旌旗，出从千乘万骑。东西驰猎，拟于天子"。藩王穷奢极欲表现出来的富裕程度难以言表，许多富裕指标甚至超过当时的中央。有这样的题材支撑，枚乘才能在《七发》里借吴客之口铺陈景物，极尽夸张。

枚乘除赋作品外，还有《谏吴王书》和《重谏吴王书》等政论文，这两篇文章是为阻止吴王谋反而作，文中有先秦纵横家的笔调，阐明利害得失，劝说服从中央。七国之乱的平定，证明了枚乘的政治眼光，文中有些描写很具赋的

---

[1] 郭沫若：《关于宋玉》，《新建设》，1955年第2期。

味道。下录《重谏吴王书》一段,语言上口,铺陈有序:

> 夫吴有诸侯之位,而实富于天子;有隐匿之名,而居过于中国。夫汉并二十四郡,十七诸侯,方输错出,军行数千里不绝于道,其珍怪不如东山之府。转粟西乡,陆行不绝,水行满河,不如海陵之仓。修治上林,杂以离宫,积聚玩好,圈守禽兽,不如长洲之苑。游曲台,临上路,不如朝夕之池。深壁高垒,副以关城,不如江淮之险。此臣之所为大王乐也。

枚乘的赋,代表着当时赋坛创作方式改变的趋势,虽然《七发》的场面没有武帝以后散体大赋的场面大,写作手法也没有完全定型,在藩国的视野里也没有在汉帝国中央那样开阔,但汉大赋的起点是《七发》,赋作家开始以新的方式从事赋的创作。这种群体创作、切磋技艺、自我融于大我的创作过程,对汉一代乃至汉以后的文学发展,都是有着深远影响的。自汉,文学创作有了群体,作家之间有了一定规模的交流和品评,帝王等政治势力影响文学成为常态,成为文学创作的一个重要外部条件。这些变化,都是从枚乘时代开始的。古人只注重枚乘《七发》开"七林"之体,是低估了其意义;而只认为《七发》促进了汉赋的形成,也是对其意义认识不足。枚乘《七发》,结束了汉初骚体赋的兴盛,汉大赋的时代由此开始,我国文学史也开始有了一个新的起点。

当然,在讨论枚乘的汉大赋开创之功时,我们还是要强调楚文化的影响。一方面,汉初取得辞赋成就的大家是贾谊和枚乘,他们都是长期生活在楚地,这一时期的辞赋创作中心也多在楚地,楚文化的影响不容置疑;另一方面,枚乘开体物大赋之局面,不仅是一种摆脱楚地辞赋影响的行为,也是一种将楚辞影响带入大帝国创作领域的行为。有学者认为:"如果承认楚地文化更被重视、更有影响的话,则在铺陈排比手法上开了辞赋先河的屈原的《招魂》更是直接的摹本。而屈原《招魂》中的铺陈排比手法却源于楚地诸族为招魂引魂而历数四方之险、多陈家庭(祖地)之乐的古老的招魂形式。"[1]

我们认为,强调楚辞文化影响的观点是正确的,但将楚辞带入大帝国的努力和贡献也应当被强调。我们可以梳理出这样一条发展脉络:楚地诸族民间招魂词重叠夸张的特点,转化为屈原《招魂》"外陈四方之恶,内崇楚国之美"的铺陈,再转化为汉赋的"铺采摛文,体物写志"。

---

[1] 刘亚虎:《楚辞、汉赋与北南文化交流》,《百色学院学报》,2012年第1期。

第三章

西汉的大赋兴盛

汉一代,大赋是文体代表。大赋的作家多,大赋的作品多,而且因为大赋走入中央,大赋也获得了最高统治者的大力支持,有了更高层次和更开阔视野的创作平台。从帝国文化的层面看,藩国之赋与帝国之赋是汉大赋转变中最突出的指标,这一指标说明了从骚体赋到散体大赋是文体上的一个非常重要的现象,同时也说明了赋家之心也不再仅仅只是局限于个人情怀,而是有了关心国家的更大空间,汉赋的主题有了转移。

第一节 司马相如与汉大赋的兴盛

司马相如是汉赋最杰出的代表人物,说到汉赋就要说到司马相如。但是,说到司马相如,却并不只有汉赋。只有在这样认识的语境下,我们才更能准确地认识司马相如对汉赋的贡献,认识他在中国文学史上的作用,认识汉赋在中国文学史上的地位。

第一,司马相如的生平。

说司马相如不仅仅只有汉赋,是因为他还是一位令人向往的爱情成功者,是一位使人敬慕的政治事业的成功者。

司马相如的爱情生活,已成为千年不衰的爱情故事。司马迁在《史记·司马相如列传》中,以非常生动的笔调记录了司马相如与富家女子卓文君相爱的经过:

临邛中多富人,而卓王孙家僮八百人,程郑亦数百人,二人乃相谓曰:"令有贵客,为具召之。"并召令。令既至,卓氏客以百数。至日中,谒司马长卿,长卿谢病不能往,临邛令不敢尝食,自往迎相如。相如不得已,强往,一坐尽倾。酒酣,临邛令前奏琴曰:"窃闻长卿好之,愿以自娱。"相如辞谢,为鼓一再行。是时卓王孙有女文君新寡,好音,故相如缪与令相重,而以琴心挑之。相如之临邛,从车骑,雍容闲雅甚都;及饮卓氏,弄琴,文君窃从户窥之,心悦而好之,恐不得当也。既罢,相如乃使人重赐文君侍者通殷勤。文君夜亡奔相如,相如乃与驰归成都。家居徒四壁立。卓王孙大怒曰:"女至不材,我不忍杀,不分一钱也。"人或谓王孙,王孙终不听。文君久之不乐,曰:"长卿第俱如临邛,从昆弟假贷犹足为生,何至自苦如此!"相如与俱之临邛,尽卖其车骑,买一酒舍酤酒,而令文君当炉。相如身自著犊鼻裈,与保庸杂作,涤器于市中。卓王孙闻而耻之,为杜门不出。昆弟诸公更谓王孙曰:"有一男两女,所不足者非财也。今文君已失身于司马长卿,长卿故倦游,虽贫,其人材足依也。且又令客,独奈何相辱如此!"卓王孙不得已,分予文君僮百人,钱百万,及其嫁时衣被财物。文君乃与相如归成都,买田宅,为富人。

之后,武帝封相如为中央使节,往巴蜀,定西夷。《史记》记:"至蜀,蜀太守以下郊迎,县令负弩矢先驱,蜀人以为宠。于是卓王孙、临邛诸公皆因门下献牛酒以交欢。卓王孙喟然而叹,自以得使女尚司马长卿晚,而厚分与其女财,与男等同。"

司马迁以这么长的篇幅,并且是不带贬义地详细记载一个文人的爱情故事,这在我国正史的文献中是极其罕见的。这说明了我国史家之祖对他的重视,也是对他爱情故事的肯定。这个故事放在魏晋,是绝好的风度题材;放在明清,也是绝好的才子佳人题材。中国文学史上,历代小说家都对此爱不释手,东晋葛洪《西京杂记》就有"相如死渴"条,所写的司马相如爱情故事,用更加生动曲折的描写记载了他们的爱情生活。司马相如,为中国封建社会的文学家创建了一个爱情理想。

司马相如的政治生活,在《史记》和《汉书》中也有详细的记载,他首先在长安开始了自己的政治生活。由于喜欢作赋,离开中央,客游梁孝王处。又由于作赋,他被武帝召到中央"以为郎"。之后,他两次奉汉武帝之命出使巴蜀,安抚当地父老和少数民族的不满情绪,圆满完成了他从政的两件大事,因政绩突出,被任命为中郎将。《史记》这样记载了司马相如办这两件事时所遇到的困难:

> 相如为郎数岁,会唐蒙使略通夜郎西僰中,发巴蜀吏卒千人,郡又多为发转漕万余人,用兴法诛其渠帅,巴蜀民大惊恐。上闻之,乃使相如责唐蒙,因喻告巴蜀民以非上意。

> 相如使时,蜀长老多言通西南夷不为用,唯大臣亦以为然。相如欲谏,业已建之,不敢,乃著书,籍以蜀父老为辞,而己诘难之,以风天子,且因宣其使指,令百姓知天子之意。

司马迁全文录下了这两篇文章,即《谕巴蜀檄》和《难蜀父老》。《谕巴蜀檄》是一篇政府文告,《难蜀父老》是一篇说理散文。司马相如在前文中,一方面说明武帝在此之前所派的使臣唐蒙在沟通西南过程中,对巴蜀人民有所滋扰,但这并非是武帝的意旨;另一方面又指出,巴蜀人民要服从中央的命令:"陛下患使者有司之若彼,悼不肖愚民之如此,故遣信使晓喻百姓以发卒之事,因数之以不忠死亡之罪,让三老孝弟以不教诲之过。方今田时,重烦百姓,已亲见近县,恐远所溪谷山泽之民不遍闻,檄到,亟下县道,使咸知陛下之意,唯毋忽也。"后一篇更具文学色彩,司马相如先安抚蜀中父老因中央开发西南的政策而产生的非难情绪,"三年于兹,而功不竟,士卒劳倦,万民不赡",以后再举"接以西夷""今割齐民以附夷狄"的意义,语气渐趋严厉,然后再以使臣的名义正面阐述汉王朝开发西南的意义。两文在原则问题上一点不让步,但有理有节,以理服人,起到了很好的效果。

司马相如的政治事业应该是成功的,他不但表现出了自己在这方面的才能,在出使蜀时,促进了汉族与西南少数民族的和睦相处,对西南地区的文化经济发展作出了贡献,而且与同时代的文人政治家相比,他的结局也不错。他从巴蜀回来后,有人告发他出使时曾受人财物,因而被免官,可一年多后又"复召为郎"。晚年任管理文帝陵园的陵园令,临终前作《封禅文》,关心着封禅大事。司马迁记他"其进仕宦,未尝肯与公卿国家之事,称病闲居,不慕官爵",字里行间透着赞许。司马相如为中国封建社会的文学家又创建了一个政治理想。

司马相如的爱情生活是美好的,从政生涯又颇有建树,这对于封建社会的文人而言,是不容易的,令人仰慕,所以我们可以说,司马相如并不仅仅只有汉赋,更深层的内涵是时代赋予司马相如以美好的人生。

首先,多样化的统一文化呈现出无穷魅力。

《礼记·中庸》曰:"今天下车同轨,书同文,行同伦。"范文澜《中国通史简编》解释:车同轨就是"共同的经济生活","书同文"就是"共同的语言","行同伦"就是"共同文化上的共同心理素质"。在司马相如的时代,汉王朝的经济生活已有70余年的积累,生产力有了极大发展,"民则人给家足,都鄙廪庾皆满,而府库余货财。京师之钱累巨万,贯朽而不可校。太仓之粟陈陈相因,充溢露积于外,至腐败不可食。众庶、街巷有马,阡陌之间成群"(《史记·平准书》)。这是大一统帝国带来的物质富足的景象。同样,大一统帝国也给文化带来繁荣。过去的楚文化、秦文化、齐燕文化、晋赵文化都在汉王朝时代融合而成为汉文化,以王朝的政治经济推动了文化的发展。汉武帝自作楚声《秋风辞》《悼李夫人赋》,同时他又重赏胶东人栾大,"大见数月,佩六印,贵振天下,而海上燕齐之间,莫不扼腕而自言有禁方,能神仙矣"(《史记·孝武本纪》),使以齐燕文化为主的方士文化在中央也有了发展。不久,武帝又于泰山封禅,"封泰山下东方,如郊祠泰一之礼",周文化又被再次强调。思想方面,汉武帝重用董仲舒,以儒家融合道、法、阴阳三家,从而形成独尊的儒学。

多样化的统一文化还表现在大规模的经济、文化交流和吸收上。武帝派张骞出使西域,开辟中西交流新纪元,西域的文明就沿着这条"丝绸之路"源源传入中国,中华文明也在交流中走出大汉王朝。有时,武帝为此还不惜诉诸武力,如为获得大宛良种马,他派大将李广利进攻大宛,"取其善马数十匹,中马以下牝牡三千余匹"(《汉书·张骞李广利传》)。

这种多样而统一的文化环境,是历代文人所向往的,也是我国历史上最为辉煌的时期之一,是所谓汉唐文化之汉文化。司马相如是这一时期杰出的文人代表,敬慕司马相如,不正是对汉文化的向往吗?

其次,汉武帝时代的江山之助。

班固在《汉书·武帝纪》中写道:"汉承百王之弊,高祖拨乱反正,文、景务在养民,至于稽古礼文之事,犹多阙焉。孝武初立,卓然罢黜百家,表章'六经'。遂畴咨海内,举其俊茂,与之立功。兴太学,修郊祀,改正朔,定历数,协音律,作诗乐,建封禅,礼百神,绍周后,号令文章,焕焉可述。后嗣得遵洪业,而有三代之风。如武帝之雄才大略,不改文、景之恭俭以济斯民,虽《诗》《书》

所称,何有加焉!"班固虽有所保留,但笔端已充分肯定了武帝的雄才大略。武帝于内,"罢黜百家,独尊儒术",奠定了封建统治思想的基础,加强了中央集权;于外加强用兵,击匈奴,安西南,通西域,扩张领土,形成了汉代政治、军事的鼎盛时期。这样,武帝的雄才大略又成为人才辈出的环境,汉代的杰出人才大多生活在武帝时代,"究天人之际,通古今之变"的历史学家司马迁,建议武帝独尊儒术的经学家董仲舒,"匈奴未灭,无以为家"的军事家霍去病,才华横溢的文学家司马相如等人,都是生活在这一时期,所谓"汉之得人,于兹为盛"(班固语)。司马相如及其同时代的赋家,在武帝时代真是"海阔任鱼跃,天高任鸟飞",班固《两都赋序》是这样记载盛况空前的赋坛:"故言语侍从之臣,若司马相如、虞丘寿王、东方朔、枚皋、王褒、刘向之属,朝夕论思,日月献纳。而公卿大臣御史大夫倪宽、太常孔臧、太中大夫董仲舒、宗正刘德、太子太傅萧望之等,时时间作。"汉武帝造就了一大批杰出人物,造就了司马相如,在中国封建社会特殊的皇权至上的文化环境里,敬慕司马相如,也正是对汉武帝时代的向往。

　　颇有建树的政治生活,千古佳话的爱情生活,无与伦比的文学创作,这是封建社会文人在和平年代里孜孜追求的美好人生。司马相如拥有这一切,是时代赐予他的,他是这一时代的代表,代表着美好人生和美好时代,这应是司马相如受到敬慕的深层内涵,相如的赋作品,也应是表现着这一内涵。

　　第二,司马相如的大赋创作。

　　司马相如的赋代表了汉大赋的最高成就,也代表着汉大赋的特征,所谓"虚辞滥说""假象过大""逸辞过壮"等等。扬雄评相如赋:"必推类而言,极丽靡之辞,闳侈巨衍,竞于使人不能加也。"(《汉书·扬雄传下》)班固也认为:"汉兴,枚乘、司马相如,下及扬子云,竞为侈丽闳衍之词,没其风谕之义。"(《汉书·艺文志》)用今人的眼光看,这是汉大帝国文化赋予汉赋的以大为美的美学追求。这方面的研究已很多,不再赘言,我们要讨论的是,进入中央的赋与在藩国作的赋有什么新的变化,或中央政权的背景为赋增添了什么新内容?明乎此,我们才能理解汉赋之大,为汉大赋作准确的定位。

　　司马相如在武帝登基后,经四川同乡狗监杨得意引荐再一次进身中央。《史记·司马相如列传》记:"上读《子虚赋》而善之,曰:'朕独不得与此人同时哉!'得意曰:'臣邑人司马相如自言为此赋。'上惊,乃召问相如。相如曰:'有是,然此乃诸侯之事,未足观也。请为天子游猎赋,赋成奏之。'上许,令尚书给笔札。"相如为武帝作此赋是一件大事,应是汉赋进入中央的明确标志。此前武帝也曾"安车蒲轮",征枚乘入都,但枚死于途中,没有开始在中央的创作。

关于司马相如作的这篇赋,一般称为《上林赋》,或与《子虚赋》连称《子虚上林赋》,也有称《天子游猎赋》。我们认为,从习惯出发,可以称《子虚上林赋》。但这两篇作品还是有区别的,这一区别就是我们要讨论的大帝国中央文化给赋带来的新内容。

首先,新的基本命题和行文语调。

汉大赋的创作中,读者对象的不同带来基本立意的区别,对行文语调也产生影响。《子虚赋》是"诸侯之事",而《上林赋》是天子之事。诸侯之事是"夫使诸侯纳贡者,非为财币,所以述职也;封疆画界者,非为守御,所以禁淫也";而天子之事则是"游乎六艺之囿,骛乎仁义之涂,览观《春秋》之林……登明堂,坐清庙,恣群臣,奏得失,四海之内,靡不受获"。诸侯与天子之别已明确,这是《上林赋》里亡是公为子虚、乌有先生归纳的。另一方面,在《子虚赋》里,子虚和乌有先生争相夸耀,唯恐言而不尽落下风,使得行文语气急促;而在《上林赋》中,亡是公多描述,东西南北、上下左右地娓娓道来,使得行文语气纤缓折中。以下举《子虚赋》中子虚、乌有先生的出场语:

坐定,乌有先生问曰:"今日田,乐乎?"子虚曰:"乐。""获多乎?"曰:"少。""然则何乐?"对曰:"仆乐齐王之欲夸仆以车骑之众,而仆对以云梦之事也。"曰:"可得闻乎?"子虚曰:"可。王车驾千乘,选徒万骑,田于海滨。列卒满泽,罘网弥山。掩兔辚鹿,射麋脚麟,骛于盐浦,割鲜染轮。射中获多,矜而自功。顾谓仆曰:'楚亦有平原广泽游猎之地,饶乐若此者乎?楚王之猎,何与寡人?'仆下车对曰:'臣,楚国之鄙人也。幸得宿卫,十有余年,时从出游,游于后园,览于有无,然犹未能遍睹也,又恶足以言其外泽者乎?'"

乌有先生曰:"是何言之过也!足下不远千里,来况齐国,王悉发境内之士,而备车骑之众,与使者出田,乃欲戮力致获,以娱左右也,何名为夸哉!问楚地之有无者,愿闻大国之风烈,先生之余论也。今足下不称楚王之德厚,而盛推云梦以为高,奢言淫乐而显侈靡,窃为足下不取也。必若所言,固非楚国之美也。有而言之,是章君之恶;无而言之,是害足下之信也。章君恶伤私义,二者无一可,而先生行之,必且轻于齐而累于楚矣。且齐东有巨海,南有琅邪,观乎成山,射乎之罘,浮渤澥,游孟诸,邪与肃慎为邻,右以汤谷为界,秋田乎青丘,仿偟乎海外,吞若云梦者八九,于其胸中,曾不蒂芥。"

两人的言辞,急促而又直露,其生动处似有战国纵横家的味道,而不是汉赋所特有的运意平缓、徐而约之的笔调。

反观《上林赋》,亡是公首先以诸侯必守的职责来批评子虚和乌有先生的攀比,语气不急却很严厉,是一种高高在上的姿态。不身在中央,是找不到这个角度的。一番道理说完,亡是公才不急不慢地说道:

且夫齐楚之事又乌足道乎! 君未睹夫巨丽也,独不闻天子之上林乎?

只有一个问号,下面就进入了正文,所说的是与子虚、乌有先生差不多的内容,但在亡是公的眼里,帝国君主的物质享受不仅合理,而且理应超过诸侯。当然,帝国压倒诸侯还有直接批评诸侯不明君臣之义而僭越礼法的含义。

其次,更加开阔的赋家视野。

《子虚赋》里,子虚、乌有先生比的是两诸侯国之内的山川、园林、宫室,以此来争"游猎之地,苑囿之大"。但无论如何夸耀,这些都是以诸侯国的国界为界线。子虚说:"臣闻楚有七泽,尝见其一,未睹其余也。臣之所见,盖特其小小者耳,名曰云梦。云梦者,方九百里。"这云梦,其东有蕙圃,其南有平原大湖,大湖高处"燥则生葴蔪苞荔",低湿处"则生藏莨蒹葭";其西有涌泉清池;其北有茂密森林,森林上下又有奇禽怪兽。但是,这云梦只是方圆九百里。

乌有先生说:"齐东有巨海,南有琅邪,观乎成山,射乎之罘,浮渤澥,游孟诸,邪与肃慎为邻,右以汤谷为界,秋田乎青丘,仿偟乎海外,吞若云梦者八九,于其胸中,曾不蒂芥。"这是直接拿齐国的所辖国土与楚国的云梦相比,但其范围也只是东到大海及海东三百里的"青丘国",南到今山东省诸城市境内的琅琊山,西到今河南商丘一带的孟诸,北到渤海之滨。

而《上林赋》则不同了,上林之苑辽阔无边,"左苍梧,右西极"。苍梧指苍海,西极指长安以西的古郊国。"日出东沼,入于西陂",这是说太阳早晨从上林苑的东边大海升起,黄昏至西昆仑山的山坡上落下,东西之遥,正是太阳在我国一日的行程。"其南则隆冬生长,涌水跃波",隆冬季节,草木生长,水流波涌,这应是岭南一带了。"其北则盛夏含冻裂地,涉冰揭河",盛夏季节滴水成冰,大地封冻,涉冰而可渡河,这应是接近西伯利亚的我国北方边陲了。上林苑的东南西北,竟然以汉王朝的版图而陈列。这是夸张,但这是一统江山的大汉帝国的视野。在当时,若没有这样的视野,帝国文化反而显得缺乏它应有的恢宏气度。

以往在研究《上林赋》时,有一种观点认为,《上林赋》的艺术成就不及《子虚赋》,因为《上林赋》描写单一、不生动,这样的结论是没有考虑到大帝国文化的特质。对大帝国文化而言,它的生动处是丰富,是辽阔无垠的疆土,是包容万物的权力,是气贯四方的威风。扬雄《答桓谭书》曾说:"长卿赋不似从人间来,其神化所至邪?"班固《汉书·扬雄传》说:"雄以为赋者,将以风也,必推类而言,极丽靡之辞,闳侈巨衍,竞于使人不能加也,既乃归之于正,然览者已过矣。"这些认识,指的都是帝国文化。

诸侯文化就不同了,它的生动来自各诸侯国的特点,这特点又是通过比较而得出,所以《子虚赋》里,子虚和乌有先生要互相炫耀,这其中虽有艺术手法的成分,但也有诸侯文化的痕迹。再向前,枚乘《七发》一件事一件事地叙述、描写,其中也有着诸侯文化的深层影响。对帝国君主而言,希望得到的应该得到、能够得到;可对诸侯而言,希望得到的不一定能够得到,得到的也不一定可以高枕无忧地享用。这其中,各方的心态是不一样的,这是中央文化与诸侯文化的一个深层区别。

我们用了大量篇幅讨论帝国文化与诸侯文化的区别,是要说明这一点,在汉武帝之时,统治阶级的思想得到了统一,即"罢黜百家,独尊儒学",这其中,经学家董仲舒起着重要作用。对于文学而言,武帝时赋进入中央,这一文体从此具有了帝国文化特质,也包含着文化上统一的内容,这其中,司马相如发挥着重要作用。

班固《汉书·董仲舒传》记载,董仲舒上《贤良对策》,分析当时的形势说:"《春秋》大一统者,天地之常经,古今之通谊也。今师异道,人异论,百家殊方,指意不同,是以上亡以持一统;法制数变,下不知所守。臣愚以为诸不在六艺之科孔子之术者,皆绝其道,勿使并进。邪辟之说灭息,然后统纪可一而法度可明,民知所从矣。"董仲舒因此以"天人三策"的对策,提出"罢黜百家,独尊儒学",统一了封建社会的思想意识形态。

《上林赋》说:"且夫齐、楚之事又乌足道乎!君未睹夫巨丽也,独不闻天子之上林乎?"司马相如以天子身边的视野,用"劝百讽一"的汉大赋,使地方诸侯文学改变成为统一的帝国文学。

司马相如正是在帝国文化这一点上,推动了汉赋的兴盛,确定了自己在文学史上的地位。如果说董仲舒后,我国封建社会有了统一的思想意识形态,那么司马相如后,我国文学史上也产生了统一的帝国文学。对于这一点,明代王世贞《艺苑卮言》已涉及这一内容:

> 作赋之法,已尽长卿数语,大抵须包蓄千古之材,牢笼宇宙之态。其变幻之极,如沧溟开晦;绚烂之至,如霞锦照灼;然后徐而约之,使指有所在。若汗漫纵横,无首无尾,了不知结束之妙;又或瑰伟宏富,而神气不流动,如大海乍涸,万宝杂厕,皆是瑕璧,有损连城。然此易耳。惟寒俭率易,十室之邑,借理自文,乃为害也。赋家不患无意,患在无蓄;不患无蓄,患在无以运之。

第三,司马相如的文学成就。

关于司马相如的赋,还有一个极其重要的内容:文学自觉。按照文学史研究的流行观点,魏晋南北朝时期是文学的自觉时代。这一观点认为,在魏晋南北朝时期,人们开始重新认识一向作为"六艺之附庸"的文学创作的特征和价值,进而形成了清晰独立的文学概念,出现了较为完整的、自成体系的文学思想和观点,从而改变了人们认识文学现象的方式和方法,这也直接影响到人们对待文学活动的态度和投入的热情。如果以这样的标准来衡量汉代文学,那汉代文学应尚未觉醒。但文学的觉醒,不可能是一蹴而就的,它应是一个过程,可以用文学觉醒的标准作参照体,找出这一过程的起点,则汉代文学就是这个起点,它已具有了文学觉醒的许多内容,文学觉醒的面貌已经明晰化。

首先,汉赋并不是彻底的"六艺之附庸",相反,在具体作品上,汉赋表现出来的是"离经叛道",特别是汉大赋,有很明显的独立性。这一点,我们从时人对赋的不满和批判中就可认识到,而受批判最多的就是司马相如。扬雄对司马相如曾佩服之至,"子云好辞赋,尝拟相如以为式"(《法言·吾子》),但他后来否定了以司马相如为代表的大赋:"或问:吾子少而好赋?曰:然。童子雕虫篆刻。俄而曰:壮夫不为也。或曰:赋可以讽乎?曰:讽乎!讽则已;

不已,吾恐不免于劝也。"(《法言·吾子》)同是大赋家的班固,也不满相如的赋,《汉书·艺文志》认为:"其后宋玉、唐勒,汉兴,枚乘、司马相如,下及扬子云,竞为侈丽闳衍之词,没其风谕之义。"这些批判都是针对赋没有遵循"六艺"规定,讽不如劝,这不正是说明赋所具有的独立性吗?

其次,赋家投入创作的态度和热情。枚乘时,吴王和梁王处形成赋家集团,因梁孝王处的创作之盛,"梁园宾客"还成了辞赋家的代名词。武帝时,辞赋进入中央,不仅言语侍从之臣"朝夕论思,日月献纳",公卿大臣也"时时间作",而且淮南王刘安处也形成了辞赋创作中心,热情很高。《汉书·艺文志》著录淮南王赋82篇,淮南王群臣赋44篇。这一时期辞赋家的创作态度也是很投入。晋代葛洪《西京杂记》说:"司马相如为《上林》《子虚》赋,意思萧散,不复与外事相关,控引天地,错综古今,忽然如睡,焕然而兴,几百日而后成。"晋离汉不远,此事应有可能,这样的创作已很专业化了。

最后,文学自身的特征已开始表现。扬雄在《法言·吾子》中说:"诗人之赋丽以则,辞人之赋丽以淫。"其他如"靡丽多夸"(司马迁语)、"必推类而言,极丽靡之辞,闳侈巨衍,竞于使人不能加也"(班固语)、"弘丽之文"(王充语),都是对"藻"的认识,涉及文学的自身特征。

汉代的文学自觉,我们将有专文讨论,这里要强调的是司马相如在其中起了重要作用。他以自己的创作成绩、创作意识,为汉赋确立了崇高的历史地位,以文学自身之美争取帝王的重视,为后来赋家提供了"尝拟相如以为式"的创作模式和作品。这些,都是文学自觉的内容。我们可以说,是司马相如的创作活动为文学带来了自觉的面貌。

西方学者对司马相如的汉赋创作成就和影响也给予重视,其中华裔汉学家施友忠(Shih, Vincent Yuchung)比较突出,他在译著《文心雕龙:中国文学中的思想与形式研究》(The Literary Mind and the Carving of Dragons: A Study of Thought and Pattern in Chinese Literature, 1983)的导言中有一个从文学谱系出发的观点。他认为:丰富的创作经验是理解文学本质的重要条件,司马相如所提出的"赋心"的观念就说明了这一点。司马氏说:"合纂组以成文,列锦绣而为质,一经一纬,一宫一商,此赋之迹也。赋家之心,苞括宇宙,总览人物,斯乃得之于内,不可得而传。"施友忠认为在"得之于内,不可得而传"这一点上,司马相如与庄子之间存在着一种精神共同性(community),这后来又在曹丕"气"的观念中得以表达。在这样认识的基础上,施友忠将历史脉络的勾勒与逻辑关系的梳理有效结合起来,将作为文学本原的曹丕之

"气"与庄子之"神"构成了一个流脉谱系,并创见性地将庄子的文学思想作为曹丕之"气"的逻辑起点,将司马相如对赋本质的认知视由庄子到曹丕过渡过程中的重要一环。对此施友忠虽未展开论述,但所提出的观点无疑颇有创建。[1]

第四,司马相如的代表作解读。

《子虚》《上林》是司马相如的代表作,材极富,辞极丽,而运笔极古雅,精神极流动,意极高,所以不可及也。长沙有其意而无其材,班、张、潘有其材而无其笔,子云有其笔而不得其精神流动处。《长门》"邪气壮而攻中"语,亦是太拙,至"揄长袂以自翳兮,数昔日之愆殃"以后,如有神助。汉家雄主,例为色飨,或再幸再弃,不可知也。

班固《汉书·艺文志》著录司马相如的作品有 29 篇,这对于汉赋最高成就者而言,数量不算多,《汉书》著录他同时的赋家淮南王刘安"赋八十二篇",枚皋"赋百二十篇",数量远在他之上。《汉书·贾邹枚路传》专门谈到司马相如作品不多的原因:"上有所感,辄使(枚皋——引者注)赋之。为文疾,受诏辄成,故所赋者多。司马相如善为文而迟,故所作少而善于皋。皋赋辞中自言为赋不如相如,又言为赋乃俳,见视如倡,自悔类倡也。故其赋有诋娸东方朔,又自诋娸。其文骫骳,曲随其事,皆得其意,颇诙笑,不甚闲靡。凡可读者百二十篇,其尤嫚戏不可读者尚数十篇。"晋代葛洪《西京杂记》也记:"枚皋文章敏疾,长卿制作淹迟,皆尽一时之誉。而长卿首尾温丽,枚皋时有累句,故知疾行无善迹矣。扬子云曰:'军旅之际,戎马之间,飞书驰檄,用枚皋;廊庙之下,朝廷之中,高文典册,用相如。'"可见,相如作品少,一是因为他创作态度认真严谨,一是因为文体有区别,大赋体长文繁,创作起来自是不易。

据今人费振刚等辑校的《全汉赋》,司马相如今存赋 10 篇,其中《梨赋》为残句,《鱼葅赋》《梓桐山赋》为存目,《难蜀父老》不是严格意义上的赋,历代论者,少有视其为赋的。《史记·司马相如列传》除录《子虚赋》《上林赋》外,还录《哀二世赋》和《大人赋》,《汉书》也同《史记》,这几篇赋当无真伪之争。

《哀二世赋》篇幅不长,只有 150 个字左右,从文体上讲应介于骚体与大赋之间,所言也无什么新意:"持身不谨兮,亡国失势。信谗不寤兮,宗庙灭绝。"后半段较生动:"呜呼哀哉!操行之不得兮,坟墓芜秽而不修兮,魂无归而不食。"不写身前写身后,写"魂无归而不食",想象也奇巧。

---

[1] 任增强:《美国汉学界的汉赋批评思想研究》,《东吴学术》,2011 年,第 4 期。

《大人赋》是相如名篇。关于写作动机,《史记·司马相如列传》说:"天子既美子虚之事,相如见上好仙道,因曰:'上林之事未足美也,尚有靡者。臣尝为《大人赋》,未就,请具而奏之。'相如以为列仙之传居山泽间,形容甚癯,此非帝王之仙意也,乃遂就《大人赋》。"在现实生活中,"大人"是有原型的,那就是方士所虚构描摹的人物。《史记·孝武本纪》记载:"上遂东巡海上,行礼祠八神。齐人之上疏言神怪奇方者以万数,然无验者。乃益发船,令言海中神山者数千人求蓬莱神人。公孙卿持节常先行候名山,至东莱,言夜见一人,长数丈,就之则不见,见其迹甚大,类禽兽云。群臣有言见一老父牵狗,言'吾欲见巨公',已忽不见。上既见大迹,未信,及群臣有言老父,则大以为仙人也。宿留海上,与方士传车及间使求仙人以千数。"司马相如是以《大人赋》讽谏武帝好神求仙的,但结果事与愿违:"相如既奏大人之颂,天子大说,飘飘有凌云之气,似游天地之间意。"虽然讽谏目的没达到,但艺术感染力却使武帝为之倾倒,这也是汉人不满的"讽不如劝也"。作品中,"大人"的形象实际象征着天子,他不受世间的规范约束,甚至不受时空的自然规律限制,游于名山、胜水和天空之间,诸神左右随行,众仙前呼后拥,五帝为先导,陵阳做侍从。人间需服从"大人",神的世界、仙的世界也要接受"大人"的权威。在"大人"眼里,"西王母"也不过是"皬然白首,载胜而穴处",他会发出"必长生若此而不死兮,虽济万世不足以喜"的感慨。这样的"大人",只能是大一统帝国的君主,司马相如欲谏反劝,是帝国声威使之然。这篇赋,辞采华丽,语言精练,以极丰富的想象,远游天上地下,充满着浪漫主义色彩,确是一篇绝好作品,而且开赋仙之风气,刘勰《文心雕龙·风骨》是这样评价它的:"相如赋仙,气号凌云,蔚为辞宗,乃其风力遒也。"

《美人赋》是司马相如又一名篇,因《史记》不载,所以有人疑为托名之作,但证据并不充分。这篇赋的写作原因,作品开头做了交代:"司马相如美丽闲都,游于梁王,梁王悦之。邹阳谮之于王曰:'相如美则美矣,然服色容冶,妖丽不忠,将欲媚辞取悦,游王后宫。王不察之乎!'"于是作者为自己辩护。邹阳是梁孝王处的赋家,司马相如曾与其共事,此赋应是记游梁之事,应属诸侯时的文学,是大赋的准备期。这篇作品深受宋玉影响,《古今图书集成·骚赋部杂录》评述:"宋玉《讽赋》,载于《古文苑》,大略与《登徒子好色赋》相类,然二赋盖设辞以讽楚王耳。司马相如拟《讽赋》而作《美人赋》,亦谓臣不好色,则人知其为诬也。"两篇作品相比较,《美人赋》与《登徒子好色赋》有很多相似之处,内容都是写臣子向君王申辩自己无好色之爱,结构上都是通过问话对答结构成篇,行文上虽有些变化,但总体评价,这篇赋少创新,不如宋玉的作品。

《长门赋》是一篇好作品,但由于没有录入《史记》和赋前小序中有"谬误",使许多人因此怀疑这也是一篇托名之作。小序的"谬误",一是序言称"孝武皇帝",这是刘彻身后的谥号,司马相如死于武帝前,不可能这样称武帝;一是序言有"陈皇后复得亲幸"句,可史书中没有这样的记载。但历史上很多作品在流传中是要被后人添加内容的,《史记·司马相如列传》中就有"扬雄以为靡丽之赋"句。因此,就整个作品而言,我们在没有新证据之前,还是认为是司马相如的作品。

作品一开始就描绘了一个被冷落女子的迷惘和伤感:"夫何一佳人兮,步逍遥以自虞。魂逾佚而不反兮,形枯槁而独居。言我朝往而暮来兮,饮食乐而忘人。心慊移而不省故兮,交得意而相亲。"悲剧发生了:"修薄具而自设兮,君曾不肯乎幸临。"心情郁闷的女主人公开始了自己"廓独潜而专精"的一个个白天和黑夜。对宫苑中的自然环境和长门宫建筑的外形、色彩、体势等特征作了细致描绘,真切地摹状了女主人公的特殊心理和感受,表现了女主人公幽居冷宫的忧郁和悲愁。"悬明月以自照兮,徂清夜于洞房",往事历历,梦萦魂惊。作者写到天明之际收笔:

> 众鸡鸣而愁予兮,起视月之精光。观众星之行列兮,毕昴出于东方。望中庭之蔼蔼兮,若季秋之降霜。夜曼曼其若岁兮,怀郁郁其不可再更。澹偃蹇而待曙兮,荒亭亭而复明。妾人窃自悲兮,究年岁而不敢忘。

这么全面而细致地描写遭遗弃女性的复杂情思和悲伤命运,不仅在赋文学史上,而且在整个文学史上也具有开创意义。同时,赋的夸张和铺陈手法,细腻地刻画了女主人的盼望、绝望、回忆的心理状态,复杂而又痛苦的心理过程,创造了极富艺术感染力的意境和形象,将赋文体的抒情特征又作了新的诠解。

第五,司马相如同时代的赋家。

与司马相如同时,在中央的赋家还有东方朔、枚皋、朱买臣、吾丘寿王、主父偃、徐乐、严安、胶仓、终军、严(庄)葱奇等。《汉书·艺文志》著录:朱买臣赋三篇,吾丘寿王赋十五篇,枚皋赋百二十篇,严(庄)葱奇赋十一篇。《汉书·东方朔传》又记:"朔之文辞,……其余《封泰山》《责和氏璧》及《皇太子生祾》《屏风》《殿上柏柱》《平乐观赋猎》。"其他人的赋当时既已不被注意,后世也不传。

  这一时期的大史学家司马迁和大经学家董仲舒,也都是著名赋家。《汉书·艺文志》将司马迁列入"陆贾赋"类,有赋 8 篇,今只有《悲士不遇赋》一篇,见载《艺文类聚》。此赋 200 字左右,估计不是全篇而是节录。与司马迁相同,董仲舒也只有一篇可能是残文的《士不遇赋》,也存于《艺文类聚》。从篇名看,两篇赋的主题相似。实际内容却有不同。司马迁承父训,杂儒道两家学说看待"士不遇",而董仲舒则是治经大家,是个纯儒,以孔孟之道看待"士不遇"。从风格看,司马迁的赋接近荀子的赋,几乎没有骚味,与司马相如的作品也没有相同之处,不设主客问答,用词不华美,很少夸张,但有不甘"没世无闻"的愤激之情。董仲舒的赋有明显的屈原影响,并有类似于楚辞"乱辞""乱曰"的"重曰"结构,但行文较之司马迁迂缓。兹录两赋,以供比较:

  悲夫,士生之不辰,愧顾影而独存。恒克己而复礼,惧志行而无闻,谅才韪而世戾,将逮死而长勤。虽有行而不彰,徒有能而不陈。何穷达之易惑,信美恶之难分。时悠悠而荡荡,将遂屈而不伸。使公于公者,彼我同兮;私于私者,自相悲兮。天道微哉,吁嗟阔兮。人理显然,相倾夺兮。好生恶死,才之鄙也;好贵夷贱,哲之乱也。炤炤洞达,胸中豁也;昏昏罔觉,内生毒也。我之心矣,哲已能忖;我之言矣,哲已能选。没世无闻,古人惟耻;朝闻夕死,孰云其否?逆顺还周,乍没乍起。无造福先,无触祸始。委之自然,终归一矣。

(司马迁《悲士不遇赋》)

  呜呼,嗟乎!遐哉邈矣。时来曷迟,去之速矣。屈意从人,悲吾徒矣;正身俟时,将就木矣;心之忧兮,不期禄矣。遑遑匪宁,只增辱矣。努力触藩,徒摧角矣;不出户庭,庶无过矣。

  重曰:"生不丁三代之盛隆兮,而丁三季之末俗。末俗以辩诈而期通,贞士以耿介而自束。虽日三省于吾身,繇怀进退之唯谷。彼实繁之有徒,指其白以为墨。目信嫷而视眇,口信辩而言讷。鬼神不能正人事之变戾,圣贤亦不能开愚夫之违惑。出门则不可与偕往,藏器又蚩其不容。退洗心而内讼,固未知其所从。观上世之清晖,廉士荦荦而靡归。殷汤有卞随与务光,周武有伯夷与叔齐。孰若反身于素业,莫随世俗而轮转。虽矫情而获百利,不如复心而归一善。

(董仲舒《士不遇赋》)

枚皋是汉初大赋家枚乘的儿子。班固《汉书·艺文志》将他列入"陆贾赋"类,有赋120篇,从班固的著录情况看,应是汉代第一多产赋家,令人称奇的是,如此多产的作家身后竟然一篇作品也没留下,难道真如他所说"为赋乃俳,见视如倡"?关于他的这一看法,后面有专门论述,这里换个角度讨论。班固在《汉书》里提到,枚皋"为文疾,受诏辄成",而司马相如"善为文而迟"。这是在比较两人的创作,并且又提道:"皋赋辞中自言为赋不如相如",即枚皋自己也作过比较,班固当时还能看见他这"自言"的文字。那么,能与司马相如作比较的作品,怎么会消失得片言只字不存呢?是不是当时他们的作品在形式和用途上就已有所区别?葛洪《西京杂记》曰:"枚皋文章敏疾,长卿制作淹迟,皆尽一时之誉。而长卿首尾温丽,枚皋时有累句,故知疾行无善迹矣。扬子云曰:'军旅之际,戎马之间,飞书驰檄,用枚皋;廊庙之下,朝廷之中,高文典册,用相如。'"葛氏距汉不远,其传闻应不是没有一点依据,依他的说法,扬雄已为司马相如和枚皋作了划分,两人都作赋,但体裁却有不同。枚皋是在作一种公文记事类的赋,因有固定的格式,所以写起来快,也因为有这种形式,所以会"时有累句"。在汉赋鼎盛期,赋文体有包容各家的气度,但武帝之后,随着赋自身的活力减弱和现实需求的失去,枚皋体赋没有人写,也没人重视,最终消失,片言不留。但这只是一种推测,还待进一步的材料证实。

东方朔是这一时期的又一名创作活跃的赋家,与枚皋齐名,以滑稽诙谐、玩世不恭著称于世。他自称:"如朔等,所谓避世于朝廷间者也。"(《史记·滑稽列传》)他曾上书劝阻武帝修造上林苑,又上书陈农战强国之计,说明他在政治上欲有作为,唯不得重用。班固《汉书·东方朔传》说他"而朔尝至太中大夫,后常为郎,与枚皋、郭舍人俱在左右,诙啁而已"。创作上,班固在《汉书·艺文志》杂家类中记载他有作品25篇,赋类未记,但在他的本传中却又全文录《答客难》《非有先生论》。《汉书》本传记:"朔之文辞,此二篇最善。其余有《封泰山》《责和氏璧》及《皇太子生禖》《屏风》《殿上柏柱》《平乐观赋猎》,八言、七言上下,《从公孙弘借车》,凡刘向所录朔书具是矣。"其中提到赋的作品,而且班固曾说"皋为赋善于朔",可见东方朔当时有不少赋的作品,且有一定影响。

《答客难》是一篇有很大影响的作品,其后有许多模拟之作,其中不乏大家,如扬雄的《解嘲》、班固的《答宾戏》、张衡的《应间》等等。刘勰的《文心雕龙·杂文》认为这一类文章的特点是:"兹文之设,乃发愤以表志。身挫凭乎道胜,时屯寄于情泰,莫不渊岳其心,麟凤其采,此立体之大要也。"这类文体的表达方式是客主问答,假托客人嘲笑,主人解嘲,从而表达作者的心情。刘勰名之"对问",萧统《文选》却又于"对问"一体之外再立"设论",收《答客难》及同类文章,被刘勰认为是这一类文体之源的战国宋玉《对楚王问》,萧统又收在"对问"类中。古人分类,实属繁密。

《答客难》与司马迁《悲士不遇赋》和董仲舒《士不遇赋》在题材上相近,都是抒怀之作,但《答客难》篇幅长,容量更大,作者怀才不遇的牢骚情感几近发泄。作品通篇散体,但亦时时用韵,可说是一篇散文赋,以下录之以说明:

> 客难东方朔曰:"苏秦、张仪一当万乘之主,而都卿相之位,泽及后世。今子大夫修先王之术,慕圣人之义,讽诵《诗》《书》百家之言,不可胜数,著于竹帛,唇腐齿落,服膺而不释。好学乐道之效,明白甚矣;自以智能海内无双,则可谓博闻辩智矣。然悉力尽忠以事圣帝,旷日持久,官不过侍郎,位不过执戟,意者尚有遗行邪?同胞之徒无所容居,其故何也?"

全文起句,引战国纵横家的例子,紧接着就用铺陈手法,穷尽士之"才",又穷尽士之"困"。两个问号,更是将士之不达、士之不平全盘托出,令读者不得不喟然长叹,作者继续写道:

> 东方先生喟然长息,仰而应之曰:是固非子之所能备也。彼一时也,此一时也,岂可同哉?夫苏秦、张仪之时,周室大坏,诸侯不朝,力政争权,相禽以兵,并为十二国,未有雌雄。得士者强,失士者亡,故谈说行焉。身处尊位,珍宝充内,外有廪仓,泽及后世,子孙长享。今则不然。圣帝流德,天下震慑,诸侯宾服,连四海之外以为带,安于覆盂,动犹运之掌,贤不肖何以异哉?遵天之道,顺地之理,物无不得其所。故绥之则安,动之则苦;尊之则为将,卑之则为虏;抗之则在青云之上,抑之则在深泉之下;用之则为虎,不用则为鼠。虽欲尽节效情,安知前后?夫天地之大,士民之众,竭精谈说,并进辐凑者不可胜数。悉力慕之,困于衣食,或失门户。使苏秦、张仪与仆并生于今之世,曾不得掌故,安敢望常侍郎乎!故曰时异事异。

虽然，安可以不务修身乎哉！《诗》云："鼓钟于宫，声闻于外。""鹤鸣九皋，声闻于天。"苟能修身，何患不荣！太公体行仁义，七十有二，乃设用于文武，得信厥说，封于齐，七百岁而不绝。此士所以日夜孳孳，敏行而不敢怠也。辟苦鹡鸰，飞且鸣矣。传曰："天不为人之恶寒而辍其冬，地不为人之恶险而辍其广，君子不为小人之匈匈而易其行。""天有常度，地有常形，君子有常行。君子道其常，小人计其功。"《诗》云："礼仪之不愆，何恤人之言？"故曰："水至清则无鱼，人至察则无徒。冕而前旒，所以蔽明。黈纩充耳，所以塞聪。"明有所不见，聪有所不闻。举大德，赦小过，无求备于一人之义也。枉而直之，使自得之；优而柔之，使自求之；揆而度之，使自索之。盖圣人之教化如此，欲其自得之；自得之，则敏且广矣。

　　今世之处士，魁然无徒，廓然独居，上观许由，下察接舆，计同范蠡，忠合子胥，天下和平，与义相扶。寡耦少徒，固其宜也，子何疑于我哉？若夫燕之用乐毅，秦之任李斯，郦食其之下齐，说行如流，曲从如环，所欲必得，功若丘山，海内定，国家安，是遇其时者也，子又何怪之邪！语曰："以管窥天，以蠡测海，以莛撞钟。"岂能通其条贯，考其文理，发其音声哉！繇是观之，譬犹鼱鼩之袭狗，孤豚之咋虎，至则靡耳，何功之有？今以下愚而非处士，虽欲勿困，固不得已，此适足以明其不知权变而终惑于大道也。

　　全篇下来，作者自宽自解发牢骚，用清晰的推理、有力的论辩，风趣诙谐、寓正于反的行文，揭示了在大一统帝国中的知识分子，穷达荣辱不由自身，才智高低惟系于帝王个人意志的社会现实。全文结构严谨，语言清新，表述生动，不愧是汉赋鼎盛时期的作品，其中"尊之则为将，卑之则为虏；抗之则在青云之上，抑之则在深泉之下；用之则为虎，不用则为鼠"，对封建社会用人制度的概括尤为精当，使得后代许多文人以为同调。有正统文人斥之为"东方朔滑稽不雅"（南朝齐颜之推语），但亦有正统文人誉之为"东方朔《答客难》，自是文中杰出"（南宋洪迈语）。

第二节　刘安及其宾客的赋家群体

　　在司马相如创作时期，还有一位对汉赋发展有着很大影响的赋家，这就是淮南王刘安。他不仅自己写赋，身边还有着一个写赋的群体，这应当是比较早的赋家群体,规模大,作品多,对汉赋发展也作出了巨大贡献。

据《汉书·艺文志》统计,淮南王赋82篇,淮南王群臣赋44篇,这是一个很大的作品数量了。淮南王生年不详,《史记·淮南衡山列传》记:"孝文八年,上怜淮南王,淮南王有子四人,皆七八岁,乃封子安为阜陵侯。"淮南王应是与枚乘同辈的人。武帝元狩元年,因谋反事泄自杀,死后第三年,司马相如去世,所以他的创作期与司马相如有很大重叠。

淮南王与群臣的赋,应属诸侯文化。据司马迁《史记》记载,淮南王是很有个性的藩王,为人好读书、鼓琴,不喜欢打猎、玩狗、赛马,并"欲以行阴德拊循百姓,流誉天下",很注意笼络人心,想有一番作为。在大一统帝国时代,这就不免与中央政权发生冲突,成了非分之念,最后造成与中央对抗。《史记·淮南衡山列传》记:"及建元二年,淮南王入朝。素善武安侯,武安侯时为太尉,乃逆王霸上,与王语曰:'方今上无太子,大王亲高皇帝孙,行仁义,天下莫不闻。即宫车一日晏驾,非大王当谁立者!'淮南王大喜,厚遗武安侯金财物。阴结宾客,拊循百姓,为畔逆事。"最后淮南王终因谋反事泄,被逼自杀。

淮南王还是个学问家,班固《汉书·淮南衡山济北王传》记:"招致宾客方术之士数千人,作为《内书》二十一篇,《外书》甚众,又有《中篇》八卷,言神仙黄白之术,亦二十余万言。时武帝方好艺文,以安属为诸父,辩博善为文辞,甚尊重之……每宴见,谈说得失及方技赋颂,昏莫然后罢。"但是,因为与中央发生冲突,所以这些学术活动也被认为是含有谋反内容:"诸辨士为方略者,妄作妖言,谄谀王,王喜,多赐金钱,而谋反滋甚。"(《史记·淮南衡山列传》)

作为一个藩国之主,所有的政治行为都应在中央的规定范围之内,但淮南王超出了这个范围,他招致宾客方术之士数千人编写的《淮南子》(又称《淮南鸿烈》),综合整理先秦道、法、阴阳各家思想,与武帝"罢黜百家,独尊儒学"的思想明显不一致,《汉书·艺文志》将其列为杂家。

淮南王的赋创作也与汉武帝时的大赋主流不一致,以骚体风格为主,这也许可以说明为什么他和群臣的赋几乎没有留传下来的一个重要原因,但另一方面也可说明帝国文化所具有的博大包容性,因为淮南王身边曾形成了一个规模很大的辞赋创作中心,班固说他有赋82篇,淮南王群臣有赋44篇,其规模可见一斑。

淮南王在当时是一个作赋高手,班固记载,武帝对他很尊重,每次诏书与赏赐的文字,都要把他找来看一遍再发出去。淮南王不仅工辞赋,而且才思敏捷。武帝有一次让他作《离骚传》(一说《离骚赋》),他清晨受诏,吃早饭时就写好了。淮南王本人留传下来的赋作品,据费振刚《全汉赋校注》,只有两篇,一篇是存于《古文苑》的《屏风赋》,另一篇是存于《太平御览》的《薰笼赋》。这两篇作品都有真伪问题,《屏风赋》一百来字,估计也不是全篇,兹录于下:

> 维兹屏风,出自幽谷。根深枝茂,号为乔木。孤生陋弱,畏金强族。移根易土,委伏沟渎。飘飘殆危,靡安措足。思在蓬蒿,林有朴樕。然常无缘,悲愁酸毒。天启我心,遭遇徵禄。中郎缮理,收拾捐朴。大匠攻之,刻雕削斫。表虽剥裂,心质贞悫。等化器类,庇荫尊屋。列在左右,近君头足。赖蒙成济,其恩弘笃。何恩施遇,分好沾渥。不逢仁人,永为枯木。

署名小山的《招隐士》,是淮南王群臣留下来可信的赋作品,汉人将此篇收在《楚辞》里。东汉王逸作《楚辞章句》时说:"《招隐士》者,淮南小山之所作也。昔淮南王安博雅好古,招怀天下俊伟之士。自八公之徒咸慕其德而归其仁,各竭才智,著作篇章,分造辞赋,以类相从,故或称小山,或称大山。其义犹《诗》有《小雅》《大雅》也。小山之徒闵伤屈原,又怪其文升天乘云,役使百神,似若仙者,虽身沈没,名德显闻,与隐处山泽无异,故作《招隐士》之赋以章其志也。"王逸的意思是,小山是淮南王宾客的笔名,但淮南王群臣的笔名是"以类相从"的,有"小山",也有"大山",犹如《诗经》里的"小雅"和"大雅"那样的划分,"小山"这一类,主要是"闵伤屈原"。对此种解释,后人有疑,因为小山的作品中并无"闵伤屈原"之意,今人姜书阁《汉赋通义》就予否定,并引王夫之《楚辞通释》作解:"义尽于招隐,为淮南招致山谷潜伏之士,绝无闵屈子而章之之意。其可以类附《离骚》之后者,以音节局度,浏漓昂激,绍《楚辞》之余韵,非他词赋之比。虽志事各殊,自可嗣音屈、宋。"我们倒认为,王逸的解释可以说得通。淮南王及群臣写作之时,已是武帝的时代,大赋取代骚体成为主流,淮南王独树一帜和群臣大量创作骚体赋,但如同中央汉武帝处有大赋,亦有人创作骚体赋一样,淮南王处也应有人创作大赋或其他类型作品,即所谓大山、小山之分。小山类作品音节局度、浏漓昂激,与《楚辞》一脉相承,自然有闵伤屈原的内容,但这也不可能就是这类作品的唯一内容,否则不就成了千篇一律?何况《招隐士》中结尾句"王孙兮归来,山中兮不可以久留",涉及臣与君的关系,这也是汉人认识的屈原人生仕途和创作成就的一个标志,与"闵伤屈原"是同属于一个大概念的。

《招隐士》的篇幅不长，不到两百字，与屈原《九歌》《九章》中的单章差不多。全篇分三部分，首先写隐士所居之处的自然环境：

桂树丛生兮山之幽，偃蹇连蜷兮枝相缭。山气茏苁兮石嵯峨，谿谷崭岩兮水曾波。猿狖群啸兮虎豹嗥，攀援桂枝兮聊淹留。

这里林深枝杂，山石险峻，溪流湍急，云雾弥漫，群兽出没。在这样险恶的环境里，隐士有什么心境呢？赋的第二部分就写了隐士与兽为邻的种种情景："王孙游兮不归，春草生兮萋萋，岁暮兮不自聊，蟪蛄鸣兮啾啾。"面对这样的春季，"心淹留兮恫慌忽"，隐士心里充满了凄凉和恐怖。"攀援桂枝兮聊淹留"，与开篇对应，隐者的忧思要由作者来回答。赋进入第三部分："虎豹斗兮熊罴咆，禽兽骇兮亡其曹。王孙兮归来，山中兮不可以久留！"希望隐者及早脱离险恶的隐居之地。通篇渲染，这里点出主题。

这篇赋用骚体，但与楚辞又有明显的不同。首先是物象选择上，集中描写自然环境的险恶，这是楚辞里没有的。其次，全篇对主题始终没有透露，直到结尾方点题，这倒有些像大赋的"曲终而奏雅"，与屈原直露的感情表达也是很不一样的。

《招隐士》是骚体赋，但它创作于司马相如时期，那这篇作品还可说明什么呢？这是我们所关心的。

明代王世贞在《艺苑卮言》里是这样区别骚与赋的："拟骚赋，勿令不读书人便竟。《骚》览之须令人裴回循咀，且感且疑；再反之，沉吟歔欷；又三复之，涕泪俱下，情事欲绝。赋览之，初如张乐洞庭，褰帷锦官，耳目摇眩；已徐阅之，如文锦千尺，丝理秩然；歌乱甫毕，肃然敛容；掩卷之余，彷徨追赏。"王氏是从读者的审美角度区分，所言极是，符合接受美学的原理。读骚，又三复之，涕泪俱下；读赋，掩卷之余，彷徨追赏，骚、赋之别一言中的。那么，《招隐士》是不会使读者涕泪俱下的，但在反复渲染后点题，"歌乱甫毕"后彷徨追赏是肯定要发生的。我们虽然可以从楚辞中找到这种手法运用的发生之源，但更应以当时的赋环境为参照系。当时的赋，铺陈已为主流，所谓"《子虚》之事，《大人》赋说，靡丽多夸"（司马迁语），抒情成分减少，咏物说理成分增加。因为铺陈的运用，描写越来越细致，越来越具体。因为是围绕"赋心"而作，"合纂组以成文，列锦绣而为质，一经一纬，一宫一商，此赋之迹也。赋家之心，苞括宇宙，总览人物，斯乃得之于内，不可得而传。"（《西京杂记》引司马相如语)这就造成了物象的集中化和突出化,运笔之际,也形成了一种气势。这种气势与屈原发自理想、发自内心的以情为主的气势不同,它是以物象的收罗与堆积而成的,以物为主,与帝国一统江山的大气势相合拍。虽然赋心"苞括宇宙,总览人物",但总要在篇尾点题,不论作者已走多远,这一点总是要做的,所谓"曲终而奏雅""劝百而讽一",这是一种结构上的规定。刘熙载《艺概·赋概》指出:"赋与谱录不同。谱录惟取志物,而无情可言,无采可发,则如数他家之宝,无关己事。以赋体视之,孰为亲切且尊异耶?"赋的"劝百讽一"的结构有许多不合理的地方,刘熙载的说法评价过高,但赋是可以在点题时做到"与谱录不同"的。

赋的铺陈和收尾时的点题,是汉大赋的特征,也是当时赋坛的主流风格,《招隐士》虽用骚体,但却在铺陈和点题上明显受到大赋的影响,全篇都是描写,笔墨集中于渲染、夸张,穷尽于山林自然环境的险恶,而它的主题却一字不露,直至全篇结束才以"王孙兮归来,山中兮不可以久留"点出主题所在。

骚体"音节局度,浏漓昂激",在汉初通过陆贾、贾谊的努力,已注入新的形式和内容,并使骚体由形成到兴盛。当大赋出现后,骚体赋仍在继续发展,仍构成大赋兴盛时赋坛的一个内容。

首先,骚体赋的创作,促进着大赋的兴盛。当时的著名赋家,很多都作骚体,班固提到的言语侍从之臣司马相如、东方朔等,公卿大臣董仲舒等,都有很好的骚体作品留传下来。班固还将大赋的代表人物司马相如和当时的著名赋家吾丘寿王入"屈原赋"类。

其次,骚体赋吸收了大赋的优点,有了新的发展。汉代,骚体并没有因大赋的兴盛而灭亡,而是在向大赋学习,在不断地努力适应大帝国文化的需要。正是这种不停的努力,篇幅短小、情感真切的抒情小赋能够产生并最终在东汉后期将大赋取而代之。

这两点,就是我们讨论《招隐士》所得到的结论。无疑,《招隐士》已做到了对大赋的吸收和对骚体的改造;同时,《招隐士》是在淮南王处创作的,应属于诸侯文化,而诸侯文化不主动去适应中央文化,那结局将是消失。淮南王本身,作为藩国之主,在适应中央文化方面做了努力,如向武帝献出新作《淮南子》内篇,以最快速度完成武帝交给的《离骚传》写作任务等等。小山的《招隐士》,可以说是在创作上适应帝国文化的一个举动。有人认为隐士是为淮南王所招,但在大帝国环境下,中央也是要招隐士的,而且在汉初及武帝前期,藩王处的文人大多是坚决拥护中央的,淮南王自己就曾被宾客告发,所以

《招隐士》的主题并不偏离帝国文化，相反，我们从中可以看到的是对中央文化的趋同和适应。

就淮南王本人而言，他最为后人称道的是作了《离骚传》，这是我国文学史上最早为屈原作专论并予以极高评价的作品。班固《汉书·淮南衡山济北王传》记载，武帝曾招淮南王入朝作《离骚传》，他竟很快就写成："使为《离骚传》，旦受诏，日食时上。"这么短的时间交上《离骚传》，说明他对屈原作品的热爱和有很高的研究造诣。

在汉代，对屈原及其作品的评价存在着很大的争议，对屈原及其作品持否定态度的代表人物是扬雄和班固。《汉书·扬雄传》记扬雄的看法：

> 又怪屈原文过相如，至不容，作《离骚》，自投江而死，悲其文，读之未尝不流涕也。以为君子得时则大行，不得时则龙蛇，遇不遇命也，何必湛身哉！乃作书，往往摭《离骚》文而反之。

同情不幸，却又否定与命运的抗争，这反映出封建专制的巩固和经学统治地位的加强，使安命顺时的思想在文人中形成，进而否定屈原的创作。东汉初年，班彪也在《悼离骚》中提出相同观点："圣哲之有穷达，亦命之故也。惟达人进止得时，行以遂伸，否则诎而坏蠖，体龙蛇以幽潜。"[1]如果说扬雄和班彪对屈原的否定部分是出自对伟大诗人行为的不理解的话，班固的否定就是全面的指责了，他在《离骚序》里说：

> 且君子道穷命矣，故潜龙不见，是而无闷。《关雎》哀周道而不伤，蘧瑗持可怀之智，宁武保如愚之性，咸以全命避害，不受世患。故《大雅》曰："既明且哲，以保其身。"斯为贵矣。今若屈原，露才扬己，竞乎危国群小之间，以离谗贼。然责数怀王，怨恶椒兰，愁神苦思，非其人忿怼不容，沈江而死，亦贬絜狂狷景行之士。多称昆仑、冥婚、宓妃虚无之语，皆非法度之政，经义所载。谓之兼《诗·风》《雅》，而与日月争光，过矣！

班固指责屈原不能做到明哲保身，全命避害，更把屈原同恶势力的斗争和对楚王的忠告斥为"露才扬己"。班固的观点已被后来许多人批判，但在当

---

[1] 见《全后汉文》卷二十三。

时却反映了以忠君颂上为本的封建正统思想,代表了这一时期统治者对文人的政治要求。

与扬雄、班固持相反观点的是司马迁、刘安、王逸等人。司马迁在《史记·屈原贾生列传》里指出:"余读《离骚》《天问》《招魂》《哀郢》,悲其志。适长沙,观屈原所自沈渊,未尝不垂涕,想见其为人。及见贾生吊之,又怪屈原以彼其材,游诸侯,何国不容,而自令若是。"司马迁对屈原的身世寄予同情,同时也对屈原的崇高品德表示敬仰,但对屈原自沉感到惋惜:"以彼其材,游诸侯,何国不容。"这在汉武帝时代是不可能的事,司马迁这样说,是他引屈原为同调,饱含着自己横遭打击而无路可走的悲愤。

司马迁提到贾谊对屈原的看法,是出自贾谊的《吊屈原赋》。在这篇作品里,贾谊对屈原"遭世罔极""逢时不祥"的命运表示哀叹,他虽然没有"虽九死其尤未悔"的斗争精神,但还是对人生不公给予了抨击。他用"鸾凤伏窜兮,鸱枭翱翔"形容楚国的黑暗,用"使骐骥可得系羁兮,岂云异夫犬羊""横江湖之鳣鲸兮,固将制于蝼蚁"比喻屈原受群小的攻击。这篇作品被刘勰《文心雕龙·哀吊》誉为:"体周而事核,辞清而理哀,盖首出之作也。"同时,这篇作品也是汉代最早评价屈原的文章。

但是,对屈原给予比较全面的评价,并引起极大影响的文章,还是淮南王刘安,是他奉武帝之命而作的《离骚传》。司马迁《史记·屈原贾生列传》中引用了《离骚传》对屈原的评价:

《国风》好色而不淫,《小雅》怨诽而不乱。若《离骚》者,可谓兼之矣。上称帝喾,下道齐桓,中述汤武,以刺世事。明道德之广崇,治乱之条贯,靡不毕见。其文约,其辞微,其志洁,其行廉,其称文小而其指极大,举类迩而见义远。其志洁,故其称物芳;其行廉,故死而不容自疏,濯淖污泥之中,蝉蜕于浊秽,以浮游尘埃之外,不获世之滋垢,皭然泥而不滓者也。推此志也,虽与日月争光可也。

淮南王刘安,不仅仅如其他汉代文人那样同情屈原的身世,也不仅仅评价屈原创作的艺术成就,而且还高度赞扬屈原的人格美和《离骚》兼有《国风》和《小雅》的价值。这样的评价,东汉后期王逸之前没有第二人,而可与日月争光的评价更是无人能及。在汉代,尤其是汉初,文人在大一统帝国局面下感到压抑和无望时,常常要在屈原那里找到共鸣,淮南王刘安作为一个有很大政治志向的藩王,这一共鸣来得更加强烈,他能一个上午一挥而就《离骚传》,其中必然包含着多年的思考与激情。而客观上,《离骚传》又为认识屈原及其作品提供了理解的角度和评价的起点,影响极大,汉之司马迁、王逸等人,汉以后刘勰、朱熹等,都十分同意刘安的评价并加以引用。如果说,武帝时期司马相如以自己的创作使汉大赋得以兴盛并因此确立了自己在汉文学史上的地位,那么刘安及其群臣的创作正处于适应帝国文化的过程之中,但《离骚传》却是具有开创性地位的理论作品。

淮南王刘安"言神仙黄白之术"(班固语),《淮南子》中篇八卷专门谈论方术。他以后,还有一位赋家也爱好方术,这就是宣帝时的赋家王褒。《汉书》所录的他的《圣主得贤臣颂》的写作原因是:"是时,上颇好神仙,故褒对及之。"(班固语)。王褒著名的《洞箫赋》,班固都没录,而录了这篇与神仙有关的颂,可见王褒在方术方面,在当时是很有影响的。后来益州方士报告他那里出了金马碧鸡之宝,可以祭祀,宣帝就派他去祀之,结果病死于途中。

王褒精通于方术,但他更是一位作赋好手。《汉书·艺文志》将他与淮南王刘安一样,归入"屈原赋"类,有赋16篇。《汉书·严朱吾丘主父徐严终王贾传》记载:"太子体不安,苦忽忽善忘,不乐。诏使褒等皆之太子宫虞侍太子,朝夕诵读奇文及所自造作。疾平复,乃归。太子喜褒所为《甘泉》及《洞箫》颂,令后宫贵人左右皆诵读之。"治好太子疾病的"奇文"和"自造"作品是不是关于方术的内容不得而知,估计是有一定的联系。

王褒被太子所喜爱并让后宫皆诵读的《甘泉》和《洞箫》留传下来,分别载于《艺文类聚》和《文选》。另外,王褒的《九怀》载《楚辞章句》,《僮约》载《艺文类聚》。这些作品中,《甘泉》和《洞箫》是以赋名篇。

现存《甘泉》篇幅不长,或疑为片段佚文,兹录于下:

甘泉山,天下显敞之名处也。前接大荆,后临北极;左抚仁乡,右望素域。其宫室也,仍戫辥而为观,攘抗岸以为阶;壅波澜而鳞坻,驰道列以逶迤。览除阁之丽靡,觉堂殿之巍巍。径落莫以差错,编玟瑻之文楯;镂螭龙以造甋,采云气以为楣;神星罗于题鄂,虹霓往往而绕榱。缦倏忽其无垠,意能了之者谁?窃想圣主之优游,时娱神而款纵:坐凤皇之堂,听和鸾之弄,临麒麟之域,验符瑞之贡,咏中和之歌,读太平之颂。

这篇赋行文没有大赋特有的那种繁复,前半段写得相当平实,但只是残篇,难窥全豹而已。此赋的另一特点是双句多,似对偶,并讲对仗,韵脚押得也有规律,所以也被认为是"开后世骈赋和骈文之端"(姜书阁语)。

《洞箫赋》是一篇体物大赋,但却是用骚体的形式写作。此赋起句"原夫箫干之所生兮,于江南之丘墟。洞条畅而罕节兮,标敷纷以扶疏",不仅托声"兮"字,而且不采用主客问答的形式,最后全文结束时还有"乱辞",很像一篇楚辞作品,但除这些形式特点外,此赋就完全是一篇大赋作品了。

这篇赋结构上与刘安《屏风赋》相似,先描写洞箫取材之处的自然环境,然后再写吹箫人和箫声的丰富变化和艺术感染力。作为大赋作品,这些都是熟套,但就题材而言,王褒却是第一个用赋专写音乐的人。"故知音者乐而悲之,不知音者怪而伟之。故闻其悲声则莫不怆然累欷,撇涕抆泪,其奏欢娱,则莫不惮漫衍凯,阿那腲腇者已。"这种认识用赋表达,是前人所未有的。

从《汉书》记载看,王褒基本上没有政治建树,他的主要活动是围绕着宫廷生活而进行。班固《两都赋序》将他与刘向列入与司马相如同时代的赋家,这正是汉大赋的鼎盛期,歌功颂德的基本特征表现得特别充分。王褒的赋描写了专供观赏的内容,"令后宫贵人左右皆诵读之"(成帝语),甚至连讽谏的尾巴也不要了。在赋家受到批评时,宣帝还要自己出来为赋辩护。宣帝是"修武帝故事"(班固语)的皇帝,征能诵《楚辞》的九江被公,召刘向等人待诏金马门,还因"兴协律之事"召来了王褒。有这样一位皇帝,大赋得到了很强的发展动力,因此班固将此时的赋家与武帝时并为一期,但大赋的许多问题也就要暴露出来了。下录宣帝为赋的辩护,以说明当时的赋坛状况:

> 上令褒与张子侨等并待诏,数从褒等放猎,所幸宫馆,辄为歌颂,第其高下,以差赐帛。议者多以为淫靡不急,上曰:"不有博弈者乎,为之犹贤乎已!"辞赋大者与古诗同义,小者辩丽可喜。辟如女工有绮縠,音乐有郑、卫,今世俗犹皆以此虞说耳目,辞赋比之,尚有仁义风谕,鸟兽草木多闻之观,贤于倡优博弈远矣。

第三节　扬雄的创作和对汉大赋的否定

西汉后期,司马相如之后又一位汉赋大家出现了,这就是扬雄。巧的是,他也是四川人。汉代赋坛,四川有许多名家。司马相如是蜀郡成都(今四川成都）人，王褒是蜀郡资中（今四川资阳市北）人，扬雄是相如老乡，也是蜀郡成都人。汉赋大家中多巴蜀籍贯，这是文学史上的一个奇特现象，也可见地域文化对文学发展有着巨大贡献。中国传统文化中，中央集权的影响巨大，同时又有着沿革有序的发展脉络，这样的语境为地域文化的影响提供了巨大的研究空间。

第一，扬雄的学习经历与否定汉赋。

西汉的三个大赋家，都出在四川，这一现象与教育有关。《史记·货殖列传》记："巴蜀亦沃野，地饶卮、姜、丹沙、石、铜、铁、竹、木之器……然四塞，栈道千里，无所不通……"由于交通不便，经济落后，民风野蛮，这种状况景帝时有了改变。《汉书·循吏传》记载，景帝派文翁为蜀守："见蜀地辟陋有蛮夷风，文翁欲诱进之，乃选郡县小吏开敏有材者张叔等十余人亲自饬厉，遣诣京师，受业博士，或学律令。减省少府用度，买刀布蜀物，赍计吏以遗博士。数岁，蜀生皆成就还归，文翁以为右职，用次察举，官有至郡守刺史者。"不仅送蜀郡弟子到中央学习，文翁还在当地办学，并且给读书人以很大荣誉："县邑吏民见而荣之，数年，争欲为学官弟子，富人至出钱以求之。由是大化，蜀地学于京师者比齐鲁焉。"郡守文翁通过办教育，使蜀地大化，班固因此赞叹道："至今巴蜀好文雅，文翁之化也。"班固在《汉书·地理志》里还指出："景、武间，文翁为蜀守，教民读书法令，未能笃信道德，反以好文刺讥，贵慕权势。及司马相如游宦京都诸侯，以文辞显于世，乡党慕循其迹。后有王褒、严遵、扬雄之徒，文章冠天下。"班固强调司马相如的榜样作用，所谓"乡党慕循其迹"，这亦与史相符，司马相如衣锦还乡的盛大场面在《史记》里已描写得非常生动。

从扬雄的早年经历看，教育对他今后的文学创作和学术活动确实起到了重要作用。据《汉书·扬雄传》记载，扬雄的先世是周朝贵族，但后来家境逐渐衰微，到他的时候，家道中落，"有田一廛，有宅一区""家产不过十金，乏无儋石之储"。扬雄不为贫贱所困扰，刻苦学习，博览群书，讲究贯通，"默而好深湛之思"，终于成为学问渊博的学者和作家。

早年的求学经历，给扬雄以后的创作打下了深深的烙印："自有大度，非圣哲之书不好也；非其意，虽富贵不事也。顾尝好辞赋。先是时，蜀有司马相如，作赋甚弘丽温雅，雄心壮之，每作赋，常拟之以为式。"因为好圣哲之书，扬雄形成了一个非常正统的世界观，乃至最后要对"劝而不止"的赋提出否定。同时，也因为"常拟之以为式"的学习方法，扬雄成了汉代最大的模拟赋家。

扬雄否定汉赋,这是一件让人十分诧异的事。他与司马相如一样,"口吃不能剧谈",但作起赋来特别用功,他的好朋友桓谭《新论·祛蔽》曾记下扬雄自己的创作体会:"子云亦言,成帝时,赵昭仪方大幸,每上甘泉,诏使作赋,为之卒暴,思精苦,始成,遂因倦小卧,梦其五藏出在地,以手收而内之。及觉,病喘悸,大少气。病一岁。由此言之,尽思虑,伤精神也。"扬雄创作刻苦,也取得了很好的成绩,他创作的《甘泉赋》《河东赋》《羽猎赋》和《长杨赋》四大赋,都为他带来很大荣誉。扬雄属于大器晚成的人,《汉书·扬雄传》记:"初,雄年四十余,自蜀来至游京师,大司马车骑将军王音奇其文雅,召以为门下史,荐雄待诏,岁余,奏《羽猎赋》,除为郎,给事黄门,与王莽、刘歆并。"荣誉来之不易,但扬雄还是否定了使自己功成名就的赋,而且否定得非常坚决。他在《法言·吾子》言:"或问:吾子少而好赋?曰:然。童子雕虫篆刻。俄而曰:壮夫不为也。"

关于否定的原因,《汉书·扬雄传》有这样的记载:

> 雄以为赋者,将以风也,必推类而言,极丽靡之辞,闳侈巨衍,竞于使人不能加也,既乃归之于正,然览者已过矣。往时武帝好神仙,相如上《大人赋》,欲以风,帝反缥缥有陵云之志。繇是言之,赋劝而不止,明矣。又颇似俳优淳于髡、优孟之徒,非法度所存,贤人君子诗赋之正也,于是辍不复为。

这就是扬雄否定汉赋的原因,因为汉赋起不到讽谏的作用,劝而不止,反而走向了讽谏的反面,成为鼓励的"极丽靡之辞",因此要"辍不复为"。完全是扬雄正统思想带来的行为。扬雄接受的是儒家经文教育,他的文学观也是从"先王之法"儒家经典里提炼出来的。他要求文学明道、征圣、宗经,就是将儒家圣人及其经典作为现实中的根本规律和法则的"道"来体现。形式上,明道是根本,宗经、征圣都是为达于道的途径,使儒家思想置于绝对的指导地位。《法言·吾子》曰:"或问:人各是其所是而非其所非,将谁使正之?曰:万物纷错则悬诸天,众言淆乱则折诸圣。或曰:恶睹乎圣而折诸?曰:在则人,亡则书,其统一也。"

西方学者也关注到扬雄的态度转变,任增强这样梳理:扬雄对汉赋的评价成为不刊之论,左右了数千年来人们对汉赋的认识。柯马丁指出,问题便在于"人们一味追随扬雄有关赋的看法,未曾考虑到扬雄评赋的本初语境

(original context)"。在西汉末年,政治文化领域出现了一场深刻的思想转型,其影响波及帝国的政治、文化、礼仪等各方面。柯马丁认为公元前 30 年之后的这段时间是中国文化史上的一个重要转折点。人们开始重新推崇古典主义(classicism),古典主义思潮遍及帝国的整个文化领域,从宫廷文学到国家的大型祭祀,这种思潮的出现是对汉武帝时期奢华铺张(generous splendor)的一次反正。扬雄正是这场思想运动的重要倡导者。扬雄提倡礼仪的节制(restraint)与适度(modesty),号召恢复前帝国的(pre-imperial)古典主义文化,并批评武帝统治时期是道德、文化的倒退期。而赋又是汉武帝时期宫廷文化的主要表征(representation),如此看来,扬雄对汉赋的批评并非是一种疏离的(distanced)、无偏见的(uninterested)行为,而是在利益驱使(interest-driven)下所采取的一种话语方式,以此积极介入当时的文化变革中。这样,"现有的关于汉赋的评价即便不是对赋的完全扭曲(downright distorted),也严重损害了赋的声誉"。[1]

扬雄转变了自己的创作观念,自然要求赋的创作一定要起到讽谏的作用。他自己在创作中努力实现这一要求。他的赋,大多开宗明义点出写作目的:

《甘泉赋序》:"正月,从上甘泉还,奏《甘泉赋》以风。"

《羽猎赋序》:"故聊因《校猎赋》以风之。"

《长杨赋序》:"是时,农民不得收敛,雄从至射熊馆,还,上《长杨赋》,聊因笔墨之成文章,故藉翰林以为主人,子墨为客聊以风。"

《河东赋序》:"雄以为临川羡鱼,不如归而结网,还,上《河东赋》以劝。"

扬雄这种明确的讽谏意识,并没有改变作品最后的艺术效果,呈现在读者面前的还是靡丽多夸、虚辞滥说的大赋面貌,而且这样的作品受到了欢迎:"孝成皇帝好广宫室,扬子云上《甘泉颂》,妙称神怪,若曰非人力所能为,鬼神力乃可成,皇帝不觉,为之不止。"(王充《论衡·谴告篇》)这个结果与扬雄的创作初衷南辕北辙,与司马相如欲讽反劝的做法真可谓是五十步笑一百步。以下举《甘泉赋》和《羽猎赋》来说明。

《甘泉赋》作于成帝元延二年,成帝为求继嗣于甘泉泰畤举行祭天的大典,扬雄就以这个活动为线索展开描写。在交代写作原因后,扬雄写道:"惟

---

[1] 任增强:《美国汉学家汉赋批评思想研究——兼及汉学家的研究方法》,《传奇·传记》,2010 年第 1 期。

汉十世,将郊上玄,定泰畤。雍神休,尊明号。同符三皇,录功五帝,恤胤锡羨,拓迹开绕。于是乃命群僚,历吉日,协灵辰,星陈而天行。"这又是一次交代,而且行文索然无味。下面接着用了五个"于是":

> 于是乘舆乃登夫凤皇兮而翳华芝,驷苍螭兮六素虬,蠖略蕤绥,漓乎㸌缡……
> 于是大厦云谲波诡,摧摧而成观。仰挢首以高视兮,目冥眴而亡见。正浏濫以弘惝兮,指东西之漫漫……
> 于是事变物化,目骇耳回,盖天子穆然,珍台闲馆,璇题玉英,蜵蜎蠖濩之中……
> 于是钦柴宗祈,燎熏皇天,招摇泰一。举洪颐,树灵旗……
> 于是事毕功弘,回车而归,度三峦兮偈棠黎……

这五个"于是",加上开头一段的交代,写得还是大赋的传统内容,表达方式也是一样。在极力夸张甘泉宫的华丽、瑰玮的同时,"推而隆之",将之与天神居位的紫微宫相比。其中有说明这样的建筑不是人力所能至,而要靠鬼神力量才能创造出来的含义,但这对兴师动众而来的成帝是劝还是讽呢?即使是讽,也因过于婉转而显得无力。

《羽猎赋》写成帝的田猎活动,这又是大赋的固定题材。赋中用了一个"或称"、四个"于是"、一个"于兹乎",描写田猎活动的全过程。因是田猎活动,所以语言显得刚健,如"鸟不及飞,兽不得过,军惊师骇,刮野扫地"。这样的描写虽极具感染力,但讽谏又如何进行?作者的办法是不时穿插讽谏的语言。如在此赋的序中说道:"不夺百姓膏腴谷土桑柘之地,女有余布,男有余粟,国家殷富,上下交足。"赋末又说:"乃祇庄雍穆之徒,立君臣之节,崇贤圣之业,未遑苑囿之丽,游猎之靡也。因回轸还衡,背阿房,反未央。"将这些讽谏之言置于全文看,还是显得软弱无力,是"劝百讽一"的结果。

鉴于自己的创作实践,扬雄的正统儒学思想使他下决心否定汉赋:

> 或曰:赋可以讽乎?曰:讽乎!讽则已;不已,吾恐不免于劝也。
>
> (《法言·吾子》)

关于扬雄的模拟,这与他的学习方法有关。他不仅因为崇拜司马相如而

"常拟之以为式",而且还向朋友介绍作赋的经验是模拟之道。桓谭《新论·道赋》记:

> 扬子云工于赋,王君大习兵器,余欲从二子学。子云曰:"能读千赋则善赋。"君大曰:"能观千剑则晓剑。"

他自己在《答桓谭书》中也强调读赋的作用,还用读司马相如作品的体会作为例子:"长卿赋不似从人间来,其神化所至邪?大谛能读千赋,则能为之。"

从模拟入手学写赋,不失为一种方法,无可厚非,但只要能"读千赋"就能作赋,达到司马相如那样出神入化的境界,这就违反了文学艺术的创作规律。扬雄却要这样去实践,他模拟《子虚赋》《上林赋》而作《甘泉赋》《河东赋》《羽猎赋》《长杨赋》,模拟东方朔《答客难》而作《解嘲》,模拟《离骚》而作《太玄赋》。他的重要作品,几乎都是有模拟对象的。

汉代赋坛的模拟并不是孤立的现象,模拟似乎从这一时期开始形成了一股风气。桓谭学剑,当时的名家王君大传授他的经验是"能观千剑则晓剑"(桓谭《新论·道赋》)。扬雄不作赋后,以《易》为样本写了《太玄》,以《论语》为样本写了《法言》,以《仓颉》为样本写了《训纂》,以《虞箴》为样本写了《州箴》。扬雄以后的东汉,更是模拟风大盛,仿枚乘《七发》的有傅毅《七激》、崔骃《七依》、刘广世《七兴》,仿东方朔《答客难》的有班固《答宾戏》、崔骃《达旨》,仿刘歆《遂初赋》的有班彪《北征赋》、班昭《东征赋》,仿王褒《洞箫赋》的有马融《长笛赋》。但凡前人有点影响的作品,后面就有跟着的模仿之作,此风不一定就是扬雄所开,但他是这方面的代表人物,作品多,影响大,而且也有模拟的自觉意识。

就扬雄个人而言,他的模拟行为还是受正统儒学思想的支配而产生的。他"非圣哲之书不好",守儒家的训条,唯儒学经书为准绳和依据。在这样的认识指导下,思维必然缺乏活力。他的知识、他的激情和他的聪明才智,也只有通过模拟、抄袭已有的方式而表达出来。经学盛,模拟风就盛,这并非只表现在汉代。宋明两代理学盛时,复古风起,模拟之作亦比比皆是,文坛常常由于模拟对象、模拟方法的此起彼伏而显得热闹。

在汉代,模拟之风还有一个时代环境的因素。与汉之后的作家相比,当时作家可运用的文体不多,表达的手段也少,作家写作时难免有似曾相识的感觉,这使得后人的一些创新往往都要归之于前人,时间长了,也就形成了一种自觉的意识:为优秀的作品寻找渊源。同时,两汉时期楚辞的影响特别大,终汉一代,骚体始终流行,屈原的人生经历也一直是汉代文人创作的源泉之一。所以后人曾说汉赋是"皆屈宋之流"(近代姚华语),甚至因此而将汉代赋作品都视为模拟之作。明代许伯清《诗源辩体·卷三·汉魏总论》这样描述:"屈宋《楚辞》本千古辞赋之宗,而汉人摹仿盗袭,不胜餍饫。"

汉赋拟写现象各代都有评价,刘勰《文心雕龙·通变》中的观点成为基调。刘勰认为:

> 夫夸张声貌,则汉初已极。自兹厥后,循环相因;虽轩翥出辙,而终入笼内。枚乘《七发》云:"通望兮东海,虹洞兮苍天。"相如《上林》云:"视之无端,察之无涯;日出东沼,月生西陂。"马融《广成》云:"天地虹洞,固无端涯;大明出东,月生西陂。"扬雄《校猎》云:"出入日月,天与地沓。"张衡《西京》云:"日月于是乎出入,象扶桑于濛汜。"此并广寓极状,而五家如一。诸如此类,莫不相循。参伍因革,通变之数也。

扬雄否定汉赋,兴模拟之风,对汉赋的发展产生极大影响。从汉赋创作局面看,他的作品及其影响维持了汉赋兴盛的局面;从汉赋的发展看,他的否定论又使汉赋文学意味消而经学气味长。

第二,扬雄的汉赋创作。

据班固《汉书·艺文志》统计,扬雄赋12篇,班固同时把他列入"陆贾赋"类,与枚皋、司马迁等列同类。今人费振刚等辑校的《全汉赋》也载他作品12篇,其中全篇有《蜀都赋》《甘泉赋》《河东赋》《羽猎赋》《长杨赋》《太玄赋》《逐贫赋》《酒赋》《解嘲》《解难》,残篇有《核灵赋》。扬雄还有《反离骚》一篇,已失佚。

《蜀都赋》是扬雄出川前的作品,内容是叙述家乡蜀郡成都。此赋结构宏大,文采华丽,将当地的历史、地理材料给予夸张,描写了巴蜀山水的雄伟壮丽和天府之国的繁荣富庶。奇怪的是这篇有明显模仿司马相如痕迹的作品,却几乎没有说理成分,而且专写成都,开了汉代京都大赋的先河,但怪字、偏字的刻意堆砌,也开了个坏头。

扬雄被公认的代表作是《甘泉赋》《羽猎赋》《河东赋》和《长杨赋》,这些是标准的大赋,铺采摛文、体物叙事。四赋各有侧重,《甘泉赋》写甘泉宫的建筑和成帝在那里的祭祀活动;《羽猎赋》写帝国的苑囿和成帝的田猎活动;《河东赋》写成帝的出行和"思唐虞之风";《长杨赋》写成帝田猎后叙汉帝国的创业和兴盛。赋是对帝王的主要重大活动的概括描写,应有很强针对性,但扬雄的赋中夹杂着很多说理成分,《河东赋》甚至讽谏之词占有主要篇幅,然扬雄仍不满意,提出要"辍不复为"。

大赋之外,扬雄抒情赋写得也很好。《逐贫赋》是一篇抒情赋,扬雄将"贫"拟人化并与之对话。赋中人物"扬子"厌"贫"并对它下了逐客令:"今汝去矣,勿复久留。"但"贫"不愿离去。经过一番讨论,"扬子"转变了态度,"贫遂不去"。此赋立意新颖,特别是构思奇妙,运用轻松诙谐的笔调抒发自己不满现状的愤懑情感,取得了很好的艺术效果,对后代产生了很大的影响。南宋洪迈《容斋续笔》评价说:"韩文公《送穷文》、柳子厚《乞巧文》,皆拟扬子云《逐贫赋》。"下录此赋扬子与"贫"的对话。

扬子逐"贫"曰:

> 汝在六极,投弃荒遐。好为庸卒,刑戮相加。匪惟幼稚,嬉戏土砂。居非近邻,接屋连家。恩轻毛羽,义薄轻罗。进不由德,退不受呵。久为滞客,其意谓何?人皆文绣,余褐不完。人皆稻粱,我独藜飧。贫无宝玩,何以接欢?宗室之燕,为乐不槃。徒行赁笯,出处易衣。身服百役,手足胼胝。或耘或耔,沾体露肌。朋友道绝,进官凌迟。厥咎安在,职汝为之。舍汝远窜,昆仑之颠。尔复我随,翰飞戾天。舍尔登山,岩穴隐藏。尔复我随,陟彼高冈。舍尔入海,泛彼柏舟。尔复我随,载沈载浮。我行尔动,我静尔休。岂无他人,从我何求。今汝去矣,勿复久留。

"贫"不同意扬子的说法,曰:

> 昔我乃祖,宗其明德。克佐帝尧,誓为典则。土阶茅茨,匪雕匪饰。爰及季世,纵其昏惑。饕餮之群,贪富苟得。鄙我先人,乃傲乃骄。瑶台琼榭,室屋崇高。流酒为池,积肉为崤。是用鹄逝,不践其朝。三省吾身,谓予无愆。处君之家,福禄如山。忘我大德,思我小怨,堪寒能暑,少而习焉。寒暑不忒,等寿神仙。桀跖不顾,贪类不干。人皆重蔽,子独露居;人皆怵惕,予独无虞。

《太玄赋》是一篇哲理赋,表达了扬雄对西汉末政治环境险恶的看法。他想潜身远祸,行为情调消极。据班固《汉书·扬雄传》记载,王莽篡位时,扬雄因自己的学生刘歆之子刘棻反王,受牵连:"时,雄校书天禄阁上,治狱使者来,欲收雄,雄恐不能自免,乃从阁上自投下,几死。"有过这样的打击,扬雄写《太玄赋》的心情是可以理解的,这也是对西汉末黑暗现实的真实反映。扬雄后,班固的《幽通赋》、张衡的《思玄赋》、蔡邕的《玄表赋》等,都是学《太玄赋》而作的。

《解嘲》《解难》是两篇散文赋,前者受东方朔《答客难》影响,文中夹杂着谐谑成分,后者是为《太玄赋》辩解,说明文字艰深的原因。

《酒赋》又称《酒箴》,是一篇状物小赋。状物小赋在汉代文人中也比较流行,前录刘安《屏风赋》就属此类,这类赋一般都有比较明确的寓意。

与汉代一般文人一样,屈原的身世也成为扬雄创作的题材,但他不理解屈原的高尚品德。《汉书·扬雄传》记:"又怪屈原文过相如,至不容,作《离骚》,自投江而死,悲其文,读之未尝不流涕也。以为君子得时则大行,不得时则龙蛇,遇不遇命也,何必湛身哉!乃作书,往往摭《离骚》文而反之,自岷山投诸江流以吊屈原,名曰《反离骚》;又旁《离骚》作重一篇,名曰《广骚》;又旁《惜诵》以下至《怀沙》一卷,名曰《畔牢愁》。"扬雄模拟屈原作品如此用力,可见他虽不能完全理解屈原的人生奋斗,但对他还是非常崇敬的。《汉书》只载《反离骚》一文,但艺术成就不高,刘勰《文心雕龙·哀吊》认为其"思积功寡"。不过《反离骚》是扬雄出川前的作品,还不能代表他以后的思想境界。

第三,扬雄的文学地位。

汉赋史上,扬雄是与司马相如相提并论的赋家。韩愈《进学解》曾说:"子云、相如,同工异曲。"扬雄也确实在司马相如后,以自己的大量作品,保持着汉赋的繁荣局面,这是他对汉赋的最大贡献。同时,扬雄又从自己的创作实践中,总结出自己的经验,提出了对有关问题的思考,这丰富了汉代文学理论,但对文学发展,却是一个沉重的打击,这就是他提出的汉赋否定论。

否定论对文学发展的不利影响,另有专文论说,这里先从两方面补充论述,一是扬雄的有关赋论,一是扬雄的作赋经历。

扬雄的有关赋论,首先是否定汉赋的讽谏功能。我们前面已引扬雄"吾恐不免于劝也"的观点,班固在《汉书·司马相如传》赞辞中引扬雄语:

> 扬雄以为靡丽之赋,劝百风一,犹驰骋郑、卫之声,曲终而奏雅,不已

亏乎!

为什么赋做不到讽谏,扬雄以为是"辞人之赋"的原因,他在《法言·吾子》里集中说明了这一点:

或曰:雾縠之组丽。曰:女工之蠹矣。

或问:景差、唐勒、宋玉、枚乘之赋也益乎?曰:必也淫。淫则奈何?曰:诗人之赋丽以则,辞人之赋丽以淫。如孔氏之门用赋也,则贾谊升堂,相如入室矣。如其不用何?

或问:君子尚辞乎?曰:君子事之为尚。事胜辞则伉,辞胜事则赋,事辞称则经,足言足容,德之藻矣。

扬雄抓住了汉赋的特征,即"丽以淫",这是非常可贵的,但他却因此而指责汉赋,那就错误了。《文选·宋书谢灵运传论》注引《法言》佚文曰:"或问:屈原、相如之赋孰愈?曰:原也过以浮,如也过以虚。过浮者蹈云天,过虚者华无根。"但是,司马相如的赋是在屈原的基础上向文学自觉靠拢。"丽以淫"是自觉地追求词汇华丽,自觉地运用夸张、虚构等写作手法,这些都是文学自觉的要素。扬雄看见了文学的进步,却要予以否定,这是出于他正统儒学的世界观。

扬雄对自己作赋经历的认识,是对文学进步的又一个方面的打击。据班固《汉书·扬雄传》记载,扬雄的几篇大赋是这样创作的:

孝成帝时,客有荐雄文似相如者,上方郊祠甘泉泰畤、汾阴后土,以求继嗣,召雄待诏承明之庭。正月,从上甘泉,还奏《甘泉赋》以风。

(《甘泉赋》)

其三月,将祭后土,上乃帅群臣横大河,凑汾阴。既祭,行游介山,回安邑,顾龙门,览盐池,登历观,陟西岳以望八荒,迹殷、周之虚,眇然以思唐、虞之风。雄以为,临川羡鱼不如归而结网,还,上《河东赋》以劝。

(《河东赋》)

明年,上将大夸胡人以多禽兽,秋,命右扶风发民入南山,……纵禽兽其中,令胡人手搏之,自取其获,上亲临观焉。是时,农民不得收敛。雄从至射熊馆,还,上《长杨赋》,聊因笔墨之成文章,故借翰林以为主人,子墨为客卿以风。

(《长杨赋》)

　　扬雄对这样的创作甚是不满,他认为自己和司马相如作《大人赋》的情况是一样的:"繇是言之,赋劝而不止,明矣。又颇似俳优淳于髡、优孟之徒,非法度所存,贤人君子诗赋之正也,于是辍不复为"。(《汉书·扬雄传》)俳优是在皇帝面前专事逗乐的艺人,赋家与他们有所区别,但也有一致的地方,那就是都要以自己的技艺为帝王服务。这一点对赋家而言非常重要,这代表着一门艺术的独立性,司马相如因此而被召入中央,扬雄也因此"待诏承明之庭"。讽谏只是作赋的一个内容,讽谏的淡化,某种程度上是文学独立性的增强。扬雄因为达不到讽谏目的而否定汉赋,是受正统儒学的影响。在封建社会里这一观点得到普遍认可,也可说明这一点。

　　我们认为,"劝而不止""颇似俳优"等等现象,不仅不是汉赋的缺点,而应是汉赋对文学发展的贡献。

　　首先,赋家在为宫廷创作时,谋得一席之地,是文学在那个发展阶段的进步。当时的赋家来到诸侯王、中央君主身边后,赋文学才有了发展和繁荣。我们重视、发掘汉一代,特别是西汉前期赋的创作意义,都是从这一点出发的,所谓"吴、梁创作中心""淮南王刘安及群臣的创作""武、宣之事"等等。古人也非常向往当时的这一环境,班固关于武帝、宣帝之时的言语侍从之臣和公卿大臣们在朝廷"朝夕论思,日月献纳""时时间作"的记载,汉以后几乎每个朝代论赋者都要复述一遍,成为被使用最频繁的史料之一。再看看赋家的作品,枚乘的《七发》、司马相如的《子虚赋》和《上林赋》、扬雄的四大名赋、班固的《两都赋》和张衡的《二京赋》等汉赋名篇,大都出于宫廷题材,这是汉赋的特征所在,抽掉这一内容,汉赋又将是什么面貌?我们在承认汉赋具有一代文学地位的时候,就应当承认赋家在宫廷的创作。同样,也应当承认宫廷为赋家提供了创作空间,提供了创作条件,这时的宫廷创作与以后的宫廷文学是有质的区别的。在汉代,赋家是扬文学的自身之美而获得地位,这当然包括帝王的重视和赋家进入宫廷。

其次,汉代的帝王,本身就是一个非常活跃的创作群体。"君臣之作",君是创作者的一部分,其中既有君臣之间的等级观念,也有作者之间的交流。这一点,在封建社会里应具有一定的普遍性,而在汉代,这一点特别突出。明代胡应麟的《诗薮》曾作过一个统计,很能说明这个问题,下录其文:

> 汉宗室向、歆最著,诸王则淮南、河间。然《艺文》词赋类,有阳丘侯刘郾赋十九篇,阳成侯刘德赋九篇,淮阳宪王赋二篇,广川惠王越赋五篇,赵幽王赋一篇,宗正刘辟疆赋八篇,皆宗室也。
>
> 赵幽王史载诗一篇,而不言能赋。河间献王世以为经术士,然《艺文志》有上下《雍宫》三篇(子儒家类)。淮南但传小山,然《志》有淮南王赋八十二篇,其富若此(又河间周制十八篇)。
>
> 诸王好文者,无出梁。无论邹、枚,即羊胜、公孙,皆文士也。淮南以子显,然《志》有淮南群臣赋四十四篇,惜名氏皆不传,今传子若《鸿烈》,赋若《招隐》,汉多才士,咸无与匹。中遭祸患,宾客窜亡,殊可悲也。又长沙王有群臣赋二篇,其人当亦下贤。又武帝自撰赋二篇,刘向赋三十八篇,又临江王歌诗四篇,又中山王文木赋一篇,总诸刘无虑十数家,惜传者寂寂耳。
>
> 唐诗千余家,宗室与列者不能屈全指。先秦、汉赋六十余家,而刘氏占籍者十数人,东汉不与焉。是唐宗室能诗者,不过百之一,而汉宗室能赋者,几得十之三,何其盛也!虽湮没不传,名存史籍,亦厚遇矣。

汉代帝王的文学爱好,除了对赋创作的推动之外,还表现在对赋的欣赏和理解上。武帝读《子虚赋》而发出:"朕独不得与此人同时哉!"之前,还因枚乘享有盛名而"安车蒲轮"征枚入京。宣帝也演武帝故事,诏王褒、刘向等人"待诏金马门",赋家们创作后还评比,按其高下,给予赏赐;他提出的"辞赋大者与古诗同义,小者辩丽可喜"的观点,为历代论赋者所赞赏。东汉明帝也曾专门将司马相如与司马迁作优劣比较:"司马迁著书,成一家之言,扬名后世。至以身陷刑之故,反微文刺讥,贬损当世,非谊士也。司马相如污行无节,但有浮华之词,不周于用。至于疾病而遗忠,主上求取其书,竟得颂述功德,言封禅事,忠臣效也。至是贤迁远矣。"(《全后汉文》卷三《诏班固》)其他如刘向、刘歆等都有相关的论述。以上所述,都表明汉代帝王、刘氏宗室是汉一代文学活动的积极参与者,将他们隔离于赋文学的发展之外,甚至置于对立面,这都是与当时文学发展状况不相符的。不能因为是帝王、宗室,就要用另一个标准来衡量他们的文学活动。这样做,逻辑起点就错了。

再次,在帝王身边形成了一个集体创作的环境,这促进了赋家创作技法的提高和对文学特征的认识。梁孝王时,司马相如因孝王处创作条件好,能够发挥自己的作赋才能,便告病离开中央。《史记·司马相如列传》言:"梁孝王令与诸生同舍,相如得与诸生游士居数岁,乃著《子虚》之赋。"而当时梁孝王处,"梁客皆善属辞赋,乘尤高"(班固语)。司马相如到梁孝王身边,他的创作水平得到提高。同时,大家在一起创作,就有一个比较,《史记》《汉书》就记载过武帝、宣帝、梁孝王、淮南王评作品高低以赏赐的事。而赋家自己,也有意识地将作品越写越好。《西京杂记》记司马相如作赋时的状态是:"不复与外事相关……几百日而后成。"桓谭《新论》记好朋友扬雄作赋时的状态是:"为之卒暴,思精苦,始成,遂因倦小卧,梦其五藏出在地,以手收而内之。及觉,病喘悸,大少气。病一岁。"真是刻苦异常。创作刻苦带来的是对作品文学表达上的狂热追求,所谓"相如凭风,诡滥愈甚"。赋越写越大,辞越写越丽。刘勰《文心雕龙·夸饰》说:"故上林之馆,奔星与宛虹入轩;从禽之盛,飞廉与鹪明俱获。及扬雄《甘泉》,酌其余波,语瑰奇则假珍于玉树,言峻极则颠坠于鬼神。至《东都》之比目,《西京》之海若,验理则理无不验,穷饰则饰犹未穷矣。又子云《羽猎》鞭宓妃以饷屈原;张衡《羽猎》困玄冥于朔野。夸彼洛神,既非罔两;惟此水师,亦非魑魅;而虚用滥形,不其疏乎?此欲夸其威而饰其事,义睽刺也。至如气貌山海,体势宫殿,嵯峨揭业,熠耀焜煌之状,光采炜炜而欲然,声貌岌岌其将动矣。莫不因夸以成状,沿饰而得奇也。"刘勰只是记了夸饰一方面,然在汉代赋家那里,作赋的努力是全面展开的。东汉班固作大赋《两都赋》的原因是:"固感前世相如、寿王、东方之徒,造构文辞,终以讽劝,乃上《两都赋》,盛称洛邑制度之美,以折西宾淫侈之论。"(范晔《后汉书·班彪列传》)班固不满相如,但他的赋却有意识制造大结构,虽在辞藻华丽、气势跌宕上不及相如的《子虚赋》和《上林赋》,但在体制规模上超过相如,"词藻不如相如,其体制自足冠代"[1]。班固已经将京都写得很详细了,张衡却还要把它写得更大、更细:"衡乃拟班固《两都》,作《二京赋》,因以讽谏。精思傅会,十年乃成。文多故不载。"(范晔《后汉书·张衡列传》)《二京赋》是汉一代最大的赋,后人把它与班固《两都赋》加以比较:"孟坚《两都》,似不如张

---

[1] 见清代何焯《义门读书记》卷四十五。

平子。平子虽有衍辞,而多佳境壮语。"(王世贞《艺苑卮言》卷二)从写作角度讲,两京即两都,题材相同,要避免重复和雷同,绝不是轻易能下笔的。赋家调动一切可运用的手法,另辟蹊径,展开描写。而这一切,都是赋家在帝王身边、在集体创作的环境里取得的。如果当时的赋家不拘泥于讽谏、说教,而是集中精力于大赋本身的创作,围绕宫廷、帝王、京都诸题材反复写作,于文学发展也不失为一个阶段性的探索努力,因为赋家"极声貌以穷文",也是在实践着文学意识的演进,丰富着文学的内涵,可以为文学意识的演进和创作水准的提高提供宝贵的材料。匪夷所思的是,在很长时间里,许多学者从文学鉴赏角度认识这些作品的价值,暴露大赋穷辞丽句的缺点,甚至也随扬雄"吾恐不免于劝也"的观点,用儒家正统思想来认识文学发展。观汉赋,是立足于一代文学,它的主要价值是对文学进步的贡献,是思想、艺术上的新开拓。

扬雄反对汉赋的创作,否定汉赋的成绩,对汉赋的发展是一个打击。他之后,东汉的班固、张衡等人,更加注重讽谏,针对性是强了,但汉赋的活力失去了,文学意味也被知识的展示所冲击。因此,扬雄对汉赋的否定是文学的倒退。当然,扬雄毕竟是有着创作实绩的作家,他的作品在当时就很有影响,已与司马相如并提。王充《论衡》就说:"以敏于赋、颂,为弘丽之文为贤乎?则夫司马长卿、杨子云是也。"唐代杜牧《答庄充书》将扬雄列入汉代最有成就的文人的行列:"自两汉以来,富贵者千百,自今观之,声势光明,孰若马迁、相如、贾谊、刘向、扬雄之徒。"扬雄于题材上有开拓,在更广阔的环境下描写朝廷建筑、田猎等等内容;于体裁上,也奉献了极有影响、面貌新颖的抒情说理赋《反离骚》《逐贫赋》《解嘲》《解难》和哲理赋《太玄赋》。刘勰《文心雕龙·才略》就评"子云属意,辞义最深"。汉赋的繁荣,在扬雄笔下还得以维持。从汉文学发展看,扬雄动摇了汉赋的地位,但没有在文学发展史上结束汉赋兴盛这个阶段。

扬雄同时的刘歆,也是一位著名的赋家。

刘歆,刘氏宗室,刘向之子,我国著名的目录学家,《汉书》中的《艺文志》就是根据他与刘向共同编辑的我国第一部图书分类目录《七略》删要而成,其现存作品有《遂初赋》和《甘泉宫赋》两篇。《甘泉宫赋》仅存二百多字,为残篇。《遂初赋》是他因为"论议见排摈,志意不得,之官"而作,"以叹往事,而寄己意"。此赋为骚体,用典繁缛,如第一段前几句:"昔遂初之显禄兮,遭闾阖之开通,跻三台而上征兮,入北辰之紫宫。备列宿于钩陈兮,拥大常之枢极,总六龙于驷房兮,奉华盖于帝侧。惟太阶之侈阔兮,机衡为之难运,惧魁杓之前后兮,遂隆集于河滨。遭阳侯之丰沛兮,乘素波以聊戾,得玄武之嘉兆兮,守五原之烽燧。"完全是靠反复用典来推进行文。"以叹往事"之"叹"落在用典上,这使得全文缺少生气。"触类以推"却未必能做到"表里必符",但这种作赋手法对后世是有影响的。刘勰《文心雕龙·事类》就指出:"刘歆《遂初赋》,历叙于纪传:渐渐综采矣。"

第四章

东汉的大赋再兴

东汉的大赋，被后人熟悉的是班固和张衡，他们位列汉赋四大家，《两都赋》和《两京赋》也是汉赋名篇，被后人熟知。两篇大赋，规模更大，皆以都城为对象，从题材看比之司马相如、扬雄的宫室苑囿、车马田猎有所突破。班固和张衡代表的大赋创作使得东汉大赋继续沿着西汉大赋发展的方向前进，但是衰败之势也是明显可见。同时，东汉的抒情赋有了新的发展局面，代表人物是张衡。张衡既是大赋好手，又是东汉抒情小赋的开风气者，显示出赋风的转变。与西汉的大赋兴盛相比，东汉大赋有再兴之态，但也现衰败之势，是汉大赋由盛而衰的阶段。

第一节 东汉的代表赋家

扬雄之后，赋坛并没有因为他对汉赋的否定而冷清，扬雄本人在否定汉赋后又创作了《太玄赋》《解嘲》和《酒赋》等赋作品。至班固，虽没有出现"武宣之世"的热闹，但还是有不少赋家和作品可陈可述。东汉，汉大赋仍然具有一定规模，并且好手众多。

1. 冯衍

西汉末王莽篡汉，冯衍从刘玄起兵，封立汉将军，光武帝刘秀即位后，久久不降，因此长期不受重用，最后穷困潦倒而死。《后汉书》本传说他有赋、诔、铭、说等作品 50 篇,现仅存《显志赋》和残篇《杨节赋序》。

冯衍的作品多写失官后的愤激之情,而且喜用史事以讽时政。《显志赋》起句曰:"冯子以为大人之德,不碌碌如玉,落落如石,风兴云蒸,一龙一蛇,与道翱翔,与时变化,夫岂守一节哉!用之则行,舍之则藏,进退无主,屈伸无常。故曰:'有法无法,因时为业;有度无度,与物趣舍。'常务道德之实,而不求当世之名;阔略杪少之礼,荡佚人间之事。正身直行,恬然肆志,顾尝好俶傥之策,时莫能听用其谋,喟然长叹,自伤不遭。"这种描述,很有些东方朔《答客难》和扬雄《解嘲》那样的感叹。

因冯衍作品常有身世之叹,所以抒情味很重,这一点被后人看重,明代张溥为所辑《冯曲阳集》题词说:"即今所传,慷慨论列,可谓长于《春秋》。夫西京之文,降而东京,整齐缛密,生气渐少。敬通诸文,直达所怀,至今读之,尚想见其扬眉抵几,呼天饮酒。诚哉,马、迁、扬、恽之徒也。"这种怀才不遇的感想,在南朝人那里很有影响,鲍照就有"对案不能食,拔剑击柱长叹息"的诗句,表达十分相近。下举《显志赋》中表现"扬眉抵几,呼天饮酒"之情绪的句子:

> 虑时务者不能兴其德,为身求者不能成其功。
> 念生人之不再兮,悲六亲之日远……虽九死而不瞑兮,恐余殃之有再。
> 无二士之遭遇兮,抱忠贞而莫达;率妻子而耕耘兮,委厥美而不伐。
> 日瞳瞳其将暮兮,独于邑而烦惑,夫何九州之博大兮,迷不知路之南北。

真是一唱三叹。姜书阁《汉赋通义》认为:"所以他这篇《显志赋》篇幅虽大,却与前人之'大赋'完全不同,开此后抒情写志的辞赋先声,在西汉已亡,东汉初兴之际,实为继往开来的一篇重要作品。"[1]惜其终身奔波政途,作品不多,终未能有更大的影响。

2. 班彪

班彪,班固的父亲,与冯衍同时的赋家,博才多学,专心史籍,曾作《史记

---

[1] 姜书阁:《汉赋通义》,齐鲁书社,1989 年,第 187 页。

后传》60余篇,为班固著《汉书》奠定了基础。班彪有赋、论、奏、书9篇,目前仅存《览海赋》《冀州赋》和《北征赋》,前两篇或认为是残篇,内容也无新意。

《北征赋》是班彪二十多岁时的作品,用骚体记录他从长安避难到安定途中的见闻和感想。因班彪为世家弟子,又涉世未深,所以赋中的描写并不深沉,但也无大赋之桎梏,表现出一定的清新。《北征赋》正文结尾的文字比较突出:

> 游子悲其故乡,心怆悢以伤怀。抚长剑而慨息,泣涟落而沾衣。揽余涕以于邑兮,哀生民之多故。夫何阴曀之不阳兮,嗟久失其平度。谅时运之所为兮,永伊郁其谁诉。

3. 桓谭

桓谭,东汉著名的政论家,遍习五经,尤好古学,有《新论》29篇。他同时好音律,善鼓琴,曾向扬雄学习作赋,《新论》中有《道赋》章,对赋有精辟的认识。他的赋,现只存《仙赋》一篇,《文心雕龙·才略》又称《集灵赋》,描写作者随成帝出祠甘泉河东求仙道、迎神灵的经过。这是一篇较早的游仙赋,对后人有一定影响。至南朝,游仙竟成一大宗文学题材。《仙赋》收尾尚觉生动:

> 吸玉液,食华芝,漱玉浆,饮金醪。出宇宙,与云浮,洒轻雾,济倾崖。观沧川而升天门,驰白鹿而从麒麟。周览八极,还崦华坛。汜汜乎,滥滥乎,随天转旋,容容无为,寿极乾坤。

4. 杜笃

杜笃,东汉时期作赋较多的赋家,史载有赋及杂文18篇,今存《论都赋》《首阳山赋》,另有残篇《书摀赋》《祓禊赋》和《众瑞赋》。杜笃少博学,曾入狱,因辞美,帝免刑赐帛,后来在从征西羌时战死。他的经历对他的创作应有影响。

《论都赋》写的是京都,并无穷丽靡之辞,而是征引前汉旧事,指陈地理形势,集中陈述,没有铺衍,行文紧凑而流畅。此录一节:

非夫大汉之盛,世藉雍土之饶,得御外理内之术,孰能致功若斯!故创业于高祖,嗣传于孝惠,德隆于太宗,财衍于孝、景,咸盛于圣武,政行于宣、元,侈极于成、哀,祚缺于孝平。传世十一,历载三百。德衰而复盈,道微而复章,皆莫能迁于雍世,而背于咸阳。宫室寝庙,山陵相望,高显弘丽,可思可荣。羲、农已来,无兹著明。

5. 傅毅

傅毅,当时著名赋家,也有政治活动,曾从大将军窦宪出征北匈奴,宪迁大将军时,以毅为司马,但很快就去世了,是一位早逝的赋家。傅毅传下来的赋有《舞赋》《七激》和残篇《洛都赋》《雅琴赋》《扇赋》《反都赋》《神雀赋》。他对赋坛提供的新意是模拟《七发》作《七激》,以及模拟宋玉《高唐》《神女》的形式作《舞赋》。

刘勰《文心雕龙·杂文》在提到枚乘《七发》之后,首先评论的是傅毅:"及傅毅《七激》,会清要之工。"后人论赋也多把此篇列入"七林"体的次席。枚乘《七发》后,汉代赋坛以司马相如"子虚上林赋"式的淫丽大赋为主,直至《七激》出现,方有《七发》的嗣响。《后汉书·文苑列传》记:"毅以显宗求贤不笃,士多隐处,故作《七激》以为讽。"《七激》作,《洛都赋》亦随之出。据吴文治《中国文学史大事年表》,汉明帝永平二年傅毅作此赋,第二年班固即作《两都赋》,西汉《七发》后《子虚》亦出,这真是巧合。

《七激》起篇曰:

> 徒华公子,托病幽处,游心于玄妙,清思乎黄老。于是玄通子闻而往属曰:"……仆将为公子论天下之至妙……岂欲闻之乎?"公子曰:"仆虽不敏,固愿闻之。"

下面是音乐、饮食、车马、田猎、游观等等,与《七发》如出一辙,没有什么新意,但自《七激》后,《七发》的体式又活跃于赋坛,这是傅毅之功。

《舞赋》是傅毅又一名篇。此赋袭《高唐》《神女》,假托楚襄王游云梦时,酒宴上,与宋玉问答,以至《古文苑》误将此赋录为宋玉作品中。傅毅是这样开头的:

楚襄王既游云梦,使宋玉赋高唐之事。将置酒宴饮,谓宋玉曰:"寡人欲觞群臣,何以娱之?"玉曰:"臣闻歌以咏言,舞以尽意。是以论其诗,不如听其声;听其声,不如察其形。《激楚》《结风》《阳阿》之舞,材人之穷观,天下之至妙。噫,可以进乎!"王曰:"如其《郑》何?"玉曰:"小大殊用,《郑》《雅》异宜。弛张之度,圣哲所施。是以《乐》记干戚之容,《雅》美蹲蹲之舞,《礼》设三爵之制,《颂》有醉归之歌。……"王曰:"试为寡人赋之。"玉曰:"唯唯。"

6. 崔骃

崔骃,东汉名家。《后汉书·崔骃传》记:"博学有伟才,尽通古今训诂百家之言,善属文。少游太学,与班固、傅毅同时齐名。"他的赋传下来的有《反都赋》《大将军临洛观赋》《大将军西征赋》《武赋》《达旨》和《七依》,但只有后两篇完整,其余皆为残篇、残句。

《七依》属"七林"体,无甚新意,唯夸张更大胆,如写宴乐之观:"于是置酒乎宴游之堂,张乐乎长娱之台。酒酣乐中,美人进□□□□以承宴,调欢欣以解容,回顾百万,一笑千金,振飞縠以舞长袖,袅细腰以务抑扬。当此之时,孔子倾于阿谷,柳下忽而更婚,老聃遗其虚静,扬雄失其《太玄》。此天下之逸豫,宴乐之至盘也,公子岂能兴乎?"将孔子写入作品,作夸张之描述,是汉代正统儒者怎么也不敢的。

以上几位赋家,作品虽不乏特色,但终未能创作出大手笔的作品,究其原因,有扬雄起始盛行的模拟之风影响,如"七林"体的出现;有社会环境的影响,如西汉末的王莽篡汉造成的破坏;也有个人志向、经历的影响,如桓谭致力于政论,冯衍穷困于仕途。当然,最大的原因还是文学发展的自身运动在发挥作用。自枚乘《七发》开大赋之风,司马相如将大赋推至顶峰,却给以后的作赋者留下两个难题,一是难以企及的艺术高峰,一是铺张扬厉带来的"劝百讽一"的弊端。对这两个难题,扬雄以"能读千赋则善赋"的刻苦精神创作,兴起模拟之风,表面上也创作出了场面阔大的赋作品。如果说这一点差强人意的话,对第二个问题扬雄就不知所措了,他做出了非常大的努力,但仍未能在讽谏上解决司马相如留下的难题,最后只好彻底否定。扬雄的模拟暂时维持了汉大赋的兴盛,但扬雄之后,赋家面前又增加了一个新的难题,这就是模拟之风。这就是当时的赋坛形势,这一形势却于无奈之中产生了另一作用,那就是新的尝试开始出现,傅毅将很长时间无人拟作的枚乘《七发》作为模拟对象,而他的《舞赋》则走得更远,直接模拟宋玉《神女赋》的形式。这些作品的出现,透露出来的不正是赋坛需要大手笔的信息吗?这时,班固及他的《两都赋》出现了,给赋坛带来了热闹。

第二节　班固的大赋再兴之功

后人言汉赋,必言汉赋四大家,即司马相如、扬雄、班固和张衡,西汉和东汉各两位。四位赋家作品多,影响大,特色鲜明,同时在汉赋发展中的地位也各有侧重。就班固而言,他对汉大赋的发展有再兴之功。

第一,班固的生平。

《后汉书·班固列传》称班固,出身世家,"所学无常师,不为章句,举大义而已"。班固一生有三件大事。其一,写《汉书》。他承父业,经过二十多年的努力写成《汉书》,开创了我国断代史的体例。其二,编辑《白虎通德论》。章帝时,参加白虎观会议,奉诏整理会议记录,撰《白虎通德论》(亦称《白虎通义》),使儒家经典进一步宗教神学化。第三,出征匈奴。和帝永元初年,班固随窦宪出征匈奴,为中护军,后窦败受牵连,死于狱中。

班固著作丰富,《后汉书》本传记载:"所著《典引》《宾戏》《应讥》、诗、赋、铭、诔、颂、书、文、记、论、议、六言,在者凡四十一篇。"《隋书·经籍志》载有《班固集》十七卷,已佚。《汉魏六朝百三家集》有《班兰台集》,为明人所辑。

班固的赋也比较丰富,除《两都赋》外,有《幽通赋》和《答宾戏》,残篇、残句有《竹扇赋》《终南山赋》《览海赋》《耿恭守疏勒城赋》。梁朝萧统《昭明文选》,列《两都赋》为第一篇,可见班固赋作品在时人心目中的地位。

班固还有丰富的赋论文章,他的《两都赋序》是以后论赋者反复引用的文章,《离骚序》也为历代赋论者重视。此外,班固所撰《汉书》中有关的人物传记,如《扬雄传》《王褒传》等,也是研究汉赋的好材料。《汉书》中创立的《艺文志·诗赋略》,无疑也是赋论的一个里程碑。

当然,班固最为人熟知的贡献是《汉书》,这本史书开我国断代史之端。唐代刘知几《史通·内篇》赞曰:"历观自古,史之所载也,《尚书》记周事,终秦穆;《春秋》述鲁文,止哀公;《纪年》不逮于魏亡;《史记》唯论于汉始。如《汉书》者,穷西都之首末,穷刘氏之废兴,包举一代,撰成一书,言皆精炼,事甚该密,故学者寻讨,易为其功。自尔迄今,无改斯道。"

在罗列班固作品之后,班固作为大手笔的面貌也被勾勒出来。除了有自己的创作之外,较之前汉大赋家,他还有比较完整的赋论,精彩之处令人拍案叫绝,这对汉赋的发展来说,应是有一定的推动作用。以往很多论赋者贬低班固,其中虽有一定道理,但班固作为东汉的第一个大家,其贡献是非常明显的。《两都赋》出现后,驰骋大赋再显风采,不久张衡就又做出了两汉最大的赋《二京赋》。此风一直延续到晋代,左思创作了更大的《三都赋》。班固的赋论,尤其是《两都赋序》,开赋专论之风,影响也是极大的。

第二,班固的赋论。

如前所述,扬雄给以后汉代赋坛留下三个难题,班固再兴大赋,这三个难题都是需涉及的,这是文学发展对班固提出的要求,也应是我们研究班固再兴大赋之功的思路。

其一,讽谏问题。

班固是持正统儒家观点的文人,这一点在《汉书》中表现得非常具体。他明确提出"为尊者讳"的写作原则,批评司马迁不能"依五经之法言,同圣人之是非"。在《汉书》中,他为董仲舒出了专传,并称董仲舒为"纯儒",有"王佐之才",甚至是"伊吕亡以加,管晏之属,伯者之佐,殆不及也"。他以"纬六经,缀道纲"取代司马迁的"究天人之际,通古今之变,成一家之言",要求自己"旁贯五经,上下洽通"。总之,用儒家正统思想来写书,为汉王朝"追述功德"。

在对屈原的评价上,更强烈地反映出他的正统思想,他在《离骚序》中指责屈原:"今若屈原,露才扬己,竞乎危国群小之间,以离谗贼。然责数怀王,怨恶椒兰,愁神苦思,非其人忿怼不容,沈江而死,亦贬絜狂狷景行之士。多称昆仑、冥婚、宓妃虚无之语,皆非法度之政,经义所载。谓之兼《诗·风》《雅》,而与日月争光,过矣!"

有这样的正统思想,班固自然也要求赋具有讽谏功能,他批评前汉的一些赋家:"汉兴,枚乘、司马相如,下及扬子云,竞为侈丽闳衍之词,没其风谕之义。"他还在《两都赋序》里为讽谏作品划了一个范围,这就是汉代帝王的"言语侍从之臣"和"公卿大臣"们"献纳""奏御"的关于"抒下情而通讽谕"和"宣上德而尽忠孝"的作品。

班固的讽谏观,与扬雄相比有了进一步的发展。扬雄认为"或曰:赋可以讽乎?曰:讽乎!讽则已;不已,吾恐不免于劝也。"而班固则认为"宣上德而尽忠孝"是与讽谏紧密联系,两者不能割裂。相反,讽谏与"尽忠孝"相结合的作品,只要结合得好,辞赋写得华丽一些没关系,也是很好的作品,所谓"雍容揄扬,著于后嗣,抑亦雅颂之亚也"。班固的这一发展,将"宣上德"置于首位,更加突出了他的正统思想。这样,他以新的认识解决了令扬雄烦恼不已的讽谏问题。

在创作中,班固实践着自己的讽谏观。他在《两都赋序》里说:"臣窃见海内清平,朝廷无事,京师修宫室,浚城隍,起苑囿,以备制度。西土耆老,咸怀怨思,冀上之眷顾,而盛称长安旧制,有陋雒邑之议。故臣作《两都赋》,以极众人之所眩曜,折以今之法度。"接下来作者以"摅怀旧之蓄念,发思古之幽情,博我以皇道,弘我以汉京"开始《西都赋》的描写,以"今将语子以建武之治,永平之事。监于太清,以变子之惑志"开始《东都赋》的描写,于"宣上德"中倡导礼仪法度仁德,歌颂大汉功德,为当朝天子的圣明唱赞歌;同时,赋中所写到的高祖、文帝、光武帝、明帝,都是历史上励精图治、颇有作为的皇帝,这也是给当朝天子一个榜样。

其二,关于模拟。

班固对扬雄的模拟并不否定,相反还认为是"潜于篇籍,以章厥身"。《汉书·扬雄传》赞扬扬雄说:"实好古而乐道,其意欲求文章成名于后世,以为经莫大于《易》,故作《太玄》;传莫大于《论语》,作《法言》;史篇莫善于《仓颉》,作《训纂》;箴莫善于《虞箴》,作《州箴》;赋莫深于《离骚》,反而广之;辞莫丽于相如,作四赋;皆斟酌其本,相与放依而驰骋云。"

班固自己的创作,也有很重的模拟痕迹,明代张溥《汉魏六朝百三家集题辞·班兰台集》写道:"《两都》仿《上林》,《宾戏》拟《客难》,《典引》居《封禅》《美新》之间,大体取象前型,制以心极。"张溥的评价符合实际,《东都赋》与《西都赋》相连接,如同《上虚赋》与《子林赋》相连接,承接的手法也一样,都是先批评对手,然后自己却行夸耀之事。《东都赋》开篇曰:"东都主人喟然而叹曰:'痛乎风俗之移人也!子实秦人,矜夸馆室,保界河山,信识昭襄而知始皇矣,乌睹大汉之云为乎?'"与《上林赋》亡是公的说法如出一辙。班固《幽通赋》开篇即自叙身世,也是仿《离骚》之迹。

班固的辞赋作品走模拟之道,他最好的作品《汉书》也有很大篇幅是完全照搬《史记》的,唐代刘知几《史通》就说:"班氏《汉书》全取《史记》。"

对班固的模拟,历代都有批评,宋代郑樵《通志·总序》态度极为激烈:"班固者,浮华之士也,全无学术,专事剽窃。……后世众手修书,道傍筑室;掠人之文,窃钟掩耳,皆固之作俑也。固之事业如此,后来史家奔走班固而不暇,何能测其浅深!迁之于固,如龙之于猪。"

我们认为,对班固的模拟只给予批判有失公允。首先,在我国封建社会,汉及汉以后都存在着对模拟美的追求,这是一种特殊的美学要求,或者是一种传统的鉴赏习惯,如历代评汉赋,都要找源流,而其角度往往就是从模拟看流变。其次,班固再兴大赋,他的模拟有以好古号召的作用,与单纯模拟某篇作品的效果是不一样的,这在世风日下的东汉,也不失为合理。再次,班固的创作,毕竟是有自己的艺术创造,达到相当的艺术水准。刘勰就说"孟坚《两都》,明绚以雅赡""班固《宾戏》,含懿采之华"。这一点,我们随后将详细讨论。

第三,创作成就。

对班固的创作成就,后人多数给予高度评价。班固同时代人王充《论衡·案书篇》认为:"广陵陈子回、颜方,今尚书郎班固,兰台令杨终、傅毅之徒,虽无篇章,赋颂记奏,文辞斐炳,赋象屈原、贾生,奏象唐林、谷永,并比以观好,其美一也。当今未显,使在百世之后,则子政、子云之党也。"清代何焯专门对《两都赋》作了评价:"《两都》一开一合,以宾主二字见意,其赋之用意处全在序末二句,见作赋之由,劝戒之体也,气度雍容,音调鸿畅,大家手篇。"萧统《昭明文选》也将《两都赋》列为首篇。

班固对司马相如的评价是很高的,《汉书·叙传下》写道:"文艳用寡,子虚乌有,寓言淫丽,托风终始,多识博物,有可观采,蔚为辞宗,赋颂之首。"因此,他在作赋时,完全有理由去模拟相如的大赋,《两都赋》就是这种认识的实践。他学《子虚》《上林》虚拟人名,设"西都宾"与"东都主人"为主客问答,夸耀"穷泰而极侈"的西都,铺陈"建武之治"的东都,其中许多描写都与《子虚》《上林》赋相近。相如《子虚赋》里的铺陈是:"其山则……其土则……其石则……其东则……其南则……其高燥则……其卑湿则……其西则……其中则……其北则……其上则……其下则……"依次排开,无一疏漏;班固《西都赋》也学这样:"其阳则……其阴则……其中乃有……其宫室……后宫则……左右庭中……又有……又有……"《子虚赋》罗列方位后紧接着用了四个"于是"铺陈,《西都赋》也这样写,紧接着用了四个"于是"铺陈。甚至连赋中的人物语气,两赋都相近,《子虚赋》中,子虚说:"臣闻楚有七泽,尝见其一,未睹其余也。"乌有反击说:齐国的苑囿"吞若云梦者八九,于其胸中,曾不蒂芥"。而《西都赋》西都宾客也是这样说:"若臣者,徒观迹于旧墟,闻之乎故老,十分而未得其一端,故不能遍举也。"

虽然《两都赋》有很重的模拟痕迹,但班固还是在创作中为赋坛带来许多新意,我们赞成刘大杰《中国文学发展史》的观点:"其内容为叙述京都,与西汉流行的游猎宫殿不同。但其形式组织,却完全是模仿《子虚》《上林》……在这种彻底模拟主义的空气下,要产生有新意识有新生命的作品是不可能。"[1]

具体的看,班固为汉赋发展带来了如下新内容:

其一,篇幅增长,题材转移。

以往认为,《两都赋》是模仿司马相如《子虚》《上林》赋和扬雄《长杨赋》。《子虚》《上林》赋虚构子虚、乌有和亡是公三个人物,共三千五百多字;《长杨赋》虚构子墨客卿和翰林主人两个人物,共一千一百字左右;而班固《两都赋》虚构了西都宾和东都主人两个人物,文字却达到四千七百多字。这样空前的规模,对作者来说是一个考验。在汉人眼里,弘丽之文的典范是司马相如和扬雄,王充《论衡·定贤篇》就说:"以敏于赋颂,为弘丽之文为贤乎? 则夫司马长卿、扬子云是也。"苑囿、宫殿、田猎的内容,司马相如已经有了非常夸张的描写,加上扬雄的补充,已是"使人不能加也"(扬雄语),班固还要写这方面的内容,显然是困难的。但是,司马相如并没把帝王生活都写入大赋,京都和历史很少着力,扬雄的赋也没在这方面展开,这一点无疑为后汉诸赋家留下了创作空间,而且他们已注意到这一点,并开始做了努力。杜笃作《论都赋》,傅毅作《洛都赋》和《反都赋》,崔骃作《反都赋》和《武都赋》。其中,杜笃的《论都赋》虽然也在赋序中声明要学司马相如和扬雄:"窃见司马相如、扬子云作辞赋以讽主上,臣诚慕之。伏作书一篇,名曰《论都》,谨并封奏如左。"但赋中陈历史、述地理,与前汉大赋已有所区别了。这种写法,在当时已成风气,班固就是这批作家中的代表人物,在这方面表现出了他的创造性。《西都赋》起篇曰:

> 有西都宾问于东都主人曰:"盖闻皇汉之初经营也,尝有意乎都河洛矣。辍而弗康,寔用西迁,作我上都。主人闻其故而睹其制乎?"主人曰:"未也。愿宾摅怀旧之蓄念,发思古之幽情,博我以皇道,弘我以汉京。"宾曰:"唯唯!"

然后从三个方面展开描写,首先写西都长安所处的地理位置、山川的险

---

[1] 刘大杰:《中国文学发展史》,百花文艺出版社,2007年,第82页。

峻、建筑的宏伟和都市的生活面貌。然后写宫室的建筑,写其高崇、壮丽、豪华、奢侈。最后写天子盛大的田猎和出游。如果说《西都赋》还有与前汉大赋交叉的内容的话,那《东都赋》交叉的内容就很少了。《东都赋》起篇曰:

> 东都主人喟然而叹曰:痛乎风俗之移人也。子实秦人,矜夸馆室,保界河山,信识昭、襄,而知始皇矣,乌睹大汉之云为乎?夫大汉之开元也,奋布衣以登皇位,由数期而创万代,盖六籍所不能谈,前圣靡得言焉。当此之时,功有横而当天,讨有逆而顺民。故娄敬度势而献其说,萧公权宜而拓其制。时岂泰而安之哉,计不得以已也。吾子曾不是睹,顾曜后嗣之末造,不亦暗乎?今将语子以建武之治,永平之事,监于太清,以变子之惑志。

之后,作者从历史的角度阐述大汉之德,得出定都洛阳的必要性和意义。首先,叙写光武帝顺天应人,在危难之际灭王莽之逆而建东汉。其次,写永平之事,盛赞礼义兴盛、法度究备。

因为是从历史角度出发描写的,所以《东都赋》里出现了前汉大赋所没有的新内容,"奋布衣以登皇位,由数期而创万代""功有横而当天,讨有逆而顺民""往者王莽作逆,汉祚中缺,天人致诛,六合相灭""握乾符,阐坤珍,披皇图,稽帝文,赫然发愤,应若云兴,霆击昆阳,凭怒雷震""系唐统,接汉绪,茂育群生,恢复疆宇,勋兼乎在昔,事勤乎三五""天地革命""迁都改邑""克己复礼""宪章稽古"、高祖、文帝、武帝等等,一改前汉作家少写历史,或写史就写"德隆于三王,而功羡于五帝"的程式化套路,这是西汉赋与东汉赋明显的区别。

新内容的出现,使篇幅增长有了可能,而所有新内容,又都是围绕迁都而产生的,所谓"迁都改邑,有殷宗中兴之则焉"。作者反复描写的,都是为说明迁都的合理性。以京都为中心题材,这是前汉所没有的。

由于题材的转移,赋家面前又出现了一个新的天地,他们可以调动更多的材料来铺陈,来说明自己的观点。这样的描写,往往成了作家知识的展示,文学意义倒成了其次,篇幅却要增加了,刘勰在《文心雕龙·事类》里指出了这一变化:"事类者,盖文章之外,据事以类义,援古以证今者也。……唯贾谊《鵩赋》,始用《鹖冠》之说,相如《上林》,撮引李斯之《书》:此万分之一会也。及扬雄《百官箴》,颇酌于《诗》《书》,刘歆《遂初赋》,历叙于纪传:渐渐综采矣。至于崔、班、张、蔡，遂捃摭经史，华实布濩，因书立功，皆后人之范式也。"

其二，正统思想，维护中央。

如同《汉书》比《史记》更为正统一样。《两都赋》要比《子虚》《上林》赋等作品来得更加正统，而且这一正统特征又是通过贴近当时的政治来实现的，所以没有扬雄"欲讽反劝"的苦恼。迁不迁都是东汉初的重大政治事件，不仅班固的赋涉及，其他赋家也写，杜笃有《论都赋》，崔骃有《反都赋》，傅毅有《洛都赋》和《反都赋》，文人都关心这个问题。这是赋家自觉维护帝国统治的一种行为，这种行为在东汉初应是有积极意义的。经过王莽篡汉的动乱，"建武之治，永平之事"确实来之不易，赋家在赋中也不遗余力地维护。司马相如笔下的亡是公可以用帝国的苑囿来说明君臣之义、诸侯之礼和讽谏奢侈相胜，而班固还有更重要的任务：证明政权的合理性。史载光武帝为证明自己政权的合理性，大搞谶纬政治。兴兵反王莽前，他造了一个谶："刘氏复起，李氏为辅。"即皇帝位后，他立刻"燔燎告天，禋于六宗，望于群神。……谶记曰：刘秀发兵捕不道，卯金修德为天子。"（《后汉书·光武帝纪》）建都问题，在谶纬盛行的两汉之际涉及了敏感的政权正统性。从正统性看，最好是能复都长安，但当时的政治、经济条件又不允许，所以统治者又造舆论，鼓吹建都洛阳的合理性。也许建都的理由需要反复证明，或要借建都来宣传东汉政权的合理性，故建都的话题在东汉初年经常被提起，而从现存的作品看，赋家都是赞成都洛阳的，并大多要强调一下政权的正统性。

> 惟汉元之运会，世祖受命而弭乱，体神武之圣姿，握天人之契赞。挥电旗于四野，拂宇宙之残难。受皇号于高邑，修兹都之城馆。
> （傅毅《洛都赋》）

> 客以利器不可久虚，而国家亦不忘乎西都，何必去洛阳之淳潝与？
> （杜笃《论都赋》）

> 汉历中绝，京师为墟。光武受命，始迁洛都。客有陈西土之富云，洛邑褊小，故略陈祸败之机，不在险也。
> （崔骃《反都赋》）

在这个背景下，班固自然也要从正统角度出发，自觉地维护洛阳的地位。

他在《白虎通义》里就提出,君主的地位是神圣不容侵犯的,不管君主的个人品德如何,他的祖先承天命而建立王朝,这个政权他就可以继承。因此,他在《两都赋序》里就指出:"稽之上古则如彼,考之汉室又如此。"正统思想又要求"为尊者讳",无条件地同时不分巨细地维护东汉政权,因此他接着又说:"斯事虽细,然先臣之旧式,国家之遗美,不可阙也。臣窃见海内清平,朝廷无事,京师修宫室,浚城隍,起苑囿,以备制度。西土耆老,咸怀怨思,冀上之眷顾,而盛称长安旧制,有陋雒邑之议。故臣作《两都赋》,以极众人之所眩曜,折以今之法度。"

班固的正统思想,使他处处都要维护君权,正如他所说:斯事虽细,不可阙也。也正因为处处维护,"劝百讽一"的矛盾也就不存在了,讽谏只是陪衬而不是目的,通篇都是歌颂,真不知何处去找讽谏的对象,这与司马相如、扬雄等前汉赋家有很大的不同,这也是时代对赋家提出的要求,是时代赋予赋家的不同特征。有了这样的认识,我们就可以看到,在班固笔下,一样的宏大建筑,一样的盛大游猎,一样的祭祀、朝拜活动,完全出现了与司马相如、扬雄不同的描写角度。班固认为这些活动不仅不奢侈淫靡,相反是"弘我汉京";不仅不要讽谏,相反应颂扬。下节录《东都赋》以说明:

> 至于永平之际,重熙而累洽,盛三雍之上仪,修衮龙之法服。铺鸿藻,信景铄,扬世庙,正雅乐。人神之和允洽,群臣之序既肃。乃动大辂,遵皇衢,省方巡守,穷览万国之有无,考声教之所被,散皇明以爥幽。然后增周旧,修洛邑,扇巍巍,显翼翼,光汉京于诸夏,总八方而为之极。是以皇城之内,宫室光明,阙庭神丽,奢不可逾,俭不能侈。外则因原野以作苑,填流泉而为沼,发蘋藻以潜鱼,丰圃草以毓兽,制同乎梁邹,谊合乎灵囿。
>
> 若乃顺时节而蒐狩,简车徒以讲武,则必临之以《王制》,考之以《风》《雅》。历《驺虞》,览《驷铁》,嘉《车攻》,采《吉日》。礼官整仪,乘舆乃出。于是发鲸鱼,铿华钟,登玉辂,乘时龙,凤盖棽丽,和銮玲珑,天官景从,寝威盛容。山灵护野,属御方神,雨师泛洒,风伯清尘,千乘雷起,万骑纷纭,元戎竟野,戈铤彗云,羽旄扫霓,旌旗拂天。焱焱炎炎,扬光飞文,吐焰生风,欱野歕山,日月为之夺明,丘陵为之摇震。遂集乎中囿,陈师案屯,骈部曲,列校队,勒三军,誓将帅。然后举烽伐鼓,申令三驱,轻车霆激,骁骑电骛,由基发射,范氏施御,弦不睼禽,辔不诡遇。飞者未及翔,走者未及去。指顾倏忽,获车已实,乐不极盘,杀不尽物,马踠余足,士怒

未渫,先驱复路,属车案节。

于是荐三牺,效五牲,礼神祇,怀百灵。觐明堂,临辟雍,扬缉熙,宣皇风,登灵台,考休徵。俯仰乎乾坤,参象乎圣躬。目中夏而布德,瞰四裔而抗棱。西荡河源,东澹海漘,北动幽崖,南耀朱垠。殊方别区,界绝而不邻。自孝武之所不征,孝宣之所未臣,莫不陆詟水栗,奔走而来宾。遂绥哀牢,开永昌。春王三朝,会同汉京。是日也,天子受四海之图籍,膺万国之贡珍,内抚诸夏,外绥百蛮。尔乃盛礼兴乐,供帐置乎云龙之庭,陈百寮而赞群后,究皇仪而展帝容。于是庭实千品,旨酒万钟,列金罍,班玉觞,嘉珍御,太牢飨。尔乃食举《雍》彻,太师奏乐。陈金石,布丝竹,钟鼓铿锽,管弦烨煜。抗五声,极六律,歌九功,舞八佾,《韶》《武》备,泰古毕。四夷间奏,德广所及,僸佅兜离,罔不具集。万乐备,百礼暨,皇欢浃,群臣醉,降烟煴,调元气,然后撞钟告罢,百寮遂退。

其三,描写细致,语言典雅。

由于《两都赋》是围绕京都展开描写的,具有真实性的背景,作者在史料的引用、地理形势的描述和对当时社会生产的发展、城市的繁荣、物质的富饶等对象的描写说明时,都很细致,甚至赋中关于运河、商业、建筑、与少数民族的关系等等,历历道来,几可作史料看待,这与前汉的大赋已有明显的区别,对《二京赋》、汉以后的《三都赋》等京都大赋都有影响。如当时的社会分工和服饰是:"抑工商之淫业,兴农桑之盛务。……女修织纴,男务耕耘,器用陶匏,服尚素玄。"又如苑囿的建造是:"外则因原野以作苑,填流泉而为沼,发蘋藻以潜鱼,丰圃草以毓兽。"

语言上,班固没有司马相如那样华丽,而显示出典雅的风格,这也是符合《两都赋》内容需要突出的重点。下节录《西都赋》以说明:

尔乃盛娱游之壮观,奋泰武乎上囿,因兹以威戎夸狄,耀威灵而讲武事。命荆州使起鸟,诏梁野而驱兽。毛群内阗,飞羽上覆,接翼侧足,集禁林而屯聚。水衡虞人,修其营表;种别群分,部曲有署。……尔乃移师趋险,并蹈潜秽。穷虎奔突,狂兕触蹷。许少施巧,秦成力折。掎僄狡,扼猛噬,脱角挫脰,徒搏独杀。挟师豹,拖熊螭,曳犀犛,顿象黑。超洞壑,越峻崖,蹶崭岩,巨石隤。松柏仆,丛林摧,草木无余,禽兽殄夷。

于是天子乃登属玉之馆,历长杨之榭,览山川之体势,观三军之杀获。原野萧条,目极四裔,禽相镇压,兽相枕藉。然后收禽会众,论功赐胙。陈轻骑以行炰,腾酒车以斟酌。割鲜野食,举烽命釂。飨赐华,劳逸齐,大路鸣銮,容与徘徊。……宫馆所历,百有余区。行所朝夕,储不改供。礼上下而接山川,究休祐之所用,采游童之讙谣,第从臣之嘉颂。于斯之时,都都相望,邑邑相属,国藉十世之基,家承百年之业,士食旧德之名氏,农服先畴之畎亩,商修族世之所鬻,工用高曾之规矩,粲乎隐隐,各得其所。

若臣者,徒观迹于旧墟,闻之乎故老,十分而未得其一端,故不能遍举也。

其四,其他赋作。

班固除创作出《两都赋》外,还有《幽通赋》和《答宾戏》可读。

《幽通赋》形式仿《离骚》,如开篇自叙身世,以下还有不少抒情句,但作品境界不高。"道修长而世短兮",班固为人生短暂而哀叹,他的考虑与屈原的境界不可同日而语,最后更是出现了与《离骚》南辕北辙的"乱辞":

乱曰:天造草昧,立性命兮;复心弘道,惟圣贤兮。浑元运物,流不处兮,保身遗名,民之表兮,舍生取谊,以道用兮。忧伤天物,忝莫痛兮。皓尔太康,曷渝色兮。尚越其几,沦神域兮。

《答宾戏》也是有抒情成分的赋,作者在序中写道:"永平中为郎,典校秘书,专笃志于博学,以著述为业,或讥以无功,又感东方朔、扬雄自喻以不遭苏、张、范、蔡之时,曾不折之以正道,明君子之所守,故聊复应焉。"文字中历史人物众多,但文字表现的生动性上还是逊于东方朔的《答客难》和扬雄的《解嘲》。

第四,班固的汉赋再兴之功。

班固创作《两都赋》和他相关的文学活动,汇集当时诸多赋家的创作,形成了拍岸之潮,再兴大赋之盛,这实有前汉司马相如之功,后人"班马"并称,名副其实。清代何焯评《西都赋》时就说:"如此长篇,仍有含蓄不尽之义,所以为厚。后人殊觉惟恐说不尽,去古远矣,此平子、太冲所以终不能与班、马争胜也。"[1]

班固除作赋之外,他的《汉书》对赋文学的发展也作出了巨大贡献。与司马迁的《史记》一样,书中记录了许多赋家的事迹,但内容更加丰富,除司马相如外,枚乘、东方朔、扬雄等都有了专传。他还在书中附录了大量的辞赋作品,这对汉赋作品的保存和研究无疑是一大贡献。

《汉书》还有一个创举,这就是在史书中第一次设立了《艺文志》,其中又专列《诗赋略》,这一工作是在刘向、刘歆父子《七略》的基础上进行的。

早在西汉之初,汉政权新政就"改秦之败,大收篇籍,广开献书之路"(《汉书·艺文志》)。朝廷的努力,加上民间学者、藩国诸王的努力,至景帝时便出现了"天下众书往往颇出"的局面,汉武帝时代建立了专门的藏书制度。图书多了,文献整理也就显得十分重要,成帝时开展了这方面的大规模工作。《汉书·艺文志》记载:"至成帝时,以书颇散亡,使谒者陈农求遗书于天下。诏光禄大夫刘向校经传、诸子、诗赋,步兵校尉任宏校兵书,太史令尹咸校数术,侍医李柱国校方技。每一书已,向辄条其篇目,撮其指意,录而奏之。会向卒,哀帝复使向子侍中奉车都尉歆卒父业。"在整理工作中,刘向奠定了我国校雠学这门学科,其曰:"雠校:一人读书,校其上下得谬误,为校;一人持本,一人读书,若怨家相对,故曰雠也。"[2]刘向父子的工作卓有成效,"向校书,辄为一录,论其指归,辨其讹谬,随竟奏上,皆载在本书。时又别集众录,谓之别录,即今之《别录》是也。子歆撮其指要,著为《七略》,其一篇即六略之总最,故以《辑略》为名"[3]。《七略》中除《辑略》外,还有《六艺略》《诸子略》《诗赋略》《兵书略》《术数略》和《方技略》。班固在此基础上删节、增新,撰成《艺文志》。他在此志开篇作一全篇总序,概括介绍,每种作品后又加小序,说明此类作品的源流与特色,每略后再有总序。《艺文志》把《辑略》原文删节,然后分别归入各略各种之下,作为提纲挈领的总结。限于篇幅,又删去题解,只在有关书目后加介绍作者或写作情况的小注。《诗赋略》分赋为四类,即屈原赋类 20 家,361 篇;陆贾赋类 21 家,274 篇;孙卿赋类 25 家,136 篇;杂赋类 12 家,233 篇。这是我国文学史上第一次为赋全面分类,并做数据统计。但对班固分类的依据,很多人不能理解,或认为是班固照搬《七略》造成的。对此本书有专门讨论,在此不赘言。

---

[1] 于光华:《评注昭明文选》(卷1),扫叶山房石印,1923 年,第 6 页。
[2] 《文选·魏都赋》李善注引《别录》。
[3] 梁·阮孝绪《七录序》。

但是,热闹之中,大赋的衰败之迹也已显露出来。

首先,与时代不相合拍。东汉较之西汉,虽有光武帝刘秀的中兴,但气象不再。思想界,"天人相应"要靠无休无止的谶纬来维护,知识分子开始独立思考一些深刻的社会问题,王充就写出了"非圣无法"的《论衡》85篇。现实生活中,文人也不再将个人的价值完全系于在中央服务,甚至地方官员也开始不断有人"弃官"。在这样的大背景下,班固还运用汉赋一味地为帝国政权唱赞歌,当然是要遇到越来越多的困难。

其次,与文学发展相背离。班固再兴大赋,很大程度上是得益于题材的开拓,但他大量运用史料和社会知识,冲淡了作品的文学气氛。今人从史料的角度肯定《两都赋》这类作品,但史料并不是作品文学价值的核心。将史料等知识填塞于大结构中,于文学是倒退。班固有驾驭大结构的能力,但于其他人,这一技能就可望而不可即了。司马相如是以对大帝国包罗万象的幻想作大赋,班固是以颂扬政权的美德作大赋,《两都赋》这类作品,在创作激情上也是要打折扣的。缺乏创作激情的作品,当然是要走下坡路的。

总之,班固于东汉再造大赋之盛,题材的开拓、手法的变化、杰作的产生等等,都是他的贡献,但他留给后人的,是越来越难写的大赋。由司马相如推向兴盛,扬雄继而维持,班固再兴的驰骋两汉的大赋,在班固后结束了兴盛期,开始走向衰败。

第三节　张衡的大赋和抒情小赋

张衡入汉赋四大家之列,他的创作活动在班固中兴大赋之后。张衡以自己的大赋作品推动了大赋的创作,代表作就是脍炙人口的《二京赋》。但是,他也遇到了大赋创作困难的局面。困境之下,他做出了一些改变,写出了《归田赋》等抒情小赋,使得抒情赋在汉代赋坛再一次流行,这是他在大赋创作成就之外的又一个贡献。

第一,《二京赋》的写作语境。

班固创作出体制空前的散体大赋《两都赋》,比司马相如《子虚》《上林》赋长一千多字,比扬雄《长杨赋》竟长出三千七百字左右,如此巨大的篇幅使大赋似乎走到了已穷天下可写之物、已尽手中可运之材的尽头了。然而,更长的赋又产生了,张衡创作了近七千七百字的《二京赋》,几乎比班固《两都赋》又多出三千字。据龚克昌《汉赋研究》考证,班固的《两都赋》创作时间很长:"这篇巨赋虽展卷于永平之际,但完篇却拖到章、和以后,标明所写的是永平之治,但却又浸入章、和之事。"[1]

班固在和帝永元四年因窦宪案的牵连死于狱中,那么《两都赋》完稿也就是在公元90年左右。张衡作《二京赋》的时间,据范晔《后汉书·张衡列传》记载:"永元中,举孝廉不行,连辟公府不就。时天下承平日久,自王侯以下,莫不逾侈,衡乃拟班固《两都》,作《二京赋》,因以讽谏。"也就是公元100年左右,张衡开始作《二京赋》。在这么短的时间里,社会并没有发生剧烈变化,张衡就要用更大的篇幅模拟《两都赋》,题材如何组织?创作如何出新?历代常有学者作比较,如题材的扩大、描写的细腻、议论的增加等。我们认为,具体分析讨论之前,应首先在深层次上对汉人如此喜爱作苑囿、京都大赋有个总体把握,即对《二京赋》的写作语境,我们应当予以明确。

汉人喜作这类题材的原因,与帝国的文化有关。对帝国而言,这是"润色鸿业"的需要,这方面已有充分的论述。对赋家而言,则特别应予强调汉人所具有的积极进取精神,这是由封建社会上升时期的朝气形成的。推翻秦王朝时,项羽提出"彼可取而代也"的豪言壮语,刘邦发出"嗟呼,大丈夫当如此也"的万分感慨,甚至平民阶层以下的庸耕陈胜,也拥有"苟富贵,毋相忘"的鸿鹄之志。汉武帝时,主父偃抱定:"丈夫生不五鼎食,死则五鼎亨。"(《汉书·主父偃传》)至东汉,京兆丞赵温不满现状,弃官留言道:"大丈夫当雄飞,安能雌伏!"(《后汉书·赵典列传》)赋家梁竦也曾经感慨说:"大丈夫居世,生当封侯,死当庙食。"(《后汉书·梁统列传》)陈藩十五岁就怀有凌云壮志:"大丈夫处世,当扫除天下。"(《后汉书·陈藩列传》)汉人还喜欢"自衔鬻者",即毛遂自荐。据《颜氏家训·省事篇》,自衔鬻者分为四类:"攻人主之长短,谏净之徒也;讦群臣之得失,讼诉之类也;陈国家之利害,对策之伍也;带私情之与夺,游说之俦也。"这样的自荐表达出的进取热情,往往也能得到皇帝的重视,《汉书·扬雄传》就有所谓"策非甲科,行非孝廉,举非方正,独可抗疏,时道是非"的说法。这种积极向上的时代精神,自然也成为赋家的创作热情,而最能反映这种热情的题材,一是模拟屈原的抒情,一是学司马相如作大赋。模拟屈原的抒情,是终两汉一直在运用的题材。刘勰说:"故其叙情怨,则郁伊而易感;述离居,则怆怏而难怀;论山水,则循声而得貌;言节候,则披文而见时。是以枚、贾追风以入丽,马、扬沿波而得奇,其衣被词人,非一代也。"这类题材

---

[1] 龚克昌:《汉赋研究》,山东文艺出版社,1990年,第153页。

能直接表达赋家的政治抱负,在赋家遇到挫折时,更是赋家抒发满腔情愤的好载体。这类赋多用骚体。而学司马相如作大赋,则是赋家直接投入到帝国政治的主流之中,即司马相如所说的"赋家之心":"赋家之心,苞括宇宙,总览人物,斯乃得之于内,不可得而传。"最能体现"赋家之心"的是围绕帝国最高统治者而展开的描写,这时赋家可以尽情发挥,把自己的进取精神寄托于不受时空限制的大结构之中。赋家的志向、赋家的热情、赋家的才能,都可包容。正如扬雄所说:"必推类而言,极丽靡之辞,闳侈巨衍,竞于使人不能加也。"(《汉书·扬雄传》)

有了这个层次的认识,我们就可以理解张衡为什么还要选择几乎就要被班固穷尽了的京都大赋。然而,经过司马相如、扬雄、班固等大手笔的不断经营,如果运用老的模式来创作,那这块园地已没有什么空间可供作者驰骋了,可张衡仍是袭大赋之旧,十年精思傅会走老路。诚如明代王世贞《艺苑卮言》之言:"子云虽有剽模,尚少蹊径,班、张而后,愈博、愈晦、愈下。"有学者认为,《二京赋》有三个独创,一是扩大了大赋反映的社会生活的层面,一是对具体事物的描写更加细腻、形象,一是议论的成分增多。这样的独创,可以说明《二京赋》不是《两都赋》的复制,但却不能说明这篇作品有很高的艺术成就。不论张衡知识多么渊博、志向多么远大、情绪多么热烈,《二京赋》已呈大赋衰败之貌。

据范晔《后汉书·张衡列传》记载,张衡二十来岁开始写《二京赋》,所谓"精思傅会,十年乃成"。可以看出,《二京赋》倾注了张衡的大量心血。

第二,《二京赋》的解读。

《二京赋》与《两都赋》一样,两个都城分开描写。《西京赋》主要由虚构人物凭虚公子叙述,《东京赋》主要由虚构人物安处先生叙述。下录两赋的开篇,以窥其袭旧之迹:

> 有凭虚公子者,心眘体忲,雅好博古,学乎旧史氏,是以多识前代之载。言于安处先生曰:夫人在阳时则舒,在阴时则惨,此牵乎天者也。处沃土则逸,处瘠土则劳,此系乎地者也。惨则鲜于欢,劳则褊于惠,能违之者寡矣。小必有之,大亦宜然。故帝者因天地以致化,兆人承上教以成俗,化俗之本,有与推移。何以核诸?秦据雍而强,周即豫而弱,高祖都西而泰,光武处东而约,政之兴衰,恒由此作。先生独不见西京之事欤?请为吾子陈之。
>
> (《西京赋》)

安处先生于是似不能言,怃然有闲;乃莞尔而笑曰:若客所谓未学肤受,贵耳而贱目者也!苟有胸而无心,不能节之以礼,宜其陋今而荣古矣。由余以西戎孤臣,而悝缪公于宫室,如之何其以温故而知新,研核是非,近于此惑?

(《东京赋》)

《西京赋》以反映西汉社会生活为主,被今人誉为宝贵民间艺术史料的汉代角抵戏就在这篇赋里:

　　临迥望之广场,程角觚之妙戏。乌获扛鼎,都卢寻橦。冲狭燕濯,胸突铦锋。跳丸剑之挥霍,走索上而相逢。华岳峨峨,冈峦参差。神木灵草,朱实离离。总会仙倡,戏豹舞黑。白虎鼓瑟,苍龙吹篪。女娥坐而长歌,声清畅而蜲蛇。洪涯立而指麾,被毛羽之襳襹。度曲未终,云起雪飞。……巨兽百寻,是为曼延。神山崔巍,欻从背见。……吞刀吐火,云雾杳冥。画地成川,流渭通泾。东海黄公,赤刀粤祝。冀厌白虎,卒不能救。挟邪作蛊,于是不售。

这篇赋里还描写了长安都市的繁荣、商业的发达、游侠风气等都市景象。"于是采少君之端信,庶栾大之贞固",把著名方士少君、栾大也写进了赋。不仅这些是其他大赋中没有涉及的,甚至将中央政府的一些机构和职能也写进了赋中:"内有常侍谒者,奉命当御。阑台、金马,递宿迭居。次有天禄、石渠,校文之处。重以虎威章沟,严更之署。徼道外周,千庐内附。卫尉八屯,警夜巡昼。植铩悬瞂,用戒不虞。"这样写起来,赋自然要长。

《东京赋》以描写东汉社会生活为主,但写历史的篇幅也很大,最远一直写到了"周姬之末"。较之《西京赋》,《东京赋》里帝王的活动增加,叙写了周成王建都洛邑、王莽篡汉、光武帝中兴都洛阳、明帝造宫室、藩国朝见,以及中央的郊祀大射礼、田猎、驱鬼、巡狩等等,其中有许多内容与《西京赋》重复,但能换个角度写,显示出作者的"十年精思"。

明代谢榛在《四溟诗话》里谈汉赋的创作方法时说:"汉人作赋,必读万卷书,以养胸次。《离骚》为主,《山海经》《舆地志》《尔雅》诸书为辅。又必精于六书,识所从来,自能作用。"要成为赋家,似乎首先得成为学问家才行。事实上也是如此,著名的赋家无一不是学富五车的学问家。汉赋四大家中,司马相如是辞赋家、文字学家和政治家,扬雄是辞赋家、哲学家和我国第一部方言学专著《方言》的作者,班固是辞赋家和我国第一部断代史《汉书》的作者,而对张衡来说,他不仅是辞赋家、《四愁诗》的作者,还是一位发明浑天仪和候风地动仪的科学家,他的学问要更加全面,他在赋里更能做到"赋一物则究此物之情状,论一都则包一朝之沿革"(孙梅《四六丛话》),《二京赋》也确实写得更长、更大,运用的材料也更加丰富。

但是,固定的主客问答模式,固定的京邑大都题材,再加上固定的主题(润色鸿业与讽谏),先天就制约了赋家的文学想象。张衡以渊博的知识来充实京都大赋,但文学作品所具有的魅力却被削弱了,真所谓"愈博、愈晦、愈下"。比如,《二京赋》的重复。重复前人:局部上,班固《西都赋》首先叙写西都长安的地理形势之优越,张衡《西京赋》也首先叙述地理形势之优越;全局上,班固笔下的《东都赋》里东都之人要"折以法度,主于揄扬"地批评《西都赋》里西都宾的铺陈,同样,张衡笔下《东京赋》里安处先生也要以"天子有道"来批评《西京赋》凭虚公子的铺陈。张衡在自己作品里也重复,《西京赋》里写到汉光武帝建都洛阳、皇宫的建筑、天子的田猎,《东京赋》里也写了这些内容。这些重复,离屋下架屋、章摹句写能有多远呢?

我们可以找出张衡的独创,可以耐心地读完七千余言的二京大赋,可以找出宝贵的史料描写,但却不得不指出,大赋已失去生气,走入衰败。近代林纾赞誉班、张的同时,也指出了他们与前汉赋家的距离:"故孟坚作《两都赋》,归美东都,以建武为发端,详叙永平制度之美,力与西都穷奢极侈之事相反,以坚和帝西迁之心,虽颂扬,实寓讽谏。平子之叙西京,尤侈靡无艺:首述离官之妍华,次及太液之三山,又次及于水嬉猎兽,杂陈百戏;百戏不已,又叙其微行,及歌舞靡曼之态,纵恣极矣。一转入东京,则全以典礼胜奢侈……至于《子虚》《上林》《甘泉》《羽猎》,或行以精悍之思,或出以隽冷之语,为赋家之圣手,此美不胜美,议无可议者。"(《春觉斋论文·流别论》)所言公允。司马相如、扬雄的赋不一定美不胜美、议无可议,但他们的赋确实要比班固、张衡的来得生动,特别是司马相如更富有创造性。

第三,张衡的抒情小赋。

张衡的大赋没能给汉代赋坛带来活力,但他的抒情小赋《归田赋》却使赋文学获得了新的生机。

关于这篇小赋的写作背景,一般认为是张衡晚年出任河间相时所作。据

《后汉书·张衡列传》记载:"永和初,出为河间相。时国王骄奢,不遵典宪;又多豪右,共为不轨。衡下车,治威严,整法度。阴知奸党名姓,一时收禽。上下肃然,称为政理。视事三年,上书乞骸骨,征拜尚书。年六十二,永和四年卒。"从这段记载看,张衡晚年虽有不错的政绩,但同时也有很强烈的归隐之心。从张衡的生平看,这种"上书乞骸骨"的归隐要求并不是晚年才有的。据《后汉书》记载,他17岁游学于当时全国政治、经济、文化最发达的三辅地区,并于永元六年就教于太学,"通五经,贯六艺"不为过誉,但他对出仕并不热心。和帝永元中,所在郡国曾推选他为孝廉,他没去。以后公府几次征召他为属官,他也没去。后在家乡做了9年南阳主簿,以后又几次拒绝了邓太后之兄、辅政大将军邓骘的邀请。在中央为官后,顺帝阳嘉时曾任侍中,"掌侍左右,赞导众事,顾问应对"。一次顺帝问他:天下最恨之人是谁? 在场的宦官们都瞪著眼睛看,一向为人正直的张衡也只好含糊其词。后来他几次上书欲辞去侍中而到东观去撰写《汉记》。他的仕途经历确实如《后汉书》本传所言:"虽才高于世,而无骄尚之情。常从容淡静,不好交接俗人。"张衡"从容淡静"的生平经历和性格,应是他作《归田赋》的基础,这一点已被学者深入论述过。

有这样认识的同时,我们也应该注意到,东汉时期不唯张衡一人有归隐之心,朝野文人中普遍存在着有官不做的归隐风气。对统治者而言,王莽篡汉教训太大,为了使臣子绝对效忠汉室,东汉最高统治者高举孝治天下的旗号,一反西汉做了官就不能随便辞职的规定,褒奖隐士,提倡名节,使归隐得到中央的认可。光武帝刘秀就曾下诏:"自古明王圣主必有不宾之士。伯夷、叔齐不食周粟,太原周党不受朕禄,亦各有志焉。其赐帛四十匹。"(《后汉书·逸民列传》)

对文人而言,腐败的风气使正直文人不得不隐而保自洁。特别是东汉中后期,外戚、宦官把持朝政,甚至出现令人发指的局面。《后汉书·杨震列传》记:"任人及子弟为官,布满天下。"《三国志·董卓传》裴松之注记:"一书出门,便获千金。"一时名士归隐,比比皆是。《后汉书·党锢列传》记宗慈为修武令时,"时太守出自权豪,多取货赂,慈遂弃官去"。《后汉书·陈寔列传》记陈寔为太丘长,"以沛相赋敛违法,乃解印绶去"。

东汉王朝中央控制力的减弱和社会的混乱,使文人的思想也有了变化。正统儒家经学受到冲击,王充写出离经叛道性很强的《论衡》,以后王符的《潜夫论》、崔寔的《政论》、仲长统的《昌言》,都对现实有深刻的揭露和批判。这样的背景下,汉武帝以后不被重视的道家思想重新受到文人的重视。西汉时,司马谈、司马迁父子因肯定和赞扬了道家思想而经常受到指责,扬雄还在《法言》中称庄子为"荡而不法"之人。可是在东汉,大儒马融还专门为《老子》作注。儒家思想的动摇和道家思想的重新盛行,成为张衡创作《归田赋》的思想背景。当然,这时的老庄思想与西汉初年的黄老学说在价值取向上有所区别,此时的老庄思想是回避现实生活中的矛盾,在动荡不已的社会里寻找一个避风港,这一点在《归田赋》里有充分的表现。下录此篇:

> 游都邑以永久,无明略以佐时,徒临川以羡鱼,俟河清乎未期。感蔡子之慷慨,从唐生以决疑。谅天道之微昧,追渔父以同嬉。超埃尘以遐逝,与世事乎长辞。于是仲春令月,时和气清;原隰郁茂,百草滋荣;王雎鼓翼,鸧鹒哀鸣,交颈颉颃,关关嘤嘤。于焉逍遥,聊以娱情。尔乃龙吟方泽,虎啸山丘,仰飞纤缴,俯钓长流,触矢而毙,贪饵吞钩。落云间之逸禽,悬渊沈之鲶鰡。于时曜灵俄景,系以望舒,极般游之至乐,虽日夕而忘劬。感老氏之遗诫,将回驾乎蓬庐,弹五弦之妙指,咏周孔之图书,挥翰墨以奋藻,陈三皇之轨模。苟纵心于物外,安知荣辱之所如!

作者历数了自己所面临的形势和归田的原因是:"无明略以佐时,徒临川以羡鱼""俟河清乎未期""谅天道之微昧"。种种苦闷中,也透露着作者对现实的含蓄讥刺。不得已而"与世事乎长辞"后,却迎来了"仲春令月"的"时和气清",田园生活恬静、悠然自得,与尔虞我诈、祸福难测的官场生活形成鲜明对比,不由作者不发出"苟纵心于物外,安知荣辱之所如"的由衷感慨。

这篇小赋在内容和形式上表现出来的是令人耳目一新的面貌,这方面的论述也很多,我们这里要补充的两点认识是常常被忽略的。

其一,这篇小赋的定位是抒情赋和小赋,这是一种约定俗成的说法。在汉代,抒情赋和小赋并不是张衡首创。汉初贾谊《鵩鸟赋》抒情味就很强,其篇幅也不长,这是由屈原《离骚》开始一脉相承下来的。唯抒情,所以篇幅都不长,与大赋相比自是小赋。这类赋以后与大赋并存发展,如司马迁的《悲士不遇赋》等等。但这类赋骚味足,行文往往急迫且主旨是入世的儒家思想,所以张衡的《归田赋》是一个创新,但不能因此而认为汉代张衡前没有抒情小赋,抒情是对体物而言,小赋是对大赋而言,这是汉赋发展的两个内容。

其二,《归田赋》对大赋不是没有一点借鉴的,完全不考虑大赋的影响是不科学的。我们可以举这几方面说明。第一,用典。《归田赋》一上来就用了一连串典故:"徒临川以羡鱼"句出自《淮南子·说林训》"临河而羡鱼,不如归家织网";"俟河清乎未期"句出自《左传》襄公八年引周佚诗"俟河之清,人寿几何";"感蔡子之慷慨,从唐生以决疑"句出自战国时燕国人蔡泽游学时遇魏国相面人唐举而问寿几许之事;"追渔父以同嬉"出自《楚辞·渔父》里渔夫避世隐身之事。大赋用典繁多是其艺术特征之一,《归田赋》是受到影响的。第二,句法。长句与短句错综搭配,整句与散句交互为用,转折、承接处用"于是""尔乃""于时"等虚词予以联结,《归田赋》这方面的行文方式受大赋散体框架的影响。第三,结尾。《归田赋》结尾:"苟纵心于物外,安知荣辱之所如!"全文主旨置于最后,这与大赋"曲终而奏雅"也是相似的。

《归田赋》给缺乏生气的东汉赋坛送来了清风,抒情小赋很快被赋家所接受,写作者越来越多。而且,抒情小赋直接开启了以后魏晋南北朝的归隐、田园生活题材,如晋代田园诗大家陶渊明《饮酒二十首·其五》有名句:"山气日夕佳,飞鸟相与还。此中有真意,欲辨已忘言。"这与《归田赋》里"极般游之至乐,虽日夕而忘劬"是多么相似。

第四,张衡的其他创作。

其一,其他赋作。

张衡在东汉是一个作品丰富的赋家,费振刚《全汉赋》收有他的赋作品15篇,虽然有些是残篇残句,但保存完好的也不少。

《温泉赋》写作时间较早,赋中写道:"阳春之月,百草萋萋。余在远行,顾望有怀。遂适骊山,观温泉,浴神井,风中峦。"由此推断,这篇作品是作者早年游学三辅后,由长安往洛阳途中,经骊山观温泉时所作。这篇作品属体物类但篇幅不长。

《南都赋》是作者歌颂自己家乡的作品,创作时间约在他任南阳主簿之初,此时《二京赋》也正在写作之中。两赋都是京都体裁,《南都赋》规模小,但模拟痕迹更重。

《应间》作于作者被顺帝由公车司马令职调任太史令旧职之时。当时人们议论纷纷,认为张衡失意了,于是他作此赋回答。这篇赋与扬雄《解嘲》相同,属"设难"类。赋中虽有"下学上达,佐国理民"的思想,但也提出"人各有能,因艺受任,鸟师别名,四叔三正,官无二业,事不并济。昼长则宵短,日南则景北。天且不堪兼,况以人该之",豁达之态完全是老庄面孔。从这可以看出,面对官场的争斗,作者已有了老庄倾向。

《思玄篇》是作者任侍中时所写,如前所述,宦官们担心正直的张衡说出不利于他们的话,便在顺帝面前毁谤他,又气愤又忧虑的张衡就写了这篇赋来表达自己的心情。此赋用骚体。作者描写了自己的处境:"何孤行之茕茕兮,子不群而介立。"也写了自己的态度:"愿竭力以守义兮,虽贫穷而不改。"但也有明显的老庄思想:"死生错而不齐兮,虽司命其不晰。"这篇赋的结尾"系辞",姜书阁《汉赋通义》认为是七言诗,显得与众不同:

　　系曰:天长地久岁不留,俟河之清只怀忧。愿得远度以自娱,上下无常穷六区,超逾腾跃绝世俗,飘飘神举逞所欲。天不可阶仙夫希,柏舟悄悄吝不飞。松乔高跱孰能离?结精远游使心携。回志揭来从玄谋,获我所求夫何思!

其二,诗歌创作和七言诗贡献。

张衡的诗歌创作,也在我国文学史上具有重要地位。他作有被刘勰誉为"清典可味"的四言诗《怨篇》:"猗猗秋兰,植彼中阿。有馥其芳,有黄其葩。虽曰幽深,厥美弥嘉。之子云遥,我劳如何。"他还作有五言诗《同声歌》,被宋代姚宽认为是:"陶渊明《闲情赋》必有所自,乃出张衡《同声歌》。"(《西溪丛语》)这首诗描写的是婚姻:"邂逅承际会,得充君后房。情好新交接,恐栗若探汤。不才勉自竭,贱妾职所当。绸缪主中馈,奉礼助烝尝。思为菀蒻席,在下蔽匡床。愿为罗衾帱,在上卫风霜。洒扫清枕席,鞮芳以狄香。重户结金扃,高下华灯光。衣解巾粉御,列图陈枕张。素女为我师,仪态盈万方。众夫所希见,天老教轩皇。乐莫斯夜乐,没齿焉可忘。"

张衡在诗歌方面最大的贡献是创作了七言诗《四愁诗》,这首诗确立了张衡在我国诗歌史上的地位,它是我国第一首文人七言诗。也正是这首诗,我们在讨论汉赋时应多谈一点张衡的诗歌创作。兹录原诗:

　　我所思兮在太山,欲往从之梁父艰,侧身东望涕沾翰。美人赠我金错刀,何以报之英琼瑶。路远莫致倚逍遥,何为怀忧心烦劳!

我所思兮在桂林,欲往从之湘水深,侧身南望涕沾襟。美人赠我金琅玕,何以报之双玉盘。路远莫致倚惆怅,何为怀忧心烦伤!

我所思兮在汉阳,欲往从之陇阪长,侧身西望涕沾裳。美人赠我貂襜褕,何以报之明月珠。路远莫致倚踟蹰,何为怀忧心烦纡!

我所思兮在雁门,欲往从之雪纷纷,侧身北望涕沾巾。美人赠我锦绣段,何以报之青玉案。路远莫致倚增叹,何为怀忧心烦惋!

有学者认为,这首诗应作杂言诗看待,或作抒情小赋看待,理由是这首诗每章首句中夹有一"兮"字,去掉后就成了六言诗。我们认为,不能因为一个"兮"字而否定这是首七言诗。这首诗里,"兮"字没有破坏上四下三的节奏。而此前的汉武帝《瓠子歌》是七言杂以八言,没有七言的节奏;项羽《垓下歌》、李陵《别歌》是前三字和后三字中夹了个"兮"字,音节与以后的七言诗不一样。而若说这是抒情小赋,结构又不一样了,《归田赋》结尾点题,而《四愁诗》都是重复"何为怀忧心烦劳",显然有很大区别。这种结构写法,与汉乐府民歌倒是很相似,始终将感情直露于诗歌中,而且这种题材和托物相思的物象也是乐府民歌所具有的特征。因此,我们认为《四愁诗》是首文人七言诗。至于《思玄赋》里的"系曰",抽出来看就是一首完整的七言诗,但作为这篇赋的一部分,最后的定论还要讨论。

张衡在七言诗上的贡献给我们提供了这样的思路,即他的抒情小赋有对诗歌的借鉴。《归田赋》韵脚清晰、节奏明快,确实有诗的韵味,它既没有大赋的侈衍宏丽和夸张堆砌,也没有骚体的音节局度和流漓昂激。作为一个诗人,张衡运用新手法作赋,为赋文学的发展开辟了一片新天地。

汉一代,作诗的赋家有不少。早期赋家枚乘,《文选》录他的杂诗9首,但多疑为伪作。汉赋鼎盛时期的司马相如,有《琴歌》2首传世,陈朝徐陵《玉台新咏》收录,并说明是当年使卓文君感动的《凤求凰》的歌辞,也有认为是琴工假托司马相如所作。与张衡同时的赋家李尤,史书记他有赋28首,他也曾作诗《九曲歌》,现仅存两句,却很为后人传诵:"年岁晚暮时已斜,安得力士翻日车。"以后赋家蔡邕,丁福保《全汉诗》载其诗作4首,但亦有真伪问题。汉代赋家诗作地位能与张衡相当的可能是《两都赋》作者班固,他有五言《咏史》一首,虽被南朝钟嵘评价为"质木无文",但却是我国现存最早的文人五言诗。艺术是相通的,从中我们可以看出,有影响、有地位的作品,无不来自艺术创

新,下录此诗以说明:

三王德弥薄,惟后用肉刑。太仓令有罪,就递长安城,自恨身无子,困急独茕茕。小女痛父言,死者不复生。上书诣北阙,阙下歌鸡鸣。忧心摧折裂,晨风激扬声。圣汉孝文帝,恻然感至诚。百男何愦愦,不如一缇萦。

第五章

东汉后期的大赋式微与抒情赋再兴

东汉中期以后的赋坛,大赋盛况不再,小赋成为后人关注的创作现象,其中又以抒情赋特别受到重视。抒情赋在西汉初盛行,以骚体赋为代表,东汉后期抒情赋再次兴起,以抒情小赋为代表,就整个两汉赋体的发展而言,这似乎是发生了一个轮回。不过,此时的抒情赋非彼时的抒情赋。西汉初的抒情赋,赋家之心来自汉帝国一统天下带来的兴盛之气,赋文中洋溢的是赋家直面现实的豪迈之气,抒情对象以汉家天下为主,赋家创作的主动性强;而东汉后期的抒情赋,赋家之心受到世风日下的打击,赋文中表现的是回避现实的种种自保心态,抒情对象已不再顾及刘汉王朝,赋家创作的被动性强。后人喜将这一时期的抒情赋命名为抒情小赋,其实不仅是篇幅变小,而且格局也变小,赋家在自己的小天地里转圈圈,大赋之心已去,骚体赋的心情也再难拾起。经营自己心情的抒情小赋是一个巨大的转变,倒是为东汉后的南北朝文学家追求文学的完全独立作好了必要准备。汉帝国文化形成了汉赋文化,当帝国已衰,汉赋文化也为自己划下了一个以小赋文体结束的句号。

第一节 东汉后期赋坛的主要特征

张衡之后,汉赋发展进入了最后一个阶段。也许是因为这一阶段没有如汉赋四大家那样杰出的赋家和他们那样优秀的作品,这一阶段的赋发展尚未得到足够的重视。其实,这一阶段还是很有特点的,对于完整认识汉赋发展的面貌是不可或缺的,对于认识开启魏晋南北朝文学的影响也是非常重要的。

相对于之前的汉赋发展,汉末赋坛主要有三个特征。

第一,东汉后期赋坛的题材转移。

张衡作《归田赋》,给汉代赋坛送来了清新之气,但他只是开始了题材的转移,完成题材的转移并形成风气的是在东汉后期。东汉后期的著名赋家基本都有抒情小赋之作,如王延寿的《梦赋》和《王孙赋》、崔寔的《答讥》、边韶的《塞赋》、蔡邕的《述行赋》、赵壹的《穷鸟赋》和《刺世疾邪赋》等,而且此时的大家蔡邕、赵壹等人,都是以抒情小赋为其代表作的。反观大赋,作者日稀,作品也出现了与以前大赋有所不同的面貌,如王延寿的名篇《鲁灵光殿赋》,体制似大赋,但以"图物写貌"为结构,远不像京都大赋那样堆砌辞藻。

由于抒情小赋成为这一时期赋家创作的主要体裁,作品的题材随之转移。首先,个人内容增加。描写苑囿、畋猎、京都的大赋稀少了,取而代之的是大量的述个人经历、个人胸怀的小赋作品。其次,模拟之作减少。扬雄后模拟在赋坛流行,几乎所有赋家都加入其中。汉末模拟开始减少,这对于汉代赋坛而言,是一个非常不容易的变化。王逸曾追王褒《九怀》和刘向《九叹》作《九思》,马融也仿王褒《洞箫赋》作《长笛赋》,但都不成气候。再次,赋作题材多样化。因为题材的转移,汉末赋坛相对之前的赋而言,没有什么很集中的题材。写抒情小赋,是有感而发、有行而述,所以显示出丰富多彩的面貌。有记行抒情的《述行记》,有述"其怨愤"的《刺世疾邪赋》,有"守恬履静"的《答讥》,有"图物写貌"的《鲁灵光殿赋》,也有体物的《长笛赋》等等。特别是名篇,分散在各种题材之中。所以,张衡的抒情小赋有开启之功,而完成题材转移是在汉末,汉末赋坛的题材脱离了汉大赋,使人耳目一新。

第二,东汉后期赋坛的过渡性。

两汉以后,我国文学迎来了发生巨变的魏晋南北朝时期,这一时期文学已能摆脱经学的束缚得到比较自由的发展,最终完成了文学的自觉。这一巨变始自汉末,也即东汉后期。南北朝的文论家在这一点上有具体的认识,指出变化于汉献帝建安年间。刘勰在《文心雕龙·时序》中指出:

> 魏武以相王之尊,雅爱诗章;文帝以副君之重,妙善辞赋;陈思以公子之豪,下笔琳琅。并体貌英逸,故俊才云蒸。仲宣委质于汉南,孔璋归命于河北,伟长从宦于青土,公干徇质于海隅,德琏综其斐然之思,元瑜

展其翩翩之乐。文蔚、休伯之俦,于叔、德祖之侣,傲雅觞豆之前,雍容衽席之上。洒笔以成酣歌,和墨以藉淡笑。

钟嵘《诗品》也曾经赞叹道:"降及建安,曹公父子笃好斯文,平原兄弟郁为文栋。刘桢、王粲为其羽翼。次有攀龙托凤,自致于属车者,盖将百计。彬彬之盛,大备于时矣。"这一盛况,不得不让我们联想到班固在《两都赋序》里所描绘的武、宣之世时大臣们"朝夕论思、日月献纳"和"时时间作"的盛况。这种盛况是文学发展的黄金时期,而这两个时期又具有不同的内容,武、宣之时的文学是"或以抒下情而通讽谕,或以宣上德而尽忠孝"的大赋创作,而建安文学是"志深而笔长,故梗概而多气"的以诗歌为主的创作。一个新内容的完成,就文学自身发展而言,需要一个过渡期的准备,汉末赋坛就提供了这样一个性质的过渡。在汉末,赋仍在流行,但是以抒情小赋为主,大赋的铺陈记叙、闳侈巨衍已演变为意率而激、浅俗明快的抒情小赋,有些作品已具梗概之气,如赵壹在《刺世疾邪赋》里写道:"宁饥寒于尧、舜之荒岁兮,不饱暖于当今之丰年。乘理虽死而非亡,违义虽生而匪存。"这样的作品,完全可以与三曹七子的作品放在一起读。

同时,诗歌这一文体在汉末也开始为文人更多地运用,并影响到赋的创作。赋语言更加注意声调谐美,排偶精工,开始向诗歌靠近,有时诗歌直接成为赋的一部分,汉末赋就有不少赋作是以诗歌结尾的。此处举马融《长笛赋》为例,该赋结尾写道:

> 其辞曰:近世双笛从羌起,羌人伐竹未及已。龙鸣水中不见已,截竹吹之声相似。剡其上孔通洞之,裁以当簻便易持。易京君明识音律,故本四孔加以一。君明所加孔后出,是谓商声五音毕。

从字句结体看,这完全是一首十句的七言诗。另如赵壹的《穷鸟赋》,全篇四言,几乎可作四言诗看。诗是建安文学的主要文体,汉末的这些小赋,无疑是为以后的文学创作做了比较充分的准备。

具有过渡性的文学作品,往往会被低估其作品所具有的价值,东汉后期作品也是这样的。《后汉书·蔡邕列传》记:"初,帝(汉灵帝——引者注)好学,自造《皇羲篇》五十章,因引诸生能为文赋者。本颇以经学相招,后诸为尺牍及工书鸟篆者,皆加引召,遂至数十人。侍中祭酒乐松、贾护,多引无行趣执之徒,并待制鸿都门下,意陈方欲闾里小事,帝甚悦之,待以不次之位。又市贾小民,为宣陵孝子者,复数十人,悉除为郎中、太子舍人。"用赋写"闾里小事"是题材的转移,但并不为正统文人所接受,当时蔡邕就"不胜愤懑,谨条宜所施行七事表左",表示反对。南朝的刘勰也否定这些创作:"降及灵帝,时好辞制,造羲皇之书,开鸿都之赋;而乐松之徒,招集浅陋,故杨赐号为骦兜,蔡邕比之俳优,其余风遗文,盖蔑如也。"(《文心雕龙·时序》)这样的热闹场面于摆脱经学控制的文学发展而言未必就是坏事,但其所具有的过渡性却决定了它不能得到比较好的评价。

第三,东汉后期赋坛的道家思想影响。

道家思想对我国文学发展的作用,钱穆在《读〈文选〉》中的评价颇为精辟:"故纯文学作品之产生,论其渊源,不如谓其乃导始于道家。如一遵孔、孟、荀、董旧辙,专以用世为怀,殆不可有纯文学。"[1]

道家思想在文人中重新获得认同,是因为当时的政治黑暗、社会动荡。汉末仲长统在《昌言·理乱》中就说:"以及今日,名都空而不居,百里绝而无民者,不可胜数。此则又甚于亡新之时也。"晋代道家人物葛洪在《抱朴子外篇·汉过》里也认为:"历览前载,建乎近代,道微俗弊,莫剧汉末也。"汉末文人就是从这样的社会现实中得到认同道家思想的理由,而如用文学形式来表达的话,赋又是首选的体裁,这给赋脱离大赋面貌增加了一个巨大的外力,我们在许多赋中都可以找到道家思想影响的痕迹。

从主题看,一些作品有明显的出世倾向,如王逸的《逢尤》,起句就说:"悲兮愁,哀兮忧,天生我兮当暗时,被诼谮兮虚获尤。"这篇作品是《九思》中的一篇,王逸说写作的原因是:"逸与屈原同土共国,悼伤之情与凡有异,窃慕向、褒之风,作颂一篇,号曰《九思》。"但作品表现的却是与屈原精神截然相反的、远离抗争的态度。蔡邕"闲居玩古,不交当世"时所作的《释诲》,也透露出听天由命的想法:"是以君子推微达著,寻端见绪,履霜知冰,践露知暑,时行则行,时止则止,消息盈冲,取诸天纪。利用遭泰,可与处否,乐天知命,持神任己。"

赋家,在无法适应的政局面前,想以回避求得解脱,同时也失去了对汉帝国的希望。在这种情况下,更谈不上去关心与帝国声势相关的苑囿、宫殿、京都等等物象。这一点对赋文体发展来说,是一次题材转移,而对文学发展来

---

[1] 钱穆:《读〈文选〉》,《中国学术思想史论丛》卷三,三联书店,2009年,第107页。

说，则又是一次文学自觉的进步。赋家关注个人的生命进程，表达内心深处的活动轨迹，而将经学冷落在一边。这一现象，有道家思想影响的因素，对文学而言也是幸运的。在扬雄否定汉赋之后，文学进步的步伐停止，甚至倒退，但汉末黑暗的现实，又使文学得到了一次宝贵的发展机会，使它作好了必要的准备，迎接就要到来的魏晋文学高潮。

这里要指出的是，我们阐述汉末赋坛为魏晋时期的文学自觉作准备，并不是否定文学自觉的进程起始于武帝之时的观点。武帝时，司马相如等作家以极大的热情作赋，产生了一批优秀的赋文学作品，并且以这些优秀的作品扬文学自身之美，开始了文学自觉的进程。而汉末赋坛所具有的文学自觉内容，是对被汉代经学修正了的赋文学发展进行再修正，使赋文学在新的起点上继续文学自觉的发展，最终在魏晋时代完成文学自觉的进程。

汉赋经历了四百多年的发展，由骚体赋而散体大赋，又由散体大赋而抒情小赋，在我国文学史上走过了一段光辉的历程，为中国文学贡献了一批杰出的作家和作品，并且开始了我国文学自觉的进程。汉赋，成为可与唐诗、宋词、元曲和明清小说媲美的一代文学。

第二节　东汉后期赋坛的主要赋家

相较于之前的汉赋名家，东汉后期的赋家人数不见减少，但优秀作品不多，优秀的赋家也不多。当然，东汉后期赋家也有自己的特点，并且在汉赋衰落之时作出了自己的贡献。

1. "雅而好赋"的马融

马融是东汉著名的经学家，曾遍注《周易》《尚书》《毛诗》《孝经》《论语》等儒家经典著作，另外注了《列女传》《老子》《淮南子》《离骚》等作品。同时，马融还是一个大教育家，授生徒千余人，汉末著名学者郑玄、卢植都是出于他的门下。他的教学方法也有特点，采用"次相授受"法。他只对50多个高足弟子面授，其余门生由这些高足弟子以次相传。据《后汉书·马融列传》记载，马融有赋、颂等文学作品21篇，刘勰称他"雅而似赋"。他曾经因为作赋十年不得升迁，这篇赋就是《广成颂》。《后汉书·马融列传》记："是时，邓太后临朝，骘兄弟辅政，而俗儒世士以为文德可兴，武功宜废，遂寝蒐狩之礼，息战阵之法，故猾贼从横，乘此无备。融乃感激，以为文武之道，圣贤不坠，五才之用,无或可废。元初二年(安帝刘祜年号——引者注),上《广成颂》以讽谏。"马融的赋作品以咏物为主,小赋《围棋赋》存片段,其中有"先据四道兮,保角依旁"等句,甚合棋理,可见他是个棋道高手。马融的代表作品《长笛赋》,是模拟王褒《洞箫赋》之作,由于作者精通乐理,所以赋写得比较生动,如写吐音:"气喷勃以布覆兮,乍跱跠以狼戾;雷叩锻之岌峇兮,正浏溧以风洌;薄凑会而凌节兮,驰趣期而赴踬。尔乃听声类形,状似流水,又象飞鸿,泛滥溥漠,浩浩洋洋;长矕远引,旋复回皇。"这篇赋写得最精彩的是描写长笛演奏时的艺术感染力:

> 是以尊卑都鄙,贤愚勇惧,鱼鳖禽兽,闻之者莫不张耳鹿骇,熊经鸟伸,鸱视狼顾,拊噪踊跃,各得其齐。人盈所欲,皆反中和,以美风俗。屈平适乐国,介推还受禄,澹台载尸归,皋鱼节其哭,长万辍逆谋,渠弥不复恶,蒯瞆能退敌,不占成节鄂;王公保其位,隐处安林薄,宦夫乐其业,士子世其宅;鲟鱼喁于水裔,仰駉马而舞玄鹤。于斯时也,绵驹吞声,伯牙毁弦,瓠巴聑柱,磬襄驰悬;留视瞪眙,累称屡赞;失容坠席,搏拊雷抃,僬眇睢维,涕洟流漫。是故可以通灵感物,写神喻意,致诚效志,率作兴事,溉盥污秽,澡雪垢滓矣。

2. "博雅多览、伤愍屈原"的王逸

王逸略迟于马融,《后汉书·文苑传》记:"著《楚辞章句》行于世,其赋、诔、书、论及杂文,凡二十一篇,又作汉诗百二十三篇。"

王逸的诗歌,现在已读不到了,他在《楚辞章句》里编入自己的模拟之作《九思》,并作题解说明创作主旨是:"《九思》者,王逸之所作也。逸,南阳人,博雅多览,读《楚辞》而伤愍屈原,故为之作解。又以自屈原终没之后,忠臣介士、游览学者读《离骚》《九章》之文,莫不怆然,心为悲感,高其节行,妙其丽雅,至刘向、王褒之徒,咸嘉其义,作赋骋辞,以赞其志,则皆列于谱录,世世相传。逸与屈原同土共国,悼伤之情与凡有异,窃慕向、褒之风,作颂一篇,号曰《九思》。"(也有学者认为这段话是王逸之子王延思所言)《九思》体制仿王褒《九怀》,以九章为一个整体,最后有总结全篇的"乱辞"。句法上也与王褒相似,六言为主,其中加一"兮"字。《九思》虽是有感而作,但价值不高。王逸还有《机妇赋》和《荔支赋》残篇留下,费振刚《全汉赋》有录存。

王逸对后人影响最大的是他为《楚辞》作的注本《楚辞章句》,这是我国现存最早的《楚辞》注本,又因为是汉人注骚,所以极为后人注重。清代纪昀在《四库全书总目提要·集部·楚辞类》中就认为:"逸注虽不甚详赅,而去古未远,多传先儒训诂,故李善注《文选》,全用其文。"

汉一代,解经、注经风气盛行,学者往往都是用为经书笺注的方式去注释其他作品,比如先秦的《战国策》、汉代的《淮南子》,都是用这样的方法去整理和阐释,《楚辞章句》也这样。

虽然以注经的方法注《楚辞》,但在汉人眼里骚赋是紧密相连甚至不分的,所以在《楚辞章句》里也体现了汉赋的影响。比如汉赋强调讽谏,王逸就常要指出作者"以风谏君""托之以风谏"的创作动机。《楚辞章句序》曰:"而屈原履忠被谮,忧悲愁思,独依诗人之义而作《离骚》,上以讽谏,下以自慰。"《楚辞章句·离骚经序》曰:"离,别也;骚,愁也;经,径也。言己放逐离别,中心愁思,犹陈直径以风谏君也。故上述唐、虞三后之制,下序桀、纣、羿、浇之败,冀君觉悟,反于正道而还己也。"《九歌序》曰:"上陈事神之敬,下以见己之冤结,托之以风谏,故其文意不同,章句杂错,而广异义焉。"

赋文学的艺术实践,使班固等人认识到地理文化对文学创作的影响,王逸也常要用楚地文化的特征来解释《楚辞》作品。他在《楚辞章句·九歌序》中指出:"《九歌》者,屈原之所作也。昔楚国南郢之邑,沅湘之间,其俗信鬼而好祀其祠,必作歌乐鼓舞以乐诸神。屈原放逐,窜伏其域,怀忧苦毒,愁思怫郁。出见俗人祭祀之礼、歌舞之乐,其词鄙陋,因为作《九歌》之曲。"这种认识,比一味从经学和历史角度研究作品,无疑是有很大的进步意义。

王逸的进步性,可以从与班固的比较中得到。班固认为刘安、司马迁对屈原的评价"似过其真",甚至指责屈原"露才扬己",王逸给予坚决否定:"今若屈原,膺忠贞之质,体清洁之性,直若砥矢,言若丹青,进不隐其谋,退不顾其命,此诚绝世之行,俊彦之英也。"王逸还从文学发展的角度高度评价屈原的贡献和崇高的地位,他在《楚辞章句序》中论道:

  屈原之词,诚博远矣。自孔丘终没以来,名儒博达之士,著造词赋,莫不拟则其仪表,祖式其模范,取其要妙,窃其华藻。所谓金相玉质,百岁无匹,名垂罔极,永不刊灭者矣。

王逸喜骚体不是孤立现象。汉代的文人,都喜爱《楚辞》,其中有敬重屈原高尚品德的原因,也有《楚辞》是与文学最为密切的先秦典籍的原因,为《楚辞》作注和宣传的学者也以赋家为主,或与赋家有关。《汉书·朱买臣传》记载,武帝时严助推荐朱买臣:"召见,论《春秋》,言《楚词》,帝甚说之。"《汉书·王褒传》记载:"宣帝时,修武帝故事,讲论六艺群书,博尽奇异之好,征能为《楚辞》九江被公,召见诵读。"淮南王刘安专门作了《离骚传》。《楚辞章句·天问序》记载,刘向和扬雄都撰有《天问解》。《楚辞章句·离骚序》记载,班固也撰有《离骚经章句》。《后汉书·马融列传》记载,马融撰有《离骚注》。不过,以上的注释是为《离骚》和《天问》作注,对《楚辞》的其他作品"阙而不说",并且这些注释均已失佚。王逸的《楚辞章句》是现存最早的,并且完整的《楚辞》注释,这是王逸的重要贡献。

3. "图物写貌"的王延寿

王延寿为王逸之子,《后汉书·文苑列传》记载:"有俊才。少游鲁国,作《鲁灵光殿赋》。后蔡邕亦造此赋,未成,及见延寿所为,甚奇之,遂辍翰而已。曾有异梦,意恶之,乃作《梦赋》以自厉。后溺水死,时年二十余。"他是一位早逝的赋家,他的作品除上述两篇,还有一篇《王孙赋》也流传下来。

《鲁灵光殿赋》是一篇咏物赋,刘勰《文心雕龙·才略》评价此赋"善图物写貌",并且将之列为"辞赋之英杰"十家之列,所谓"延寿《灵光》,含飞动之势"(《诠赋》)。其中详细描写了殿内的壁画,特别是一组人物壁画,是赋作品中第一次出现的题材,描写得也很生动,从中可以了解当时的绘画题材、绘画技法和人们的审美要求。下录这段壁画描写以说明:

> 图画天地,品类群生。杂物奇怪,山神海灵。写载其状,托之丹青。千变万化,事各缪形。随色象类,曲得其情。上纪开辟,遂古之初。五龙比翼,人皇九头。伏羲鳞身,女娲蛇躯。鸿荒朴略,厥状睢盱。焕炳可观,黄帝唐虞。轩冕以庸,衣裳有殊。下及三后,淫妃乱主。忠臣孝子,烈士贞女。贤愚成败,靡不载叙。恶以诫世,善以示后。

《梦赋》题材也很别致,《古文苑》录此赋时有作者小序,序中曰:"臣弱冠尝夜寝,见鬼物与臣战,遂得东方朔与臣作骂鬼之书,臣遂作赋一篇叙梦。后人梦者,读诵以却鬼,数数有验,臣不敢蔽。"此赋作成后,也果然"世共传诵"。

(张溥《王叔师集题词》)赋中精彩处是淳和正气与鬼怪斗争,描写幽默诙谐,对以后南朝干宝《搜神记》中不怕鬼的故事有开启作用。

《王孙赋》是赋猴之赋,作者描摹了猴子的体态、性格、动作,刻画入微,形态逼真,但寓意却是揭露讽刺现实社会中的小人。章樵在《古文苑》本篇题解中指出:"猴类以况小人之轻黠便捷者,卒以欲心发露,受制于人。"

王延寿的赋,都有创新表现,不仅对汉赋是一个发展,对以后的文学创作也有很大的影响,只是早逝,否则应有更高的成就。

4. "恃才倨傲"的赵壹

赵壹是一位悲剧性的赋家,与当时的社会现实发生激烈冲突。《后汉书·文苑列传》记:"体貌魁梧,身长九尺,美须豪眉,望之甚伟。而恃才倨傲,为乡党所摈,乃作《解摈》。后屡抵罪,几至死,友人救得免。"后来,公府十次征召,都被他拒绝了,终生位不过郡吏。历史文献记他有赋等文学作品16篇,费振刚《全汉赋》录有4篇,只有《穷鸟赋》和《刺世疾邪赋》完整。

《穷鸟赋》是一篇以鸟喻人的作品,把作者所处的种种险境用一只被追赶、捕杀的小鸟来比喻。这篇赋全为四言,已近骈赋。下录此赋:

> 有一穷鸟,戢翼原野。罩网加上,机阱在下;前见苍隼,后见驱者;缴弹张右,羿子毂左。飞丸激矢,交集于我。思飞不得,欲鸣不可;举头畏触,摇足恐堕。内独怖急,乍冰乍火。幸赖大贤,我矜我怜,昔济我南,今振我西。鸟也虽顽,犹识密恩,内以书心,外用告天。天乎祚贤,归贤永年,且公且侯,子子孙孙。

赵壹最著名的赋是《刺世疾邪赋》。全篇开门见山,直抒胸臆,行文激愤,已无张衡《归田赋》那样的隐晦含蓄的抒情方式。这篇赋揭露了当时势族豪门与单门细族的对立和不平等,指出种种社会弊病产生的原因是"实执政之匪贤",并因而得出了"积薪而待燃"的极有预见性的认识。清代刘熙载《艺概·赋概》认为:"后汉赵元叔《穷鸟赋》及《刺世嫉邪赋》,读之知为抗脏之士,惟径直露骨,未能知屈、贾之味余文外耳。"这种看法有一定道理,但显然过于求全责备了。

赵壹用抒情小赋直抒胸怀,对赋文体的发展来讲是非常可贵的创新,赋中扑面而来的狂放不羁、疾恶如仇的反抗精神,也是一种文人精神,对曾过分

雕饰的汉赋有扫荡之力,也对以后的魏晋文风有开启之功。下录此赋:

伊五帝之不同礼,三王亦又不同乐,数极自然变化,非是故相反驳。德政不能救世涸乱,赏罚岂足惩时清浊?春秋时祸败之始,战国愈复增其荼毒。秦、汉无以相逾相越,乃更加其怨酷。宁计生民之命,唯利己而自足。

于兹迄今,情伪万方;佞谄日炽,刚克消亡;舐痔结驷,正色徒行;妪媚名埶,抚拍豪强;偃蹇反俗,立致咎殃;捷慑逐物,日富月昌;浑然同惑,孰温孰凉?邪夫显进,直士幽藏。

原斯瘼之攸兴,实执政之匪贤。女谒掩其视听兮,近习秉其威权。所好则钻皮出其毛羽,所恶则洗垢求其瘢痕。虽欲竭诚而尽忠,路绝崄而靡缘。九重既不可启,又群吠之狺狺。安危亡于旦夕,肆嗜欲于目前。奚异涉海之失柂,坐积薪而待燃!荣纳由于闪榆,孰知辨其蚩妍?故法禁屈挠于埶族,恩泽不逮于单门。宁饥寒于尧、舜之荒岁兮,不饱暖于当今之丰年。乘理虽死而非亡,违义虽生而匪存。

有秦客者,乃为诗曰:"河清不可俟,人命不可延。顺风激靡草,富贵者称贤。文籍虽满腹,不如一囊钱。伊优北堂上,抗脏倚门边。"

鲁生闻此辞,系而作歌曰:"埶家多所宜,咳唾自成珠;被褐怀金玉,兰蕙化为刍。贤者虽独悟,所困在群愚。且各守尔分,勿复空驰驱。哀哉复哀哉,此是命矣夫!"

5. "旷世逸才"的蔡邕

在汉末赋家中,蔡邕的身世最为悲惨。《后汉书·蔡邕列传》记:"少博学,师事太傅胡广。好辞章、数术、天文,妙操音律。"可见他是个多才多艺的学者。蔡邕为人正直,敢于指陈时弊,讥刺公卿、宠臣。他曾抨击现实:"夫权不在上,则鼋伤物;政有苛暴,则虎狼食人;贪利伤民,则蝗虫损稼。"随后指名道姓:"前者乳母赵娆,贵重天下,生则赀藏侔于天府,死则丘墓逾于园陵。两子受封,兄弟典郡。"(《后汉书·蔡邕列传》)蔡邕的正直行为招来迫害,宦官中常侍程璜诬陷他,使他被施髡钳,流放五原安阳县,遇赦后不敢返乡,浪迹江湖达十二年。董卓专权时,蔡邕被逼出任御史,官至中郎将,封高阳乡侯。董卓重视他的才学,卓被诛时他表示同情因而下狱。他狱中上书愿黥首刖足,以余年撰写《汉史》,在朝士大夫也多方营救。太尉马日䃅说:"伯喈旷世逸才,多识汉事,当续成后史,为一代大典,且忠孝素著。而所坐无名,诛之无乃失人望乎?"最终不能免死,竟死于狱中,终年六十一。汉末社会黑暗至极,旷世逸才成了动乱社会的牺牲品。

蔡邕著述丰富,《后汉书·蔡邕列传》记:"所著诗、赋、碑、诔、铭、赞、连珠、箴、吊、论议、《独断》《劝学》《释诲》《叙乐》《女训》《篆埶》、祝文、章表、书记,凡百四篇,传于世。"他的碑铭写得非常好,刘勰《文心雕龙·铭箴》赞誉说:"蔡邕铭思,独冠古今。"费振刚《全汉赋》录蔡邕赋17篇。《述行赋》是作者表明自己立身行事旨趣的作品,其背景是他二十七岁时,宦官徐璜借朝廷之名征召他赴京师洛阳弹琴。被迫起程后,蔡邕"行到偃师,称疾而归"。他回来后"心愤此事",写下了这篇作品。以行程为线索结构全文,刘歆《遂初赋》和班彪《北征赋》都是这样做的,但蔡作内容更丰富,如有被鲁迅所称道的描写:"穷变巧于台榭兮,民露处而寝湿;清嘉谷于禽兽兮,下糠粃而无粒。"贫富悬殊的对照,我们不由想到五百年后杜甫的诗句:"朱门酒肉臭,路有冻死骨。"同时,悲凉的描写开建安之风。兹录此赋后半段:

命仆夫其就驾兮,吾将往乎京邑。皇家赫而天居兮,万方徂而星集。贵宠扇以弥炽兮,今守利而不戢。前车覆而未远兮,后乘驱而竞及。穷变巧于台榭兮,民露处而寝湿。清嘉谷于禽兽兮,下糠粃而无粒。弘宽裕于便辟兮,纠忠谏其駅急。怀伊吕而㸓逐兮,道无因而获入。唐虞眇其既远兮,常俗生于积习。周道鞠为茂草兮,哀正路之日溻。

观风化之得失兮,犹纷挐其多违。无亮采以匡世兮,亦何为乎此畿?甘衡门以宁神兮,咏都人而思归。爰结踪而回轨兮,复邦族以自绥。

乱曰:跋涉遐路,艰以阻兮。终其永怀,窘阴雨兮。历观群都,寻前绪兮。考之旧闻,厥事举兮。登高斯赋,义有取兮。则善戒恶,岂云苟兮?翩翩独征,无俦与兮。言旋言复,我心胥兮。

蔡邕是时人推崇的学者,他的赋也表现出丰富的题材,他有一篇关于婚礼的小赋,在汉代赋家中就比较少见。李伟霞认为这篇赋是唯一的汉代婚礼赋:"关于人生仪礼,汉赋的记载仅有关于婚礼的场景描写,即蔡邕的《协和婚赋》一篇,而婚礼也确实是从汉代开始有定制。平帝原始元年,诏'刘歆等杂定婚礼,四辅、公卿、大夫、博士郎、家属皆以礼娶,亲迎立招并马'。这是第一次以国家名义制定的婚礼制度。"她同时认为该赋也记录了当时的婚礼民俗："展示了婚礼的完整过程。后面洞房花烛一段写新婚之夜的惊艳,床笫间的柔情缱绻,乃是作者初涉性爱的感受,在汉赋描写中算是极大胆之作,但作者在这里态度是严肃而真诚的,汉代的婚俗也从此可见一斑。"[1]蔡邕《协和婚赋》篇幅不大,首次记录了汉代婚礼,并有比较细致的描述,既具有史学价值,也具有民俗价值,体现出汉赋的文体特征,这就是广泛涉及文化现象。

---

[1] 李伟霞:《汉赋与汉代风俗文化》,《乐山师范学院学报》,2011年第3期。

第二编
汉赋文化的形成

第六章

两汉经学文化与汉赋

两汉四百年,赋风盛行,所谓"六义附庸,蔚成大国"(刘勰语)。然而,这期间否定赋的声音从来也没有停止过,其中赋家的自我否定特别值得注意。这些赋家大都为赋坛高手,有着很好的创作成绩,许多人也因为创作赋而获得很好的社会地位,但最后都要否定自己的创作活动。应怎样认识这一现象呢?我们认为这些都与两汉的经学发展相关,经学是两汉的主流社会思潮,赋家的创作必然要受到影响,并因此而形成赋家的创作态度。我们以两汉经学发展与汉赋发展的一些对应关系,同时以枚皋、扬雄和蔡邕这几个代表性的赋家的创作活动和创作背景,以及当代学者的相关论述,做一些相关探讨。

第一节 两汉经学文化的影响

经学是汉代的主流思想,汉赋是汉代的主流艺术形式,两者之间显然存在着明确的相关性。这个相关性是认识汉赋发展的一个良好路径,也应当是一个认识汉赋文化发展的必要路径。

两汉经学的研究成果汗牛充栋,各自的角度不一样,所获得的理论认识就存在区别。我们认为,在汉武帝"罢黜百家,独尊儒术"的政策下,汉代经学具有宗教性质,学术界就有"国教"之说。张荣明《中国的国教》认为:"就中国古代社会历史进程而言,有两种形态的宗教:商周时期是血缘宗教,秦汉时期是地缘宗教;就中国宗教在同一时间层面的情形而言,有两类不同品质的宗教：一类是集体宗教或政治宗教，一类是个人宗教或生命宗教。"[1]我们也曾经以"国家宗教"的观念来表述，我们认为："国家宗教顾名思义就是世俗社会中得到国家政权支持的主流宗教。不过，对于中国封建社会发展中的国家宗教，它的特殊性在于中国的国家宗教不仅得到了国家政权在宗教政策上的支持，而且还得到了国家政权在治国思想方面与教义一致的教义上的支持，甚至于国家政权机构在组织上的支持。"[2]

两汉经学具有了宗教色彩，得到国家政权支持成为这一学说最大的外在特征，因此从国家政权支持的层面看，两汉经学的发展过程中有三个标志性的内容，即董仲舒"天论"思想的突出，谶纬的兴起，班固《白虎通义》的形成。这三个内容，都对汉赋发展产生对应的影响，因此我们应当作一个比较深入的讨论。

第一，两汉经学的讨论。

董仲舒的"天论"思想，为汉帝国建立了以天人感应为基础的思想体系，是国家宗教神学思想的哲学基础；谶纬兴起是国家宗教神学思想的实践；班固的《白虎通义》则在统一经学上做出了努力，具有对国家宗教神学思想的总结性质。

其一，董仲舒的"天论"思想。

首先，是明确"天"的存在。董仲舒认为，"天"是神灵世界的主宰，所谓"天者，百神之君也，王者之所最尊也"（《春秋繁露·郊义》）；"天"与包括人类的宇宙有着血缘关系，所谓"天者，万物之祖。万物非天不生"（《春秋繁露·顺命》）；"天"是物质组合、运行的规律，所谓"天、地、阴、阳、木、火、土、金、水、九与人而十者，天之数毕也"（《春秋繁露·土地阴阳》）；等等。其次，是为"天"充实内容。他由神灵的主宰而认识到政权的合理性："王者必受命而后王。王者必改正朔，易服色，制礼乐，一统于天下，所以明易姓非继仁，通以己受之于天也。"（《春秋繁露·三代改制质文》）他引入了阴阳五行的思想："天地之气，合而为一，分为阴阳，判为四时，列为五行。"（《春秋繁露·五行相生》）他认为"天"是社会伦理的体现，"为人子而不事父者，天下莫能以为可；今为天之子而不事天，何以异是"（《春秋繁露·郊祀》），"君臣、父子、夫妇之义，皆取诸阴阳之道"（《春秋繁露·基义》），等等。董仲舒"天论"思想的目的

---

[1] 张荣明：《中国的国教》，中国社会科学出版社，2001年，第370页。
[2] 汪小洋：《汉墓绘画宗教思想研究》，上海大学出版社，2010年，第16页。

是说明"君权天授",甚至还引入了谶纬的内容。他上汉武帝的"对策"中说:"臣闻天之所大奉使之王者,必有非人力所能致而自至者,此受命之符也。天下之人同心归之若归父母,故天瑞应诚而至。《书》曰:'白鱼入于王舟,有火复于王屋,流为乌。'此盖受命之符也。"(《汉书·董仲舒传》)

在宗教层面上,董仲舒"天论"思想的目的是要以"天论"为汉帝国建立一个完整而庞大的思想体系,这是一种典型的政治神学体系。他用"天次之序"来解释现实结构:"凡物必有合。合,必有上,必有下;必有左,必有右;必有前,必有后;必有表,必有里。有美必有恶,有顺必有逆,有喜必有怒,有寒必有暑,有昼必有夜,此皆其合也。"(《春秋繁露·基义》)他用"天"来阐述三纲五常的伦理思想:"天子受命于天,诸侯受命于天子,子受命于父,臣妾受命于君,妻受命于夫。诸所受命者,其尊皆天也,虽谓受命于天亦可。"(《春秋繁露·顺命》)"天论"思想中最彻底的实用哲学是他提出的"人副天数"之说:"天以终岁之数,成人之身,故小节三百六十六,副日数也;大节十二分,副月数也;内有五藏,副五行数也;外有四肢,副四时数也;乍视乍瞑,副昼夜也;乍刚乍柔,副冬夏也;乍哀乍乐,副阴阳也。"(《春秋繁露·人副天数》)因此,董仲舒思想的本质就是政治神学,确立"天"为终极实在,以神秘主义的"天人感应"为帝国皇权涂上神圣的灵光,它是汉帝国国家宗教神学思想的哲学基础。

其二,谶纬的兴起。

谶纬的起源,与河图、洛书有关。胡应麟的《经籍会通》说:"谶纬之说,盖起于河图、洛书。""谶"是神的预言,谶书是一种占验吉凶的书。"纬"是相对"经"而言的,是对经的解释。谶、纬后来也没有什么本质的区别。顾颉刚说:"这两种在名称上好像不同,其实内容并没有什么大分别。实在说来,不过谶是先起之名,纬是后起的罢了。"[1]谶纬的兴起是在西汉末,任继愈说:"谶纬作为一种社会思潮,兴起于西汉哀平之际。"[2]西汉末,王莽借助谶纬不择手段地为自己篡夺刘汉政权制造舆论。随后,复汉的刘秀也积极利用图谶起兵夺取江山。《后汉书·光武帝纪上》记,有人发现河图《赤伏符》,其内容是:"刘秀发兵捕不道,四夷云集龙斗野,四七之际火为主。"按照图谶的解释,汉高祖刘邦灭秦是公元前206年,光武帝起兵是公元22年,其间正好合于四七之数。为政治形势服务,是谶纬发展的最大动力,也是谶纬流行的最重要原

---

[1] 顾颉刚:《秦汉的方士与儒生》,群众出版社,1955年,第127页。
[2] 任继愈主编:《中国哲学发展史·秦汉卷》,中国社会科学出版社,1998年,第416页。

因。东汉立国后,光武帝"宣布图谶于天下",谶纬因而盛极一时,号为"内学",被时人与经同样看待,尊为"密经"。

从宗教层面上看,谶纬是对经学的宗教化。谶纬内容庞杂,顾颉刚这样认为:"可是方面虽广,性质却简单,作者死心眼儿捉住了阴阳五行的系统来说话,所以说的话尽管多,方式只有这一个。"[1]关于阴阳五行学说,司马谈《论六家要旨》这样描述:"夫阴阳、四时、八位、十二度、二十四节各有教令,曰顺之者昌,逆之者亡……夫春生夏长,秋生冬藏,此天道之大经也,弗顺则无以为天下纲纪。故曰:'四时之大顺,不可失也。'"有这样重要的"天道之大经",谶纬当然需要一个庞大的神系来支撑自己的理论和提供验证这种体验的途径,所以谶纬尽可能地接受了祖先崇拜、天子诸侯的祭祀、民间世俗信仰的诸神,以此来完成神系的庞大组织。钟肇鹏认为谶纬神系的主要内容是:① 最高神是"天",是人格神,所以又称"天帝";② 社稷之神;③ 五岳四渎河海山川之神;④ 风伯雨师及诸星辰之神;⑤ 其余杂神。[2]谶纬的盛行,使经学更加神秘化了,其神系虽然是为验证神秘内容和政治目的而组织的,但客观上有提升汉代宗教品质的作用。

其三,班固整理的《白虎通义》。

谶纬盛行后,东汉思想界更加混乱了,谶纬与传统经学(或正统经学)的矛盾、经学本身今文和古文之间的矛盾等更加激化,各方都试图在思想界说清楚自己的观点,压倒对方,所以是越说越多,越来越烦琐。《汉书·楚元王传》记载当时的经学是:"因陋就寡,分文析字,烦言碎辞,学者罢老且不能究其一艺。"为改变这种状况,东汉章帝朝诏曰:"中元元年诏书,五经章句烦多,议欲减省。至永平元年,长水校尉儵奏言:先帝大业,当以时施行。欲使诸儒共正经义,颇令学者得以自助。"(《后汉书·肃宗孝章帝纪》)即欲解决章句烦琐和统一经学。这一要求的一个努力,就是汉史上著名的白虎观经学会议:"天子会诸儒讲论五经,作《白虎通德论》(即《白虎通义》),令固撰集其事。"(《后汉书·班彪列传附班固传》)《白虎通义》是东汉王朝为统一经学取得的一次巨大进步,然因为最终的经学统一要到东汉末的经学大师郑玄手里,所以对这次进步的成果的认识,学术界存在分歧。但不论怎样,《白虎通义》对之前的经学总结还是被一致认可的。

---

[1] 顾颉刚:《汉代学术史略》,东方出版社,1996年,第119页。
[2] 钟肇鹏:《谶纬论略》,辽宁教育出版社,1991年,第193—198页。

在宗教层面上,《白虎通义》吸收了大量的谶纬神学内容,同时也对传统经学作了一定的修正。金春峰认为:就其主要倾向来说,谶纬是赤裸裸的神学,它把孔子说成神,把六艺说成神书,这种神学的倾向,不仅与古文经学相冲突,也与今文经学作为经学学术思想的思想主流相违背。所以,《白虎通义》清除了谶纬神学中的许多简单粗糙的神学说教,如谶纬以古代帝王伏羲、神农、祝融为神,《白虎通义》认为这些古帝是人;纬书神化孔子等圣人,《白虎通义》则认为圣人不是神;纬书神化五经,《白虎通义》则认为五经是"五常之道"的经典。[1]我们同意金春峰的看法,在谶纬盛行的东汉,《白虎通义》在吸收谶纬神学时也作了向传统经学方向修正的努力。[2]

第二,两汉经学与汉赋的对应认识。

如果从赋家群体和代表人物的角度看汉赋发展,那么汉大赋的兴盛有三个阶段。

其一,司马相如阶段。这是武宣之世,是汉大赋的鼎盛阶段,以司马相如为代表,大赋的内容皆为"兴废继绝,润色鸿业"。这一时期的赋家精神与董仲舒鼓吹的"天人合一"的经学精神是一致的。金春峰就认为:"汉代哲学的主题和基调,同样是人的强大有力和对天(神)的征服,在天人关系中,形式上是天支配、主宰人,实际上是人支配天。人的力量与作用,既可以破坏阴阳五行的平衡,又可以调理阴阳,使风调雨顺,国泰民安。"[3]这一时期赋家"润色鸿业"的精神,是有哲学基础的。

其二,扬雄阶段。这是汉大赋鼎盛之后的低落阶段,是兴盛的维持期。代表人物扬雄虽然仍然在努力作赋,并且创作出了为人称道的"四大赋",但是他自己开始怀疑赋的讽谏作用,甚至有了许多指责作赋的观点。这一时期也正是谶纬泛滥的时候,给社会制造了许多矛盾。金春峰认为:"不仅关于神学的内容相互矛盾,而且包含着有神论与无神论的矛盾,自然知识与荒诞迷信的矛盾,正统经学维护伦理纲常、追求社会进步与野心分子搅乱政治、制造社会混乱的矛盾。"[4]谶纬中的"天"是最高神,是人格神,所以又称"天帝",这与董仲舒的"天"有了区别,而且建立了庞大的神系,使经学更加神秘化了,与正统经学有所偏离。对正统经学的偏离,使世人产生混乱。这一时期赋家

---

[1] 金春峰:《汉代思想史》,中国社会科学出版社,1997年,第449—474页。
[2] 汪小洋:《汉墓绘画宗教思想研究》,上海大学出版社,2010年,第17—20页。
[3] 金春峰:《汉代思想史》,中国社会科学出版社,1997年,第6页。
[4] 金春峰:《汉代思想史》,中国社会科学出版社,1997年,第350页。

怀疑大赋的社会价值，与谶纬制造的矛盾是有相关性的。

其三，班固阶段。这一时期是汉大赋的再兴时期，班固和张衡等赋家创作出了一批影响巨大的大赋作品。经学发展阶段中，此时正是对由于谶纬而混乱的经学重新统一的时期。章帝曾专门下诏整理经学："盖三代导人，教学为本。汉承暴秦，褒显儒术，建立五经，为置博士。其后学者精进，虽曰承师，亦别名家。孝宣皇帝以为去圣久远，学不厌博，故遂立大、小夏侯《尚书》，后又立京氏《易》。至建武中，复置颜氏、严氏《春秋》，大、小戴《礼》博士。此皆所以扶进微学，尊广道艺也。中元元年诏书，五经章句烦多，议欲减省。至永平元年，长水校尉儵奏言：先帝大业，当以时施行。欲使诸儒共正经义，颇令学者得以自助。孔子曰：'学之不讲，是吾忧也。'又曰：'博学而笃志，切问而近思，仁在其中矣。'於戏，其勉之哉！"(《后汉书·肃宗孝章帝纪》)于是产生了试图统一经学的班固《白虎通义》。《白虎通义》里，班固对谶纬的神秘化作了修正，侧重的是对经学的总结，使经学向传统靠拢，在统一经学上作出了努力，是对国家宗教神学思想的总结。对照于汉大赋，班固再次强调讽谏功能，并在自己的作品中努力实践。《两都赋》题材多长安、洛阳的实地材料，文风都有"共正经义"的色彩。

第二节　枚皋的"自悔类倡"

枚皋生活在汉武帝时期，这是汉赋的鼎盛时期，但是枚皋的写作才能并没有给他带来相应的社会地位。《汉书·贾邹枚路传》记载："上(指汉武帝——引者注)有所感，辄使赋之；为文疾，受诏辄成……皋赋辞中自言为赋不如相如，又言为赋乃俳，见视如倡；自悔类倡也。故其赋有诋娸东方朔，又自诋娸。"从这段文字可以看出，枚皋的内心是非常痛苦的。赋写得好却因此而"见视如倡"，使得作者要"自悔"，要"诋娸"别人和自己。枚皋的自悔类倡，显然是一种对赋的否定态度。

但是，从当时整个创作队伍看，赋家还没有走到与倡优同类的地步。班固在《两都赋序》里是这样描述当时赋家队伍的："故言语侍从之臣，若司马相如、虞丘寿王、东方朔、枚皋、王褒、刘向之属，朝夕论思，日月献纳。而公卿大臣御史大夫倪宽、太常孔臧、大中大夫董仲舒、宗正刘德、太子太傅萧望之等，时时间作。"这是一支阵容强大的创作队伍，"公卿大臣"中包括了当时活跃的政治家、思想家，有些还是朝廷重臣；"言语侍从之臣"中的司马相如、王褒和刘向等人,也曾被最高统治者委以使命。以倡优身份来看待他们,明显与实际不符。

应该说汉武帝对赋家是比较重视的。顾炎武《日知录》所说的"西京尚辞赋",可谓是历史定论。班固《汉书·淮南衡山济北王传》所说的"每宴见,谈说得失及方技赋颂,昏莫然后罢",这是历史事实。汉武帝本人曾创作了《秋风辞》《悼李夫人赋》这样的辞赋作品。他登基后,还派专人用"安车蒲轮"征召枚乘入京。这样做虽是为了满足自己娱乐的需要,但这样的礼遇是很高的,态度也是认真的。而且,武帝的重视和提倡也应是汉赋兴盛的重要条件。刘勰《文心雕龙·时序》指出:"逮孝武崇儒,润色鸿业,礼乐争辉,辞藻竞骛。"前人对此问题,已经说得非常明白了。

倡优地位一向不高,先秦时管子就有这样的观点,《管子·立政九败解》记:"然则国适有患,则倡优、侏儒起而议国事矣!是驱国而捐之也。"倡优与侏儒是同类,皆为不惜丧失个人的尊严但求博得统治者欢喜的人,他们议政被视为是国家败亡的预兆和原因。这种角色,避之唯恐不及,怎么还会有"日夜献纳"和"时时间作"的机会呢?武帝也不至于起用这样的人来"润色鸿业"而无所顾忌。

"言语侍从"地位不高的问题,先秦时就有人提出,宋玉是最典型的例子。他以赋见称,曾为楚王的文学侍从之臣,但是楚王对他亲而不尊。《新序·杂事第五》记:"事楚襄王而不见察,意气不得,形于颜色。"一个自负的文人遇到这样的现实,显然非常尴尬。但汉赋兴盛的年代与宋玉所处的那个年代有很大的不同,汉武帝的雄才大略又绝非楚襄王所可同日而语。当时的大汉帝国正如日中天,汉赋不仅要满足帝王的娱乐享受,还有"润色鸿业"的内容。这个任务不能交给倡优而也不是倡优所能胜任的。

司马相如对自己处境不满的言论也常常被后人引用,但从相如的生平材料看,他作赋还是非常自觉、非常努力的。《西京杂记》中记载:"司马相如为《上林》《子虚》赋,意思萧散,不复与外事相关,控引天地,错综古今,忽然如睡,焕然而兴,几百日而后成。"他的政治待遇也不差,曾两次奉汉武帝之命出使西蜀,写有《喻巴蜀檄》和《难蜀父老》。在蜀地,相如如愿地极尽荣耀。《史记·司马相如列传》记:"至蜀,蜀太守以下郊迎,县令负弩矢先驱,蜀人以为宠。于是卓王孙、临邛诸公皆因门下献牛酒以交欢。卓王孙喟然而叹,自以得使女尚司马长卿晚,而厚分与其女财,与男等同。"这种衣锦还乡的经历,绝不是倡优所能企望的。

因此,我们认为,虽然有一些赋家怀才不遇,常发不满牢骚,但将赋家等同于倡优,根据不够充分。枚皋的说法,更多的是出于他个人的经历感受。据《汉书》记载,因汉武帝喜欢枚乘的赋,枚皋便"上书北阙,自陈枚乘之子。上得之,大喜,召入见"。武帝开始对他还是比较器重的,"拜为郎,使匈奴"。但他不通经术,写出的赋也不很严肃,"为赋颂,好嫚戏",所以"比东方朔、郭舍人等,而不得比严助等得尊官"。与枚皋比肩的东方朔,也有相似的情况,虽然"诏拜以为郎,常在侧侍中",但他的品行有问题。《史记·滑稽列传》记:"徒用所赐钱帛,取少妇于长安中好女。率取妇一岁所者即弃去,更取妇。所赐钱财尽索之于女子。"枚皋、东方朔这样不自重的文人,在"汉之得人,于斯为盛"的武帝时代不被委以重任,那是个人因素造成的个别情况,他们作品地流传情况也可说明这个问题。班固说枚皋:"凡可读者百二十篇,其尤嫚戏不可读者尚数十篇。"(《汉书·枚皋传》)可枚皋的赋目前却没有一篇完整地流传下来,显然存在着不被时人所看重的情况。

枚皋以赋家地位问题否定汉赋,其理由难以成立,但我们联系当时人们对赋文体的认识来看,这却是一个有意义的行动。

当时,赋家与其他文人一样,是把治国安邦置于首位的。如东方朔,第一次到长安时"公车上书,凡用三千奏牍",让武帝用了三个月时间才看完。其内容都是关于经术的:"修先王之术,慕圣人之义,讽诵《诗》《书》、百家之言。"(《史记·滑稽列传》)又如司马相如,他是以赋见召,但他出使巴蜀,开发西南地区,沟通汉族与西南少数民族的联系,表现出来的是政治热情和政治才能,其绝笔书《封禅文》,更是论及帝国政治的作品。

司马迁《史记》为赋家立传是一个值得推敲的问题。东方朔、枚乘父子、严忌父子、虞丘寿王等赋家,司马迁都没有专门为他们立传,而专门立传的陆贾、贾谊、邹阳、刘安、董仲舒、公孙弘等人,并不是因为他们是赋家而立传。陆贾是因为"结言通使,约怀诸侯。诸侯咸亲,归汉为藩辅";董仲舒是汉代儒学的代表人物;公孙弘是因为"大臣宗室以侈靡相高,唯弘用节衣食为百姓先"。司马相如虽是单独列传的赋家,但"以时为序,以类相从"的太史公却将《司马相如列传》置于南越、东越、朝鲜、西南夷诸列传之后,这应是有所意指。这几个列传,和《司马相如列传》后的《淮南衡山列传》等列传,司马迁所关心和强调的是大帝国疆土和政治上的统一。淮南王刘安是在文化上作出贡献的著名学者,但司马迁在这方面并没有多少记叙,而是以主要篇幅记载"夫荆楚僄勇轻悍,好作乱,乃自古记之矣"。对司马相如,《西南夷列传》里记载:

"蜀人司马相如亦言西夷邛、筰可置郡。使相如以郎中将往喻,皆如南夷,为置一都尉,十余县,属蜀。"在《司马相如列传》里更是全文著录了《喻巴蜀檄》《难蜀父老》等文告。可以推知,司马迁为相如立传的着眼点是他开发、安定西南夷方面的功绩,而不是他赋写得好。

作为一个伟大的历史学家,司马迁是不会对风行文体视而不见的,更不会因为"倡优"而对赋家存有偏见。不为赋家作传,仅从当时文学尚未"觉醒"来解释,也显空泛。究其原因,是赋在当时还没有形成一个让人有充分认识的概念,赋虽兴盛,却还是要让位于政治、军事等事业,这才使司马迁将这些赋家或归于政治家,或归于"滑稽",司马相如就被弄入了开边、安边之列。在社会没有给赋充分认识的时代,枚皋从自身处境出发,否定汉赋,实际上是提出了赋家的地位问题。这是一种心态,也表现出了一种特殊的敏感性。他认为写好赋也应是获得社会地位的资本,这个认识就超出了原有的意义。他虽是在发牢骚,把武帝的不公平对待归咎于作赋,客观上却是在为赋家争地位,为赋争"独立"。这种自我否定的做法,成为以后许多赋家和文人否定汉赋的出发点。作为一种认识的发端,反映出了文学独立的朦胧要求,鸣响着文学进步的脚步声。

第三节 扬雄的"壮夫不为"

扬雄否定汉赋是汉代赋坛的一件大事,也是一件比较意外的事。

扬雄是继司马相如之后赋坛的大手笔,"退之所敬者,司马迁、扬雄"(柳宗元语),可见后人对他的推崇。扬雄作品很多,写作更加刻苦。他自己说:"成帝时……每上甘泉,诏使作赋。为之卒暴,思精苦,始成,遂困倦小卧,梦其五藏出在地,以手收而内之。及觉,病喘悸,大少气,病一岁。"(桓谭《新论·祛蔽》)在创作辞赋时,扬雄刻苦到了几乎不要命的地步。扬雄辞赋创作成就很大,但一生不达。《汉书·扬雄传》描述他的境遇:"家产不过十金,乏无儋石之储。"但他安于贫困,"默而好深湛之思,清静亡为,少嗜欲,不汲汲于富贵,不戚戚于贫贱,不修廉隅以徼名当世。"

然而,就是这个刻苦写作、与世无争、安于贫困的扬雄,却以激烈的态度对赋提出了否定:"或问:吾子少而好赋?曰:然。童子雕虫篆刻。俄而曰:壮夫不为也。或曰:赋可以讽乎?曰:讽乎!讽则已;不已,吾恐不免于劝也。"(扬雄《法言·吾子》)

"壮夫不为",这似与枚皋同唱一调,在赋家地位问题上对赋给予否定。不过,扬雄没有在这个问题上过分纠缠,他的否定主要集中在赋的社会功能上,即讽谏。他举了司马相如的例子。汉武帝热衷迷信,相如"欲以讽",为此专门写了《大人赋》,武帝观后,"飘飘有陵云气",讽谏不成,"不如劝也"。为避免相如的覆辙,扬雄在作赋时自觉地把讽谏放在突出的地位,并在艺术表现上相应减少铺张的成分,但效果仍不佳。"孝成皇帝好广宫室,扬子云上《甘泉颂》,妙称神怪,若曰非人力所能为,鬼神力乃可成,皇帝不觉,为之不止。"(王充《论衡·谴告篇》)欲对统治者行讽谏反成谀颂,与相如是五十步笑百步,难怪扬雄要对赋作出最猛烈的攻击。

在汉代,一切思想学说、文学艺术都必须以儒家思想为标准,为统治者的专制统治服务,所谓"篇篇要作美刺说"(朱熹语),即使是牵强附会,也要达到这个目的。扬雄在这种情况下用讽谏来否定赋,否定赋的社会功能,实是一种置赋于死地的行为,表现了他的决心。比如在赋家敏感的地位问题上,枚皋等人痛心疾首,而扬雄却认为赋"劝百讽一",因而"壮夫不为",赋家被轻视小看是咎由自取。

汉代是一个强大的中央集权王朝,取得"独尊"地位的儒学转为经学,具有了强大的学术统治力,因而在赋这个领域,即使是扬雄这样的大赋家也要对赋加以否定,但是,汉赋并没因此而销声匿迹,扬雄之后还有许多人作赋,出了班固、张衡这样的大赋家。就扬雄本人而言,反戈一击后也没做到洗手不干,壮年时否定赋,可是后来又写了《太玄赋》《解嘲》《逐贫赋》和《酒赋》等作品。这些赋与以描写宫廷生活为主的大赋有所不同,但明确区分大赋、小赋或抒情赋,还是以后的事。在当时,这些界限谁也没有去认真划分过。大赋衰落、抒情小赋兴起的局面,也是在东汉中后期以后形成的。汉赋顽强地生存下来,原因何在?

扬雄之前,汉赋发展已经历了一个鼎盛时期,即武帝时的鼎盛期,宣、元、成时汉赋继续保持繁荣,据《汉书·艺文志·诗赋略》记载,西汉有赋 900 余篇,赋家 60 余人,其中百分之九十是在这个时期。至扬雄时,赋已失去了勃勃向上的势头,写赋者虽不失热闹,但已缺少创新,著名的大家也少了。鼎盛之后的冷落,必然会有反思过去、寻求发展的客观要求。扬雄作为当时赋坛第一人,注定了他会有所动作。扬雄的否定已不再是简单的赌气式的攻击,而是涉及赋的社会作用、品评标准、形式和内容等方面,从他的否定中,表现出来的是有意识的自觉。遗憾的是,他的逻辑出发点是儒家正统思想。这样的观点,符合当时的统治思想,却不符合文学的发展趋势,扬雄在熊掌与鱼之间选择了否定赋的办法,这在赋已形成气候的形势下,自然缺乏攻击力。另一方面,扬雄之后的赋家在作赋时,都要开宗明义地把讽谏放在首位,即使只是一种形式、一种摆设,赋家们也要这样做。这样看,扬雄否定汉赋还是有一定效果的,是一种儒家正统思想对赋创作的纠正。

扬雄否定赋旗帜鲜明、态度坚决,但是赋并没有因此而停止发展,这是一个极富文学意义的现象,说明作为当时最为流行也是最富文学色彩的文体,赋在被普遍接受的同时具有了一定的独立性。"赋者,古诗之流也"(班固语),可枚皋写赋时却不入流,大有"见视如倡"之嫌。而到了扬雄时,却发现赋在"古诗之流"之外大骋其势。这是文学进步的现象。从两人对赋的态度看,他们的否定都是失败的,但内容有别。枚皋否定的是作赋之人,与文学发展之势是合拍的,是一种促进;而扬雄否定的是作赋之体,与文学发展之势是相悖的,是使本应加快一些的文学进步之势放慢下来的行为。

第四节　蔡邕的"才之小者"

东汉赋坛,最著名的论赋言论是班固的肯定之说。他在《两都赋序》里认为,赋是"雅颂之亚"和"炳焉与三代同风"的文体。他不同意扬雄对司马相如的否定:"相如虽多虚辞滥说,然要其归引之节俭。此亦《诗》之风谏何异?扬雄以为靡丽之赋,劝百风一,犹驰骋郑、卫之声,曲终而奏雅,不已亏乎!"(《汉书·司马相如传》)经过扬雄的修正,赋的经学色彩更浓了,人们在写赋的同时也就是在执行讽谏任务。班固为相如辩护,出发点姑且不论,实际却是为赋做了次非常及时的正名。

同时,也有一些人注意到了赋作为一种文体所表现出来的内在特征。如现实批判力很强的王充,在批判赋"深覆典雅,指意难睹"的同时,也注意到了司马相如、桓谭、扬雄等赋家作品的审美价值,认为武帝、成帝赞赏这几个赋家是应该的。在读了扬雄的赋后,美的感受使他发出了由衷的感叹:"玩扬子云之篇,乐于居千石之官。"(《论衡·佚文篇》)

这一时期,否定赋的言论也不少见,不过大多沿用扬雄的观点,如崔骃论赋,首先同情扬雄的遭遇:"呜呼!扬雄有言,童子雕虫篆刻。"同时他也重复扬雄的观点:"赋者将以讽,吾恐其不免于劝也。"(《七依》)不过,王符《潜夫论·务本》对赋的否定有些新意:"今赋颂之徒,苟为饶辩屈塞之辞,竞陈诬罔无然之事,以索见怪于世,愚夫戆士,从而奇之,此悖孩童之思,而长不诚之言者也。"他抨击赋家创作动机不纯,故意"竞陈诬罔无然之事"。这样的批评,与扬雄"吾恐其不免于劝也"的观点有所区别,矛头所指是写赋之人,是那些利用赋文体以求个人私利的人。如果这一抨击不是出于经学的偏见,还是有可取之处的。

蔡邕就是在这个背景下否定汉赋的。他在《上封事陈政要七事》里集中表述了对赋的看法:"夫书画辞赋,才之小者,匡国理政,未有其能。陛下即位之初,先涉经术,听政余日,观省篇章,聊以游意,当代博弈,非以教化取士之本。而诸生竞利,作者鼎沸。其高者颇引经训风喻之言,下则连偶俗语,有类俳优,或窃成文,虚冒名氏。"

这一段文字经常被后人引用,作为批判汉赋的论据。其实蔡邕此论乃事出有因,《后汉书·蔡邕传》是这样记载的:"初,帝(汉灵帝——引者注)好学,自造《皇羲篇》五十章,因引诸生能为文赋者。本颇以经学相招,后诸为尺牍及工书鸟篆者,皆加引召,遂至数十人。侍中祭酒乐松、贾护,多引无行趣埶之徒,并待制鸿都门下,憙陈方俗闾里小事,帝甚悦之,待以不次之位。又市贾小民,为宣陵孝子者,复数十人,悉除为郎中、太子舍人。"由是蔡邕才"不胜愤满,谨条宜所施行七事表左"。结合王符的批判,我们可以得出这样的结论,当时确实有一批另有创作目的的赋家存在,他们的创作在当时很有气候,并得到皇帝的赏识。问题还是,如果对他们的批判不是出于经学的偏见,那么这种批判,这种自我否定是可取的,它们于文学的发展是有利的。

蔡邕生活的时代,是一个政治大动荡的年代,已运转了几百年的汉王朝正处于风雨飘摇之中,内有宦官、外戚激烈的争权夺利和宦官打击士族官员而制造的几起"党锢之祸",外有黄巾大起义的大扫荡和随之而来的军阀连年混战。刘氏王朝元气趋于丧尽的局势,大大压缩了正统文人的活动空间,支撑他们思想的经学也失去了一统天下的力量。文人在无所适从之下,开始用新的眼光看待现实,用新的思维方式考虑问题,其中最明显的变化就是个人的存在价值受到普遍的重视。在中央集权强大时,"经明行修"就可以立身,而现在必须靠个人的才智方能有所作为。

从史载材料看,蔡邕是一个为时人所重的文人,学识渊博,而且不像扬雄那样迂腐。他曾上书要求取消"三互法",理由是不合时宜。这样一个为时代所接受的文人,很难想象他还要依傍正统经学的偏见做出没有时代气息的"自我否定"。他在论书法艺术时说:"书者,散也。欲书先散怀抱,任情恣性,然后书之。若迫于事,虽中山兔毫,不能佳也。"(《佩文斋书画谱》卷五《后汉蔡邕笔论》)他认为,为"事"而写的字是写不好的,无"事"而写的字才是好字,才能抒发性情。写字写赋都是创作活动,在艺术本质上是相通的。参照写字的创作感受,自然也不应把讽谏的任务重重地压在赋作者身上了。

东汉后期,赋的内容已有所转移,不再是大量地描写帝王贵族的都城、田猎、典礼等等宫廷生活,而是大量地描写赋家个人的生活,如不达的牢骚、隐居的乐趣,即后人称为抒情小赋的内容。不以帝王为写作对象了,再谈讽谏,实无意义。赋在这时,已客观地把经学奉为至宝的讽谏抛弃在一边,这个形势,蔡邕能看不到吗?相反,他在上呈汉灵帝的"封事"中,极力反对从赋家中选拔人才,甚至建议对由于作赋而已被录用的赋家,不让他们临政理事。他要求灵帝对他们"但守俸禄,于义已弘,不可复使理人及仕州郡"。从直接缘由看,蔡邕的这种看法是对汉灵帝用人做法的不满。但从文学发展角度看,将作赋与"临政理事"相隔离,不正透露出疏远经学的气息吗?

因此,我们认为蔡邕在《上封事陈政要七事》中对汉赋的自我否定,不能被看作是对赋的否定。相反,如果要将这段言论与文学发展趋势相联系,它表现出来的应是让赋与经学相离的积极意义,这与蔡邕在论书法艺术时表现出来的艺术观是一致的。西汉末年扬雄因为作赋没能达到讽谏的政治功能而否定赋,东汉末年蔡邕却认为赋"匡国理政,未有其能",两相比较,文学随着时代而进步之态势是不言而喻的。据今人费振刚等辑校的《全汉赋》,蔡邕有赋作品17篇,就数量而言,超过了东汉其他赋家。东汉的汉赋名家,班固9篇,张衡15篇,赵壹4篇。作者在创作上表现出来的热情,可以作为我们立论的一个旁证。

从我国文学发展史层面看,汉代赋家对汉赋的自我否定是文学发展史上的一个特别现象。汉以后的文学家,对自己的创作事业都是非常热爱的,虽有时也会出现自我否定的情况,但不像汉代这么集中和突出。汉代赋家的自我否定,实是一种文学尚未自觉但正在趋向自觉时出现的现象,这对我们了解汉代作家为文学进入魏晋这个"最富有艺术精神的一个时代"(宗白华语)所作的准备,应当是一个非常有益的逻辑起点。

第五节 今人对经学影响的关注

汉王朝一统天下后,汉初黄老流行,但汉武帝选择了儒学作为统治思想,儒学有了独尊地位,之后经学流行两汉,经学成为读书人最大的学问。这样的语境,历代评赋者都有关注,今人在前人的基础上又有了自己的一些特别关注。

第一,关注史学文化的影响。

中国传统文化中,儒学重史,同时史学的覆盖面也极大,一部史学著作几乎可以涵盖所有的重要文化现象。儒学与史学的高度重叠,是中国传统文化中的一个重要现象。在汉赋的研究中,史学文化的影响受到关注。

从现有材料看,汉代的赋文化首先是在史学家那里得到重视,这一点就可以说明史学的影响。

首先,史学家对赋家立传。

史家为历史人物立传是一种评价,汉代历史著作为赋家立传是对赋家的肯定。立传意味着认可,能够得到史家的立传,表明赋家有了很好的创作成就,这与史学家对辞赋创作的认可直接相关。这方面,班固的《汉书》贡献尤为突出:一方面,《汉书》中为赋家立传,而且汉赋大家司马相如、扬雄和贾谊等都有单独的传记;另一方面,《汉书》中收录了大量汉赋作品,成为后人研究汉赋的最基本材料。

其次,史学文献保留珍贵材料。

汉赋的最早材料中许多是依靠史学文献而保留下来的,这样的保留还有收集之功。刘彦青认为:汉赋"因其单篇散行,故极易散亡。而《史记》《汉书》中录入了大量西汉辞赋,故其对保存西汉辞赋上的作用很大。我们没有证据证明司马迁和班固在撰写史书的时候采录的辞赋是自己搜集而来的,而且史书记载班固撰写《汉书》过程中有刘向整理过的'经传诸子诗赋'为材料来源。撰史前收集材料自然有保存文献之功,选录材料的过程却也是对文献资料的筛选,进而树立经典的过程"[1]。

后人的许多论述也是来自对珍贵史料的认识。徐志啸有这样的发现:"最早对赋及其创作发表见解的,根据迄今所知史料,似应是司马相如……《西京杂记》载录了他回答盛览作赋方法的一段话,《西京杂记》虽属小说类,迄今对其问世时代尚无确论,但从西汉时代文坛及司马相如的实际身世和创作情况看,其记载应该具有一定的可信性。"这是一段非常珍贵的史料,徐文

---

[1] 刘彦青:《汉代史传文学在汉赋经典化过程中的作用——以〈史记〉〈汉书〉为中心》,《云南师范大学学报(哲学社会科学版)》,2016年第2期。

引用了《西京杂记》的这段话:"合纂组以成文,列锦绣而为质,一经一纬,一宫一商,此赋之迹也。赋家之心,苞括宇宙,总览人物,斯乃得之于内,不可得而传。"(《西京杂记》卷二)他认为:"司马相如对赋的论述,由这段话透出,它抓住了有关赋特征及其创作的两个关键概念——'赋之迹'与'赋家之心'。"因此,徐文有这样的观点:"汉代赋学的第二个显著特点是,涉及赋学的文字大多散见于史书(如司马迁《史记》、班固《汉书》等)或非专论赋的单篇文章中,这类文字或是史书的人物传记(如司马相如、扬雄等传记),或是哲学类文章(如扬雄《法言》、王充《论衡》等),或在论述楚辞时顺及了赋(如班固《离骚序》、王逸《楚辞章句序》等)。"[1]《西京杂记》是历史笔记小说集,作者是南北朝时期人,其中许多材料都是可作为史料来评价的。

第二,关注儒学发展的影响。

汉代,儒学自身也有一个发展过程。汉初,儒学曾经受到黄老思想的打压,儒学独尊后虽全面发展,但古文今文之争、谶纬内容的加入等伴随着儒学的发展,这个过程对汉赋发展有影响,构成了汉代赋文化的重要内容。

首先,汉初的儒学存在不同的流派,赋家也有对应的聚集。

汉初是赋兴起之时,统治者在选择主流学说时赋家也在做选择,不同的儒学流派对这一时期不同的赋家创作显然有很大影响。赋家的选择或主动或被动,但影响是都存在的。

魏红星认为汉初儒学有醇儒、纵横之儒和贤良之儒等,这些儒学中心也是不同辞赋作家的聚集地。他如此梳理:"秦亡汉兴之际,战国游士的纵横风气在士人群体中得以复兴,并一直贯穿于整个汉初阶段。战国纵横之风在汉初的复兴,一方面拓展了士人群体进行政治、文化与文学活动的空间,从而给汉初藩国和帝国宫廷的文化与文学提供了发展的动力,另一方面又造成了士人群体的内部分化,尤其是造成了社会影响力比较大的儒士群体的内部分化,儒士群体就此分化为醇儒、纵横之儒和贤良之儒,并对汉初藩国和帝国宫廷的文化与文学产生了深远的影响。"[2]从汉初赋坛的创作看,藩国统治者的学术倾向不同,这些地方聚集的辞赋作家的风格也有所不同。

其次,楚辞的历史地位有不同的评价,对汉代辞赋家的创作倾向有影响。

---

[1] 徐志啸:《汉代赋学论》,《杭州师范大学学报(社会科学版)》,2011年5月第3期。
[2] 魏红星:《汉初藩国文化与文学研究》,河北师范大学2018年博士学位论文,第118页。

汉人和后人都非常重视楚辞对汉赋发展的影响,甚至到了言汉赋必言楚辞的地步,因此汉代的楚辞评价影响着汉赋的创作。

魏红星提出这个现象:"对比贾谊和刘安针对屈原所发的上述议论,不难看出二者的差异之处。贾谊主要围绕屈原其人的不幸遭遇表达同情和惋惜之感,而刘安则力图对屈原其人其文展开全面的评价:一是对《离骚》的评价。刘安重点分析了《离骚》'盖自怨生'的创作原因,精辟总结了《离骚》情兼《风》《雅》、'文约''辞微'的艺术特点。二是对屈原的评价。刘安有同情屈原的心理,但更多的却是赞美,一方面站在道家超越现实的立场上赞美屈原'浮游尘埃之外'的高洁志向,另一方面又站在儒家忠君的立场上赞美屈原'竭忠尽智以事其君'的行为模式,而且还不惜通过尖锐批评楚怀王'不知人'来强化对这种忠君模式的赞美。"他的结论是:"刘安在汉初丰富和深化了人们对于屈原其人其文的认识,称得上是屈原作为文学批评对象在汉初的第一个发现者。屈原作为文学批评对象的被发现,无疑是楚辞学史上的一件大事,也是刘安对于中国文学和文化的重要贡献。这正如王逸所说的那样:'至于孝武帝,恢廓道训,使淮南王安作《离骚经章句》,则大义粲然。后世雄俊,莫不瞻慕,舒肆妙虑,缵述其词。'"〔1〕

刘安对屈原创作的高度评价,对推动汉赋发展有促进作用,但"竭忠尽智以事其君"的出发点将辞赋创作的重点放在了政论的层面,这或多或少会影响到汉赋的文学价值走向,汉代始终没有停止的讽劝之争与对屈原的评价存在着明确的相关性。

再次,非主流儒学的存在,对汉赋的创作风格有着纠偏影响。

司马相如后,汉赋成为主流社会最流行的文体,但讽劝之争也随之展开,主流的儒学对此虽然有非常热烈的讨论,参加者多,观点也多,但是问题并不能解决。这个背景下,非主流儒学的存在就对汉赋的讽劝有了一些特别的影响,其中东汉的王充是代表者。

"天命"是主流儒学的中心观点,王充否定这一点。"不能指望王充会同意上天有意干预人事,甚至认为上天特别眷顾某一家一姓来掌权之说。"〔2〕王充否定"天命"的观点,影响到他对主流大赋的评价。徐志啸认为,除司马迁、扬雄、班固之外,王充也值得注意:东汉王充在他的《论衡》中也涉及了对

---

〔1〕 魏红星:《汉初藩国文化与文学研究》,河北师范大学2018年博士学位论文,第79—80页。

〔2〕 (英)崔瑞德、(美)费正清:《剑桥中国史》,中国社会科学出版社,1992年,第791页。

赋的评价。《谴告篇》中述及汉孝武帝好仙,司马相如献《大人赋》,汉成帝好广宫室,扬雄呈《甘泉赋》,前者司马相如言"仙无实效",后者扬雄言"奢有害",但却均未能使两君有所悟,反而两君因分别读了此两赋后"惑而不悟"。可见赋作品由于其大量的辞藻堆砌、大段的铺陈渲染,虽作者可能主观意识上有"劝讽"意图,但实际效果却反而导致"惑而不悟"。故而王充在《论衡》的《定贤篇》中说赋是"文丽而务巨,言眇而趋深,然而不能处定是非,辩然否之实。虽文如锦绣,深如河汉,民不觉知是非之分,无益于弥为崇实之化"。《自纪篇》中又说:"深覆典雅,指意难睹,唯赋颂耳。"这就是说,在王充看来,赋这种文体,虽然表现形式"文如锦绣,深如河汉""深覆典雅",却是"指意难睹""不能处定是非,辩然否之实",这些话语应该说是一针见血地点明了赋的特征、表现及其利弊。[1]

第三,关注经学影响赋学的产生。

儒学独尊后,经学的影响就不仅仅局限于思想界了,汉代赋家的评价也受到很大影响,几乎都要从经学角度出发。因为儒学高高在上的地位,经学对汉赋评论也有促进作用,汉赋创作受到关注,赋学很快就出现繁荣的景象。

徐志啸认为赋学与汉赋创作几乎同步:"汉代的赋学与汉赋创作呈现了几乎同步的现象,赋的兴盛期,也即赋学史的发轫期。汉代涉及赋学的文字大多散见于史书或非专论赋的单篇文章中,它们为汉以后历代的赋学研究,树立了框架,奠定了基本的范畴。汉代赋学以儒家诗论作为时代的主要文学观念,以之衡量和评判赋的整体创作或赋家及其作品的优劣状况,从而使赋含有了实质性的功利价值,而不仅仅具有文学本身的唯美效果。"因此他认为"同步"成为汉代赋学的第一个特点:"从这个意义上说,汉代的赋学与汉赋创作呈现了几乎同步的现象,赋的兴盛期,也即赋学史的发轫期,其意义不可小视。这是汉代赋学一个很显著的特点,也是它不同于汉以后历代赋学的特殊之处。"[2]

赋学的一个重要内容是对赋家的品评,这方面经学表现出了巨大影响。戴伟华认为:汉代的经学、政论、大赋都是强势文化的产物,它们之间有相通之处,三者关系可以表述为经学影响政论,政论又影响了汉大赋。经学影响议论文侧重于内容,而议论文影响大赋侧重于形式;经学、议论文、大赋又时常表现为互动关系。经学与汉大赋盛衰大致共时同运,正说明其间强弱势文

[1][2] 徐志啸:《汉代赋学论》,《杭州师范大学学报(社会科学版)》,2011年第3期。

化的作用。从汉代政治和文学关系考察,经学一定是强势文化中的核心价值观,而汉赋铺张扬厉的赋风又影响了经学阐释的繁复,"务尽""详博"的话语体系正好适应了实现核心价值观的要求。

戴文以汉人对董仲舒和枚皋的不同评价来说明经学的影响。汉人推崇董仲舒,因为其治经学,学术醇正。"经学以释大义为旨归,因此,直接受经学影响的是汉代政论文。董仲舒为《公羊春秋》专家,以此教授生徒,其政论散文发挥经义,阐明事理,深得经学根本。刘勰《文心雕龙·议对》云:'仲舒之对,祖述《春秋》,本阴阳之化,究列代之变,烦而不慁者,事理明也。'刘熙载《艺概·文概》云:'董仲舒学本《公羊》,而进退容止,非礼不行,则其于礼也深矣。至观其论大道,深奥宏博,又知于诸经之义,无所不贯。'"与之相反,枚皋受到时人批评,因为其"不通经术,则文章委琐"。戴文引《汉书·贾邹枚路传》为证:"皋不通经术,诙笑类俳倡,为赋颂,好嫚戏,以故得媟黩贵幸,比东方朔、郭舍人等,而不得比严助等得尊官。……皋赋辞中自言为赋不如相如,又言为赋乃俳,见视如倡,自悔类倡也。故其赋有诋娸东方朔,又自诋娸。其文骫骳,曲随其事,皆得其意,颇诙笑,不甚闲靡。凡可读者百二十篇,其尤嫚戏不可读者尚数十篇。"[1]

第四,关注经典化的影响。

经典化是儒学发展中普遍存在的现象,也是一个儒学发展提出的要求,经学就是被经典化的儒家学问。从传统文化的发展看,史家的关注是经典化的一个重要路径。汉赋被经学关注,经典化也成为一个普遍现象,其中也体现出史家的特别关注。

其一,汉赋作品在汉代已获经典地位。

汉赋作品在汉代的流传,目前的信息多来自史籍文献的记载,特别是《史记》和《汉书》。能够记录于书籍,基本上就具有了经典的条件,能够在《史记》和《汉书》中登堂入室,那更是获得了经典的地位。

刘彦青这样梳理后代史传研究学者在汉赋经典化上的观点:清代蒋彤《丹棱文钞》卷二《书司马相如传后》指出:"《史记》载司马相如文独多,非贪其美于文,为其切时事而合于风谏之意也。""相如文士而立言能得其体。《子虚》《上林》,风当时之苑囿也;《喻巴蜀檄》《难蜀父老》,风开塞也;《大人赋》,风好仙也;《封禅书》,风夸功也;从长杨猎而陈谏书,过宜春宫而《哀二世》。

---

[1] 戴伟华:《汉大赋与经学:强势文化的互动》,《求是学刊》,2013年第6期。

文必指事,文备而事著矣,故并载之。"认为司马迁选录标准是基于以文观事的目的,并没有涉及文学的审美价值。唐代柳宗元《柳宗直西汉文类序》"殷周之前,其文简而野,魏、晋以降,则荡而靡,得其中者汉氏。汉氏之东,则既衰矣。当文帝时,始得贾生明儒术,武帝尤好焉。而公孙弘、董仲舒、司马迁、相如之徒作,风雅益盛,敷施天下,自天子至公卿大夫士庶人咸通焉。于是宣于诏策,达于奏议,讽于辞赋,传于歌谣,由高帝迄于哀平王莽之诛,四方之文章盖烂然矣。史臣班孟坚修其书,拔其尤者,充于简册。"认为班固选文的标准是"拔其尤者",这个标准其实指出了汉代人对汉赋优劣的认识。清代赵翼在《廿二史札记》里说:"至《司马相如传》所载《子虚赋》《喻蜀文》《谏猎疏》《宜春宫赋》《大人赋》(《史记》亦载),《扬雄传》载其《反离骚》《河东赋》《校猎赋》《长杨赋》《解嘲》《解难》《法言》序目,此虽无关经术政治,而班固本以作赋见长,心之所好,爱不能舍,固文人习气,而亦可为后世辞赋之祖也。"认为班固是从本人的喜好角度出发对汉赋进行筛选,因为班固本身就是汉代重要的辞赋家,所以这一论法涉及辞赋家依照自己对辞赋的见解进行筛选的实质。[1]

他评价了史家的选文标准和影响:"可以看初(出——引者注)史家选文的首要目的是为了传人,所选录的辞赋也是与人物生平密切相关的篇章,其次的确有从文学价值着眼来进行筛选的因素,但是并不能理解为没有被全文录入的赋篇就非汉人眼中的佳篇,因文多而不载的情况很多。"[2]他还比较了《史记》与《汉书》在汉赋经典化上存在的一些差异:"从史传文学中保存的辞赋理论可以看出,《史记》中的理论多是在对具体赋家、具体赋篇的基础上的认识,而到《汉书》中才出现系统的辞赋理论。这与汉代辞赋实际创作情况有关,与司马迁的时代相比,班固的时代,汉赋创作已经相当成熟,创作的繁荣使得辞赋理论成为一个不得不讨论的问题。"[3]

他特别强调了史学语境下的经典化对文学作品历史地位的影响,当然其中涉及汉代史学经典化对汉赋发展的影响:"文学经典树立所应该具备的作家、作品、读者、评论家、选本等这些因素,在《史记》《汉书》中所录汉赋方面都已经基本出现,汉赋的经典地位在汉代开始树立,在以后的历史时期由后代

---

[1][2][3] 刘彦青:《汉代史传文学在汉赋经典化过程中的作用——以〈史记〉〈汉书〉为中心》,《云南师范大学学报(哲学社会科学版)》,2016年第2期。

检验,一些优秀的赋篇最终确立成为永恒的经典。"〔1〕

第五,关注经典化现象的比较。

赋家立传,赋作入史,相应的比较问题也就出现了。汉赋文化史中,比较方面的材料很多,其中文体的比较和时代的比较是两个主要的比较领域。这两方面,两位学者在他们的博士学位论文中分别有比较系统的展开。

① 汉赋的文体比较。

文体比较是汉赋研究中最被关注的问题之一,相关的成果汗牛充栋。吕逸新在其博士学位论文《汉代文体问题研究》中,有两个方面的梳理比较能够说明问题。

第一个方面,"文学"与"经学"的比较。

吕文从汉代的"文学"界定出发,明确汉代已经有了区分文学与非文学的意识,重点以班固《汉书·艺文志》展开论述,吕文认为:

> 汉代以"文学"指称"经学",以"文辞、文章"指称文学,已有了区分文学与非文学的意识,而班固《汉书·艺文志》将诗赋单列为一略,第一次明确地将文学与经子史等并列,表明文学已经从广义的学术中分化出来,成为独立的一个门类。汉代对各种体裁的文体特征和功能也有了比较明确的区分,从诔碑颂赞箴铭等文体的创作实践中可以看出汉代文人对这些文体的功能、体制和风格特征均有了明确的认识,他们能准确地采用不同的文体来实现记功、颂德、褒贬、劝勉、哀悼等不同的写作目的,而且能严格遵循各类文体的创作规范。汉代文人对诗歌、赋等文学性文体的功能、体制特征的把握更为明确。〔2〕

第二个方面,"文人意识"的比较。

"文人意识"关系到文学自觉的问题,对汉赋而言也是一个关系到文学地位的问题。吕文以扬雄、王充和曹丕为例,梳理"文人意识"带来的影响。吕文认为:

> 汉代的"文人意识"也在走向觉醒。扬雄着眼于汉赋的文体特征,在

---

〔1〕 刘彦青:《汉代史传文学在汉赋经典化过程中的作用——以〈史记〉〈汉书〉为中心》,《云南师范大学学报(哲学社会科学版)》,2016年第2期。

〔2〕 吕逸新:《汉代文体问题研究》,山东师范大学2009年博士学位论文,第191页。

把赋分为"诗人之赋"和"辞人之赋"的同时,也区分了不同的作者,即"诗人"与"辞人"。这意味着扬雄已经充分认识到作者的主体性对于创作的重要意义。王充在《论衡·书解》篇探讨了"文儒"与"世儒"的区别,认为"文儒"高于"世儒"。"世儒"说经拥有话语霸权,担当社会教化者的角色,"文儒"独立写作主要是从个人立场发声。王充将"文儒"置于"世儒"之上,意味着文人创作意识的觉醒,王充之论当启发了曹丕关于文章写作与文人生存价值之间关系的思考。汉代文体审美特性的凸显,文学观念的转变及文人自我意识的提升,共同成为汉代文学走向自觉的重要表征。[1]

② 汉唐赋的比较。

汉唐是中国传统文化中的赋文学繁荣期,这两个时期的赋文学都有着帝国强盛的时代背景,但在经典化上表现出了各自的时代特征。张家国在其博士学位论文《赋与经典——汉唐赋的历史考察》中展开系统探讨,其中三个方面的论述很有特色。

第一个方面,制度原因的比较。

张文认为:制度是国家意志的体现,且为统一国家意识形态之工具的唐代律赋,从外在形制到内在思想均表现出与儒家经典无可分离的密切关系。具体比较,张文有以下探讨:

> 从形制上看,律赋常依经典而命题,亦依经典而设韵,至于赋文的敷衍,也多依经典行文立义。律赋除了美颂帝国壮盛和天子圣德之外,也表现出强烈的用世渴望和参政意识。同时,律赋还对儒家道德修身表现出浓厚的兴趣,如畅璀《良玉比君子赋》、白行简《狐死正丘首赋》等揄扬君子人格,吴连叔《谦受益赋》、皇甫湜《履薄冰赋》等论说君子谦慎之德,敬骞等《射隼高墉赋》、独孤授《韫玉求价赋》等宣扬儒家用舍行藏思想,蒋防《不宝金玉赋》、郑磻隐《富贵如浮云赋》等颂扬君子不贪之德,雍陶《学然后知不足赋》等倡导君子好学之德等。此外,唐代律赋还出现了"颂经赋",也就是专门歌颂儒家经典以及相关的儒家学术活动的赋作,这是前代所未曾有过的现象,这一现象的出现正是唐代律赋与经典关系

---

[1] 吕逸新:《汉代文体问题研究》,山东师范大学 2009 年博士学位论文,第 193 页。

弥合的标志。[1]

第二方面,个人修养原因的比较。

赋文体是强调物象描述的,在知识结构上有很高的要求,因此对赋家的个人修养也提出了对应的高要求。张文认为:

> 从赋家的知识结构与思想体系考察,绝大多数赋家都具有儒学背景。很多赋家如贾谊、董仲舒、虞丘寿王、刘向、马融、郑玄等本就是经学家,他们集"出入经史"与"铺采摛文"于一身。还有很多赋家虽不是严格意义上的经学家,但也饱读诗书,比如司马相如曾受七经;司马迁曾从董仲舒习《公羊春秋》,从孔安国习《古文尚书》;王褒"讲论六艺群书";冯衍"年九岁能诵《诗》"等。即使是号称儒学衰微的魏晋六朝,大多赋家仍然具备浓厚的儒学修养,例如刘劭就曾执经讲学;号称玄学名士的何晏作《论语集解》十卷;曹植年十岁即能"诵读《诗》《论》及辞赋数十万言";王肃尝为《尚书》《诗经》《论语》《左传》以及三礼诸经作传注等,他如傅玄、傅咸、成公绥等均有着深厚的儒学修养。至于唐代,实行科举试赋,赋题从内容到形式皆与经典相关,故而赋家常常熟习儒家经典,具有深厚的儒学造诣,例如韩愈、柳宗元、白居易、元稹等莫不如是。[2]

第三方面,个人思想原因的比较。

汉赋能够成为经典,纳入经学体系是一个主要原因,经学语境下赋家的思想表达也因此成为赋作品的重要内容。张文认为:

> 以经典为载体的儒家思想在汉唐赋作中有普遍的展示。由于传统赋家所受到的儒家思想文化的影响,其儒学观念往往自觉或不自觉地在赋作中折射出来。比如在汉唐赋作中普遍存在的颂君意识以及对帝国的颂美,赋作中的"大一统"思想,以及汉唐赋家所追求的以圣君贤臣为基本结构的政治理想模式等,无不是儒家经典意识的反映。又如汉唐赋

---

[1] 张家国:《赋与经典——汉唐赋的历史考察》,湖北大学2018年博士学位论文,摘要。
[2] 张家国:《赋与经典——汉唐赋的历史考察》,湖北大学2018年博士学位论文,第370页。

作对礼乐思想的崇尚,对儒家君子人格的尊崇(如忠孝、仁义、循礼、节俭、好学、守节等),以及对积极用世愿望的表达(如资政、讽谕、刺世、不遇等)等,同样也是儒家经典意识的体现。总之,儒家经典在汉唐赋作中的渗透确实是一个不争的事实,我们要做的就是去发掘儒家经典意识在汉唐赋作中的呈现和折射。[1]

---

[1] 张家国:《赋与经典——汉唐赋的历史考察》,湖北大学2018年博士学位论文,第372页。

第七章

黄老学说与汉赋

有汉一代,在意识形态领域,儒道两家都曾被统治者奉为正宗,两家学说都对当时的政治文化产生过重大影响。然而,在研究汉一代文学汉赋时,与道家学说相关的论述并不多,与此形成鲜明对照的是儒家的相关论述俯拾即是。刘勰记:"逮孝武崇儒,润色鸿业,礼乐争辉,辞藻竞骛。"(《文心雕龙·时序》)沿着儒术独尊研究汉赋的思路为古今学者所驾轻就熟。

重儒轻道,显然与史有偏差。黄老学说曾是刘汉政权的治国之本,汉初文人无一不受到黄老影响。"陆贾、贾谊、韩婴、董仲舒都在不同程度、不同方面引用和发挥着黄老思想。或者用黄老思想补充解释儒家的思想,或者把黄老思想纳入体系,作为一个组成部分,甚至移花接木,用黄老思想为儒家思想作天道观的根据和基础。"[1]有这样巨大影响的学术思想,在汉赋发展的研究结构中,显然不能缺席。

第一节 汉赋兴盛于儒学独尊之前

武帝建元六年(前135),窦太皇太后卒,汉武帝以田蚡为丞相,延文学、儒者数百人,黜黄老刑名百家之言。学术界虽有争论,但一般认为这是汉武帝独尊儒术的开始,我们这里也把儒学独尊的时间上限定在此。在此之前,儒

---

[1] 金春峰:《汉代思想史》,中国社会科学出版社,1997年,第67—68页。

学虽有市场,但处境并不妙,不仅不能入主中央,还屡屡要受到最高统治者的打击。如汉初窦太后,文帝时做了23年皇后,景帝时做了16年太后,武帝时又做了6年太皇太后,基本处于最高权力中心。她推崇黄老,对儒术很不客气。景帝时,她恶儒。《史记·外戚世家》记:"帝及太子诸窦不得不读《黄帝》《老子》,尊其术。"武帝登基后,她还因丞相窦婴、太尉田蚡重儒的缘故罢了他们的官。她曾在景帝时,把成一家之言的大儒辕固生赶入兽圈与猛兽搏斗,以泄对儒学之愤。武帝时,她又对"明儒学"的赵绾、王臧厌恶,"使人微得赵绾等奸利事,召案绾、臧,绾、臧自杀"(《史记·孝武本纪》)。儒学的处境可见一斑,在帝国文化生活中的影响力自然也不可高估。这时,汉代赋坛发生了三件大事。

其一,枚乘创作了《七发》。枚乘生年不详,卒于武帝元年,主要活动于文、景之时。景帝时作《七发》,不重抒情议论,而着重铺叙和描写。采用主客问答方式,通篇散文,间有韵文。汉大赋的主要特点,这篇作品都已具备,所谓"及枚乘摛艳,首制《七发》,腴辞云构,夸丽风骇"(《文心雕龙·杂文》)。《七发》的出现,标志着汉大赋的初步形成。

其二,司马相如创作了《子虚》《上林》赋。司马相如生于文帝元年,主要活动于景帝时期和武帝前期。景帝初年曾在中央为武骑常侍,因景帝不好辞赋而辞官至好辞赋的梁孝王那里做门客。《史记·司马相如列传》记:"梁孝王令与诸生同舍,相如得与诸生游士居数岁,乃著《子虚》之赋。"武帝即位后,建元五年,经同乡杨得意引荐而被召,相如说:《子虚》这篇赋"乃诸侯之事,未足观也,请为天子游猎赋",这就是著名的《上林赋》,之后与《子虚赋》并称《子虚》《上林》赋。这两篇作品成为两汉大赋的代表作,特别是《子虚赋》最具汉大赋特征,为后代文人所羡慕、仿效甚至字摹句拟,标志着汉赋这一文学样式在体制和风格上的最后形成。

其三,汉赋进入中央。枚乘《七发》、司马相如《子虚赋》等前期作品,虽然已取得很高的艺术成就,但都是在各藩国完成的,不免带有"地方文学"的色彩。武帝登基后,"安车蒲轮"征枚乘,召问相如得《上林赋》,赋家开始进入中央创作。由藩国移至朝廷,标志着一个旧时代的结束和一个新时代的开始。

以上三件大事对汉赋发展所具有的重大意义,史有定论。汉赋作为一种新兴文体,已形成了自己的艺术特征,拥有了自己的代表作品,一代文学的崇高地位因此确立。目前流行的几部文学史,都把汉武帝时期作为汉赋发展第二阶段的起点,司马相如也是第二阶段的代表人物,但《子虚赋》是作于武帝登基前,《上林赋》是随后不久的续篇,艺术上有着不言而喻的连贯性,而且也是作于武帝独尊儒术之前(武帝建元五年)。至这两篇作品,以赋坛三件事为标志,汉赋呈现出了兴盛之势,本文汉赋兴盛即界定于此。非常明显,从时间角度看,汉赋兴盛于儒学独尊前,儒学影响有限,将此时汉赋所取得的建树归于儒学或因不能确定归属而低估这些建树,都是值得推敲的,汉赋兴盛的时间上的逻辑关系应该是:先于儒学独尊。

第二节 黄老学说提供良好环境

汉初儒学经历的窘况,从学派斗争层面看,一定程度上是由于黄老学说其时正兴盛于宫廷。一方面,由于汉初政治形势需要,"孝惠皇帝、高后之时,黎民得离战国之苦,君臣俱欲休息乎无为"(《史记·吕太后本纪》);另一方面,也是由于黄老学说对儒学极尽排斥。如前所提辕固生故事,只因对《老子》表示了轻蔑的态度,崇黄老的窦太后便把他赶入兽圈,欲置其于死地。

黄老学说的显赫之势不利于学术繁荣,但对其时正处于形成期的汉赋来说,却是提供了一个良好的发展环境。当时由于汉王朝最高统治者不好赋,赋家在中央难以立足。《文心雕龙·时序》记:"施及孝惠,迄于文景,经术颇兴,而辞人勿用。贾谊抑而邹枚沉,亦可知已。"失落的赋家只好到藩国寻找发展,这却使汉赋出现了另一番景象:各藩国为赋家提供了富足、悠闲的生活环境;而且文人相聚、群臣共作,创作环境是一番大好时光。一时间于中央之外形成了吴、梁和淮南等几个聚集着许多优秀赋家的创作中心。《汉书·枚乘传》记载:枚乘先后居于吴、梁,"梁客皆善属辞赋,乘尤高"。《司马相如列传》记其慕梁王,"因病免,客游梁。梁孝王今与诸生同舍,相如得与诸生游士居数岁,乃著《子虚》之赋"。因梁孝王身边创作之盛,汉代的辞赋家又有"梁园宾客"之称。

要注意的是,创作中心的形成,是因为各藩王身边聚集着许多赋家,这些赋家不仅作赋,也关心政治,如邹阳、枚乘上书吴王刘濞,劝他不要与中央王朝相对抗。同时,各藩王对包括赋家在内的各类人才都极尽拉拢。司马迁记梁孝王当时的状态:"招延四方豪杰,自山以东游说之士,莫不毕至。"(《史记·梁孝王世家》)这些藩王招揽的对象和方法,很有点像战国时期的"养士"。由于中央崇黄老学说,不干涉地方藩王,所以不论藩王具有什么样的政治目的,赋家都有地方落脚,并可以在所居藩王处致力于辞赋创作。

武帝独尊儒术后,情况就不一样了。推恩法使藩国势力日益削弱,养士的能力和号召力今非昔比。更重要的是养士会带来政治上的麻烦,甚至是杀身之祸。武帝元光四年,朝廷权贵田蚡与窦婴、灌夫相斗,田蚡就把对方养士作为致命的武器,他对武帝说:"蚡所爱倡优巧匠之属,不如魏其、灌夫日夜招聚天下豪杰壮士与议论。"(《史记·魏其武安侯列传》)田蚡的意图,就是有意将养士与谋反之嫌疑相连。大臣养士尚遭猜疑,藩王养士更有顾忌。不能养士,中央之外的创作中心自然也就不可能形成和存在。因此,可以这样认为,由于中央政权奉行黄老学说的无为政策,使得赋家能随各方人才汇集于藩国,在中央政府之外谋得一个较好的创作环境,汉王朝最高统治者的个人好恶并没有停止汉赋的发展进程。黄老学说的盛行,对这一时期汉赋来说,是一个必不可少的发展条件。

良好的环境,还包括物质方面的内容。这几个赋家常居之国,都是"富埒天子"的藩国。吴王可自行铸钱,煮海水为盐。梁孝王府库里金钱近百万,珠玉宝器多于京师。在这样的藩国,赋家的待遇要高于朝廷,枚乘、司马相如等人离开中央至梁孝王处,这是其中一个很重要的原因。

同时,富庶的藩国也为赋家提供了创作素材,开阔了视野。"劝百"的重要素材如都城、苑囿、宫殿、饮食、车马、田猎、歌舞、巡游、典礼等等,赋家在藩国都可以看见、听到、经历。穷奢极欲的藩王在某些方面还要超过中央。"居天下膏腴地"的梁孝王筑东苑方三百余里,广睢阳城七十里。大治宫室,为复道,自宫连属于平台三十余里。得赐王子旌旗,出从千乘万骑。东西驰猎,拟于天子。这对于以反映汉代帝王贵族宫廷生活为主的大赋,在早期发展上至少是提供了题材支撑,我们从枚乘《七发》里吴客铺陈景物、极尽夸张的表现中可窥一斑。

汉赋在儒学独尊前得益于黄老学说之盛而于中央之外大发展,这个事实,对重新认识儒道两学在汉赋发展中所发挥的作用有着深刻的启发,良好的环境应是其中的一个方面。

第三节 讽谏的争论与汉赋体制

这是一个关于汉赋内部结构的问题。

汉宣帝曾为汉赋辩解说:"辞赋大者与古诗同义,小者辩丽可喜。"汉赋能够做到"与诗同义",主要是指讽谏,这是儒学对汉赋创作宗旨的规定。令人不解的是,不论赋家认识多么自觉,创作多么努力;不论儒学正统的监督多么严格,抨击多么严厉,可赋家的作品在讽谏上始终不能令人满意。终汉一代,在这方面赋家一直受到攻击,甚至赋家自己也因此否定汉赋。西汉末扬雄说:"或曰:赋可以讽乎?曰:讽乎!讽则已;不已,吾恐不免于劝也。"又说:"或问:吾子少而好赋?曰:然,童子雕虫篆刻。俄而曰:壮夫不为也。"

汉以下,有关讽谏的研究可谓汗牛充栋,但在讽与劝上,并没有比扬雄更高明的见解。至当代,则有人主张抛开讽谏而讨论汉赋的价值。

我们认为,汉赋是一个大体制的文体,即所谓骈辞大赋。大赋之大,客观上有宣扬帝国声威的需要,但实际效果却常常是迎合汉王朝统治者的娱乐需要,助长他们淫侈骄纵的欲望,武帝征枚乘、司马相如是这个目的,相如续作《上林赋》亦是为悦武帝。汉赋的"大"内容,使我们联想到黄老学说也有这方面的内容。

神仙家是黄老学说的一个流派,它的核心是迎合人们好生恶死的心理,鼓吹长生不老。于帝王而言,那就是永保富贵,无穷无尽地享有世间一切。正因此,神仙家得到了汉代皇帝的信奉,如《史记·孝武本纪》大多记的是求神弄鬼的事。神仙家也影响到两汉学术界,董仲舒的"天人同类"和两汉风行的谶纬之事,都有神仙家的影响。

再看汉赋,与神仙家一样,都是将满足帝王享受需要作为首要目的的,两者先天合拍。它们不直接为帝国政治服务,但都受到帝王的热衷;赋家和方士政治地位不高,但都能受到帝王的重视。在内部结构上,两者也在"大"上同构。神仙家鼓吹长生不老,空间上无限占有,时间上也要无限占有。汉赋亦在时空上要求"无限",《西京杂记》引司马相如的话:"赋家之心,苞括宇宙,总览人物。"典型的汉大赋,都是要写到天上地下、东西南北、古今中外。如《子虚赋》铺陈云梦物产:其山则……其土则……其石则……其东则有……其南则有……其西则有……其中则有……其北则有……其上则有……其下则有……如此各方面的兼顾,真是做到了疏而不漏。

表现结构上,两者在虚构、夸张等方面同构。神仙家为博得帝王的信任,极尽虚构夸张之能事。武帝时,方士李少君吹嘘自己的方术"致物而丹沙可化为黄金"。后来入朝为官的方士公孙卿说起来更是夸夸其词:"言夜见大人(指仙人——引者注),长数丈,就之则不见,见其迹甚大,类禽兽云。"对赋家来说,也有一个博得帝王信任的心态,在他们笔下,虚构、夸张的运用与方士比起来毫不逊色。汉赋篇幅巨大,《子虚》《上林》赋达到前所未有的三千五百多字;词藻富艳,赋家喜用奇字、僻字、怪字,刘勰《文心雕龙·诠赋》称之"相如《上林》,繁类以成艳";行文讲究,多用排句、偶句,字重语复,渲染夸张,极尽侈丽。"侈靡过其实,且非义理所尚"(《史记·司马相如列传》)赋家的创作结果与方士一样,迎合了帝王好大喜功的心理,助长了他们淫侈骄纵的欲望。

汉赋以前的《诗经》和楚辞,或为采风,"献之大师,比其音律,以闻于天子"(《汉书·食货志》);或为"上下而求索",以抒发个人感情为主。而汉赋,则完全变了,"述客主以首引,极声貌以穷文"(《文心雕龙·诠赋》)。内容的转变,为赋家打开了新的视野和创作思路,同时,这一特定发展阶段也需要借鉴,神仙家的思想和操作方式无疑正好迎合了这方面的需要,这是汉赋内部结构形成的一个应予重视的因素。

汉赋与神仙家在许多方面的同构,使赋可以在黄老学说那里得到哲学支持,增加了赋家创作的自觉性和对审美追求的自觉性。枚乘《七发》否定"天下之靡丽皓侈广博之乐""天下之至美""至骏""至壮"的女色、美食、车马、校猎,而赞美"天下怪异诡观""天下要言妙道"的钱塘怒涛和圣人辩士之言,是由低级的观感享受上升于更加壮观的自然美和精微深奥的思辨美。司马相如说自己作赋时的状态是《西京杂记》里说的"控引天地,错综古今"和"苞括宇宙,总览人物",追求更高层次的境界。赋家的这些理解和追求,已明显可以看出黄老学说宇宙观的影响,司马迁《史记·太史公自序》就曾用黄老学说的术语为赋辩解:"《子虚》之事,《大人》赋说,靡丽多夸,然其指风谏,归于无为。"汉赋的大体制就是在这样的氛围中形成,所谓"劝百"就是这大体制的外在表现。儒学独尊后,把赋纳入自己的范围,强调讽喻,但对于已定型的大体制明显力不从心,即如扬雄这样的大手笔,不论他怎样自觉去"讽",结果对自己的作品还是哀叹不已:"吾恐不免于劝也。"(《法言·吾子》)

概言之,从时间角度看,汉赋兴盛于儒学独尊之前,而与黄老学说兴盛时期有重叠;从创作环境角度看,黄老学说为汉赋兴盛提供了良好的外部环境。因此,从黄老学说探讨汉赋发展,重新认识汉赋特征和儒学影响等问题,应是对汉赋的研究思路有所启发的。

第八章

两汉宗教文化与汉赋

大赋是汉赋的代名词,非常形象地诠解了这一风行于两汉的文体的风貌和特征。我们关心的是:赋家在创作时是如何将"类于字汇辞典"的内容演成大赋作品的?在宏大的结构中,赋家又是如何维系自己的创作热情的?刘汉大帝国的宗教文化发展和特征可以给我们一些启迪。

第一节 汉代神话与大赋创作

汉代是一个造神的时代。

为王朝合理性和政治需要而造神,这是中国传统文化中的一个特殊现象。高祖刘邦起兵之初为自己编造了许多神话。司马迁《史记·高祖本纪》记:"秦始皇帝常曰:'东南有天子气。'于是因东游以厌之。高祖即自疑,亡匿,隐于芒、砀山泽岩石之间。吕后与人俱求,常得之。高祖怪问之。吕后曰:'季所居上常有云气,故从往常得季。'高祖心喜,沛中子弟或闻之,多欲附者矣。"造神的目的非常明确,是为汉取代秦寻找合理性,以及树立自己的威信。刘邦斩白蛇后,司马迁记:"高祖乃心独喜,自负,诸从者日益畏之。"(《史记·高祖本纪》)

汉代,也有为长生不老而信神的。汉武帝为了找到长生不死的仙药和仙人,多次出巡,在社会上产生了巨大影响,民间高人纷纷出来奉献自己所拥有的超常力量。《史记·孝武本纪》记汉武帝东巡海上时,"齐人之上疏言神怪奇方者以万数"。造神活动的规模之大,影响之大,让人咋舌。

汉代大规模的频繁的造神活动,无疑会影响赋家对神话的注意力。司马相如《子虚赋》有一段楚王出猎之初的描写:"阳子骖乘,纤阿为御,案节未舒,即陵狡兽。轔邛邛,蹴距虚,轶野马而辒骚骏,乘遗风而射游骐。"连续使用了阳子、纤阿、邛邛、距虚、骚骏、遗风、游骐等神话材料,几乎是用神话串起来的描写。

这种现象显然为汉赋增添了神话色彩,但这只是汉赋与神话的表层联系,更重要的联系应当是在赋家本身。

葛洪《西京杂记》是这样记载赋家创作状况:"司马相如为《上林》《子虚》赋,意思萧散,不复与外事相关,控引天地,错综古今,忽然如睡,焕然而兴,几百日而后成。"桓谭《新论》也有这样的描写:"子云(扬雄——引者注)亦言,成帝时,赵昭仪方大幸,每上甘泉,诏使作赋,为之卒暴,思精苦,始成,遂困倦小卧,梦其五藏出在地,以手收而内之。及觉,病喘悸,大少气。病一岁。由此言之,尽思虑,伤精神也。"可见,作赋确实不易。在漫长而艰难甚至痛苦的创作过程中,赋家的创作激情是靠什么维持下去的呢?赋家是如何收集、联想大量的素材,又是如何比较连贯地运笔行文塞满于庞大的结构之中的呢?我们认为,这些与神话气息有关,从赋家创作思维中透露出来的神话气息,是比单纯地收集、罗列神话材料更深一层的结构。

汉代赋家作赋的目的是为大汉帝国服务。一方面,这一目的使赋家在创作时不可避免地表现出一定的被动性。这方面比较突出的例子是枚皋,《汉书·枚皋传》记:"上(指武帝——引者注)有所感,辄使赋之;为文疾,受诏辄成,故所赋者多。"这样的创作环境,对赋家的创作来说是很尴尬的,枚皋就非常不满地说:"为赋乃俳,见视如倡,自悔类倡也。"扬雄也有这样的看法,《汉书·扬雄传》记:"赋劝而不止,明矣。又颇似俳优淳于髡、优孟之徒,非法度所存,贤人君子诗赋之正也,于是辍不复为。"另一方面,汉帝国镇压叛乱、横扫边域、经济文化繁荣,也使赋家在受到鼓舞时感到了由衷的惊讶。司马相如《难蜀父老》记:"盖世必有非常之人,然后有非常之事;有非常之事,然后有非常之功。"辨析这样的惊讶,显然有这样的成分:赋家在为大汉帝国的成功兴奋不已的同时又感到不可思议,他们为其所见所闻感叹不已,激发出如同神话般的翩翩浮想。如在《上林赋》中,司马相如赞叹武帝游猎的上林苑:"且夫齐、楚之事又乌足道乎!君未睹夫巨丽也,独不闻天子之上林乎?左苍梧,右西极,丹水更其南,紫渊径其北。终始灞浐,出入泾渭,酆镐潦潏,纡余委蛇,经营乎其内,荡荡乎八川分流,相背而异态。东西南北,驰骛往来。出乎椒丘之阙,行乎洲淤之浦,经乎桂林之中,过乎泱漭之野。"对这样的描写,以往很多研究者都指责是"虚辞滥说"。然而,赋家立足于上林苑,放眼帝国,不这样写,怎么能体现出赫赫帝威?不这样写,又怎么能表达出作者的兴奋、惊讶?司马相如个人有过从中央到诸侯藩国,再由诸侯藩国回到中央的经历,他对帝国的强大是深有体会的,这样的表达应是有其内在价值的。同时,我们也可以从中析出一种非理性化的气氛。刘勰《文心雕心·夸饰》评价:"语瑰奇则假珍于玉树,言峻极则颠坠于鬼神。"这样的境界,不正是赋家对大汉帝国赫赫声势的艺术再现吗?

汉代赋家作赋时的被动性,使得赋家的作品必须是以歌颂为主题的,而赋家对帝国积威的感受又使得他们的笔端自然而然地流露出对大汉帝国的赞颂,客观要求与主观认识的统一构成了赋家创作的自觉性,这种自觉性带来的又是一种更高层次的不自觉。赋家为帝国声威所驱使,他们全身心地投入于写作,融个人于帝国之中。这时赋家的创作活动,已不再限于理智的冷静了,而更多的是在热烈的情感下创作。作品中的许多物象,赋家并不理解,在现实生活中也未必有存在的可能,但仍然被大量地,有时是不加选择地写入作品之中,因为他们认为大汉帝国应该具有,司马相如曾如此表达:"赋家之心,苞括宇宙,总览人物,斯乃得之于内,不可得而传。"(葛洪《西京杂记》)对照人类社会早期的神话,先民根据自己的想象,不自觉地构筑了一个神话世界。而赋家也是根据自己的兴奋、惊讶,不自觉地构筑了一个存在于现实又恍惚存在于彼岸的世界。在汉帝国的四海之内,这里或那里,不受时空的限制,集所有可能的美好事物于一处,"至如气貌山海,体势宫殿,嵯峨揭业,熠熠焜煌之状,光采炜炜而欲然,声貌岌岌其将动矣。莫不因夸以成状,沿饰而得奇也。"(刘勰《文心雕心·夸饰》)神话气息,拂面而来。

为了说明我们的观点,我们还可以从汉赋受到最猛烈攻击的"劝百而讽一"问题上得到证明。这是一个非常奇怪的问题,即使是在汉代,人们也已形成共识,即作赋过分铺张、过分夸饰,会影响讽谏的目的。汉明帝就说过:"司马相如洿行无节,但有浮华之词,不周于用。"(《诏班固》)赋家自己也做了深刻的反省,甚至是痛苦的自我否定,扬雄就是因此而否定自己的:"或问:吾子少而好赋?曰:然。童子雕虫篆刻。俄而曰:壮夫不为也。"(扬雄《法言·吾子》)

但是,不论赋家有多么清醒的认识,做出了多么大的努力,只要是写赋,还是免不了"不免劝也"的毛病。何以至此？千载之下众说纷纭，而这正可以证明我们的观点：神话气息的存在。正是这种不自觉的创作力支配着赋家创作。赋家虽然有明确的创作目的，有明确的评论标准，但只要下笔，在创作过程中就会进入不自觉的创作状态。他们不理解大帝国何以能达到这样空前的成功，不理解大帝国还有多少辉煌的前程可走。这时，赋家的理性思维被抹上了信仰主义的色彩，他们对现实生活的认识常常是停留在对虚幻的彼岸世界的臆测上，大帝国本身在赋家眼中就构成了一个神话。另一方面，讽谏使命的存在，又使赋家对汉帝国存在的问题特别敏感，使他们易于将所见与所忧无限扩大。对历史和现实的兴奋，对现实和未来的担忧，喜忧混杂，文人自身的特点最后决定他们要陷于手足无措之中，一味地歌颂刘汉帝国。但是，维护大汉帝国强盛的信念是始终坚定不变的。于是，大段大段的神奇物象的描写滚滚而来，汉赋作品的大结构就有了一个超出赋家预想的轮廓。

赋家因大帝国神话而产生与神话创作同构性的思维，写作起来自然要跳出现实，跳出一般的常规思维，这不是一般意义上的运用神话材料进行创作，而是赋家在从事一个新的神话创作。正是这样，被塞得满满当当的、无所不包的大结构才能构成一个比较连贯的整体，造出一定的声势。鲁迅借他人之语评《子虚》《上林》赋是"精神极流动"。如果没有神话气息的贯通，"罗列叠积，类于字汇辞典"的汉赋何以能够做到这一点？我们只能得出这样的结论，即不自觉的创作力，使得汉赋作品具有了神话气息，造出了大赋的气势。

在我们论证了汉赋所具有的神话气息之后，再看看汉赋的创作模式，一个比较清晰的思路就可以展现在我们面前。依照儒学的观点，汉赋应做到"大者与古诗同义"（汉宣帝语），即要行讽谏之责。而在现实生活中，赋却常常是帝王娱乐的文学模式。劝百而讽一，成了适应这一需要的汉赋创作模式，这与神话气息的存在有关。由于神话气息的存在，使得汉赋对汉帝国产生了极大的依赖性。枚乘时，汉帝国的赫赫声威已给赋家留下了深刻印象，紧接而来的武帝时代，汉帝国走向鼎盛，如日中天的政治局面自然是不愿听到也不需要讽谏之声的，司马相如等人的帝国神话意识自然要将枚乘等人的铺张扬厉发扬光大，神话气息弥漫无际，讽谏只能作为一条小小的尾巴而存在。这一时期赋家的创作实践取得了成功，也就证明了"劝百而讽一"模式存在的合理性及板着面孔说教的不合时宜。这以后，讽谏这条尾巴或长或短，却只能作为身后之物——尾巴而存在。当大帝国神话不能再为汉赋创作提供良好的环境时，沿用已定型模式创作的作品，自然要暴露出它的不足，但赋家却又陷入了另一种不自觉的创作之中,因为他们使用的是大赋这一文体,模拟,成了他们创作的一个新特征。刘勰就做了这样的具体分析:"夫夸张声貌,则汉初已极,自兹厥后,循环相因;虽轩翥出辙,而终入笼内。枚乘《七发》云:'通望兮东海,虹洞兮苍天。'相如《上林》云:'视之无端,察之无涯;日出东沼,入乎西陂。'马融《广成》云:'天地虹洞,固无端涯,大明出东,月生西陂。'扬雄《校猎》云:'出入日月,天与地沓。'张衡《西京》云:'日月于是乎出入,象扶桑于濛汜。'此并广寓极状,而五家如一。诸如此类,莫不相循,参伍因革,通变之数也。"(《文心雕龙·通变》)

汉赋之"大",使得研究者在许多问题上难以取得一致,在我们引入神话这一视角后,是不是应得到一些新的认识呢?我们认为,汉赋之"大",不仅是个表现手法的问题,还含有汉帝国注入的神话气息。我们初步考察这一事实的存在,进一步的结论还有待于今后的努力。

第二节　方士文化与汉赋兴盛

赋是汉代最为流行的文学样式。关于它的发展过程,《汉书·艺文志》记载汉赋作品900多篇,作者600多人,其中9/10集中在武帝、元帝、成帝时期。可见,汉赋以西汉中叶为兴盛时期。而汉代的方士文化亦以西汉中叶为兴盛时期,它与汉赋之间的关系如何?这是一个值得探讨的问题。

方士文化起源于先秦时期的齐燕沿海地区。当时,这一地区气候宜人,交通便利,且盛产海盐,商业经济非常繁荣。商业活动推动了海上交通的发展,并由此对茫茫无边的大海产生了种种猜测与幻想,以为神秘莫测的大海"彼岸"存在着另一个天堂般的世界,人类可以靠着某种特殊的方法到达那里,享受无尽的欢乐。这种想法,加上邹衍一派阴阳家所言的五行学说的影响,方士文化应运而生。秦王朝统一后,经过秦始皇的封禅和大规模出海寻仙等活动,方士文化有了很大发展。入汉以后,这一发展趋势继续保持,特别是到汉武帝时,方士文化达到鼎盛,李少君、齐人少翁、栾大、公孙卿等显赫方士不断出现。《汉书·郊祀志》载栾大"天子亲如五利之第,使者存问供给,相属于道。自大主、将、相以下,皆置酒其家,献遗之"。由于栾大的成功,"海上燕齐之间,莫不扼腕而自言有禁方,能神仙矣"。造成了极大的社会震动。方士还参与封禅这样的政治活动,方士申公就鼓动武帝:"汉主亦当上封,上封则能仙登天矣。"在统治阶级内部的政治斗争中,方术有时也成为一些政客使用的斗争手段。《汉书·武五子传》记载,卫皇后生戾太子,太子与江充不和,"充典治巫蛊,既知上意,白言宫中有蛊气,入宫至省中,坏御座掘地……充遂至太子宫掘蛊,得桐木人"。告太子谋反,逼得太子造反身亡。至宣、元、成三朝,方士参与社会政治活动的风气仍然不衰。成帝时,方士就上演了一场汉"再受命说"的闹剧。《汉书·李寻传》记:"齐人甘忠可诈造《天官历》《包元太平经》十二卷,以言'汉家逢天地之大终,当更受命于天。天帝使真人赤精子,下教我此道。'"

方士文化如此久兴不衰,当然引起当时文人的关注,并产生了相互影响和渗透。《汉书·刘向传》记载,刘向是一个方术的热衷者,他从父亲那里得到一本秘书:"言神仙使鬼物为金之术,及邹衍重道延命方……更生(即刘向——引者注)幼而读诵,以为奇,献之,言黄金可成。"汉赋名家王褒也是方士活动的关心者,汉宣帝时有方士言益州有金马、碧鸡之宝,可祭祀,王褒于众多文学侍从中被选中受命前往了解情况。《汉书·郊祀志》记:"或言益州有金马、碧鸡之神,可醮祭而致,于是遣谏大夫王褒使持节而求之。"但是,王褒不幸没有完成任务,死于途中。《汉书·王褒传》记:"方士言益州有金马碧鸡之宝,可祭祀致也,宣帝使褒往祀焉,褒于道病死。上闵惜之。"

关于方士文化的影响,顾颉刚认为:"儒生和方士的结合是造成两汉经学的主因。"[1]方士文化对成为两汉统治阶级的思想支柱的经学有如此之大的作用,对汉赋的创作亦颇有影响。司马相如"请具而奏之"的名赋《大人赋》,确如作者所言,其美比之《上林》"尚有靡者",以致武帝"飘飘有凌云之气,似游天地之间意"(《史记·司马相如列传》)。然而,关于"大人"这一形象,汉人的文献中是有原型的,《汉书·郊祀志》里就有这样的记录。当武帝东巡海上求仙时:"公孙卿持节常先行候名山,至东莱,言夜见大人,长数丈,就之则不见,见其迹甚大,类禽兽云。群臣有言见一老父牵狗,言'吾欲见巨公',已忽不见。上既见大迹,未信,及群臣又言老父,则大以为仙人也。宿留海上,与方士传车及间使求仙人以千数。"两年后,"其春,公孙卿言见神人东莱山,若云'欲见天子'。天子于是幸缑氏城,拜卿为中大夫。遂至东莱,宿,留之数日,毋所见,见大人迹云。复遣方士求神怪、采芝药以千数。"之后,公孙卿为武帝出主意:"仙人可见,而上往常遽,以故不见。今陛下可为观如缑氏城,置脯枣,神人宜可致。且仙人好楼居。"这个"大人",显然是方士造出来的,他形

---

[1] 顾颉刚:《秦汉的方士与儒生》,群众出版社,1955年,第8页。

象而生动,颇具迷惑性,以至寻找他的人达千数。我们虽不能说司马相如也加入了寻找"大人"的队伍,但他笔下的那个"大人"形象,在现实社会中有所借鉴是可以肯定的了。再有,甘泉宫是汉代帝王组织方士活动的盛大场所,许多赋家都曾写过与此有关的作品,如王褒的《甘泉宫颂》、刘歆的《甘泉宫赋》和扬雄的《甘泉赋》。以上这些例子说明,方士文化对赋兴盛时的创作是有着直接影响的。

从创作思想上看,赋家接受方士文化影响有其自觉性。西汉中叶虽是汉赋的兴盛期,但赋家的政治地位却不高,许多人是与"倡优无二"的言语侍从。他们作赋,很少有其他时代文人"登高而赋"的心境,而主要是"上有所感,辄使赋之",秉承帝王旨意来创作,这就决定了作品在内容上必须满足帝王的享乐要求。怎样才能满足这样的要求呢?对于赋家来说,经学是不会提供答案的,现实生活又太实,刺激不起读者的兴趣,而方士构筑的虚幻世界却可提供这样的素材,打开创作思路。在这个世界里,神界没有传统的威严感,神仙也不是自然界和人类社会的主宰者,而是在另外一个世界生活,无拘无束享受着所有美好事物的仙人。这个世界普通人不能去,但方士可以自由来往,而方士又是为帝王服务的。那么,这个世界就是向帝王开放的,帝王也迷恋于此。这一点对赋家来说太具诱惑力了,从中提取素材往往可以事半功倍,取得意想不到的效果。《大人赋》引起的反应就是一个非常好的注脚。

赋家从方士文化中吸取营养,这就会影响到汉赋的创造过程。大体上,我们可以从以下几个对比来认识方士文化的影响。

其一,活跃思路。汉代文人作赋,视野非常开阔,手中的笔总不限于一事一地,《汉书·扬雄传》言"必推类而言,极丽靡之辞,闳侈巨衍,竞于使人不能加也"。这说明他们的思路非常活跃。要做到这一点,除了要有丰富的知识外,还需要在现实生活中寻找创作的激情。这种需要,可以在方士活动中得到满足,比如频繁的祭祀活动。祭祀自古就有,秦代就已名目繁多,仅山川,自崤以东有五名山、三大川,自华以西又有七名山、四名川。到了汉代,这样的活动更加频繁,《汉书·武帝纪》记汉武帝时曾下诏:"河海润千里,其令祠官修山川之祠,为岁事,曲加礼。"汉宣帝时,这样的奉祀形成了固定完整的制度,《汉书·郊祀志》记宣帝下诏:"夫江海,百川之大者也,今阙焉无祠,其令祠官以礼为岁事,以四时祠江海雒水,祈为天下丰年焉。"这些活动,帝王重视,文人也重视,司马迁的父亲司马谈因没有参加封禅这个最大的奉祀活动,竟气愤而卒。《汉书·司马迁传》记他临死前对儿子悲伤地说:"今天子接千岁之统,封泰山,而予不得从行,是命也夫！命也夫！"对文人有如此吸引力的方士活动,激发起文人的创作热情是很正常的。他们在作品中如天马行空,不受拘束,想象丰富而又一气呵成。这样的创作心态,在汉赋兴盛时期最为明显,而这时又恰是方士文化的兴盛时期。

其二,提供物象。过去学者论及汉赋描写的事物繁多而又奇特时,常归之于汉帝国的地域广大、文化交流增多、地理知识丰富。其实,制造、传播神奇诡谲的物象是方士的拿手好戏。《汉书·郊祀志》记载的故事可以说明："明年,齐人少翁以方见上。上有所幸李夫人,夫人卒,少翁以方盖夜致夫人及灶鬼之貌云,天子自帷中望见焉……(少翁——引者注)乃作画云气车,及各以胜日驾车辟恶鬼。又作甘泉宫,中为台室,画天地泰一诸鬼神,而置祭具以致天神。"这种设天地为骗局又作画以张罗的做法,为赋家提供了大量的可供借鉴甚至是直接移用的物象。再有,方士对祥瑞物是特别重视的,而且"黄帝以上封禅皆致怪物与神通"(《汉书·郊祀志》)。这使得他们不但专心捕捉,而且经常编造祥瑞物,如奇特的动物、异常的自然现象,乃至时人的联想,都是他们宣传的材料。这对赋家来说,又可谓是适得所好。

其三,宏大结构。汉赋结构宏大,赋家的"闳侈巨衍"使我们自然会联想到"敢为大言"的方士们,他们在表达方式上有着一致性。赋家采取的是为画面尽量涂满各种色彩,天上地下,山南水北,人间神界,自古至今,无一不取来塞进画面,如司马相如《上林赋》写天子猎归时,就竭尽全力将古今、四方的舞蹈囊括到一个特定的时空范围内。这样的创作,在方士活动中俯拾皆是。西汉时建造的鲁灵光殿是方士所为,东汉王延寿《鲁灵光殿赋》描写这个遗迹中的绘画是："图画天地,品类群生。杂物奇怪,山神海灵。写载其状,托之丹青。千变万化,事各缪形。随色象类,曲得其情。上纪开辟,遂古之初。五龙比翼,人皇九头。伏羲鳞身,女娲蛇躯。鸿荒朴略,厥状睢盱。焕炳可观,黄帝唐虞。轩冕以庸,衣裳有殊。下及三后,淫妃乱主。忠臣孝子,烈士贞女。贤愚成败,靡不载叙。恶以诫世,善以示后。于是乎连阁承宫,驰道周环。阳榭外望,高楼飞观。长途升降,轩槛曼延。渐台临池,层曲九成。屹然特立,的尔殊形。高径华盖,仰看天庭。飞陛揭孽,缘云上征。中坐垂景,颓视流星。千门相似,万户如一。岩突洞出,逶迤诘屈。周行数里,仰不见日。何宏丽之靡靡,咨用力之妙勤。非夫通神之俊才,谁能克成乎此勋,据坤灵之宝势,子苍昊之纯殷。包阴阳之变化,含元气之烟煴。玄醴腾涌于阴沟,甘露被宇而下臻。朱桂黟倏于南北,兰芝阿那于东西。祥风翕习以飒洒,激芳香而常芬。神灵扶其栋宇,历千载而弥坚。永安宁以祉福,长与大汉而久存。实至尊之所御,保延寿而宜子孙。苟可贵其若斯,孰亦有云而不珍!"对鲁灵光殿只作一般性的描述,赋家的笔下就可以出现一段华丽的赋文,若再加上作者的想象发挥,繁复自然要更上一层楼。

其四,铺张描写。关于汉赋的铺张描写,有学者认为是受先秦纵横家的影响。龚克昌《汉赋研究》认为:"赋家不只是学纵横家的语言艺术,主要还是从他们那里得到一点启示,即如何把赋写得洋洋洒洒,下笔千言。这就得仿效纵横家的辩说艺术,从上下左右东西南北四面八方写起。"[1]龚先生的观点非常精辟,我们要补充的是,汉赋的铺张描写,不仅仅是对于先秦纵横家的"仿效",还受到方士文化的影响。史称刘安深受方士文化熏染,《淮南子·地形训》里的描写就非常铺张:"正土之气也御乎埃天,埃天五百岁生(硋),(硋)五百岁生黄埃,黄埃五百岁生黄澒,黄澒五百岁生黄金……偏土之气御乎清天,清天八百岁生青曾,青曾八百岁生青澒,青澒八百岁生青金,青金八百岁生青龙……"以后还有牝土之气、弱土之气等等的罗列描写。其实那些著名的方士,像李少君的"巧发奇中"之术,齐人少翁的"欲与神通"之术,栾大的"斗棋"之术,无不是在揣摩透了对方的心理后再施行的。为了达到目的,他们的逻辑方式与先秦纵横家可以说是一致的,手法也是同工异曲。我们认为汉赋的"铺张"特点,完全可以在方士文化中寻找到,而这样的影响可以说比先秦纵横家的影响更为直接。

方士文化因汉帝国的强盛而得到了滋长的肥沃土壤,它对于也依附于汉帝国而兴盛的汉赋产生影响,这是很自然的。如果我们把以上提到的比较直观的表层对应现象作为深入考察的基础,可进而发现,方士文化对汉赋还有着深层影响,这就是摆脱楚文化的影响和抵制儒学文艺观的干涉。

第三节 楚地文化与方士文化

论到汉赋,特别是汉初赋的发展,人们总要论及楚辞的影响。将楚地文化与方士文化比较,可以使我们更深入地理解宗教文化对汉赋发展的影响。

楚辞产生于楚地,楚地的神话是宗教性质的文化现象。在汉代人的心目中,"拓宇于楚辞"的汉赋常常是和楚辞作为一种文体看待的,班固《汉书·艺

---

[1] 龚克昌:《汉赋研究》,山东文艺出版社,1990年,第321页。

文志》就是把屈原、宋玉等人的楚辞作品与枚乘、司马相如等人的汉赋作品并列在一起。有些汉赋作品与楚辞作品也很相像,清人刘熙载在《艺概》里这样认为:"长卿《大人赋》出于《远游》,《长门赋》出于《山鬼》……枚乘《七发》出于宋玉《招魂》。"(《艺概·赋概》)虽然汉赋是否源于楚辞尚有待进一步的论证,但楚辞对汉赋的影响巨大却是事实。唯其巨大,这样的影响对汉赋的产生是有利的,但对汉赋作为一种新的文体的成熟及其繁荣却是不利的,摆脱这样的影响是汉赋兴盛所必须具有的条件。

我们认为,楚辞是在楚文化土壤上结出的艺术硕果,它的成功依赖于这样的土壤。而在汉代,楚文化所处的境况是:第一,楚文化是建立在诸侯国政治历史背景上的文化,相对于统一大帝国来说,它有着明显的偏于一隅的狭隘性。《离骚》就透露出这一点,诗人极力夸耀自己的家世和出身,不惜以巨大篇幅。陈钟凡《中国韵文通论》论及楚国文化这一特点时就说:"地险流急,人民生性狭隘,其爱乡爱国之念,固执不化,万折必东。"[1]这话虽不甚全面,但也颇能说明问题。第二,虽然楚地山川秀美,物产丰富,而且汉代有许多重要人物出自楚地,但随着政治的统一,楚文化在一般人的心目中开始不再占有重要地位,人们欣赏的是汉帝国的地大物博,瞩目的是源远流长的中原文化,《上林赋》里就有一细节描写。在子虚"对以云梦之事"后,乌有先生毫不客气地说:齐地园林"吞若云梦者八九于其胸中,曾不蒂芥"!语虽"不知忌讳",却也流露出了对楚文化的贬斥。

与楚文化相比,方士文化有着这样的特点:其一,当时政治文化的中心在北方,而那里也正是方士文化产生的土壤和活动的主要场所,这使它在统一大帝国文化中先天营养很好,如在汉初黄老盛行之时,其他学派或受冷落或遭贬抑,而方士文化却仍被帝王所重视,汉文帝与贾谊交谈,"不问苍生问鬼神",说的就是这一点。方士文化能在当时的封禅等活动中表现得那样应付自如,也正是这个缘故。其二,方士文化已不再是原始宗教气味浓郁的宗教文化,而是人们有意识的宗教文化。这就更有利于为统治者服务,方士与儒生的勾结就是这一倾向的表现。这一背景,也促进了方士地位的巩固。第三,方士文化最早产生于齐地,而齐楚同宗,两国在战国时期关系又很密切,这就使得方士文化与楚文化不易发生冲突,甚至还会有许多互融。所以,方士文化更适合汉帝国。有学者指出:"在秦汉统一之后,尤其是汉武帝'罢黜

---

[1] 陈钟凡:《中国韵文通论》,上海书店,1990年,第27页。

百家,独尊儒术'之后,楚文化却渐渐消退。"[1]我们认为,这一消退在汉赋的发展趋于成熟之际,使方士文化有了取而代之的可能。

对汉赋来说,从骚体赋发展到汉大赋的赋体演变过程,也恰是对楚辞体的最终否定。没有楚文化作为依托,楚辞是形成不了气候的。结合前面已提到的汉赋受方士文化影响的程度,我们可以有进一步的认识。关于《大人赋》,前人有模拟屈原《远游》之说,但《远游》是为抒发自己的感情而作,而《大人赋》是为迎合汉武帝为神为仙而写。正如清人方东树所谓《远游》是屈原"时俗迫厄,沈浊污秽,不足与语,托言己欲轻举远游,脱屣人群,而求与古真人为侣";《大人赋》则是以大人象征天子,他可以"使灵娲鼓琴而舞冯夷""召屏翳诛风伯,刑雨师",因而可以对西王母皬然白首、穴居野处的境况发出"必长生若此而不死兮,虽济万世不足以喜"的感叹。一个是以另外一个世界为理想的寄托,一个是以另外一个世界为游乐园,创作目的明显不同,对题材的处理和表现也不同。从具体文风看,汉赋已是徐缓而非激越的行文,全面细致而非集中突出的描写。刘熙载指出"《楚辞》按之而逾深,汉赋恢之而弥广"(《艺概·赋概》),说的也是这样的变化。

摆脱楚文化是汉赋形成自己风格的一方面,而抵制儒学影响是方士文化促进汉赋兴盛的另一个方面。儒学文艺观在汉代所起的作用,程廷祚《青溪集》是这样概括的:"汉儒言诗,不过美刺二端。"这样的文艺观,对汉赋的发展是不利的。刘勰批评汉赋:"文虽新而有质,色虽糅而有本,此立赋之大体也。然逐末之俦,蔑弃其本;虽读千赋,愈惑体要;遂使繁华损枝,膏腴害骨,无贵风轨,莫益劝戒。"(《文心雕龙·诠赋》)这种态度,也是汉代文人的看法。当时的赋家,自身对汉赋的认识也是从美刺角度出发或扬或抑。《法言·吾子》记扬雄说:"或曰:赋可以讽乎?曰:讽乎!讽则已;不已,吾恐不免于劝也。"从而批评词马相如的赋是"劝而不止",自己也对作赋追悔于雕虫。班固要反驳这种观点,也要从美刺角度出发,《汉书·司马相如传》记:"相如虽多虚辞滥说,然要其归引之节俭,此亦《诗》之风谏何异?扬雄以为靡丽之赋……不已亏乎!"就连最高统治者也是以美刺来为自己喜爱赋作辩护的,《汉书·严朱吾丘主父徐严终王贾传》记汉宣帝说:"辞赋大者与古诗同义,小者辩丽可喜……辞赋比之,尚有仁义风谕,鸟兽草木多闻之观,贤于倡优博弈远矣!"从这些言论可以看出,儒学的美刺文艺观也是左右汉赋评价的文艺观,即使有

---

[1] 葛兆光:《道教与中国文化》,上海人民出版社,1987年,第378页。

人要为汉赋辩护,也得顾及这一点。那么,汉赋在这种不利于文学创作的气氛中又是怎样求得生存和发展的呢?在我们把方士文化引入后,可以看出儒学攻击汉赋的许多方面,正是汉赋与方士文化相同或相似的地方,这或许可以解释上述疑问。

首先,在汉赋的写作内容上,儒学给予猛烈的抨击,"劝百而讽一""曲终而奏雅"都是冠于汉赋之上的常用贬斥之词。刘勰的解释是:"自《七发》以下,作者继踵……观其大抵所归,莫不高谈宫馆,壮语畋猎;穷瑰奇之服馔,极蛊媚之声色;甘意摇骨体,艳词动魂识。虽始之以淫侈,而终之以居正。然讽一劝百,势不自反。"(《文心雕龙·杂文》)而这样的内容,也是方士所鼓吹和实践的。司马迁《史记·封禅书》记载的方士宣传材料可以为证:"此三神山者(海中的蓬莱、方丈、瀛洲三岛——引者注),其传在勃海中,去人不远。盖尝有至者,诸仙人及不死之药皆在焉。其物禽兽尽白,而黄金银为宫阙。未至,望之如云;及到,三神山反居水下。水临之,患且至,则风辄引船而去,终莫能至云。世主莫不甘心焉。"这里有供人玩赏的美丽禽兽,有黄金白银铸造的华丽宫殿,还有不死之药让你永远受用人间富贵。如此渲染超级享受,与汉赋中的描写如出一辙。

其次,在写作手法上,汉赋夸张、虚构的手法是儒学抨击的又一个方面,所谓"虚辞滥说""假象过大""逸辞过壮"等等都是。扬雄批评司马相如的赋:"必推类而言,极丽靡之辞,闳侈巨衍,竞使人不能加也。"为司马相如辩护过的班固也说:"汉兴,枚乘、司马相如,下及扬子云,竞为侈丽闳衍之词,没其风谕之义。"虚构和夸张手法不但是文学创作所具有的特征,而且还是汉赋至关重要的艺术特征。这一点,方士与赋家又一致,而且还是方士的看家本领。《汉书·郊祀志》记栾大对汉武帝说:我的老师告诉他的方术是可以达到"黄金可成,而河决可塞,不死之药可得,仙人可致也"。子虚乌有般地吹牛却又能骗取六印,还娶了卫长公主为妻,与汉赋的"虚辞滥说"相比是有过之而无不及的。可以说,赋家和方士在创作心理上是相通的。

在考察了方士文化与汉赋之间的深层联系后,我们可以看出,汉赋的存在并不是一个孤立的现象,它与方士文化有着许多相似或一致的地方,这些相似和一致,为汉赋的全盛创造了一种好的写作环境,表现出方士文化对汉赋创作的影响。这种影响,前人也已注意到了,刘熙载《艺概·赋概》评论司马相如的赋曰:"相如一切文,皆善于架虚行危。其赋既会造出奇怪,又会撇入之窅冥,所谓'似不从人间来者'此也。"今人英国汉学家大卫·霍克斯也认为《上林赋》的描写是:"这是一种特殊形式的夸张手法,旨在使赋的主题超越世俗环境的拘限,而臻于超自然的神灵的境界。"[1]

思考汉赋的神话气息,自然要涉及汉文化中的楚辞,它们都与神话文化相关。在文体的继承方面,汉赋受楚辞影响最大,在与神话的联系上,更是受到楚辞的巨大影响。运用神话进行创作,对于汉赋来说,楚辞显然是开了其先河,它们之间的承袭关系,前人已做了许多阐述,我们要强调的是它们在神话气息上的区别。

在楚辞那里,屈原是由于激愤而上天巡游,与神交往,场景的转换是以情来串联的,作者之情翻腾起伏却始终不离恋君恋国的情结,使作品具有一气呵成的气势,同时也有一条一气呵成的发展线索。

而在汉赋的创作中,赋家为帝国强盛而兴奋,采撷了自古至今的神话材料来充塞天地,打开越来越大的描写空间。他们以景叠景,时空上的有序被打乱、被浓缩,大幅度的跳跃比比皆是。蕴含于赋家心中的不自觉的创作力,使他们不由自主神笔飞扬。这时的"罗列叠积",常常使人不可理解,作品中的描写也表现出琐碎、重复。

再者,屈原的创作,个性色彩非常强烈,诗人为自己的身世而自豪,为自己的智慧和坚贞而自信,为自己的不幸遭遇而伤心,为自己不能再为祖国效忠而忧虑。个人的色彩、个人的意志始终占有主导地位,起着决定作用。而汉代赋家,他们为大帝国出力而喜悦、而忧虑,个人的意志几乎看不见,他们表现出来的更多是共性,神话气息吹拂的是大帝国的雄风。

因此,从汉赋的这些特点看,楚辞比汉赋更接近于先民创作的神话。就神话气息而言,在大帝国神话氛围中产生的汉赋,要浓郁于楚辞。

概言之,方士文化与汉赋兴盛存在着不可忽视的相关性。我们可以这样认为:汉赋与方士文化同在西汉中叶兴盛,两者之间存在着许多联系。从文学发展角度看,方士文化对汉赋的兴盛有影响,起了一种促进的作用。方士文化在汉赋兴盛时也处于兴盛状态,两者相似的地方很多,它们都依附于大汉帝国的赫赫声威,兴盛于斯,存在于斯。不同的是,方士进行的创作是有意识的,他们利用编造神秘的故事、诱人的传说来进行欺骗,目的、手段和结果都是一致的。而赋家则不同,他们创作的目的是歌颂、是讽谏,行文中"罗列叠积"的做法,并不是有意追求劝百讽一的结果。目的、手段和结果,即使不

---

[1] 大卫·霍克斯:《神女之探寻》,《古典文学知识》,1986 年第 6 期。

是南辕北辙,也是有很大偏差的。赋家是在不自觉地写神话,却又是在自觉地追求这样的艺术效果。正是在这一点上,他们才留下了许多让人茫然不解、产生歧义的问题。

在汉赋的具体创作过程中,方士与赋家也存在着很大差别。方士行欺骗之术,要想取得成功,所以要处处表现出真实可信,即使是"敢为大言"的栾大,也要先玩一下斗棋,"上(指武帝——引者注)使验小方"后再行骗。而赋家则不同,他们并不刻意从现实生活中去寻找真实可信的依据,关心的只是能够渲染出气氛的材料,所以他们的手法更加灵活,涉及的范围更加广泛,所谓"辞人之赋丽以淫"(扬雄语)。因此,方士活动处处追求真实效果,却又处处是假;而"虚辞滥说"的赋家,最终还是在向艺术真实方面靠近,即通过汉赋的大结构反映汉帝国的强大繁荣。

楚辞、方士文化和汉赋有区别,但它们都与神话相关,它们之间的相互影响对汉赋的发展是有益的。楚辞的影响,历代治赋者都有论述,方士文化的影响,过去人们注意较少。其实,这一影响是非常大的。如果说楚辞是为汉赋提供了一个可供借鉴的艺术世界的话,方士文化提供的却是一个在现实生活中可感受到的充满神秘色彩的艺术世界。方士鼓吹神奇诡谲的故事,不停地营造神秘氛围,也可以为赋家提供物象,起到活跃思路的作用。《大人赋》里"邪绝少阳而登太阴兮,与真人乎相求"的情节,在方士编造的神异故事中可以找到很多与之相似的情节。

第四节 秦汉方士与秦汉文学

两汉的宗教文化中,方士文化最具有全民性,上至帝王,下至百姓,都是方术的热衷者。这样一种宗教文化,不仅对汉赋有影响,对整个两汉文学也应当有着不可忽视的影响。我们从秦汉文学的角度来思考汉赋发展,应当有更加全面而清晰的认识。

秦汉时期,是封建迷信盛行的时代,当时的许多社会政治活动,如帝王的封禅、皇位的篡夺和农民起义的发动等,都与迷信有所联系。在一系列的迷信事件中,方士的活动引人注目,并对秦汉文学的发展有一定影响。

方士是我国封建社会里的一个特殊现象,是"我国古代好讲神仙方术的人"。其起源于战国燕、齐一带近海地区,秦汉时最盛。秦始皇统一全国后,方士开始成为一支很活跃的政治势力,秦始皇称"真人"和"坑儒"事件,就都与当时活跃的燕国方士卢生相关。《史记·秦始皇本纪》记：卢生说始皇曰："臣等求芝奇药仙者常弗遇，类物有害之者。方中，人主时为微行以辟恶鬼，恶鬼辟，真人至。人主所居而人臣知之，则害于神。真人者，入水不濡，入火不爇，陵云气，与天地久长。今上治天下，未能恬惔。原上所居宫毋令人知，然后不死之药殆可得也。"于是始皇曰："吾慕真人，自谓'真人'，不称'朕'。"又记卢生等方士不灵后逃走："始皇闻亡，乃大怒曰：'吾前收天下书不中用者尽去之。悉召文学方术士甚众，欲以兴太平，方士欲练以求奇药。今闻韩众去不报，徐巿等费以巨万计，终不得药，徒奸利相告日闻。卢生等吾尊赐之甚厚，今乃诽谤我，以重吾不德也。诸生在咸阳者，吾使人廉问，或为訞言以乱黔首。'于是使御史悉案问诸生，诸生传相告引，乃自除，犯禁者四百六十余人，皆坑之咸阳，使天下知之，以惩后。益发谪徙边。"两汉时期，方士仍然是活跃的群体。汉武帝时，方士的活动更达到高潮，甚至出现了"齐人之上疏言神怪奇方者以万数"（司马迁语）的现象。

由于方士有着很大的政治势力，他们也成了秦汉时期其他宗教活动的实际操纵者。汉武帝封禅过程中，方士始终积极参加。《史记·孝武本纪》记：封禅前，"上念诸儒及方士言封禅人人殊，不经，难施行"。封禅后，"天子既已封禅泰山，既无风雨灾，而方士更言蓬莱诸神山若将可得，于是上欣然庶几遇之，乃复东至海上望，冀遇蓬莱焉"。秦汉时期的阴阳五行、谶纬等活动常常也是方士所为，如秦始皇时的"亡秦者胡也"之图谶，就是方士所搞的。司马迁《史记·秦始皇本纪》记："燕人卢生使入海还，以鬼神事，因奏录图书，曰'亡秦者胡也'。始皇乃使将军蒙恬发兵三十万人北击胡，略取河南地。"从一些具体行为的内容看，方士与其他宗教活动也大体相同。《后汉书·光武帝纪》载，王莽末年，望气者苏伯阿路过刘秀故乡南阳时，看见了"天子气"，他说："气佳哉！郁郁葱葱然！"后来，"宛人李通等以图谶说光武云：'刘氏复起，李氏为辅'"。在刘秀复汉的活动中，方士的望气和谶纬的图谶可谓异曲同工了。

傅勤家《中国道教史》认为，秦汉时的一切占（卜）星纬之法皆并入道教之中，而"其门类之纷歧，盖不可胜计，然皆由秦、汉方士汇集而来。今之道藏，亦莫能外是耳"[1]。他的观点是把方士看成当时宗教迷信的集大成者。顾颉刚更是把方士作为能与儒生并列的另一类知识分子看待，写了专著《秦汉

---

[1] 傅勤家：《中国道教史》，湖南大学出版社，2014年，第54页。

的方士与儒生》一书。他认为:"研究的结果,使我明白儒生和方士的结合是造成两汉经学的主因。"[1]所以,我们有理由把方士看作秦汉时期从事宗教活动的主要成员,进而探讨他们对秦汉文学的影响。

第一,表层结构认识。

首先,秦汉文学的作者队伍。这一时期的作品,许多都出自与方士活动相关的文人手中,甚至直接就是方士所为。如《淮南子》的许多撰稿人就是刘氏所网罗的方士,刘本人也是以"好道"著称。另一个汉代大文学家刘向,著有《九叹》等辞赋33篇和《新序》《说苑》《列女传》等作品。相传志怪小说集《列仙传》也是他所编著。《汉书》记载,刘向也是一个方术的热衷者,他曾做过一个美妙的黄金梦,并从父亲那里得到一本秘书:"言神仙使鬼物为金之术,及邹衍重道延命方……更生(即刘向——引者注)幼而读诵,以为奇,献之,言黄金可成。"(《汉书·刘向传》)

其次,方士活动成为重要题材。以往研究两汉传记文学,学者们习惯于从政治学和社会学的角度来阐述作品所具有的思想内容,对文学性的分析也集中于思想性较强的篇章,而忽视了方士的活动成为这一时期文学作品的一种题材的重要现象。实际上,这类作品常常表现出强烈的文学性。方士引起秦始皇"坑儒"的过程,司马迁就描述得有声有色而且惊心动魄。《汉书》对一些方士活动的描写也大大增强了作品中的文学色彩。《汉书·郊祀志》记:汉武帝杀了刚刚封为文成将军的骗子方士少翁后,却又"悔其方不尽"。正在这时,乐成侯上书推荐方士栾大。此人曾与少翁同师,"为人长美,言多方略,而敢为大言,处之不疑"。他对汉武帝说:"臣常往来海中,见安期、羡门之属,顾以臣为贱,不信臣。又以为康王(汉胶东王——引者注)诸侯耳,不足与方。臣数以言康王,康王又不用臣。臣之师曰:'黄金可成,而河决可塞,不死之药可得,仙人可致也。'然臣恐效文成,则方士皆掩口,恶敢言方哉!"汉武帝不承认自己有过错,表态说:"文成食马肝死耳。子诚能修其方,我何爱乎!"君臣的一问一答,表现了栾大夸夸其谈而又颇具心计,武帝在狡猾的推诿中流露出焦急和蛮横。这以后栾大欺骗得逞,数月得六印,还娶了卫长公主为妻子。整个故事完整,情节曲折有趣,人物言谈更是惟妙惟肖。

再次,方士活动提供物象。在抒情性诗歌里,方士的影响更加普遍,主要表现在物象的选择上。方士眼里的神仙世界是虚幻的,可以不受现实的制约

---

[1] 顾颉刚:《秦汉的方士与儒生》,上海古籍出版社,2005年,序。

而任意想象。他们说渤海之中有蓬莱、方丈、瀛洲三座神山,"诸仙人及不死之药皆在焉。其物禽兽尽白,而黄金银为宫阙",但是"未至,望之如云;及到,三神山反居水下。水临之,患且至,则风辄引船而去,终莫能至云"(《史记·封禅书》)。这样的想象对诗歌作者来说是非常乐于接受的,于是方士编造的许多神域仙境出现在诗歌作品中。淮南王刘安《八公操》就使用了许多为方士所宣传的材料:"煌煌上天照下土兮,知我好道公来下兮。公将与余生毛羽兮,超腾青云蹈梁甫兮。观见瑶光过北斗兮,驰乘风云使玉女兮。含精吐气嚼芝草兮,悠悠将将天相保兮。"(郭茂倩《乐府诗集·琴曲歌辞》)当然,物象的移植中也包含着诗人的再创作。

最后,方士活动影响体裁。进一步观察,方士的活动对秦汉时一些文学体裁的形成、演变都有着一定的影响。张衡《西京赋》记载了几个优秀的角觝节目,从描写看,其内容与方士的宣传颇为相似,如《总会仙倡》的表演:"女娥坐而长歌,声清畅而蜲蛇;洪涯立而指麾,被毛羽之襳襹。"女娥、洪涯都是仙人,她们在戏里都能"云起雪飞"般的跳舞。《文选》薛综注:"仙倡,伪作假形,谓如神也。"这已是非常戏剧化了。方士的一些吞刀吐火的杂技性的表演,对戏剧的舞台动作设计的影响也是显而易见的。

小说的兴起也受方士的影响,虽然有关小说的作者、成书年代还没有最后弄清楚,但像《穆天子传》《燕丹子》《神异记》《列仙传》等等志怪小说都托名汉人所著,良非偶然,认为它们初成于两汉是不无道理的。

还有一个被人们忽视的现象是:汉代文学的代表文体——汉赋的形成和演变,亦受着方士活动的极大影响。限于篇幅,我们难以就此深入展开,但考虑到楚辞与楚地巫术文化的密切关系,楚辞向汉大赋的转变中有几点是明显的。

其一,秦汉大帝国建立后,尤其是汉武帝"罢黜百家,独尊儒术"之后,楚文化逐渐消退。但在另一方面,在中原文化入主朝廷的同时,以齐、燕神仙家学说为代表的沿海文化也同时获得了大发展,方士取代了巫觋,在宗教迷信领域里大肆活动,并常与中原文化的推进者儒生或分庭抗礼,或互相勾结,打成一片。顾颉刚指出:"试问汉武帝以后为什么不多见方士了?原来儒生们已尽量方士化,方士们为要取得政治权力已相率归到儒生的队里来了。"[1]这种情况的出现,必然要影响到楚辞的写作队伍,使这一文体发生变化。

---

[1] 顾颉刚:《秦汉的方士与儒生》,群众出版社,1955年,序。

其二，由于皇权的扶持，方士的活动规模越来越大，内容也日趋严密完整。"明年，齐人少翁以方见上。上有所幸李夫人，夫人卒，少翁以方盖夜致夫人及灶鬼之貌云。天子自帷中望见焉。乃拜少翁为文成将军……乃作画云气车，及各以胜日驾车辟恶鬼。又作甘泉宫，中为台室，画天地泰一诸鬼神，而置祭具以致天神"（《汉书·郊祀志》）。这些做法与汉大赋大结构和图案化的特征是一致的。司马相如《上林赋》写天子郊猎的仪式、声威，已是一幅上下四方塞得满满的大规模行猎图。当写到天子猎归时，更是极尽夸张之能事，将古今、四方的舞蹈都囊括到一个特定的时空范围内。扬雄的《甘泉赋》，干脆把方士的活动中心甘泉宫作为描写对象。

其三，方士的活动既提供了大量的神奇诡谲物象，同时在创作精神上也影响到汉赋家的写作。想象、虚构、夸张是方士的看家本领，而这也正是汉赋所具有的特色。挚虞《文章流别论》就明确指出汉赋："假象过大，则与类相远；逸辞过壮，则与事相违。"所以，我们认为方士的活动是汉大赋形成和演变的一个重要因素。过去我们谈大一统帝国赫赫国威对汉赋发展的影响时，不谈宗教迷信，特别是方士的影响，或是只谈其消极作用而不谈其积极作用显然是偏颇的。

第二，深层结构认识。

在对秦汉文学进行粗略的巡视后，我们面临着这样一个问题：为什么方士的活动会与文人的创作活动有这样一些对应的现象呢？这就必须把对这些文化现象的讨论，由表层现象的发现、整理，推至更深一层的结构上，找出现象的内在含义，找出两者的联系的内在必然性。

其一，关于秦汉方士产生的土壤。

傅勤家是这样分析秦汉方士兴起的历史环境："楚国对于仙人之说，已极烂漫之至。而齐、燕方士，尤播传于北方，此其何故与？战国诸王，贵极富溢，所不足者，长生不老，升为神仙耳。然欲使彼等效呼吸引申静坐默想之功，决所不耐。方士乃迎合之，为之求仙及长生药，使可不劳而获成仙。此彼辈之所甘心，不惜耗人民之脂膏金钱，供方士之用者也。"[1]其实，长生不老等想法，不是帝王诸侯才有，老百姓也有，所以方士不是产生于宫廷之上而是来自民间。现实的世界虽不尽如人意，可又那么使人眷念，人们不免好生恶死，有企求延长生命的愿望。此其一。如果生命不能延长，那

---

[1] 傅勤家：《中国道教史》，湖南大学出版社，2014年，第48页。

么就求活得更加美好。此其二。这两种生存意识都促使人们容易想象出一个更加美好的虚幻世界。现实世界与虚幻世界的反差为方士提供了施展骗术的可能,他们强化反差,诱发对反差的虚无感触,于是就有了方术等宗教迷信活动。

其二,方士与文人的境界同构。

历来文人学士也有着一个与现实世界有一定距离的世界存在于他们心目中,那也是一个更加美好的世界,它被封建知识分子的入世思想所强化,具有现实的崇高性,"美政"就是因此而产生的名词。

方士所虚构的世界是非理性的,文人所虚构的世界是以理性为主的。如果说,方士虚构世界是为诱引人们前去移居的话,文人虚构世界则主要是为了改造现实而设立的,这两个世界是不同质的。但是,它们都是一个比现实世界更加美好的世界。于是,它们有了合二为一的基础,可以同存于一个结构之中。正是这种同构情况的出现,方士与文人、方士活动与文人创作才发生了互融关系。这个结论,我们可以从文人的创作与方士的活动在物象的选择上有那么多的一致而得到证明,同时也可以帮助我们理解许多作品使后人在认识上产生分歧的原因。

比如,关于汉赋代表作家司马相如《大人赋》的写作,《史纪·司马相如列传》的解释就有出入:"相如见上(汉武帝——引者注)好仙道,因曰:上林之事未足美也,尚有靡者。臣尝为《大人赋》,未就,请具而奏之。"从字面上看,献赋是为了满足汉武帝的好仙欲望。但司马迁又写道:"相如以为列仙之传居山泽间,形容甚癯,此非帝王之仙意也,乃遂就《大人赋》。"这说明相如写赋是有意用来亵渎贬抑神仙的,认为神仙还不如我大人本人。可结果又有了矛盾。武帝读后,"飘飘有凌云之气,似游天地之间意"。《大人赋》起了一种助长作用。

又如,汉代的角抵戏《东海黄公》,葛洪记:"有东海人黄公,少时为术,能制蛇御虎,佩赤金刀,以绛缯束发,立兴云雾,坐成山河。及衰老,气力羸惫,饮酒过度,不能复行其术。秦末,有白虎见于东海,黄公乃以赤刀往厌之。术既不行,遂为虎所杀。三辅人俗用以为戏,汉帝亦取以为角抵之戏焉。"(《西京杂记》)对表现这内容的戏,以往认为是讽刺巫师术士的诈骗,影射汉武帝迷信方术神仙,追求长生之术,搞得民不聊生。可是也有人认为,此戏不是对方士神仙的否定,而是将方术神仙的神异与人生衰老的现象相比照,展示法术无法抗拒年老的生命规律和嗜酒的人生欲望。

这两个例子说明,汉赋作品的写作,或因方士的活动而引起,或涉及方士活动的内容,这是赋家与方士比较明确的联系。当然,赋家的态度还是一个需要推敲的问题。然而,我们深入分析作品的主要内容后不难发现,作者毫不吝啬地大量使用赞美之词,透露出他们与方士一样,对神仙生活和黄公本领所代表的美好事物的向往。两汉,全民信仰长生之道,赋家陷于其中也是正常。但是,赋家的理性又使他们对一些不切实际的想法和做法给予批评,其中自然要流露出他们思想上的矛盾。因此,我们认为对作品的不同认识,更深刻地表现出同构的存在,方士与文人在深层结构上的互融是在矛盾中实现和表现的。汉赋写作中曾出现的曲终而奏雅的矛盾反倒使大赋愈演愈烈的情况就是最有力的证明。自然,这也使作品表现出更加丰富的色彩。

其三,方士与文人对生命的同感。

同构现象的存在,使我们明白方士对文人创作发生作用的可能性。在我们注意到作品中表现出来的作者的生命观时,这种可能性往往体现了必然性。忧患生命的存在,一直是人类心灵上的一大阴影,西方心理学家荣格称之为"沉睡着的人类共同的原始意象"。这个意象是任何生活于现实世界的人所不能回避的。文人也好,方士也好,他们构筑另一个世界的目的都要归结到这一点:企图对生命有所超越。简单地区分,文人的超越是为了实现生命的社会价值,方士的超越是为了实现生命的自我价值。超生是不可能的,但为一种非理性的精神所围绕、吞没、融化后,却表现出了一种实用功能。正是这种实用功能的作用,缩短甚至填平了两个人价值之间的差距,使方士的思想能够在深层意识上影响到文人的思想,影响到他们的创作,影响到当时的文学面貌。汉广陵王刘胥诗:"欲久生兮无终,长不乐兮安穷!奉天期兮不得须臾,千里马兮驻待路。黄泉下兮幽深,人生要死,何为苦心!何用为乐心所喜。出入无惊为乐亟。蒿里召兮郭门阅。死不得取代庸,身自逝。"《汉书》又记:"昭帝时,胥见上年少无子,有觊欲心……迎女巫李女须,使下神祝诅。"(《汉书·武五子传》)汉宣帝时事发,胥便在惶惶之中写下这首诗,激起他创作的是对长生无望的恐惧。汉代刘向,首"坐罪,赎减死";再"以忤弘恭、石显下狱";再"寻为中郎,复下狱免为庶人"。他的《九叹》云:"譬王侨之乘云兮,载赤霄而凌太清。欲与天地参寿兮,与日月而比荣。登昆仑而北首兮,悉灵圉而来谒。"诗人表现了自己生的苦楚和无为的感叹,激起他创作的还是对生命的看法。这样的情况很像生物学家赫胥黎在《进化论与伦理学》里所说:

"发现一种'自行其是'与'自我约束'之间……的中庸之道。"[1]不可否认,方士对生命的看法有时比文人来得自觉、来得深刻,这就使得文人在创作时有了可借用的神奇瑰丽意象,往往还由此激荡起自己的想象力,翩翩浮想于天上人间,使他们的文学创作表现出一定的自觉性。明人胡应麟评论前秦方士王嘉的志怪小说《拾遗记》时说:"中所记无一事实者,皇娥等歌,浮艳浅薄,然词人往往用之,以境界相近故。"[2]方士对文人创作发生影响,不也是一个"以境界相近故"的创作现象吗?

当然,宗教文化在任何一个朝代都存在,任何一个朝代的文人也不会没有自己的理想世界。然而,大有席卷之势的方士活动与文人的创作沟通于文学还没有完全独立的时期,则表现出了不同寻常的意义。紧接着秦汉文学的建安文学,在我国文学史上有着极高的地位,被鲁迅誉为文学的自觉时代。目前许多学者论述这一点时,往往都是把时人对生命的珍惜作为自觉的重要标志。曹操是这一时代开风气的人,他的诗歌创作表现出了这一点。《精列》道出苦衷:"厥初生,造化之陶物,莫不有终期。莫不有终期,圣贤不能免,何为怀此忧?"《陌上桑》里希望:"寿如南山不忘愆。"连对自己功名事业的追求,也是由对生命短促的认识而缘起的。"对酒当歌,人生几何?"已是脍炙人口的诗句。可是,这样的想法及其文学表达,汉代已有之。且不说我们已论述过的刘胥、刘向的创作,以及被刘勰赞为"五言之冠冕"的东汉末年的《古诗十九首》里的大量的"生年不满百"的吟咏,汉武帝刘彻也以帝王身份作诗多次表达这样的思想。《秋风辞》:"秋风起兮白云飞,草木黄落兮雁南归……欢乐极兮哀情多。少壮几时兮奈老何!"《思奉车子侯歌》:"皇天兮无慧,至人逝兮仙乡。天路远兮无期,不觉涕下兮沾裳。"读曹、刘两人的诗,我们不难体会到他们对生命所持的态度和抒情的方式是十分相似的。如果说对生命的珍惜启发或促进了文学的自觉,那么,我们为什么不能认识到这样的自觉是滥觞于秦汉时期呢?我们不仅可以把文学自觉的时间上推几百年,而且从中可以看出方士对文学所产生的影响和意义。值得注意的是,在方士活动最盛之时,都有着一段文学创作的繁荣期。汉武帝、汉宣帝的身边就各有着一支人数众多的辞赋家队伍,其规模并不逊色于曹氏父子领导的邺下文人集团。

---

[1] 赫胥黎:《进化论与伦理学》,北京大学出版社,2010年,第32页。
[2] 胡应麟:《少室山房笔丛》,上海书店出版社,2001年,第105页。

李泽厚认为：秦汉思想以往在海内外远遭贬低或漠视，但是，"恰好相反，以阴阳五行来建构系统论宇宙图式为其特色的秦汉思想，是中国哲学发展的重要新阶段。正如秦汉在事功、疆域和物质文明上为统一国家和中华民族奠定了稳固基础一样，秦汉思想在构成中国的文化心理结构方面起到了几乎同样的作用"[1]。我们讨论秦汉方士与文学的关系，正是要在我国古代文学史的范围内进行同样性质的反思，在我们重视古典文学光彩夺目的成就时，也应了解秦汉文学在这方面的历史内容。

---

[1] 李泽厚：《中国古代思想史论》，复旦大学出版社，2013年，第105页。

第九章

两汉地理文化与汉赋

在汉赋文化的研究成果中,地理文化是一个受到关注的领域,传统理论对汉赋"苞括宇宙"的描写一直充满热情,当代新理论也对汉赋以大为美的创作特征表现出极大热情。从汉赋作品看,汉代赋家自己也对描写地理现象有着普遍的热情。司马相如因为创作《子虚赋》而被汉武帝召见,再作《上林赋》。他这样表达两篇大赋之间的不同:"且夫齐、楚之事又乌足道乎!君未睹夫巨丽也,独不闻天子之上林乎?左苍梧,右西极,丹水更其南,紫渊径其北。终始灞浐,出入泾渭,酆镐潦潏,纡余委蛇,经营乎其内。荡荡乎八川分流,相背异态。"帝国与藩国的视野大不一样,地理面貌就已经不可同日而言。两汉的地理文化与汉赋之间的相关性,显然是研究汉赋的一个重要领域。

第一节 赋家分布带来的地理文化认识

汉初,大多数赋家分布在藩国中,这个时代背景下的创作状态与汉武帝之后的创作状态显然有所不同,心境不一样,视野也不一样。这些不一样的创作状态是汉赋创作阶段性的体现,也体现了地理文化的影响。

第一,汉代的赋家分布。

在地理文化影响汉赋的讨论中,赋家的地域分布受到关注,这是地理文化影响的一个表层指标,可以直接说明赋家创作上受到的客观影响。从目前的文献看,汉代的赋家地域分布情况没有直接的文献材料,需要通过一些相关的间接材料来统计。

其一,汉赋作品集方面的成果是赋家分布统计的一个来源。张建伟、王静通过《全汉赋》的材料有如下的统计结果,并有一个初步认识:"根据《全汉赋》等文献统计,三辅、河洛、齐鲁、江南四个文化区汉赋作家人数较多,均在15人以上;汉赋作家分布较多的文化区是:三辅文化区(20人)、齐鲁文化区(17人)、河洛文化区(17人)、江南文化区(16人)、荆楚文化区(14人)、幽并文化区(12人)。汉赋作家分布较少的文化区是:巴蜀文化区(4人)、河西文化区(5人)。需要特别指出的是,尽管巴蜀文化区只有4位汉赋作家,但是其中包括了司马相如、扬雄、王褒这样成就卓著的大家,他们的影响力不容小觑。"[1]

其二,汉赋创作中心的认识是赋家分布统计的一个来源。刘彦青以《史记》和《汉书》为对象,做了相关统计。虽然《史记》和《汉书》的材料有局限,但目前这两套史书是汉代在汉赋作品保留方面贡献最大的文献,同时史书体例上的严谨也保证了汉赋作品的真实,更加接近原貌。因此,这样的统计还是有说服力的。具体的统计和描述如下:

> 《史记》和《汉书》记录了西汉辞赋创作群体发展状况,这些创作群体包括:
> 1. 以吴王刘濞为中心的辞赋创作群体,知名的赋家包括严忌、枚乘。
> 2. 以梁孝王为中心的辞赋创作群体,包括赋家羊胜、公孙诡、邹阳、枚乘、严忌、司马相如。
> 3. 以淮南王为中心的辞赋创作群体。
> 4. 以长沙王为中心的辞赋创作群体。

我们在此关注的是这些材料揭示了一个文学上重要的现象——文人迁徙。我们知道文人的迁徙对其文学作品会产生重要影响。不同地域文化政策、文化传统,不同文学群体的交流与融合会影响到文学的创作。通过这些材料我们可以认识到,汉初(武帝之前的时代)辞赋创作最为繁盛的是吴国和梁国,尤其是梁孝王时期的梁国是继吴王刘濞之后,

---

[1] 张建伟、王静:《论汉赋作家的地理分布》,《太原师范学院学报(社会科学版)》,2018年第3期。

汉代辞赋创作最为繁荣的地区。因吴王刘濞的叛乱使得吴国辞赋群体中的优秀赋家邹阳、枚乘、严忌由吴到梁,这是诸侯国之间的迁徙。与此相对,还有一条线索是由中央到诸侯国的迁徙,即景帝时期司马相如由中央客游到梁。这样在梁国就囊括了从中央到梁的蜀人司马相如和从吴到梁的齐人邹阳、淮阴枚乘、吴严忌这些优秀赋家,不同文化背景与不同的创作方法的交流下,便出现了《子虚赋》这样的优秀赋篇。[1]

其三,赋家群方面的文献是赋家分布统计的一个来源。这方面的文献材料不多,但也可以提供一些数据。班固《两都赋序》就有这方面的材料:"故言语侍从之臣,若司马相如、虞丘寿王、东方朔、枚皋、王褒、刘向之属,朝夕论思,日月献纳。而公卿大臣御史大夫倪宽、太常孔臧、大中大夫董仲舒、宗正刘德、太子太傅萧望之等,时时间作。"当代学者对藩国方面的赋家群有这样的描述:"自西汉建立至武帝中期,除'淮南王群臣'这一语焉不详的记载外,共有12位门客或者曾经有过门客经历的人进行过文学创作。作品主要分为辞赋、散文两大类。这12人,主要来自巴蜀(司马相如)、荆楚(陆贾、枚乘、严忌、枚皋)、齐鲁(邹阳、公孙诡、羊胜、主父偃)以及燕赵(蒯通)之地,而又主要分布在吴(枚乘、邹阳、严忌)、梁(枚乘、邹阳、严忌、公孙诡、羊胜)、长安(司马相如、枚皋、主父偃)地带。门客在地域来源和地域分布上不平衡,正是在一定程度上受到了地域文化的影响。"[2]

第二,门客创作体现地理文化影响。

汉初的赋家大多数分布于藩国,这个状态也是地理文化的一个方面。门客创作有阶段性,对汉赋发展的影响主要集中于西汉初。

门客聚集于藩国君主身边,这是一种特殊的地理环境,在中央政府没有能力或不关心辞赋创作的时候,这样的地理环境对辞赋创作有着极大的支持。这是一种特殊的存在生态,是门客文化与地理文化的集合,推动了汉初辞赋的发展。蒲兵认为:"秦末汉初是门客自春秋战国后第二个活动频繁的时代,他们仰仗自己的智谋在乱世、藩国为人主提供服务,并以之达到自己利益的满足。为了维护统治的稳定,汉初实行郡国并行制,这为门客的生存发展提供了基础。然而,随着中央政权日趋强盛,对藩国的芥蒂心理也越来越

---

[1] 刘彦青:《汉代史传文学在汉赋经典化过程中的作用——以〈史记〉〈汉书〉为中心》,《云南师范大学学报(哲学社会科学版)》,2016年第2期。
[2] 蒲兵:《汉初门客文学研究》,陕西师范大学2016年硕士学位论文,第27页。

强。七国之乱后,中央加快了削藩、弱藩的步伐,门客的生存基础也随之被瓦解。同时,为了引导门客在内的士人有序流动,中央制定'左官律'和'附益法',门客在藩国的活动被限制。在削藩、弱藩的过程中,有远见的门客已经预见到大一统趋势的不可逆,因此,在有意无意中,门客群体开始转型。门客属于士人的一部分,受到汉初社会环境、诸侯王门主及门客自身特质等因素的多重影响,文士是他们转型的主要方向,而文学创作则是转为文士的主要方式和表现。"[1]

魏红星的博士学位论文《汉初藩国文化与文学研究》,对汉初的门客创作有一个全面的认识。

其一,汉初门客的创作语境认识。

汉初,从事辞赋创作的门客集中于几个鼓励文学创作的藩国,并因此形成了几个辞赋创作中心。魏红星这样划分创作中心:"汉初很长的一段时间内,文化发展的中心不在宫廷,而在地方藩国。汉初藩国文化形成了南北两大中心,北方文化中心是楚元王刘交之楚国和河间献王刘德之河间国,南方文化中心是淮南王刘安之淮南国。"

他对这几个创作中心的辞赋创作有这样的描述:"汉初藩王虽未产生自觉的文学意识,但往往习惯于将文学作品的生产和传播当作一种重要的日常生活方式,淮南王刘安和梁孝王刘武便是如此。刘安和刘武有意识地组织文士进行文学创作,并为文士的创作活动提供了良好条件,从而成为汉初藩国文学发展的重要推动力。淮南国文学以作赋为主,赋作数量极多,然而留存至今的很少。吴国文学作品见于文献记载的主要是策士之文,重要作家有邹阳、枚乘和严忌。相对于吴国文学和淮南国文学而言,梁国文学不仅文体多样,而且作品数量多,整体质量高,而且还出现了枚乘和司马相如这样彪炳千秋的经典作家。梁国文学代表了汉初藩国文学的最高成就。"[2]

其二,描述了几个主要创作中心的创作活动和影响。

首先,汉初楚国和河间国的醇儒之学。楚元王刘交在位期间,楚国的醇儒之学主要以《诗经》的传授为中心;河间献王刘德在位期间,河间国的醇儒之学主要以先秦儒家六艺的搜集、整理和传授为中心,并且形成了"修学好

---

[1] 蒲兵:《汉初门客文学研究》,陕西师范大学2016年硕士学位论文,第65页。
[2] 魏红星:《汉初藩国文化与文学研究》,河北师范大学2018年博士学位论文,第118-119页。

古,实事求是"的良好学风。楚元王刘交醇儒学术团体和河间献王刘德醇儒学术团体是汉初两个著名的传承先秦儒学的学术团体,对后世产生了深远的影响。

其次,汉初淮南国的道家之学和文学。淮南国是汉初颇有名气的道家学术中心和文学活动热点地区。淮南国两代国君刘长和刘安均遭遇悲剧性的人生命运,这对于淮南国道家之学和文学的发展有着直接和间接的影响。《淮南子》是淮南国道家之学发展的结晶,传承了先秦黄老之学以道治国的思想和先秦庄学超越生存焦虑的策略。以刘安为首的淮南国文士团体的文学创作以作赋为主,刘安的《离骚传》使屈原第一次成为中国文学批评史的重要对象,这是刘安对于中国文学和文化的重大贡献。

最后,汉初吴国和梁国的文学。吴王刘濞和梁孝王刘武为士人群体提供了比较有利的文化环境和文学创作空间。吴国文学的成就主要表现为策士之文的写作。邹阳、枚乘、严忌等著名士人由吴入梁后,梁国文学出现了高度繁荣的景象,在骚体赋、咏物小赋、散体大赋和散文等文体的创作上均有收获。梁孝王刘武文士团体是汉初文学色彩最浓、文学成就最高的藩国文学创作团体,对后世影响极大。[1]

其三,论述了汉初藩国辞赋创作的历史贡献。

一方面,描述了汉初辞赋创作中心形成的合理性。他认为:汉初的政体与士人阶层,为后文论述藩国文化与文学提供一个宏观的历史文化背景。汉初形成的郡国制政体导致了中央政权与地方藩国之间的尖锐矛盾,这种矛盾深刻影响了汉初藩国文化与文学的基本走向。由于郡国制政体的存在,战国时期的纵横风气在汉初士人群体中得以复兴,士阶层内部也由此发生分化,特别是儒士群体内部明显出现了醇儒与纵横之儒的分化,再加上汉武帝前期崛起的贤良之儒,最终汉初儒士群体分化为醇儒、纵横之儒和贤良之儒这三个阶层,并进而影响到汉初藩国文化与文学的基本面貌。

另一方面,描述了汉武帝带来的辞赋创作转变。他认为:汉武帝前期新官方文化文学的兴起与藩国文化文学的衰落之间有高度相关性。为了构建"大一统"的国家思想意识体系,雄才大略的汉武帝采纳了董仲舒"罢黜百家,独尊儒术"的建议,在全国积极推行新儒学,于是汉初颇具影响力的河间国醇

---

〔1〕 魏红星:《汉初藩国文化与文学研究》,河北师范大学2018年博士学位论文,第118—119页。

儒之学和淮南国道家之学开始走向衰落。与此同时,为了构建"大一统"的国家形象传播体系,汉武帝将散体大赋作为有效传播汉帝国"大一统"国家形象的重要工具,而且大力奖掖天下文士以组建宫廷作家群。以散体大赋为创作重心的宫廷文学开始兴起并日益走向繁荣,成为汉帝国新的文学中心,而藩国文学则由此走向衰落。[1]

第二节 创作风格体现的地理文化影响

汉赋风格与地理文化的相关性,前人已经关注到。明代王世贞《艺苑卮言》就有这样的观点:"作赋之法,已尽长卿数语,大抵须包蓄千古之材,牢笼宇宙之态。其变幻之极,如沧溟开晦;绚烂之至,如霞锦照灼;然后徐而约之,使指有所在。若汗漫纵横,无首无尾,了不知结束之妙;又或瑰伟宏富,而神气不流动,如大海乍涸,万宝杂厕,皆是瑕璧,有损连城。然此易耳。惟寒俭率易,十室之邑,借理自文,乃为害也。赋家不患无意,患在无蓄;不患无蓄,患在无以运之。"具体看,汉赋的创作风格与地理文化的相关性在以下几个方面表现的比较突出。

第一,虚实风格中的地理文化影响。

赋家对地理文化的关注是汉赋风格的一个突出特征,在具体描述地理现象时常常有虚实腾挪的特别表达,这既是来自赋家对地理现象的一些认识,也是来自赋家的创作爱好,即对虚实的不同认识和表现。

其一,史料价值的认识。汉代赋家在描写地理现象时,一般是以写实为主。安娜指出,汉代赋家在地理现象描述上有着特别的关注:"两汉交替,四方疆域或有增减,至光武中兴,掀起定都之争,班固《两都赋》、张衡《二京赋》,将都城赋之创作推向顶峰。其中所言及的山川河谷、地势险要、宫廷苑囿、市井风俗,两汉二都之盛貌一览无余。此外,司马相如之《难蜀父老》以及扬雄《蜀都赋》对巴蜀地区的建制沿袭、风土人情均做了翔实阐述。刘桢《鲁都赋》《鲁灵光殿赋》(王延寿作——引者注)等把齐鲁文化淋漓尽致地展现给世人。杜笃《论都赋》亦将陪都南阳地貌风俗做了详尽描述。这些赋作不仅为研究汉代人之地理观念提供了宝贵资料,并且透过汉赋所述两汉

---

[1] 魏红星:《汉初藩国文化与文学研究》,河北师范大学2018年博士学位论文,第2页。

国势兴衰之况,亦为研究两汉社会经济、外交、艺术及思想,开拓更广阔的视角。"[1]由此而有人认为写实是彼时主流风格,汉赋作品有着很好的史料价值:"汉赋是两汉文学之主流文体,论其本质乃为两汉社会存在在观念形态上的反映。尽管汉赋并非汉代历史之确切记载,但仍然从不同角度反映着相应时期汉代社会的政治、经济、文化、疆域、行政建制、山川物产、外交等诸多方面内容。通过对汉赋内容的筛选以及与汉代史料的深入比较研究,可以挖掘出汉赋更多方面的史料价值,其研究空间甚为广阔,故在汉代研究中应予以更加充分的重视。"[2]

其二,题材叙事方面的虚实转化的认识。虚实转化表达在描写一些宏大叙事的题材时有着突出的表现,比如求仙活动。两汉时期,求仙成为一项全民性的社会活动,赋家也投入其中,他们在表达对仙境的向往和描述具体仙境构成时,在虚实之间形成了特别的风格。任梦池从汉赋的园林描写出发来认识虚实特征:"向往神仙世界,期望像神仙一样生长(长生——引者注),是汉代上层人物共有的心理状态,这样的思想在汉代赋中也有所体现,特别是有关建筑的描写都可以看出他们的渴望,把人间仙境作为造园艺术题材的园林便应运而生。他们极力把神仙世界与现实世界的距离拉近,将传说中的神仙住地建造在宫殿之中,这便形成了崇楼伟阁的造园风格;同时,又营建神山仙水,尽可能地将自己的生活与神仙相通。这种模拟仙界营造建筑的风气,是在汉代浓郁的求仙文化的影响下所形成的。"任文特别强调汉武帝的影响:"特别是汉武帝的求仙思想,他认为获得长生不老就可延续其所缔造的大汉盛世的不朽,以期享受无尽的荣华富贵,反映在别具一格的建筑风俗中,就体现了汉代园林无所不在的求仙文化,因此汉赋中的建筑描写具有了特定的方面和深厚的内蕴。由《西都赋》和《西京赋》可以看出,汉代不但保留了先秦园林建筑的某些传统,而且在前代的基础上又不断加大和增高,出现了大量高耸入云的楼阁和高台;而且,仿照海中三仙山,又开创了中国古典园林艺术中用人工造湖并在湖中堆山技术的先河,从此使得园中有水,水域成为园林景观中必不可少的组成部分。这些由求仙文化而形成的建筑,成为中国古典园林的基本因素。"[3]

---

[1] 安娜:《汉赋与汉代地理》,东北师范大学2009年硕士学位论文,第46页。
[2] 安娜:《汉赋与汉代地理》,东北师范大学2009年硕士学位论文,第47页。
[3] 任梦池:《汉赋园林中的求仙文化——以〈西都赋〉和〈西京赋〉为例》,《商洛学院学报》,2015年第5期。

其三，人物描写方面的虚实转化认识。主客对话是汉赋的主要写作体例，人物描写成为汉赋的一个重要内容。在人物描写上，汉赋有许多虚实之间的转化描写。刘延军认为："人物的出现使汉赋更加生动形象、缤纷多彩。汉赋中所涉及和描写的人物主要可分为虚构想象的人物和真实存在的人物两大类。虚构想象的人物主要包括辩丽横肆的主客人物、妖艳贤淑的神女和美人以及荒诞离奇的仙怪等人物；真实存在的人物主要包括历史人物、汉代士人、忧戚刚烈的现实女性以及形象滑稽的胡人、短人等各类小人物。这些大大小小的人物在设置和描写方面蕴含着丰富的社会现实内容、深广的文化内涵及独特的审美价值。作者伪托客主或是为了讽谏或是为了言志，虽然重点并不是描写主客人物，但主客人物在形象描写上颇具象征意义；妖艳贤淑的神女、美人这一类人物的描写充分体现了汉代的审美意识以及对待女色的矛盾态度；荒诞离奇的仙怪等人物体现了汉代的迷信思想和人神观；现实人物的形象描写与悲欢苦乐的情感抒发则反映出了汉代社会生活的方方面面。然而，汉赋在伪托客主、以为首引的同时，也造成了主客人物缺乏个性，趋于符号化；在神女、美人等人物的描写上铺采摛文，丽靡过美，过于夸饰化；而且，作者间的规仿也造成了本来个性化的人物形象趋于类型化。除此之外，汉赋中人物的设置与形象描写对魏晋赋及后世的诗赋、传奇、小说也产生了深远的影响。"〔1〕

第二，风格比较中的地理文化影响。

汉帝国疆域辽阔，赋家的视野多元化，创作风格也多样，在赋家风格的比较中也可以梳理出地理文化的影响。

其一，汉赋与楚辞的比较。

徐明英指出了汉赋与楚辞在空间描述上存在不同侧重的现象："汉赋是空间艺术，汉赋的空间是一种地理空间，它源于楚辞现实与虚幻错杂的多元空间。地理空间主要存在于汉大赋之中，是汉大赋文学表现的基本维度和内容，汉赋铺写地理这一特色是承袭自楚辞，汉赋的地理铺陈来自楚辞的空间铺陈，有其丰富的内涵，有必要进行研究。"〔2〕

徐明英同时也在司马相如与扬雄的比较上涉及地理文化的影响，她认为，司马相如创作于汉武帝时期，其创作风格洋溢着帝国地理开拓的精神：

---

〔1〕 刘延军：《汉赋中的人物研究》，西北大学2016年硕士学位论文，摘要。
〔2〕 徐明英：《汉赋的文学地理研究刍议》，《淮北师范大学学报（哲学社会科学版）》，2014年第3期。

"汉初诸侯中最强势的吴楚等国其兴也勃、其亡也忽,强势诸侯的覆亡、边徼的显著开拓,都导致帝国势力的急剧上升与帝王文化的迅速反弹,《子虚赋》到《上林赋》,正是这一诸侯横强到天子威重过程之文化心态转移的生动记录。《子虚赋》以战国地理为背景,与《上林赋》存在着明确的时代隔阂,更可以解释其赋创作背景与文化心态的割裂。《上林赋》的地理虚夸是汉帝国历史地理现实的文化折射,《上林赋》浪漫昂扬的风貌是以帝国地理开拓的精神为内核驱动的。"

徐文认为,扬雄创作于西汉后期,汉帝国国力衰落:"扬雄作赋模拟司马相如,但他处于西汉国力衰落的后期,其时汉王朝羁縻四夷已然力不从心,封疆内敛自不待言,开拓进取精神内核丧失,这是扬雄之伦'只填得腔子满'的现实原因。与《上林赋》的虚夸地理方幅不同,扬雄'四大赋'杂糅天地,有丰富的地理内容,其《河东赋》已开纪行赋的门径。《蜀都赋》严格地系地、写地,是汉赋地理铺写的标志性作品,汉赋地理表现时代自此开启。自扬雄以下,汉赋题材内容向地理聚集,地理题材的赋作更其多样,篇章的地理内容日益集中而丰富,地理线索更加严整分明,班、张诸作俱可质证。"〔1〕

第三,具体的物象描写与地理文化影响。

具体的物象描写最容易受到地理文化的影响,而具体的物象描写又正是汉赋创作的一大特征,因此这方面的关注者特别多。这样的关注,在跨地域的比较中显得特别突出。倪童、祁琪《汉长安京都赋与西域文化影响》一文,有一个非常细致而系统的跨地域比较。

其一,西汉相关赋中的名物比较。

纵观西汉赋作,包括司马相如的作品在内,不少赋的内容涉及汉都长安城。从粗略的统计数据来看,西汉赋作中涉及西域名物、文化的,只有两位作家的赋——司马相如与扬雄。司马相如《子虚赋》1处,《上林赋》3处;扬雄的作品中《甘泉赋》涉及西域的6处,《羽猎赋》4处,《长杨赋》7处。单纯从数量来看,在西汉都城长安的相关赋作中,西域名物与文化内容稀少。同时,这21处内容的丰富程度也不能与东汉相比,具体而言大致有这样六类:

1. 植物名称,如蔷、葡萄、柰三种;
2. 动物名称一个,骆驼;
3. 物品一个,金人;

---

〔1〕 徐明英:《地理视域下的汉赋研究》,安徽师范大学 2015 年博士学位论文,第 146 页。

4. 西域地名,如三危山、龙渊、卢山、西海四个,前三个是可考证的实地名称,后一个是对于西边地域的泛称;

5. 西域特有的一些习惯性说法、称谓,如狄鞮之倡、胡人、旃裘之王、胡貉之长四个,燻鬻、幽都、煨蠡、乌弋、控弦五个,其中前四个是匈奴之人的称呼和习惯说法,燻鬻、幽都是匈奴的代称,煨蠡为匈奴村庄名称代称,乌弋为国别名称,控弦指引弓射箭;

6. 还有最后一类,中原文化传说中西域的一些地名,昆仑山和不周山两个,昆仑山出现过两回。

以上统计西汉赋作中的西域内容共六类,每一类数量最少的只有一个,最多也不超过十种。

其二,东汉相关赋中的名物比较。

不论是数量还是种类,东汉长安京都赋涉及西域的文化内容,都比西汉时有了较大进步,更加丰富充实。

东汉长安京都赋中的西域内容有这些种类:

1. 动物名称,大宛马、大鸟,大宛马即天马汗血宝马,出现三次;

2. 物品名称三个,罽帐、琉璃、甲乙帐;

3. 西域地名三个,四郡、敦煌、祁连;

4. 西域特有的一些习惯性说法、称谓十一个(应为十个——引者注),冒顿单于、阏氏、鹿蠡、昆弥这五个(应为四个——引者注)为西域人的传统称谓,康居、儌侲、黄支、条支这四个为西域国别名称,王庭指西北部落首领设帐之地,桑门为西域传来的佛教徒;

5. 中原文化传说中西域的一些地名、名物三个,昆仑山、碧树、阆风,昆仑出现过三次,碧树出现过两次。

6. 西域而来的文娱活动有九个,戏车高橦、驰骋百马、吞刃吐火、有仙驾雀、履索、跳丸剑、走索、弄蛇这八个为出自西域的百戏杂耍。

其三,名物比较的认识。

该文认为:可以清晰地发现,从西汉到东汉,作家对于西域的关注点从普通的、简单的物事交流,逐渐变成了华贵、稀少、贵重的物品;同时这些关注重心也从官方数据聚焦,慢慢下降到民生等基础层面。[1]

---

[1] 倪童、祁琪:《汉长安京都赋与西域文化影响》,《哈尔滨师范大学社会科学学报》,2017年第3期。

我们认为,西汉大赋和东汉大赋中出现的西域名物都是写实性质的描写,两者之间出现的差异是地理文化的影响所致。从创作风格上看,体现出体物大赋的特征;从创作意义上看,可以说明汉帝国时期丝绸之路上的文化交流状态,这也可以说明汉赋在具有历史意义之外还具有明确的时代意义。

第十章

《神乌赋》与两汉俗赋

赋是汉代盛行的文体，文人喜赋，帝王喜赋，主流社会的各个阶层都喜作赋，与此形成鲜明对照的是俗赋却非常少，传世的作品几乎没有。是两汉时期就缺少俗赋创作，还是汉以后俗赋没有保存下来？学术界一直没有认真讨论，因为没有可供研究的材料，所以当俗赋《神乌赋》出土时，学术界为之惊喜。《神乌赋》的出现，填补了汉代俗赋的空白，又因是以出土文物的方式出现而非常见的传世方式，所以惊喜之外还带来了深深的思考：两汉俗赋是一个什么样的存在形态？其价值应当如何寻找？这是我们尝试讨论的问题。

第一节 《神乌赋》的考古发现

《神乌赋》是一篇完整的汉赋，其发现是汉赋研究史上的重大成果，因为这是一篇与现存的汉赋作品面貌区别很大的作品，是一篇罕见的早期民间俗赋。

1993年3月，江苏省东海县尹湾村发掘出六座汉墓，出土了一大批木牍竹简。尹湾汉墓简牍，除1方木牍是从M2出土外，其余23方木牍和133支竹简，均出土于M6男棺墓主足部。所出木牍基本完整，竹简出土时多已散乱，有一些并已残断。通过整理，绝大多数断简已拼接缀合。M6出土的竹简中，有宽于其他简一倍以上的20支简，其上抄有一篇赋作品，这就是《神乌赋》。该墓考古报告记："此墓出宽简二十支，十八支书写此赋正文，一支书标题,另一支上部文字漫漶不清,下部有双行小字,所记疑为此赋作者或传写者的官职(乃少吏)和姓名。"[1]

尹湾6号墓的墓主是东海郡功曹吏,姓师,名饶,字君兄。汉承秦制,但郡国并行。西汉时,地方行政建制实行郡县两级制,郡国为地方最高行政机构,全国有83个郡。东汉实行州郡县三级制,郡成为地方中层行政机构,郡的总数与西汉差不多,但所辖范围要小些。郡的最高长官为郡太守,其属下有主簿、功曹、小吏等,另外中央指派都尉。汉人把功曹视如国家的丞相,王充《论衡》记:"功曹之官,相国是也。"(《论衡·遭虎篇》)一郡人事,几乎都由功曹负责,权力非常大。在出土竹简中,一简下部有两行小字:"兰陵游徼宏(?)贲(?)故襄贲(?),□沂县功曹□□。"兰陵和襄贲为东海郡属县,沂县在地志上没有,估计是汉时东海郡属县临沂县之误。有学者认为,这两行小字是记此赋作者的身份。县功曹是县令下的主要属吏,又称主吏,与郡功曹一样,权力很大。在县掾属中,功曹地位最高,权力也最大,可以代替县令指挥县内所辖游徼、亭长。建汉功臣萧何,就曾任过沛县功曹。游徼是县级以下官员,主循行乡里,禁治盗贼,属县衙派出性质。

汉代,选官制度以察举和征辟为主,其标准是道德品格和智能才干。辟为辟除,就是各级行政长官自行聘任掾属,在汉代具有普遍性,上至三公九卿,下到郡守县令,他们的下属员吏大都可以自行辟除。中央公府辟除的掾属迁除迅速,在仕途中为人所重。地方辟除的掾属地位偏低,秩级不过百石,但由于是长官亲自选定,多为亲近,所以掌握实权。尹湾6号墓的主人与游徼为友,估计是县功曹,他们与"沂县功曹"都属基层官员,社会地位不会很高,应有很多接触民间口头文学的机会。据此墓出土的《君兄缯方缇中物疏》(即随葬物品清单)所列,随葬还有《列女赋》《弟子职》《楚相内史对》等作品,惜未见。

出土的《神乌赋》比较完整,有660字左右。这篇作品首简开头书写字为"神乌傅",据裘锡圭先生考证,"傅"即"赋"的通假字,"神乌傅"即"神乌赋"。裘先生还对此赋作了句读和初步释文[2]。此录于下:

惟此三月,春气始阳,众鸟皆昌,执(蛰)虫坊皇(彷徨)。"螺(?)蜚

---

[1] 连云港市博物馆、东海县博物馆、中国社会科学院简帛研究中心、中国文物研究所:《尹湾汉墓简牍初探》,《文物》,1996年第10期。

[2] 裘锡圭:《〈神乌赋〉初探》,《文物》,1997年第1期。

(飞)之类,乌寂(最)可贵。其姓(性)好仁,反铺(哺)於亲。行义淑茂,颇得人道。今岁不翔(祥),一乌被央(殃)。何命不寿,狗(拘)丽此荅(咎)。欲勋(循?)南山,畏惧猴猨(猿)。去色(危)就安,自诧(托)府官。高树纶棍(轮囷),支(枝)格相连。府君之德,洋恤(溢)不测。仁恩孔隆,泽及昆虫。莫敢抠去,因巢(?)而处。为狸狌(狌)得,围树以棘。道(?)作宫持,雄行求木□(材)。雌往索歒,材见盗取。未得远去,道与相遇。见我不利(?),忽然如故,□□发愆,追而呼之:"咄!盗还来!吾自取材,於颇(彼)深菜。止(趾)行(胻)月□膌,毛羽随(堕)落。子不作身,但行盗人。唯(虽)就宫持,岂不怠哉?"盗乌不服,反怒作色:"□□泊(?)涌(?),家(?)姓自□。今子相意,甚泰不事。"亡乌曰:"吾闻君子,不行贪鄙。天地刚(纲)纪,各有分理。今子自己,尚可为士。夫惑知反(返),失路不远。悔过迁臧,至今不晚。"盗乌□贵然怒曰:"甚哉!子之不仁。吾闻君子,不意不仁。今了□□□,毋□得辱。"亡乌沸(怫)然而大怒,张曰(目)阳(扬)麇(眉),□贵(奋?)翼申(伸)颈,裏(攘?)而大……遒详(?)车薄。女(汝)不亟走,尚敢鼓(?)口。"遂相拂伤,亡乌被创。随(堕?)起击耳(?),闻不能起。贼□捕取,系之于柱(?)。幸得免去,至其故处。绝系有余,纨树欔棣。自解不能,卒上傅之。不□他拱(?),缚之愈固。其雄惕而惊,,扶翼申(伸)颈,比(?)天而鸣:"仓＿天＿(苍天苍天)!视颇(彼)不仁。方生产之时,何与其(氵□)?"顾谓其雌曰:"命也夫!吉凶浮湴,颗(愿)与女(汝)俱。"雌曰:"佐＿子＿(佐子佐子)!"涕泣侯(?)下:"何□互家(?),□□□巳(?)。□子(?)□□,我(?)□不□。死生有期,各不同时。今虽随我,将何益哉?见危授命,妾志所待(持)。以死伤生,圣人禁之。疾行去矣,更索贤妇。毋听后母,愁苦孤子。诗[云]'云＿(云云)青绳(蝇),止于杆。几自(?)君子,毋信儳(谗)言。'惧惶向论,不得言。"遂缚两翼,投于污则(厕)。支(肢)躬折伤,卒以死亡。其雄大哀,储(?)躅非回(徘徊)。尚羊(徜徉)其旁,涕泣从(纵)横。长炊(?)泰(太)息,忧悐(惕)嚤(唬)呼,毋所告愬(诉)。盗反得免,亡乌被患。遂弃故处,高翔而去。《传》曰:"众鸟丽於罗罔(网),凤皇(凰)孤而高羊(翔)。鱼鳖得于芘(笓)笱,交(蛟)龙执(蛰)而深臧(藏)。良马仆於衡下,勒靳(骐骥)为之余(徐)行。"鸟兽且相慢(忧),何兄(况)人乎?哀＿哉＿(哀哉哀哉)!穷通其篙(?)。诚写悬(?)以意傅(赋)之。曾子曰:"乌(鸟)之将死,其唯(鸣)哀。"此之谓也。

神乌傅（赋）。

第二节 鸟神话题材的文化积淀

以鸟为题材的文学创作，最早出现于神话作品中，其中最著名的就是"玄鸟生商"。《诗经·商颂·玄鸟》描写的是"天命玄鸟，降而生商"的神话故事：

天命玄鸟，降而生商，宅殷土芒芒。古帝命武汤，正域彼四方。方命厥后，奄有九有。商之先后，受命不殆，在武丁孙子。武丁孙子，武王靡不胜。龙旂十乘，大糦是承。邦畿千里，维民所止，肇域彼四海。四海来假，来假祁祁。景员维河。殷受命咸宜，百禄是何。

这个神话故事被保存下来，并被广泛流传。《吕氏春秋》记载："有娀氏有二佚女，为九成之台，饮必鼓。帝令燕往视之，鸣若谥隘谥隘。二女爱而争搏之，覆以玉筐。少选，发而视之，燕遗二卵，北飞，遂不反。二女作歌曰：'燕往飞。'实始为北音。"《史记·殷本纪》也记有这个故事："殷契，母曰简狄，有娀氏之女，为帝喾次妃。三人行浴，见玄鸟堕其卵，简狄取吞之，因孕生契。契长而佐禹治水有功，帝舜乃命契……为司徒……封于商，赐姓子氏。"

在屈原的作品《天问》中，也有不少以鸟神话为题材的诗句。比如引起后人关注的"鸱龟"鸟描写："鸱龟曳衔，鲧何听焉？顺欲成功，帝何刑焉？"洪兴祖《楚辞补注》释："鸱，一名鸢也。曳，牵也，引也。听，从也。此言鲧违帝命而不听，何为听鸱龟之曳衔也？"说的是大禹治水的故事。又如后羿射鸟的描述："羿焉弹日？乌焉解羽？"王逸《楚辞章句》释："《淮南》言尧时十日并出，草木焦枯，尧令羿仰射十日，中其九日，日中九乌皆死，堕其羽翼。"说的是后羿射日的故事。再如大鸟的故事："天式纵横，阳离爱死，大鸟何鸣，未焉丧厥体？"王萌《楚辞评注》释："言子乔既死，何以为大鸟而鸣乎？如谓仙人可以死而复生，则当复为人，何以化为鸟而丧其本体乎？"说的是王子乔成仙的故事。

这些关于鸟的神话故事，往往与祖先神话相关。比如玄鸟神话故事："简狄在台，喾何宜？玄鸟致贻，女何喜？"王逸《楚辞章句》释："简狄，帝喾之妃也。玄鸟，燕也。贻，遗也。言简狄侍帝喾于台上，有飞燕堕遗卵，喜而吞之，因生契也。"说的是玄鸟生商的故事。"稷维元子，帝何笃之？投之于冰上，鸟何燠之？"王逸《楚辞章句》释："元，大也。帝，谓天帝也。笃，厚也。言后稷之母姜嫄，出见大人之迹，怪而履之，遂有娠而生后稷，生而仁贤，天帝独何以厚之乎？投，弃也。燠，温也。言姜嫄以后稷无父而生，弃之于冰上，有鸟以翼覆荐温之，以为神，乃取而养之。"《诗》曰："诞寘之寒冰，鸟翼覆之。"说的是后稷出生的故事。

在《山海经》中，关于鸟的神话故事俯拾即是。如描写"凤皇"的神话："又东五百里，曰丹穴之山，其上多金玉。丹水出焉，而南流注于渤海。有鸟焉，其状如鸡，五采而文，名曰凤皇，首文曰德，翼文曰义，背文曰礼，膺文曰仁，腹文曰信。是鸟也，饮食自然，自歌自舞，见则天下安宁。"（《南山经》）又如描写"寓鸟"的神话："又北三百八十里，曰虢山，其上多漆，其下多桐椐，其阳多玉，其阴多铁。伊水出焉，西流注于河。其兽多橐驼，其鸟多寓，状如鼠而鸟翼，其音如羊，可以御兵。"（《北山经》）

从这些神话故事可以看出，以鸟为题材的文学作品在我国是源远流长。据神话学的材料考证，商族的图腾为"玄鸟"，他们是东夷先世的一个支脉，是由东北地区，沿着渤海海岸逐渐转向西南而进入山东、河北一带，在中原地区与黄帝族联盟，进而融合。所以，在今天以中原文化为主的上古典籍中，还保存着许多以鸟为题材的神话故事。

在我国南方，也有着许多与鸟有关的神话，《水经注·浙江》就记载：禹"崩于会稽，因而葬之，有鸟来为之耘，春拔草根，秋啄其秽。是以县官禁民不得妄害此鸟，犯则刑无赦"。当然，南方鸟神话最多的作品还是《楚辞》，许多描写都是与鸟神话相关。

神话中以鸟为题材的故事还有不少，这类故事说明，鸟很早就被我们的祖先关注。对鸟的描写，可以反映出当时人的一些想象和寄托，反映出当时的社会发展状况，从而形成具有可操作性的鸟文化，如关于鸟的崇拜和关于鸟的民俗。其中有一个比较明显的特征，就是关注人类的生命，如生命的诞生（玄鸟生商）、生命的磨难（后稷出生）、生命的维持（有鸟来为之耘）、生命的美满（凤皇）等。这一特征，在《诗经》的民歌中有所反映，并发展为对社会矛盾的直接反映。

《诗经·鄘风·鹑之奔奔》："鹑之奔奔，鹊之强强。人之无良，我以为兄。鹊之强强，鹑之奔奔。人之无良，我以为君。"当时卫宣公刚死，惠公年幼，其庶兄顽烝于宣姜，卫人即编此民歌以讽刺揭露。

《诗经·唐风·鸨羽》："肃肃鸨羽，集于苞栩。王事靡盬，不能蓺稷黍。

父母何怙？悠悠苍天！曷其有所？肃肃鸨翼,集于苞棘。王事靡盬,不能蓺黍稷。父母何食？悠悠苍天！曷其有极？肃肃鸨行,集于苞桑。王事靡盬,不能蓺稻粱。父母何尝？悠悠苍天！曷其有常？"诗人叙述了征役频繁,田园荒芜,父母年迈,无依无靠,饿死冻死也无人过问的悲惨故事,是对统治者残酷剥削的控诉。

此外还有许多鸟题材的诗歌,直接针对现实而作。《诗经·豳风·鸱鸮》:"鸱鸮鸱鸮,既取我子,无毁我室。恩斯勤斯,鬻子之闵斯。"诗人借用一只雌鸟哀诉她的不幸遭遇,咒骂恶势力的卑劣行为。《诗经·秦风·黄鸟》写的是秦穆公死时,以一百七十多人殉葬,其中有优秀青年子车氏三兄弟。"彼苍者天！歼我良人。如可赎兮,人百其身。"秦人惋惜三兄弟,痛恨统治者及殉葬制度。《诗经·陈风·防有鹊巢》写的是爱情故事。一个女子久等心上人而不见其来,心中焦虑万分,产生了种种疑虑:"防有鹊巢,邛有旨苕。谁侜予美？心焉忉忉。中唐有甓,邛有旨鹝。谁侜予美,心焉惕惕。"

从以上例子我们可以看到,在以鸟为题材或相关的文学作品中,鸟可以为起兴之物,也可以是故事主体。对于后者,使作品具有了叙事性,而作者在讲述故事时,往往又是以鸟喻人,揭示生活中存在的矛盾。在民间文学创作中形成的这一特征,对以后的文学创作产生了很大的影响,当时就有文人将关于鸟的神话故事写进自己的书中,如韩非在《韩非子》中就记载了神话故事"有巢构木"(像鸟一样筑巢)、"燧人取火"(受鸟啄木启发而钻木取火)等等。

文人也自己创作一些与鸟有关的故事来说明道理。庄子就在《庄子·逍遥游第一》里编了一个鲲鹏的故事:"北冥有鱼,其名为鲲。鲲之大,不知其几千里也。化而为鸟,其名为鹏。鹏之背,不知其几千里也。怒而飞,其翼若垂天之云。"这是一只现实中没有的大鸟,庄子用这只大鸟来说明自己自由自在处世的理想境界。

进入秦汉,鸟的比喻性越来越明显,即喻理想和理想不能实现的痛苦。作为理想的比喻,陈胜"鸿鹄之志"的故事广为流传。而作为理想不能实现的痛苦,贾谊《鹏鸟赋》表达的心境又感动了许多文人,司马迁《史记·屈原贾生列传》就说:"读《鹏鸟赋》,同死生,轻去就,又爽然自失矣。"

概言之,我们可以看出,在我国传统文化中,以鸟为题材的文学创作源远流长,有着深厚的文化积淀。

第三节 《神乌赋》的描写特征

与许多俗文学作品一样，《神乌赋》叙事性很强，是一篇叙事的赋，可以分为三段：

第一段描写灾难的发生，雄雌二乌于阳春二月外出，一乌受伤而筑巢息于高树，不期有盗乌盗其建材，二乌追而谴责，晓之以理，盗乌却强词夺理，双方遂剧烈相斗。雌乌受伤，坠地难起，被贼捕取。幸而逃脱，但又被绳相缠不能自解。

第二段描写二乌在生离死别时的情景和盗乌的逸去。雄乌连呼苍天，愿与雌乌共赴黄泉，而雌乌却说了"死生有期，各不同时"的道理，希望雄乌赶快离去，为孩子找一个贤良后母。说完雌乌投污厕而死。造成这次悲惨事件的盗乌却在雄乌悲痛欲绝时飞走了。

第三段是作者评论，大意是"鸟兽且相忧，何况人乎"，既哀其情，又哀其事，并由此而联想人类社会中的类似情况。

作为叙事性的赋，《神乌赋》的艺术表现有自己的特征。

第一，言辞激烈。

直接用禽鸟相斗比喻社会矛盾的作品，在先秦即有，一是《诗经·豳风》中的《鸱鸮》，一是《庄子·秋水》中的一段比喻。

《鸱鸮》是这样描写的："鸱鸮鸱鸮，既取我子，无毁我室。恩斯勤斯，鬻子之闵斯。迨天之未阴雨，彻彼桑土，绸缪牖户。今女下民，或敢侮予。予手拮据，予所捋荼。予所蓄租，予口卒瘏，曰予未有室家。予羽谯谯，予尾翛翛，予室翘翘。风雨所漂摇，予维音哓哓！"

《庄子·秋水》是这样描写的："惠子相梁，庄子往见之。或谓惠子曰：'庄子来，欲代子相。'于是惠子恐，搜于国中三日三夜。庄子往见之，曰：'南方有鸟，其名为鹓鶵，子知之乎？夫鹓鶵发于南海而飞于北海，非梧桐不止，非练实不食，非醴泉不饮。于是鸱得腐鼠，鹓鶵过之，仰而视之曰：'吓！'今子欲以子之梁国而吓我邪？"

从故事行文看，《神乌赋》接近于《鸱鸮》，语言直率，言辞激烈，愤恨之情力透纸背。不过从故事情节看，《神乌赋》更接近于庄子笔下的故事，夺巢和夺食，婉转曲折，都是喻人间的相互争斗。

第二，孤儿题材。

从民间文学角度看，《神乌赋》还有一个情节引人注意，这就是雌乌对身后的交代:"疾引去矣,更索贤妇。毋听后母,愁若孤子。"关于失去母爱的情节,在汉乐府里有很多描写,如《妇病行》的前半段描写:

妇病连年累岁,传呼丈人前一言。当言未及得言,不知泪下一何翩翩。"属累君两三孤子,莫我儿饥且寒,有过慎莫笞答,行当折摇,思复念之!"乱曰:抱时无衣,襦复无里。闭门塞牖,舍孤儿到市。道逢亲交,泣坐不能起。从乞求与孤买饵,对交啼泣,泪不可止:"我欲不伤悲不能已。"探怀中钱持授交。入门见孤儿,啼索其母抱。徘徊空舍中,"行复尔耳,弃置勿复道"!

又如《孤儿行》中的描写:

孤儿生,孤子遇生,命独当苦。父母在时,乘坚车,驾驷马。父母已去,兄嫂令我行贾。南到九江,东到齐与鲁。腊月来归,不敢自言苦。头多虮虱,面目多尘。大兄言办饭,大嫂言视马。上高堂,行取殿下堂,孤儿泪下如雨。使我朝行汲,暮得水来归。手为错,足下无菲。怆怆履霜,中多蒺藜。拔断蒺藜肠肉中,怆欲悲。泪下渫渫,清涕累累。冬无复襦,夏无单衣。居生不乐,不如早去,下从地下黄泉。春气动,草萌芽,三月蚕桑,六月收瓜。将是瓜车,来到还家。瓜车反覆,助我者少,啖瓜者多。愿还我蒂。兄与嫂严,独且急归,当兴较计。

孤儿的题材,包含着丰富而深刻的社会内容。在动乱的历史时期,孤儿的问题显得非常普遍,受到民间作者的关心。如北朝乐府《琅琊王歌辞·东山看西水》中这样描写:"东山看西水,水流盘石间。公死姥更嫁,孤儿甚可怜。"这首诗反映的是当时北朝战乱不已,男子大量死亡的残酷现实。同时,孤儿被冷眼、受虐待,也能反映出世态炎凉。

在汉乐府里,可以见到不少与《神乌赋》题材相近的作品,如《艳歌何尝行》,也是以雄雌双鸟比喻感情笃厚的夫妻,反映其生离死别时的悲惨场面:

飞来双白鹄,乃从西北来。十十五五,罗列成行。妻卒被病,行不能相随。五里一反顾,六里一徘徊。吾欲衔汝去,口噤不能开。吾欲负汝去,毛羽何摧颓。乐哉新相知,忧来生别离。踌躇顾群侣,泪下不自知。

念与君离别,气结不能言。各各重自爱,远道归还难。妾当守空房,闭门下重关。若生当相见,亡者会黄泉。今日乐相乐,延年万岁期。

又如《乌生》,是一首反映东汉末年动荡时代的乱世之歌。调子极为低沉,以乌被弹杀和禽兽无法躲避灭顶之灾来比喻社会的黑暗和绝望:

乌生八九子,端坐秦氏桂树间。唶我!秦氏家有游遨荡子,工用睢阳强,苏合弹。左手持强弹两丸,出入乌东西。唶我!一丸即发中乌身,乌死魂魄飞扬上天。阿母生乌子时,乃在南山岩石间。唶我!人民安知乌子处?蹊径窈窕安从通?白鹿乃在上林西苑中,射工尚复得白鹿脯。唶我!黄鹄摩天极高飞,后宫尚复得烹煮之。鲤鱼乃在洛水深渊中,钓钩尚得鲤鱼口。唶我!人民生,各各有寿命,死生何须复道前后!

第三,拟人化叙事。

作为汉代俗赋,《神乌赋》具有很强的叙事性,这是民间文学的共同特征,与《神乌赋》同时的汉乐府民歌,叙事手法运用得就非常熟练,《陌上桑》《孔雀东南飞》等作品都是我国文学史上脍炙人口的叙事佳作,即使是抒情作品《江南》也隐含着"采莲"的情节线索。《神乌赋》的情节由雄雌乌双双飞起,再神乌与盗乌相斗,再雌乌受伤与雄乌诀别,再雌乌亡而盗乌逸,情节发展清晰,故事结构完整。通过神乌的不幸遭遇,作者抨击了当时社会的动荡,表达了自己的愤恨。这种寓理于事的创作与汉大赋寓理于物的创作是不一样的。

《神乌赋》的特点是拟人化手法特别突出。拟人化手法也是我国民间文学作品的一个显著特征,早在先秦《诗经》中就有不少有拟人化迹象的作品。至汉代,严格意义上的拟人化作品在汉乐府民歌中大量出现,如《枯鱼过河泣》《乌生》《蛱蝶行》等都是拟人化的作品。《神乌赋》以神乌的遭遇写社会的险恶,神乌的不幸结局和盗乌的"得免",就是发生在人类社会的灾难。这种拟人化描写与扬雄《逐贫赋》《酒赋》的拟人化描写是有区别的。扬雄选择的物象是封建文人关心的"贫""酒",而民间作者选择的物象是身边的事物,尤以动物为多,这是与他们生活息息相关的,因此描写起来非常自然。

《神乌赋》的拟人化在语言表达上也与两汉文人赋有区别。《神乌赋》行文朴实,语言上口,在创作过程中也不会发生如司马相如"几百日而后成"或扬雄"能读千赋则善赋"那样的事情。同时,俗赋的传播途径也与文人赋作有别。《神乌赋》主体全为四言,修饰不多,更谈不上辞藻堆砌,整齐而具有节奏感,朗朗上口,便于传诵。

第四节 主流社会的鸟题材赋对读

汉代的文学代表样式是赋,在汉赋作品中,有许多描写鸟的内容,也有许多作品是专门写鸟的。从今人费振刚辑校的《全汉赋》看,有17篇的篇名是为鸟而作,如路乔如的《鹤赋》、傅毅的《神雀赋》、班昭的《大雀赋》等。这些赋中,有的是描写鸟的形态,有的则是借鸟描写作者心情。如贾谊著名的《鵩鸟赋》,写的就是自己对生死的看法。当时,贾谊被贬在长沙,心情十分沮丧,一只鵩鸟飞进了他的屋里。鵩鸟是体形比较大的野鸟,不能远飞,叫声难听,古人以为是不祥之鸟,楚人称之为"鵩"。贾谊被贬在长沙,原先就是心情压抑,见此鸟后自然十分紧张,他在心里与鵩鸟展开对话。赋中写道:

曰:"野鸟入室兮,主人将去。"请问于鵩兮:"予去何之?吉乎告我,凶言其灾。淹速之度兮,语予其期。"

贾谊表达了对自己命运的担心。经过与鵩鸟的交流,贾谊认识到了常人对生命的难以掌握。他借鵩鸟之口说:"天不可预虑兮,道不可预谋。迟速有命兮,焉识其时?"又说:"千变万化兮,未始有极!忽然为人兮,何足控抟?化为异物兮,又何足患!"

贾谊与鵩鸟交流,是对自己命途多舛的激愤和不解以及想知道自己最终命运的结局。当然,鵩鸟是不能安排贾谊命运的,贾谊是借与鵩鸟交流而与命运之神交流,问"予去何之",问"吉乎告我,凶言其灾"。命运之神是无形的,但是贾谊认为是存在的。从赋文真情的表露看,作者的目的已经达到。贾谊是这样做的,其他文人也是这样做的。张衡失意后,避祸家中,于是也与"罕见其俦"的大鸟交流起来。其《鸿赋》曰:"余五十之年,忽焉已至,永言身事,慨然多绪。乃为之赋,聊以自慰。"可见,鸟在汉代确实可以成为文人与命运之神交流的一种方式和途径。

文人与鸟交流而表现出对命运的感慨,其他阶层呢?从现有文字材料看,当时人们都认同在思考命运时与鸟交流的方式。汉乐府《艳歌何尝行》中,作者借鸟的命运来写夫妻生离死别的感情:"念与君离别,气结不能言。

各各重自爱,远道归还难。妾当守空房,闭门下重关。若生当相见,亡者会黄泉。今日乐相乐,延年万岁期。"另一首《乌生》,借"乌死魂魄飞扬上天"来写对现实生活中命运难以掌握的感慨,感情交流则更加直截了当:"人民生,各各有寿命,死生何须复道前后!"汉乐府的作者大多来自社会底层,他们在作品中也通过对鸟的描写来与命运之神交流,说明这是被社会各个阶层所普遍接受的一种方式。

鸟题材的出现,是一个关注人类生命的行为,汉人有通过鸟而与命运之神交流的风气。在对鸟的描写中,作者对自己的命运表示悲伤,对今后的前途表示关心,甚至对生命失去以后做了安排。命运之神是无形的,但作者笔下的鸟是有形的,有形的鸟是交流的渠道,是交流的方式。这一观点,可以从源远流长的鸟神话传说中得到支持材料,有着深厚的文化积淀。

汉代主流社会的赋作品中,还有一个题材是在对傩戏的描写中出现鸟图像。汉代廉品《大傩赋》有一段这样的描写:

> 于吉日之上戊,将大蜡于腊烝。先兹日之酉久,宿洁净以清澄,乃班有司,聚众大傩。天子坐华殿,临朱轩。凭玉几,席文旆,率百隶之侲子,众鼓噪于宫垣。
>
> 弦桃刺棘,弓矢斯张,赭鞭朱朴击不祥,彤戈丹斧,芟夷凶殃。投妖匿于洛裔,辽绝限于飞梁。

费振刚《全汉赋》记:"此赋系残篇,首段(似为序)录自《太平御览》卷五三,次段录自《玉烛宝典》卷一二。"[1]这篇赋的全貌已无法得到,但从这两段的描写看,应是详细描写了傩仪的进行场面。傩肇始于远古的驱赶邪鬼的巫术仪式,在殷商的甲骨文中就有关于它的记载。刘锡诚认为:"其礼创自一个名叫上甲微的人,殷人兴盛起来,后代将这个礼俗沿袭下来……傩祭每年要举行三次,且规模很大,肃穆隆重。季春举行的傩祭,为的是'以毕春气';仲秋举行的傩祭,'以达秋气';季冬之月举行的傩祭,'以送寒气'。"[2]从《大傩赋》的残篇描写看,傩仪的驱邪成分很大,特别是第二段,"朴击不祥""芟夷凶殃""投妖匿于洛裔"等等,写的都是"逐恶鬼于禁中"(《后汉书·礼仪志》)之事。

---

[1] 费振刚:《全汉赋》,北京大学出版社,1993年,第884页。
[2] 刘锡诚:《傩仪象征新解》,《民族艺术》,2002年第1期。

汉画像石中,有傩的图像。沂南汉墓前室出土了一组傩内容的画像石,其中北壁横额画像石,场面很大,学者称作"大傩图"。画面充满着奇禽、异兽、神怪,细数起来,里面有许多与鸟有关的形象,有长冠展翅小禽,有鸡首大鸟,有展翅奇禽,有人首鸟身怪禽,有朱雀和玄武,有三头鸟,有双人首鸟身奇禽,等等。林河《古傩七千年祭》认为:"傩文化是距今七千年至九千年间,在中国长江流域产生的一个地区文化,它是中华民族发明水稻种植后蓬勃发展起来的宗教文化,其文化特征是以太阳与傩鸟为图腾。"[1]可见,在傩仪的实施中,鸟的图像有着很重要的意义。

第五节 《神乌赋》的俗赋贡献

目前可见的汉代俗赋还有一篇《韩朋赋》,但是是残简的状态,不完整,难窥全貌。《神乌赋》是目前发现的第一篇完整的汉代俗赋,因此意义重大,对我们认识汉代文学的发展和中国文学的发展,都提供了一片新的天地。

第一,关于赋的起源。

我国文学发展史上,大宗文体基本上都是起源于民间,但赋文体的起源因为汉代俗赋的缺少而存在一些疑问。从荀子《赋篇》具有的民间文学性质考虑,有学者认为楚辞得益于楚地民歌俗曲,而辞赋也应当有这方面的考虑,但所论多推测而缺乏论证力度。汉代俗赋《神乌赋》发现后,可谓是提供了一个非常诱人的思路,即民间有赋的存在。但是,民间赋的源头在哪里?

1975年湖北省云梦睡虎地秦墓曾出土竹简古佚书10种,其中有《为吏之道》一篇,文中可以找到与荀子《成相》基本相同的韵文,如:

凡治事,敢为固,渴私图,画局陈棋以为籍。肖人聂心,不敢徒语恐见恶。
凡戾人,表以身,民将望表以戾真。表若不正,民心将移乃难亲。
操邦柄,慎度量,来者有稽莫敢忘。贤鄙既义,禄位有续孰瞖上?
邦之急,在体级,掇民之欲政乃立。上毋间隙,下虽善欲独何急?
审民能,以任史,非以官禄使助治。不任其人,及官之瞖岂可悔。
申之义,以击畸,欲令之具下勿议。彼邦之倾,下恒行巧而威故移。
将发令,索其政,毋发可异使烦请。令数究环,百姓摇贰乃难请。

---

[1] 林河:《古傩寻踪》,湖南美术出版社,1997年,第162页。

班固《汉书·艺文志》著录"《成相杂辞》十一篇",将其归于赋类中的"杂赋",那么出土的《为吏之道》也就有了与赋有联系的身份。现在《神乌赋》出土,从民间文学探讨赋的起源,能不能进一步做出一些令人信服的推理呢?

第二,关于汉赋的发展。

汉赋在人们眼里的形态是文人化、贵族化,目前大多数留存的汉赋作品都符合这个特征。贾谊抒发的是远离朝廷后的个人身世感慨,司马相如"极丽靡之辞"是为武帝"劝百讽一",至张衡的抒情小赋,也是"苟纵心于物外又焉知荣辱之所如"的士大夫情调。《神乌赋》的发现,使汉赋有了一个面貌完全不同的作品,并且表明在民间还另有一条赋的发展轨道。这要求我们深入研究俗赋,这样汉赋的研究才显得完整。

第三,鸟文学作品的创作。

在我国上古神话传说中,关于鸟的故事非常多。《山海经·海外南经》记:"羽民国在其东南,其为人长头,身生羽。一曰在比翼鸟东南,其为人长颊。"郭璞注:"能飞不能远,卵生,画似仙人也。"《山海经·大荒南经》记:"有卵民之国,其民皆生卵。"帮助大禹治水的伯益,是天上神鸟燕子的后代,因而具有特殊的本领,《汉书·地理志》记:"伯益知禽兽。"所有神话传说中,最著名的是"天命玄鸟,降而生商"的神话传说,《史记·殷本纪》记:"殷契,母曰简狄,有娀氏之女,为帝喾次妃,三人行浴,见玄鸟堕其卵,简狄取吞之,因孕生契。"这些神话传说表现的是祖先崇拜的内容,鸟是他们的部落图腾。

关于鸟信仰,也有学者认为:"中国江南最早的稻作生产是在鸟类生活习性的启迪下萌生的鸟化稻作模式,由此激发了人们对鸟类的崇敬、传说和鸟化稻作文化形态,从而为中国神圣的凤鸟传说信仰、中国特有的神仙观念的发生奠定了基础,并为中国思想文化艺术的发展带来了深远的影响。"

我国传统文学中,以鸟为题材的文学创作源远流长,最远可推至神话。因此,我国鸟文学创作有着深厚的文化积淀。《神乌赋》的出现,对之前的鸟文学创作是一个提高,如之前多以鸟喻人,而《神乌赋》是拟人化;对之后的鸟文学创作,又有着承前启后的作用。

概言之,《神乌赋》的发现,最重要的意义是为研究汉赋打开了一扇从民间文学考察的窗口。民间文化进入汉赋研究领域的意义将随着研究的深入而凸现出来。

第十一章

汉赋发展与文学自觉

作为一代文学,汉赋受到各代文学家的重视,汉赋作家、汉赋作品在文学史上具有很高的地位,伟大的诗人李白、杜甫就曾将自己与司马相如作比较并引以为豪。但是,在讨论文学自觉这个文学进步的课题时,被后人推崇的汉赋却显得是那样的卑微无力。虽然魏晋紧接两汉,但文学自觉的桂冠在绝大多数学者眼里只与魏晋有关,与两汉文学发展则显得如此遥远,这是一个非常矛盾的现象。文学自觉的巨大进步难道能够一蹴而就?我们认为,文学自觉应是一个过程,这个过程开始于汉代。

第一节 文学自觉标志的梳理

讨论文学自觉,以往定性的论述非常多,但对于一个有争议的问题,仅有定性论述还不全面,容易仁者见仁,智者见智,观点多了反而难以弄清来龙去脉,难以正确认识历史原貌。我们认为,引入定量的分析很有必要,特别是结合定量的标志来梳理,于我们理清思路尤有益处。

文学自觉的标志有哪些?文学自觉也是文学发展的一个阶段,文学发展的一般性标志也应具有,这就是作家队伍、文学作品以及文学批评。

但是,讨论文学自觉,仅有这几个标志显然是不够的,反映不了某一特定阶段文学成就的性质。这一点,前人和当今学术界都已认识到,并做了大量的研究工作,从中我们可以进一步得出文学自觉的标志。

文学体裁的分类。这一标志是对文学创作全貌的一个认识,自觉的文学,应该对文学创作范畴内的载体有所认识。

文学与哲学、史学的分离。这一标志反映的是文学观念的明确。文、史、哲分家,文学不再是经学附庸(对当时阶段而言),这是文学自觉所必须的条件。

文学美学特征的认识。这一标志认为自觉的文学应认识到文学的本质,而文学的审美特征最贴近于这一本质,这是一个更加细化的标志。

人的个体意识觉醒。这一标志不是文学本身,但对文学自觉来说又是十分的必要,所有讨论文学自觉问题时几乎都要涉及这一点。依照一般的认识,文学自觉时代的到来,是建立在对人的自身价值的认识和肯定之上的,因为艺术的创造是一种个体的精神活动,没有创作主体的相对自由就谈不上文学的自觉发展。

文学自觉的这几个标志,远还没有穷尽所有,不过人们经常使用的标志都已涉及,在讨论这几个标志时,还会涉及一些派生标志,因此这几个标志可以被认为已覆盖了讨论文学自觉的绝大部分理论范畴。需要补充的是,为了能更深入地说明问题,我们再提出两个标志,即道家思想的影响和帝王对文学创作的影响。

道家的影响是具有人的个体意识觉醒和对正统经学反叛双重性质的标志,对文学自觉而言,属于影响范畴。帝王对文学创作的影响,在以往的文学自觉讨论中很少涉及,把它作为一个明确的标志,符合我国文学发展的特征和我国文学发展特定时期所具有的特征。

第二节　文学自觉标志的讨论

一个有意识的文学创作活动,将要涉及哪些内容?我们将这些内容进行梳理而设立如下指标,以展开我们的讨论。

1. 作家队伍

没有作家队伍,文学自觉就无从谈起,这是最直观的认识,但这一明确的指标在种种深入的追问下由简单变得复杂,甚至很复杂。汉代有作家队伍存在,而且数量很大,但他们是不是专业作家队伍?他们创作的目的是什么?为帝王还是为自己?

首先,汉代有作家队伍。汉代有赋家群体,或者说有文学家集团。自汉高祖建汉,各个时期都有作家队伍,不同的只是规模而已,比较突出的是赋家队伍,《史记》《汉书》都有这方面的记载。文景时期的贾谊、枚乘和淮南王刘安等赋家,武帝时期的司马相如、东方朔等赋家,汉宣帝时期的刘向、王褒等赋家,西汉末年的扬雄等赋家,东汉中期的班固、傅毅、张衡等赋家,东汉末年的蔡邕、赵壹等赋家,创作了大量的赋作品,他们的创作活动被时人和后人高度重视和评价。赋是文学作品,他们也应被认为是作家。

班固曾经对汉武帝、汉宣帝时的作家队伍作了这样的描述,这段话被后代治赋者反复引用:

> 故言语侍从之臣,若司马相如、虞丘寿王、东方朔、枚皋、王褒、刘向之属,朝夕论思,日月献纳。而公卿大臣御史大夫倪宽、太常孔臧、太中大夫董仲舒、宗正刘德、太子太傅萧望之等,时时间作。
>
> (《两都赋序》)

这是一支非常整齐的作家队伍,刘勰也同意班固的描述,并作了进一步的描述:

> 逮孝武崇儒,润色鸿业,礼乐争辉,辞藻竞骛:柏梁展朝宴之诗,金堤制恤民之咏,征枚乘以蒲轮,申主父以鼎食,擢公孙之对策,叹倪宽之拟奏,买臣负薪而衣锦,相如涤器而被绣。于是史迁寿王之徒,严终枚皋之属,应对固无方,篇章亦不匮,遗风余采,莫与比盛。越昭及宣,实继武绩;驰骋石渠,暇豫文会,集雕篆之轶材,发绮縠之高喻。于是王褒之伦,底禄待诏。自元暨成,降意图籍,美玉屑之谈,清金马之路,子云锐思于千首,子政雠校于六艺,亦已美矣。
>
> (《文心雕龙·时序》)

这两段描写提供了当时的创作形态,应该可以说明当时作家队伍的存在,特别是刘勰,对作家队伍作了更全面的描写,发出了"莫与比盛""亦已美矣"的赞叹,很能说明问题。这时不但有作家队伍的存在,而且这支队伍的创作环境和成绩受到后人的向往。

汉代作家队伍是存在的,但他们是不是专业作家队伍?这个问题如是对以后的文学发展而言,那是滑稽可笑的,但对"文学自觉"而言,又是个严肃的问题。我们认为,古代作家队伍的"专业"应与现代的概念有别,即使在汉代以后,魏晋南北朝、唐宋元明清,漫长的封建社会,以文学创作为职业的作家找起来难乎其难,没有哪位作家一生能完全只以创作而安身立命。但是,作家毕竟要与非作家有所不同,这一不同并不是要区分作家和非作家,而是体现作家和作为一个创作阶层或群体的存在,表现出人们对他们特点的认识和划分的意识。这一点,汉人已经做到,前引班固的描述,就已很准确地将司马相如等人划入言语侍从,而将董仲舒等人划入公卿大臣。这种划分不论是否合理、是否准确,但毕竟是将大文学家司马相如和其他有成就的赋家专门划分出来,这一"专门"使文学家与其他创作者有了区别。因此,我们认为"专门"体现出了专业。以"专门"考察汉以后的作家,也是可以反映出他们的主要人生经历和对社会的贡献。作家作为职业,是近现代的事,以此为标准去衡量两千年的文学史,那作家只能是沙漠中的零星植物,连绿地都没有,更谈不上森林。

汉代的作家为谁创作?"润色鸿业"是最为普遍的看法。班固《两都赋序》曰:"至于武、宣之世,乃崇礼官,考文章,内设金马石渠之署,外兴乐府协律之事,以兴废继绝,润色鸿业"。从班固的阐述中可以看出,润色鸿业是对大赋的概括,骚体赋和抒情小赋没有涉及。不过,最能代表汉一代文学面貌的还是大赋,润色鸿业可以看作是对汉代作家创作目的的概括。当然,润色鸿业还可以细分下去,"或以抒下情而通讽谕,或以宣上德而尽忠孝"(班固语),或"颇似俳优淳于髡、优孟之徒"(扬雄语),等等。

赋家创作的目的是润色鸿业,那这样创作的时代应具有怎样的性质?钱穆的看法具有代表性,他的《读〈文选〉》认为:"有文人,斯有文人之文。文人之文之特征,在其无意于在人事上作特种之施用。"他接着说,"如一遵孔、孟、荀、董旧辙,专以用世为怀,殆不可有纯文学。"

我们认为,钱氏的看法有失偏颇,如果以"用世为怀"和不"用世为怀"来判断文人(即作家)的存在与否和纯文学的存在与否,那在以"济天下"为人生重心的封建文人中,何处去寻找作家?何处去寻找纯文学作品?即使有"独善其身"的作家,他们无意于世事也是在"穷"时,当他们"达"时又要失去作家的身份,这显然是不可操作的概念。

因此,为谁创作是不能作为判定作家是否存在的标志,正确的标志应是其用什么去实现自己的写作目的。汉代赋家是用赋这一文学体裁润色鸿业,而且他们已意识到由此而带来的一些区别,所谓"言语侍从"和"公卿大臣"。所以,汉代是有作家存在的。

质言之,我们认为汉代有作家队伍存在,汉一代文学是赋,这支队伍也以赋家为主,我们的讨论也基本是围绕赋家展开的。赋家是一支专门的写作队伍,润色鸿业是他们的主要创作目的,赋是他们运用的文学体裁。

2. 文学作品

这是一个比较简单的问题,汉一代的文学作品以诗和赋为主,数量不算少,虽然准确的统计因标准不同和版本不同而难以得出,但勾勒出一个概貌还是容易的。

以诗而言,刘勰《文心雕龙·明诗》曰:"成帝品录,三百余篇,朝章国采,亦云周备。"说明数量不算少。四言诗多模拟《诗经》,数量不多,成就也不高。楚辞体的诗歌数量不少,也很有特色,如汉初项羽的《垓下歌》、高祖刘邦的《大风歌》,以及后来武帝的《秋风辞》、细君公主的《悲愁歌》等;文人楚辞体诗有梁鸿的《五噫歌》、张衡的《四愁诗》等,这些诗歌一向被后人重视。

五言诗在东汉出现,班固的《咏史》被认为是可靠的早期文人五言诗。张衡的《四愁诗》,也常被认为是我国第一首完整的文人七言诗。相传西汉枚乘、李陵、苏武等人的五言诗不可信,但是为汉代所作是基本可信的。东汉后期辛延年的《羽林郎》、宋子侯的《董娇饶》及作者难考的《古诗十九首》等等,都取得了相当高的艺术成就。

汉乐府民歌是汉代诗歌最大类,《汉书·艺文志》所载西汉篇目已有138首,接近《诗经》中"国风"的数量。这些民歌来自民间,它们的整理、传播,也反映出了汉代诗歌创作面貌的一个方面。

以赋而言,汉一代作品更是丰富,班固《两都赋序》说:"孝成之世,论而录之,盖奏御者千有余篇。"刘勰《文心雕龙·诠赋》亦说:"繁积于宣时,校阅于成世,进御之赋,千有余篇。"桓谭《新论》曾引扬雄作赋的体会说:"能读千赋,则善为之矣。"可见时人能读到的作品亦不在少数。据《汉书·艺文志·诗赋略》统计,西汉一代就有赋作941篇,另有枚皋赋20篇及其"尤嫚戏不可读者尚数十篇"。(《汉书·枚皋传》)

东汉的赋作品,因《后汉书》无《艺文志》而没有统计数字,但《隋书·经籍志》的别集类著录有后汉别集30部,总集类著录辞赋集18部,从中可以了解到东汉的赋作品亦不在少数。

汉一代的文学作品,诗赋是大宗,特别是汉赋作品,动辄千篇,一派泱泱大国的面貌。另外,汉代还有为数不少的散文作品。小说的雏形也在汉代出现,刘向写有历史小故事《列女传》。他的《世说》已亡佚,但鲁迅《中国小说史略》认为,《世说新语》"乃纂辑旧文,非由自造",《世说》亦应是小说类作品。

汉四百年,以文学作品标志衡量之,虽不如唐宋以后那么丰富多样,但一代文学的面貌已展示出来,特别是汉赋创作,作家盈百,作品逾千,牢牢确立了在文学史上的地位,已能与唐诗宋词并列。

3. 文学批评

汉一代文学批评的发展,可以体现在几件大事上,即关于《诗经》的研究、关于屈原的论争、关于汉大赋的论争和王充的文学观点。

关于《诗经》的研究。由于"独尊儒术"的政治要求,汉人对由孔子删定的《诗经》非常重视,经学家说《诗》成风,据《汉书·艺文志》记载,当时说《诗》的有鲁、齐、韩、毛四家。各家自持己说,纷争不已。这些纷争,有些内容于文学是毫无意义的,甚至是有损害的,如《关雎》一章是"美"诗还是"刺"诗,终汉一代都在争论,以至后人概括为"汉儒言诗,不过美刺二端"。(《青溪集》)将《诗三百》依附于经学,对文学发展是不利的。但在《诗经》研究中,有些内容是可取的,如《毛诗》列于首篇《关雎》后具有总纲性质的概论《诗大序》,较为系统地阐述了诗歌的作用、体裁、性能等内容,有人称之为我国诗歌理论的第一篇专论。其中有一些提法对后世文学发展影响很大,随着文学的进步还不断得到修正。如《诗大序》提出的赋、比、兴的艺术手法,在后世的文学理论发展中被赋予新含义,唐初陈子昂就提出了文学要有"兴寄"。

关于屈原的论争。这场论争也基本上贯穿两汉,主要是围绕屈原人生遭遇及其作品的思想内容进行,焦点是屈原的《离骚》是依经还是异经。首先是司马迁对屈原作了肯定性的评价:"其文约,其辞微,其志洁,其行廉,其称文小而其指极大。"(《史记·屈原贾生列传》)认为屈原创作兼有"国风"和"小雅""好色而不淫""怨诽而不乱"的优点。西汉末扬雄肯定《离骚》的艺术成就,但从明哲保身的思想出发,反对屈原以身殉自己的政治理想的行为。东汉班固对屈原提出否定,他认为屈原其人既"非明智之器",其创作又多"虚无之语"(《离骚序》)。班固稍后的王逸提出反驳观点,他肯定屈原的人格及其"怨"的创作动机和创作主旨,但他还是以"合经"和"异经"来定标准的:"夫《离骚》之文,依托五经以立义焉……所谓金相玉质,百岁无匹,名垂罔极,永不刊灭者矣。"(《楚辞章句序》)围绕屈原展开的争论,已具文学批评的性质,其中知人论事等等方法,影响到以后历代文论。

关于汉大赋的论争。汉代文学创作的主要内容是汉赋,汉赋中又以大赋最具代表性,然而汉大赋也招来了最激烈的论争。司马迁《史记·太史公自序》说:"《子虚》之事,《大人》赋说,靡丽多夸,然其指风谏,归于无为。"司马迁为汉赋辩护,说明当时已有反赋之声,这段话也指出了汉代大赋论争的两个焦点——"靡丽多夸"的艺术特征和"风谏"的主题。攻击汉大赋最激烈的是西汉末年的扬雄,他在《法言·吾子》里集中表达了自己的看法:"或问:吾子少而好赋?曰:然。童子雕虫篆刻。俄而曰:壮夫不为也。"为什么要与大赋决裂,他这样解释:"或曰:赋可以讽乎?曰:讽乎!讽则已;不已,吾恐不免于劝也。"他批判大赋"劝百讽一"的缺点,同时也指责大赋的艺术特征:"或问:景差、唐勒、宋玉、枚乘之赋也益乎?曰:必也淫。淫则奈何?曰:诗人之赋丽以则,辞人之赋丽以淫。"将大赋的创造手法与《诗经》创作原则相对立。不过,对大赋还是有很多人表示肯定。汉宣帝说:"辞赋大者与古诗同义,小者辩丽可喜。辟如女工有绮縠,音乐有郑、卫,今世俗犹皆以此虞说耳目,辞赋比之,尚有仁义风谕,鸟兽草木多闻之观,贤于倡优博弈远矣。"(《汉书·严朱吾丘主父徐严终王贾传》)以帝王之尊为文学创作辩护,实属难得。班固思想正统,但他对大赋总的来说持肯定态度,他的《两都赋序》认为大赋是"雅颂之亚",应"炳焉与三代同风"。针对扬雄的批判,有人反驳说:"相如虽多虚辞滥说,然要其归引之节俭。此与《诗》之风谏何异?扬雄以为靡丽之赋,劝百风一,犹驰骋郑、卫之声,曲终而奏雅,不已亏乎?"(《史记·司马相如列传》)可以看出,汉大赋的论争,已是将文学的特征作为了论争的焦点之一。

王充的文学观点。王充是班固之父班彪的学生,博览群书,精通百家,政治上不得志后专心著述,现在流传下来的只有二十余万言的《论衡》。他宣称,《论衡》的写作宗旨是"极笔墨之力,定善恶之实"。说得更彻底就是:"《论衡》篇以十数,亦一言也。曰:疾虚妄。"(《论衡·佚文篇》)以这样的精神涉及文学领域,有些论述虽显得过于宽泛,但他提出的一系列观点颇具独创性,在当时具有进步意义。他认为文学创作应"有补于世"。《论衡·自纪篇》说:"为世用者,百篇无害;不为用者,一章无补。如皆为用,则多者为上,少者为下。"因此,在《论衡·佚文篇》中提出"文人之笔,劝善惩恶"的重要原则。他反对模拟,这是与他反对厚古薄今思想相通的,《论衡·自纪篇》指出:"饰貌以强类者失形,调辞以务似者失情……美色不同面,皆佳于目;悲音不共声,皆快于耳。酒醴异气,饮之皆醉;百谷殊味,食之皆饱。谓文当与前合,是谓舜眉当复八采,禹目当复重瞳。"他反对形式主义,因而对赋不满,《论衡·定贤篇》说:"以敏于赋颂为弘丽之文为贤乎,则夫司马长卿、扬子云是也。文丽而务巨,言眇而趋深,然而不能处定是非,辩然否之实。虽文如锦绣,深如河汉,民不觉知是非之分,无益于弥为崇实之化。"他提倡通俗,《论衡·自纪篇》说:"口则务在明言,笔则务在露文。"进而强调:"夫笔著者欲其易晓而难为,不贵难知而易造。口论务解分而可听,不务深迂而难睹。"王充不是文学家,但他的文学观却显示出很高的文学理论水准。

从以上举例可以看出,汉代的文学批评在讨论文学现状和文学性质方面有着比较丰富的内容,在争论一些问题时显得相当激烈,有些论争贯穿两汉,有些论争还影响后人,在文学发展史上产生了深远的影响。

4. 文学体裁的分类

汉代已开始进行为文学体裁分类的工作,当时的两大文体诗与赋,很多人都给予了较深入的区别。班固主要从赋的起源出发区别赋与诗:

> 春秋之后,周道寝坏,聘问歌咏,不行于列国,学《诗》之士,逸在布衣,而贤人失志之赋作矣。大儒孙卿及楚臣屈原,离谗忧国,皆作赋以风,咸有恻隐古诗之义。
>
> (《汉书·艺文志》)

赋与楚辞的区别也被汉代文人所认识,司马迁在《史记·酷吏列传》中称朱买臣发迹的原因是"买臣以楚辞与助俱幸",首次提出"楚辞"这一名称,表现出他对屈原等人的作品与正在兴盛的大赋有所区别的意识。后来班固等人也做了这方面的工作。至王逸《楚辞章句》,楚辞以正式的文体名称出现,他在《九辩序》里指出:

> 宋玉者,屈原弟子也。闵惜其师,忠而放逐,故作《九辩》,以述其志。至于汉兴,刘向、王褒之徒,咸悲其文,依而作词,故号为"楚词"。

区别文体的工作在文献整理方面有比较集中的进行。刘向父子在这方面有开创性的贡献,阮孝绪《七录序》里指出:

刘向校书,辄为一录,论其指归,辨其讹谬,随竟奏上,皆载在本书。时又别集众录,谓之别录,即今之《别录》是也。子歆撮其旨要,著为《七略》,其一篇即六篇之总最,故以"撮略"为名。

《七略》中专列《诗赋略》,使诗赋作品有别于"诸子""兵书""数术"等门类,每一略中又分若干种。这样的划分,显示出了可贵的文学价值。班固在刘向父子工作的基础上,删节编撰《汉书·艺文志》,不仅将辞赋与乐府相区别,而且还把辞赋分为屈原赋、荀卿赋、陆贾赋和杂赋四类。每类作品后均附小序,以说明此类作品的源流与特色。

刘向、班固等人的文体分类工作,用今人眼光看显得粗糙,有些划分也难以理解,但他们注意到这些作品的不同特征,并且试图依照自己的理解,按照一定的标准去加以区分,这是一种主动意识,体现出来的是文学自觉。

5. 文学与哲学、史学的分离

中国传统文化中有文史哲不分家的说法,但是在文学发展史上,文学若要独立需要与哲学、历史分家,这个分家应当在汉代。

汉武帝"罢黜百家,独尊儒术"后,汉代思想界逐渐成了经学的天下。经董仲舒的改造和汉武帝的鼓励支持,儒学成了神学,并对文化领域的各个方面施以重大影响,如汉儒讲《诗》,以经学主张牵强附会于《诗》,董仲舒《举贤良对策》有所谓"教化之情不得,雅颂之乐不成"之论。但是,文学在四百年发展中,还是与哲学、史学向着不同方向发展,走向分离。

一方面,"文章"和"文学"的概念有了区分。在当时人的认识上,"文学"是指经、史、子一类的著作或学问,如:

> 夫齐鲁之间于文学,自古以来,其天性也。故汉兴,然后诸儒得修其经艺。
>
> (《史记·儒林列传》)

> 延文学儒者以百数。
>
> (《汉书·儒林传》)

"文学"有时等同于包括礼仪、章程、掌故等在内的文献知识,如司马迁《史记·张丞相列传》称张苍"文学律历,为汉名相"。"文学"有时也指外在的修养,如司马迁就说周勃"不好文学"。汉武帝独尊儒学后,"文学"主要是与儒学相联系,如"文学儒者""文学经书""文学经术"等等。

"文章"在汉代指重文采辞藻的文学作品,《史记》用语里已与"文学"有别:

> 文章尔雅,训辞深美。
>
> (《史记·儒林列传》)

到东汉时,"文章"的概念已经更加明晰,文学家已可以以"文章"专指:

> 汉世文章之徒,陆贾、司马迁、刘子政、扬子云……
>
> (《论衡·书解篇》)

另一方面,文学已在史书那里获得了专门对待。如前所述,西汉刘向父子的分类,其子刘歆总群书而奏的《七略》,列《诗赋略》,与《六艺略》《诸子略》并列,第一次把文学性质的作品与学术著作区别开来,并使它成为我国最早的文学书目文献。东汉班固《汉书·艺文志》沿用这一划分标准,专列《诗赋略》以区别于其他学术科目。

同时,汉代已有了专门的文学发展探讨。班固在《离骚序》中写道:

> 后世莫不斟酌其英华,则象其从容。自宋玉、唐勒、景差之徒,汉兴,枚乘、司马相如、刘向、扬雄,聘极文辞,好而悲之,自谓不能及也。

班固列出受屈原影响的作家,指出他们的继承关系,肯定了屈原"辞赋宗"的地位。王逸《楚辞章句》也从这个角度谈了他的看法:

> 屈原之词,诚博远矣。自孔丘终没以来,名儒博达之士,著造词赋,莫不拟则其仪表,祖式其模范,取其要妙,窃其华藻。

王逸还具体叙述了淮南小山、东方朔、严忌、王褒、刘向等人,如何"咸悲其文,依而作词"地向屈原学习。

注意到作家之间的继承关系,文学也就有了自己的发展流变,这是文学与哲学和史学分离的一个重要方面,改变了先秦时期只从政治和风俗两方面探讨文学发展的缺陷。

文学独立,还表现在汉代出现了许多专门的文学批评论文,如《毛诗序》,王逸的《楚辞章句》,班固的《两都赋序》和《离骚序》。这些论文相对于先秦散见于诸子百家论著中的片段文论,独立性有了明显的进步。《史记》和《汉书》还为文学家司马相如、扬雄立传,也是对他们文学成就的肯定。

从以上几方面看,我们认为汉代时文学与哲学、史学开始分离,虽然有时并不彻底,但在儒学独尊、经学弥漫的时代,汉代文人能做到这样的区别已是文学的长足进步,也只有有了文学独立的意识,才能为文学做到这样的区别。

6. 审美特征的认识

汉代文学成就在汉赋,对汉赋作品所具的艺术感染力,当时已有很深的了解,即使是对赋表示不满的王充,也对这一点认同,他在《论衡·谴告篇》里,对司马相如、扬雄等人作品的影响是这样描述的:

> 孝武皇帝好仙,司马长卿献《大人赋》,上乃仙仙有凌云之气。孝成皇帝好广官室,扬子云上《甘泉颂》,妙称神怪,若曰非人力所能为,鬼神力乃可成。皇帝不觉,为之不止。长卿之赋言仙无实效,子云之赋言奢有害,孝武岂有仙仙之气者?孝成岂有不觉之惑哉?然即天之不为他气以谴告人君,反顺人心以非应之,犹二子为赋颂,令两帝惑而不悟也。

汉赋表现手法所具有的审美特征,汉代人也已注意到,扬雄、班固、王充等人都专门谈到汉大赋罗列"天下至美""至骏""至壮",追求"侈丽"的审美特征。班固在《汉书·扬雄传》里指出:

> 雄以为赋者,将以风也,必推类而言,极丽靡之辞,闳侈巨衍,竞于使人不能加也,既乃归之于正,然览者已过矣!

汉大赋的审美特征,枚乘创作《七发》时就开始表现出来,以后经过司马相如等人的创作将它推向极致。丰富的辞藻、夸张的手法、宏大的结构,已成为汉赋作家创作时的自觉行为,他们还常常将这一特征与其他文体相区别,如扬雄就有"诗人之赋丽以则,辞人之赋丽以淫"的见解。赋家们克服"劝百讽一""曲终而奏雅"的种种努力,他们"辞赋大者与古诗同义,小者辩丽可喜"的中庸之说,都是汉代文人对汉大赋美学特征认识的反映,而且这一认识已进入文学本质的范畴。

7. 个体意识觉醒

主张文学自觉始于魏晋的学者,常常是把这一标志作为认定文学自觉的前提,但这一标志的核心——人的自身价值的认识,即个体意识,在汉代就已显现得非常明晰。

首先,汉代文人著书立说有热情。终汉一代,文人都有著书立说的志向,而且可以不受外界的干扰。司马迁受辱,但为完成《史记》而坚持活了下来。扬雄否定作赋,却静下心来追先哲而著《法言》《太玄》。班固"潜心研思"写《汉书》,险遭不测。蔡邕临死前,"乞黥首刖足,继成汉史"。治学与仕途比,个人意志更可以得到体现。在仕途受困、命运多难的时候,做学问也能成为个人精神的庇护所。东汉赵岐在《孟子题辞》中写道:

> 余生西京,世寻丕祚,有自来矣,少蒙义方,训涉典文。知命之际,婴戚于天。遭屯离蹇,诡姓遁身,经营八纮之内,十有余年,心剿形瘵,何勤如焉!尝息肩驰担济岱之间,或有温故知新雅德君子,矜我劬瘵,眷我皓首,访论稽古,慰以大道。余困吝之中,精神遐漂,靡所济集,聊欲系志于翰墨,得以乱思遗老也。

其次,汉人对人生磨难有着深刻的认识。这一点从汉一代对屈原的关心就可看出。贾谊《吊屈原赋》慨叹屈原"遭世罔极兮,乃陨厥身",突出屈原人格与现实的冲突。司马迁《史记·屈原贾生列传》说屈原"与日月争光可也",突出屈原不与浊世同流合污的人格;说"未尝不垂涕,想见其为人",突出屈原人格的高尚感人。以后经扬雄、班固等正统文人的反复叙说,汉末王逸等又再次突出赞誉屈原受尽磨难而峻洁的人格,《楚辞章句序》说:"今若屈原,膺忠贞之质,体清洁之性,直若砥矢,言若丹青,进不隐其谋,退不顾其命,此诚绝世之行,俊彦之英也。"人生磨难是魏晋文人广泛关注的题材,所谓"忧生之嗟",是观察文学自觉的窗口,而汉人已在这方面给予充分注意,特别是强调人格与社会现实冲突而造成的磨难,在认识人的自身价值的内容上毫不逊色于魏晋文人。

再次,对个人生命的关心。汉末《古诗十九首》有许多诗句都是表达这一内容的:

> 人生寄一世,奄忽若飙尘;何不策高足,先据要路津?
>
> 　　　　　　　　　　　　　　　　　　　(《今日良宴会》)
>
> 人生非金石,岂能长寿考? 奄忽随物化,荣名以为宝。
>
> 　　　　　　　　　　　　　　　　　　　(《回车驾言迈》)
>
> 人生天地间,忽如远行客。斗酒相娱乐,聊厚不为薄。
>
> 　　　　　　　　　　　　　　　　　　　(《青青陵上柏》)
>
> 昼短苦夜长,何不秉烛游? 为乐当极时,何能待来兹。
>
> 　　　　　　　　　　　　　　　　　　　(《生年不满百》)

这样集中表达对个人生命的关心,在我国文学史上还不多见。关心个人的生命,除表现为对现实激愤、命运感伤外,也表现于对自然的热爱。开启东汉抒情小赋的张衡,就在自己的《温泉赋序》中写道:阳春之月,百草萋萋。余在远行,顾望有怀。遂适骊山,观温泉,浴神井,风中峦,状厥类之独美,思在化之所原,美洪泽之普施。热爱自然之情跃然纸上,令人回味无穷。

8. 道家思想的影响

在讨论文学自觉时,道家思想已受到越来越多的关注。道家思想在西汉的影响我们已有论述,这里做两点补充,一是道家思想在东汉的表现,一是儒道互补的传统。

道家思想重新受到文人的普遍重视,王莽篡汉是个分水岭。这场大动乱动摇了江山一统的信念,使文人对维护政权的经学之外有了更多的兴趣。据《后汉书》记,严君平依老子、庄周之旨著书十余万言。傅毅《七激》起句就是:"徒华公子,托病幽处,游心于玄妙,清思乎黄老。"道家有关性情恬淡、言行退守的观点,在赋家的作品中不断表现出来。冯衍的《显志赋》说:"用之则行,舍之则藏,进退无主,屈伸无常。"在《杨节赋序》里描写自己出世的生活意趣:"冯子耕于骊山之阿,渭水之阴,废吊间之礼,绝游宦之路,眇然有超物之心,无偶俗之志。"班固在《幽通赋》里写道:"登孔、颢而上下兮,纬群龙之所经,朝贞观而夕化兮,犹喧己而遗形,若胤彭而偕老兮,诉来哲以通情。……保身遗名,民之表兮。舍生取谊,亦道用兮。"张衡的《应间》老庄意味更浓:"人各有能,因艺受任。……官无二业,事不并济。昼长则宵短,日南则景北。天且不堪兼,况以人该之。"至蔡邕,进取之心几乎被老庄思想替代,《释诲》说:"时行则行,时止则止,消息盈冲,取诸天纪。利用遭泰,可与处否,乐天知命,持神任己。"

从以上这些例子看,道家思想不仅影响到当时文人的处世行为,也表现在他们的赋作品中,这对文学的发展和独立,自然是要产生推动作用。

儒道互补的传统。晚清龚自珍在评价李白时说:"庄、屈实二,不可以并,并之以为心,自白始;儒、仙、侠实三,不可以合,合之以为气,又自白始也。"这可能是指李白在这方面做得非常好,而且把儒、道两方面的思想表现得都非常充分。实际上,儒、道在汉代就有了互相补充的作用。贾谊是表现屈原思想很充分的赋家,而他的《鹏鸟赋》被普遍认为有道家思想。班固是典型的正统儒家,但如前所述,他的《幽通赋》里却又有道家思想的痕迹。在中央集权的封建社会,儒道互补是文人生存的需要,它是一个传统,而这一传统的形成是在汉代。

9. 帝王对文学创作的影响

汉代文学的发展,尤其是汉赋发展,与帝王(含宗室)的推动有着密切关系,这是毋庸置疑的,问题是如何认识这一推动力。我们认为可以从三个方面认识。

首先,汉代有许多帝王从事创作活动,他们对文学的参与程度要超过以后历代帝王。明代胡应麟就拿汉代与唐代做了比较。唐代有千余诗人,可宗室与列者不足十人,而先秦、汉有六十余赋家,不计东汉,刘氏就占了十几人;唐宗室能诗者不到百分之一,而汉宗室能赋者达到十分之三。

其次,汉代帝王是一支很有造诣的作者队伍,他们创作的作品数量不少,而且写得也非常好。以费振刚《全汉赋》所收的武帝《悼李夫人赋》为例,描写在幻觉中与李夫人相见又相离:"欢接狎以离别兮,宵寤梦之芒芒,忽迁化而不反兮,魄放逸以飞扬。何灵魂之纷纷兮,哀裴回以踌躇,势路日以远兮,遂荒忽而辞去。"情真意切,具有很强的艺术感染力。

最后,帝王的参与,使汉赋得到了许多次发展的机会。汉初的梁孝王创作中心,枚乘作《七发》启大赋之端。武、宣之时,司马相如等将大赋推向兴盛。东汉后期,灵帝还自作文章50篇,"因引诸生能为文赋者。"

帝王的推动,使汉赋有了大发展,我们不能因为汉赋为帝王服务而否定其中的文学意义,更何况汉赋并不仅仅是为帝王服务的。同时,我国的封建社会是中央集权制,皇权与文学不可能割离,相反还形成了颇具特色的文化氛围,这一点实际上在认定文学自觉于魏晋的学者那里得到运用,如对曹丕"诗赋欲丽"的高度评价。但是,汉宣帝不是早就说过"辞赋大者与古诗同义,小者辩丽可喜"吗?我们认为,汉代帝王与建安三曹一样,他们参与文学的活动,是对文学发展的推动,有利于文学觉醒。

概而言之,在我们讨论了有关文学自觉的几个标志之后,如果这几个标志已在汉代存在,那么结论就可以是:在汉代,文学已作为一个独立的艺术形式而存在,展示独特的自身之美,文学自觉的进程已经开始。其中,有过反复,但也符合事物发展的一般规律,并不影响到它的性质——文学已开始自觉。

第三编
汉赋文化的发展

第十二章

历代汉赋作品辑录

  汉赋作品的整理是研究汉赋文化的一项重要内容,这一工作从汉代就已开始,历代都有文人致力于这方面的工作。至清代,积一千多年的努力,本应有很好的整理成果,但现实情况是这方面的成绩并不理想,保存下来的经过整理的汉赋作品可谓是百不及一。汉赋在两汉成就辉煌,汉以下被各代学者所重,目前只有百余篇的传世作品,这是中国文学史的憾事,也是一个让人大惑不解的文学现象。

  综观汉赋作品的整理工作,最初得到整理的是保存于史书和诗文合集中的作品。约在唐代以后,专门的赋集出现了,汉赋也相应得到了比较好的整理和保存。至于专门的汉赋作品集,近代之前还没有出现过。

  整理汉赋作品,有赋体界定的问题。在汉代,辞与赋划分不明,甚至在很长时间里"辞""赋"可以通用,如司马迁就将屈原的作品视为赋,所谓"乃作《怀沙》之赋"。同时,还有许多作品虽是赋的体裁,但却不以"赋"命名。比如《文选》有"赋""骚""七""对问"和"设论"等五目的设立,其中的很多作品今人都视为赋。辞赋不分等现象给汉赋整理带来了一些问题,赋体如何界定成为一项基础性的工作。以下我们就对历代汉赋的整理作一俯瞰,以了解汉赋作品的保留情况。

第一节　汉代汉赋作品辑录

汉代的赋作品,在《史记》和《汉书》中保存的较多,也被后人所重视。《史记》首开汉赋的收录工作。贾谊的作品《吊屈原赋》和《鹏鸟赋》存于《屈原贾生列传》,司马相如的作品《子虚赋》《上林赋》《哀二世赋》《大人赋》也被保存于《司马相如列传》中。《汉书》继续关注汉赋,收录的汉赋作品较《史记》有了许多增加,由于收录了大量的汉赋作品,《汉书》也得到了后代文章家的喜爱。班固还在刘向、刘歆父子《七略》的基础上,于《汉书》中设《艺文志》,其中《诗赋略》将赋分为四类,著录78家,1 004篇,即屈原赋20家,361篇;陆贾赋21家,274篇;孙卿赋25家,136篇;杂赋12家,233篇。班固为何分赋为四类,历代看法各异,难有定论。

汉代另一收存汉赋作品较多的本子是王逸17卷《楚辞章句》,其基础是刘向的16卷《楚辞》。刘向任校中五经秘书时,曾将屈、宋等人的作品和汉人部分拟骚之作辑为《楚辞》。王逸《楚辞章句》是现存最早的骚赋总集,收有辞赋家10人,作品73篇,其中有不少争议,但仍不失为研究汉赋的重要著作。

汉代是一个注重文献收集和整理的时代。魏徵有这样的评价:"至于孝成,秘藏之书,颇有亡散。乃使谒者陈农,求遗书于天下。命光禄大夫刘向校经传诸子诗赋,步兵校尉任宏校兵书,太史令尹咸校数术,太医监李柱国校方技。每一书就,向辄撰为一录,论其指归,辨其讹谬,叙而奏之。向卒后,哀帝使其子歆嗣父之业。乃徙温室中书于天禄阁上。歆遂总括群篇,撮其指要,著为《七略》:一曰《集略》,二曰《六艺略》,三曰《诸子略》,四曰《诗赋略》,五曰《兵书略》,六曰《术数略》,七曰《方技略》。大凡三万三千九十卷。王莽之末,又被焚烧。光武中兴,笃好文雅,明、章继轨,尤重经术。四方鸿生巨儒,负帙自远而至者,不可胜算。石室、兰台,弥以充积。又于东观及仁寿阁集新书,校书郎班固、傅毅等典掌焉。并依《七略》而为书部,固又编之,以为《汉书·艺文志》。董卓之乱,献帝西迁,图书缣帛,军人皆取为帷囊。所收而西,犹七十余载。两京大乱,扫地皆尽。"(《隋书·经籍志》)相对而言,汉赋在当时是得到比较好的收集和整理。

汉代的汉赋整理中,刘歆《七略》和班固《汉书·艺文志》功不可没,他们也成为后人评价的对象。刘师培《论文杂记》中认为:"《汉书·艺文志》叙诗赋为五种,而赋则析为四类:屈原以下二十家为一类,陆贾以下二十一家为一类,荀卿以下二十五家为一类,客主赋以下十二家为一类……自吾观之,客主赋以下十二家,皆汉代之总集类也,余则皆为分集。"[1]章学诚有同样的看法:"《汉志》分艺文为六略……每略各有总叙,论辨流别,义至详也。惟诗赋一略区为五种,而每种之后,更无叙论。不知刘班之所遗耶?抑流传之脱简耶?今观屈原赋二十五篇以下,共二十家为一种;陆贾赋三篇以下,共二十一家为一种;孙卿赋十篇以下,共二十五家为一种。名类相同,而区种有别,当日必有其义例。"[2]张舜徽也有相似的观点:"按:《诗赋略》之与其他五略,本有不同,未可等量齐观。若《六艺略》之分述群经,必详其渊源本末;《诸子略》之叙列十家,必明其流别得失。非分为立论,何由知其梗概。其他《兵书》《数术》《方技》三略,皆同此例。若夫诗赋虽已分为五种,而实同为抒情之作。但有雅俗之不齐,实无是非之可辨。当向、歆校定之初,但见辞赋歌诗之稿,丛杂猥多,不易猝理。略加区分,约为五种。其实细分缕析,犹可多出数种,未必即此五种已为定论也。即分别归类之际,亦有不惬当者:扬雄赋本拟司马相如,乃以相如赋与屈原同次,录扬雄赋隶陆贾下,斯已舛矣。故《诗赋略》中可议者犹多,不第无分类叙论已也。大抵有可论者论之,无可论者阙之。刘《略》班《志》之于六略,或论或阙,自有权衡。善读书者,贵能心知其意,不必求其齐同也。"[3]依刘、章和张之说,刘歆、班固之时,汉代已有赋的专集存在了。

当代学者的研究条件越来越好,所以也有一些新的看法。孔德明的博士学位论文《汉赋的生产与消费》中有两个方面的论述颇具价值。一是关于俗赋的创作与保留问题,由于主流社会的评价体系,汉代俗赋一直不被重视,流失极多,始终是难窥全貌。孔德明认为:"《后汉书·张堪传》:'帝尝召见诸郡计吏,问其风土及前后守令能否。'计吏向神口占'民所疾苦'。'帝尝召见诸郡计吏,问其风土及前后守令能否',计吏亦必口占,口占即为赋。《汉书·艺文志》所录杂赋中某些赋作,会不会就是这些计吏口占的呢?如《汉书·艺文志》中所录'杂四夷及兵赋二十篇''杂山陵水泡云气雨旱赋十六篇''杂禽兽六畜昆虫赋十八篇''杂器械草木赋三十三篇'等。有可能就是上计吏口占当地的风土及百姓疾苦之作。由他们口占而由写书之官记录,然后下之史官。失录姓名,遂成无主之作。王逸曾为上计吏,其《机妇赋》《荔支赋》二篇,或为

---

[1] 刘师培:《中国中古文学史·论文杂记》,人民文学出版社,1959年,第32页。
[2] 章学诚,王重民:《校雠通义通解》,上海古籍出版社,1987年,第116页。
[3] 张舜徽:《汉书艺文志通释》,华中师范大学出版社,2004年,第371—372页。

上计口占风土之作。"一是私家藏书体系对主流社会藏书体系的补充作用。孔德明认为:"刘歆的《西京杂记》则录有枚乘《柳赋》;邹阳《酒赋》《几赋》;路乔如《鹤赋》;羊胜《屏风赋》;公孙诡《文鹿赋》;公孙乘《月赋》等。又录中山王刘胜《文木赋》,及庆虬之《清思赋》(存目),盛览《合组歌》(存目)、《列锦赋》(存目)等。除枚乘见录于《汉书·艺文志》外,其余几位赋家均未见录。这些赋家赋作极可能未被皇家收藏,刘歆便根据民间传闻,记录整理并归入《西京杂记》之中。又《汉书·外戚传下》录有班婕妤的《自悼赋》。班婕妤与扬雄前后人,《七略》未录,《汉书·艺文志》亦未加入。或许班婕妤因此赋为一时伤叹之作,当时并未公诸于外,故后被班固整理收录于《汉书·外戚传》中。看来,私家对辞赋的收集整理,是皇家对辞赋搜集整理的必要补充。"[1]

汉代对汉赋的整理与保留,以史书贡献最大,数量多,也可信。不过,史书毕竟不是文学作品集,许多作品,包括枚乘、司马相如的一些名篇并没有被史书收录。这种情况不仅使得作品散佚,而且后人发现的作品常常也因此会引起真伪之争。为便于说明《史记》《汉书》收录的汉赋的情况,特列一张简表,列入现存完整而又少争议的汉赋作品,以此勾勒出两部史书收录作品的概况和贡献。

《史记》《汉书》汉赋作品辑录简表

作者	作品	《史记》	《汉书》	现存较好的典籍
贾谊	鵩鸟赋 吊屈原赋 旱云赋	屈原贾生列传	贾谊传	《文选》(作《吊屈原文》) 《古文苑》
枚乘	七发 梁王菟园赋 柳赋			《文选》 《艺文类聚》 《西京杂记》 《古文苑》(韩元吉本题作《忘忧馆柳赋》)
邹阳	酒赋 几赋			《文选》 《艺文类聚》 《西京杂记》 《古文苑》

[1] 孔德明:《汉赋的生产与消费》,华中师范大学 2010 年博士学位论文,第 185 页。

续表

作者	作品	《史记》	《汉书》	现存较好的典籍
公孙乘	月赋			《初学记》引枚乘作
路乔如	鹤赋			《西京杂记》《古文苑》
公孙诡	文鹿赋			《西京杂记》《古文苑》
羊胜	屏风赋			《西京杂记》《古文苑》
刘安	屏风赋			《古文苑》
司马相如	子虚赋 上林赋 哀二世赋 大人赋 美人赋 长门赋	司马相如列传	司马相如传	《古文苑》《艺文类聚》《文选》
董仲舒	士不遇赋			《古文苑》《艺文类聚》
孔臧	谏格虎赋 杨柳赋 鸮赋 蓼虫赋			《四库全书》《汉魏丛书》
刘胜	文木赋			《西京杂记》
刘彻	李夫人赋		外戚传上	
东方朔	非有先生论 答客难	滑稽列传	东方朔传	
司马迁	悲士不遇赋			《文选》《艺文类聚》
王褒	洞箫赋			《文选》《艺文类聚》
刘向	请雨华山赋			《古文苑》

续表

作者	作品	《史记》	《汉书》	现存较好的典籍
扬雄	蜀都赋 甘泉赋 河东赋 羽猎赋 长杨赋 太玄赋 逐贫赋 酒赋 解嘲 解难		扬雄传 游侠传	《古文苑》 《艺文类聚》
刘歆	遂初赋 甘泉宫赋 灯赋			《古文苑》 《艺文类聚》
班倢伃	自悼赋 捣素赋		外戚传	《古文苑》 《艺文类聚》

第二节　魏晋南北朝汉赋作品辑录

汉代的汉赋作品很多，班固记："故孝成之世，论而录之，盖奏御者千有余篇。"（《两都赋序》）汉代对汉赋的整理与保存为汉以下打下了比较好的基础，但是东汉末的战乱几乎摧毁了这个基础。魏徵记："董卓之乱，献帝西迁，图书缣帛，军人皆取为帷囊。所收而西，犹七十余载。两京大乱，扫地皆尽。"（《隋书·经籍志》）

这一时期，晋代挚虞的《文章流别论》应当是收有汉赋作品，而且作者对历代赋家和作品都作了精彩论述，可惜的是该集已散佚。

南朝梁萧统《昭明文选》，收录东周至梁八百年间各类文章共计三十八个门类，赋居其首，收有赋家31人，作品56篇。其中汉代有：贾谊2篇、司马相如3篇（《子虚》《上林》赋 分作2篇）、王褒1篇、扬雄3篇、班彪1篇、曹大家1篇、班固3篇（《两都赋》分作2篇）、傅毅1篇、张衡5篇（《二京赋》分作2篇）、马融1篇、王延寿1篇。《文选》入选的作品是按题材排列，分赋为：京都、郊祀、耕藉、畋猎、纪行、游览、宫殿、江海、物色、鸟兽、志、哀伤、论文、音乐、情，共15类，每一门类的作家、作品又以时代先后为序。《文选》的这种编辑体例和赋列首位的做法,与《汉书·艺文志》一样具有开创性,对后代影响很大。

今人踪凡认为:"据《隋书·经籍志》《新唐书·艺文志》《二十五史补编》《史记》三家注、《汉书》颜师古注等典籍的记载和征引,在萧统之前或之后,曾经整理、编辑过汉赋的还有宋明帝、宋新渝侯、梁谢灵运、后魏崔浩等,曾为汉赋作过注释的有李轨、綦毋邃、郭璞、薛综、韦昭、晋灼、臣瓒等,另外还出现了赋音、赋图,出现了分类的赋集如《乐器赋》《伎艺赋》等等,这都彰显出那个时代汉赋研究的繁荣与兴盛。"[1]

第三节 唐宋汉赋作品辑录

《隋书·经籍志》著录的汉赋集有:梁武帝撰《历代赋》10卷,张衡、左思撰《五都赋》6卷,傅毅撰《神雀赋》1卷。遗憾的是,这些与汉赋相关的文集大多已散佚。

《古文苑》是何人所编已无法考证,相传是唐人的藏本,收录有战国至南朝齐代的诗赋作品和杂文260余篇。《古文苑》与《文选》所收录作品的时间相仿,但所收录的作品却为《文选》所不选。如贾谊《旱云赋》、董仲舒《士不遇赋》、司马相如《美人赋》、扬雄《逐贫赋》、马融《围棋赋》等赋作品都有收录。《古文苑》表现出与《文选》不同的辑录倾向,对后代了解汉赋创作面貌有重要意义。

唐代欧阳询等奉敕编撰的《艺文类聚》,是现存最早又比较完整的大型类书。全书100卷,收先秦至唐初229位赋家,850多篇赋,汉赋名家都有收录。

唐代徐坚等编撰的《初学记》30卷,收录时期与《艺文类聚》基本相同,共有139位赋家,454篇赋。

以上两书的功绩是保存了不少残缺不全的赋作品,但不足也是很明显的,那就是所收录赋作品多为节录,使人读之而难窥全貌,常常为之扼腕叹息。

宋代是骚赋集结的重要时期,辑录的专集很多,如《文苑英华》,收有从梁至唐的拟骚作品5卷42篇;《唐文粹》专收唐代古赋,9卷。但宋一代收有汉赋的赋集却不多,比较好的是北宋真德秀《文章正宗》,正集里有赋类,收录时间从先秦至唐代,收有数十篇汉赋作品。

---

[1] 踪凡:《汉赋研究史述略》,《社会科学辑刊》,2002年第1期。

朱熹《楚辞后语》,是在晁补之《续楚辞》与《变离骚》的基础上加以取舍而成的,共6卷,录自战国荀况《成相》至宋吕大临《拟招》共52篇赋。朱熹自序曰:"晁氏之为此书,固主于辞,而亦不得不兼于义。今因其旧,则其考于辞也宜益精,而择于义也当益严矣。此余之所以兢兢不得不致其谨也。"但朱熹没有完成这本书,只注了17篇,后35篇未注。

第四节　元明汉赋作品辑录

元代是排斥近体律赋而倡导古赋的时代,祝尧的《古赋辨体》就是体现这一时代特色的赋总集,也是我们现在所能见到的最早的赋总集。《四库全书总目》指出:"其书自楚词以下,凡两汉、三国、六朝、唐、宋诸赋,每朝录取数篇,以辨其体格,凡八卷。其外集二卷,则拟骚、琴操、歌等篇,为赋家流别者也,采摭颇为赅备。"祝氏此书,以时代分赋为五体,每体所收赋作前先详述该体的渊源、流别,并做简单评述。如其中列有"两汉体",评述为:"汉兴,赋家专取诗中赋之一义以为赋,又取骚中赡丽之辞以为辞。"可说是抓住了汉赋的基本特征,体现了祝尧的眼光。《古赋辨体》选录作品,大都为《文选》已选录的作品,后代人看重的是书中的评述。

明代,赋的总集渐渐多了起来,《选赋》《赋海补遗》《赋苑》《赋珍》等都收有汉赋作品。其中《赋海补遗》28卷,附录2卷,作者周履靖记:"仅纂题雅词玄、句寡意长者七百余篇。"[1]全书分赋为天文、时令、节序、地理、宫室、人品、身体、人事、文史、珍宝、冠裳、器皿、伎艺、音乐、树木、花卉等23部,较别的总集有新意。

第五节　清代汉赋作品辑录

清代是赋学复兴的时代,集大成之作甚多,对前代作品有比较全面的整理。从体例看,汉赋主要被收录于辑录历代赋作品的总集中。

陆葇等选评的《历朝赋格》比较突出,此书所收录赋文,上起东周,下讫明代,特点是前略而后详,这是一个颇具新意的地方。编纂顺序也不同于以往或以类次或以时序的惯例,而是先从赋的体制入手,把赋分为文赋、骚赋、骈

---

[1] 转引自叶幼明:《辞赋通论》,湖南教育出版社,1991年,第158页。

赋三格,然后每格再按题材分天文、地理、人事、帝治、物类五种,每种之下再按时间先后编排作品,每篇作品后再附选编者评语。

王修玉选编的《历朝赋楷》,是各类赋集中时间跨度最长的一种,自周至清,但收录作品却不多。

陈元龙奉敕编的《历代赋汇》,也是这一时期的重要总集。康熙作《御制历代赋汇序》,略述诗赋源流及演变。此集规模空前浩大,凡184卷,计4161篇(包括逸句),可谓是"正变兼陈,洪纤毕具,集为赋家之大观"(《四库全书简明目录》)。此集的不足是以题材分类编次,但归类又不尽准确,带来一些混乱。

因《历代赋汇》规模巨大,之后吴光昭、陈书仝又编辑了《赋汇录要笺略》,可看作是《历代赋汇》的节录本。

张惠言《七十家赋钞》选战国屈原《离骚》至北周庾信凡70家,作品206篇,数量较以往同类选本丰富,并评述了历代主要赋家的艺术特点和渊源。汉代贾谊、孔臧、司马相如、司马迁、班固、张衡、王延寿等重要赋家皆有专文评述。因为张惠言本人的文学造诣和影响,这些评述为时人所重。

第十三章

历代汉赋研究辑要

在中国赋文学史上,汉赋不仅使赋文体走入了文学殿堂,而且使这一文体走上了后人仰望的艺术高峰。正因此,历代都对汉赋从理论上作了很多研究,这些研究对理解汉赋的成就、赋文体的发展,乃至中国文学史、中国文学批评史,都有着极大的帮助。汉赋描述的内容也极为丰富,特别是散体大赋对帝王活动和都城的描述几乎达到穷尽的地步,这些都为后人认识汉代历史提供了不可多得的材料。因此,各代文人都重视汉赋的研究,汉赋和汉赋带来的影响成为汉赋文化的一个重要内容,赋学也应运而生。

第一节 历代汉赋研究概述

汉代,赋是主流文体,汉以下关于汉赋研究的成果汗牛充栋,相关赋评成为汉赋文化的一个重要指标。

第一,历代汉赋研究脉络梳理。

汉赋的研究文字,最早见于西汉司马迁《史记》。《史记》各篇中,对文学记述比较集中的章节有《屈原贾生列传》《司马相如列传》《儒林列传》《太史公自序》等。为文学家立传,是司马迁的创举,他遵守的知人论世的批评方法,对后人影响也极大。司马迁在文学理论研究上的这些贡献,都是在对赋文学和相关领域的研究之中取得的。

班固《汉书》在司马迁《史记》的基础上又有发展,后代赋论家都喜《汉书》,因为班固辑录了许多汉赋作品。不过,班固的贡献不仅仅只在作品辑录上。班固在叙述赋家创作情况时,基本上都在传末详列所著篇目,特别是在《汉书·艺文志·诗赋略》里,没有按照已结集的《楚辞》等作品集著录,而是将赋分为四类,赋作为一种文体的独立性被大大突出,这无疑是在文学发展的层面上对汉赋认识的一大进步。同时,班固《两都赋序》,述盛况,辨流别,是汉赋研究的第一篇专论,被历代赋论家所爱好。

南北朝时期的刘勰《文心雕龙》里《辨骚》和《诠赋》两章,"骚"与"赋"分列,其意义也十分重大。在汉人那里"辞赋"不分的现象,已被这一时期的文学进步观念所影响,"辞"与"赋"被明确分开论述,这无疑是有利于对汉文体的认识。而刘勰所使用的主要材料,又是以汉赋为多。刘勰在《诠赋》中首次对赋的命名、起源、体制、特征、演变及创作作了陈述和评价,是赋论史上第一篇完整的专论。

元代祝尧《古赋辨体》是我国文学史上第一部辞赋作品总集,具有开风气的地位。《古赋辨体》一书对所录作家、作品都作了详尽的注评,汉代的贾谊、司马相如、扬雄、班固等重要赋家和代表作品都有涉及。"祝氏力求集前人之大成,将选赋、论赋与构建辞赋理论相结合,对明清的汉赋研究有很大影响。"[1]

我国第一部赋论专著,是清代乾隆年间李调元所著的《赋话》。"赋话"之名最早出现在宋代,王铚《四六话序》记:"铚类次先子所谓诗赋法度与前辈话言,附家集之末。又以铚所闻于交游间四六话事实,私自记焉。其诗话、文话、赋话各别见云。"元代祝尧《古赋辨体》也提到一些赋话著作:"渡江前后,人能龙断声律,盛行《赋格》《赋范》《赋选》,粹辩论体格,其书甚众。"但这些赋话都已失传,现在无法见到。李调元《赋话》10卷,分新旧两部分,第七至第十卷为"旧话",关于汉赋的评述大都见于其中。李氏评述简要,涉及很多赋家,体例或自评,或引文作评。兹举一例:

《后汉书》:"马融,字季长,扶风茂陵人也……"按:汉多以赋为作颂,如《洞箫》及此是也。季长自言性好音乐,故集又有《琴》与《围棋》《樗蒲》等赋。

(《赋话》)

---

〔1〕 踪凡:《汉赋研究史述略》,《社会科学辑刊》,2002年第1期。

第二,历代汉赋研究简评。

自汉赋诞生以来,历代都有评论汉赋的文字,但关于汉赋的评论专著,则始终没有产生,这不仅和一代文学的地位极不相称,似乎也与我国历代诗论、词论极为发达的情况不相一致,其中的原因,学术界似乎也没有给以相应的注意。我们认为,以下几个方面可以被考虑。

首先,对汉赋的认识有分歧。不仅当代人曾经给汉赋以彻底否定,而且自汉代起汉赋就常常遭到否定。在汉赋创作的年代,扬雄《法言·吾子》就说过:"或曰:吾子少而好赋?曰:然。童子雕虫篆刻。俄而曰:壮夫不为也。"否定汉赋的出发点不尽相同,理由也未必合理,但汉赋屡屡遭到攻击,其地位当然要受到影响。

其次,文体界定存在的问题。辞、赋在汉代是不分的,后人在认识汉赋时也常常习惯于将辞、赋作为整体考虑,这样一来,就要自觉不自觉地去辨别屈原等人的"楚辞"作品与汉赋的区别。比较"骚"与"赋"的高下,这当然是于汉赋的评价不利。王逸《楚辞章句序》就说:"屈原之词,诚博远矣。自孔丘终没以来,名儒博达之士,著造词赋,莫不拟则其仪表,祖式其模范,取其要妙,窃其华藻。所谓金相玉质,百岁无匹,名垂罔极,永不刊灭者也。"清代章学诚说得更是透彻,《文史通义·诗教》说:"文人情深于《诗》《骚》,古今一也。"

再次,赋在创作上存在的难度。赋作为一种文体,与诗、词等文体比起来有一定的写作难度。赋的篇幅较长,需要丰富的学识和充沛的感情,创作准备要求高。汉以后,由大赋、小赋,到俳赋、律赋、文赋,无不体现着对其进行的适应于当时写作习惯的改造。律赋成了科举考试的应用文体后,文学性自是主动降了下来。富有活力的文赋,又不被文人普遍接受。元代祝尧《古赋辨体》曰:"今观《秋声》《赤壁》等赋,以文视之,诚非古今所及;若以赋论之,恐坊雷大使舞剑,终非本色。"欧阳修、苏轼的作品尚受排斥,其他人的更难登堂入室。明代徐师曾的《文体明辨》也认为:"文赋尚理而失于辞,故读之者无咏歌之遗音,不可以言丽矣。"运用这一文体的人少了,关心的人就少了,这一文体最高成就的汉赋,其研究自然也要受到影响。

踪凡认为:"纵观 2000 年汉赋研究的历史可以看出,每一时期的汉赋研究都不可避免地受到当时的社会背景、时代思潮、学术风气、文学创作尤其是辞赋创作的影响,具有鲜明的时代特色;同时,伴随着社会的发展,历史的推进,人们对汉赋的认识和评价也经历了一个由表及里、由零散到系统、由现象到规律的不断深入、不断完善的过程。但这一过程不是递进式发展演进的，而是经过了一段曲折坎坷、有高潮也有低谷的演变轨迹而最终完成的。尽管整个古代的汉赋研究薪火相传，代不乏人，但却没有出现过一本真正研究汉赋的专著，甚至连一本专门的汉赋选本都见不到，这与汉赋作为一代之文学的光辉地位是极不相称的。"[1]回顾各代汉赋研究，此言不虚。

研究汉赋的理论专著没有产生，但散见的汉赋理论文字还是很丰富的，在汉赋理论不甚完整的语境中，这些理论成果显得特别珍贵。这里作部分辑要，以对我国历代汉赋的理论有个初步的梳理。

第二节 汉代汉赋研究辑要

汉代的赋评已经随着汉赋创作的流行而受到时人的重视，汉赋文化中的许多指标、领域和观点都是来自汉代的赋评，许多观点还被后人不断重复。汉代的汉赋研究成果是汉赋研究的起点和基础，其本身也构成了汉赋文化的一个重要领域。

1. 汉赋的社会作用

在强调"讽谏"的前提下，汉赋的社会作用已经被汉人特别关注，有代表性的是司马迁对司马相如的评价和班固的《两都赋序》。

司马迁对司马相如评价时注意到"劝百讽一"的问题，但他还是有"相如虽多虚辞滥说，然其要归引之节俭，此与《诗》之风谏何异"这样的评价。

> 太史公曰：《春秋》推见至隐，《易》本隐之以显，《大雅》言王公大人而德逮黎庶，《小雅》讥小己之得失，其流及上。所以言虽外殊，其合德一也。相如虽多虚辞滥说，然其要归引之节俭，此与《诗》之风谏何异。扬雄以为靡丽之赋，劝百风一，犹驰骋郑、卫之声，曲终而奏雅，不已亏乎？
>
> （《史记·司马相如列传》）

班固在《两都赋序》里提出：赋是"古诗之流"，可以"兴废继绝，润色鸿业"，可以"或以抒下情而通讽谕，或以宣上德而尽忠孝"，这样的赋"炳

---

〔1〕 踪凡：《汉赋研究史述略》，《社会科学辑刊》，2002年第1期。

焉与三代同风。"班固曰:

> 或曰:"赋者,古诗之流也。"昔成、康没而颂声寝,王泽竭而诗不作。大汉初定,日不暇给。至于武、宣之世,乃崇礼官,考文章。内设金马石渠之署,外兴乐府协律之事,以兴废继绝,润色鸿业。是以众庶悦豫,福应尤盛,白麟、赤雁、芝房、宝鼎之歌,荐于郊庙。神雀、五凤、甘露、黄龙之瑞,以为年纪。故言语侍从之臣,若司马相如、虞丘寿王、东方朔、枚皋、王褒、刘向之属,朝夕论思,日月献纳。而公卿大臣御史大夫倪宽、太常孔臧、太中大夫董仲舒、宗正刘德、太子太傅萧望之等,时时间作。或以抒下情而通讽谕,或以宣上德而尽忠孝,雍容揄扬,著于后嗣,抑亦《雅》《颂》之亚也。故孝成之世,论而录之,盖奏御者千有余篇,而后大汉之文章,炳焉与三代同风。且夫道有夷隆,学有粗密,因时而建德者,不以远近易则,故皋陶歌虞,奚斯颂鲁,同见采于孔氏,列于《诗》《书》,其义一也。稽之上古则如彼,考之汉室又如此。斯事虽细,然先臣之旧式,国家之遗美,不可阙也。臣窃见海内清平,朝廷无事,京师修宫室,浚城隍,起苑囿,以备制度。西土耆老,咸怀怨思,冀上之眷顾,而盛称长安旧制,有陋雒邑之议。故臣作《两都赋》,以极众人之所眩曜,折以今之法度。
>
> (《文选·两都赋序》)

西汉末扬雄是全面否定汉赋的第一人,他在理论上否定汉赋的特征,主要是从汉赋的讽谏功能出发,这也是汉人评赋的一个焦点。

> 或问:赋可以讽乎? 曰:讽乎! 讽则已;不已,吾恐不免于劝也。
> 或曰:雾縠之组丽。曰:女工之蠹矣……
> 或问:景差、唐勒、宋玉、枚乘之赋也益乎? 曰:必也淫。淫则奈何? 曰:诗人之赋丽以则,辞人之赋丽以淫。如孔氏之门用赋也,则贾谊升堂,相如入室矣,如其不用何?
>
> (《法言·吾子》)

汉明帝将司马相如与司马迁作比较,也指出了汉赋在讽谏上的缺点,这是主流社会普遍持有的一种观点。

司马迁著书,成一家之言,扬名后世。至以身陷刑之故,反微文刺讥,贬损当世,非谊士也。司马相如泞行无节,但有浮华之词,不周于用。至于疾病而遗忠,主上求取其书,竟得颂述功德,言封禅事,忠臣效也。至是贤迁远矣。

(《全后汉文卷三·诏班固》)

虽然反对汉赋的观点得到广泛的赞同,终汉一代显得非常突出,但肯定汉赋者亦不在少数,汉宣帝就曾为赋作辩解,认为"辞赋大者与古诗同义,小者辩丽可喜"。

议者多以为淫靡不急,上曰:"'不有博弈者乎,为之犹贤乎已!'辞赋大者与古诗同义,小者辩丽可喜。辟如女工有绮縠,音乐有郑、卫,今世俗犹皆以此虞说耳目,辞赋比之,尚有仁义风谕,鸟兽草木多闻之观,贤于倡优博弈远矣。"

(《汉书·严朱吾丘主父徐严终王贾传》)

2. 汉赋的艺术特征

汉赋的艺术特征是以大为美,司马相如从自己的创作体会出发,说得非常透彻。

合纂组以成文,列锦绣而为质,一经一纬,一宫一商,此赋之迹也。赋家之心,苞括宇宙,总览人物,斯乃得之于内,不可得而传。

(《答盛览问作赋》,引自《西京杂记》)

以大为美的艺术效果是非常明显的,扬雄、班固等都对此有表述,有一种文学性的溢美之词。

长卿赋不似从人间来,其神化所至耶?

(扬雄《答桓谭书》)

> 雄以为赋者,将以风也,必推类而言,极丽靡之辞,闳侈巨衍,竞于使人不能加也,既乃归之于正,然览者已过矣。往时武帝好神仙,相如上《大人赋》,欲以风,帝反缥缥有陵云之志。繇是言之,赋劝而不止。
>
> （《汉书·扬雄传》）

汉赋以大为美的特点落实在语言形式上就是"丽",这一点为许多论者所注意,司马迁认为司马相如赋的特点是"靡丽多夸",扬雄更是提出了"诗人之赋丽以则,词人之赋丽以淫"。班固也将"极靡丽之词"作为肯定司马相如的一个方面,有"赋颂之旨"的评价。

> 文艳用寡,子虚乌有,寓言淫丽,托风终结,多识博物,有可观采,蔚为辞宗,赋颂之旨。
>
> （《汉书·叙传下》）

3. 汉赋的创作过程

汉赋之大,受到汉人和以后各代的普遍批评,有的言语还很激烈,如扬雄就抨击说"壮夫不为也"。其实,汉赋之大,其词之丽,都是赋家经过艰难的创作过程而完成的,他们在这方面有着深刻的体会,应该从文学进步的意义上去考虑。扬雄描写自己创作时的状态时有"病一岁"的感受,下笔之难几乎到了至极。

> 余少时见扬子云之丽文高论,不自量年少新进,而猥欲逮及。尝激一事,而作小赋,用精思太剧,而立感动发病,弥日瘳。子云亦言,成帝时,赵昭仪方大幸,每上甘泉,诏使作赋,为之卒暴,思精苦,始成,遂困倦小卧,梦其五藏出在地,以手收而内之。及觉,病喘悸,大少气。病一岁,由此言之,尽思虑,伤精神也。
>
> （桓谭《新论·祛蔽》）

赋家的这种艰难创作过程是普遍的,晋代葛洪《西京杂记》也曾记录了司马相如作赋的艰辛,与扬雄不相上下。

> 司马相如为《上林》《子虚》赋,意思萧散,不复与外事相关,控引天地,错综古今,忽然如睡,焕然而兴,几百日而后成。
>
> （《西京杂记》）

创作甘苦的自白,有时也涉及作赋的途径,最为人熟悉的是扬雄的作赋体会,他在《答桓谭书》里说"大谛所读千赋,则能为之",有一种模仿的倾向,这也是汉赋的程式化走向在理论上提出的要求。

> 长卿赋不似从人间来,其神化所至邪？大谛所读千赋,则能为之。谚云：伏习像神,巧者不过习者之门。
>
> （扬雄《答桓谭书》）

4. 对汉代赋家、赋作品的评论

对汉代赋家、作品的专论多见于史书中,所以比较集中于创作成就较大或社会地位较高的赋家,如《史记》的《屈原贾生列传》《司马相如列传》。《汉书》中评论增加,有时还进行比较,如评枚皋、东方朔、扬雄等。

> 皋不通经术,诙笑类俳倡,为赋颂,好嫚戏,以故得媟黩贵幸,比东方朔、郭舍人等,而不得比严助等得尊官。
>
> 从行至甘泉、雍、河东,东巡狩,封泰山,塞决河宣房,游观三辅离宫馆,临山泽,弋猎射驭狗马蹴鞠刻镂,上有所感,辄使赋之。为文疾,受诏辄成,故所赋者多。司马相如善为文而迟,故所作少而善于皋。皋赋辞中自言为赋不如相如,又言为赋乃俳,见视如倡,自悔类倡也。故其赋有诋娸东方朔,又自诋娸。其文骫骳,曲随其事,皆得其意,颇诙笑,不甚闲靡。凡可读者百二十篇,其尤嫚戏不可读者尚数十篇。
>
> （《汉书·枚皋传》）

> 实好古而乐道,其意欲求文章成名于后世,以为经莫大于《易》,故作《太玄》；传莫大于《论语》,作《法言》；史篇莫善于《仓颉》,作《训纂》；箴莫善于《虞箴》,作《州箴》；赋莫深于《离骚》,反而广之；辞莫丽于相如,作四

赋;皆斟酌其本,相与放依而驰骋云。用心于内,不求于外,于时人皆曶之,唯刘歆及范逡敬焉,而桓谭以为绝伦。

(《汉书·扬雄传》)

史书之外,评论赋家的创作和成就常常是结合具体作品来进行。

孝武善《子虚》之赋,征司马长卿。孝成玩弄众书之多,善扬子云,出入游猎,子云乘从。使长卿、桓君山、子云作吏,书所不能盈牍,文所不能成句,则武帝何贪,成帝何欲! 故曰:玩扬子云之篇,乐于居千石之官;挟桓君山之书,富于积猗顿之财。

(王充《论衡·佚文篇》)

5. 汉赋的渊源

汉赋的渊源,是汉代赋论的一个重要内容,各家都涉及其中,有许多种说法,影响较大的是班固的"诗源说"和王逸的"辞源说"。

《传》曰:"不歌而诵谓之赋,登高能赋,可以为大夫。"言感物造耑,材知深美,可与图事,故可以为列大夫也。古者诸侯卿大夫交接邻国,以微言相感,当揖让之时,必称《诗》以谕其志,盖以别贤不肖而观盛衰焉。故孔子曰"不学《诗》,无以言"也。春秋之后,周道寖坏,聘问歌咏,不行于列国,学《诗》之士,逸在布衣,而贤人失志之赋作矣。大儒孙卿及楚臣屈原,离谗忧国,皆作赋以风,咸有恻隐古诗之义。其后宋玉、唐勒,汉兴,枚乘、司马相如,下及扬子云,竞为侈丽闳衍之词,没其风谕之义。是以扬子悔之,曰:"诗人之赋丽以则,辞人之赋丽以淫。如孔氏之门人用赋也,则贾谊登堂,相如入室矣,如其不用何!"

(《汉书·艺文志》)

屈原之词,诚博远矣。自孔丘终没以来,名儒博达之士,著造词赋,莫不拟则其仪表,祖式其模范,取其要妙,窃其华藻。所谓金相玉质,百岁无匹,名垂罔极,永不刊灭者矣。

(《楚辞章句·卷一》)

6. 今人的相关论述

今人对于汉赋文化投入了很大的热情,成果丰硕。其中,许结的论文涉及面广,同时也有很好的观点。除前面已经引用的之外,还有这样几个观点很给人启示。

(1) 汉赋的文学性认识

这是一个老题目,虽然已有很多的论述,但是仍然是治赋者关注的问题。许结在《汉代赋论的文学背景考述》中强调了赋论在文学意义上的重要性。他认为:"汉赋作为'一代文学',在于新赋体的完型。与此相关,汉人的赋论则为我国古代最早的文学批评,因为汉人将《诗》三百篇归属经学,而针对最早有署名的文人创作的辞赋,其理论批评才具有相对独立的文学意义。"[1]

许文由史论现象的梳理而得出这样的结论:"汉人赋论是我国古代最早的具有自觉意识的文学批评,而汉代赋论内涵的'诗人之赋'与'词人之赋'以及'讽'与'劝'的矛盾与冲突,实蕴涵着广远而深刻的文学背景。概括地说,汉赋创作与理论,与汉代乐府制度的建立有着密切的关联,其中雅乐与郑声的矛盾始终潜隐于汉人赋论之中。而汉赋家文学侍从与儒者的双重身份,又决定了他们的赋学理论笼罩于经学语境,在文与质、言与文的交互衍变中徘徊。"[2]

(2) 汉赋的历史化问题

汉赋的历史化问题,古人已有论述,今人亦很关心,许结《论东汉赋的历史化倾向》从汉代制度层面展开论述。许文认为:"两汉制度影响到文章,有前汉'承秦'与后汉'继周'的差异,两汉赋家的创作与批评亦然,东汉赋家以其渊雅特征改变西汉盛世赋的雄肆风格,正内含着赋体由对经义的依附转向对历史的思考。东汉赋的历史化倾向,与当时儒学渐次当路及西汉言语侍从地位衰落有关,其创作则以京都赋的礼德宗旨与纪行赋的历史沉思最为典型。从赋学批评的意义来看,东汉赋的历史化又凸显了赋体展示两汉学风之不同,最突出的是西汉赋重《诗》、东汉赋重《礼》,西汉赋依经立义偏于小学,东汉则偏于礼学,故而前者重赋之'讽',后者则重赋之'颂',赋风也由'奇谲'转向'雅赡'。"[3]

---

[1][2] 许结:《汉代赋论的文学背景考述》,《江海学刊》,2006年2期。
[3] 许结:《论东汉赋的历史化倾向》,《文史哲》,2016年第3期。

(3) 汉赋与帝国宗教的关系

国家宗教的问题在历史学领域早已提出,但在汉赋研究中涉及的人不多,许结《汉赋祀典与帝国宗教》讨论了这个问题。许文认为:"汉赋的兴盛,与武、宣之世'崇礼官,考文章'相关,汉大赋对'祀典'的诸多描绘,亦缘于汉武帝'定郊祀之礼,祠太一于甘泉……多举司马相如等数十人造为诗赋'之史实。《文选》分赋为15类,首'京都',次'郊祀''耕籍''畋猎',均为大赋创制,其间共有一主轴,即对汉'天子礼'的描绘、颂赞。汉大赋是历史上最早出现的对'天子礼'的形象描述,而赋家对建构帝国宗教的态度,则表现出融宗教神氛于礼教现实的文学精神。"[1]

第三节 魏晋南北朝汉赋研究辑要

这一时期较之两汉对赋的研究更加理论化、系统化,晋代出现了左思《三都赋序》、皇甫谧《三都赋序》等赋说专文,梁代体大思精的《文心雕龙》还列有了《诠赋》专章。在中国文学史上,这一时期是继汉代后第二个论汉赋最集中的时期。

1. 对汉赋社会作用的评价

此期这方面的评价已不再注意讽谏功能,几乎没有出现过对这方面的深入分析,而是对抒情、应用的功能有所涉及。

> 辞赋小道,固未足以揄扬大义,彰示来世也。昔扬子云先朝执戟之臣耳,犹称壮夫不为也;吾虽薄德,位为蕃侯,犹庶几戮力上国,流惠下民,建永世之业,流金石之功,岂徒以翰墨为勋绩,辞赋为君子哉?
>
> (曹植《与杨德祖书》)

> 余既思摹《二京》而赋《三都》,其山川城邑,则稽之地图;其鸟兽草木,则验之方志;风谣歌舞,各附其俗;魅梧长者,莫非其旧。何则?发言为诗者,咏其所志也;升高能赋者,颂其所见也;美物者,贵依其本;赞事

---

[1] 许结:《汉赋祀典与帝国宗教》,《南京大学学报(哲学·人文科学·社会科学)》,2004年第4期。

者,宜本其实。匪本匪实,览者奚信!且夫任土作贡,《虞书》所著;辨物居方,《周易》所慎。聊举其一隅,摄其体统,归诸诂训焉。

(左思《三都赋序》)

逮汉贾谊,颇节之以礼。自时阙后,缀文之士,不率曲言,并务恢张。其文博诞空类,大者罩天地之表,细者入毫纤之内;虽充车联驷,不足以载,广夏接榱,不容以居也。其中高者,至如相如《上林》,扬雄《甘泉》,班固《两都》,张衡《二京》,马融《广成》,王生《灵光》,初极宏侈之辞,终以约简之制,焕乎有文,蔚尔鳞集,皆近代辞赋之伟也。

(皇甫谧《三都赋序》)

《七发》造于枚乘,借吴、楚以为客主。先言:"出舆入辇,蹶痿之损;深宫洞房,寒暑之疾;靡曼美色,宴安之毒;厚味暖服,淫跃之害。宜听世之君子,要言妙道,以疏神导引,蠲淹滞之累。"既设此辞,以显明去就之路,而后说以声色逸游之乐,其说不入,乃陈圣人辩士讲论之娱,而霍然疾瘳。此固膏梁之常疾,以为匡劝,虽有甚泰之辞,而不没其讽谕之义也。其流遂广,其义遂变,率有辞人淫丽之尤矣。崔骃既作《七依》,而假非有先生之言曰:"呜呼,扬雄有言,童子雕虫篆刻,俄而曰,壮夫不为也。孔子疾小言破道,斯文之族,岂不谓义不足而辩有余者乎!赋者将以讽,吾恐其不免于劝也。"

(挚虞《文章流别集》)

枚皋文章敏疾,长卿制作淹迟,皆尽一时之誉;而长卿首尾温丽,枚皋时有累句,故知疾行无善迹矣。扬子云曰:"军旅之际,戎马之间,飞书驰檄,用枚皋;廊庙之下,朝廷之中,高文典册,用相如。"

贾谊在长沙,鹏鸟集其承尘。长沙俗以鹏鸟至人家,主人死。谊作《鹏鸟赋》,齐死生,等荣辱,以遣忧累焉。

(葛洪《西京杂记》)

初,张衡作《定情赋》,蔡邕作《静情赋》。检逸辞而宗澹泊。始则荡以思虑,而终归闲正。将以抑流宕之邪心,谅有助于讽谏。缀文之士,奕代继作。并因触类,广其辞义。

(陶潜《闲情赋序》)

2. 对汉赋源流的研究

在汉人的基础上,南北朝时更加明确了汉赋与楚辞的关系,这方面以挚虞、刘勰为代表。刘勰正式提出了赋是"拓宇于楚辞"的观点,后世有许多学者承袭此说。祝尧《古赋辨体》曰:"《离骚》为词赋祖。"刘熙载《艺概·赋概》曰:"骚为赋之祖。"这些观点都显然是受刘勰的影响,但刘熙载作了一些补充。

《诗》有六义,其二曰"赋"。"赋"者,铺也;铺采摛文,体物写志也。昔邵公称:"公卿献诗,师箴瞍赋。"《传》云:"登高能赋,可为大夫。"诗序则同义,传说则异体。总其归涂,实相枝干。故刘向明"不歌而颂",班固称"古诗之流也"。

至如郑庄之赋"大隧",士蒍之赋"狐裘";结言扺韵,词自己作,虽合赋体,明而未融。及灵均唱《骚》,始广声貌。然则赋也者,受命于诗人,而拓宇于楚辞也。于是荀况《礼》《智》,宋玉《风》《钓》,爰锡名号,与诗画境,六义附庸,蔚成大国。述客主以首引,极声貌以穷文,斯盖别诗之原始,命赋之厥初也。

秦世不文,颇有杂赋。汉初词人,顺流而作,陆贾扣其端,贾谊振其绪,枚、马播其风,王、扬骋其势。皋、朔已下,品物毕图。繁积于宣时,校阅于成世,进御之赋千有余首,讨其源流,信兴楚而盛汉矣。

夫京殿苑猎,述行序志,并体国经野,义尚光大。既履端于倡序,亦归余于总乱。序以建言,首引情本;乱以理篇,写送文势。按《那》之卒章,闵马称"乱",故知殷人辑颂,楚人理赋,斯并鸿裁之寰域,雅文之枢辖也。至于草区禽旅,庶品杂类,则触兴致情,因变取会,拟诸形容,则言务纤密;象其物宜,则理贵侧附:斯又小制之区畛,奇巧之机要也。

观夫荀结隐语,事数自环;宋发夸谈,实始淫丽;枚乘《菟园》,举要以会新;相如《上林》,繁类以成艳;贾谊《鵩鸟》,致辨于情理;子渊《洞箫》,穷变于声貌;孟坚《两都》,明绚以雅赡;张衡《二京》,迅发以宏富;子云《甘泉》,构深玮之风;延寿《灵光》,含飞动之势:凡此十家,并辞赋之英杰也。及仲宣靡密,发篇必遒,伟长博通,时逢壮采;太冲、安仁,策勋于鸿规;士衡、子安,底绩于流制;景纯绮巧,缛理有余;彦伯梗概,情韵不匮:亦魏晋之赋首也。

原夫登高之旨,盖睹物兴情。情以物兴,故义必明雅;物以情观,故词必巧丽。丽词雅义,符采相胜,如组织之品朱紫,画绘之著玄黄,文虽新而有质,色虽糅而有本,此立赋之大体也。然逐末之俦,蔑弃其本,虽读千赋,愈惑体要;遂使繁华损枝,膏腴害骨,无贵风轨,莫益劝戒:此扬子所以追悔于雕虫,贻诮于雾縠者也。

　　赞曰:"赋自《诗》出,分歧异派。写物图貌,蔚似雕画。抑滞必扬,言旷无隘。风归丽则,辞翦美稗。"

(《文心雕龙·诠赋》)

3. 对汉赋的作家、作品评价

　　这方面的内容很多,特别是史书里有许多对赋家、作品的评价,这一点与汉代相近,也是我国文学史上特有的一种现象。

　　固感前世相如、寿王、东方之徒,造构文辞,终以讽劝,乃上《两都赋》,盛称洛邑制度之美,以折西宾淫侈之论。

(范晔《后汉书·班彪列传》)

　　拟班固《两都》,作《二京赋》,因以讽谏。精思博会,十年乃成。文多,故不载。

(范晔《后汉书·张衡列传》)

　　周室既衰,风流弥著。屈平、宋玉导清源于前,贾谊、相如振芳尘于后,英辞润金石,高义薄云天,自兹以降,情志愈广。王褒、刘向、扬、班、崔、蔡之徒,异轨同奔,递相师祖。虽清辞丽曲,时发乎篇;而芜音累气,固亦多矣。若夫平子艳发,文以情变,绝唱高踪,久无嗣响。……自汉至魏,四百余年,辞人才子,文体三变。相如巧为形似之言,班固长于情理之说,子建、仲宣以气质为体,并标能擅美,独映当时,是以一世之士,各相慕习。原其飙流所始,莫不同祖风骚;徒以赏好异情,故意制相诡。

(沈约《宋书·谢灵运传论》)

　　与汉代有所不同的是,这一时期更多的相关评论是存在于史书之外,或单独评价,或追根溯源,或论其影响,常常还结合新产生的文学概念予以评价,从一个侧面反映出文学的进步。这一时期文学评论专著的出现和作品集的出现,也为汉赋评论提供了可供深入的空间。

或问屈原、相如之赋孰愈?曰:优游按衍,屈原之尚也;浮沉漂淫,穷侈极妙,相如之长也。然原据托譬喻,其意周旋,绰有余度矣,长卿、子云,意未能及。

(曹丕《论屈原相如赋》)

是以贾生俊发,故文洁而体清;长卿傲诞,故理侈而辞溢;子云沉寂,故志隐而味深;子政简易,故趣昭而事博;孟坚雅懿,故裁密而思靡;平子淹通,故虑周而藻密。

(刘勰《文心雕龙·体性》)

相如赋仙,气号凌云,蔚为辞宗,乃其风力遒也。

(刘勰《文心雕龙·风骨》)

暨楚之骚文,矩式周人;汉之赋颂,影写楚世……夫夸张声貌,则汉初已极。自兹厥后,循环相因;虽轩翥出辙,而终入笼内。枚乘《七发》云:"通望兮东海,虹洞兮苍天。"相如《上林》云:"视之无端,察之无涯;日出东沼,月生西陂。"马融《广成》云:"天地虹洞,固无端涯,大明出东,月生西陂。"扬雄《校猎》云:"出入日月,天与地沓。"张衡《西京》云:"日月于是乎出入,象扶桑于蒙汜。"此并广寓极状,而五家如一。诸如此类,莫不相循,参伍因革,通变之数也。

(刘勰《文心雕龙·通变》)

自扬、马、张、蔡,崇盛丽辞,如宋画吴冶,刻形镂法,丽句与深采并流,偶意共逸韵俱发。至魏晋群才,析句弥密,联字合趣,剖毫析厘。然契机者入巧,浮假者无功。

故丽辞之体,凡有四对:言对为易,事对为难,反对为优,正对为劣。言对者,双比空辞者也;事对者,并举人验者也;反对者,理殊趣合者也;正对者,事异义同者也。长卿《上林赋》云"修容乎礼园,翱翔乎书圃",此言对之类也；宋玉《神女赋》云"毛嫱鄣袂，不足程式，西施掩面，比之无色"，此事对之类也；仲宣《登楼》云"钟仪幽而楚奏，庄舄显而越吟"，此反对之类也；孟阳《七哀》云"汉祖想枌榆，光武思白水"，此正对之类也。凡偶辞胸臆，言对所以为易也；征人之学，事对所以为难也；幽显同志，反对所以为优也；并贵共心，正对所以为劣也。

（刘勰《文心雕龙·丽辞》）

夫比之为义，取类不常：或喻于声，或方于貌，或拟于心，或譬于事。宋玉《高唐》云"纤条悲鸣，声似竽籁"，此比声之类也。枚乘《菟园》云"焱焱纷纷，若尘埃之间白云"，此则比貌之类也；贾生《鵩赋》云"祸之与福，何异纠缠"，此以物比理者也；王褒《洞箫》云，"优柔温润，如慈父之畜子也"，此以声比心者也；马融《长笛》云，"繁缛络绎，范、蔡之说也"，此以响比辩者也；张衡《南都》云，"起郑舞，茧曳绪"，此以容比物者也。若斯之类，辞赋所先，日用乎"比"，月忘乎"兴"，习小而弃大，所以文谢于周人也。至于扬、班之伦，曹、刘以下，图状山川，影写云物；莫不织综"比"义，以敷其华，惊听回视，资此效绩。

（刘勰《文心雕龙·比兴》）

自宋玉、景差，夸饰始盛，相如凭风，诡滥愈甚。故上林之馆，奔星与宛虹入轩；从禽之盛，飞廉与鹪明俱获。及扬雄《甘泉》，酌其余波，语瑰奇则假珍于玉树，言峻极则颠坠于鬼神。至《东都》之比目，《西京》之海若，验理则理无不验，穷饰则饰犹未穷矣。又子云《羽猎》，鞭宓妃以饟屈原；张衡《羽猎》，因玄冥于朔野。娈彼洛神，既非罔两；惟此水师，亦非魑魅；而虚用滥形，不其疏乎？此欲夸其威而饰其事义睽剌也。

至如气貌山海，体势宫殿，嵯峨揭业，熠熠焜煌之状，光采炜炜而欲然，声貌岌岌其将动矣。莫不因夸以成状，沿饰而得奇也。

（刘勰《文心雕龙·夸饰》）

事类者，盖文章之外，据事以类义，援古以证今者也……观夫屈、宋属篇，号依诗人，虽引古事，而莫取旧辞。唯贾谊《鵩赋》，始用鹖冠之说，相如《上林》，撮引李斯之书，此万分之一会也。及扬雄《百官箴》，颇酌于《诗》《书》，刘歆《遂初赋》，历叙于纪传，渐渐综采矣。至于崔、班、张、蔡、遂捃摭经史,华实布濩,因书立功,皆后人之范式也。

(刘勰《文心雕龙·事类》)

至孝武之世,则相如撰篇。及宣、平二帝,征集小学,张敞以正读传业,扬雄以奇字纂训,并贯练《雅》《颂》,总阅音义。鸿笔之徒,莫不洞晓。且多赋京苑,假借形声;是以前汉小学,率多玮字,非独制异,乃共晓难也。……故陈思称:"扬、马之作,趣幽旨深,读者非师传不能析其辞,非博学不能综其理。"岂直才悬,抑亦字隐。

(刘勰《文心雕龙·练字》)

汉室陆贾,首发奇采,赋《孟春》而进《新语》,其辩之富矣。贾谊才颖,陵轶飞兔,议愜而赋清,岂虚至哉!枚乘之《七发》,邹阳之《上书》,膏润于笔,气形于言矣。仲舒专儒,子长纯史,而丽缛成文,亦诗人之告哀焉。相如好书,师范屈、宋,洞入夸艳,致名辞宗。然覆取精意,理不胜辞,故扬子以为"文丽用寡者长卿",诚哉是言也!王褒构采,以密巧为致,附声测貌,泠然可观。子云属意,辞义最深,观其涯度幽远,搜选诡丽,而竭才以钻思,故能理赡而辞坚矣。桓谭著论,富号猗顿,宋弘称荐,爰比相如;而《集灵》诸赋,偏浅无才,故知长于讽谕,不及丽文也。敬通雅好辞说,而坎壈盛世;《显志》自序,亦蚌病成珠矣。二班、两刘,弈叶继采;旧说以为固文优彪,歆学精向,然《王命》清辩,《新序》该练,璠玙产于昆冈,亦难得而逾本矣。傅毅、崔骃,光采比肩,瑗、寔踵武,能世厥风者矣。杜笃、贾逵,亦有声于文,迹其为才,崔、傅之末流也。李尤赋铭,志慕鸿裁,而才力沈膇,垂翼不飞。马融鸿儒,思洽识高,吐纳经范,华实相扶。王逸博识有功,而绚采无力;延寿继志,瑰颖独标,其善图物写貌,岂枚乘之遗术欤?张衡通赡,蔡邕精雅,文史彬彬,隔世相望。是则竹柏异心而同贞,金玉殊质而皆宝也。刘向之奏议,旨切而调缓;赵壹之辞赋,意繁而体疏;孔融气盛于为笔,祢衡思锐于为文,有偏美焉。

(刘勰《文心雕龙·才略》)

自王、扬、枚、马之徒,词赋竞爽,而吟咏靡闻。……故诗有三义焉:一曰兴,二曰比,三曰赋。文已尽而义有余,兴也;因物喻志,比也;直书其事,寓言写物,赋也。弘斯三义,酌而用之,幹之以风力,润之以丹采,使味之者无极,闻之者动心,是诗之至也。若专用比兴,则患在意深,意深则词踬。若但用赋体,则患在意浮,意浮则文散,体成流移,文无止泊,有芜漫之累矣。

(钟嵘《诗品·总论》)

若俳恻芳芬,楚骚为之祖,靡漫容与,相如扣其音。由是随声逐影之俦,弃指归而无执。赋诗歌颂,百帙五车,蔡、应等之俳优,扬雄悔为童子。

(裴子野《雕虫论》)

尝试论之曰:《诗序》云:"诗有六义焉,一曰风,二曰赋,三曰比,四曰兴,五曰雅,六曰颂。"至于今之作者,异乎古昔,古诗之体,今则全取赋名。荀、宋表之于前,贾、马继之于末。自兹以降,源流实繁。述邑居则有"凭虚""亡是"之作,戒畋游则有《长杨》《羽猎》之制。若其纪一事,咏一物,风云草木之兴,鱼虫禽兽之流,推而广之,不可胜载矣。

(萧统《文选序》)

然而自古文人,多陷轻薄:屈原露才扬己,显暴君过;宋玉体貌容冶,见遇俳优;东方曼倩,滑稽不雅,司马长卿,窃赀无操;王褒过章《僮约》;扬雄德败《美新》……

或问扬雄曰:吾子少而好赋? 雄曰:然。童子雕虫篆刻,壮夫不为也。余窃非之曰:虞舜歌《南风》之诗,周公作《鸱鸮》之咏,吉甫、史克《雅》《颂》之美者,未闻皆在幼年累德也。孔子曰:"不学诗,无以言。""自卫反鲁,乐正,雅、颂各得其所。"大明孝道,引《诗》证之。扬雄安敢忽之也? 若论"诗人之赋丽以则,辞人之赋丽以淫",但知变之而已,又未知雄自为壮夫何如也?

(颜之推《颜氏家训·文章篇》)

4. 今人的相关论述

就赋学发展而言,因为汉代文学没有完全独立,同时汉赋作品产生时间不长,因此汉代的赋学成果并不多,赋学的视野和深度都处于一个有待提高的阶段。魏晋南北朝时期,文学已经自觉,赋学也就到了一个新的高度,数量增加,视野也更加开阔。不过,这一时期的赋学往往从与汉人的对比中获得相关的论述,这也是一个有趣的时代特征。

徐志啸的《魏晋南北朝赋学论》从五个方面展开评述,有一个完整的论述,兹录于下。

总体上看,魏晋南北朝的赋学,呈现以下几个特点:

其一,这一时期一些比较重要的文学家、批评家,在从事文学创作或文学批评时,或多或少地染指了赋这个文体,他们对赋和赋家及其作品所提出的看法、批评和见解,成了这一时期赋学不可或缺的内容,有些甚至是非常重要的核心组成部分。这些文学家和批评家包括曹丕、陆机、左思、刘勰、萧统、沈约等,这些人显然是当时文坛(乃至对后代文学史)有着重要影响的人物,他们所发表的论赋文字或文章,表明了赋在这个时期虽地位和影响不如汉代,但依然是文坛一宗,属不可忽视的独立文体,其著作家和评论家均不在少数。

其二,值得一说的是,魏晋南北朝出现了赋学的专文,其数量和质量相比两汉要多且高,如左思的《三都赋序》、皇甫谧的《三都赋序》,以及专论文体的挚虞《文章流别志论》(其中专门论及赋)等,较之两汉,这些论著对赋的研究与评论,似更多体现了理论化和系统化的色彩。

其三,尤其需要强调的是,中国文学批评史上特别能体现文论独家体系和重要理论价值的刘勰《文心雕龙》一书,问世于魏晋南北朝的齐梁时代,它的出现,标志着中国的文学批评达到了极高的水平,有了自成体系的文学理论,而这部体大思精的《文心雕龙》,也涉及了赋的研究与评论,它不仅有《诠赋》专章,且全书其他相关篇章中也多次论及了赋、赋家及其作品,从而构建了《文心雕龙》自身独特的赋学体系,它对汉代以来的赋学作了系统的总结与创造性的阐发,为后世的赋学发展开启了思路、提供了借鉴。

其四,从总体上看,这一阶段论述赋的文字,与汉代类似,并非清一色地体现于文学类的论著或作品中,它们还散见于历史类著作(如《后汉书》《宋书》等)及书信类文字(如曹丕《答卞兰教》、曹植《与杨德祖书》等)中,但相较汉代,毕竟魏晋南北朝时期属于文学类的论著比例高了,且作为纯文学研究的成分也浓了,不光是《文心雕龙》专著,还包括属于文学批评类的专论文章,如曹丕的《典论·论文》、陆机的《文赋》、萧统的《文选序》等,这就很清楚地说明,魏晋南北朝时期标志文学自觉时代的开始和文学批评相对繁荣的征象,在赋学领域也明显地显示出来了。

其五,魏晋南北朝时期相对两汉时代,在赋学领域有一个重要的明显区别,便是对赋的思想内容及所谓讽谏作用和政治功利的强调相对淡化了,这一时期开始比较重视并突出赋的文采和艺术风格,更讲究艺术美了,这无论是在曹丕、曹植,还是在皇甫谧等人的言辞及论述中都有体现,这表明,从魏晋开始,伴随着文学自觉时代的来临,文学批评开始侧重强调文学的艺术本质特征与艺术表现风格,更加自觉地(相对)以文学的艺术价值和艺术美作为认识和评判文学作品高下的标准。当然,从整个中国文学批评史来说,这还只是开始。[1]

第四节 唐宋汉赋研究辑要

唐宋时期是赋学的低谷时期,这种情况与这一时期创作有关。此时赋的创作已难寻"正宗",人们创作的是为科举考试而制的律赋和散文意味浓重的文赋。不过,李白、杜甫、白居易、苏轼等大文豪都对汉赋有过评论,对汉赋都有着自己的观点。与前代相比,唐宋时期的讨论与当时的文风相联系。如李白,虽与杜甫一样,曾将自己与司马相如相比而感到自豪,但他还是提出"古道""古风""宪章",批判司马相如、扬雄的大赋作品给文坛带来的颓风,对梁、陈诗风表示强烈不满。宋代讲"义理",对汉赋的认识减少了对艺术价值的评价。

1. 对汉赋特征的认识

这方面的认识虽没什么很深入的研究,但各家比较一致,并能有意识地与文风的形成和影响相结合。

> 其后逐臣屈平,作《离骚》以叙志,宏才艳发,有恻隐之美。宋玉,南国词人,追逸辔而亚其迹。大儒荀况,赋《礼》《智》以陈其情,含章郁起,有讽论之义。贾生,洛阳才子,继清景而奋其晖。并陶铸性灵,组织风雅,词赋之作,实为其冠。
>
> 自是著述滋繁,体制匪一。孝武之后,雅尚斯文,扬葩振藻者如林,而二马、王、扬为之杰;东京之朝,兹道愈扇,咀微含商者成市,而班、傅、张、蔡为之雄……
>
> 原夫文章之作,本乎情性,覃思则变化无方,形言则条流遂广。虽诗

---

[1] 徐志啸:《魏晋南北朝赋学论》,《中国文化研究》,2011年冬之卷。

赋与奏议异轸,铭诔与书论殊途,而撮其指要,举其大抵,莫若以气为主,以文传意。考其殿最,定其区域,摭六经百氏之英华,探屈、宋、卿、云之秘奥,其调也尚远,其旨也在深,其理也贵当,其辞也欲巧。

(令狐德棻《周书·王褒庾信传论》)

且汉代词赋,虽云虚矫,自余他文,大抵犹实。至于魏晋已下,则伪谬雷同。榷而论之,其失有五:一曰虚设,二曰厚颜,三曰假手,四曰自戾,五曰一概。……于是考兹五失,以寻文义,虽事皆形似,而言必凭虚。夫镂冰为璧,不可得而用也;画地为饼,不可得而食之,是以行之于世,则上下相蒙;传之于后,则示人不信。

(刘知几《史通·载文》)

赋者,古诗之流也。始草创于荀、宋,渐恢张于贾、马。冰生乎水,初变本于《典》《坟》;青出于蓝,复增华于《风》《雅》;而后谐四声,祛八病。信斯文之美者,我国家恐文道浸衰,颂声陵迟,乃举多士,命有司,酌遗风于三代,明变雅于一时,全取其名,则号之为赋,杂用其体,亦不出乎《诗》,"四始"尽在,"六义"无遗,是谓艺文之徼策,述作之元龟。观夫义类错综,词采舒布,文谐宫律,言中章句,华而不艳,美而有度。雅音浏亮,必先体物以成章;逸思飘飘,不独登高而能赋。其工者,究笔精,穷旨趣,何惭《两京》于班固? 其妙者,抽秘思,骋妍词,岂谢《三都》于左思? 掩黄绢之丽藻,吐白凤之奇姿,振金声于寰海,增纸价于京师,则《长杨》《羽猎》之徒,胡为比也! 《景福》《灵光》之作,未足多之。所谓立意为先,能文为主,炳如绘素,铿若钟鼓,郁郁哉溢目之黼黻,洋洋乎盈耳之《韶》《武》,信可以凌轹《风》《骚》超轶今古者也! 今吾君网罗"六艺",澄汰九流,微才无忽,片善是求;况赋者《雅》之列,《颂》之俦,可以润色鸿业,可以发挥皇猷,客有自谓握灵蛇之珠者,岂可弃之而不收?

(白居易《赋赋》)

2. 作家、作品评价

唐宋时的评价,已能普遍结合艺术家自己的创作经验,不仅考事,而且也往往要从求新角度评价作家的艺术地位和作品的创作成绩。

刘逵注《吴》《蜀》而序之曰：观中古以来为赋者多矣，相如《子虚》擅名于前，班固《两都》理胜其辞，张衡《二京》文过其意。至若此赋，拟议数家，傅辞会义，抑多精致，非夫研核者不能练其旨，非夫博物者不能统其异。世咸贵远而贱近，莫肯用心于明物。斯文吾有异焉，故聊以余思为其引诂，亦犹胡广之于《官箴》，蔡邕之于《典引》也。

（房玄龄等《晋书·左思传》）

扬雄好为艰深之辞，以文浅易之说；若正言之，则人人知之矣。此正所谓"雕虫篆刻"者，其《太玄》《法言》皆是类也，而独悔于赋，何哉？终身雕虫而独变其音节，便谓之"经"，可乎？屈原作《离骚经》，盖风、雅之再变者，虽与日月争光可也，可以其似赋而谓之"雕虫"乎？使贾谊见孔子，升堂有余矣；而乃以赋鄙之，至与司马相如同科。雄之陋，如此比者甚众。可与知者道，难与俗人言也，因论文偶及之耳。

（苏轼《答谢民师书》）

丰父尝与仆言，班孟坚《两都赋》，华壮第一，然只是文辞。若叔皮《北征赋》云："剧蒙公之疲民兮，为强秦而筑怨。"此语不可及。仆尝三复玩味之，知前辈观书，自有见处。

（许顗《彦周诗话》）

扬子云好著书，固已见诮于当世，后之议者纷然，往往词费而意殊不尽。惟陈去非一诗，有讥有评，而不出四十字："扬雄平生书，肝肾闲雕镌。晚于玄有得，始悔赋《甘泉》。使雄早大悟，亦何事于玄。赖有一言善，《酒箴》真可传。"后之议雄者，虽累千万言，未必能出诸此也。

（周紫芝《竹坡诗话》）

古之圣贤，或相祖述，或相师友，生乎同时，则见而师之；生乎异世，则闻而师之……班孟坚作《两都赋》拟《上林》《子虚》；左太冲用《三都赋》拟《二京》；屈原作《九章》，而宋玉述《九辨》；枚乘作《七发》，而曹子建述《七启》……虽华藻随时，而体律相仿。

（张表臣《珊瑚钩诗话·卷一》）

枚乘作《七发》，创意造端，丽旨腴词，上薄《骚》些，盖文章领袖，故为何喜。其后继之者，如傅毅《七激》、张衡《七辩》、崔骃《七依》、马融《七广》、曹植《七启》、王粲《七释》、张协《七命》之类，规仿太切，了无新意。傅玄又集之为《七林》，使人读未终篇，往往弃诸几格。柳子厚《晋问》，乃用其体，而超然别立新机杼，激越清壮，汉、晋之间，诸文士之弊，于是一洗矣。东方朔《答客难》，自是文中杰出，扬雄拟之为《解嘲》，尚有驰骋自得之妙。至于崔骃《达旨》、班固《宾戏》、张衡《应间》，旨屋下架屋，章摹句写，其病与《七林》同，及韩退之《进学》解出，于是一洗矣。

（洪迈《容斋随笔》）

王延寿《王孙赋》，载于《古文苑》，其辞有云"颜状类乎老翁，躯体似乎小儿"。谓猴也。乃知杜诗"颜状老翁为"盖出诸此。

（洪迈《容斋续笔》）

自屈原词赋假为渔父、日者问答之后，后人作者，悉相规仿。司马相如《子虚》《上林赋》以子虚、乌有先生、亡是公；扬子云《长杨赋》，以翰林主人、子墨客卿；班孟坚《两都赋》，以西都宾、东都主人；张平子《两都赋》以凭虚公子、安处先生；左太冲《三都赋》，以西蜀公子、东吴王孙、魏国先生，皆改名换字，蹈袭一律，无复超然新意。稍出于法度规矩者，晋人成公绥《啸赋》，无所宾主，必假逸群父子，乃能遣词。枚乘《七发》，本只以楚太子、吴客为言，而曹子建《七启》，遂有元微子、镜机子，张景阳《七命》，有冲漠公子、殉华大夫之名，言话非不工也，而此习根著，未之或改。若东坡公作《后杞菊赋》，破题直云："吁嗟先生，谁使汝坐堂上称太守？殆如飞龙搏鹏，骞翔扶摇于烟霄九万里之外，不可挹诘，岂区区巢林翾羽所能窥探其涯矣哉！"于诗亦然。

（洪迈《容斋五笔》）

《哀二世赋》者，司马相如之所作也。相如尝从上至长杨猎，还过宜春宫。宜春者，本秦离宫，阎乐杀胡亥之地也。相如奏赋以哀二世行失，其词如此。盖相如之文，能侈而不能约，能诪而不能谅。其《上林》《子虚》之作，既以夸丽而不得入于楚词；《大人》之于《远游》，其渔猎又泰甚，然亦终归于谀也。特此二篇为有讽谏之意,而此篇所为作者,正当时之商监,尤当倾意极言,以窹主听,顾乃低佪局促,而不敢尽其词焉,亦足以知其阿意取容之可贱也。不然,岂其将死而犹以封禅为言哉!

(朱熹《楚辞集注·楚辞后语·哀二世赋第十四》)

《自悼赋》者,汉孝成班婕妤之所作也,……因作赋以自悼。归来子以为"其词甚古,而侵寻于楚人,非特妇人女子之能言者",是固然矣。至其情虽出于幽怨,而能引分以自安,援古以自慰,和乎中正,终不过于惨伤。又其德性之美、学问之力,有过人者,则论者有不及也。呜呼贤哉!《柏舟》《绿衣》,见录于经,其词义之美,殆不过此云。

(朱熹《楚辞集注·楚辞后语·自悼赋第十五》)

谊以长沙卑湿,自恐寿不得长,故为赋以自广。太史公读之,叹其同死生、轻去就,至为爽然自失。以今观之,凡谊所称,皆列御寇、庄周之常言,又为伤悼无聊之故,而藉之以自诳者,夫岂真能原始反终,而得夫朝闻夕死之实哉!谊有经世之才,文章盖其余事。其奇伟卓绝,亦非司马相如辈所能仿佛。而扬雄之论,常高彼而下此,韩愈亦以马、扬厕于孟子、屈原之列,而无一言以及谊,余皆不能识其何说也。

(朱熹《楚辞集注·楚辞后语·续离骚服赋第十三》)

(此处之"服赋"即"鵩鸟赋"——引者注)

3. 今人的相关论述

唐宋时期,文学创作主体已经不在赋而到了诗词,人们投入的热情必然受到影响;同时,律赋作为科举文体而流行,这也影响到了赋体的文学性。但从文化学的层面看,唐宋时期的赋学由于文学语境的变化而获得了许多文学之外的内容,汉赋文化由此而有了新的发展。

(1) 文章学层面的论述

赋与文学的关系始终是大家关心的内容,科举文体的流行更使得文学性成为唐宋赋学的关注点。程维《从律赋格到文章学》,在文章学的层面涉及赋学理论有这样两段论述:

唐代的律赋由于多年科举的经营，形成了不少体式格套，以方便应试。范仲淹在宋仁宗天圣五年编成《赋林衡鉴》，选录唐代以来律赋百篇以为士子津筏，其序按"体势"将律赋分为二十类。詹杭伦先生认为："他分类的依据主要有二：一是按照题材分类，前十类大致如此；一是按照写作方法分类，后十类大致如此。"这后十类分别是："引类""指事""析微""体物""假象""旁喻""叙体""总数""双关""变态"。所谓"引类"即"类可以广者"，与陈绎曾《文筌》所谓"小题张而大之"的"张题"相近；所谓"指事"，"事非有隐者谓之指事"，与《声律关键》的"名义"类相近；所谓"体物"即"取比象者"，则是继《赋谱》明喻之体而来；"兼举其义者谓之旁喻"，则与《赋谱》中宗喻体以涵本体的"暗比喻"一脉相承；"总其数而述者谓之总数"，《声律关键》有"数目"一类，与此相近。方颐孙编著《太学新编黼藻文章百段锦》，全书分"遣文""造句""议论""状情""用事""比方""援引""辩折""说理""妆点""推演""忖度""布置""过渡""警喻""下字""结尾"，凡十七格，其中不少与律赋体式相近。

宋代文章学一方面吸收了唐宋古文运动以来的文气、文道之学，一方面又吸收了唐代以来科举考试所带来的对文章体式、章句的研究。有道有法，便趋于圆满。唐代科举主要以诗赋为主，因而诗格、赋格对宋代文章学的影响不可小觑。而赋相对于诗来说，体制更大，结构更复杂，句式更多样，更接近于文，因而对于宋代文章学的影响也更大。[1]

(2) 皇权文化层面的论述

古代中国是中央集权的政治体制，因此皇权文化有着巨大的影响，汉大赋就是主要写给皇帝看的，唐宋时期的赋学也有这方面的内容，并且因这一时期的皇权文化变化而有新的内容。许结的《论唐代帝国图式中的赋学思想》，从几个相关性高的方面论述的唐宋时期皇权文化对赋学的影响。

其一，总体层面的认识上。

在赋论史上，唐赋有"中衰"之说，这源自后世以古赋为评价标准、以律赋代表唐赋以及以诗歌掩盖辞赋的误解，然观其整体发展，则具有超越魏晋而上承汉代的帝国气象与风采。唐人赋学思想以"美"与"刺"为中心，其内涵丰富，包括统一经学与《诗》之"六义"的经典化、对《文选》的崇尚及唐代类书与

---

[1] 程维：《从律赋格到文章学》，《中国韵文学刊》，2017年第1期。

赋学的关联。由科举试赋而呈示出的有关古赋与律赋的讨论,尤其是经义观与技术论,体现了唐帝国图式中兼臻赋用与赋法的理论思想,这也是围绕唐赋创作之批评总"八朝众轨"而启"三代支流"(借用王芑孙语)的价值与意义。

唐人思想与南北朝不同,是继汉朝又一呈示帝国气象的时代,故围绕创作展开的赋论,无论讽颂于朝还是自娱于野,在某种意义上正是汉代以"诗"代"赋"批评而倡导"美"(宣上德)、"刺"(抒下情)精神的复归,突出的是赋的功用。如果说汉大赋以"体国经野"的气象呈示了汉帝国的政治文化图式,其赋学批评无论是依附于"诗"还是推尊其体,赋用观的凸显与此相关,那么,唐代对改革文体的要求影响于赋域,无论是对赋体艺术的推尊还是抑弃,其赋用思想的复兴无疑是惩于魏晋南北朝之衰乱,特别是齐梁文风之浮艳,而着力于新帝国图式的构建。

其二,杜甫重赋的认识。

杜甫诗中多次赞美汉赋诸家且有自附之义,如谓"气劘屈贾垒,目短曹刘墙"(《壮游》)、"赋料扬雄敌,诗看子建亲"(《奉赠韦左丞丈二十二韵》)、"视我扬马间,白首不相弃"(《送顾八分文学适洪吉州》),而在《进雕赋表》中,杜甫则明确地说:"臣之述作,虽不足以鼓吹六经,先鸣数子,至于沈郁顿挫、随时敏捷,而扬雄、枚皋之徒,庶可跂及也。"杜甫论文学创作最重"沈郁顿挫",而后人多以之论诗,而未能阐发其原创论赋及其意义,特别是对汉赋的推尊以及作赋的自信。

其三,韩柳重骚体赋的认识。

从创作上来看,韩、柳及同时代文士的辞赋作品除应试者外,抒发情怀的多半是楚骚体,尤其是柳赋深得骚学精神,被明人奉为唐赋冠冕。正因如此,他们对屈骚以及汉代赋家的态度,也就不同早期倡导古文的学者,而将之归附于道(文)统予以正面评价。

其四,晚唐古文运动后的认识。

由于中唐以后振兴"古文",辞赋创作虽谈不上有明确的"祖骚宗汉"的思想,但文士的仿古创作对楚、汉的推尊,成为赋用观的一个主导方向。而这一批评现象随着大唐王朝政治的衰败,到晚唐之世尤为突出。如皮日休《文薮序》自述赋创作:"赋者,古诗之流也。伤前王太佚,作《忧赋》;虑民道难济,作《河桥赋》;念下情不达,作《霍山赋》;悯寒士道壅,作《桃花赋》。《离骚》者,文之菁英者,伤于宏奥,今也不显《离骚》,作《九讽》。"将汉代赋论的讽喻传统落实于自己创作的具体篇章,有着强烈的社会批判性和文学致用性。[1]

(3) 理学层面的认识

宋代理学成为主流思潮,对赋学的影响被普遍注意。因为理学对社会思想的控制,宋代以下赋学与儒学的联系就更加紧密了,文学性的讨论显著降低,而儒学文化的比例大大增加。孙福轩的《赋学义理批评谫论》,深入讨论了宋代理学影响下的赋学发展。

其一,指出存在"志"的本义发覆不多的现象。

赋学批评自汉代肇始,但从刘向以来的论者往往于"志"的本义发覆不多,"必称诗以喻其志,盖以别贤不肖而观盛衰焉"。"或以抒下情而通讽喻,或以宣上德而尽忠孝",总是把"志"转化为"讽谏"和"颂美"的辞赋功用论。且论者又多为经学家,更加重视文学的经世致用,而轻视对赋的体征描述和审美发覆。魏晋六朝是文学的自觉时代,当时的赋论家开始关注赋的本体特征,然而多是沿承东汉以来的抒情小赋传统,倡"吟咏情性"之说(功用论亦占有很重要的地位),而于赋的"义理"内涵,却多隐而未发。唐宋两代复兴儒学,科举试赋重视的是辞赋创作技法的细巧和密实,经义入赋引发的更是"一片之文但押几个韵耳"的反复论争。可以说,在宋元之前的赋论叙述中,赋或为"铺采摛文",或为"体物言志",而于赋言其理,则仅仅是开启了一个端绪。随着唐宋以来科举试赋的经义化取向和宋代学术的转型,赋的"义理"才越来越多地出现在赋论家的叙述中,成为辞赋在铺陈、抒情之外的又一重要特征。

其二,论述唐宋赋学的发展状态和产生的影响。

唐初以来,文章之道重归于致用之途,开始了对六朝文风的反动,统治者、经史学家和古文家大多主张恢复儒家道统,强调文章要经世致用。虽然有柳宗元的重骚之论和唐末的辞采派间出其中,但无疑终唐一代是以赋循经义、明志讽喻、讽时救世为主导倾向的。宋代强调赋兼才学,尤其是欧、苏以来,新文体赋渐兴,转以萧散自然为宗,重视经义和理趣,对赋作情感维度有所轻忽,成为一个时代辞赋创作的重要现象,标志着辞赋创作新倾向的形成,是辞赋创作史上的一大重要转变。由此可见,宋代之前的赋学批评,由于受到先秦诸子的礼义说和汉代诗言志说的渗透和影响,赋理批评已经肇始。其

---

[1] 许结:《论唐代帝国图式中的赋学思想》,《南京大学学报(哲学·人文科学·社会科学版)》,2017年第1期。

中虽然经由汉代的比兴讽谏转向魏晋的分敷物理,于赋理之义有了很大的进展,但无疑还没有形成整合的、涵盖题材、内容与风格为一体的赋"理"言说。所有这一切都需要随着唐宋以来儒学发展和科举试赋的持续推行,由宋元的赋论家来完成。

在历代赋论对于辞赋体征的描述中,"铺采摛文"与"体物写志"是最为基本和常见的叙述。这基于汉代以至魏晋时期的辞赋创作实践,因此有充分的合理性内涵。也正因此,这两大特征成为后世赋论家共同遵循的言说准则。然而这两点又不能完全涵盖赋的体征,其于"赋理"批评,即是一个重大的缺失。观照古代辞赋与赋学批评史,理题赋创作不绝如缕,而赋理批评也经历了先秦两汉的礼道、宗经,魏晋的"分敷物理",终而至于宋元。尤其是元代批评的标准与风格论,形成赋理批评的系统言说。此后明清两代虽然在某些方面有所强化和补益,但始终没有超出元代的批评高度。可以说,源于"礼义"和"诗言志"的赋"理"批评,终于随着"赋理"体、玄言赋的产生,唐宋以来的科举试赋的经义化取向以及宋代的学术转型,出现于赋论家的笔端,情、辞、理(义)三端,才构成辞赋体类特征的完整叙述。而本文所揭橥的赋理一维,也正是对历代赋论家所述辞赋体征的些微补充,于古代赋学批评的完整性、自足性表达,乃至当代赋学批评理论的体系建构,都有着较为重要的意义和价值。[1]

第五节 元明汉赋研究辑要

元代统治者轻视诗赋,轻视文人,长期不开科举,这使诗赋创作出现低谷,这样的时代特征影响到诗赋研究。元一代赋论不多,参与者亦少,唯有祝尧《古赋辨体》一书,对赋学研究作出了极大贡献。这是一部辞赋总集,同时又是一部赋学理论专著,包括辨赋体、论赋家、析赋作三个方面。在所作论述中,他提出赋的情辞关系特别有新意。他引申扬雄的观点,认为"辞人所赋,赋其辞""诗人所赋,赋其情","古之诗人"有情怀感触方才下笔作赋,而"后之辞人"求奇求新,结果"情直外焉"。

明代的赋学与学术思想有关,复古派的赋论推崇楚辞和汉赋,甚至提出"文必秦汉"的口号。反复古派的赋论则提出"世道既变,文亦因之",对唐宋

---

[1] 以上参见孙福轩:《赋学义理批评谫论》,《文学遗存》,2018年第2期。

赋持肯定的态度。因此,明代评说汉赋,要结合当时的学术思潮来理解。

1. 汉赋的特征

元代祝尧特别强调情辞关系,这一观点在元代很有影响。

> 祝氏曰:"扬子云云:'诗人之赋丽以则,词人之赋丽以淫。'夫骚人之赋与诗人之赋虽异,然犹有古诗之义,辞虽丽而义可则;至词人之赋,则辞极丽而过于淫荡矣。盖诗人之赋,以其吟咏情性也;骚人所赋,有古诗之义者,亦以其发于情也。其情不自知而形于辞,其辞不自知而合于理。情形于辞,故丽而可观;辞合于理,故则而可法。如或失于情,尚辞而不尚意,则无兴起之妙,而于则也何有?又或失于辞,尚理而不尚辞,则无咏歌之遗,而于丽也何有?二十五篇之《骚》,无非发于情者,故其辞也丽,其理也则,而有赋、比、兴、风、雅、颂诸义。汉兴,赋家专取《诗》中赋之一义以为赋,又取《骚》中赡丽之辞以为辞;若情若理,有不暇及。故其为丽也,异乎《风》《骚》之丽,而则之与淫遂判矣。古今言赋,自《骚》之外,咸以两汉为古,盖非魏晋已还所及。心乎古赋者,诚当祖《骚》而宗汉,去其所以淫而取其所以则,庶不失古赋之本义云。"
>
> (吴讷《文章辨体序说》)

明代胡应麟有赋论,是从比较角度评论汉赋的特征。将汉赋与楚辞比较是历代学者沿用的传统,不过胡氏"骚复杂无伦,赋整蔚有序"的观点却是少见。

> 骚与赋句语无甚相远,体裁则大不同:骚复杂无伦,赋整蔚有序;骚以含蓄深婉为尚,赋以夸张宏钜为工。
>
> (胡应麟《诗薮》)

2. 汉赋的源流和影响

与前朝的赋论相比,元、明两代的论述更加关注汉赋的影响,源流之外也涉及赋的流变。

赋之问答体,其源自《卜居》《渔父》篇来,厥后宋玉辈述之,至汉,此体逐盛。此两赋(指《子虚》《上林》——引者注)及《两都》《二京》《三都》等作皆然。盖又别为一体,首尾是文,中间乃赋,世传既久,变而又变。其中间之赋,以铺张为靡而专于辞者,则流为齐、梁、唐初之俳体;其首尾之文,以议论为使而专于理者,则流为唐末及宋之文体。性情益远,六义斯尽,赋体遂失。

(祝尧《古赋辨体·〈子虚赋〉注》)

明一代,几乎众口一词地认为汉赋源自楚辞,这与当时理学治学风气有关,同时也是对前人总结而产生的观点,这也影响到对汉赋的评价,因为但凡谈赋,都要去楚辞那里去做比较,显得繁复和单调。

按赋者,古诗之流。《汉·艺文志》曰:"古者诸侯卿大夫交接邻国,必称诗以喻意。春秋之后,聘问歌咏,不行于列国,而贤人失志之赋作矣。大儒荀卿及楚臣屈原,离谗忧国,皆作赋以风,其后宋玉、唐勒、枚乘、司马相如,下及扬子云,竞为侈丽闳衍之辞,而风谕之义没矣。"迨近世祝氏著《古赋辨体》,因本其言而断之曰:"屈子《离骚》,即古赋也。古诗之义,若荀卿《成相》《佹诗》是也。"然其所载,则以《离骚》为首,而《成相》等弗录。尚论世次,屈在荀后,而《成相》《佹诗》,亦非赋体。故今特附古歌谣后,而仍载《楚辞》于古赋之首。盖欲学赋者必以是为先也。宋景文公有云:"《离骚》为词赋祖,后人为之,如至方不能加矩,至圆不能过规。"信哉!

楚,国名。祝氏曰:"按屈原为《骚》时,江汉皆楚地。盖自王化行乎南国,《汉广》《江有汜》诸诗已列于《二南》,十五国风之先。风雅既变,而楚狂《凤兮》《沧浪》孺子之歌,莫不发乎情,止乎礼义,犹有诗人之六义;但稍变诗之本体,以'兮'字为读,遂为楚声之萌蘖也。原最后出,本《诗》之义以为《骚》,但世号《楚辞》,不正名曰赋。然自汉以来,赋家体制,大抵皆祖于是焉。"

(吴讷《文章辨体序说》)

3. 汉赋的写作技法

这一时期关注汉赋的写作技法,与明代的复古思潮相关,这一方面最突出的是明代王世贞。王世贞作为"后七子"中的一员,倡导"文必秦汉,诗必盛唐",这必然是推崇汉赋的方向,他的《艺苑卮言》有很大篇幅评论汉赋写作技法。与时人一样,他常从与屈宋作品比较入手,有些观点也是对前人的复述,但他在抒情、用词等方面的观点还是颇有新意。他还能从读者的角度评论作品,得出一些精彩的观点。

骚赋虽有韵之言,其与诗文,自是竹之与草木,鱼之与鸟兽,别为一类,不可偏属。

作赋之法,已尽长卿数语,大抵须包蓄千古之材,牢笼宇宙之态。其变幻之极,如沧溟开晦;绚烂之至,如霞锦照灼;然后徐而约之,使指有所在。若汗漫纵横,无首无尾,了不知结束之妙;又或瑰伟宏富,而神气不流动,如大海乍涸,万宝杂厕,皆是瑕璧,有损连城。然此易耳。唯寒俭率易,十室之邑,借理自文,乃为害也。赋家不患无意,患在无蓄;不患无蓄,患在无以运之。

拟骚赋,勿令不读书人便竟。《骚》览之须令人裴回循咀,且感且疑;再反之,沉吟歔欷,又三复之,涕泪俱下,情事欲绝。赋览之,初如张乐洞庭,裹帷锦官,耳目摇眩;已徐阅之,如文锦千尺,丝理秩然;歌乱肴毕,肃然敛容,掩卷之余,徬徨追赏。

长卿《子虚》诸赋,本从《高唐》物色诸体,而辞胜之。《长门》从《骚》来,毋论胜屈,固高于宋也。长卿以赋为文,故《难蜀》《封禅》绵丽而少骨;贾傅以文为赋,故《吊屈》《鵩鸟》率直而少致。

太史公千秋轶才,而不晓作赋,其载《子虚》《上林》,亦以文辞宏丽,为世所珍而已,非真能赏咏之也,观其推重贾生诸赋可知。贾畅达用世之才耳,所为赋自是一家,太史公亦自有《士不遇赋》,绝不成文理。荀卿《成相》诸篇,便是千古恶道。

杂而不乱,复而不厌,其所以为屈乎?丽而不俳,放而有制,其所以为长卿乎?以整次求二子则寡矣。子云虽有剽模,尚少蹊径,班、张而后,愈博、愈晦、愈下。

子云服膺长卿,尝曰:"长卿赋不是从人间来,其神化所至耶!"研摩白首,竟不能逮,乃谤言欺人云:"雕虫之技,壮夫不为。"遂开千古藏拙端,为宋人门户。

《子虚》《上林》材极富,辞极丽,而运笔极古雅,精神极流动,意极高,所以不可及也。长沙有其意而无其材,班、张、潘有其材而无其笔,子云有其笔而不得其精神流动处。

《长门》"邪气壮而攻中"语,亦似太拙,至"揄长袂以自翳,数昔日之愆殃"以后,如有神助,汉家雄主,例为色绁,或再幸再弃,不可知也。

孟坚《两都》,似不如张平子,平子虽有衍辞,而多佳境壮语。

傅武仲有《舞赋》,皆托宋玉为襄王问对。及阅《古文苑》宋玉《舞赋》,所少十分之七。而中间精语,如"华袿飞髾,而杂纤罗",大是丽语。至于形容舞态,如"罗衣从风,长袖交横。骆驿飞散,飒沓合并。绰约闲靡,机迅体轻"。又:"回身还入,迫于急节。纡形赴远,漼以摧折。纤縠蛾飞,缤焱若绝。"此外亦不多得也。岂武仲衍玉赋以为己作邪?抑后人节约武仲之赋,因序语而误以为玉作也。

(王世贞《艺苑卮言》)

4. 胡应麟的汉赋研究

明代胡应麟的《诗薮》对汉赋做了很多有益的工作,奇怪的是今天学术界并不予以足够的重视,也许是因为材料的整理有问题,重复的地方比较多,但他的一些观点、研究角度还是有启发的。

首先,胡应麟对汉赋做了数量统计,而且在评论汉赋时也常运用统计来说明问题,如他在评论汉代帝王、宗室作用时,就先陈述他们的创作,并特别指出"诸王好文者,无出梁孝"。然后又举淮南王、长沙王、中山王的例子,最后再给予更广泛的比较。

唐诗千余家,宗室与列者不能屈全指。先秦、汉赋六十余家,而刘氏占籍者十数人,东汉不与焉。是唐宗室能诗者,不过百之一,而汉宗室能赋者,几得十之三,何其盛也!虽湮没不传,名存史籍,亦厚遇矣。

其次,《诗薮》还在研究角度上有新颖之处,胡应麟在许多小的细节上予以关注,从而描述文坛上的一些现象的陈述,从中探讨一些规律性。

> 两汉词人,知有邹阳而不知有邹子乐,知有庄忌而不知有庄葱奇,知有李陵而不知有李忠,知有苏武而不有苏季,知有董仲舒而不知有董安国,知有公孙弘而不知有公孙乘,知有朱买臣而不知有朱建、朱宇,知有贾太傅而不知有贾充、贾山,知有河间献王而不知有淮阳宪王,知有河间献王刘德而不知有阳成侯刘德,此数尚多。

> 汉词人父子相继者,枚、刘、班、马,世所共知。然庄忌子庄葱奇,又助为忌俚,此三庄者,世所罕悉。又张子侨、张丰父子,并有著述,见《汉·艺文志》中。

5. 今人的相关论述

元代汉赋研究的材料不多,明代则大幅度增加,今人的论述也对应增加,内容也更加丰富多样。

（1）元代的论述

元代文学研究基本是关注两个方面,一个是社会动乱带来的影响,一个是唐宋惯性下的进一步阐述,这方面新的内容不多。杨亮《论元代〈文选〉学衰落之原因》有这方面的论述。

其一,关注社会文化政策的影响

元代实行分化政策,并且对南方残酷剥削,因而在政治地位上,终元一代,南人地位普遍很低。叶子奇言:"元朝自混一以来,大抵皆内北国而外中国,内北人而外南人。以至深闭固拒,曲为防护,自以为得亲疏之道。是以王泽之施,少及于南。渗漉之恩,悉归于北。故贫极江南,富称塞北。"元代分化政策及其对南方的剥削的措施是整个元代的大环境。

其二,唐宋惯性下的反思认识。

南方文士在对亡国原因的探讨上和刘祁不约而同,都归结于科举所致的文体变坏,例如赵孟頫认为:宋以科举取士,士之欲见用于世者不得不辂科举进。故父之诏子,兄之教弟,自幼至长,非程文不习,凡以求合于有司而已。宋之末年,文体大坏,治经者不以背于经旨为非,而以立说奇险为工。作赋者不以破碎纤靡为异,而以缀缉新巧为得。有司以是取,士以是应,程文之变至此尽矣。[1]

(2) 明代的总体评价

这方面的成果比较多,观点也各异。

其一,认为明代赋学成就不大。

孙福轩《论明代赋学批评之演进》持这样的观点,他认为:

> 明代赋学理论,前不及元,后不及清,在赋学批评史上并没有取得多少骄人的成绩,但作为古代赋学的一环,以"祖骚宗汉"的理论宗尚,连接起元代和清代的古体赋学,却又具有重要的赋史价值。从赋学批评的倾向来看,明代赋论延续的是元代祝尧的赋学思想,大体可以分为三个时期,即明初百年的复古赋论,以前后七子等为代表的明代中期的复古赋论,后期复古派与反复古派的赋学论争以及对汉魏六朝的归依。[2]

其二,认为明代赋学成就很大。

徐志啸的《明清赋学论》高度评价王世贞的赋学成就,还特别肯定了他对屈原的认识:

> 王世贞的《艺苑卮言》(载《谈艺珠丛》)似对司马相如(长卿)赋特别看重,"语赋"(卷1)中特别引述了司马相如的"赋心""赋迹"说(原载葛洪《西京杂记》),并作了形象而又富有文采的阐发:"作赋之法,已尽长卿数语。大抵须包蓄千古之材,牢笼宇宙之态。其变幻之极,如沧溟开晦,绚烂之至,如霞锦照灼,然后徐而约之,使指有所在。若汗漫纵横,无首无尾,了不知结束之妙;又或瑰伟宏富,而神气不流动,如大海乍涸,万宝杂厕,皆是瑕璧,有损连城。然此易耳。唯寒俭率易,十室之邑,借理自文,乃为害也。……"
> 更有甚者,王世贞还将长卿赋与屈原骚作了比较,谓:"杂而不乱,复而不厌,其所以为屈乎?丽而不俳,放而有制,其所以为长卿乎?""屈氏之骚,骚之圣也。长卿之赋,赋之圣也。一以风,一以颂,造体极玄,故自作者,毋轻优劣。"这应该是对长卿赋(司马相如)的极高评价,后世无以

---

[1] 以上参见杨亮:《论元代〈文选〉学衰落之原因》,《殷都学刊》,2014年第3期。
[2] 孙福轩:《论明代赋学批评之演进》,《湖北大学学报(哲学社会科学版)》,2013年第2期。

复加。值得注意的是,王世贞在上述以富华丽色彩的语言描述了长卿赋艺术表现特色后,特别概括地说了这么一句点中要害的话:"赋家不患无意,患在无蓄;不患无蓄,患在无意运之。"也即,作为写赋之家,在创作赋的时候,该具备与掌握"意"与"蓄",并处理好两者的关系,能自如地加以运用,而其中,毫无疑问,"意"是相对更重要的,或者说,在王世贞看来,唯"意""蓄"并举,才算把握了作赋的门道。从诗话著作角度言,王世贞此番论赋,特别是对长卿赋的议论,不是一般地就赋论赋,也不是随意写一些闲谈赋类的话,而是注重了赋创作的旨理,点出了其中的实质,为当时或后世的赋创作提供了有益的借鉴。[1]

其三,研究明代中叶前的赋学特征。

李新宇的《论明代辞赋之演进》论述了明代中叶前的发展特征,表现出汉赋文化与社会发展的联系。

> 明代中期辞赋发展过程中,"复古"依然是时人不变高标,但内涵已由"宗汉"渐变为"祖骚"。明宪宗时期因祖辈积蓄较富,尚未扰民,堪称太平。明孝宗更以"恭俭仁明,勤求治理"著称,"置亮弼之辅,召敢言之臣,求方正之士,绝嬖幸之门",饱含光复激情的明代士人再度看到希望,力图在文化与制度方面再铸辉煌,故此企盼中兴的仿汉巨制仍旧层出不穷,如李东阳《忠爱祠赋》《拟恨赋》《东山草堂赋》,李梦阳《述征赋》《省行赋》《大复山赋》,何景明《别思赋》,徐祯卿《述征赋》,王世贞《玄岳太和山赋》,顾璘《祝融峰观日出赋》,王廷陈《左赋》,俞允文《马鞍山赋》,陆深《瑞麦赋》等等,这些仿古之制多取汉赋铺陈方法,显示出浑雅正大的气魄。在此期间,还出现一批疆域地理赋,描写异域风土人情,如湛若水《交南赋》写安南,董越《朝鲜赋》写朝鲜,黄佐《粤会赋》写广州,丘濬《南溟奇甸赋》写海南,或散或骚,皆大气磅礴、气韵沉雄,表现出明帝国君临天下的宏大气象及俯视四夷的居高心态,并为清代疆域地理赋繁盛奠定基础。弘治以后,随着皇权失衡、权奸当道、世风颓靡,赋家们逐渐认识到明赋不具备汉赋"蒸腾向上"的生长氛围,加上辞赋称颂之风又与台阁体踏虚文风相渗透,颇为有识之士所厌弃,故此更多的赋家由"宗汉"转

---

[1] 徐志啸:《明清赋学论》,《晋阳学刊》,2012年第5期。

向"祖骚",从歌颂引领转向讽喻警醒,以寄拯世、讽世之心。[1]

其四,研究明代后期的赋学特征。

程维在《从王世贞对扬雄赋论的"误"引看明中期的赋学复古》中有这方面的论述,认为以古赋反对文风不正是这一时期赋学的特征。

> 王世贞引扬雄"诗人之赋丽以则"为"诗人之赋典以则",明代以来都没有得到注意。实际上这种看似漫不经心的改动,代表着王世贞与扬雄截然不同的辞赋观,也反映了明代中期辞赋领域的一场复古运动。

> 反观"丽则丽淫"与"典则丽淫"的区别,前者主要是"则"与"淫"的对立,而"丽"是共通处;后者则是"典则"与"丽淫"的整体对立。前者是以辞赋家的"丽"为前提,而以儒家的"合度"与"过度"为考察点;后者是直接将"典"与"丽"、"则"与"淫"针锋相对,仿佛"诗人之赋"与"辞人之赋"势不能两立一般。故而王世贞将扬雄《法言》这段赋论掐头去尾,单独拎出此句,又有意改动一字,看似蜻蜓点水,实则地动山摇。这是借古人之喉,发贞我之声。[2]

(3) 一些特别现象的认识

其一,对"唐无赋"的认识。

许结《明代"唐无赋"说辨析》中,认为明代创作受大赋影响大。

> 故早在明初,金幼孜、杨荣等人创制《皇都大一统赋》,陈敬宗、李时勉等人创制《北京赋》,均以京都大赋题材"极铺张混一之盛,创业守成之规"(周叙《送致仁训导彭先生序》),歌功颂德,兼寓历史教训,供帝王鉴玩资治。成、化间文士桑悦居京师,"见高丽使臣市本朝《两都赋》,无有,以为耻,遂赋之"(《明史·文苑传》),描绘"北都"(北京)、"南都"(金陵)形胜,振国威,惊殊方,为一时佳话。尽管这类赋同样具有辞盛情寡的空

---

〔1〕 李新宇:《论明代辞赋之演进》,《文学评论》,2010年第3期。
〔2〕 程维:《从王世贞对扬雄赋论的"误"引看明中期的赋学复古》,《中南大学学报(社会科学版)》,2014年第6期。

疏之弊，但与明前期仿肖唐宋之律赋相比，对复古文人作赋胸襟之开拓仍是有正面影响的。弘治后，随着皇权失衡、权奸当道、世风颓靡，复古派以反对"台阁"文风蹈虚为起点，不复为京殿大赋，转重真情实意。然其仿古之制还多如汉赋之铺陈，以表"浑雅正大"（李东阳语）之心。如李东阳的赋作即以抗击强权之政治意识和关心国计民生之刚正情绪为主，既无平庸颂德，亦鲜私情狭意（如《忠爱祠赋》《拟恨赋》《东山草堂赋》）。[1]

其二，对明代选学与赋学联系的认识。

许结《明代的选学与赋论》论述了这个问题，认为明人选赋最普遍的现象就是因尊体而"宗汉"。

> 第一层面是明代选家选"文"，着眼于"文"而选"赋"，故对"宏衍博丽之文"的汉赋给予充分的肯定，其逻辑起点，正是对明初学者轻贱汉赋特别是司马相如赋的理论反拨。因为重文人之"文"，所以李宾编辑《八代文钞》追溯"物感而情生，情生而言发"的文统，"以屈宋冠之，以此文人之宗祖也"；顾锡畴编辑《秦汉鸿文》则称赞"文学则长卿、枚叔"。因为重视作为"文"中尤其博丽的"赋"，所以明人选赋最普遍的现象就是因尊体而"宗汉"。……其论赋尊汉，更重西京，以明其"体"义及宗旨。[2]

其三，对"赋始相如"的认识。

王承斌的《"赋始相如"说论析》论述了这个问题。他同意郝敬的观点：明代首次提出"辞始屈平，赋始相如""赋唯司马相如首唱"的学者是晚明时之郝敬。[3] 并又有一个讨论：

> 中国赋论史上，明人明确提出"赋始相如"一说，使得司马相如之赋史地位，由一代辞赋之杰转变为赋体之开创者，这标志着明人对赋体认识达到新的高度。究其渊源，"辞宗""赋首"说、赋之讽谏论与语言典丽论，以及众多作家对相如作品的学习拟效等，可为滥觞。就赋学发展而

---

[1] 许结：《明代"唐无赋"说辨析》，《文学遗产》，1994年第4期。
[2] 许结：《明代的选学与赋论》，《南京师范大学学报》，2013年第3期。
[3] 郝敬：《艺圃伧谈》卷二，引自吴文治《明诗话全编》，江苏古籍出版社，1997年，第5918页。

言,文章学的兴起、辨体思潮的流行、"崇汉尊马"复古思想的隆盛、对气盛壮美之文的崇扬等,是影响此说出现的重要因素。此外,此说还与文坛上定祖明宗思想、"代胜说"有密切关系。此说的提出,有明人在赋学领域辨体而尊体之用意,亦有推尊相如赋以反对当时赋作空疏萎靡、浮而不实等不良风气,恢复雄健赋风,为明代赋学发展指明方向之目的,有着积极的现实意义。[1]

第六节 清代汉赋研究辑要

清代是辞赋研究的繁荣期,汉赋研究也得到特别重视,因为史料更加丰富,而且有了前人研究的基础,所以汉赋的渊源、发展、特征等方面的研究都得到了全面展开。近代开始,汉赋研究有了新的内容,接受了一些西学东渐带来的新方法,研究更加深入、全面。总体看,清代和近代的特征是全面、深入,而且带着明显的总结性色彩。

第一,清代赋学的主要观点。

> 朕尝于几务之暇,博观典籍,见古者诸侯、卿大夫交接邻国,时称诗以喻志,不必其所自作,皆谓之赋。如晋公子重耳赋《六月》,鲁文公赋《菁菁者莪》,郑穆叔赋《鸿雁》,鲁穆叔赋《祈父》之类,皆取古诗歌之以喻其志,即咏吟之遗音,得心意之所存,使闻之者足以感发兴起而因以明。其如相告语之情,犹之敷布其义而直陈之,故谓之赋也。春秋之后,聘问咏歌不行于列国,于是羁臣志士,自言其情,而赋乃作焉。其始创自荀况,宦游于楚,作为五赋。楚臣屈原乃作《离骚》,后人尊之为经,而班固以为屈原作赋以讽喻,则已名其为赋矣。其后,宋玉、唐勒皆竞为之。汉兴,贾谊、枚乘、司马相如、扬雄、张衡之流,制作尤盛。三国、两晋以逮六朝,变而为排。至于唐、宋变而为律,又变而为文,而唐、宋则用以取士,其时名臣伟人往往多出其中。迨及元而始不列于科目。朕以其不可尽废也,间尝以是求天下之才,故命词臣考稽古昔,搜采缺逸,都为一集,亲加鉴定,令校刊焉。为叙其源流兴罢之故,以示天下,使凡为学者知朕意

---

[1] 王承斌:《"赋始相如"说论析》,《许昌学院学报》,2019年第1期。

云。康熙四十五年三月二十日。

（康熙《御制历代赋汇序》）

"赋出于诗，故曰古诗之流也。《汉书》云：'屈原赋二十五篇。'《史记》云：'作《怀沙》之赋。'则骚亦赋也。宋玉、荀卿皆有赋，荀赋便是体物之祖。赋颂本诗也，后人始分，屈原有《橘颂》。陆士衡云：'诗缘情而绮靡，赋体物而浏亮。'诗赋不同也。"

（吴乔《围炉诗话》）

于是缀词之士，响应景从。汉兴，陆贾导之于前，贾谊振之于后。文、景以还，则有淮南王安、枚乘、庄忌、司马相如、吾丘寿王、严助、枚皋并以文词见知于时。遭遇太平，扬其鸿藻。宣、成之世，则有刘向、王褒、扬雄之伦，盖赋之盛，于斯为极。贾生以命世之器，不竟其用，故其见于文也，声多类骚，有屈氏之遗风。若其雄伟卓荦，冠于一代矣。长卿天纵绮丽，质有其文；心迹之论，赋家之准绳也。《子虚》《上林》，总众类而不厌其繁，会群采而不流于靡，高文绝艳，其宋玉之流亚乎？其次则扬雄也，王褒又其次也。子云之《长杨》《羽猎》，家法乎《上林》，而有迅发之气；《甘泉》深伟，庙堂之鸿章也。大抵汉人之赋，首长卿而翼子云，至是而赋家之能事毕矣。后有作者，弗可尚已。

东京作者，体卑于昔贤，而风弱于往代。其时则有冯衍、杜笃、班彪、班固、崔骃、傅毅、张衡、马融、蔡邕、王延寿、边让、祢衡之流。就而论之，二班、张、王，其最著乎？平子宏富，风度卓然。《二京》之方《两都》，犹青之于蓝也。赋至《东京》，长卿、子云之风未泯，虽神妙不足，而雅赡有余，其犹有中古之遗音乎？

（程廷祚《骚赋论·中》）

西汉赋亦未尝有序。《文选》录赋凡五十一篇，其司马之《子虚》《上林》，班之《两都》、张之《二京》、左之《三都》，皆合两篇三篇为一章法，析而数之，计凡五十六篇，中间有序者，凡二十四篇。西汉赋七篇，中间有序者五篇：《甘泉》《长门》《羽猎》《长杨》《鹏鸟》，其题作序者，皆后人加之，故即录史传以著其所由作，非序也。自序之作，始于东京。

（王芑孙《读赋卮言》）

汉兴,《大风》《秋风》之作,振起于上,于是小山《招隐》之词,《惜誓》《九谏》《九怀》《九叹》之什,群然并作,王逸审定其旨,并列《骚》学,而司马相如、扬雄又沿其流,作《子虚》《上林》《羽猎》《长杨》诸赋,东都班固、张衡继之.而《两都》《两京》等赋出焉。要其敷陈直叙,不失古人讽谏之意,故班固之《两都赋序》曰:"赋者,古诗之流也。"自时厥后,赋学渐棼,沿及梁、陈、隋、唐,又有古赋、律赋之别,而赋遂与《诗》《骚》不相比附矣。

(鲁九皋《诗学源流考》)

《汉志》分艺文为六略,每略又各别为数种,每种始叙,列为诸家,犹如《太玄》之经,方州部家,大纲细目,互相维系,法至善也。每略各有总叙,论辨流别,义至详也。惟《诗赋》一略,区为五种,而每种之后,更无叙论,不知刘、班之所遗邪?抑流传之脱简邪?今观屈原赋二十五篇以下,共二十家为一种;陆贾赋三篇以下,共二十一家为一种;孙卿赋十篇以下,共二十五家为一种;各类相同,而区种有别,当日必有其义例。今诸家之赋,十逸八九,而叙论之说,阙焉无闻,非著录之遗憾与?若杂赋与杂歌诗二种,则署名既异,观者犹可辨别,第不如五略之有叙录,更得详其源委耳。

古之赋家者流,原本诗骚,出入战国诸子。假设问对,《庄》《列》寓言之遗也。恢廓声势,苏、张纵横之体也。排比谐隐,韩非《储说》之属也。征材聚事,《吕览》类辑之义也。虽其文逐声韵,旨存比兴,而深探本原,实能自成一子之学。与夫专门之书,初无差别。故其叙列诸家之所撰述,多或数十,少仅一篇,列于文林,义不多让,为此志也。然则三种之赋,亦如诸子各别为家,而当时不能尽归一例者耳。岂若后世诗赋之家,裒然成集,使人无从辨别者哉?

赋者,古诗之流,刘勰所谓"六义附庸,蔚成大国"者是也。义当列诗于前,而叙赋于后,乃得文章承变之次第。刘、班顾以赋居诗前,则标略之称诗赋,岂非颠倒与?每怪萧梁《文选》,赋冠诗前,绝无义理,而后人竟效法之,为不可解。今知刘、班著录,已启之矣。又诗赋本《诗经》支系,说已见前,不复置议。

诗赋前三种之分家(指班固《汉书·艺文志·诗赋略》所分——引者注),不可考矣,其与后二种之别类,甚晓然也。三种之赋,人自为篇,后世别集之体也。杂赋一种，不列专名，而类叙为篇，后世总集之体也。歌诗一种，则诗之与赋，固当分体者也。就其例而论之，则第一种之淮南王群臣赋四十四篇，及第三种之秦时杂赋九篇，当隶杂赋条下，而猥厕专门之家，何所取那？揆其所以附丽之故，则以淮南王赋列第一种，而以群臣之作附于其下，所谓以人次也。秦时杂赋列于荀卿赋后，孝景皇帝颂前，所谓以时次也。夫著录之例，先明家学，同列一家之中，或从人次，或从时次可也。岂有类例不通，源流迥异，概以意为出入者哉？

（章学诚《校雠通义·汉志诗赋第十五》）

今即《文选》诸体，以征战国之赅备。京都诸赋，苏、张纵横六国，侈陈形势之遗也；《上林》《羽猎》，安陵之从田，龙阳之同钓也。《客难》《解嘲》，屈原之《渔父》《卜居》，庄周之惠施问难也。韩非《储说》，比事征偶，《连珠》之所肇也。而或以为始于傅毅之徒，非其质矣。孟子问齐王之大欲，历举轻煖肥甘，声音采色，《七林》之所启也；而或以为创之枚乘，忘其祖矣。邹阳辨谤于梁王，江淹陈辞于建平；苏秦之自解忠位而获罪也，《过秦》《王命》《六代》《辨亡》诸论，抑扬往复，诗人讽谕之旨，孟、荀所以称述先王，儆时君也。淮南宾客，梁苑辞人，原、尝、申、陵之盛举也。东方、司马，侍从于西京；徐、陈、应、刘，征逐于邺下，谈天雕龙之奇观也。遇有升沉，时有得失，畸才汇于末世，利禄萃其性灵，廊庙山林，江湖魏阙，旷世而相感，不知悲喜之何从。文人情深于《诗》《骚》，古今一也。

赋先于诗，骚别于赋，赋有问答发端，误为赋序。前人之议《文选》，犹其显然者也。

（章学诚《文史通义·诗教》）

盖汉尚辞赋，所称能文，必工于赋颂者也。《艺文志》先六经，次诸子，次诗赋，次兵书，次术数，次方技：六经谓之六艺，兵书、术数、方技亦子也。班氏序诸子曰："今异家者各推所长，穷知究虑，以明其指。虽有蔽短，合其要归，亦六经支与流裔。"据此，则《西京》以经与子为艺，诗赋为文矣。

然非独《西京》为然也。《后汉书》创立《文苑传》，所列凡二十二人，类皆载其诗赋于传中。盖文至东京而弥盛，有毕力为文章而他无可表见者，故特立此传。必载诗赋者，于以见一时之习尚，而《文苑》非虚名也。

其《传赞》曰:"情志既动,篇辞为贵。抽心呈貌,非雕非蔚。殊状共体,同声异气。言观丽则,永监辞费。"章怀《注》:"扬雄曰:'诗人之赋丽以则'。是《文苑》所由称文,以其工诗赋可知矣。"

然又不特《文苑》为然也。《班固传》称能属文,而但载其《两都赋》;《崔骃传》称善属文,而但载其《达旨》及《慰志赋》。班之《赞》曰:"二班怀文。"崔之《赞》曰:"崔氏文宗。"由是言之,《东京》亦以诗赋为文矣。

(刘天惠《文笔考》)

贾谊《惜誓》《吊屈原》《鵩赋》,具有凿空乱道意。骚人情境,于斯犹见。

《鵩赋》为赋之变体。即其体而通之,凡能为子书者,于赋皆足自成一家。

……

读屈、贾辞,不问而知其为志士仁人之作。太史公之合传,陶渊明之合赞,非徒以其遇,殆以其心。

诗人之优柔,骚人之清深,后来难并矣。惟奇倔一境,虽亦诗骚之变,而尚有可广。此淮南《招隐士》所以作与?

王无功谓薛收《白牛溪赋》"韵趣高奇,词义旷远,嵯峨萧瑟,真不可言。"余谓赋之足当此评者盖不多有,前此其惟小山《招隐士》乎?

屈子之赋,贾生得其质,相如得其文,虽涂径各分,而无庸轩轾也。扬子云乃谓"贾谊升堂,相如入室",以己多依效相如故耳。

贾生之赋志胜才,相如之赋才胜志。贾、马以前,景差、宋玉已若以此分途,今观《大招》《招魂》可辨。

相如一切文,皆善于架虚行危。其赋既会造出奇怪,又会撇入窅冥,所谓"似不从人间来者"此也。至模山范水,犹其末事。

屈子之赋,筋节隐而不露;长卿则有迹矣。然作长篇,学长卿入门较易。

相如之渊雅,邹阳、枚乘不及;然邹、枚雄奇之气,相如亦当避谢。

《汉书·枚乘传》:"梁客皆善辞赋,乘尤高。"则知当日赋名重于相如矣。后世学相如之丽者,还须以乘之高济之。

枚乘《七发》出于宋玉《招魂》。枚之秀韵不及宋,而雄节殆于过之。

班婕妤《捣素赋》怨而不怒,兼有"塞渊、温惠、淑慎"六字之长,可谓深得风人之旨。

后汉赵元叔《穷鱼赋》及《刺世嫉邪赋》,读之知为抗脏之士,惟径直露骨,未能如屈、贾之味余文外耳。

……

《楚辞》风骨高,西汉赋气息厚,建安乃欲由西汉而复于《楚辞》者。若其至与未至,所不论焉。

问《楚辞》汉赋之别,曰:"《楚辞》按之而逾深,汉赋恢之而弥广。"

《楚辞》尚神理,汉赋尚事实。然汉赋之最上者,机括必从《楚辞》得来。

或谓《楚赋》自铸伟辞,其取镕经义,疑不及汉。余谓楚取于经,深微周浃,无迹可寻,实乃较汉尤高。

《楚辞》,赋之乐;汉赋,赋之体。历代赋体,只须本此辨之。

(刘熙载《艺概·赋概》)

观班固之志艺文也,分析诗赋:屈原赋以下二十五家为一种[1]。陆贾赋以下二十一家为一种,荀卿赋以下二十五家为一种。盖屈原、陆贾,籍隶荆南,贾亦楚人。所作之赋,一主抒情,一主骋辞,皆为南人之作;荀卿生长赵土,所作之赋,偏于析理,则为北方之文。兰台史册,固可按也。

…………

而枚乘、司马相如,咸以词赋垂名。然恢廓声势,开拓宜突,殆纵横之流欤!如枚乘《七发》,相如《子虚赋》《上林赋》是也。至于写物附意,触兴致情,如相如《长门赋》《思大人》,枚乘《菟园赋》是也,则导源楚骚,语多虚设。子云继作,亦兼二长,如《羽猎赋》《河东赋》出于纵横家者也。若《反离骚》诸作,则出于楚骚者也。例以文体,远北近南。东京文士,彪炳史编,然章奏、书牍之文,咸通畅明达,虽属词枝繁,然铨贯有序,论辨之文亦然,如班彪《王命论》、朱穆《崇厚论》是。若词赋一体,则孟坚之作,虽近扬、马,然征材聚事,取精用弘,《吕览》类辑之义也,蔡邕之作似之;平子之作,杰格拮揉,俶诡可观,荀卿《成相》之遗也,王延寿之作似之。即有自成一家之言者,亦辞直义畅,雅懿深醇。如荀悦《申鉴》、王符《潜夫论》是。盖东汉文人,咸生北土,且当此之时,士崇儒术,纵横之学,屏绝不观,骚经之文,治者亦鲜,故所作之文,偏于记事、析理。如《幽通》

---

[1] 原文为二十五家,但实为二十家,这里依原文。

《思玄》各赋,以及《申鉴》《潜夫论》之文,皆析理之文也。若夫《两都》《鲁灵光》各赋,则记事之文。而骈辞、抒情之作,嗣响无人。惟王逸之文,取法骚经。王为南郡人。而应劭、王充,南方之彦。劭为汝南人,充为会稽人。故《风俗通》《论衡》二书,近于诡辩,殆南方墨者之支派与!

(刘师培《南北文学不同论》)

第二,今人的相关论述。

其一,清代赋学的材料整理成就。

汉赋文化的发展中,清代是一个集大成时期,这一时期一个突出特点就是集大成的文献特别多,这其中有明清复古思潮的影响,也有清代学问走向的影响。

首先。赋选是这一时期的一个重要领域。我们可以从书院特征、"唐诗"题现象和赋的学术化三个方面展开论述:

> 清代书院所讲学的内容,大体可被分为三类:一为讲求性理之学,这一点与前朝书院讲学内容无异,并在北方书院内尤为盛行;二为博习经史词章之学,各地方书院对这一点尤为重视,而南方书院又在其中尤为看重词章的教学与修习;三为讲解并习作八股时文,这一点是所有书院最为重要的课程内容,甚至可以说是大部分书院开办的最终目的。

> 五为"唐诗"题,这类题目也是书院课艺赋中的常用题。有直接以诗题为赋题者,如《春江花月夜赋》;有以诗句为赋题者,如《落花时节又逢君赋》;又有以唐诗典故为赋题者,如《旗亭画壁赋》等。在这类题材中,杜甫的诗名与诗句是最常被引为题目的,如《南菁文钞二集》就收有何允彝的《杜工部陪广文游何将军山林赋》(以"园依绿水竹上青霄"为韵)。

清代以前的赋家借赋中大量的词汇、名物、典故等来展现才学,到了清代,由于学术的发展,赋家则不再满足于以记诵之能来表现博学,他们不仅在律赋的创作过程中运用训诂学与文字学,并尤爱在赋中展现考证功夫,借赋来呈现学术研究的新成果,同时,也将学术界的现状与论争以赋的形式记录下来,实现了汉学昌明下的赋的学术化。正因如此,一些前代从未出现过的题目,如《文以载道赋》《文心雕龙赋》《六艺赋居一赋》

等在《同馆赋钞》中大量出现。许结认为,"赋的学术化倾向是赋发展的一种趋势",从法式善《同馆赋钞》中收录的翰苑类试赋中透露出了乾嘉时期学术发展的状况与对律赋创作的影响,由此可见清代试赋与学术之间的关系。[1]

其次,赋学的载体研究也受到重视。王京华在其硕士学位论文《〈历代赋汇〉唐赋文献研究》有这方面的归纳:

> 明代编纂大型总集之风日盛,多搜罗古今,卷帙浩繁,《四库全书总目》亦称:"自冯惟讷辑《诗纪》,而汉、魏、六朝之诗汇于一编;自梅鼎祚辑《文纪》,而汉、魏、六朝之文,汇于一编;自张燮辑七十二家集,而汉、魏、六朝之遗集,汇于一编。"尤其是梅鼎祚所编之历代《文纪》(《皇霸文纪》《西汉文纪》《东汉文纪》《西晋文纪》《宋文纪》《南齐文纪》《梁文纪》《陈文纪》《北齐文纪》《后周文纪》《隋文纪》和《释文纪》),力图巨细兼收,义取全备,在选本式的总集之外,开全文总集之体。梅鼎祚这种巨细兼收的总集形式,对后世影响甚大,以后所编的断代或通代的分体总集,多采用义取全备的体例。清代官修或私修大量总集,多为此体。《赋汇》正是秉承了这类总集的编纂体例,不仅收入大量保存完整的赋作,并且"单辞剩句,拾锦缕于寸丝;断简余笺,采吉光于片羽",汇成逸句二卷,足以体现其力图包罗无遗、求全求备之编纂观念。[2]

其二,对清代赋学整体走向的认识。

清代赋学成果数量巨大,整体性的把握有很大难度,孙福轩《论清代赋学的理论特征》有一个概括的梳理:

> 清代赋学是对历代赋学的总结与超越,在对前代赋学继承的基础之上,形成了一代赋学中兴期鲜明的理论特征:一是区别于前代赋依附于诗文评的随意性而具有十分强烈的文体自觉意识;二是在十数部赋话和

---

[1] 王瑜纯:《清代试赋研究》,浙江大学 2017 年硕士学位论文,第 44、48—49、58—59 页。

[2] 王京华:《〈历代赋汇〉唐赋文献研究》,河北师范大学 2009 年硕士学位论文,第 59—60 页。

大量的赋文本批评的基础上,赋学最后得以建立;三是赋学风格学的论述,标志着理论体系的最后完成。

清代相沿元明的复古赋论,大体经历了三个时段。清初,由于受到明人唐无赋说的影响,赋家创作多以骚体赋、散体赋、骈体赋为主,为赋学的复古时期。康熙年间,何焯著《文选评》,或诠释词句,或考订史实,或评判赋艺,是专门研究古体赋的赋话,反映出此时赋学复古的风尚。第二个阶段为乾嘉时期,出于与馆阁赋的对立和缘于以古文为时文的导引,古体赋家以赋为世用相召,推起了古体赋学的热潮,是清代古体赋学最为昌盛的时期。出现了纳兰性德、程廷祚、张惠言等古赋论家,纳兰《赋论》以六义为先,程氏专著《骚赋论》三篇,而张惠言则编选《七十家赋钞》,唐后一篇不选。第三个时期是咸同以降,应试律赋已经失去了唐宋的丽则之旨、乾嘉的清丽之音,而以刘熙载为主的古体赋家却擎起祖骚宗汉的大旗,秉持赋为古诗之流、骚为赋之祖的历史审美观,以情志为本,为清代的古体赋学画上了一个古雅完美的句号。

清代的律赋学以乾、嘉、道三朝最为繁盛,出现了汤稼堂的《律赋衡裁》,李调元的《赋话》,浦铣的《历代赋话》《复小斋赋话》,王芑孙的《读赋卮言》,孙奎的《春晖园赋苑卮言》,余丙照的《赋学指南》,汪庭珍的《作赋例言》,魏谦升的《赋品》,林联桂的《见星庐赋话》等赋学名作。这些赋话,从理论内涵来说,一个方面是指导士子应试,探讨律赋的做法(且有些赋话就是为此目的而作的),同时更为重要的方面是清代律赋家大多能超越于格法的拘限,历史地总结唐代以来律赋的创作经验,在更高的层次上探讨律赋的艺术精神以及与赋家、赋品、思潮的互动关系,形成了极具包容性、前人无可比拟的律赋学"新体系"。

综上而言,风格学是清代赋学批评对唐代赋学"声律气色"(形式论和技法论)的超越,也代表着清代赋学的自立性、体系性和深刻性。文体的自足性,除了文体本身独特的形式特征外,还应该有随之而来的风格批评的自觉意识。在赋附属于诗和文的古代文体论话语中,赋的诗化与赋的文化伴随着诗、赋、文的文体互渗运动而消长起伏,与此相应的是,赋的批评总是以诗、文的批评为指归和依据,赋"源于诗,介乎文"的文体尴尬使得赋学批评除了对其格律、对偶、用典和追求华丽辞藻等形式特征形成了批评共识外(指律体),从来没有从诗、古文的批评话语中独立出能够表现自己文本特色的理论话语,在清代以前也从来没有获得完全独立自由的批评空间,随着清代辞赋创作的发展和繁荣以及赋学批评意识的自觉,这一倾向得到完全的扭转,在以"丽则"为基本规定的前提下,赋论家以沉博绝丽、清丽芊眠为清代赋学的基本品格,在与古代艺术的融会中,古致、浏亮、宏丽、洒脱、庄雅、清秀也成为赋的风格和品评标准,成为清代文体自立的重要内容,是中国古代文论不可分割的组成"质因",即使对于现代的民族文论建设,也有十分重要的价值和意义。[1]

其三,对清代赋学大家的评价。

孙福轩的《刘熙载古体赋论试议》有这方面的论述,他认为复古是刘熙载的赋学指向:

> 当然,执着于赋的情感层面,对于赋作的铺陈之义,刘熙载同样看重,只是各有侧重罢了。"叙物以言情谓之赋","言情"和"铺陈"是赋之要义之两端,缺一不可。在论到楚辞、汉赋之别时,刘熙载言:"楚辞按之而愈深,汉赋恢之而弥广",即指出各有所胜,不能偏于一隅。又曰:"屈子之赋,贾生得其质,相如得其文,虽涂径各分,而无庸轩轾也。扬子云乃谓'贾谊升堂,相如入室'以已多仿效相如故耳。"基于此,刘熙载既认可骚赋、六朝小赋的婉丽情深,对汉大赋的铺采摛文的壮丽之美也深表赞赏,认为是赋的"归趣"之一。言"屈子之缠绵,枚叔、长卿之巨丽,渊明之高逸,宇宙间赋,归趣总不外此三种"。所谓巨丽,即是言其博大、壮美的赋作境界,是坚整豪迈的笔力与绮丽华艳的词采汇而成文的审美结果;是汉代辞赋家以强烈的想象力纵情驰骋于上下古今,涵括宇宙万物与人类历史的宏阔心胸与审美视野。刘熙载对汉代巨丽审美风范的推尊亦表现出他对古体赋作大气包举、意气纵横审美理想的追求,也充分表明骨力与气势是其言情之外的另一期许。他又说:"李白《大猎赋序》云辞欲壮丽,义归博达,似约相如《答盛览赋》之旨。"亦是以相如赋作的"大美"言之的。

---

[1] 孙福轩:《论清代赋学的理论特征》,《鲁东大学学报(哲学社会科学版)》,2010年第2期。

正是以情为主的复古观,刘熙载对赋家与赋作的探讨主要集中在汉魏六朝,而对六朝以后各代赋作,仅涉及李白、韩愈、孙可之等数家。表现出是以骚体、西汉赋为主的作品论,以先秦、西汉时期为主的作家论的倾向。[1]

其四,一些特殊现象的认识。

书院普及对赋学的发展有影响,这是清代一个重要的文化现象,许结《论清代书院与辞赋创作》对此有深入的研究。

清代书院课赋制度的形成,与书院山长、地方学政多翰林出身有关。因为翰林院有馆试诗赋制度,书院课赋与翰林院赋有着逻辑的联系。书院的文学活动之于辞赋,又在辞赋创作与赋集编纂两端,其中课艺赋的创作与编纂,尤为突出。考察书院赋的创作特征,一在题材的扩大,其中包括经义、咏史、景物、记事、拟古、唐诗诸题的创制;二在特有的艺术形式,如同题、摹拟、和韵、评点等。而从赋史看清代书院赋艺术,其对词章之学的促进、清代学术的含容、律赋鉴赏体系的构建以及清赋由宗唐到自立的变化,均有一定的积极作用。

书院赋虽为词章之学的一部分,但其通过形象生动的创作实践,或隐或显地体现了清代书院的学术精神,其中最突出的就是汉学的兴盛与汉宋学术的融通。辞赋创作学术化,与赋体自身的"博物之象"、赋家自身的"才华学识"以及唐宋以来科赋"经史命题"均有着历史的渊系,然清代书院赋所体示的学术特征,则与翰林院馆阁赋相类,均与乾、嘉汉学的兴盛相关,特别是翰林出身的书院山长的汉学嗜好,起了推波助澜的作用。如阮元主持学海堂期间,课以经史,兼及诗赋,"学海堂"被视为当时汉学重镇。今观阮编《学海堂集》所收课士之赋,以咏物题为多,却以考证名物擅长,体现了作者的汉学倾向。比如卷十收录陈同、梁梅、黄子高等同题《端溪砚石赋》,例如陈赋考论其石源石名曰"有狮子梅花之号,有小湘后沥之称。曷新坑旧坑之足据,何腰石脚石之堪凭";梁赋则在《序》中首明名物来历,所谓"砚品中之有端石,其著录于各谱者,如宋苏氏、李氏、唐氏、米氏,咸知重之";黄赋则通过论辩形式,解析"知其一而不知其

---

[1] 孙福轩:《刘熙载古体赋论试议》,《广东教育学院学报》,2010年第2期。

二"的疑惑,均有相当的学术含量。当然,如果将书院赋所体示的学术全归汉学,显然不妥,比如主持钟山书院的有汉学家卢文弨、钱大昕等,也有倡导"逮宋程、朱出,实于古人精深之旨,所得为多"(姚鼐《惜抱轩文集》卷六《复蒋松如书》)之宋学主张的姚鼐,所以我们读清代书院赋,既有如高锡蕃《郑康成为经神赋》这类的汉学题,也有如郑禹畴《方塘赋》(以"半亩方塘天光云影"为韵)、刘翎联《游鹅湖山赋》(以"商量邃密培养深沉"为韵)的推尊朱熹的创作。[1]

---

[1] 许结:《论清代书院与辞赋创作》,《湖北大学学报(哲学社会科学版)》,2009年第5期。

第十四章

科举文体文化与文学发展

科举文体中，诗与赋是最为重要的类型。科场所用之赋是律赋，也曾有律赋与古赋之争。明代吴讷《文章辨体序说·律赋》记："律赋起于六朝，而盛于唐宋。凡取士以之命题，每篇限以八韵而成，要在音律谐协、对偶精确为工。迨元代场屋，更用古赋，由是学者弃而弗学。"不论律赋还是古赋，都是沿革于汉赋的文体，从汉赋文化的层面看，是赋体发展的一个重要内容。

从传统文化结构的发展看，科举文体发展具有文学意义。近代以来，由于外强的侵略和国势的衰微，支撑封建政治制度的科举制度遭到了彻底的否定。"城门失火，殃及池鱼"，科举制度的外在载体——科举文体也受到了人们的指责而最终被抛弃。"皮之不存，毛将焉附"，没有了科举制度，科举文体自然也就没有了存在的理由。但是，千百年来被千万士子投入极大热情并被反复实践的文体，它在历史上所发挥的作用，还是应当具有一定的认识价值的。特别是作为文体的写作，它所包含的文学内涵和由此而产生的文化影响，应当被我们认真研究。一个历代沿革、士子精英热情参与其中的写作活动，只以过程而言就是一个不可忽视的文化现象。鉴于此，我们从文学史上的几个重要时期或重要领域，对科举文体文化的文学贡献给予认识。

第一节 汉代察举制度与汉赋发展

科举制度产生于隋代，这似乎已经成为学术界的共同认识。但是，也有异议,这些异议的考量与赋体的发展有相关性。《唐会要》卷七五《帖经条例》记开元二十五年敕文:"今之明经、进士,则古之孝廉、秀才。"宋代章如愚《群书考索·续集》卷三十八《选举》记:"科目肇于汉,兴于隋,著于唐而备于宋。"明代《大学衍义补》卷九《清入仕之路》记:"(汉)贤良、孝廉举以任用似今之科目。"今人也有这样的认识。徐连达、楼劲在深入探讨汉代和唐代的人才选拔制度后,认为:"(一)在科目体系、组织步骤、考试环节三大要素上,汉代的察举与唐代的科举基本一致。故察举,科举,一也!皆朝廷统一部署下以按科举士、考试进用为特征的官僚选拔制度。(二)与汉制相较,唐制以怀牒自投,举、选相分,科举与学校的紧密结合三端为重大的发展。但其在汉与明清科举制间承上启下,从属于按科举士、考试进用之制发展的总过程。(三)汉、唐科举皆在不断完善之中。科举诸要素在汉代只是粗具,魏晋时期此制虽保持着发展的脉络,却在士族和军人集团的双重影响下处于低潮。故汉代实为科举的初创期,唐代则系其完善期。"[1]

科举制度的完全确立是在隋代,从科举制度确立的层面看,隋代是一个分界线。但是从科举制度的内容和科举制度的一些重要因素看,根据史料,其于隋代之前就已经存在。比如在科目体系、组织体系、考试体系这样的主要环节上,汉代的察举制度就已经有了具体的操作内容,汉代的察举制度与隋唐的科举制度有着紧密的联系,可以看到唐代与汉代之间存在着继承的关系。所以,我们考察科举文体对文学的贡献时,应当将汉代置于我们的视野。这其中,汉赋产生的影响是最为明确的内容。

汉代的代表文体是赋。汉一代,赋经历了四百多年的发展,由骚体赋到散体大赋,又由散体大赋到抒情小赋,在我国文学史上走过了一段光辉的历程,为中国文学贡献了一批杰出的作家和优秀的作品,并且开始了我国文学自觉的进程。汉赋,成为可与唐诗、宋词、元曲和明清小说媲美的一代文学。从汉赋的发展过程看,其对汉代的选拔制度有着不可忽视的推波助澜的作用。

秦始皇统一前的战国时期,各诸侯国在争霸的过程中,对人才的争夺达到了白热化的程度,各国都在变法求强,其中突出的一个内容就是建立了以军功制和养士制选拔人才的机制。秦统一后,军功制的作用有所降低,养士制更是不被提倡,而开始了新的选官制度。汉承秦制,发展、完善了统一帝国

---

[1] 徐连达、楼劲:《汉唐科举异同论》,《历史研究》,1990年第4期。

的选拔制度，最终形成了以察举制和征辟制为主要内容的封建官吏选拔制度。

选官离不开培育，所以凡言汉代考试制度，必然涉及汉代的太学教育体系。元朔五年（前124），汉武帝采纳了董仲舒和公孙弘的建议，下诏在长安设立太学，置博士弟子，即太学生。这以后，太学就成为我国封建社会的官方教育机构。其后，太学随汉王朝强盛国势而迅速发展，汉武帝创立太学时，太学生只有50人，汉昭帝时增加至百余人，汉宣帝时200余人，汉元帝时已有千余人，到汉成帝时则达到3 000人。公元4年，汉平帝时王莽辅政，太学生已达万人。东汉，太学继续发展，在京师形成了太学区，盛况空前。至汉顺帝时，太学区规模庞大，"凡所造构二百四十房，千八百五十室"（《后汉书·儒林传》）。东汉晚期，太学发展到鼎盛阶段，太学生达三万余人，中原地区以外，匈奴等少数民族也遣弟子入学。

汉代士子进入太学，就进入了一个新的考试和选拔的循环圈。汉武帝时，太学生每年有一次考试，称为"岁试"，东汉以后改为每两年考一次。汉代太学有许多考试方法，书面考试的主要门类有射策、策试等等。射策，和现代的抽签考试方法有些相似，由主考官根据儒学的经典出题，按难易程度分甲乙两个层次的问题，考试者从密封的试题中抽出一两种解答，内容侧重于对儒学经典的解释和阐发。策试，始于东汉，由相关部门组织博士命卷，按照家法章句分科出50个题目，学生回答多的、好的可以被评比为"上第"。

汉代太学生学习的内容是儒学经典，教师称博士。汉代每一家儒家经典设一名博士，武帝时置博士7人，汉宣帝时14人，汉元帝时15人。汉平帝时增五经为六经，每经又设博士5人，共置博士30人。东汉光武帝减少人数置博士14人，统一由祭酒领导，祭酒相当于太学的校长。这样的学习和考试，消耗了许多士子的青春年华，汉人当时就有"结童入学，白首空归"的说法。东汉末献帝时，曾经为照顾"白首"学生而对其全部授予"太子舍人"的官职。当时的民谣是这样描述的："头白皓然，食不充粮。裹衣塞裳，当还故乡。圣主愍念，悉用补郎。舍是布衣，被服玄黄。"毫无疑问，这样的学习和考试，其文体对文学的进步是难言积极的。但是，汉代的太学，只是培养和选拔官员的一种方式，汉代选官制度以察举和征辟为主。这两种方法基本上着眼于道德品格和智能才干，对于后者，在汉代演绎出了许多与文学进步有关的内容。

所谓察举，也称荐举，是由中央政府的三公九卿和地方政府的郡守等通过考核，把民间和基层官吏中的德才兼备者推荐给朝廷，然后由朝廷经过一定的程序选择,授予被推荐者相应的官职或予以提升。察举主要有常科和特科两类。前者也称岁举,每年定时由地方郡守们按规定名额向朝廷推荐;后者是根据皇帝需要临时指定的特别选士科目。常科有孝廉、茂才等科,特科有贤良方正(贤良文学)、明经、明法、至孝、童子等科。

察举是以推荐为主,但都要辅助以一定的考试才可以最终确定。因此,所选之人都在文字表达上下足功夫,特别是在皇帝的"策试"中将文章写得富有表现力,其中产生了许多很有影响的作品。《汉书·晁错传》记:"时,贾谊已死,对策者百余人,唯错为高第,繇是迁中大夫。"晁错在策试时写的文章确实好看,比如策中写道:

> 诏策曰"通于人事终始",愚臣窃以为古之三王明之。臣闻三王臣主俱贤,故合谋相辅,计安天下,莫不本于人情。人情莫不欲寿,三王生而不伤也;人情莫不欲富,三王厚而不困也;人情莫不欲安,三王扶而不危也;人群莫不欲逸,三王节其力而不尽也。其为法令也,合于人情而后行之;其动众使民也,本于人事然后为之。取人以己,内恕及人。情之所恶,不以强人;情之所欲,不以禁民。是其天下乐其政,归其德,望之若父母,从之若流水;百姓和亲,国家安宁,名位不失,施及后世。此明于人情终始之功也。
>
> (晁错《言兵事书》)

这段策论,层次清晰,语言上口,而且在说理中有一种一层一层潮水汹涌而来的感觉,这与先秦诸子说理的辩论风格有继承的联系,但再与之后的汉赋相联系后就可以发现,汉赋的那种一味图大,为言一事必举数事,天上地下,古人今人,唯恐理说不透、事说不全的表现风格,与晁错的文字表达有相似之处,它们都是铺陈的风格。后来在汉武帝时,被推荐"贤良"的董仲舒,"对策"中连对三策而被列为上等,还有受到武帝亲自策问而获策试第一的公孙弘等,他们的策论,无一不是如晁错的策论那样在淋漓尽致的铺陈中表达自己的观点的。这样的社会风气,对汉赋的铺张扬厉的风格显然是会产生影响。比如汉赋大家司马相如,他是被地方郡守推荐到京城长安学习儒家经典的。在他学习中原政治、文化的过程中,这些前辈们的文章显然是对他产生了相应的影响。他学成之后,只在中央朝廷呆了很短时间,就辞去武骑常侍,到梁孝王那里专心作赋去了。

汉一代,中央集权的封建制度已经建立并逐步完善,个人的发展前程已与中央政府有了更加紧密的联系,个人作用发挥的权重明显下降,只有当个人与中央政府一致时,个人才能得到好的发展。武帝初,丞相绾就上奏:"所举贤良,或治申、商、韩非、苏秦、张仪之言,乱国政,请皆罢。"(《汉书·武帝纪》)这位丞相要求汉代读书人从思想和行为上对中央政权服从。这一时期,战国时盛行的养士之风也被予以打击,个人随意发挥的空间愈发压缩。在这样的时代背景下,太学为读书人提供了做官的前程。写文章能够得到最高统治者的赏识,而且还可能是一条捷径,这其中,写赋成为重要内容,认识到这一点,汉人写作的热情高涨。关于这一点,最有说服力的例子就是西汉汉赋大家枚乘和司马相如。

枚乘是景帝和武帝时人,他在文学史上的地位是写有汉大赋的开启作品《七发》。枚乘之前,汉赋的创作实际上还停留在楚辞的余绪上,以抒情为主而少事物的铺写,《七发》改变了这样的状况。《七发》重铺写而少抒情,形成了主客问答的形式和铺张扬厉的风格,完成了汉赋由骚体赋向大赋的过渡。枚乘的文章,也得到了汉武帝的赏识。《汉书·枚乘传》记:"武帝自为太子闻乘名,及即位,乘年老,乃以安车蒲轮征乘,道死。"这是一个什么样的待遇呢?征召是皇帝对官员直接聘任的行为,秦已有之,汉代相沿成例。被征者当时称征君,一般是地方上的名士和学问特别好的儒生。虽然都是被皇帝所征,但根据各人的地位、影响和皇帝的态度,在征召的规格上是有明确区别的。最低的一等,被征者需要自己备好马车。如汉元帝时征召贡禹,《汉书·贡禹传》记他的上书:"陛下过意征臣,臣卖田百亩,以供车马。"比这高一等的征召,是被征召者所过之地,可以由当地的官员提供住宿和饮食。《汉书·武帝纪》记:元光五年"征吏民有明当世之务,习先圣之术者,县次续食,令与计偕"。比这再高一等的征召,则是政府调动公车来为征召者服务。在这之上,就是最高的征召待遇了,即政府为被征者提供安车蒲轮。《汉书·武帝纪》记大儒鲁申公被征:"遣使者安车蒲轮,束帛加璧,征鲁申公。"征召是由皇帝一人掌握的入仕渠道,所以数量有限,在汉代被认为是最荣耀显赫的官员选拔途径,枚乘不仅能够列于其中,而且还能够享受到其中最高的待遇,这当然是赋家的光荣。

再看司马相如,他是将汉赋推向高峰的赋家。《史记·司马相如列传》记他"少时好读书,学击剑",因为聪慧用功而被蜀郡太守文翁选拔送至京城长安学习儒家经典,但他最终出人头地的原因却是写赋。他被武帝所召,《史记·司马相如列传》中有一段专门的记载：蜀人杨得意为狗监，侍上。上读《子虚赋》而善之，曰："朕独不得与此人同时哉！"得意曰："臣邑人司马相如自言为此赋。"上惊，乃召问相如。相如被召入京，作了《子虚赋》的续篇《上林赋》。自此，汉赋达到了高峰。司马相如被武帝所召后，为郎数年，然后被拜为中郎将，作为中央的使节往巴蜀，解决当地出现的问题。《史记·司马相如列传》记："至蜀，蜀太守以下郊迎，县令负弩矢先驱，蜀人以为宠。于是卓王孙、临邛诸公皆因门下献牛酒以交欢。卓王孙喟然而叹，自以得使女尚司马长卿晚，而厚分与其女财，与男等同。"据司马迁在《史记》的描写，司马相如"口吃而善著书。常有消渴疾"，他能够入仕为官，风光一时，是因为他赋写得好。

从枚乘、司马相如等赋家的经历看，写赋确实是汉代文人通过选拔的一条途径，这样的成功，不仅是文人津津乐道的趣事，也是他们学习的榜样。这种现象的出现，毫无疑问对文学的发展起促进作用，它可以吸引更多的优秀人才来写赋，促使更多的优秀赋作品出现。这样的结果，有汉人的文字记载佐证。比如，东汉班固，他在自己的赋作品《两都赋》的序中就这样记道："故言语侍从之臣，若司马相如、虞丘寿王、东方朔、枚皋、王褒、刘向之属，朝夕论思，日月献纳。而公卿大臣御史大夫倪宽、太常孔臧、太中大夫董仲舒、宗正刘德、太子太傅萧望之等，时时间作。"这说明，当时写赋的人很多，而且是各个阶层都有，大家在一起还有互相交流的活动。关于作品的数量，班固《汉书·艺文志》中也有统计，《诗赋略》分赋为四类，即屈原赋类20家，361篇；陆贾赋类21家，274篇；孙卿赋类25家，136篇；杂赋类12篇，233篇。这是我国文学史上第一次为赋全面分类，并做数据统计。这样的统计，也是以创作达到一定规模为基础的。

作家多，作品多，而且他们的热情也高。司马相如、扬雄、班固、张衡这四大赋家，他们的作品动辄数千字，天上地下，古人今人，无一不想到，无一不写到，这样大的结构，如果没有巨大的热情，是很难最终完成的。司马相如就这样回忆自己创作《子虚》《上林》的情景："意思萧散，不复与外事相关，控引天地，错综古今，忽然如睡，焕然而兴，几百日而后成。"（葛洪《西京杂记》）

我们还应当关注这样一个现象：汉代参与赋创作的除文人之外，最高统治者也入列其中。从本质上讲，科举制度实际上就是皇权的一个外化，科举文体也是皇帝意志的体现。汉代赋文学之所以能够得到极大的发展，是因为汉代有许多喜爱赋文学的皇帝。比如汉武帝，因为他的爱好和提倡，枚乘受到"安车蒲轮"的待遇,司马相如等人的创作将汉赋推向了高峰。关于汉代皇帝对汉赋的作用,明代胡应麟《诗薮》有一段可以说明问题的描写:"唐诗千余人。宗室与列者不能屈全指。先秦、汉赋六十余家,而刘氏占籍者十数人,东汉不与焉。是唐宗室能诗者,不过百之一,而汉宗室能赋者,几得十之三,何其盛也!虽湮没不传,名存史籍,亦厚遇矣。"

概而言之,汉代已经有了科举制度的内容,在这一背景下,赋文体的发展应当受到注意。由于皇帝个人的爱好和相关的制度,赋写得好,可以入仕,可以被征召,甚至可以得到"安车蒲轮"的很高待遇,这样就使得现实社会中赋与选拔人才有了紧密的联系。反过来,写赋的人数大量增加,热情提高,推动了赋文学的发展。如果我们把汉代这样的士子选拔看作为一种文体选拔,那么在这样的过程中,可以发现文体选拔形成的文化对文学发展产生影响的痕迹。质言之,作为一种文化现象,两汉可以被认为是汉赋文化的形成期,察举等汉代选拔制度促进了汉赋发展,赋体与科举文体建立了文体同构的关系。

第二节 科举文体与唐诗繁荣

唐代是继隋代之后的第二个全面实行科举制度的王朝,这一时期科举文体文化对文学的贡献无疑具有重要意义。唐代的代表文体是唐诗,科举文体对它有促进吗?回答是肯定的。唐代的科举文体中,诗赋已经成为主要文体,诗赋所达到的文学高度也使得科举文体进入到一个成熟阶段。

唐代科举考试科目繁多,除制科、武科外,常设的科目有秀才、进士、明经、明法、明字、明算、一史、三史、开元礼、童子、道举等,其中士子们最看重的是进士科。唐初,进士科只考时务策五道,内容是考对当世要事的对策。后来考试增加了经帖和杂文,经帖考的是默写经书的能力,杂文考的是以规谏、告诫为主题的箴、铭的写作能力。唐中叶后,开始增加诗赋的考试,而且诗赋的成绩受到重视,如果经帖考不及格但诗赋考得好,最后很可能还是会被录取。

常科之外,制科也在考试中增加了诗赋的内容。制科的存在,是皇权在科举制度中最直接的体现。制科考试的时间和内容,完全由皇帝凭着自己的主观需求而确定,他的命令称为"制",由制而召的考试就是"制科"。唐代制科原先也只是考当世要事的对策,即"时务策",唐玄宗以后有了变化,增加了诗赋的内容,称试帖诗,即在经义策问的基础上加试一诗一赋。如此,在唐代科举考试的文体中,常科和制科都有了诗赋的内容了。

从文化背景看,诗赋进入考试文体是诗歌创作繁荣的结果;从科举文体的文化内容看,这又是对士子评判标准的一个新认识。当时认为,很多考生对经义和旧策掌握得不错,但由于是靠死记硬背考出来的,所以可能缺少真才实学,因此应当在已有的经帖考之外再增加一些标准,多一些客观性的判断,于是选择了诗赋。诗赋是一种综合的创作文体,可以较好地检验士子的才学。从这一认识可以看出,唐人对诗赋的重视程度。

诗赋进入科举考试,成为文体之一,这是唐代诗歌繁荣对科举文体的贡献。但是,当诗歌成为文体之后,由于科举制度的特殊性,人们对诗歌的看法和热情又有了新的内容。诗歌丰富了科举文体,而科举文体中的诗歌对文学也是一个促进。科举文体承认诗歌对士子才学的反映,同时也以科举制度特有的文化指向性质影响着诗歌的存在,比如诗歌创作的功利性,比如对心理描写的关注。

诗言志,这是古人作诗的志趣。什么志?诗人笔下更多的还是个人的心情,特别是盛唐气象中,不论是李白这样的豪放诗人,还是边塞诗、山水田园诗这样的诗歌流派,他们的诗歌创作都是以个人的心情抒发为主的。但是当诗歌列入科举文体后,情况就有了一定的变化。中唐诗人韦应物,出身于名满长安的世族,他的一首诗就透露出这样的信息。他在《逢杨开府》中写道:"少事武皇帝,无赖恃恩私。身作里中横,家藏亡命儿。"这样的纨绔子弟进了太学仍终日荒唐放纵,结果是"武皇升仙去,憔悴被人欺"。怎样改变这样落魄的境况呢?他写道:"读书事已晚,把笔学题诗。"在爱好诗歌的古人那里,学诗与读书往往是一个概念,这里诗人将两者相提并论,也许是互文的修辞,但结合科举考试科目中已经有了帖诗一科的情况,我们还是可以梳理出学诗与科举考试之间的紧密联系的。

比如和诗。和诗是古代文人喜爱的活动,中唐以后,这样的活动也常常与科举联系在一起。中唐文坛领袖韩愈,他在仕途上提携和汲引士子的故事是大家乐道的事情,这其中许多都与诗有关,像孟郊、张籍、贾岛、李贺等,皆是因诗而友的。唐代张固《幽闲鼓吹》里记有韩愈与李贺相识的一段故事:"李贺以歌诗谒韩吏部,吏部时为国子博士分司,送客归,极困。门人呈卷,解带旋读之。首篇《雁门太守行》曰:'黑云压城城欲摧,甲光向日金鳞开。'却援带,命邀之。"李贺的诗得到韩愈的赏识和延誉,韩愈后来还专门写了《讳辩》为李贺参见科举考试遇到的不平而辩护。

再看中唐诗人孟郊。孟郊也是韩愈提携的诗人，又有"诗友"之谊，同时因风格相近而有"韩孟"之称，但他写诗从文体上看有自己的特点，就是喜乐府古诗而不写近体律诗。唐代的帖诗体裁是格律诗，孟郊当时的诗名已经很大而屡屡不中，其中是不是有他不写律诗方面的原因，今人不得而知，但当时跟他学诗的人确实不多。晚唐张为《诗人主客图》归纳了六种诗歌风格类型，每一种类型都有"主""上入室""入室""升堂""及门"的排列。关于孟郊诗派的排列是：清奇僻苦主孟郊；上入室陈陶、周朴；及门刘得仁、李溟。张为还列举了其他类型，广大教化主的白居易，其派中有18人，高古奥逸主孟浩然，其派中有16人。相对而言，孟郊派的诗人是太少了，而且其中也缺少名家。结合帖诗的体裁，科举文体的选用应是造成这种现象的一个原因。所以，在科举文体的文化中，其功利性对唐诗的创作价值是有影响的。

科举文体文化的影响，还表现在唐诗于心理描写上的变化。盛唐以前，诗人在心理描写上并不深入。比如我们看李白的诗，他各体兼长，绝句、律诗和古诗皆有佳篇，但关于心理描写的诗篇，就很难枚举了。其他诗人，都有这样的情况。这种情况盛唐后有了改变，在白居易的《长恨歌》和《琵琶行》这样的长篇中可以见到细腻的心理描写，在元稹《行宫》这样的小诗中，也可以看到让人为之感叹的心理描写："寥落古行宫，宫花寂寞红。白头宫女在，闲坐说玄宗。"四句二十字，垂老宫女的"闲坐"而"说"的心理活动已经让读者感慨万分了。瞿佑《归田诗话》如此评价："乐天《长恨歌》，凡一百二十句，读者不厌其长；元微之《行宫》诗，才四句，读者不觉其短，文章之妙也。"瞿佑所言之"妙"，就是因心理描写而产生的艺术效果。

为何在中唐以后诗人注意心理描写了呢？这与科举文体有一定关系。唐玄宗以后，科举考试增加了诗赋的科目。在唐代，因为考生的试卷一般都不糊名密封，取录进士时除了看试卷之外还可以参考考生以往的创作情况和社会影响，所以士子有考前带着自己作品拜访考官等相关名人的风气。考生向参与取录工作的名人呈献作品以争取他们的"拂拭吹嘘"，这叫"投卷"，如果是向礼部呈献作品称为"公卷"，如果是向达官贵人呈献作品称为"行卷"。为了能够得到考官的注意，士子们不仅要将诗写得好看，还要细心琢磨考官的爱好而投其所好，以获得最好的效果。这样，士子们在热心写诗的同时，又增加了揣摩对象心理、注意心理描写的写作内容，反映在诗歌创作中就有了普遍关心心理描写的现象和这样的作品。其中最著名的相关诗作是朱庆余应举前写的一首诗："洞房昨夜停红烛，待晓堂前拜舅姑。妆罢低声问夫婿，画眉深浅入时无?"(《近试上张水部》)当时的考官张籍是诗坛酬唱广泛的诗人,他对后进青年每能热情奖掖、真诚汲引,朱庆余将自己那种不安和期待的心理写入诗中呈现给他,得到的效果可想而知。张籍大为赞赏之下也写了一首七绝《酬朱庆余》:"越女新妆出镜心,自知明艳故沉吟。齐纨未是人间贵,一曲菱歌敌万金。"这样的千古佳谈,反映出唐诗在心理描写上的进步。当然,这与科举文体的文化背景是有联系的。

科举考试是涉及所有士子的制度,所以其文体改变了不重心理描写之后的影响不能低估,我们可以从中唐以后许多诗人的作品中看到这样的痕迹。李益是中唐的边塞名家,他的许多名篇就是以抓住边疆将士的心理瞬间而著名。如《从军北征》:"天山雪后海风寒,横笛遍吹行路难。碛里征人三十万,一时回首月中看。"再如《夜上受降城闻笛》:"回乐烽前沙似雪,受降城外月如霜。不知何处吹芦管,一夜征人尽望乡。"心理描写的进步,对唐诗发展来说是一个促进的因素。

帖诗在格式上是有要求的,多为十二句六韵,有时也有十六句八韵的,首两句要见题,中间八句两两相对,最后两句作结。这样的要求,士子自然是要遵守的。白居易的帖诗题目是《玉水记方流》,他写道:"良璞含章久,寒泉彻底幽。矩浮光滟滟,方折浪悠悠。凌乱波纹异,萦回水性柔。似风摇浅濑,疑月落清流。潜颖应傍达,藏真岂上浮。玉人如不见,沦弃即千秋。"白居易的这首诗,中规中矩,格式上严格遵守了考试要求,但很难谈得上达到了多高的艺术水准。有学者就认为,这样的格式要求和在特定的场合下写诗,是写不出好诗的,而且"这种格式在以后的科举考试里慢慢发展成一种禁锢思想的形式主义的八股文"[1]。这是帖诗带来的负面影响。但也有例外,祖咏参加的考试,帖诗是《终南望余雪》,虽然是考场所写,但后人都还是普遍认可的。这首诗写得自然而洒脱,有盛唐气息:"终南阴岭秀,积雪浮云端。林表明霁色,城中增暮寒。"诗写得好,但不符合十二句六韵的格式。据《唐诗纪事》卷二十记,祖咏交卷时遭到考官的斥责,问他为何少了四韵,祖咏回答说"意尽"。当然,祖咏这样的情况在当时的考场中是很少见的,有文人的随意性,也有偶然性在其中。

概而言之,科举考试在唐代已经制度化,其中表现出重文采的倾向,科举文体与文学有了更加直接的关系,这样的关系应当是全面的。唐代将诗赋作

---

[1] 郭齐家:《中国古代考试制度》,商务印书馆,1997年,第82页。

为考试科目,不仅吸引和鼓励了更多的士子投入诗歌的创作中来,而且也以自己的大唐气象影响着诗人的创作。比如,以诗歌结交的方式,平时诗人之间的酬唱,中举后的曲江游宴,等等,这些活动都与科举有关而又对诗歌创作有促进。所以,虽然帖诗的格式对诗人的创作是一种约束,但由于大唐气象这一背景,我们还是可以从中看到一些积极的作用。质言之,唐代是诗人的国度,科举文体的帖诗为它提供了一种制度上的支持,这对诗歌的繁荣是有益的。帖诗与赋一样,有消极的一面,也有积极的一面,在重文采倾向下应当强调其积极意义。

第三节　科举文体与宋人以文入诗

在中国文学史上,对宋诗的认识是存在着很大分歧的。虽然也有不少人肯定宋诗,但更多的是扬唐抑宋。清代朱彝尊甚至说:"今之诗家,不事博览,专以宋杨、陆为诗,庸俗之语,令人作恶。"(《汪司城诗序》)鲁迅曾在给好友杨霁云的信中说:"我以为一切好诗,到了唐已被做完了,此后倘非能翻出如来掌心之'齐天大圣',大可不必动手。"[1]

人们不喜宋诗的原因,一种普遍的说法是宋人"以文入诗"。"以文入诗"能不能写出好诗?这是一个仁者见仁、智者见智的问题,这里不做深入。但宋人为何"以文入诗"呢?这与宋代的特殊文化背景有关,而且从我们的角度看,宋代的科举文化也起着一定的作用,宋代的科举制度造成了宋诗的经学倾向。

宋代的学术思想与前代相比有了很大的变化,因此被后人专门称为"宋学"。简言之,在中国学术史上,宋之前以汉学为主流,讲究章句训诂,而宋人则以探讨性命义理为方向,这样宋学就与汉学形成了鲜明的对立。宋学与汉学在治学方法上取向不同,哲学思想背景不同,对待历史经典和各类文献的态度也不同,对以后中国学术思想的发展产生了深远的影响。

宋学产生的土壤,首先是取决于宋代的政治形势。宋代是我国历史上少见的积弱王朝,它与其他王朝不同的是它始终承受着外族的强大军事压力。如何改变或应付这样的现状?宋人不得不进行积极的思考。后人常说宋人好议论,常常因此而误事,所谓"宋人议论未定,金兵已然渡河"。这是讽刺的说法,宋人也是迫不得已。为了维护封建大一统的中央政权,宋人自觉地总

---

[1]《鲁迅书信集》(上下),人民文学出版社,1976年,第48页。

结、探讨和推行加强中央政权的政策。这样的要求反映在学术界就是儒学一改南北朝以来的沉默局面,而以活跃的思辨义理积极为现实政治服务,从而形成了所谓的"道学"或"理学"的新儒家思想。

好议论是宋人的风气,这直接反映到了宋代的科举考试中,从宋代的科举制度演变的三个过程中就可以看到这一点。宋代科举制度的第一个演变过程是神宗改制前,这时虽然已经有了许多考试的科目,但进士科仍然以诗赋取士为主。不过,其他科所取的人数合起来常常超过进士科所取的人数,宋人重视经学的倾向已见端倪。宋代科举制度的第二个演变过程是神宗改制至北宋末,宋神宗采纳了王安石的建议,废除经学诸科,将其归于进士,但后来王安石罢试了诗赋,改考经义、策论这样偏重实用的科目。之后诗赋虽曾恢复过,但难复原有地位,绍圣初,诗赋再罢,直至北宋灭亡。宋代科举制度的第三个演变过程是南宋时期,这一过程基本上是沿用元祐四年的制度,诗赋与经义分科,在强调义理的文化背景下,诗赋在科举考试中的地位显然降低了。

在宋代科举制度的改革中,王安石的作用最为突出。熙宁四年,王安石出考试新法,规定废除明经科,专以进士科取人,而进士考试废除诗赋、帖经、墨义,突出考试经义和策论。他曾多次批评以诗词工巧取士的做法:"童子常夸作赋工,暮年羞悔有扬雄。当时赐帛倡优等,今日论才将相中。细甚客卿因笔墨,卑于尔雅注鱼虫。汉家故事真当改,新咏知君胜弱翁。"(《详定试卷》)又如:"少时操笔坐中庭,子墨文章颇自轻。圣世选材终用赋,白头来此试诸生。"(《试院中》)

为了更好地贯彻自己在科举制度上的变法,王安石还对教育做了改革。他在《上仁宗皇帝言事书》中提出"方今之急,在于人才而已",而人才需要培养。王安石对当时的教育制度非常不满:

> 学者之所教,讲说章句而已。讲说章句,固非古者教人之道也。近岁乃始教之以课试之文章。夫课试之文章,非博诵强学,穷日之力则不能及。其能工也,大则不足以用天下国家,小则不足以为天下国家之用。故虽白首于庠序,穷日之力,以帅上之教,及使之从政,则茫然不知其方者,皆是也。盖今之教者,非特不能成人之才而已,又从而困苦毁坏之,使不得成才者,何也?夫人之才,成于专而毁于杂。故先王之处民才,处工于官府,处农于畎亩,处商贾于肆,而处士于庠序,使各专其业,而不见

异物,惧异物之足以害其业也。所谓士者,又非特使之不得见异物而已,一示之以先王之道,而百家诸子之异说,皆屏之而莫敢习者焉。今士之所宜学者,天下国家之用也。今悉使置之不教,而教之以课试之文章,使其耗精疲神,穷日之力以从事于此。及其任之以官也,则又悉使置之,而责之以天下国家之事。夫古之人,以朝夕专其业于天下国家之事,而犹才有能有不能,今乃移其精神,夺其日力,以朝夕从事于无补之学,及其任之以事,然后卒然责之以为天下国家之用,宜其才之足以有为者少矣。

由教育制度而抨击取士制度:

> 方今取士,强记博诵而略通于文辞,谓之茂才异等、贤良方正。茂才异等、贤良方正者,公卿之选也。记不必强,诵不必博,略通于文辞,而又尝学诗赋,则谓之进士。进士之高者,亦公卿之选也。夫此二科所得之技能,不足以为公卿,不待论而后可知。而世之议者,乃以为吾常以此取天下之士,而才之可以为公卿者,常出于此,不必法古之取人然后得士也。其亦蔽于理矣。先王之时,尽所以取人之道,犹惧贤者之难进,而不肖者之杂于其间也。今悉废先王所以取士之道,而驱天下之才士,悉使为贤良、进士,则士之才可以为公卿者,固宜为贤良、进士,而贤良、进士亦固宜有时而得才之可以为公卿者也。然而不肖者,苟能雕虫篆刻之学,以此进至乎公卿,才之可以为公卿者,困于无补之学,而以此绌死于岩野,盖十八九矣。

由此王安石认为:各级行政机关都要大力兴办学校,学校要有严格选拔教师的制度。学生在学校里,不仅要读圣贤之书,还要掌握国家法令制度这样实用的内容。学生成绩优秀者,可以不经过科举考试而直接由政府授予官职。王安石在科举制度上有许多的改革,其中使学校教育制度与科举制度紧密联系是一个突出的特点,这对他的变法有极大的支持,同时也对广大士子产生了广泛的影响。

宋代是一个极其重视教育的朝代,不论是官办的学校还是民间私人办的学校,数量上、规模上都是空前的。北宋曾有庆历、熙宁、崇宁三次大规模的兴学。《宋史·选举志》记:"自仁宗命郡县建学,而熙宁以来,其法浸备,学校之设遍天下,而海内文治彬彬矣。"南宋学校之盛,耐得翁《都城纪胜·三教外地》有这样的记载："都城内外,自有文武两学,宗学、京学、县学之外,其余乡校、家塾、舍馆、书会,每一里巷须一二所,弦诵之声,往往相闻。"有这样庞大的教育体系,几乎是将所以读书人尽收其中。

士子到学校学习,主要目的是参加科举考试。在宋代积弱的历史背景下,在王安石变法的促进下,士子们当然要将自己学习的重心与前代人相比而有所转移。宋代的科举录取人数也是前代所不能比的,唐代每年各科考试录取的人数一般不超过50人,经常是只有一二十人,而宋代一般少则录取二三百人,多则达到五六百人。比如宋太宗太平兴国二年(977),取进士190人,诸科207人,十五举以上"特奏名"184人,几项相加竟达500多人。有这么多人被录取,而且是经过"子墨文章颇自轻"的学校教育,所以宋代的学校教育在社会上形成的影响一定是巨大的。

在这样的教育背景下,宋代士子在"右文"政策吸引下积极参与现实政治生活的热情高涨,在政治上以天下为己任,在学术思想方面表现出了大胆的怀疑和创造精神。陆游曾经说:"唐及国初,学者不敢议孔安国、郑康成,况圣人乎! 自庆历后,诸儒发明经旨,非前人所及。然排《系辞》,毁《周礼》,疑《孟子》,讥《书》之《胤征》《顾命》,黜《诗》之《序》,不难于议经,况传注乎?"(王应麟《困学纪闻》)这种想法前人想也不敢想,而宋人这样做了,而且还得到了科举考试的支持。

宋代科举考试不重诗赋,但宋人学诗的规模却是不低于前人的,学诗论文是各社会阶层的广泛爱好。吴可《藏海诗话》记:"元祐间,荣天和先生客金陵,僦居清化市,为学馆,质库王四十郎、酒肆王念四郎、货角梳陈二叔,皆在席下,余人不复能记。诸公多为平仄之学,似乎北方诗社。"文学史上常说的"凡有井水饮处,即能歌柳词",也可以反映出宋代的诗歌普及程度。陆游一生写了9 000多首诗词,杨万里一生写有4 200多首,这样的数量是空前的,也可以说明宋人写诗的热情。

对实用之文与诗歌之间的关系,宋人也有一个认识过程。欧阳修主张道以充文:"道纯则充于中者实,中充实则发为文者辉光。"(《欧阳文忠集》)王安石更是强调文学的实用性:"文者,务为有补于世而已矣。"(《临川集》)不过,后来像理学家程颐提出"作文害道"的还是少数,更多的人还是将两者融合,要求"文道合一"。当然,在秩序上是有先后的。秦观是这样说的:"文以说理为上,序事为次。"(《淮海集》)

"以文入诗"的文化背景是宋人爱好思考的时代特征,科举制度在考试文体上的重实用而轻诗赋的做法,也可以说是为宋人喜于在诗中发表议论提供了某种支持。宋王朝在科举考试上实行的是高录取率政策,宋代的著名诗人几乎都走上了科举之路。在博功名的过程中,受到科举文体的影响应当是一个常态。苏轼是宋代最富创新的诗人,他22岁与弟苏辙中同榜进士,一时名噪京师。他是宋代科举制的幸运者,他也是强调诗文实用的最有力者之一。他要求诗文"有意于济世之实用"而反对"多空文而少实用",在创作中他也是这样做的,他的诗词充满着对现实的思考。他一生累于党争,常常将自己的思考写入诗词中。名篇《水调歌头·丙辰中秋》中,有了"我欲乘风归去,又恐琼楼玉宇,高处不胜寒"的辩证看法,有了"人有悲欢离合,月有阴晴圆缺,此事古难全"的豁达思考,有了"但愿人长久,千里共婵娟"的美好期望。晚年有诗句"长恨此身非我有",真是把一生的痛苦都想通了。"欲把西湖比西子,淡妆浓抹总相宜"(《饮湖上初晴后雨》)和"不识庐山真面目,只缘身在此山中"(《题西林壁》),也是脍炙人口、妇孺皆晓的理趣诗了。苏轼诗词的成就,可以说很大程度上是缘于他的思考和表达。他在科举考试取得的优异成绩,可以和诗词成就对应。其他许多著名的诗人,在我们读到他们那些富于思考的诗句时,往往都可以发现他们在科举考试中也有过出色的表现。

概而言之,宋代科举文体文化对宋诗"以文入诗"的影响巨大。面对宋代的积弱王朝现实和由此而产生的矛盾,宋人不得不进行认真而复杂的思考,这一点反映在宋代科举考试上,其内容与唐代就有不同的要求,它更加强调实用。由于繁荣的宋代教育与科举有着密切联系,且宋代科举空前的录取人数,使得议论之风深入人心。在这样的文化背景下,宋诗有了与唐诗不同的面貌,即"以文入诗"。质言之,宋代科举文体表现出了经学倾向,这一倾向于宋人的"以文入诗"面貌是相符合的。

第十五章

朱熹复古与汉赋文化转向

朱熹是我国文学史上的辞赋研究集大成者,所以他对汉赋的研究有着一种特别的意义。作为南宋儒学领袖,朱熹是理学家,同时也是文学家。他与同时代文人一样,热爱文学创作,并且提出了许多关于文学创作的理论观点,其中特别突出的是复古理论。在复古的走向上,朱熹对汉赋的研究就显得很有特色。同时,朱熹非常重视辞赋研究,他对汉赋的研究也因此显示出了特别重要的意义。有些矛盾的是,朱熹有着强烈的复古热情,从复古理论出发,他倾力于辞赋研究,但是他很少论汉大赋。深入看,这其中有着正统思想的原因,是时代大势所致。宋人好辞赋,但有一种重楚辞而轻汉赋的倾向,洪兴祖就明确认为汉赋不能与楚辞相提并论:"自汉以来,靡丽之赋,劝百而讽一,无复恻隐古诗之义。故子云有曲终奏雅之讥,而统乃以屈子与后世词人同日而论,其识如此,则其文可知矣。"[1]在这样的语境中,朱熹作为辞赋研究大家而对汉赋关注不够是可以理解的。不过,朱熹举复古之旗必然要涉及汉赋,他的学术地位也使得其汉赋方面的理论影响到后代。宋以下,复古成为汉赋研究的一个主流方向,朱熹所处的时代和他所具有的历史地位,使我们在认识汉赋文化转向时应当关注朱熹的复古理论和影响。

---

[1] 洪兴祖:《楚辞补注》,凤凰出版社,2007年,第160页。

第一节　评文必古的复古热情

对艺术创作作出评价，南宋艺术批评家往往都是从当代艺术家与前人的比较中展开相关的评价，评文必论古几乎成为南宋艺术批评的一个常态。这一特征，我们可以从当时几位著名的艺术批评家的评论文字中得到认识。

姜夔的《续书谱》是南宋影响很大的关于书法创作与鉴赏的理论著作，同时代的南宋文人多喜讨论技法沿革和学习方法，所以他的观点具有一定的代表性。姜夔谈到书法创作与个人心境的关系时，理论依据主要来自前人所言的观点，前人的观点是他批评的理论起点。他认为："艺之至，未始不与精神通，其说见于昌黎《送高闲序》。孙过庭云：一时而书，有乖有合，合则流媚，乖则凋疏。神怡务闲，一合也；感物徇知，二合也；时和气润，三合也；纸墨相发，四合也；偶然欲书，五合也。心遽体留，一乖也；意违势曲，二乖也；风燥日炎，三乖也；纸墨不称，四乖也；情怠手阑，五乖也。乖合之际，优劣互差。"[1]在具体创作技法上，他也从强调以前人的技法、风格为榜样："'心正则笔正''意在笔前，字居心后'皆名言也。故不得中行，与其工也宁拙，与其弱也宁劲，与其钝也宁速。然极须淘洗俗姿，则妙处自见矣。大要执之欲紧，运之欲活，不可以指运笔，当以腕运笔。执之在手，手不主运，运之在腕，腕不知执。又作字者亦须略考篆文，须知点画来历先后，如'左''右'之不同，'刺''刺'之相异，'王'之与'玉'，'示'之与'衣'，以至'秦''奉''泰''春'，形同理殊，得其源本，斯不浮矣。孙氏有执、使、转、用之法：执谓深浅长短，使谓纵横牵掣，转谓钩环盘纡，用谓点画向背。岂偶然哉！"[2]对前人观点如此熟悉并演绎到时人学习的具体笔画训练上，姜夔对前人的崇拜和复古态度可谓无以复加。

在绘画评论上，宋人也是评文必古。邓椿的《画继》是至今仍然有着巨大影响的艺术批评理论著作，他的观点也离不开对前人的种种赞扬。邓椿说："画者，文之极也。故古今之人，颇多著意。张彦远所次历代画人，冠裳大半。唐则少陵题咏，曲尽形容；昌黎作记，不遗毫发；本朝文忠欧公、三苏父子、两

---

〔1〕 姜夔：《续书谱》，引自卢辅胜《中国书画全书》（第二册），上海书画出版社，1994年，第174页。

〔2〕 姜夔：《续书谱》，引自卢辅胜《中国书画全书》（第二册），上海书画出版社，1994年，第173页。

晁兄弟、山谷、后山、宛丘、淮海、月岩,以至漫士、龙眠,或评品精高,或挥染超拔。然则画者,岂独艺之云乎?难者以为自古文人,何止数公?有不能,且不好者,将应之曰:"其为人也多文,虽有不晓画者寡矣;其为人也无文,虽有晓画者寡矣。"[1]

在音乐评论上,南宋艺术批评理论家也是往往要从古说起。张炎在《词源》中说到对音谱的理解,也是在向古人看齐,从音谱的沿革细细说起:"词以协音为先。音者何?谱是也。古人按律制谱,以词定声,此正'声依永、律和声'之遗意。有法曲,有五十四大曲,有慢曲。若曰法曲,则以倍四头管品之(原注:即筚篥也),其声清越。大曲则以倍六头管品之,其声流美。即歌者所谓曲破,如《望瀛》,如《献仙音》,乃法曲,其源自唐来。如《六幺》,如《降黄龙》,乃大曲,唐时鲜有闻。法曲有散序、歌头,音声近古,大曲有所不及。若大曲亦有歌者,有谱而无曲,片数与法曲相上下。其说亦在歌者称停紧慢,调停音节,方为绝唱。惟慢曲引近则不同。名曰小唱,须得声字清圆,以哑筚篥合之,其音甚正,箫则弗及也。慢曲不过百余字,中间抑扬高下,丁、抗、掣、拽,有大顿、小顿、大住、小住、打、揹等字,真所谓'上如抗,下如坠,曲如折,止如槁木,倨中矩,句中钩,垒垒乎端如贯珠'之语,斯为难矣。"[2]

在这样复古思潮流行的语境中,朱熹也是评文必古。作为宋代理学的代表人物,朱熹在理论上寻找的高地是"道"。在他的理论视野中,文是传道的,因此文是要服从于道的。朱熹认为:"夫文与道果同耶异耶?若道外有物,则为文者可以肆意妄言而无害于道。惟夫道外无物,则言而一有不合于道者,则于道为有害,但其害有缓急深浅耳。"(《答吕伯恭》,《朱文公文集》卷33)

文与道的关系是朱熹反复强调的理论要津,我们再举以下几例:

这文皆是从道中流出,岂有文反能贯道之理?文是文,道是道,文只如吃饭时下饭耳。若以文贯道,却是把本为末,以末为本,可乎?

(《朱子语类》卷139)

道者,文之根本。文者,道之枝叶。惟其根本乎道,所以发之于文,

---

[1] 邓椿:《画继》,引自米田水译注《图画见闻志·画继》,湖南美术出版社,2000年,第300页。

[2] 张炎:《词源》,引自中央音乐学院中国音乐研究所编《中国古代乐论选辑》,中国人民音乐出版社,1981年,第256页。

皆道也。三代圣贤文章,皆从此心写出,文便是道。

(《朱子语类》卷139)

若曰惟其文之取,而不复议其理之是非,则是道自道,文自文也。道外有物,固不足以为道。且文而无理,又安足以为文乎?盖道无适而不存者也,故即文以讲道,则文与道两得,而一以贯之,否则亦将两失之矣。

(《与汪尚书书》)

因为有这样的观点,所以朱熹所有的理学理论都是可以成为指导艺术批评的理论依据。朱熹说:"熹闻诗者,志之所之。在心为志,发言为诗。然则诗者,岂复有工拙哉?亦视其志之所向者高下如何耳。是以古之君子,德足以求其志,必出于高明纯一之地,其于诗固不学而能之。至于格律之精粗,用韵属对、比事遣辞之善否,今以魏晋以前诸贤之作考之,盖未有用意于其间者,而况于古诗之流乎?近世作者,乃始留情于此,故诗有工拙之论,而葩藻之词胜言志之功隐矣。"(《答杨宋卿》)这是在探讨艺术发展中的一些现象,是艺术创作领域的理论,但朱熹是从理学出发来阐述。史学的角度,理学的指导,这就是复古倾向的表现,也成为朱熹艺术批评理论的一个程式。

不过,朱熹毕竟是有深厚艺术造诣的学者,他在强调"道"的指导意义的同时,也注意到艺术发展的自身特点和规律。当然,这样的认识也是通过对古人观点和创作现象的描述而表达的。朱熹认为儒释道三家有各自的特点,不同的艺术载体和形式的艺术创作也是有着各自的特点。这样的认识非常准确,当然在论述中朱熹还是不忘提及《诗经》等儒学作品。下举三例:

三教所唱各有所尚:道家唱情,僧家唱性,儒家唱理。
大忌郑卫之淫声续雅乐之后。
丝不如竹,竹不如肉,以其近之也。又云:取来歌里唱,胜向笛中吹。

凡歌之所忌:子弟不唱作家歌,浪子不唱及时曲;男不唱艳词,女不唱雄曲;南人不曲,北人不歌。

凡人声音不等,各有所长。……有唱得雄壮的,失之村沙;唱得蕴拭的,失之乜斜;唱得轻巧的,失之闲贱;唱得本分的,失之老实;唱得用意的,失之穿凿;唱得打揎的,失之本调。[1]

第二节 今不胜昔的理论指向

复古的一个必然趋向是形成"今不胜昔"的观点,南宋艺术批评理论家也是这样。在复古思想的指导下,"今不胜昔"成为他们艺术批评的一个理论指向。

今不胜昔的观点自古有之,南宋的艺术批评理论家更津津乐道于此。姜夔论行书创作时这样认为:"尝夷考魏、晋行书,自有一体,与草书不同。大率变真,以便于挥运而已。草出于章,行出于真,虽曰行书,各有定体。纵复晋代诸贤,亦苦不相远。《兰亭记》及右军诸帖第一,谢安石、大令诸帖次之,颜、柳、苏、米,亦后世之可观者。大要以笔老为贵,少有失误,亦可辉映。所贵乎浓纤间出,血脉相连,筋骨老健,风神洒落,姿态备具,真有真之态度,行有行之态度,草有草之态度。必须博习,可以兼通。"[2]姜夔不仅将今不如昔的观点用在了对古人的评价上,而且在书法技法的训练上也贯穿了今不胜昔的观点。他在关于"临摹"的认识上这样说:"摹书最易。唐太宗云:'卧王蒙于纸中,坐徐偃于笔下。'可以嗤萧子云。唯初学书者,不得不摹,亦以节度其手,易于成就。皆须是古人名笔,置之几案,悬之坐右,朝夕缔观,思其运笔之理,然后可以摹临。其次双钩蜡本,须精意摹拓,乃不失位置之美耳。临书易失古人位置,而多得古人笔意……临书易进,摹书易忘,经意与不经意也。夫临摹之际,毫发失真,则神精顿异,所贵详谨。世所有《兰亭》,何翅数百本?而《定武》为最佳。然《定武》本有数样,今取诸本参之,其位置、长短、大小,无不一同,而肥瘦、刚柔、工拙要妙之处,如人之面,无有同者。以此知《定武》虽石刻,又未必得真迹之风神矣。字书全以风神超迈为主,刻之金石,其可苟哉!双钩之法,须得墨晕不出字外,或郭填其内,或朱其背,正得肥瘦之本体。虽然,尤贵于瘦,使工人刻之,又从而刮治之,则瘦者亦变为肥矣。或云,双钩

---

[1] 蔡仲德:《中国音乐美学史料资料注释》(增订版),人民音乐出版社,2004年,第836-837页。

[2] 姜夔:《续书谱》,引自卢辅胜《中国书画全书》(第二册),上海书画出版社,1994年,第174页。

时,须倒置之,则亦无容私意于其间。诚使下本明,上纸薄,倒钩何害?若下本晦,上纸厚,却须能书者为之发其笔意可也。夫锋铓圭角,字之精神,大抵双钩多失。此又须朱其背时稍致意焉。"[1]姜夔不仅说明了临摹的重要性,而且还交代了选贴方面的种种细节。

在绘画创作上,南宋艺术批评理论家也存在今不胜昔的观点。邓椿在《画继》中说:"晁补之……无咎又尝增添莲社图样,自以意先为山石位置向背,作粉本以授画史孟仲宁,令传模之:菩萨仿侯昱,云气仿吴道玄,天王松石仿关仝,堂殿草树仿周昉、郭忠恕,卧槎垂藤仿李成,崖壁瘦木仿许道宁,湍流山岭,骑从鞯服仿魏贤。马以韩干,虎以包鼎,猿猴鹿以易元吉,鹤白鹇若鸟鼠以崔白。集彼众长,共成胜事。今人家往往摹临其本,传于世者多矣。"[2]邓椿认为一个艺术家对前人成就学习的深浅,可以成为评价他艺术成就的一个标准。

一些前朝的创作故事,南宋艺术家也是从今不胜昔的角度出发而推崇备至。罗大经在《鹤林玉露》里这样说:"唐明皇令韩干观御府所藏画马,干曰:'不必观也。陛下厩马万匹皆臣之师。'李伯时工画马,曹辅为太仆卿,太仆廨舍,国马皆在焉,伯时每过之,必终日纵观,至不暇与客语。大概画马者,必先有全马在胸中,若能积精储神,赏其神俊,久久则胸中有全马矣。信意落笔,自超妙,所谓'用意不分乃凝于神'者也。山谷诗云:'李侯画骨亦画肉,笔下马生如破竹。'生字下得最妙,盖胸中有全马,故由笔端而生,初非想象模画也。"[3]其实这些故事早已广为流传,但罗大经还是津津乐道。

朱熹非常明确地赞同"今不胜昔",他给各代艺术发展排了个序,思路就是追古、慕古,而对本朝则评价不高。他有一个著名的观点:"汉不如周,魏晋不如汉,唐不如魏晋,本朝又不如唐。"(《朱子语类》卷80)不过,朱熹的今不胜昔是有比较周到的考虑的。

首先,朱熹以今不胜昔的观点来批评当时的文风。他认为:"至于佳篇之觊,则意益厚矣。顾惟顿拙于此,岂敢有所与,三复以还,但知赞叹而已。然因此偶记顷年学道未能专一之时,亦尝间考诗之原委,因知古今之诗,凡有三

---

[1] 姜夔:《续书谱》,引自卢辅胜《中国书画全书》(第二册),上海书画出版社,1994年,第174页。

[2] 邓椿:《画继》,米田水译注《图画见闻志·画继》,湖南美术出版社,2000年,第295页。

[3] 罗大经:《鹤林玉露》,上海书店,1990年,第8—9页。

变。盖自书传所记,虞夏以来,下及魏晋,自为一等;自晋宋间颜谢以后,下及唐初,自为一等;自沈宋以后,定著律诗,下及今日,又为一等。然自唐初以前,其为诗者,固自高下,而法犹未变。至律诗出,而后诗之与法,始皆大变。以至今日,益巧益密,而无复古人之风矣。故尝妄欲抄取经史诸书所载韵语,下及《文选》汉魏古诗,以近乎郭景纯、陶渊明之所作,自为一编,而附于《三百篇》《楚辞》之后,以为诗之根本准则。又于其下二等之中,择其近于古者,各为一编,以为之羽翼舆卫,其不合者,则悉去之,不使其接于吾之耳目,而入于吾之胸次。要使方寸之中无一字世俗言语意思,则其为诗不期于高远而自高远矣。……更洗涤得尽肠胃间夙生荤血脂膏,然后此语方有所措。如其未然,窃恐积浊为主,芳润入不得也。近世诗人,正缘不曾透得此关,而规规于近局,故其所就皆不满人意,无足深论。"(《答巩仲至第四书》,《朱文公文集》卷64)

其次,朱熹通过今不胜昔的观点来讨论艺术创作的境界高下和学习方法。他认为:"然余尝以为天下万事,皆有一定之法,学之者须循序而渐进。如学诗,则且当以此等为法,庶几不失古人本分体制。向后若能成就变化固未易量。然变亦大是难事,果然变而不失其正,则纵横妙用,何所不可?不幸一失其正,却似反不若守古本旧法,以终其身之为稳也……呜呼,学者其毋惑于不烦绳削之说,而轻为放肆以自欺也哉!"(《跋病翁先生诗》,《朱文公文集》卷84)"《诗》出乎志者也,乐出乎《诗》者也。然则志者《诗》之本,而乐者其末也,末虽亡,不害本之存,患学者不能平心和气,从容讽咏以求之情性之中耳。"(《答陈体仁》,《朱文公文集》卷37)

最后,朱熹试图通过今不胜昔的观点建立一种以古论今的艺术批评模式。他认为:"国初文章,皆严重老成。尝观嘉祐以前诰词,言语有甚拙者,而其人才皆是当世有名之士。盖其文虽拙,而其辞谨重,有欲工而不能之意,所以风俗浑厚。至欧公文字,好底便十分好,然犹有甚拙地,未散得他和气。到东坡文字便已驰骋,恁巧了。及宣政间,则穷极华丽,都散了和气。"(《朱子语类》卷139)

第三节 对苏轼创作的批评态度

苏轼是北宋文坛领袖,他的创作活动和成就对两宋的艺术发展都有着巨大影响,南宋文人对苏轼有一种敬仰的态度。但是,朱熹对苏轼却是一种批评的态度。从朱熹的批评内容看,批评的出发点还是来自他的复古思想。

南宋文人对苏轼的评价,往往和苏轼的人品相结合,更增加了对他个人的艺术特征与创作成就的推崇。邓椿《画继》中的一段话具有代表性:"苏轼,字子瞻,眉山人,高名大节,照映今古。据德依仁之余,游心兹艺。所作枯木,枝干虬屈无端倪。石皴亦奇怪,如其胸中蟠郁也。作墨竹,从地一直起至顶。或问:'何不逐节分?'曰:'竹生时何尝逐节生耶?'虽文与可自谓:'吾墨竹一派在徐州',而先生亦自谓'吾为墨竹,尽得与可之法',然先生运思清拔,其英风劲气逼人,使人应接不暇,恐非与可所能拘制也。"[1]

邓椿同时也从艺术代表性上高度评价苏轼,将其与历史上其他艺术大家比肩:"画者,文之极也。故古今之人,颇多著意。张彦远所次历代画人,冠裳大半。唐则少陵题咏,曲尽形容;昌黎作记,不遗毫发;本朝文忠欧公、三苏父子、两晁兄弟、山谷、后山、宛丘、淮海、月岩,以至漫士、龙眠,或评品精高,或挥染超拔。"[2]

苏轼在南宋的影响,我们还可以从其作品的广泛流传中得到论证。南宋初年,高宗时的状元王十朋在收集苏轼作品时发现,他想编注的苏诗作品,当时社会上已经有了近百家注释。这样的传播状态,其他北宋艺术家都没有达到。

但是,朱熹对苏轼的态度与时人有所不同,他持一种否定的态度。他曾经这样批评苏轼:"若以文贯道,却是把本为末,以末为本,可乎?其后作文者皆是如此。因说:'苏文害正道,甚于老佛。'"(《朱子语类》卷139)这样尖锐的批评还有不少,又如:"今东坡之言曰:'吾所谓文,必与道俱'。则是文自文,而道自道,待作文时,旋去讨个道来入放里面,此是它大病处。只是它每常文字华妙包笼将去,到此不觉漏逗。说出他本根病痛所以然处,缘他都是因作文却渐渐说上道理来,不是先理会得道理了方作文,所以大本都差。"(《朱子语类》卷139)显然,朱熹的态度来自对"道"的坚持。

苏轼在北宋不仅是政治人物,同时也是文坛人物。作为政治人物,苏轼有着自己的思想主张,"苏轼出入儒道,濡染佛禅,思想宏博开放,兼容并采,

---

[1] 邓椿:《画继》,引自米田水译注《图画见闻志·画继》,湖南美术出版社,2000年,第285页。

[2] 邓椿:《画继》,引自米田水译注《图画见闻志·画继》,湖南美术出版社,2000年,第406页。

灵活通脱,各有所用"[1]。作为文坛领袖,苏轼的创作更是体现出"各有所用"的特征。他的诗词文皆各尽所长,甚至还努力打通图文关系上的屏障,其最著名的评论是对王维诗画成就的认识:"味摩诘之诗,诗中有画;观摩诘之画,画中有诗。诗曰:'蓝田白石出,玉川红叶稀。山路元无雨,空翠湿人衣。'此摩诘之诗,或曰非也,好事者以补摩诘之遗。"[2]苏轼的艺术创作与主张,符合艺术发展的自身规律。

朱熹是我国传统儒学的集大成者,他对"道"的坚守当然有别于苏轼的"各有所用"。朱熹主张"道外无物",或者说把"文"看作是"道"的派生物。他认为:"夫文与道果同耶异耶?若道外有物,则为文者可以肆意妄言而无害于道。惟夫道外无物,则言而一有不合于道者,则于道为有害,但其害有缓急深浅耳。"(《答吕伯恭》,《朱文公文集》卷33)朱熹对文道关系有如此执着的坚持,那他当然就不能理解苏轼的艺术创作。朱熹在批评苏轼其他艺术创作时,也常常是持有着排斥的态度。兹举四例:

> 今言诗不必作,且道恐分了为学工夫,然到极处,当自知作诗果无益。
>
> (《朱子语类》卷140)

> 今人不去讲义理,只去学诗文,已落第二义,况又不去学好底,却只学去做那不好底。
>
> (《朱子语类》卷140)

> 诗笔杂文不须理会,科举是无可奈何!
>
> (《朱子语类》卷139)

> 才要作文章,便是枝叶害着学问,反两失也。
>
> (《朱子语类》卷139)

其实苏轼也有着鲜明的崇古思想,他在《书唐氏六家书后》中说:"杨少师

---

[1] 刘乃昌:《苏轼》,引自吕慧鹃、刘波、卢达编《中国历代著名文学家评传》,山东教育出版社,第235页。

[2] 李福顺:《苏轼与书画文献集》,荣宝斋出版社,2008年,第28页。

书,本出于颜,而能自出新意,一字百金,非虚语也。其言心正则笔正者,非独讽谏,理固然也。世之小人,书字虽工,而其神情终有睢盱侧媚之态,不知人情随想而见,如韩子所谓窃斧者乎,抑真尔也。然至使人见其书而犹憎之,则其人可知矣。"[1]

但是,苏轼这样的观点在朱熹视野中是不成立的,因为苏轼崇古思想的基础并不是"道外无物"。朱熹的艺术创作主张是要到"道"中去寻找创作的源泉,寻找评价的标准,因此他否定当代,厚古薄今。他说明了明理对作诗的作用:"今人学文者,何曾作得一篇,枉费了许多气力;大意主乎学问以明理,则自然发为好文章。诗亦然。"他也否定"道"之外的创作努力:"今执笔以习研钻华采之文,务悦人者,外而已,可耻也矣。"(《朱子语类》卷139)在这样的语境中,他否定苏轼顺理成章,其出发点还是与复古相关。

第四节 对汉赋文化的复古立场

朱熹在我国古代文学史上,特别是在辞赋研究史上具有极其重要的地位,他的许多理论一直到今天仍然被研究者所重视。汉赋是汉一代的文学,也是在我国古代文学史上产生了巨大影响的文学现象。朱熹对汉赋有着什么样的理论认识?整体看,朱熹还是站在复古的立场上。

第一,朱熹关注不多。

朱熹在辞赋研究史上最重要的贡献就是他写了《楚辞集注》,这本书与汉代王逸的《楚辞章句》和宋代洪兴祖的《楚辞补注》是所有研究辞赋者必读的三本著作。朱熹对汉赋研究的观点,也主要是在这本书中提出的。朱熹在《楚辞集注》中关于汉赋的论述主要是集中在《楚辞后语》中的三段文字,这也是被汉赋研究者所经常引用的材料。这三段论述如下:

> 谊以长沙卑湿,自恐寿不得长,故为赋以自广。太史公读之,叹其同死生、轻去就,至为爽然自失。以今观之,凡谊所称,皆列御寇、庄周之常言,又为伤悼无聊之故,而籍之以自诳者,夫岂真能原始反终,而得夫朝闻夕死之实哉!谊有经世之才,文章盖其余事。其奇伟卓绝,亦非司马相如辈所能仿佛。而扬雄之论,常高彼而下此,韩愈亦以马、扬厕于孟

---

[1] 李福顺:《苏轼与书画文献集》,荣宝斋出版社,2008年,第27页。

子、屈原之列,而无一言以及谊,余皆不能识其何说也。

(《续离骚服赋第十三》)

《哀二世赋》者,司马相如之所作也。相如尝从上之长杨猎,还过宜春宫。宜春者,本秦离宫,阎乐杀胡亥之地也。相如奏赋以哀二世行失,其词如此。盖相如之文,能侈而不能约,能谄而不能谅。其《上林》《子虚》之作,既以夸丽而不得入于楚词,《大人》之于《远游》,其渔猎又泰甚,然亦终归于谀也。特此二篇为有讽谏之意,而此篇所为作者,正当时之商监,尤当倾意极言,以寤主听,顾乃低徊局促,而不敢尽其词焉,亦足以知其阿意取容之可贱也。不然,岂其将死而犹以封禅为言哉!

(《哀二世赋第十四》)

《自悼赋》者,汉孝成班倢伃之所作也。……因作赋以自悼。归来子以为"其词甚古,而侵寻于楚人,非特妇人女子之能言者",是固然矣。至其情虽出于幽怨,而能引分以自安,援古以自慰,和乎中正,终不过于惨伤。又其德性之美、学问之力,有过人者,则论者有不及也。呜呼贤哉!《柏舟》《绿衣》,见录于经,其词义之美,殆不过如此云。

(《自悼赋第十五》)

总的来说,朱熹对汉赋研究的文字并不多,并没有专门的著述,《楚辞集注》之外虽还有一些涉及,但都没有《楚辞集注》这样集中,所以《楚辞集注》中所表现出来的观点就显得十分珍贵。

第二,朱熹的主要观点。

朱熹对于汉赋的研究如上所说主要是《楚辞集注》里的三段论述。从这三段文字中我们可以读到朱熹对汉赋的认识。

《续离骚服赋第十三》是对贾谊的评价。贾谊是汉初的政治家,少年得志,但又很快受到了当朝重臣的排斥而外放,以后再也没有受到重用,郁郁不得志而早逝。唐朝诗人李商隐著名的《贾生》写的就是他。贾谊对自己仕途的认识,在作品《鹏鸟赋》中也做了详细的描述,这就是朱熹所说的"谊以长沙卑湿,自恐寿不得长,故为赋以自广"。朱熹对贾谊是肯定的,所谓"谊有经世之才,文章盖其余事。其奇伟卓绝,亦非司马相如辈所能仿佛"。不过贾谊的创作在枚乘《七发》之前,这时汉大赋的特征尚未形成,贾谊的创作体裁是骚体,抒情更多"大"而不足,与后来的大赋有着明显的区别。朱熹评价的贾谊的《鵩鸟赋》,显然是还没有进入到汉赋的主体大赋创作时期。

《哀二世赋第十四》是对司马相如作品的评价。司马相如是汉大赋的代表作家,朱熹在对这篇作品的评价中涉及汉大赋的创作特征。首先指出了汉大赋创作中存在的讽谏矛盾,即"能侈而不能约,能谄而不能谅"。第二指出了汉大赋与楚辞的区别,就是汉大赋虽然说得很多而效果却很少,"既以夸丽而不得入于楚词"。第三指出了司马相如的创作中各个作品的思想也是有所不同的,他提到《大人》《远游》和《哀二世赋》的"讽谏之意"要重于《子虚》《上林》。司马相如的作品为什么会有这样的特点?朱熹认为是"顾乃低徊局促,而不敢尽其词焉,亦足以知其阿意取容之可贱也",这非常正确地指出了汉大赋是写于宫廷之上的写作背景。

《自悼赋第十五》是汉成帝时期的班婕妤的作品。班婕妤的经历似乎深深打动了朱熹,朱熹对班婕妤的评价非常高。朱熹首先肯定归来子"其词甚古,而侵寻于楚人,非特妇人女子之能言者"的评价,然后展开说"又其德性之美、学问之力,有过人者,则论者有不及也",最后还要加上"呜呼贤哉!《柏舟》《绿衣》,见录于经,其词义之美,殆不过如此云"的感叹。班婕妤《自悼赋》属于抒情赋,也不能体现汉大赋的特点,应与贾谊《鵩鸟赋》同样看待。

第三,朱熹观点的评价。

从文学史发展的角度看,朱熹对汉赋的认识我们认为有这样三个积极的方面:

其一,朱熹的认识体现出了当时文人的爱国主义思想和情怀。终宋一代始终处于"积弱"的阴影之下,两宋边患不断。在这样的历史环境中,爱国主义在读书人那里得到了特别的发扬,反映在诗歌理论上就是明确提出了屈原的爱国。这之前人们谈的更多的是屈原的忠贞和被谗邪的命运,而"爱国"并没有明确提出。在宋代,屈原的命运与爱国联系,人们从爱国诗人的角度来评价屈原这是一个飞跃性的认识。朱熹是这样评价的代表人物,他明确指出"原之为人,其志行虽或过于中庸而不可以为法,然皆出于忠君爱国之诚心"。所以我们在朱熹的汉赋论述中可以看到,他更多的是关心作者的感情抒发,比如对班婕妤这样非常一般的赋家,因为她的赋作具有较好的抒情描写而给予了充分的赞美,"又其德性之美、学问之力,有过人者,则论者有不及也",这只能是从思想品德方面而不是从艺术价值上得出的评价。

其二,朱熹的评价表现出具体而中肯的态度。比如对司马相如的作品,朱熹就举出了《上林》《子虚》《大人》《哀二世赋》和《封禅》等。其中还将《上林》与其他作品作了比较:"《大人》之于《远游》,其渔猎又泰甚,然亦终归于谀也。"在评价赋作者创作得失的时候,也能够结合其生平来描述。比如对贾谊的评价:"以今观之,凡谊所称,皆列御寇、庄周之常言,又为伤悼无聊之故,而籍之以自诳者,夫岂真能原始反终,而得夫朝闻夕死之实哉!"贾谊的理想与社会现实之间的矛盾导致了他的人生悲剧,这样的认识有新意,也符合实际情况,显得非常中肯,是我国"知人论世"文论传统的一个发扬。

其三,朱熹对汉赋的相关评价使他的辞赋论述更加完整。汉赋是辞赋中的一个大类,如果缺少了对汉赋的评价,那关于辞赋的研究也将显得不够完整。如前所说,朱熹的辞赋理论在我国文学史上具有重要的地位,所以朱熹关于汉赋的这三段论述就显得非常重要,这也是后人要常常引用朱熹这三段论述的原因。

但是,朱熹对汉赋的认识也存在着明显的不足。

其一,朱熹评价汉赋并不注重艺术表现。发扬"知人论世"的文论传统是好的,但朱熹是明显忽视了汉赋作为一代文体所具有的文学表现性质。比如他在《哀二世赋第十四》中举有司马相如的多篇作品,但却只论思想而并不深入艺术上的表现。朱熹后的元代祝尧,在其《古赋辨体》中也有一段相似的评价:"愚尝以长卿之《子虚》《上林》较之《长门》,如出二手,二赋尚辞,极其靡丽而不本于情,终无深意远味。《长门》尚意,感动人心,所谓情动于中而形于言,虽不尚辞,而辞亦在意之中。由此观之赋家果可徒尚辞而不尚意乎?尚意则古之六义可兼,是所谓诗人之赋,而非后世词人之赋矣。"文中比较了各篇的文学表现,"二赋尚辞,极其靡丽而不本于情,终无深意远味"和"虽不尚辞,而辞亦在意之中"的说法显然是要高于朱熹的说法。

其二,朱熹对历代汉赋研究中普遍存在争议的一些重要问题并没有涉及。比如对汉赋的源流,几乎每一个朝代都有精彩的论述,但朱熹没有涉及。再如汉赋的讽谏,几乎所有论赋者都有自己的看法,汉赋理论上的许多重要论点都是在讨论这个问题以后而得出的,但是朱熹也基本没有涉及。由于没有涉及这些重要的问题,朱熹论点的重要性就必然要受到削弱。

其三,朱熹对汉大赋缺少深入的评价。汉赋的成就集中在大赋上,这是汉赋作为一代文学的面貌所在,然而朱熹却少有评价。三段最重要的论述中,关于大赋的只有一段,涉及的贾谊和班婕妤都不是写大赋的代表人物,对他们的评价再充分也难窥大赋全貌,最多也只有隔靴搔痒的效果。

朱熹缺少对汉大赋的评价是不可忽视的一个现象,这是他的复古思想影响所致。南宋因为处于南北分裂的特殊历史环境中,复古思想成为学术界的主旋律,作为儒学发展的集大成者,朱熹的复古理论有着强烈的时代色彩,同时也有着自己独特的艺术指向。通过与同时代艺术批评家的一些比较,我们可认识到朱熹在艺术批评方面的复古理论和特征,体现在汉赋的评价上,就是关注不够,因为从正统的艺术观点看,汉大赋是应受到批评的,在汉代,汉大赋就已经受到了各方面的指责。"劝百讽一"的汉大赋,总是因为讽谏不足或效果不够而影响到人们对其艺术的肯定。

概言之,朱熹是辞赋研究的集大成者,他在汉赋方面的研究观点使得其辞赋研究显得完整,他对知人论世传统的发扬应当肯定,但复古思想的影响使得他缺少对汉赋艺术成就的关注和肯定,这个缺点应当是非常明显的。

第五节 对汉赋文化复古转向的影响

在中国传统文化中,复古是各个时期普遍存在的一种现象,举复古大旗的文坛领袖比比皆是,但是将复古推为文坛最高原则,并且能够影响一代文风的复古活动则是在元明清。从文学史发展看,赋学在元明清表现出了强烈的复古色彩,汉赋文化自然也借复古之风得到新的发展。朱熹以文坛领袖的地位提出复古口号,对宋以下以复古面貌出现的汉赋文化显然应当产生影响。

元代的复古活动中,赋坛已经表现出与前代不同的面貌,一个突出的现象是元代科举考试对赋文体的考试要求有了改变,辞赋考试由律赋变为古赋,楚骚、汉赋成为文人士子创作学习的典范。科举考试要求的变化,对汉赋文化发展产生影响,张新科认为:"变律赋为古赋,从实践上给文人辞赋创作树立了榜样,楚骚、汉赋成为文人士子创作学习的典范。元代人从理论到实践,都把汉赋放到很高的地位,这是汉赋在元代经典化的重要途径。如果说六朝以来的俳赋、律赋愈来愈脱离汉赋轨道,甚至解构汉赋经典的话,那么,元代借科举之力又把辞赋创作拉回到汉赋轨道上来,重新树立和建构汉赋的经典地位。但建构的原则是在传统理论基础上把诗、骚和汉赋捆绑在一起,诗是骚之源,骚是赋之祖,汉赋是诗骚精神的体现,其讽喻功能与诗骚传统一脉相承。"[1]

明清两代在赋文化上都有复古之风,但是也有各自的特点。许结认为:"比较而言,明人重复古,故论'古'为多,兼有趋时之论;清人重'时赋',论'律'居要,却多尊古之心。当然,两朝赋学生态也不尽相同,其中一重要区别在于明人废止科场试赋,虽然翰苑入馆也有投呈诗赋以观察素学之例,均未成风气,而清代自翰苑入馆考试,制科'博学鸿词'两度试赋,尤其是学政视学地方,生员荐举,书院课业,均多以诗赋技艺为衡裁,这也是清代律赋理论盛行而彬蔚的重要原因。"[2]明清的赋学复古之中,汉赋的影响也是比较明确的。踪凡认为:"但这些评论或者将汉赋作为阐发某种学术观点的依据,或者针对全赋而作宏观概括与总体评价,鲜有对字词句段的详尽分析与说明。明代的汉赋评点,或交代作赋背景和缘由,或进行文字校勘与语词考释,或品赏佳句隽语,或挖掘赋意赋境,或分析艺术结构,或揭示赋作风格并给予文学史定位,既有微观分析,又有理论概括,形式灵活,不拘一格,无论是内容的系统性、全面性还是观点的新颖和深刻,都对此前的汉赋研究有新的突破。并且,这些文字大多依附《文选》评点、史书评点或辞赋总集而存在,书商为了经济效益,汇集了不少名家评论,有时甚至亲自动笔,敷衍文字。"[3]

结合各家所言,赋学的复古之风在元明清得以盛行,既有赋学本体的发展这方面的要求,同时也有着赋学之外其他客观条件方面的影响,比如科举制度在考试方面的影响。其实,科举制度的影响,在宋代就已经非常突出,并且直接影响到元代。许结认为:"概括地说,三朝赋论都围绕科举诗赋问题展开,从而出现了由'考赋与否'到'考什么赋'的争论,并以理论的视野揭开古赋与律赋之争(古律之辨)的历史。"[4]

朱熹直接论赋的理论文字不多,但是汉赋文化在元明清遇到了强烈的复古之风,而这一风气开启与宋代的文风有关,那么南宋高举复古大旗的朱熹也应当在复古之风的转向上有着自己的影响,因为他的文坛地位和复古的态度坚决,这样的影响当然要被予以充分的认识。在宋代,复古逐渐成为主流思潮,宋人甚至将司马相如提到了"赋圣"的地位。许结认为:"自宋人林光朝首倡'赋圣'说,并得到明代学者的大力推扬,司马相如的赋史地位已由'辞

---

[1] 张新科:《元代科举对汉赋经典化的影响》,《南京大学学报》,2015 年第 1 期。
[2] 许结:《中国辞赋理论通史》,凤凰出版社,2016 年,第 463 页。
[3] 踪凡:《论明代的汉赋评点》,《中州学刊》,2013 年第 3 期。
[4] 许结:《中国辞赋理论通史》,凤凰出版社,2016 年,第 463 页。

宗'转向'赋圣',标志了从文词向文体的变移。探究其源,'赋圣'说又源自'辞宗'说,以及相如赋的'讽谏'功用,尤其是后人对其'凌云'赋的创作追摹;论其意义,则寓含了由经义到文章、由诗赋到骚赋、由时文变古体的赋史进程;而考查其说的成立,又与赋学观之'经赋'论、'宗汉'观、'代胜'说与'示范'性有着密不可分的联系。"[1]中国传统文化上"圣"是最高的地位,被称为"赋圣",对司马相如来说毫无疑问是至上荣誉。这个荣誉的获得,当然与儒学有关,与宋代儒学的复古要求更加直接相关。朱熹重楚辞而轻汉赋,符合宋代的社会思潮,只是他在复古方面有着更高的要求,形成了自己独特的观点。

第六节　朱熹的辞赋创作

朱熹是南宋思想家,同时也是文坛领袖,有大量的文学作品传世。不过,朱熹的辞赋作品不多,主要有《白鹿洞赋》《感春赋》《空同赋》等传世。这样的辞赋创作,与朱熹的辞赋理论应当有关联,对我们认识朱熹的复古理论也有所帮助。

关于朱熹辞赋创作的整体风格,周君燕有一个概括性的认识:"其赋皆有为而作,体现了在'得君行道'之外的泽民之举和忠君爱国之情,在理学家的辞赋创作中具有典范意义;在形式上,朱熹的辞赋多选择骚体,既有取法乎上的主观目的,也兼有浓厚的时代因素。"[2]

文学史上,以往学者看重《白鹿洞赋》,这方面的研究成果比较多。李光生认为此赋可以看作是广义上的诗歌:"《白鹿洞赋》是押韵赋,连同末尾的'乱曰'在内,一共五韵……每转一韵就是另起一层意思。第一层是白鹿洞书院的沿革,第二层是大宋对白鹿洞书院的重视,第三层是兴复书院的情形,第四层是兴复后的书院景象,第五层是站立于白鹿洞原野的诗人之思。显然,《白鹿洞赋》应该归入韵文范畴,换言之,《白鹿洞赋》是广义上的诗歌。"[3]

秦玮从宋代书院赋的整体创作背景上对《白鹿洞赋》做了评述,他认为:"书院赋是以书院为描写对象,以赋的形式在作品中或是描摹书院的坐落环

---

[1] 许结:《司马相如"赋圣"说》,《四川师范大学学报(社会科学版)》,2014年第2期。

[2] 周君燕:《理学与南宋初中期辞赋研究》,山东大学2015年博士学位论文,第99页。

[3] 李光生:《书院语境下的文学传播——以朱熹〈白鹿洞赋〉为考察对象》,《山西师大学报(社会科学版)》,2011年第3期。

境、兴衰情形,或是传达书院的教授内容、社会影响,再或是表达作者的诗人之思和社会评论,内容充实,结构紧凑。宋代书院赋有程公许的《拟九颂·峨峰书院》、朱熹的《白鹿洞赋》、方岳的《白鹿洞赋》、王柏的《宋文书院赋》、杨万里的《学林赋》和方回的《石峡书院赋》等,其中以朱熹的《白鹿洞赋》影响最为深远,除宋代方岳之外,在明代还有四篇同名之作,并都标注'次晦翁韵'。"[1]

《感春赋》也是后人比较关注的作品,具体分析比较多。曹虹从比较文学的角度展开评论,别开生面,在认识朱熹辞赋创作成就时,也提供了研究我国传统文学对海外影响的一些思路。她认为:"在中国古代辞赋文学中,感春的传统可溯自屈原。后世对楚骚中伤春之音的祖述继承,往往因两个相关主题——时间与理想的展开,易于产生动人心魄的佳篇。朱子《感春赋》中'悼芳月之既徂兮,思美人而不见',就是关合两者的凝练表现。对于如何消释春愁,这在魏晋玄风影响下的赋作中,曾一度出之以真正悦乐的情调,但因个性弱化而难开生面。既忧时又乐道的情理内涵,在朱子等富文学情趣的理学家手中,获得恰当的拓展,表现出儒家情怀与骚人哀怨的融通。朱子《感春赋》在朝鲜辞赋史上颇具影响,先后出现不少次韵及和韵之作。李朝中期儒学家宋尤庵的《次感春赋》在精神境界与情理容量上,对朱子原作尤具会心。究其原因,则在于'惟晦翁其不敢忘'的生命热情以及对儒家忧乐观的深刻体悟。赋的感春传统在朝鲜的流衍,是颇具文化意蕴的一个文学现象。"[2]

朱熹强调复古,甚至影响到文学性方面的认识,但是宋代文学毕竟已是一片繁荣,文学发展的这个阶段还要忽视文学性而一味强调复古,显然不合时宜,朱熹也注意到了文学性的时代要求,中年后曾经提出"增点气象"的观点,对文学性也有了一些新的认识。周君燕认为:"朱嘉对'曾点气象'相当重视,还多次与门人讨论'曾点气象',终于在他七十多岁时,完成了对'曾点之乐'最终定稿,他说:'曾点之学,盖有以见夫人欲尽处,天理流行,随处充满,无少欠缺。故其动静之际,从容如此。而其言志,则又不过即其所居之位,乐其日用之常,初无舍己为人之意。而其胸次悠然,直与天地万物上下同流,各得其所之妙,隐然自见于言外。视三子之规规于事为之末者,其气象不侔矣,故夫子叹息而深许之。'朱煮还以诗的形式传递了对'曾点气象'的形象化的

---

[1] 秦玮:《论宋代的书院和书院赋》,《辽东学院学报(社会科学版)》,2016年第1期。
[2] 曹虹:《略论中国赋的感春传统及其在朝鲜的流衍——以朱子〈感春赋〉与宋尤庵〈次感春赋〉为中心》,《南京大学学报(哲学·人文科学·社会科学)》,2000年第1期。

表现:'吏局了无事,横舍终日闲。庭树秋风至,凉气满窗间。高阁富文史,诸生时往还。纵谈忽忘倦,时观非云悭。咏归同与点,坐忘庶希颜。尘累日以销,何必栖空山。'(卷二《教思堂作示诸同志》)又如:'春服初成丽景迟,步随流水玩晴漪。微吟缓节归来晚,一任轻风拂面吹。'(《曾点》)"周君燕又因此认为这是朱熹对自己重骚观点的一种补充:"'曾点气象'所强调的往往是在自然山水、良辰美景中,去体悟天理之流行,它是悟得天理后,一种随处从容洒落的意境,是摆脱了物欲后,在精神境界里的自得自适的内在体验。在南宋中期它广为士人们所接受,从而化解了人们与外界的对立与冲突,它在两个方面对南宋后文人境界产生影响,一是观物的方式,山水、花草也成了精神的象征,沉溺山水也无损圣人的光辉了,在山水中悟道,在田园中涵养道德,'比德'观念大行;二是从悟道到乐道,更多的士人们找到了安身立命之本,儒家固有的'达则兼济天下,穷则独善其身',在这里也能和谐地融合,'中隐'的思想再次受到关注。"[1]

---

[1] 周君燕:《理学与南宋初中期辞赋研究》,山东大学 2015 年博士学位论文,第 76 页。

第十六章

赋文体影响的宗教文字

中国传统文化中,宗教传播带来了大量的文字材料,这些宗教文字常常以韵文形式出现。这些韵文,朗朗上口,短小精悍,形式多样,对宗教传播是一种不可或缺的传播形式,同时也可以看到赋文体的影响。在中国传统文化中,赋是主流文体,赋文体对宗教文字产生影响也是一种必然。当然,宗教文字的第一任务是为宗教信仰传播服务,因此宗教文字的文学性与常见的赋体还是有一些不同。

第一节 赋文体影响的墓葬文字

中国人特别看重生离死别,厚葬活动成为一种各朝各代都普遍存在的社会行为,墓葬文字也顺理成章成为一种主要的文字形式。墓葬文字分为两类,一类是韵文,一类是非韵文,这些文字都具有文学性。不过,韵文类墓葬文字更具有文学性,受赋文体影响也更大。

汉之前,韵文类墓葬文字常常有四言诗穿插其中。至汉代,这一情况发生变化,韵文色彩的四言墓葬文字仍然流行,但受赋文体影响的长短句也成为一种普遍的墓葬文字。东汉蔡邕就写有《王子乔碑》《太尉李咸碑》等,都有赋文体的色彩。蔡邕是东汉后期的汉赋名家,以赋文体写作墓葬文字也必然影响很大。刘勰《文心雕龙·铭箴》中就有这样的赞誉之词:"蔡邕铭思,独冠古今。"《王子乔碑》为韵文墓葬文字,表现出很明显的赋文体色彩。

王孙子乔者,盖上世之真人也。闻其仙旧矣,不知兴于何代。博问道家,或言颍川,或言彦蒙,初建斯域,则具斯丘。传承先人曰,王氏墓绍胤不继,荒而不祠,历载弥年,莫之能纪。暨于永和元年十有二月,当腊之夜,上有哭声,其音甚哀。附居者往闻而怪之,明则登其墓察焉。洪雪,下无人踪,见一大鸟迹有祭祀之处,左右或以为神。其后有人着绛冠大衣,杖竹策立冢前,呼樵孺子尹永昌曰:"我王子乔也,尔勿复取吾先人墓前树也。"须臾,忽然不见。时令太山万熙,稽古老之言,感精瑞之应,咨访其验,信而有征,乃造灵庙,以休厥神。于是好道之傅,自远来集,或弦歌以咏太一,或谈思以历丹田。其疾病尫瘵者,静躬祈福,即获祚,若不虔恪,辄颠踣。故知至德之宅兆,真人之先祖也。延熹八年秋八月,皇帝遣使者奉牺牲以致祀,祇惧之敬,肃如也。国相东莱王章字伯义,以为神圣所兴,必有铭表,昭示后世,是以赖乡仰伯阳之踪,关民慕尹喜之风。乃会长史边乾,访及士隶,遂树玄石,纪遗烈,俾志道者有所览焉。

　　伊王君,德通灵,含光耀,秉纯贞,应大道,羡久荣,弃世俗,飞神形,翔云霄,浮太清,乘螭龙,载鹤軿,戴华笠,奋金龄,挥羽旗,曳霓旌,惧罔极,寿亿龄,昭笃孝,念所生,岁终阕,发丹情,存墓冢,舒哀声,遗鸟迹,觉旧城,被绛衣,垂紫缨,呼孺子,告姓名,由此悟,感怵惊,修祠宇,反几筵,馈馐进,甘香陈,时倾顾,馨明禋,匡流祉,熙帝庭,祐邦国,相黔民,光景福,耀无垠。(《蔡中郎集》卷6)[1]

　　汉以下,韵文墓葬文字在南北朝时期被固定下来,其代表现象就是碑文的流行,当时几乎所有重要人物都作有碑文类的墓葬文字。形式上也有了类似大赋"赞"的"铭"这样的结构,赋文体特征突出。比如,南朝齐文人孔稚珪写的《褚先生伯玉碑》。

　　夫河洛摛宝,神道之功既传,岱华吐秘,仙灵之迹可睹。盖事详于玉牒,理焕于金符,虽冥默难源,显晦异轨,测心观古,可得而言焉。是以子晋笙歌驭凤于天海,王乔云举控鹤于玄都。有羽化蜕蝉,触影遁形,神萧帝宫,迹留剑杖,游瑶池而不返,宴玄圃以忘归。永嘉恶道者,穷地之险

----
[1] 汪小洋主编:《中国宗教美术史料辑要》,上海大学出版社,2011年,第28页。

也。欻窦遏日,折石横波,飞浪突云,奔湍急箭。先生攀途跻阻,宿枻涉圻,而衡飙夜鼓,山洪暴激,忽乃崩舟坠壑,一倒千仞,飘地沦高,翻透无底。徒侣判其冰碎,舟子悲其電散,危魂中夜,赴阻相寻,方见先生恬然安席。铭曰:

关西升妙,洛右飞英,风吹金阙,箫歌玉京,绝封万古,乃既先生。先生浩浩,唯神其道,泉石依情,烟霞入抱,秘影穷岫,孤栖幽草,心图上玄,志通大造。(《艺文类聚》卷37)[1]

南北朝时期,碑文成为当时的流行文体,梁简文帝也有这样的墓葬文字,描述了两人之间的交往,情真意切,说到生离死别,也是酸楚不已。这样的抒情描写,在东汉后期的抒情小赋中就普遍存在。其中的铭文,全为四言韵文,类似汉大赋的"赞"。

余昔在粉壤,早逢圯上之术,今箧元良,屡禀浮丘之教,握留符而恻怆,思化杖而酸情,乃为铭曰:无名之道,不死为仙,亦有元放,兼称稚川。遁形解化,自昔同然,猗欤夫子,受箓归玄。梨传苑吏,书因贾船,虎车煦景,蜺拂凌烟。余花灼烁,春涧潺湲,郁郁茅岭,悠悠洞天,三仙白鹄,何时复旋。[2]

第二节　赋文体影响的儒教文字

关于儒教的存在,学术界多有争议。任继愈简洁描述了儒教问题的由来:"儒教是不是宗教,中国有没有宗教,在我国古代本来不成为问题。这是从辛亥革命到'五四'前后,重新提出的一个问题。学术问题之所以引起争论,总是由于发现了新材料(文献的、考古的)引起大家的兴趣。惟独儒教引发的这场争论,并没有发现新材料,双方的根据都引用'四书',同样的根据引出不同的结论。"[3]吕大吉从中国宗教与中国文化的角度论述了儒家与宗教

---

[1] 汪小洋主编:《中国宗教美术史料辑要》,上海大学出版社,2011年,第42页。
[2] (明)刘大彬编,江永年增补,王岗点校:《茅山志》(上),上海古籍出版社,2016年,第305页。
[3] 李申:《中国儒教论》,任继愈序,河南人民出版社,2005年,第1页。

的关系，他认为："两千多年来的历史事实证明，以宗法伦理为中心的儒家哲学是中国文化的主体和核心，而它并非宗教。"[1]我们认为，儒学取得"独尊"之后，实际上是已经取得了国家宗教的地位，其中敬天法祖、天人合一、君权神授等内容都具有宗教性质，这些宗教性的内容带来了许多宗教性的仪式活动，这样的活动也带来了许多儒教文字。

国家宗教方面的文字，原先也是四言体的韵文多，比如商周时期的许多铭文。汉代以后，随着汉赋的流行，赋文体进入儒教文字，四言诗存在的同时，长短句的赋文体开始普遍运用。

儒教文字主要表现在宗教仪式活动的记载上，这方面最普遍的也是碑文类文字，在中国传统文化中，但凡庙宇这样的儒教仪式场所，都有碑文类的文字记载。儒教仪式场所的建筑、活动和影响等，都从国家行为中获得支持，因此相关记录往往是敷陈的文笔，赋文体的特征非常适合。明代宋濂的《赣州圣济庙灵迹碑》就是这样一篇碑文。该碑文首先记录了人物事迹和缘由，是赋文体常见的敷陈手法。

> 圣济庙者，初兴于赣，渐流布于四方，所在郡县多有之。神盖姓石氏，名固，赣人也。生于秦代。既殁，能发祥为神。汉高帝六年，遣颍阴灌、懿候婴略定江南。至赣，赣时属豫章郡，与南粤接壤。尉陀寇边，婴将兵击之。神降于绝顶峰，告以克捷之期。已而有功，馆神于崇福里，人称为石固王庙。唐大中元年，里民周谅被酒为魅所惑，坠于崖下。符爽行贾长汀，舟几覆，咸有所禳。谅即返其庐，爽见神来护之，于是卜赣江东之雷冈，相率造新庙，壕石为像奉焉……

洋洋洒洒的敷陈之后，是赋文体的"辞"。

> 系之以诗曰：
> 神雷之冈翠嶙嵯，五螭天矫含精微，崇祠四阿俨翚飞，像变翕艳五采施。阴爽袭人动曾飔，发祥传自炎刘初，粤氛侵徼告捷期，岂或天星陨魄为？降灵于人赞化机，以石为氏理则宜，大中卜迁墨食龟，有声渢渢达四垂。风霆号令疑所司，斥逐厉鬼旸雨时，禾稷穟穟岁不饥，民萌鼓腹酺以

---

[1] 吕大吉：《中国宗教与中国文化》卷一，中国社会科学出版社，2005年，第4页。

嬉。建炎火德值中衰，宫车驻跸赣之糜，完颜黥卒大步追，神兵暗树云中旗。卷甲疾走如窜狸，莫猺啸呼引獠夷，禁军荷殳据城陴，屠刘壮健到婴儿，威神有赫助王师，一奸凶竖无孑遗。赣江水落洲如坻，巨舟皆胶牢弗移，鞠躬再拜叩灵犀，赤日火烈云不衣，洪涛清涨没石矶，阴翊王度功何疑？紫泥鸾诰自天题，爵为真王手执圭，风马云舆时往来，赭袍笼黄带缠丝，五龙宝砚角鬤奇，袭藏山中夜吐辉。阴阳斡运无端倪，煮蒿凄怆如见之，休咎有徵神所持，委以惚恍邈难知，奚不来索庭中碑？（《宋文宪集》卷4）[1]

第三节　赋文体影响的道教文字

道教形成于东汉，这一时期正是汉赋盛行之时，道教与其他宗教一样，在传播中广泛运用了韵文，如早期道教经典《太平经》中就普遍使用长短句，之后的道教经文中也都有韵文的运用。赋文体影响道教文字最突出的现象是在一些纪念性的文字之中，描述一位道教人物、一个道教故事，或一座道教建筑。

道教最普遍的仪式场所是宫观，历史上宫观修建或重修，都要以文字详细记录缘由，这样的文字多运用赋文体。明清时期，因为国家政策的支持和经济发展提供的条件，许多宫观都有了重修的活动，这一时期就出现了一大批为重修宫观而写的碑文，成为这一时期道教文字的一个重要现象。明代宋濂《重建宝婺观碑》就是这样一篇碑文。作者在详细描述宫观重修活动后，韵文部分写道：

> 系之以诗曰：
> 帝居冥漠天中央，宰制万有御阴阳，经乾纬坤翕以张，百灵环卫灿文章。交参洞射下土方，州分国列奠厥疆，须女下流婺适当，赤光熊熊吐寒芒。名州建宫自隋唐，历年百千气愈亢，神宫巍然逼玄苍，彤楹文户紫檀房。高阁飞甍穆煌煌，神君之来天门黄，电母雷师翼两旁，麟麟驾軿虹霓幢。羽衣绛裳云锦裳，冻雨洒道尘不扬，清氛袭人灵始降，即之若无视洋

---

[1] 汪小洋主编：《中国宗教美术史料辑要》，上海大学出版社，2011年，第209—210页。

详。山君海王修典常,执玉来觐岁相望,奉帝威令俾勿爽,鲸鲵戮死魑魅藏。耄耋有时告雨旸,麾箕舒飙毕沛滂,原多黍稷隩有秔,地宁天清民乐康。谁其尸之神降祥,嗟尔黎庶德是覆,善锡鸿庆愿被殃,神灵秉握帝纪纲。帝有正命莫敢禳,禳之以私帝所戕,神理惚怳谁能详,史臣作诗匪昧荒,金石可渝斯不亡。(《宋文宪集》卷27)[1]

在道教辞赋的创作中,以下几位有自己的特征。

其一,边韶的创作。

东汉是道教的初创时期,这一时期的道教辞赋创作弥足珍贵,代表人物是边韶,代表作是《老子铭》,是一篇详细描述道教大神的文章,他采用的就是赋文体结构,正文之后是韵文:

敢演而铭之,其辞曰:

于惟(缺)德,抱虚守清,乐居下位,禄势弗营。为绳能直,屈之可萦,三川之对,舒愤散逞。阴不填阳,孰能滞并,见机而作,需郊出坰。肥遁之吉,辟世隐声,见迫遗言,道德之经。讥时微喻,寻显推冥,守一不失,为天下正。处厚不薄,居时舍荣,稽式为重,金玉是轻。绝嗜去欲,还归于婴,皓然历载,莫知其情。颇违法言,先民之程,要以无为,大(缺)用成。进退无恒,错综其贞,以知为愚,冲而不盈。大人之度,非凡所订,九等之叙,何足累名。同光日月,合之(缺)星,出入丹庐,上下黄庭。背弃流俗,含景匿形,苞元神化,呼吸至精。世不能原,卬其永生,天人秩祭,以昭厥灵,羡彼延期,勒石是旌。(《隶释》卷3)[2]

其二,郭璞的创作。

郭璞是魏晋南北朝时期的道教代表人物,他最著名的文学作品是《游仙诗》,开创了文学史上的游仙诗创作时代。郭璞的辞赋创作也很有特点,他的辞赋作品散佚严重,目前流传下来的辞赋多为残篇,主要有《江赋》《南郊赋》《巫咸山赋》《登百尺楼赋》《盐池赋》《井赋》《流寓赋》《蜜蜂赋》《蚍蜉赋》《客傲》。时人对郭璞的辞赋创作评价很高,刘勰将其列为"魏晋八大赋首之一"。

---

[1] 汪小洋主编:《中国宗教美术史料辑要》,上海大学出版社,2011年,第213页。
[2] 汪小洋主编:《中国宗教美术史料辑要》,上海大学出版社,2011年,第28页。

郭璞的散文也颇具特色,主要有《省刑疏》《因天变上疏》《皇孙生上疏》《平刑疏》《谏留任谷宫中疏》《谏禁获地疏》《辞尚书表》《山海经序》《尔雅序》《方言序》《晋元帝哀策文》。

从郭璞流传下来的辞赋作品看,他的创作有两个方面值得关注。

首先,水题材的描写。郭璞辞赋的这一特点明显是受道家思想影响,他的代表作《江赋》就是描写大江大河的。高刚对郭璞辞赋中水的描写有这样的认识:老子崇尚水德:"上善若水。水善利万物而不争,处众人之所恶,故几于道。"水有至大之量,所谓"江海所以为百谷王者,以其善下之,故能为百谷王"。水有至柔之刚,"天下莫柔弱于水,而攻坚强者莫之能胜,以其无以易之。弱之胜强,柔之胜刚,天下莫不知,莫能行"。郭璞辞赋作品中尤其重视对水的咏赞。《江赋》开篇言道:"咨五才之并用,实水德之灵长。"五才即五行:金、木、水、火、土,郭璞认为水德应为五才之首。歌咏长江之美,体现了他对"水"的重视。《江赋》:"于是芦人渔子,摈落江山,衣则羽褐,食惟蔬鲜……忽忘夕而宵归,咏采菱以叩舷。傲自足于一呕,寻风波以穷年。"这一段写长江流域的隐逸渔钓,高人隐士,逍遥自在。也是道教隐逸思想的流露。《盐池赋》赞美盐池的灵性、风光和"动而愈生,损而滋益"的特性;《井赋》中井水"挹之不损,停之不溢,莫察其源,动而愈出。信润下而德施,壮邑移以不改,独星陈于丘墟兮,越百代而犹在,守虚静以玄澹兮,不东流而注海",赞美井水不损不溢、润物就下、坚守、虚静玄澹的特点,这和道家理论一脉相承。此外,郭璞辞赋中关注家乡的山水风物及小动物也是道家崇尚自然的体现。郭璞在描写自然的同时更是倾注了自己的深情。这是他对道家崇尚自然世界观的发展。

其次,神仙故事的描写。对神仙故事的描写有时代影响,郭璞用赋来表现还是很有特色。高刚认为:《南郊赋》《江赋》对神仙传说和典故的运用,都是郭璞道教思想的体现。《南郊赋》:"飞廉鼓舞于八维兮,丰隆击节于九冥,祝融穆而肃侍兮,阳侯澹以中停。"风神、雷神、火神、水神各路神仙加入了晋元帝祭天的行列。《江赋》:"海童之所巡游,琴高之所灵矫;冰夷倚浪以傲睨,江妃含嚬而矔眇。抚凌波而凫跃,吸翠霞而夭矫。"海童、琴高、冰夷、江妃等群仙遨游江面,上下飞动。这两处神仙人物的描写都为赋作增加了神秘的色彩。《龟赋》只剩残句:"感交甫之丧佩,愁神使之婴罗。"引用了郑交甫遇仙女和宋元君梦神使的神话故事,同样是这种思想在作品中的反映。[1]

第四节　赋文体影响的佛教文字

佛教是外来宗教信仰,但随着本土化的进程,佛教迅速接受了中原文化的影响,很快进入主流社会。在其中,佛教文字广泛运用赋文体是一个重要现象,遗憾的是目前学术界对此关注不多。佛教文字接受赋文体影响主要表现在两个方面,一是佛经翻译时的文体借鉴,一是佛教文学写作中的全方位描写。

第一,佛经翻译时的文体借鉴。

佛经翻译是佛教在中国传播的一个必要起点,同时也是佛教本土化的一个外在表现,因此佛经翻译始终受到各方面的重视,但因为是几种语言之间的转化,所以在翻译的标准上往往存在争论。南北朝时期,佛教刚刚兴起,佛经翻译就有了"文质之争":"在佛经汉译的草创阶段(东汉—西晋),译事主要由安世高、支谶(支娄迦谶)、支谦、康僧会、竺法护等外来僧侣主持。而即使在外来僧侣之间也存在着对佛经翻译策略的分歧。如公元224年由支谦和维祇难引出的一场'文质之争'。维祇难与竺将炎合译了《法句经》,支谦重译了《法句经》,并在《法句经序》中批评竺将炎'虽善天竺语,未备晓汉,其所传言,或得胡语,或以义出音,近于质直',并说竺将炎'其辞不雅'。这就引发了一场关于译文文体的'文质之争'。"[2]

佛经翻译史上,翻译的准确性受到特别关注,是所有翻译者的主要目标,但也应考虑到流畅度,这样的背景下翻译的文体也成为一个重要的问题,对这方面的梳理可以看出赋文体的影响。

有学者认为,佛经翻译之初受到当时四言文体的影响:"当时用四言句作文,是一种时尚。受这种流行文体的影响和启发,汉末译师们在克服佛经汉译的一系列困难的基础上,开始注意句式的选用,大量采用四言句。这种尝试最初应推汉灵帝时支曜译出的《成具光明定意经》。这篇经文里,成段的四言句与杂言句交替使用。十多年后康孟详率先用四字结构作为主体写成全经,使经文四字一顿,读来抑扬顿挫,极为上口,开了一代风气。后来译师僧人纷纷效仿,不仅译经,汉僧撰述中的许多内容,也多用这种四字格文体,影

---

[1] 高刚:《郭璞辞赋与散文研究》,西北师范大学2014年硕士学位论文,第52—54页。
[2] 彭文奉:《佛经汉译及其对中国文化的影响》,山东大学2008年硕士学位论文,第24页。

响深远。东晋道安因此称赞'孟详所出,奕奕流便,足腾玄趣也'。"[1]

不过,从中国文学史发展看,东汉后期不仅有四言体的流行,同时也有杂言体的流行。赋文体是杂言体的代表文体,而且也是当时的主流文体,当然也会被翻译者所关注。所以,我们认为佛教翻译中存在着赋文体的影响,而且往往翻译者因为选择赋文体而获得更加丰富和生动的翻译效果。

《法句经》中的《好喜品》,最初是四言体的翻译,后来流行版本中增加了杂言体,增加了明显的生动性,这就可看出赋文体的影响。赋文体色彩的译文如下:

是以莫造爱,爱憎恶所由。已除缚结者,无爱无所憎。
爱喜生忧,爱喜生畏。无所爱喜,何忧何畏?
好乐生忧,好乐生畏。无所好乐,何忧何畏?
贪欲生化,贪欲生畏。解无贪欲,何忧何畏?[2]

第二,佛教文学写作中的全方位描写。

中国古代文学发展史中,诗词是主流文体,赋文体也在其中,佛教文学发展中必然要接受赋文体的影响。赋文体的文体特征,除了长短句之外,还有一个全方位描写的重要特征,所谓"敷陈其事而直言之"(朱熹语)。司马相如这样描述赋文体的"全方位":"赋家之心,苞括宇宙,总览人物,斯乃得之于内,不可得而传。"(葛洪《西京杂记》)佛教文学也常常有"赋家之心",但凡描写佛教相关故事,都是全方位描述,不仅有细节描写,同时也有宏观性的描写,面面俱到成为佛教文学的特征,而且也很符合佛教的因缘教义。但赋文体对佛教文学的影响,以往学术界关注比较少,成果也不多。

清代《造像量度经》是一部佛教美术方面的工具书,这部书影响极大,后来又出版了《造像量度经续补》。它虽然是一部工具书,但行文中赋文体特征突出,几乎所有文字都具有全方位的风格。这部书的结尾就是这样,首先是方位上的全方位描述,有东西南北的巴蜀,然后是赋文中常常运用的排比,有"何以故"的连续描写,赋文体的特征充分表现出来。《造像量度经续补》结尾

---

[1] 翁雪鹭:《佛经翻译用语及文体的选择对印度佛教中国化的影响》,《安徽电子信息职业技术学院学报》,2006年第2期。
[2] 华满元:《中国古代佛典"译道"的知识谱系及现代阐释》,《华中师范大学学报》,2015年第2期。

如下：

> 如说东方，南、西、北方皆亦如是。是人四方所经之处，一切国土尽末为尘。此诸微尘，一切众生共校计筹量，容可知数。于如来身一毛孔分所有功德，不可知也。何以故？诸佛如来所有功德无有限量，不思议故。善男子！假使如前微尘等数，舍利弗等所有智慧，不及如来一念之智。何以故？如来于念念中常能出现过前尘数三昧解脱陀罗尼等种种无量胜功德故。诸佛功德，一切声闻辟支佛，于其名字亦不能知。是故，若有净信之心，造佛形像，一切业障莫不除灭，所获功德无量无边，乃至当成阿耨多罗三藐三菩提，永拔众生一切苦恼。[1]

第三，僧人的赋创作。

僧人的赋创作在学术界很少被人关注，其实在佛教传入中原的早期就已经有了僧人创作。据严可均《全上古三代秦汉三国六朝文》辑录，魏晋南北朝僧赋共六篇。分别是：东晋支昙谛《庐山赋》《赴火蛾赋》，北周释慧命《详玄赋》和释慧晓《释子赋》，隋释真观《愁赋》《梦赋》。这些僧人赋不被重视，但内容还是有许多可圈可点之处。

1. 魏晋南北朝时期的僧人赋

董儒在他的硕士学位论文《魏晋南北朝僧人赋作研究》中有比较系统的论述。董文认为："《庐山赋》是现存第一篇完整描写庐山的赋作，文章结合当时社会思潮来阐发东晋末庐山信仰的转变，《赴火蛾赋》是佛经和赋文体的首次结合。"董文对僧人作赋的原因也有简单论述："僧人自觉或者不自觉地也在探索佛教中国化的方式，其方法之一是用当时人们喜闻乐见的赋文体来传播佛法，教化众生，解救众生。现存最早的僧赋出现于东晋末年，当时赋文体所使用的文字轻清。"[2]董文对僧人赋的评价是："历代以来，僧赋作品均不受重视，魏晋南北朝僧赋更是如此。僧赋作品被人们普遍误认为是阐释佛理的佶屈聱牙之作，其实并非皆是如此。魏晋南北朝僧赋虽有个别篇目阐述精深佛理，然其使用大量譬喻深入浅出，使佛理易于理解。其他诸篇均反映

---

[1] 汪小洋主编：《中国宗教美术史料辑要》，上海大学出版社，2011年，第289页。
[2] 董儒：《魏晋南北朝僧人赋作研究》，贵州师范大学2018年硕士学位论文，第1页。

现实生活的内容并使用常见的文体形式,是全面了解当时赋体特点和佛教中国化进程的珍贵资料。"魏晋南北朝是汉代之后的朝代,僧人赋的出现说明了佛教本土化的进程,同时也是汉赋文化一个不可忽视的发展现象。

2. 两宋时期的僧人赋

宋代是中国文学史上的繁荣期,这一时期也是中国宗教发展更加世俗化的时期,受此影响,宋代的僧人赋也呈现繁荣景象。

张培锋《宋代僧人的赋创作》有一个全面的描述。他认为:"宋代僧人自觉而娴熟地运用中国传统的一些重要文体来阐发佛理,而赋这一善于'体物'的文体也被宋代僧人利用,创作了不少独特的赋作。相对于诗文而言,宋代僧人赋作品传世数量并不多,但却有很多值得关注的现象,也出现了不少杰出的作品。总的来看,宋僧的赋创作充分利用了赋文体'铺采摛文,体物写志'的特点,在赋的题材和写作手法方面,作出一些新的探索,或内蕴深醇,或机趣盎然,或议论风生。宋代流行的几种赋体——骚赋、律赋、文赋,僧人亦皆涉足,他们的创作是宋代赋史上不可或缺的一页。"

关于议论赋,张培锋认为,开风气的是宋初高僧延寿:宋初,法眼宗高僧延寿(904—975)创作了《法华灵瑞赋》《华严感通赋》《金刚证验赋》《观音应现赋》等作品,将赋这种文学体裁应用于阐发佛理,用赋的手法演绎佛教宗旨,开宋代赋善于议论的风气之先。这些作品,可以视为佛教文学的一种新创造。如其《华严感通赋》:

华严至教,无尽圆宗。于一心而普会,摄众妙以居中。寂寂真门,遍尘沙界而显现;重重帝纲,指毛端处而全通。尔乃十种受持,殊功莫比。诵一偈,破铁城之极苦;暂顶戴,悟金言之深旨。倾诚忏悔,阉人而须发重生;毕命诵持,病者而瘿瘤全止。当翻译之时,现大希奇,青衣侍侧,化出泉池。甘露沾于大地,香水洒于彤墀。百叶莲花,开敷荣于内苑;六方地轴,震动瑞于明时。其或神童送药,野鸟翔集,天帝请讲,高僧顾揖。才观奥旨,知思议之难穷;乍听灵文,弘小典而何及。上圣同推,下类难知。以少方便,功越僧祇。但闻其名,不堕修罗之四趣;或持一品,能成菩萨之律仪。法界圆宗,真如榜样。升天而能退强敌,堕井而潜归宝藏。修禅习慧,冥通九会之中;列座腾空,位处二乘之上。此典幽玄,不可妄传。大海量墨而难写,须弥聚笔而莫宣。金光影耀,冬葵艳鲜。力回垂死之人,魂归尘世;水滴持经之手,命尽生天。非大非小,尘尘谛了。金光孕于口中,红莲生于舌表。证明列踊地之人,得果现生天之鸟。大哉无尽之宗,向丹台而洞晓。

关于抒情小赋,张文认为,宋初天台宗僧人智圆也作过几篇小赋,与延寿不同的是,他的赋完全是个人情感的抒写,使用的是骚赋这种极具抒情成分的文体。如《感物赋》:

架有名鹰兮翦六翮,厩有骏马兮绊四蹄。望高空兮凝睇,思广陌兮长嘶。妖狐狡兔兮正肥,达路康庄兮坦夷。利爪无施兮疾足何为,楚文不放兮周穆不骑。有奔电追风之能兮,人莫我知。呜呼!士有藏器于身兮有志无时,吾于是感斯物兮歔欷。

又如《贫居赋》:

荒径草深兮衡门长扃,坏壁虫响兮幽砌苔青。饘粥糊口兮吟咏适情,行披百氏兮坐拥六经。困穷而通兮盘桓居贞,嗟乎薄徒兮附势尚声。奔走要路兮骑肥衣轻,宴安华居兮狼心豕形。岂思止足兮安戒满盈,名随身没兮祸逐贪生。焉如忠士守仁义,箪食瓢饮,不改其乐兮,垂万世之令名哉!

关于体物赋,僧人赋也有许多作品。张文认为,律宗僧人元照作有《道具赋》组赋,其中包含《锡杖赋》《坐具赋》等篇,用赋的形式演说佛门的资身之具。其《锡杖赋》:

吾有一锡,裁制有式。上下三停,竿干六尺。十二环圆而无缺,示因缘乃死乃生;两钻开而复同,显空有不离不即。匪以扶羸,唯将丐食。执之兮居然寂寂,振之兮其鸣历历。直欲使诸有门,开三途苦息。随身所止,愚之屋壁,尘垢易生,长须拂拭。掷云外兮不以为难,解虎竞兮未须劳力。辛哉凡愚,踏夫圣迹,外露粗暴,内怀荆棘。用之舍之兮,能无夕惕?[1]

---

[1] 张培锋:《宋代僧人的赋创作》,《贵州文史丛刊》,2018年第3期。

第十七章

汉赋与汉画的比较及意义

汉赋与汉画是汉代艺术的主要样式,代表着汉代艺术发展的最高成就,对当代研究者而言,两者之间的比较始终是一个诱人的课题,随着交叉学科氛围的日趋热烈,这样的诱惑就更大了。汉赋与汉画的比较研究,目前一般有三个方向:一是艺术表现上的比较,如物象的对读考释,进行"写物图貌,蔚似雕画"的特征描述;二是创作背景上的关联,如汉代的艺术精神嬗变、文学观念的进步等;三是文化史上的联系,这是近期研究的一个趋势,如汉赋、汉画对汉代制度、地域文化的一些具体反映等。这些研究,基本是遵循"文史互证"的传统,逻辑起点是"五经皆史",挖掘资料来源而扩大研究空间。从已有的研究成果看,这样的研究存在着两个方面的问题:其一,许多学者都是围绕着资料关系下功夫,而对文本的本体关系则有所忽视,外围的论述趋多而直接的讨论减少;其二,汉赋学者对汉画更具热情,汉画学者相对被动,双方的热情不对称,这就影响到一些重要成果没有在对方领域产生影响,失去了应当有的学术促进。我们认为,汉赋和汉画都是体量很大的艺术现象,现有文本的数量足以支持、也需要本体关系的研究;同时,已有研究成果应当及时互动,为本体关系研究提供新的张力与空间。

第一节 汉赋与汉画的文本体系梳理

汉赋和汉画作为研究对象,其文本体系是一个需要首先进行梳理的课题。从汉代艺术形态看,汉赋与汉画并不是一个单一的文本,而是由几个独立文本集合的文本体系。汉赋是一个由散体大赋、抒情小赋等独立文本集合组成的文本体系,汉画是一个由汉画像石、汉墓壁画等独立文本集合组成的文本体系。如果将汉赋与汉画进行比较,那么就有这样的问题:是两个文本体系之间的比较,还是各独立文本之间的比较,抑或是一个文本体系与另一个独立文本之间进行的比较? 质言之,汉赋与汉画在进行比较之前,比较对象之间的逻辑关系应当是清楚的,否则就容易出现混淆对象、指向模糊的问题。

汉赋与汉画文本的分类不是难题,学术界早已形成共识。汉赋体系有骚体赋、体物大赋、抒情赋、说理赋和咏物赋,以及俗赋等门类,同时又可将其归纳为体物大赋和抒情小赋两大类。汉大赋即指体物大赋,一般认为汉大赋是汉赋的代表,汉赋可以特指汉大赋,王国维"凡一代有一代之文学"中的"汉之赋"即指汉大赋。[1] 当然,抒情小赋也有自己的特点和价值。《汉书·王褒传》记:"辞赋大者与古诗同义,小者辩丽可喜。"今人治赋,包含抒情小赋。汉画体系有帛画、漆画、壁画、画像石、画像砖等门类,也有将汉镜图像、瓦当图像归入汉画的说法。汉画中汉画像石的发掘成果最多,也最受重视,与汉赋可以特指汉大赋一样,汉画也可以特指汉画像石。不过,今人对汉画的研究都是以汉画像石和汉墓壁画为主,两汉绘画研究也多以这两个文本为对象。

如此,如果对汉赋与汉画进行比较,就应当交代选择的对象。目前已有的研究成果往往没有这方面的说明,这是一个可能被忽视的问题。我们认为,汉画体系的结构被忽视是主要原因。汉赋体系结构中,体物大赋与抒情小赋相对,这是大家都很熟悉的一对文本范畴,同时,汉赋始终为主流社会接受,各代皆有系统研究,相关的概念明确。而汉画体系的结构就不一样了,汉画像石与汉墓壁画成就最高,但以往的情况是汉画的研究成果基本集中于汉画像石。因为遗存发掘、保存等特殊原因,汉墓壁画的关注者少,历代文献中的记载更是少之又少,这使得许多学者对汉画像石熟悉而对汉墓壁画陌生。由此,学者们熟悉汉赋的文本体系,但对汉画的文本体系就可能认识有限,甚至出现盲点,不知道汉画像石与汉墓壁画之间存在的区别。

从考古成果看,汉画像石与汉墓壁画有着很大的区别,它们不仅是不同图像样式的选择,同时也是不同阶层的墓葬形制选择。汉墓壁画存在于中上

---

〔1〕 王国维:《宋元戏曲考》,东方出版社,1996年,自序。

阶层的墓葬形制中,是主流社会的艺术;汉画像石存在于中下阶层的墓葬形制中,是非主流社会的艺术。这是一个非常重要的区别,我们可以依据考古成果做相关论证。

关于汉墓壁画。从墓葬遗存分布看,汉壁画墓在全国各地都有分布,但这些分布点在地理位置上并不具有连贯性,除了洛阳周围一带,其他地区都是一种跳跃性的分布状态。这样的分布说明,汉壁画墓是少数人选择的墓葬形式。从墓主人的身份看,最早的汉壁画墓是西汉前期广州象岗山南越王墓和河南永城芒山柿园梁王墓,汉壁画墓的起点就是王侯级大墓。洛阳是目前汉壁画墓遗存最多的地区,墓主人身份都比较高。洛阳古墓博物馆资料显示,西汉洛阳烧沟61号壁画墓的男性墓主人可能是两千石级别的将军,西汉卜千秋壁画墓的墓主人卜千秋也是郡一级的官员,洛阳堰师杏村壁画墓的墓主人是可以享受九乘安车的官员。[1] 此外,出土葬玉也说明这一点。两汉时期高等级墓葬才有葬玉,目前汉壁画墓中有葬玉发现,但画像石墓中则极少出现。因此,汉墓壁画是中上阶层选择的墓葬图像。

关于汉画像石。从墓葬遗存分布看,汉画像石墓普遍存在,是一个多数人选择的墓葬形式。从有纪年材料的画像石墓看,墓主人地位都不高。杨爱国对有纪年的汉代画像石作了专门统计,结论是:"通过以上分析可知,画像石墓墓主身份最高的是诸侯王,但已经发掘的汉代诸侯王墓中仅东汉陈顷王刘崇一例而已。刘崇墓规模很大,但墓中的画像石并不多,仅用在墓门部位,墓室内出土的另一块残画像石,无法确定其在墓中的位置。由此可见,画像石不是汉代诸侯王墓室装饰的主体,永城柿园壁画崖墓中将其作为厕所的踏脚石可能也是一个证明。"[2]因此,汉画像石是中下阶层选择的墓葬图像。

汉画体系中,汉墓壁画与汉画像石来自不同阶层,它们的区别不仅仅是图像样式上的相异,同时也存在着创作要求、创作过程上的相异。如果要进行汉画与汉赋的比较,那汉画体系中的汉墓壁画与汉画像石之间的这些区别就应当要被认真考虑。具体看,就是要明确对应关系。

汉画体系与汉赋体系中,汉墓壁画与汉大赋有着明确的对应关系。汉壁画墓属于中上阶层的墓葬,墓葬中的壁画图像是为主流社会而创作,这一点与汉大赋相似。汉代的大赋创作,是一个为帝王而赋的"献赋"活动。东汉班

---

〔1〕 洛阳古墓博物馆:《洛阳古墓博物馆》,朝华出版社,1987年,第3页。
〔2〕 杨爱国:《幽明两界:纪年汉代画像石研究》,陕西人民美术出版社,2006年,第176页。

固在《两都赋序》中就指出:"故言语侍从之臣,若司马相如、虞丘寿王、东方朔、枚皋、王褒、刘向之属,朝夕论思,日月献纳。而公卿大臣御史大夫倪宽、太常孔臧、太中大夫董仲舒、宗正刘德、太子太傅萧望之等,时时间作。"这是一个被后人反复引用的材料,是一个共识。可见,"献赋"过程是形成汉大赋艺术特征的语境,与汉墓壁画相似。在"献"的层面上,汉大赋的文字与汉墓壁画的图像有着诸多共同点,可以进行相关比较,也是同类型之间的比较。

汉画体系与汉赋体系中,汉画像石与汉赋的对应关系是一个需要更多推敲的问题。目前汉赋与汉画比较的研究材料中,文学史的学者喜用汉画像石图像,其实从文本结构看,汉画像石与汉赋的相关性不如汉墓壁画。从创作对象看,汉赋体系中与汉画像石对应的是抒情小赋与俗赋。俗赋来自民间,与汉画像石的相关性最高,遗憾的是汉代的俗赋非常少,甚至很长时间难寻踪迹,20世纪末《神乌赋》的出土才改变了这一状况。1993年江苏省东海县尹湾6号墓出土此赋竹简,考古报告介绍:"此墓出宽简二十支,十八支书写此赋正文,一支书写标题;另一支上部文字漫漶不清,下部有双行小字,所记疑为此赋作者或传写者的官职(乃少吏)和姓名。"[1]《神乌赋》是目前第一篇完整的汉代俗赋,此外还有《韩朋赋》,是残简,难求全貌。汉画像石是汉代普遍存在的图像艺术样式,而汉代俗赋则是数量极少的语言艺术样式,不对等的状态下比较不易深入。但是,汉画像石与抒情小赋比较有基础,它们都有着非主流社会的面貌。

汉画像石与汉大赋比较显得勉强,但目前恰恰是汉大赋与汉画像石比较的研究成果最多。如此,这样的比较就是在相关性不高的层面上展开,缺少对等性,或针对性不强,所得的结论更多是普遍规律的讨论。我们认为,这样的比较有意义,但需要有一个逻辑关系上的交代。没有这样的交代,那比较就可能是不完整的,一些重要的信息就会失去。比如,汉大赋在西汉中期就已经进入兴盛,而汉画像石是在东汉中期才全面兴盛,两者在时间上的跨度非常大。如果拿东汉中后期的汉画像石材料来比较西汉中后期的司马相如、扬雄的大赋作品,那只能是汉代艺术发展整体面貌上的一般性梳理工作了。反之,如果以东汉抒情小赋来比较汉画像石,我们就可以得到完整而深入的判断。比如,它们在细致描写生活画面上有一致的地方,但出发点不尽一样。

---

[1] 连云港市博物馆、东海县博物馆、中国社会科学院简帛研究中心、中国文物研究所:《尹湾汉墓简牍初探》,《文物》,1996年10期。

张衡等赋家写的是《归田赋》中"谅天道之微昧,追渔夫以同嬉。超埃尘以遐逝,与世事乎长辞"这样远离尘世的文字,是出世心情,而同期的汉画像石则是充满了车马出行图、筵宴图、乐舞图等对世俗富裕生活的炫耀和留恋的画面,这是入世心态,汉画像石与抒情小赋是南辕北辙的意趣走向。

明确汉赋体系与汉画体系的文本体系结构后,汉赋与汉画的比较就可以大致形成这样三个比较类型:文本体系之间的整体比较,相关性高的单一文本比较,以及相关性不高的文本之间的比较。这三类比较都有意义,但所进行的路径与指向应当是有所区别的。相关性高的单一文本比较可以直奔主题,而整体比较和相关性不高文本之间的比较则需要有一个逻辑关系上的交代。因此,在汉赋与汉画进行比较时要考虑到汉赋体系与汉画体系的组成结构,特别是在频繁使用汉画像石材料时,在汉画体系上要首先进行一些文本体系层面上的梳理工作,有一个清晰的逻辑关系认识。

第二节 汉赋与汉画的表层比较

汉赋文本体系与汉画文本体系中,相关性高的对应结构是汉大赋与汉墓壁画,以及汉抒情小赋、俗赋与汉画像石。如果对汉赋与汉画进行比较,这样的对应结构应当首先得到关注,并成为其他比较的基础。

第一,汉大赋与汉墓壁画的表层比较。

汉大赋是汉赋的标志性文体,目前的存本并不多,"散体大赋,有40篇左右,约占总数的2/9"[1]。帝王喜爱与文人努力之下,汉大赋实际数量当远超目前传世的数量。班固《两都赋序》记:"故孝成之世,论而录之,盖奏御者千有余篇。"汉墓壁画是汉画的代表文体之一,正式发掘的壁画墓有60余座,其壁画面积逾千平方米,随着考古工作的进行,将有越来越多的壁画墓被发现。同时,司马相如的《子虚》《上林》赋作于武帝时期,标志着汉大赋启兴盛之势,而最早的汉壁画墓象岗山南越王墓和永城芒山柿园壁画墓亦在武帝前后,两者在早期发展上当属同步。东汉后期,两者皆有衰败之势。就作品体量和创作时间而言,汉大赋与汉墓壁画的比较是可行的。

汉大赋与汉墓壁画是汉代主流社会艺术的代表,皆为帝王服务。它们围绕帝王而产生,汉大赋的创作圈都在帝王身边,汉壁画墓的遗存也主要分布

---

[1] 叶幼明:《辞赋通论》,湖南教育出版社,1991年,第84页。

于各王侯封地。艺术家尽其所能迎合统治阶层所需,这是它们的共同特征,所谓"铺采摛文,体物写志"(《文心雕龙·诠赋》)。汉武帝曾惊叹赋家的描写:"上读《子虚赋》而善之曰:'朕独不得与此人同时哉!'"(《史记·司马相如列传》)相如的解释是:"且夫齐楚之事又焉足道邪?君未睹夫巨丽也,独不闻天子之上林乎?"(《上林赋》)追求"巨丽",这就是赋家为帝王服务的写作态度。赋家的创作得到帝王的鼓励,汉墓壁画则还增加了等级制度的直接保证。汉代崇厚葬,但有严格的等级制度,级别越高墓葬规模越大,不能违背。《史记·高祖功臣侯者年表》记:武原侯"不害坐葬过律,国除"。因为墓葬活动"过律"而被"国除",制度可谓严苛。这样的制度,对墓室壁画发展是有利的。后代的质疑文字,对汉大赋很多,对汉墓壁画则很少。唐代刘知几认为:"且汉代词赋,虽云虚矫,自余它文,大抵犹实。"(《史通·载文》)此言当为不虚,汉墓壁画也如此,它们以表现帝王奢华生活为主旨,"虚矫"只是一种艺术手法,是汉帝国文化使然。

不过,帝王的支持必然也带来对应的限制,汉大赋与汉墓壁画也因此而有了明显的不足。其一,手法的单一性。这是后人诟病汉大赋的地方,甚至将其与汉大赋的铺张特征相联系:"必推类而言,极丽靡之辞,闳侈巨衍,竞于使人不能加也。"(《汉书·扬雄传》)今人姜书阁认为:"这种大赋的铺叙方法实在是非常散缓板滞,很像分类账簿,杂列品目,千篇一律,殊少变化,更缺乏艺术性,令人不欲卒读。"[1]汉墓壁画中也有"必推类而言"的叙事特征,画面中的出行图、筵宴图、庖厨图、升仙图等,都是反反复复出现,而且,描写的画面都是在一个层面展开,比较单调。汉画像石这方面就显得生动,虽一些题材反复出现,但画面为多层结构,三层、四层乃至五层都有,构图上显得生动。其二,创作热情的被动性。赋家作大赋有热情,这是毋庸置疑的。扬雄说自己的创作状态是:"成帝时……每上甘泉,诏令作赋,为之卒暴。思精苦,赋成,遂困倦小卧,梦其五藏出在地,以手收而内之。及觉,病喘悸,大少气,病一岁。"(桓谭《新论·祛蔽》)作赋而"病一岁",没有巨大的热情是支持不下来的。不过因为是"诏使作赋",这样的热情就有了被动的成分。赋家的创作成为"献赋"的过程,创作热情不免迎合帝王兴趣爱好,这一过程中赋家是"言语侍从之臣"。汉墓壁画中也存在着很大的被动成分,画工为墓主人服务,有热情,但也是被动的,甚至连署名的机会都没有。同时,墓室壁画还有一个被动

---

[1] 姜书阁:《汉赋通义》,齐鲁书社,1989年,第320页。

的因素,这就是增加了祖先神圣化的内容,表达"恶以诫世,善以示后"(王延寿《鲁灵光殿赋》)。这是一种特殊的被动指向,与常态的生活热情存在距离。

从创作的目的看,汉大赋与汉墓壁画都是为帝王服务的,汉大赋的"劝百讽一"受到后人指责,但其实这就是主流社会艺术的一个特征,汉墓壁画中也可以看到大量服从于墓主人需要的图像,显示墓主人的地位、财富与享乐活动。劝百讽一,是汉大赋与汉墓壁画的共同特征。

第二,汉抒情小赋、俗赋与汉画像石的比较。

汉抒情小赋、俗赋与汉画像石都是非主流社会艺术,学术界在这方面耕耘最深。与质疑汉大赋、汉墓壁画的态度不同,汉抒情小赋、俗赋、汉画像石得到的多为肯定评价。俗赋因为传世极少,所以相关的成果主要是在汉抒情小赋和汉画像石中取得。

汉抒情小赋的数量在散体大赋之上,今存180余篇汉赋作品中,散体大赋之外的骚体赋、四言赋、六言赋、杂言赋都有抒情的成分。汉画像石的数量也在汉墓壁画之上,"据不完全统计,全国已清理、发掘汉画像石墓100余座"。[1] 汉画像石与汉墓壁画不同,可以移动,因此还有更多散存的画像石作品,数量可观。信立祥记:"近二十年来,我先后观察了四川省博物馆、山东省博物馆、南阳汉画馆、徐州汉画馆、连云港市博物馆、陕西省考古所以及山东邹县、滕县、嘉祥、济宁、益都、蓬莱、福山、青岛和安徽亳县等地文物部门收藏的三千块以上的零散画像石。"[2] 从作品体量看,汉抒情小赋与汉画像石有着很好的比较条件。

汉抒情小赋与汉画像石受到今人的肯定,多因其生动,这是非主流社会艺术的共同特征。不在主流社会,受到的限制就少,从时人评论可见一斑。我们可以看到汉人评论中有许多对大赋的要求,如扬雄"诗人之赋丽以则,辞人之赋丽以淫"(《法言·吾子》)、班固"兴废继绝,润色鸿业"(《两都赋序》)等,但对抒情小赋就很少要求。汉画像石也是这个情况。

汉抒情小赋与汉画像石的生动性,突出地表现在多样性和情节性上,这也是散体大赋与汉墓壁画所不足的地方。其一,多样性。多样性首先来自创作主体的多元化,汉抒情小赋作者各个阶层、各种状态都有,因此题材多样,甚至体裁亦多样。汉画像石的作者是各地画工,他们在汉代画像石题记和碑

---

[1] 王建中:《汉代画像石通论》,紫金出版社,2001年,第6页。
[2] 信立祥:《汉代画像石综合研究》,文物出版社,2000年,第10页。

刻中就有"良匠""石工""工""石师""师""画师""刻者"等不同称呼。[1]汉画像石多样性还有一个原因就是各地画工的图像形制不完全一样。比如汉画像石中最常见的西王母图像，各地的形制就有自己的地域特色。四川西王母有龙虎座形制，其他地区不见。豫中南地区的西王母形制为戴胜，手中执物，坐于山峦或台座之上，其中又有四分之三侧身和侧身两型。苏鲁豫皖地区西王母形制基本为正面，又可分有无基座两型。[2]创作主体的多元化，是非主流社会艺术的特征，也是非主流社会艺术的一个必然趋势。其二，情节性。汉赋的特征是叙事性强，但大赋是以概念、类型的层层叠加而叙事，所谓"事类者，盖文章之外，据事以类义，援古以证今者也"。(《文心雕龙·事类》)汉大赋缺少情节，汉墓壁画也是这样。汉抒情小赋则是另一番面貌，借景抒情，记事抒情。西汉贾谊的《鹏鸟赋》，以鹏鸟止于己室的故事描写了自己远离朝廷的孤独、恐惧不安。东汉张衡的《归田赋》，以田园生活的种种发现为线索展开抒情，自得其乐于其中。汉画像石的情节性则来自西王母提供的重生体系，这个体系有重生的过程，有仙人的帮助，还有一个彼岸世界的真实体验。此外，汉画像石中还有大量的历史故事，这是汉墓壁画中所缺少的，这是一种民间讲故事的模式，与后来民间戏文中的历史故事很相近。

从创作的目的看，汉抒情小赋与汉画像石对个体的关注度更高，这一点决定了艺术表现上的生动性。汉大赋与汉墓壁画都是为帝王服务，个人的生动要让位于帝国的庄严。班固就明确提出："兴废继绝，润色鸿业。"(《两都赋序》)汉抒情小赋与汉画像石没有这样的要求，更多着眼的是个人空间，由此带来了生动的艺术表现。

第三，赋家自我否定的意义。

汉赋与汉画的比较中有一个很大的不平衡性指标，这就是作者的确定性。汉画作者多不可考，画工的信息主要来自墓记、题记，目前的考古成果非常少，基本上是零星出现，虽然以后的考古成果存在着提供更多画工信息的可能，但可以确定数量不会多。汉赋作者大多可靠，而且一般都有很好的文献材料。"知人论世"是我国传统文论自觉遵循的原则，但汉赋可论而汉画不可行。这个不平衡性所具有的理论意义，我们可以围绕汉代赋家自我否定的现象来认识。

---

[1] 邢义田：《汉碑、汉画和石工的关系》，《故宫文物月刊》，1996年第14卷第4期。

[2] 从德新：《西王母图像的类型学研究》，《西王母文化研究集成·论文卷》，广西师范大学出版社，2008年，第1200—1214页。

两汉赋风大兴,但却出现了赋家自我否定的现象,而且是各个阶段都有名家出来否定自己,具有代表性的是早期的枚皋、中期扬雄和后期的蔡邕。枚皋是西汉武帝时的辞赋名家,汉大赋肇始者枚乘的儿子,与司马相如同时,这一时期正是汉赋兴盛之时。班固《汉书·艺文志》记枚皋有120多篇赋,就班固的记载看,他是汉代赋作品最多的一个赋家了。但是枚皋否定自己:"又言为赋乃俳,见视如倡,自悔类倡也。"(《汉书·枚乘传》)扬雄是西汉末的辞赋大家,他与之后的班固、张衡的创作使汉赋再次进入兴盛期,可与司马相如比肩。王充认为:"以敏于赋颂,为弘丽之文为贤乎?则夫司马长卿、扬子云是也。"(《论衡·定贤篇》)但是扬雄否定自己,而且态度非常坚决:"又颇似俳优淳于髡、优孟之徒,非法度所存,贤人君子诗赋之正也,于是辍不复为。"(《汉书·扬雄传》)蔡邕是东汉后期的辞赋名家,为时人所重,但他对汉赋创作也持自我否定的态度。他说:"夫书画辞赋,才之小者,匡国理政,未有其能。"(《上封陈事政要七事》)

各家自我否定的内容,从文献看重点不一。枚皋的自我否定主要与个人境遇相关。《汉书·枚皋传》记:"皋不通经术,诙笑类俳倡,为赋颂,好嫚戏,以故得媟黩贵幸,比东方朔、郭舍人等,而不得比严助等得尊官……皋赋辞中自言为赋不如相如。"扬雄的自我否定增加了"讽谏"的要求。扬雄《法言·吾子》记:"或问:吾子少而好赋?曰:然。童子雕虫篆刻。俄而曰:壮夫不为也。或曰:赋可以讽乎?曰:讽乎!讽则已;不已,吾恐不免于劝也。""诗人之赋丽以则,辞人之赋丽以淫。"蔡邕的自我否定,一方面延续着扬雄强调的"讽谏"要求,另一方面也是针砭时弊:"陛下即位之初,先涉经术,听政余日,观省篇章,聊以游意,当代博弈,非以教化取士之本。而诸生竞利,作者鼎沸。其高者颇引经训风喻之言,下则连偶俗语,有类俳优,或窃成文,虚冒名氏。"(《上封事陈政要七事》)

各代对汉大赋一向都有着不同的看法,不过汉代赋家对自己热爱的创作予以否定,这还是颇使人意外的。但是,当我们引入汉画的参照体系后,赋家自我否定的积极意义还是很明确的。汉画的画工没有否定自己的创作,这是他们身份低,没有这样的机会。汉赋的名家否定自己的创作,这是因为他们是"言语侍从之臣",有这样的机会。这样的机会对文学而言是一种促进,不仅仅表明赋家有了一定的社会地位,还表明赋家在创作时有了一种选择的可能。他们可以选择继续讽谏,也可以选择放弃这样的创作,选择表明赋家的主体意识开始形成。

在汉大赋的评价体系中,赋家的自我否定显然是让汉赋评价有了疑问,但对文学发展而言,自我否定标志着赋家主体意识的存在,这是一种艺术趋向自觉的表现,由此形成了一些可操作的评价指标。比如,汉赋研究的时间就大大早于汉画研究。"真正意义上的汉画像石著述,始于南宋洪适的《隶释》及其续篇《隶续》。"[1]而汉赋,西汉就有了赋家的自我否定观点。汉以下,各代文学发展中也有自我否定的现象,但不像汉代这么集中和这么多名家进入。刘勰评价汉赋是"六义附庸,蔚成大国"(《文心雕龙·诠赋》),从赋家自我否定的现象看是很有道理的。

第三节 汉赋与汉画的审美走向讨论

在汉赋文本体系与汉画文本体系中,汉大赋与汉画像石的相关性不高,如果没有相关的说明,它们之间的文本比较显得牵强。但是,如果汉大赋作为汉赋的代表文本,汉画像石作为汉画的代表文本,在艺术门类的层面上予以对照,它们之间的比较就可以得到合理的逻辑关系,并通过这些关系更好地认识汉赋与汉画的艺术特征与价值。审美走向就是这样的一种关系,汉大赋与汉画像石以它们的代表性来突出汉赋与汉画的艺术特征,从而使两者的比较得到深入的展开,甚至可解决一些棘手的问题。

第一,开放与封闭的审美形态。

就审美文本而言,汉大赋与汉画像石有着非常大的区别。汉大赋是传世作品,以古籍文献的形式存在,通过一般性的阅读就可以得到,其文本是传播的状态;汉画像石是考古发掘作品,以墓葬遗存的形式存在,必须通过科学的考古工作才能得到,其文本是非传播的状态。因此,汉大赋是一种开放的审美形态,汉画像石是一种封闭的审美形态,这是两种截然不同的审美形态。汉大赋的审美活动中,赋家的创作得到帝王的认可和鼓励,或"朝夕论思,日夜献纳",或"时时间作",汉大赋的文字被广泛流传,如果这些文字没有产生讽谏等效果,赋家还会因此而发出自我否定的声音。汉画像石的审美活动中,画工的创作也得到墓主人的认可,但汉画像石的图像完成之后即被立刻封闭,墓主人与画工都希望这样的封闭状态被永远保持,为此还增加了许多特殊的封闭手段。按照墓葬的形制要求,墓室内的审美活动在封闭后都已经

---

[1] 信立祥:《汉代画像石综合研究》,文物出版社,2000年,第5页。

完成。开放与封闭的两种审美形态,给汉赋和汉画带来了不同的审美特征,其中最突出的就是二次审美的要求。

二次审美要求的提出,来自文本形态上的问题。汉大赋的审美活动中,文本遇到的问题主要是不同的传世版本,这并不会改变文本的存在形态;但汉画像石的审美活动中,文本遇到的问题是封闭性的打开而带来的形态改变。汉画像石的审美对象是与原始文本存在巨大差异的发掘文本,这必然导致二次审美现象的出现。发掘文本可能留在原址,也可能离开原址,不论哪种情况,最初的封闭性都已经被打开。更重要的是,墓室被打开后,发掘文本的种种审美活动都是在违背墓主人最初愿望的状态下进行的。如此,汉画像石的二次审美指向与首次审美指向产生区别。就今人而言,汉大赋的审美是首次审美活动的延续,汉画像石的审美则是一个新的审美活动的开始。

二次审美要求的出现,使得汉大赋与汉画像石的审美活动产生了不同的审美要求。首先,文本原貌的完整性。汉大赋的文本完整性主要在版本鉴定上,基本依赖于传世文献的有序性,各种文本被保留并受到特别呵护。汉画像石的文本完整性则是在另一个方向上进行,文本获得之时就是文本原貌被破坏之时,原有的封闭性将不复存在。所有发掘文本都是通过考古手段获得,考古过程对原始文本产生了不可逆的破坏,完整性不再考虑封闭性的存在,而只能是在开放性的层面上考虑如何减少破坏。其次,审美主体的缺失性。虽汉大赋的审美活动中也存在着"辞赋大者与古诗同义,小者辩丽可喜"(《汉书·王褒传》)的差别,但后人常态的审美活动基本上都是从知人论世的基础上开始的。汉画像石是另一个面貌,因为所有的发掘文本都是违背了墓主人及其相关者的愿望而获得,因此汉画像石文本的获得也就意味着原先主导画像石审美的墓主人已经离开,后人无论如何努力也无法与原始文本的初衷达成一致。如此,后人的审美只能是忽略或舍弃墓主人一部分意愿之后的一种新的平衡结构,审美主体存在缺失。

审美主体缺失的审美是不完整的审美,因此汉画像石的审美活动有一项前提性的基础性工作就是找回审美主体。对审美主体的认识,汉大赋的研究也在做,赋家的自我否定就是这种性质的一项工作,但这类研究的指向是辨识,辨识审美主体的价值判断。汉画像石审美主体的认识,也有辨识的内容,但首先进行的是寻找工作,通过科学的考古发掘还原墓葬原貌,尽可能地找回墓主人及墓葬建设者的最初愿望。汉画像石审美主体的寻找工作,涉及考古、宗教信仰,以及相关的艺术领域,如果将汉大赋与汉画像石进行比较,这些内容都应当被覆盖。

第二，虚实转换的审美经验。

汉大赋与汉画像石的共同特征是"铺采摛文，体物写志"，但它们的叙事结构并不一样。汉大赋为帝王描写身边世界的物象，是在此岸"体物写志"；而汉画像石为墓主人描写另一个世界的物象，是在彼岸"体物写志"。身边的物象是可以触摸和看到的，当为实景；另一个世界的物象是无法触摸和看到的，当为虚景。不过文本中的虚实却发生了转化，汉大赋是虚构的面貌，汉画像石是写实的面貌，在审美经验上出现了一个虚实转化的现象。

汉大赋中的描写，对象为此岸，但文本中的描写常常是超越现实的虚构世界。扬雄《甘泉赋》写楼阁之高，皆是天上之景色，几无人间气息："列宿乃施于上荣兮，日月才经于柍桭。雷郁律而岩突兮，电倏忽于墙藩。鬼魅不能自逮兮，半长途而下颠，历倒景而绝飞梁兮，浮蠛蠓而撇天。"即使是人间物象，也多不是来自现实生活，后人要在古籍中百般寻找才能读懂，以至于刘勰如此感叹："故陈思称：'扬马之作，趣幽旨深，读者非师传不能析其辞，非博学不能综其理。'岂直才悬，抑亦字隐。"（《文心雕龙·练字》）汉画像石文本中的描写，对象是墓主人在另一个世界的生活，展现的却是此岸世俗世界，大多数物象都是现实生活中人们所熟悉的场景，复杂的画面中还有榜题提示，给人以真实的感受。内蒙古和林格尔墓有前、中、后三主室和三耳室，全长约20米，墓壁、墓顶及甬道两侧有壁画50多幅，其中榜题就达250多项，直接交代了图像内容。

汉大赋描写的是虚构世界，汉画像石描写的是写实世界，审美经验的虚实转化表现出不同的艺术面貌。汉大赋形成了在此岸构筑虚构世界的艺术特色，赋家需要通过极度夸张、频繁象征等手法来满足汉帝国主流文化的要求，如赋家笔下尽情描写的珍禽异兽在现实中不容易看到，只能在典籍里寻找；而汉画像石则形成了在彼岸构筑真实世界的艺术特色，画工需要用具体事物来向信仰者说明重生世界存在的可能性和真实性，如画面中最常见的车马出行图，其人物、车马等，皆可比照现实。

从审美经验虚实转化的角度，我们还可以对汉大赋与汉画像石作者队伍的依附性有更深入的了解。汉赋之盛在大赋，其作者从"梁园宾客"的枚乘到"武宣之世"的司马相如、王褒，到西汉末的扬雄、刘歆，再到东汉的班固、张衡、蔡邕等，都有着"言语侍从之臣"的身份，这种依附性使赋家形成了一个独特的创作群体而承担起为汉王朝"润色鸿业"的功能。汉画像石的作者也是一个有依附性的创作群体,他们所作都是在为墓主人的重生愿望而服务。依附性产生了极端功利的迎合心理,即在创作题材上都特别关心物质世界的描述,汉大赋极尽铺采摛文,汉画像石亦多宴饮、车马出行之图像。赋家的依附性,使得汉大赋将物质要求放大到时空大结构上去表现,以大为美;画工的依附性,使得汉画像石讲究物质世界的集中表现,将墓主人的财富物象密集构图,重复表现。依附性带来了汉代艺术的特别审美经验,赋家笔下的汉大赋力图使身边的世界脱离世俗常态,从而迎合帝王超越现实的欲望;画工笔下的汉画像石则力图使另一个世界回到世俗常态,从而满足墓主人事死如生的愿望。赋家和画工虚实有异,但都来源于对大汉帝国的依附。

第三,世俗与宗教的终极审美。

在汉大赋与汉画像石的文本中,有一个审美内容被特别重视,这就是宇宙的构建。汉大赋的宇宙构建被提到了"赋家之心"的高度:"合纂组以成文,列锦绣而为质,一经一纬,一宫一商,此赋之迹也。赋家之心,苞括宇宙,总览人物,斯乃得之于内,不可得而传。"(《西京杂记·卷二》)汉画像石的宇宙构建也得到考古学家的认同:"不同题材内容的画像,按照当时的宇宙方位观念,有规律地配置在墓室内。"[1]宇宙构建是汉大赋与汉画像石的终极审美,这方面有着明确的比较意义,因为这两个宇宙存在着不同方向,一个是世俗的方向,一个是宗教的方向。世俗方向的宇宙,赋家表现的是对汉帝国赫赫声威的感受;宗教方向的宇宙,画工表现的是对墓主人获得重生的宗教体验。

沿着帝国声威,汉大赋构筑的宇宙对应的是一个平息内乱、横扫边域、经济繁荣的强大帝国。司马相如的理解是:"盖世必有非常之人,然后有非常之事;有非常之事,然后有非常之功。非常者,固常之所异也。"(《史记·司马相如列传》)在这样的认识下,相如跳出常规思维,以大为美,极尽铺陈。这样的"赋家之心"非相如一人所特有,而是成为两汉赋家的创作传统。刘勰记:"夫夸张声貌,则汉初已极,自兹厥后,循环相因,虽轩翥出辙,而终入笼内。枚乘《七发》云:'通望兮东海,虹洞兮苍天。'相如《上林》云:'视之无端,察之无涯,日出东沼,月生西陂。'马融《广成》云:'天地虹洞,固无端涯,大明出东,月生西陂。'扬雄《校猎》云:'出入日月,天与地沓。'张衡《西京》云:'日月于是乎出入,象扶桑于濛汜。'此并广寓极状,而五家如一。诸如此类,莫不相循,参伍因革,通变之数也。"(《文心雕龙·通变》)这样的创作状态下,"讽谏"终将流

---

[1] 信立祥:《汉代画像石综合研究》,文物出版社,2000年,第288页。

于泛泛而谈,建立于帝国声威之上的宇宙只能是"劝百讽一"。

沿着重生体验,汉画像石构筑的宇宙对应着墓主人将去的另一个世界,这个彼岸世界建立于墓葬建筑之中。墓主人在这个空间中将获得与此岸相同的生活状态,因此庖厨图、筵宴图、祭祀图,以及历史人物图等图像普遍出现。重生也是一个过程,于是出行图、双龙穿璧图、门阙神灵图、天门榜题等图像也普遍出现。这些重生活动都是在神灵帮助下完成,因此西王母图像成为最重要的图像,象征着重生得到的指导和最终完成。汉画像石的所有图像都是围绕重生安排的,在墓主人和墓葬活动参与者的认识中,墓葬建筑就是此岸的建筑换个空间而已,而且,因为重生这个宗教体验,汉画像石墓的图像往往被规定为三个部分,墓道部分的图像被规定为行走主题,墓门部分的图像被规定为跨越主题,墓室部分的图像被规定为日常生活主题和西王母的主题。如此,证明重生的真实性成为所有图像围绕的要点,"事死如生"成为这个宇宙构筑的方向。

"劝百讽一"构筑的是一个现实的宇宙,"事死如生"则是构筑一个非现实的宇宙。对汉大赋的赋家而言,现实的宇宙依托于帝国声威即可以完成。对汉画像石的画工而言,非现实的宇宙除依托于现实生活的联想之外,还需要借助神灵的帮助,神灵将使另一个世界成为真实和可靠。涂尔干认为:"整个世界被划分为两大领域,一个领域包括所有神圣的事物,另一个领域包括所有凡俗的事物,宗教思想的显著特征便是这种划分。"[1]汉画像石的宗教思想就是尝试这样的划分,认为神灵可以带来一个真实的彼岸世界,一个与此岸世界相同的彼岸世界。因此,汉画像石是一个宗教行为产生的艺术作品,汉画像石的终极审美要加入宗教体验的考虑。

质言之,汉赋文本体系以汉大赋为代表,终极审美是在此岸得到超越现实的生活体验,这是一个"劝百讽一"的虚构世界;汉画文本体系以汉画像石为代表,终极审美是在彼岸得到重回现实的宗教体验,这是一个"事死如生"的写实世界。

第四节 汉赋与汉画的语图关系解读

文学与图像的关系是近年来学术界关注的课题,已经有了许多重要成

---

[1] [法]爱弥尔·涂尔干:《宗教生活的基本形式》,上海人民出版社,2006年,第33页。

果。不过有一个非常明显的问题,这就是西方文本的使用过多。中国传统文化中也有着非常丰富的语图关系文本,而且这些文本与西方文本存在着很大的差异,我们需要也完全可以得到一个本土化的理论描述。汉赋与汉画在汉代的兴盛,为我们提供了这样的机会。

第一,汉赋表现出语言艺术的强势性。

汉赋与汉画都在汉代取得了空前繁荣,但是汉赋的兴起之势早于汉画。刘勰《文心雕龙·诠赋》记:"汉初词人,顺流而作。陆贾扣其端,贾谊振其绪,枚、马播其风,王、扬骋其势,皋、朔已下,品物毕图。繁积于宣时,校阅于成世,进御之赋,千有余首,讨其源流,信兴楚而盛汉矣。"西汉初,陆贾、贾谊的努力使得骚体赋首先抬起兴盛之势,之后在枚乘、司马相如、王褒、扬雄等人的努力下汉大赋全面兴盛。汉画发展较晚,目前的考古成果中,汉墓壁画在武帝时出现,形成规模是在王莽时期和东汉初年,汉画像石的兴盛则是到了东汉以后。

赋家的群体声势,也是画工所不能相比的。班固《两都赋序》记:"故言语侍从之臣,若司马相如、虞丘寿王、东方朔、枚皋、王褒、刘向之属,朝夕论思,日月献纳。而公卿大臣御史大夫倪宽、太常孔臧、太中大夫董仲舒、宗正刘德、太子太傅萧望之等,时时间作。"这样的群臣聚会条件,画工没有任何机会得到。

东汉中期以后,汉赋和汉画都有了风气转变的迹象。汉赋出现了抒情小赋,"谅天道之微昧,追渔父以同嬉。超埃尘以遐逝,与世事乎长辞"(张衡《归田赋》),赋家在帝国政治之外有了更多的个人情怀,汉大赋中的那种依附性大大减少。汉画也有变化,神灵开始减少,升仙图也不多了,生活气息越来越多。但是,汉画的变化并没有涉及创作主体,画工们的身份依然如故。如果赋家在摆脱统治阶层的依附性上有助于文学自觉,那么语言艺术在艺术自觉的进程中就表现出领先于图像艺术的姿态。

汉赋领先汉画,与语言艺术之前的准备有关。对汉赋而言,经过先秦各文体的发展,语言艺术已经有了丰富的词汇和复杂的语法,特别是楚辞取得的巨大成就直接为汉赋继承,促进兴盛局面的很快到来,这一点为各代治赋者所认同和强调。刘勰认为:"赋也者,受命于诗人,拓宇于楚辞也。"(《文心雕龙·诠赋》)刘熙载认为:"楚辞尚神理,汉赋尚事实。然汉赋之最上者,机括必从楚辞得来。"(《艺概·赋概》)。对汉画而言,图像艺术没有这样的渊源可梳理。图像艺术在汉之前主要承担祭祀、丧葬等功能,这些都有着严格的制度要求，限制了艺术表现的丰富性。另一方面，在墓葬形制上，汉之前流行竖穴墓，强调棺椁的隔绝和封闭，墓室几无绘画存在的空间，西汉中期开始流行横穴墓，绘画空间出现。这样背景下，汉画对之前的继承就有限了。

当然，语言艺术的强势主要还是来自赋家地位高于画工的客观环境。蔡邕自我否定的理由竟然是辞赋与书画同类："夫书画辞赋，才之小者；匡国理政，未有其能。"(《上封事陈政要七事》)这样的认识，文人画出现后也没有完全改变。

第二，汉画表现出图像艺术的平衡力。

汉画艺术成就不输汉赋，特别是汉画像石空前繁荣，几成绝响。鲁迅个人收藏的汉画像石拓片就达200余幅，他认为这是非常有意义的工作："我已确切相信：将来的光明，必将证明我们不但是文艺上的遗产保护者，而且也是开拓者和建设者。"[1]汉画与汉赋双峰并持，说明图像艺术可以在强势的语言艺术面前取得某种平衡，就汉代而言，这样的平衡力来自重生信仰和民间路径的支持。

首先，重生信仰的支持。汉一代全民热衷长生，武帝听信方士，一下子就有了上万献方者出现的盛况。《史记·孝武本纪》记："齐人之上疏言神怪奇方者以万数，然无验者。"长生有两个方向，一是以长寿为指标的长生不死，一是以重生为指标的死后获得新生命。重生显然比长寿具有更高的宗教品质，宗教体验也来得更加强烈。既有重生之信仰，则厚葬成为两汉风气。王符如此抨击："生不极养，死乃崇丧，或至刻金镂玉，檽梓楩楠，良田造茔，黄壤致藏，多埋珍宝，偶人、车马，造起大冢，广种松柏，庐舍祠堂，崇侈上僭。"(《潜夫论·浮侈篇》)汉画表现墓主人将要去的彼岸世界，重生信仰为其构建了庞大的象征体系来说明生命转化的过程和可能，图像成为信仰符号，大大增强了图像艺术的叙事能力。如汉画像石中普遍存在的西王母图像，构图并不复杂，但它作为至上神出现后，就象征着人们为能够完成生死转化而对长生世界的某种期待。炽热的重生体验中，汉画得到支持，也因此而与汉赋取得了某种平衡。

其次，民间路径的支持。汉画像石是中下阶层的墓葬形式，其繁荣与民间路径的支持相关。王充《论衡·薄葬》中提到一个"谓死如生"的故事："是以世俗内持狐疑之议，外闻杜伯之类，又见病且终者，墓中死人来与相见，故

---

[1] 鲁迅：《引玉集·后记》，《鲁迅全集》，人民文学出版社，1992年，第4卷608页。

遂信是,谓死如生。闵死独葬,魂孤无副,丘墓闭藏,谷物乏匮,故作偶人以侍尸柩,多藏食物以歆精魂。"这是一个对"谓死如生""信以为真"的宗教体验,没有制度支持却借助民间路径而广泛传播。汉代的厚葬,统治者是持反对态度的。西汉文帝时曾经下诏:"当今之世,咸嘉生而恶死,厚葬以破业,重服以伤生,吾甚不取。"(《汉书·文帝纪》)但是民间厚葬之风难抑,东汉初年,光武帝不得不再次下诏:"世以厚葬为德,薄终为鄙,至于富者奢僭,贫者单财,法令不能禁,礼义不能止。"(《后汉书·光武帝纪》)正是借助民间路径,画像石墓才获得了巨大的发展空间。反观汉赋,因为汉帝国政治服务而受到限制,终汉一代都没有停止过"讽劝"之争,不可避免地影响到赋家的创作热情。反而在民间路径的支持下,汉画得到了平衡力。

第三,艺术发展史层面的认识。

汉赋与汉画的本体关系在艺术发展史层面具有什么样的意义?索绪尔认为:"一个社会上所接受的任何表达手段,原则上都是以集体习惯,或者同样可以说,以约定俗成为基础的。"[1]汉赋和汉画本体关系表现出的强弱倾向以及平衡关系,可以为中国传统文化中语言艺术和图像艺术各自的社会约定性做出合理的解释。

首先,语图的平衡结构。

"赋者,古诗之流也"(《两都赋序》),汉赋的这个地位在儒学独尊的语境中是至高无上的,而汉画只能借助于外部的力量来取得某种平衡。汉代的文献中,几乎所有关于语图关系的理论指向都是从语言艺术那里发出的。王充在抨击厚葬之风时就这样说:"图仙人之形,体生毛,臂变为翼,行于云,则年增矣,千岁不死,此虚图也。世有虚语,亦有虚图。"(《论衡·无形篇》)虚语与虚图是并列的现象,但王充排了先后次序。这样的结构,汉以下基本沿革,论画必从论文承启,历代画论中一些名篇连体例都是模仿文论的。欧阳修曾这样评画:"古画画意不画形,梅诗咏物无隐情。忘形得意知者寡,不若见诗如见画。"[2]这样的评论,就是一个从诗文出发的态度。

从画家层面看,平衡结构对宗教美术发展影响最大。墓室壁画的画工几乎没有留下姓名,但历代沿革有序,直到明清才衰败。佛道造像的画工也基本没有姓名留下,但留下了敦煌莫高窟等著名大窟以及山川城镇无处不有的

---

[1] [瑞士]索绪尔著,高明凯译:《普通语言学教程》,商务印书馆,2005年,第103页。
[2] 欧阳修:《盘车图》,引自洪本健《欧阳修诗文集校笺》,上海古籍出版社,2009年,第170页。

造像遗存。历代留名的画家,他们也多有宗教题材的创作经历。唐代朱景玄《唐朝名画录》中记载的124名画家,大多涉及功德、佛像、鬼神、地狱、神佛、天王、真仙、菩萨、高僧、僧佛等宗教题材,其中包括吴道子、周昉、阎立本、阎立德、尉迟乙僧、韩幹等名家。特别是在地位比较低的画家中,"工画佛道""工画佛道鬼神""工画佛道人物"这样的记录,成为传记的程式化语言,说明图像艺术家必须掌握宗教创作技法的生存状况。[1]

在这样的传统下,图像艺术的外来平衡力就自然成为学术关注点,近年兴起的宗教美术、美术考古和艺术人类学等交叉学科实际上都是来自对图像艺术平衡力的寻找和认识。就墓室壁画和宗教造像的研究而言,如果没有宗教、考古成果的帮助,甚至连直接的文本都不能得到。因此,图像艺术是弱势文本体系,语图关系中应当关注外力作用下建立的平衡结构。

其次,语图的雅俗关系。

雅俗之别自古就有讨论,但跨文体的讨论不多。刘勰这样认为:"是以绘事图色,文辞尽情,色糅而犬马殊形,情交而雅俗异势,熔范所拟,各有司匠,虽无严郭,难得逾越。"[2]如果不作互文看,刘勰谈的是"文辞"雅俗而没有论及"绘事"雅俗。从汉赋与汉画的发展看,汉代的语图关系是一个雅俗关系,不过是一个跨文体的雅俗关系。

汉代语图的雅俗之别,文人的态度可见一斑。汉代的文献中有文人画家的记载,西汉有毛延寿、陈敞、刘白、龚宽、阳望、樊育等,东汉有张衡、蔡邕、刘褒、赵岐、刘旦等,但他们或地位不高,或不以绘画扬名。蔡邕提出"夫书画辞赋,才之小者"的观点,否定辞赋未必是真,否定书画倒是可信。这样的态度下,文人难有热情,缺少整体参与,同时也生存不易,毛延寿等还得在宫廷寻找落脚点。汉画虽有画像石、壁画、帛画、漆画等丰富品种和很高的艺术水准,但这些都是画工们的创作。在等级制度严密的汉代,创作主体上雅俗已分。

创作题材、主题上,雅俗之分也是明确的。汉大赋的创作多是在传统文化的积淀中寻找题材,而汉画像石中传统题材比例不大。同样是"苞括宇宙",赋家王延寿《鲁灵光殿赋》描述的是:"图画天地,品类群生。杂物奇怪,

---

[1] 如北宋郭若虚《图画见闻志》中记载的五代画家都是这样的模式:王道求,工画佛道、鬼神、人物、畜兽。宋卓,工画佛道,志学吴笔,不事傅彩。富玫,工画佛道,有《弥勒内院图》《白衣观音》《文殊》《地藏》《慈恩法师》等像传于世。

[2] 刘勰著,周振甫注:《文心雕龙注释》,人民文学出版社,1981年,第339页。

山神海灵。写载其状,托之丹青。千变万化,事各缪形。随色象类,曲得其情。上纪开辟,遂古之初。五龙比翼,人皇九头。伏羲鳞身,女娲蛇躯。鸿荒朴略,厥状睢盱。焕炳可观,黄帝唐虞。轩冕以庸,衣裳有殊。下及三后,淫妃乱主。忠臣孝子,烈士贞女。贤愚成败,靡不载叙。恶以诫世,善以示后。"[1]汉画像石则是另外一个面貌,山东嘉祥县宋山汉画像石墓出土的题记这样记载:"琢砺磨治,规矩施张,寨帷反月,各有文章。调文刻画,交龙委蛇,猛虎延视,玄猿登高,陑熊□戏,众禽群聚,万狩□布。台阁参差,大兴舆驾。上有云气与仙人,下有孝友贤仁。遵者俨然,从者肃侍。煌煌濡濡,其色若备。"[2]赋家笔下是传统神灵结构的天界,汉画像石画工们则是在天界之外再构建一个仙界,传统大神伏羲女娲成为西王母身边的辅助神灵,其他天界神灵也有不少被仙人所取代。题材不同带来主题有别,汉大赋的天界要"恶以诫世,善以示后",而汉画像石的仙界则只问长生、快乐生活,所谓"上有云气与仙人,下有孝友贤仁"。

中国传统文化中,书画不分家,因此我们还应当注意赋与书法的关系。赋在汉代流行后,赋家主要是在士大夫这个阶层。汉代有俗赋,但目前除了连云港出土的《神乌赋》之外,其余都是残篇。书法家也主要出在士大夫这个阶层,赋与书法的结合,是中国士大夫表现出的一种文化状态。不过,赋与书、画的关系是有所区别。侯立兵注意到了这个现象:"就文房四宝而言,在汉魏六朝笔、纸、砚各有其赋,唯独缺墨,这一遗憾后被唐人补之。《历代赋汇》卷六三辑录有唐王起的《墨池赋》和明汪道会《墨赋》。随着书法艺术的发展,与书法相关的物质工具也逐渐得以丰富和改进,笔和砚的品类至唐以后更为繁多,这在赋中也有所体现。笔赋方面,唐代白居易有《鸡距笔赋》、李德裕则有《斑竹笔管赋》;砚赋方面,唐代张少博、黎逢有《石砚赋》、王嵩崿有《孔子石砚赋》、吴融《古瓦砚赋》,元郝经《浑沌砚赋》,宋代苏辙有《缸砚赋》、释觉范有《龙尾砚赋》,元代刘诜则有《端溪砚石赋》。此外,唐代吕牧和王起号分别撰有《书轴赋》和《獭皮书袋赋》。虽然以上罗列的这些赋篇尚不完全,但是与书法相关的物质文明之繁荣由此可窥一斑。加强对历代这类赋作的搜集、整理和研究,对于弘扬中国传统的书法物质文化将会大有神益。"[3]书法赋

---

[1] 费振刚、胡双宝、宗明华辑校:《全汉赋》,北京大学出版社,1993年,第528页。

[2] 济宁地区文物组、嘉祥县文管所:《山东嘉祥宋山1980年出土的汉画像石》,《文物》,1982年第5期。

[3] 侯立兵:《汉魏六朝书法赋的留存与文化内蕴》,《社会科学评论》,2009年第4期。

的创作与传承,可以从另一个角度说明汉赋文化的丰富性和重要性。

汉赋与汉画的雅俗关系,对汉以下的雅俗关系发展有指导意义。雅俗异势中,雅语言更多的是存在于主流社会的文本之中,从而吸引了文人的广泛参加,这不仅影响到题材,也影响到主题的取向;俗图像更多的是存在于非主流社会的文本之中,参与者多为下层文人和画工,这一特征决定了题材与主题与传统文化有所不同,从而带来了清新的气息。艺术发展史上,民间艺术带来的清新气息一直被普遍重视,但多为同一门类的比较,汉赋与汉画的雅俗关系带来的是语言艺术与图像艺术的比较,这是一个跨门类比较的理论指向。我国历史上文人画的出现,其实也是一种语言艺术向图像艺术学习的现象。苏轼提出"诗画本一律,天工与清新"(《书鄢陵王主簿所画折枝二首其一》),就是希望语言艺术能够向图像艺术学习,获得新的创作手法和创作空间。这样的雅俗转化走向,是艺术发展的进步,其意义远大于语言艺术内部的雅俗转化。

后　记

1989 年,我发表了《秦汉方士与秦汉文学》,这是我工作后的第一篇论文。我在大学本科时的学位论文内容是关于现代文学的,并且在学报上发表了一篇论文。工作后,领导认为我成绩比较好而让我从现代文学转为古代文学,其实是因为古代文学缺少老师。当时非常不舍,但很快就安居于此、乐居于此了。从发表第一篇古代文学论文到这本书成稿,正好 30 年。

我的第一本专著是《汉赋史论》,中国图书进出口总公司两次从我这里购书近百本,并介绍到海外,哈佛大学等都有馆藏,但国内很少馆藏。时任中国训诂学会会长的徐复老为我作序,可能因为发行量太少,徐复老序跋完成后,编辑没有将此序跋收入。徐复老给我的鼓励是巨大的,师恩难忘。徐复老序言这样结束:"小洋君幼承家学,又奋勉自强,积以岁月,前途必当无量。综览《汉赋史论》,有当余心,辄识数语,以供商榷,非敢云序也。"

给我鼓励的还有中国辞赋学会的时任会长龚克昌先生和现任会长许结先生,他们名满天下,但收到我小书后都回信予以鼓励。有一年搬家时发现龚克昌先生的信,具体的内容记不得了,只是当时看到先生工工整整的字迹,满脑子都是惊讶和感激。许结先生除回信外,记得还有电话联系,都是鼓励多多。

《汉赋史论》曾经获得江苏省哲社优秀成果三等奖,这是一个极大的鼓励,但发行量太小始终让我心有不甘,我很想再写一本汉赋的书。一晃又是好多年过去。这次能够完成这本《汉赋文化史论》,有两个原因:其一,对儒学主导有了新的认识。近年来我撰写了一些宗教美术史方面的书,通史层面的思考让我认识到儒学在中国传统艺术发展上的主导影响,从这样的影响看汉赋,许多问题都可以有很好的解读。比如常常存在争议的"讽谏"问题,在儒学主导语境中就可以得到很好的解释了,写赋者一般都是儒家学说的传播者,"讽谏"自然成为常态。其二,对赋文体海外吸引力有了新的认识。汉赋虽然在文学形式上与唐诗宋词元曲明清小说比肩而论,但因为语言难度大,在作品流传上远远不及。今年我参加一个国际学术考察团,普林斯顿大学太史文教授也参加了,他是通过敦煌文本研究佛学的,其中特别关注赋体的表现,他做了专题报告,这让我惊讶不已。汉赋的影响已经逾越了语言的障碍,中国学者也应当更加努力。

《汉赋史论》后,我和挚友孔庆茂教授一起写了《科举文体研究》,这是中国第一本这方面的专著,据天津古籍出版社编辑说,现在还在销售。孔教授的博士学位论文就是八股文研究,是中国第一部研究八股文的博士学位论文,这为我们的专著写作提供了坚实基础,同时也让我对汉赋在汉以下的影响有了新的认识和尝试研究的想法。

我读博士时,选择的方向是汉画像石研究,后来博士后的研究方向是汉墓壁画研究,显然这些都与之前的汉赋研究基础有着直接的联系。《汉赋史论》写作后,我对汉代的政治、经济和文化有了全面了解,受益于此,可以省略许多外围的材料准备,在写作环节上也常常有驾轻就熟的感觉。我先后出版了《汉画像石宗教思想研究》《汉墓绘画宗教思想研究》和《汉墓壁画的宗教信仰与图像表现》等,还拿到江苏省哲社一等奖等奖项。当年的《汉赋史论》,使汉代艺术成为我研究成果最多的领域。

汉赋的文体属性最初并不是文学体裁,汉赋的影响也早已跨越了文学领域,但是,汉赋最为人所熟悉的属性和影响最大的领域仍然是文学。将汉赋的研究从文学扩展到文化,有什么针对性的意义? 我们认为,西汉儒学独尊后,赋自觉进入维护儒学的政治体系,隋唐后更是成为一种科举文体。可见,赋文体是中国传统文化中最具儒学气息并有着一定社会功能的文学体裁,这个起点在汉代,这是汉赋文化研究的意义。

本书从定稿到出版,又是三年时间! 感谢"东南学术文库"的支持,同时感谢相关学者和我的学生。感谢东南大学出版社的各位编校人员,他们反复校对,表现出的专业功底和热情让我的感激之情油然而生。感谢吴思佳博士和段少华博士,他们转化我的旧书稿,还专门复印了不能借阅的资料。此外,特别感谢方艳博士后、王诗晓博士翻译书名,之后香港孔子学院原院长贾晋华教授、悉尼大学赵晓寰教授和哥伦比亚大学赵幸助理教授等学者斟酌定名,深深感谢。

  20年前,我写《汉赋史论》时,这方面专著性的书籍并不多,发表的论文也比较容易在人大《复印报刊资料》和《高等学校文科学报文摘》等期刊转载,但现在不同了,汉赋的专著可能上百部,论文可能上万篇,汗牛充栋的成果让我有久疏战阵的感觉。敝帚自珍,我还是希望通过自己的特殊视角,特别是宗教文化的视角,能够为汉赋文化研究添砖加瓦。是以记。

汪小洋
2021年仲春于南京